anagramma

1108

Della stessa autrice:

Come se tu fossi mio. Pretend You Are Mine
Un incubo chiamato amore. By a Thread
Il peggior uomo della mia vita. The Worst Best Man
Cose che non abbiamo mai superato. Things We Never Got Over
Maggie cambia casa. Maggie moves on

Titolo originale: *Things We Hide from the Light*

Traduzione dalla lingua inglese di Valentina Nobili
Prima edizione: giugno 2023

ISBN 978-88-227-7441-5

www.newtoncompton.com

Realizzazione a cura di The Bookmakers Studio editoriale s.r.l.s.
Stampato nel giugno 2023 presso Puntoweb s.r.l., Ariccia (Roma)

Lucy Score

Cose che teniamo solo per noi

Things We Hide from the Light

Newton Compton editori

In memoria di Chris Waller, il marito lettore che mi aveva contattata per chiedermi di inserire la parola "gherone" in un libro così da poter vincere una scommessa con sua moglie. Kate, spero che quando la leggerai di nuovo ti farà sorridere.

1

Piccolissimi tizzoni ardenti

Nash

Gli agenti federali nel mio ufficio erano fortunati per due motivi.

Primo: il mio gancio destro non era più quello di prima che mi sparassero.

Secondo: non ero in grado di provare alcuna emozione, figurarsi arrabbiarmi abbastanza da considerare l'idea di fare qualcosa di stupido.

«Il Bureau comprende che ha degli interessi personali nel ritrovare Duncan Hugo», disse l'agente speciale Sonal Idler dall'altra parte della mia scrivania, dove sedeva dritta come un fuso. Scoccò un'occhiata alla macchia di caffè sulla mia camicia.

Era una donna d'acciaio con un completo pantalone, e sembrava il tipo di persona che mangiava procedure a colazione. L'uomo al suo fianco, il vicesceriffo Nolan Graham, aveva i baffi e l'aspetto di uno che è stato messo a fare qualcosa che proprio non aveva voglia di fare. E sembrava quasi aver deciso che la colpa fosse mia.

Magari fossi riuscito almeno a incavolarmi. A sentire qualcosa di diverso dall'enorme vuoto che mi risucchiava e mi travolgeva, inarrestabile come una marea. Ma non c'era niente. Soltanto io e il mio vuoto.

«Ma non possiamo permettere che lei e i suoi agenti andiate in giro a rovinare le mie indagini», proseguì Idler.

Dall'altro lato del vetro, il sergente Grave Hopper stava rovesciando una pinta di zucchero nel suo caffè e lanciava occhiatacce ai due federali. Alle sue spalle, il resto del distretto fremeva con l'energia tipica del dipartimento di polizia di una piccola cittadina.

I telefoni squillavano. Le tastiere ticchettavano. Gli agenti svolgevano il proprio lavoro. E il caffè faceva schifo.

Tutti respiravano ed erano vivi. Tutti tranne me.

Io stavo solo fingendo.

Incrociai le braccia e ignorai l'acuta fitta alla spalla.

«Apprezzo il rispetto professionale. Ma a cosa devo questo interesse speciale? Non sono l'unico poliziotto che si è beccato un proiettile mentre era in servizio».

«Non era nemmeno l'unico nome su quella lista, se è per questo», si inserì Graham, aprendo bocca per la prima volta.

La mia mascella si serrò. Quella lista era stata l'inizio dell'incubo.

«Ma è stato il primo a essere preso di mira», continuò Idler. «Il suo nome era nella lista di agenti e informatori. Ma questa faccenda non riguarda solo la sparatoria. È la prima volta che abbiamo qualcosa con cui poter incastrare Anthony Hugo».

Ed era la prima volta che sentivo un qualche tipo di emozione nella sua voce. L'agente speciale Idler doveva avere le idee chiare sui suoi obiettivi personali, e inchiodare il boss della mala Anthony Hugo sicuramente era tra questi.

«Ho bisogno che questo caso fili liscio come l'olio», proseguì. «Motivo per cui non possiamo permettere che la gente del posto cerchi di prendere la situazione in mano. Nemmeno se porta un distintivo. Il bene superiore ha sempre un prezzo».

Mi accarezzai la mascella con una mano e mi sorprese sentire un po' più del solito accenno di barba. Ultimamente, radermi non era in cima alla mia lista di priorità.

Dava per scontato che avrei indagato. Ragionevole, viste le circostanze. Ma non era a conoscenza del mio piccolo segreto. Nessuno lo era. All'esterno forse potevo sembrare in via di guarigione. Potevo indossare l'uniforme e presentarmi al distretto tutti i giorni. Ma dentro di me non era rimasto nulla. Neppure il desiderio di trovare l'uomo responsabile di tutto ciò.

«Cosa si aspetta che faccia il mio dipartimento se Duncan Hugo dovesse tornare qui per piantare pallottole in qualcun altro tra i nostri cittadini? Guardare da un'altra parte?», domandai con voce strascicata.

I federali si scambiarono un'occhiata. «Mi aspetto che ci teniate informati di qualunque fatto locale possa essere collegato al nostro caso», rispose Idler con fermezza. «Abbiamo giusto qualche risorsa in più a disposizione rispetto al suo dipartimento. E nessun fine personale».

Avvertii il guizzo di qualcosa in mezzo a quel nulla assoluto. *Vergogna.*

Quindi avrei dovuto avere un fine personale. Avrei dovuto essere là fuori a dare io stesso la caccia a quell'uomo. Se non per me, allora per Naomi e Waylay. Quel tizio se l'era presa con la fidanzata di mio fratello e sua nipote, rapendole e terrorizzandole per via di quella lista che mi era valsa due fori di proiettile.

Ma una parte di me era morta quella notte in quel fosso, e non sembrava valere la pena di lottare per ciò che ne era rimasto.

«L'agente Graham resterà nei paraggi per qualche tempo. Per tenere d'occhio la situazione», continuò Idler.

Baffetto non sembrava esserne molto più entusiasta di me.

«Qualche situazione in particolare?», domandai.

«Tutti gli altri obiettivi della lista godranno della protezione federale finché non ci saremo assicurati che la minaccia non sia rientrata», spiegò Idler.

Cristo. Tutta questa dannata cittadina sarebbe insorta una volta scoperto che c'erano agenti federali in giro in attesa che qualcuno infrangesse la legge. E io non avevo le energie per gestire un'insurrezione.

«A me non serve nessuna protezione», dissi. «Se Duncan Hugo ha un po' di sale in zucca, non si farà vedere da queste parti. È bello che andato». O almeno, era ciò che mi dicevo nel cuore della notte, quando il sonno non voleva saperne di arrivare.

«Con il dovuto rispetto, comandante, è lei che si è beccato una pallottola. È fortunato a essere ancora qui», ribatté Graham con un fremito compiaciuto dei baffi.

«E che mi dite della fidanzata di mio fratello e sua nipote? Hugo le ha rapite. Avranno anche loro una protezione?»

«Non abbiamo motivo di credere che in questo momento Naomi e Waylay Witt siano in pericolo», rimarcò Idler.

Il formicolio nella mia spalla si trasformò pian piano in una sorda pulsazione, in perfetta armonia con quella che avvertivo alla testa. Ero a corto di sonno e di pazienza, e se non avessi cacciato quelle due spine nel fianco fuori dal mio ufficio, non ero certo di riuscire a mantenere le cose in termini civili.

Chiamando a raccolta quanto più fascino del Sud possibile, mi alzai da dietro la scrivania. «Tutto chiaro. Adesso, se volete scusarmi, ho una città di cui occuparmi».

Gli agenti si alzarono in piedi e ci scambiammo delle frettolose strette di mano.

«Apprezzerei che mi teneste informato. Dato il mio "interesse personale" e tutto il resto», dissi mentre i due raggiungevano la porta.

«Ci assicureremo di condividere quello che possiamo», ribatté Idler. «Ci aspettiamo a nostra volta una telefonata da parte sua non appena ricorderà qualcosa della sparatoria».

«Sarà fatto», dissi a denti stretti. In quella tripletta di ferite fisiche, perdita di memoria e vuoto torpore, ero l'ombra dell'uomo che ero stato un tempo.

«Ci vediamo», mi salutò Graham. Sembrava una minaccia.

Attesi finché non ebbero portato i loro culi fuori dal mio distretto, poi recuperai la giacca dall'appendiabiti. Il foro nella spalla protestò mentre infilavo il braccio dentro la manica. Quello che avevo al torace non stava poi tanto meglio.

«Tutto bene, comandante?», mi domandò Grave quando uscii dal mio ufficio.

In circostanze normali, il mio sergente avrebbe insistito per avere un resoconto dettagliato dell'incontro, seguito da una sessione di un'ora di lamentele su stronzate giurisdizionali. Ma dal momento che mi avevano sparato ed ero quasi morto, stavano facendo tutti del proprio meglio per trattarmi come fossi un poppante.

Forse non stavo nascondendo le cose così bene come pensavo.

«Benissimo». Usai un tono più brusco di quanto intendessi.

«Stai uscendo?», insistette.

«Già».

L'entusiasta agente di pattuglia neoassunta saltò su dalla sedia come una molla. «Se vuoi il pranzo, posso andare a prenderti qualcosa da Dino's, comandante», si offrì.

Nata e cresciuta a Knockemout, Tashi Bannerjee era appena uscita dall'accademia di polizia. Adesso, le sue scarpe erano lucide e i suoi capelli scuri erano tirati indietro in uno chignon che superava persino le aspettative del regolamento di polizia. Ma quattro anni prima, quando andava alle superiori, era stata multata per essersi recata al drive-thru di un fast food in sella a un cavallo. Quasi tutti nel dipartimento avevano costeggiato la linea dell'illegalità a un certo punto in gioventù, e questo dava maggior valore al fatto che avessimo scelto di restare dalla parte giusta, anziché oltrepassarla.

«Ci posso pensare anche da solo al mio pranzo», sbottai.

Si rabbuiò per un breve istante prima di ricomporsi, e mi fece sentire come se avessi appena assestato un calcio a un cucciolo. *Merda.* Mi stavo trasformando in mio fratello.

«Ma grazie dell'offerta», aggiunsi con un tono appena un po' più amichevole.

Fantastico. Adesso avrei dovuto inventarmi qualcosa di carino. Di nuovo. Fare l'ennesimo gesto alla "scusa se sono stato uno stronzo" per cui non avevo le energie. Dall'inizio della settimana, avevo portato ai miei colleghi caffè, ciambelle e – dopo una sfuriata particolarmente imbarazzante a proposito dell'ultimo match di baseball – una confezione famiglia di barrette di cioccolato.

«Vado dal fisioterapista. Starò via un'oretta».

Detto ciò, mi incamminai lungo il corridoio e mi avviai verso l'uscita a passo svelto fingendo di avere questioni di cui occuparmi, in caso a qualcun altro venisse in mente di provare a intavolare una conversazione.

Svuotai la mente e cercai di concentrarmi sul qui e ora.

La piena forza dell'autunno del Nord della Virginia mi colpì non appena varcai le porte di vetro del palazzo municipale Knox Morgan. Il sole risplendeva in un cielo così blu da ferire lo sguardo. Gli alberi che costeggiavano la strada facevano bella mostra di sé, mentre le loro foglie abbandonavano il colore verde per il rosso ruggine, il giallo e l'arancione. Le vetrine dei negozi del centro erano dominate da zucche e balle di fieno.

Sollevai lo sguardo quando sentii il rombo di una motocicletta, e vidi Harvey Lithgow sfrecciarmi accanto. Aveva delle corna da diavolo sopra il casco e uno scheletro di plastica in piedi sul sellino alle sue spalle.

Sollevò una mano per salutarmi, prima di sgommare lungo la strada ad almeno trenta chilometri orari sopra il limite di velocità segnalato. Sempre al di là dei confini della legge.

L'autunno era sempre stata la mia stagione preferita. Nuovi inizi. Belle ragazze con soffici maglioni. Il campionato di football. Il ballo degli ex allievi. Notti fresche riscaldate a suon di bourbon e falò.

Ma adesso era tutto diverso. *Io* ero diverso.

Dato che avevo mentito riguardo alla fisioterapia, non potevo farmi vedere a pranzo in centro, perciò mi diressi verso casa.

Mi sarei preparato un sandwich che non mi andava di mangiare, sarei rimasto seduto da solo e avrei cercato di trovare il modo di superare il resto della giornata senza comportarmi troppo da stronzo.

Avevo bisogno di rimettermi in sesto. Non era poi così difficile riempire scartoffie e fare qualche comparsata come l'inutile leader di facciata che ero diventato.

«Buongiorno, comandante», mi salutò Tallulah St. John, la nostra addetta alla manutenzione, nonché co-proprietaria del Café Rev, mentre attraversava fuori dalle strisce proprio davanti a me. Le sue lunghe treccine nere erano raccolte sopra la spalla della tuta da lavoro. Aveva una busta per la spesa in una mano e un caffè, molto probabilmente preparato da suo marito, nell'altra.

«Buongiorno, Tashi».

Il passatempo preferito a Knockemout era ignorare la legge. A me, che vedevo tutto bianco o nero, a volte sembrava che la gente attorno a me vivesse completamente immersa nel grigio. Fondata da ribelli fuorilegge, la mia cittadina andava poco d'accordo con norme e regole. Il precedente comandante della polizia era stato più che felice di lasciare che per oltre vent'anni i cittadini se la cavassero da soli, mentre lui si lucidava il distintivo come fosse uno status symbol e utilizzava la sua posizione per interessi personali.

Ormai ero comandante da quasi cinque anni. Quella città era la mia casa, e i cittadini la mia famiglia. Ma era chiaro che non ero riuscito a insegnare loro a rispettare la legge. E adesso era solo questione di tempo prima che si rendessero conto tutti che non ero più in grado di proteggerli.

Il telefono che avevo in tasca squillò, e feci per prenderlo con la mano sinistra, prima di ricordarmi che non lo tenevo più da quella parte. Mormorando un'imprecazione, lo tirai fuori con la destra.

Knox: Di' ai federali che possono baciare il culo a te, a me e all'intera, dannata città, già che ci sono.

Ovvio che mio fratello sapesse dei federali. Doveva essere scattato un allarme appena la loro berlina aveva imboccato Main Street. Ma non avevo voglia di discuterne. Non avevo voglia di niente, a dire il vero.

Il telefono mi squillò in mano.

Naomi.

Fino a non molto tempo prima sarei stato persino troppo impaziente di rispondere a quella chiamata. Avevo avuto un debole per quella cameriera appena arrivata in città portandosi dietro una scia di sfortuna. Ma, inspiegabilmente, lei invece si era innamorata del mio scorbutico fratello. Avevo dimenticato quella cotta, ed era stato più semplice di quanto pensassi, ma mi godevo il fastidio che provava mio fratello ogni volta che la sua futura mogliettina s'interessava a me.

Adesso, però, mi sembrava solo l'ennesima responsabilità che proprio non potevo gestire.

Lasciai scattare la segreteria telefonica mentre giravo l'angolo, diretto sulla strada di casa mia.

«Buongiorno, comandante», esclamò Neecey mentre trascinava fuori dall'ingresso della pizzeria la lavagnetta dei menu. Dino's apriva alle 11:00 spaccate sette giorni su sette. Il che significava che avevo retto al lavoro solo per quattro ore prima di dovermela filare. Un nuovo record.

«Buongiorno, Neece», dissi senza entusiasmo.

Volevo entrare in casa e chiudere la porta. Escludere il resto del mondo e immergermi nell'oscurità. Non fermarmi ogni due metri a fare conversazione.

«Ho sentito che il federale con i baffi resterà nei paraggi. Credi che gli piacerà soggiornare al motel?», mi chiese con un luccichio malizioso negli occhi.

Occhiali da vista e gomma da masticare, quella donna era una pettegola incallita che passava il tempo a chiacchierare con mezza città ogni giorno. Ma non aveva tutti i torti. Il motel di Knockemout era il sogno erotico di ogni ispettore sanitario: violazioni di ogni genere possibile. Qualcuno avrebbe dovuto comprare quel posto e raderlo al suolo.

«Scusa, Neece. Devo rispondere». Finsi di aver ricevuto una telefonata e portai il telefono all'orecchio.

Appena la vidi rientrare nel locale, rimisi il telefono in tasca e mi affrettai per il resto del percorso sino all'ingresso del mio palazzo.

Il mio sollievo ebbe vita breve. Il portone che dava sulle scale, in legno scolpito e vetro spesso, era tenuto aperto da uno scatolone con sopra scritto "Dossier" con una grafia scarabocchiata.

Entrai, sempre adocchiando la scatola.

«Dannato bastardo!». Riecheggiò una voce di donna che non era quella della mia anziana vicina.

Alzai lo sguardo proprio mentre un elegante zaino nero ruzzolava giù dalle scale verso di me come un rotolacampo di design. A metà della rampa di scale, un paio di gambe lunghe e snelle attirarono la mia attenzione.

Erano coperte da leggings lucidi color muschio, e la visione migliorava via via sempre più. Il maglione grigio sfumato arrivava sopra l'ombelico e offriva uno scorcio di pelle liscia e abbronzata che rivestiva muscoli ben definiti, sottolineando al tempo stesso delle curve niente male. Ma era il viso il pezzo forte. Zigomi che sembravano scolpiti nel marmo. Occhi grandi e scuri. Labbra carnose arricciate per la seccatura.

I capelli, così scuri da essere quasi neri, erano tagliati in un caschetto corto e mosso che dava l'impressione che qualcuno ci avesse appena passato le dita. Le mie mani, abbandonate lungo i fianchi, ebbero un fremito.

Angelina Solavita, meglio nota come Lina o come la ex ragazza di mio fratello di una vita prima, era uno schianto. Ed era sulle scale di casa mia.

Questo non era un bene.

Mi chinai e raccolsi lo zaino.

«Scusa se ti ho lanciato addosso il bagaglio», esclamò continuando a spingere a fatica un grosso trolley su per gli ultimi scalini.

Non mi lamentavo della vista, ma avevo serie preoccupazioni riguardo alla possibilità di sopravvivere ai convenevoli.

Il secondo piano ospitava tre appartamenti: il mio, quello della signora Tweedy e uno vuoto accanto a quello in cui abitavo io.

Avevo già il mio bel da fare a vivere dall'altra parte del pianerottolo di un'anziana vedova che non aveva granché in conto il rispetto della privacy e dello spazio personale. Non mi servivano ulteriori distrazioni. Neanche se avevano l'aspetto di Lina.

«Ti stai trasferendo?», le domandai quando ricomparve in cima alle scale. Le parole sembravano forzate, e la mia voce tesa.

Lei mi scoccò uno di quei suoi sorrisetti sexy. «Già. Che c'è per cena?».

La guardai scendere con una corsetta, rapida e aggraziata.

«Sicuramente puoi ambire a qualcosa di meglio rispetto a ciò che ho da offrire io». Non andavo al supermercato da… Ok, non riuscivo a ricordare l'ultima volta in cui mi ero avventurato dentro l'alimentari Grover per comprare del cibo. Mi sfamavo con i takeaway, quando mi ricordavo di mangiare.

Lina si fermò sull'ultimo scalino, facendoci ritrovare così alla stessa altezza, e mi squadrò da capo a piedi con lentezza. Mi fece un grande sorriso malizioso. «Non sminuirti così, Fenomeno».

Mi aveva chiamato così per la prima volta un paio di settimane prima, quando aveva sistemato il macello che avevo combinato con i punti di sutura per salvare il culo a mio fratello. In quel momento, avrei dovuto concentrarmi sulla valanga di scartoffie di cui mi sarei dovuto occupare a causa del rapimento e della successiva sparatoria. Invece, mi ero appoggiato al muro, distratto dalle mani calme e competenti di Lina, e dal suo profumo di fresco e pulito.

«Stai flirtando con me?». Non avrei voluto dirlo proprio così, a bruciapelo, ma ero tenuto insieme dalla sola forza di volontà.

Perlomeno, non le avevo detto che mi piaceva il profumo del suo detersivo.

Lei inarcò un sopracciglio. «Sei il mio affascinante nuovo vicino, il capo della polizia e il fratello del mio ragazzo del college».

Si sporse di un centimetro più avanti, e una singola scintilla di un qualcosa di caldo si agitò nel mio stomaco. Avrei voluto aggrapparmici, stringerla tra le mani finché non avesse scongelato il mio sangue ghiacciato.

«Io *adoro* le pessime idee. Tu no?». Il suo sorriso adesso era un concentrato di pericolo.

Il vecchio me avrebbe fatto appello al proprio fascino. Si sarebbe divertito a flirtare un po'. Avrebbe apprezzato quella reciproca attrazione. Ma non ero più quell'uomo.

Quando si allungò per prendere lo zaino, le sue dita si strinsero attorno alle mie. I nostri sguardi si incrociarono, e indugiarono l'uno nell'altro. Quella scintilla si moltiplicò in una decina di piccoli tizzoni ardenti, quasi sufficienti a ricordarmi cosa volesse dire provare qualcosa.

Quasi.

Mi fissò con intensità. Quegli occhi marroni come il whisky mi scrutarono come fossi un libro aperto.

Districai le dita dalle sue. «Cos'hai detto che fai per vivere?», le domandai. L'aveva già accennato in passato, definendolo noioso, poi aveva cambiato argomento. Ma aveva uno sguardo che non si perdeva nulla, ed ero curioso di scoprire quale lavoro le permettesse di starsene per molte settimane di fila a Nullacity, Virginia.

«Assicurazioni». Si portò lo zaino su una spalla.

Nessuno dei due si ritrasse. Nel mio caso, perché quelle scintille erano la prima bella sensazione che provavo da settimane.

«Che genere di assicurazioni?»

«Perché? Ti serve una nuova polizza?», mi punzecchiò mentre iniziava a indietreggiare.

Volevo che restasse vicina. Avevo bisogno di ravvivare quelle deboli scintille per vedere se c'era qualcosa dentro di me che valeva la pena di incendiare.

«Vuoi che te lo porti io?», mi offrii, indicandole con il pollice la scatola contro la porta.

Il suo sorriso scomparve. «Non serve», disse brusca, e provò a oltrepassarmi.

La bloccai. «La signora Tweedy mi farebbe secco se scoprisse che ti ho fatto trascinare quella scatola su per le scale», insistetti.

«La signora Tweedy?».

Indicai verso l'alto. «2C. È fuori con il suo gruppo di sollevamento pesi. Ma la conoscerai presto, vedrai, non perderà tempo».

«Se è fuori, non potrà mai sapere che non hai peggiorato le tue ferite da proiettile insistendo per trasportare una scatola su per una rampa di scale», sottolineò Lina. «Come procede la guarigione?»

«Bene», mentii.

Lei fece un verso a labbra serrate e inarcò di nuovo il sopracciglio. «Davvero?».

Non mi credeva. Ma il mio desiderio di quei piccolissimi frammenti di sensazione era così forte, così disperato, che non mi importava.

«Sono sano come un pesce», ribadii.

Sentii il basso squillo di un telefono e notai il guizzo di fastidio di Lina mentre recuperava il cellulare da una qualche tasca nascosta nell'elastico dei suoi leggings. Lo intravidi di sfuggita, ma notai il nome "Mamma" sullo schermo prima che lei premesse "Ignora". A quanto pareva stavamo entrambi evitando la famiglia.

Ne approfittai e usai quella distrazione per recuperare la scatola, usando di proposito il braccio sinistro, che subito prese a pulsare, e una goccia di sudore freddo mi scivolò lungo la schiena. Ma non appena incrociai di nuovo lo sguardo di Lina, riecco le scintille.

Non sapevo cosa fosse, sapevo solo che ne avevo bisogno.

«Vedo che la testardaggine dei Morgan è forte in te così come in tuo fratello», osservò lei, rimettendosi il telefono in tasca. Mi rivolse un'altra occhiata meditabonda, poi si voltò e risalì le scale.

«A proposito di Knox», dissi, sforzandomi di mantenere un tono di voce naturale. «Deduco che tu sia al 2B». Mio fratello era il proprietario dell'edificio, che includeva il bar e il barbiere al primo piano.

«Sì. Prima stavo al motel», rispose.

Invocai una preghiera di ringraziamento per il fatto che stava salendo le scale con più lentezza di quanta ne avesse avuta a scenderle.

«Non posso credere che tu abbia resistito così a lungo».

«Stamattina ho visto un topo lanciarsi in una scaramuccia con uno scarafaggio che era grande almeno quanto lui. È stata l'ultima goccia», dichiarò.

«Potevi farti ospitare da Knox e Naomi». Mi costrinsi a pronunciare quelle parole prima che fossi troppo a corto di fiato. Ero fuori forma, e il suo sedere sodo in quei leggings non stava giovando alla mia resistenza cardiovascolare.

«Mi piace avere il mio spazio», ribatté.

Arrivammo in cima alle scale, e la seguii attraverso la porta aperta accanto alla mia, mentre un altro rivolo di sudore ghiacciato mi scendeva giù per la schiena. Avevo davvero bisogno di tornare in palestra. Se dovevo essere un cadavere vivente per il resto della mia esistenza, almeno che fossi un cadavere vivente che poteva sostenere una conversazione su una rampa di scale.

Lina lasciò cadere lo zaino dentro casa, poi si voltò per recuperare la scatola dalle mie mani.

Ancora una volta, le nostre dita si sfiorarono.

Ancora una volta, avvertii qualcosa. E non era solo il dolore alla spalla, o il vuoto dentro il mio petto.

«Grazie per l'aiuto», fece lei, riprendendosi la scatola.

«Se hai bisogno di qualcosa, sono alla porta accanto», dissi.

Incurvò appena le labbra. «Buono a sapersi. Ci vediamo, Fenomeno».

Rimasi piantato sul posto anche dopo che lei ebbe richiuso la porta, aspettando che ciascuno di quei tizzoni ardenti si raffreddasse.

2
Tattiche di elusione

Lina

Chiusi la mia nuova porta di ingresso in faccia a Nash Morgan e al suo ferito e malinconico metro e ottantacinque.

«Non pensarci nemmeno», borbottai a me stessa.

Non mi sarebbe dispiaciuto giocare un po' col fuoco, conoscere meglio Stallone Perfettino, come lo chiamavano le signore di Knockemout… Ma avevo cose più urgenti di cui occuparmi che non scacciare la tristezza che Nash indossava come un mantello flirtando con lui.

Ferito e malinconico, ripensai mentre spostavo i miei dossier nella stanza.

Non mi sorprendeva esserne attratta. Di solito preferivo vivermela alla "goditeli e lasciali", ma non c'era nulla che amassi più di una sfida, come per esempio penetrare sotto quella facciata, scoprire cosa nascondevano i suoi occhi da eroe triste.

Ma Nash sembrava il genere di uomo che vuole sistemarsi, e io ero allergica alle relazioni.

Appena mostravi interesse verso qualcuno, quello iniziava a sentirsi in diritto di dirti cosa fare e come farlo, due delle cose che amavo di meno in assoluto. A me piaceva spassarmela, il brivido della caccia. Mi divertivo a giocare con i pezzi di un puzzle finché non ottenevo l'immagine completa, per poi passare a quella successiva. E, nel frattempo, camminare per una casa mia, piena delle mie cose, e ordinare il cibo che preferivo senza dover discutere con nessuno su cosa guardare alla TV.

Lasciai cadere la scatola sul tavolinetto da pranzo e ispezionai il mio nuovo regno.

L'appartamento aveva il suo perché. Riuscivo a capire il motivo per cui Knox avesse investito in quell'edificio. Non era mai stato il tipo che non nota il potenziale sotto la superficie di un enorme disastro. Soffitti alti, pavimenti in legno grezzo, grandi finestre che affacciavano sulla strada.

La zona giorno era arredata con un divano a fantasia floreale sbiadita rivolto verso una parete di mattoni vuota, un piccolo ma robusto tavolo da pranzo tondo con tre sedie, e una specie di sistema di mensole ricavato da vecchie cassette sotto le finestre frontali.

La cucina, che era racchiusa in un ambiente piccolo e dalle pareti in cartongesso, era vecchia di almeno vent'anni. Non era un problema, tanto non cucinavo. I ripiani erano di un pacchiano giallo laminato che aveva abbondantemente fatto il suo tempo, ammesso che ne avesse mai avuto uno. Ma c'erano un microonde e un frigo grande quanto bastava per contenere pasti takeaway e una confezione da sei di birra: per me andava più che bene.

La camera da letto era vuota, a parte un considerevole armadio che, a differenza della cucina, *era* una necessità per me considerata la mia passione per l'abbigliamento. Il bagno attiguo era vintage in modo affascinante, con tanto di vasca con i piedini e un lavandino a piedistallo assolutamente inutile che avrebbe potuto ospitare lo zero per cento della mia collezione di trucchi e prodotti per la cura della pelle.

Feci un bel respiro. Era il momento di provare il divano e, in base a quanto fosse stato comodo, decidere se comprare un letto oppure no. Non sapevo quanto a lungo sarei rimasta, né quanto mi ci sarebbe voluto per trovare ciò che stavo cercando.

Speravo con tutta me stessa che non mi ci volesse molto.

Mi lasciai cadere sul divano, pregando che fosse comodo.

Non lo era.

«Perché mi stai punendo?», domandai rivolta al soffitto. «Non sono una brutta persona. Mi fermo per far attraversare i pedoni. Faccio donazioni a quel rifugio per animali. Mangio le verdure. Cos'altro vuoi?».

L'universo non rispose.

Feci un sospiro e ripensai alla mia casa di Atlanta. Ero abituata a adattarmi quando ero fuori per lavoro. Tornare da un soggiorno prolungato in un motel a due stelle mi faceva sempre apprezzare le mie lenzuola costose, il mio divano imbottito di design e il mio guardaroba meticolosamente ordinato.

Tuttavia, questo particolare soggiorno prolungato stava diventando ridicolo.

E più restavo lì senza una svolta, un indizio o una luce in fondo al tunnel, più diventavo irrequieta. Sulla carta forse davo l'impressione di essere una ribelle impulsiva. Nella realtà, mi stavo solo attenendo al piano che avevo stabilito molto tempo prima. Ero paziente e logica, e i rischi che affrontavo erano – quasi sempre – calcolati.

Ma settimane intere in una cittadina a trentotto minuti dal negozio Sephora più vicino senza la benché minima indicazione che fossi sulla pista giusta stavano iniziando a logorarmi. Da qui la conversazione con il soffitto.

Ero annoiata e frustrata, una combinazione pericolosa, perché mi rendeva impossibile ignorare il dubbio che mi assillava, che forse questo lavoro non mi piaceva più come un tempo. Quel dubbio che era spuntato fuori per magia quando le cose avevano preso una brutta piega durante l'ultimo incarico. Un'altra cosa a cui non volevo pensare.

«Okay, universo», dissi rivolgendomi di nuovo al soffitto. «Ho bisogno che almeno una cosa vada come dico io. Solo una. Una svendita di scarpe, che so, o magari qualche sviluppo in questo caso prima che vada fuori di testa?».

Questa volta, l'universo mi rispose con una telefonata.

L'universo era uno stronzo.

«Ciao, mamma», risposi con una punta di fastidio e al tempo stesso di affetto.

«Eccoti! Ero preoccupata». Bonnie Solavita non era nata guerriera, ma aveva accettato il mantello che le era stato posato sulle spalle con una dedizione entusiastica a questo ruolo.

Incapace di restare seduta ferma durante quelle conversazioni giornaliere, mi alzai dallo scomodo divano e mi diressi verso il tavolino. «Stavo salendo le scale e avevo le mani occupate», spiegai.

«Non stai esagerando, vero?»

«Erano solo una valigia e una rampa di scale», specificai, togliendo il coperchio alla scatola di dossier. «Voialtri cosa state combinando?». Reindirizzare la conversazione era ciò che preservava intatto il rapporto con i miei genitori.

«Io sto per iniziare una riunione di marketing, e tuo padre è da qualche parte sotto il cofano di quella dannata auto», disse.

Quando ero piccola, mia madre aveva preso una pausa più lunga del necessario dal suo lavoro come responsabile marketing, così da potermi asfissiare finché non mi ero trasferita a tre stati di distanza per andare al college. Da allora, aveva ricominciato a lavorare e aveva aveva fatto carriera come dirigente di un'azienda sanitaria nazionale.

A mio padre, Hector, mancavano sei mesi per andare in pensione dal suo lavoro di idraulico. "Quella dannata auto" era la Mustang Fastback del 1968 con un disperato bisogno di cure con cui l'avevo sorpreso due anni prima per il suo compleanno, grazie al grosso e grasso assegno di un bonus sul lavoro. Ne aveva posseduta una quando era un giovane maschione single in Illinois, finché non l'aveva scambiata con un elegante furgone pick-up per fare colpo sulla figlia di un agricoltore. Papà aveva sposato la figlia dell'agricoltore – mia madre – e aveva trascorso i decenni successivi a provare nostalgia per la sua auto.

«È riuscito a farla ripartire?», domandai.

«Non ancora. Mi ha annoiata a morte con una dissertazione di venti minuti sui carburatori, ieri sera a cena. Io l'ho annoiato a mia volta con una spiegazione su come stiamo cambiando il nostro messaggio promozionale in base ai dati demografici sull'espansione suburbana nella costa est», mi illustrò compiaciuta mia madre.

Scoppiai a ridere. I miei genitori avevano una di quelle relazioni in cui non importava quanto fossero diversi l'uno dall'altra, non importava da quanto tempo fossero sposati, erano ancora i più grandi sostenitori… e le più grandi scocciature reciproche.

«È proprio in linea con entrambi», dissi.

«La chiave sta nella coerenza», canticchiò mia madre.

Sentii qualcuno dal suo capo della linea sparare a raffica una domanda.

«Vai con la seconda serie di slide per la presentazione. Ieri sera ho apportato qualche aggiustamento. Oh, e prima di andare prendimi una bottiglietta d'acqua, ti dispiace? Grazie». Mia madre si schiarì la gola. «Scusa per l'interruzione, tesoro».

La differenza tra la sua voce da capa e la sua voce da mamma era fonte di infinito divertimento per me.

«Nessun problema. Sei una capa impegnata».

Ma non troppo impegnata per parlare con sua figlia nei giorni designati.

Già. Tra il ferreo programma di mia madre e il desiderio dei miei genitori di assicurarsi sempre che stessi bene, parlavo con almeno uno di loro ogni giorno. Se li evitavo troppo a lungo, erano capaci di presentarsi senza preavviso sulla soglia di casa mia.

«Sei ancora a Washington, giusto?», domandò lei.

Feci una smorfia, consapevole di cosa mi stava aspettando. «Nei dintorni. Sono in una cittadina a nord di Washington».

«Le cittadine sono i luoghi in cui le professioniste impegnate vengono sedotte dai rudi imprenditori locali. Oh! O da uno sceriffo. Hai già conosciuto lo sceriffo?».

Qualche anno prima una collega di mia madre l'aveva fatta appassionare ai romanzi rosa. Ogni anno prendevano ferie insieme nel periodo che coincideva sempre con un firmacopie da qualche parte. E da allora mia madre si aspettava che da un momento all'altro la mia vita si trasformasse nella trama di una commedia romantica.

«Comandante di polizia», la corressi. «E, a dire il vero, vive alla porta accanto».

«Mi fa sentire un migliaio di volte meglio sapere che hai un poliziotto come vicino. Sono addestrati a fare la respirazione bocca a bocca, sai?»

«E in svariate altre abilità speciali», risposi asciutta, cercando di non suonare seccata.

«È single? Carino? Qualche campanello d'allarme?»

«Credo di sì. Decisamente. E non ho avuto modo di conoscerlo abbastanza bene per notarne alcuno. È il fratello di Knox».

«Oh».

Mamma riusciva a dire moltissimo con una sola sillaba. I miei genitori non avevano mai conosciuto Knox. Sapevano solo che ci eravamo frequentati – per un periodo molto breve – quando ero al college, e che eravamo rimasti amici. Mamma lo incolpava erroneamente del fatto che la sua figlia trentasettenne fosse ancora single e disponibile.

Non che vivesse nella disperata attesa di un matrimonio e di nipotini. Ma i miei genitori non avrebbero tirato un sospiro di sollievo finché non avessi avuto qualcuno nella mia vita che potesse assumersi il ruolo di preoccupato protettore. Non importava quanto autosufficiente fossi diventata. Per mia madre e mio padre, ero ancora una quindicenne in un letto d'ospedale.

«Sai, tuo padre e io stavamo giusto parlando di fare un viaggetto per il weekend. Potremmo salire su un aereo e venire lì questo fine settimana».

L'ultima cosa di cui avevo bisogno era che uno o entrambi i miei genitori mi seguissero in città mentre cercavo di lavorare.

«Non so ancora quanto mi fermo qui». Cercai di usare la diplomazia. «Potrei rientrare a casa da un momento all'altro». Improbabile, a meno di non trovare qualcosa che conducesse il caso verso una nuova direzione. Ma, ciononostante, almeno non era una totale bugia.

«Non capisco come gestire corsi di formazione aziendale possa essere una cosa così indefinita», rifletté mia madre. Per fortuna, prima che dovessi inventarmi una risposta plausibile, sentii un altro commento attutito dal suo capo della linea. «Devo andare, tesoro. La riunione sta iniziando. Comunque, fammi sapere quando sarai di ritorno ad Atlanta. Prenderemo un aereo e verremo a trovarti prima del tuo ritorno a casa per il Ringraziamento. Se calcoliamo bene i tempi, possiamo venire con te all'appuntamento».

Già. Perché sarei andata a un appuntamento dal medico con i miei genitori appresso. Sicuro. «Ne riparliamo più avanti», dissi.

«Ti voglio bene, tesoro».

«Ti voglio bene anch'io».

Chiusi la telefonata e feci un sospiro che sul finale si trasformò in un gemito. Persino a centinaia di chilometri di distanza, mia madre riusciva ancora a farmi sentire come se mi stesse tenendo un cuscino premuto sulla faccia.

Sentii bussare alla porta, e scoccai un'occhiata diffidente in quella direzione, domandandomi se dall'altra parte non ci fosse mia madre in attesa di farmi una sorpresa.

Ma poi si udì un tonfo che sembrava quello di uno stivale che colpiva con irritazione la parte inferiore della mia porta. Fu seguito da un grugnito. «Apri, Lina. Questa roba è pesante».

Attraversai la stanza e spalancai la porta, e mi ritrovai davanti Knox Morgan, la sua bella fidanzata, Naomi, e la nipote di Naomi, Waylay, in piedi sul pianerottolo.

Naomi stava sorridendo e teneva tra le mani una pianta in vaso. Knox aveva un'espressione burbera e reggeva quelli che sembravano cento chili di biancheria da letto. Waylay portava due cuscini e sembrava annoiata.

«Perciò è questo che succede a lasciare quel sudicio motel? La gente inizia a presentarsi senza preavviso?», ironizzai.

«Spostati». Knox mi oltrepassò a forza da sotto un piumone bianco.

«Scusa se piombiamo qui in questo modo, ma volevamo portarti dei regali per la nuova casa», disse Naomi.

Era una brunetta alta con un guardaroba solitamente molto femminile. Ogni cosa in lei era delicata: il suo caschetto mosso, la maglia in jersey del vestito a maniche lunghe sopra le curve generose, il modo in cui apprezzava il gran bel sedere del suo fidanzato, che stava avanzando verso la mia camera da letto.

I bei sederi erano di famiglia tra i Morgan. A sentire la madre di Naomi, Amanda, il sedere di Nash nei suoi pantaloni dell'uniforme era considerato un tesoro locale.

Waylay scivolò attraverso la soglia di casa. Aveva i capelli biondi con alcune ciocche colorate di blu, raccolti in una coda di cavallo. «Ecco». Mi scaricò i cuscini tra le mani.

«Grazie, ma non mi sto "trasferendo trasferendo"», sottolineai, gettandoli sul divano.

«Knockemout trova sempre il modo di diventare *casa*», disse Naomi, porgendomi la pianta in vaso.

Lei lo sapeva bene. Era arrivata qualche mese prima pensando di dover aiutare sua sorella a tirarsi fuori dai guai, solo per ritrovarcisi immischiata a sua volta. Nel giro di qualche settimana, Naomi era diventata tutrice di sua nipote, aveva trovato due lavori, era stata rapita e aveva fatto innamorare di sé Knox "non sono un tipo da relazioni" Morgan.

Adesso vivevano in una grande casa appena fuori città, circondati dai cani e dalla famiglia, e stavano organizzando un matrimonio. Mi presi un appunto mentale di presentare Naomi a mia madre un giorno. Mamma avrebbe perso la testa per un vero "e vissero felici e contenti".

Knox tornò dalla camera da letto a mani vuote. «Benvenuta nella tua nuova casa. Il letto arriverà oggi pomeriggio».

Sgranai gli occhi. «Mi hai preso un letto?»

«Fattene una ragione», disse, facendo scivolare un braccio sulle spalle di Naomi e attirandola al suo fianco.

Naomi gli assestò una gomitata allo stomaco. «Sii gentile».

«No», ringhiò lui.

Erano proprio un bel quadretto. Il burbero alto, barbuto e tatuato e la procace e sorridente brunetta.

«Quello che intendeva dire il Vichingo è che siamo lieti che resterai in città e abbiamo pensato che un letto avrebbe reso più confortevole la tua permanenza», tradusse Naomi.

Waylay si lasciò cadere sopra i cuscini sul divano. «Dov'è la TV?», domandò.

«Non ne ho ancora una. Ma quando ce l'avrò, ti chiamerò per aiutarmi a installarla, Way».

«Quindici verdoni», rispose lei, infilandosi le mani dietro la testa. Quella ragazzina era un genio dell'elettronica, e non si faceva problemi a ricavare qualche dollaro dal suo talento.

«Waylay», la ammonì Naomi, esasperata.

«Che c'è? Le sto offrendo lo sconto amici e familiari».

Cercai di ricordare se ero mai stata abbastanza in intimità con qualcuno da guadagnarmi uno sconto amici e familiari.

Knox strizzò l'occhio a Waylay, poi strinse di nuovo Naomi. «Devo parlare con Nash di una cosa», disse, indicando col pollice la porta di casa mia. «Se ti serve altro, Leens, fammelo sapere».

«Che dire, sono solo felice che qui non dovrò più lottare contro un esercito di scarafaggi per la doccia. Grazie per avermi fatta trasferire, anche se non per sempre».

Lui mi salutò con la mano e con un mezzo sorriso mentre si dirigeva verso la porta.

Naomi rabbrividì. «Quel motel è un pericolo per la salute».

«Almeno lì c'era la TV», esclamò Waylay dalla mia camera da letto vuota.

«Waylay! Che stai facendo?», domandò sua zia.

«Sto solo curiosando», rispose la dodicenne, comparendo sulla soglia della camera con le mani nelle tasche ricoperte di brillantini dei suoi jeans. «Tranquilla. La casa è praticamente vuota».

Dal pianerottolo provenne un forte colpo. «Apri, coglione», ringhiò Knox.

Naomi alzò gli occhi al cielo. «Mi scuso per la mia famiglia. A quanto pare, sono stati tutti allevati dai lupi».

«L'inciviltà ha il suo fascino», sottolineai. Mi resi conto che tenevo ancora la pianta tra le mani, così la portai alla finestra e la posizionai sopra una delle cassette vuote. Aveva delle foglie verde brillante.

«È mughetto. Non fiorirà prima della primavera, ma simboleggia la felicità», mi spiegò Naomi.

Ovvio. Naomi era premurosa a livello esperta.

«L'altro motivo per cui siamo piombati qui così è che volevamo invitarti a cena domenica sera», proseguì.

«Pollo alla griglia, ma con tutta probabilità ci saranno almeno un centinaio di verdure», mi avvisò Waylay mentre vagava verso la finestra per sbirciare all'esterno.

Una cena da non dover ordinare col takeaway e l'occasione di godermi un Knox addomesticato? Non avevo alcuna intenzione di rinunciare a quell'invito. «Certo. Fammi sapere cosa posso portare».

«Basta che porti te stessa. In tutta onestà, tra me, i miei genitori e Stef, ci aspetta un banchetto», mi assicurò Naomi.

«Che ne dici dell'alcol?», proposi.

«Quello non lo rifiutiamo mai», ammise lei.

«E una bottiglia di limonata», aggiunse Waylay.

Naomi lanciò alla ragazzina uno sguardo di avvertimento da genitore.

«Per piacere», si corresse quest'ultima.

«Se vuoi un'intera bottiglia di una bibita che ti farà marcire i denti, oggi a pranzo dovrai mangiare un'insalata assieme alla pizza e stasera a cena i broccoli», insistette Naomi.

Waylay mi guardò alzando gli occhi al cielo mentre raggiungeva il tavolino. «La zia Naomi è ossessionata dalle verdure».

«Credimi, ci sono cose peggiori da cui essere ossessionati», le dissi.

Adocchiò la mia scatola di dossier, e mi pentii di non averci rimesso sopra il coperchio quando le sue dita leste afferrarono un faldone e lo tirarono fuori.

«Bel tentativo, ficcanaso», dissi, strappandoglielo dalle mani con gesto plateale.

«Waylay!», la rimproverò Naomi. «Lina lavora nelle assicurazioni. Sono informazioni riservate».

Non immaginava quanto.

Presi il coperchio e lo rimisi sulla scatola.

I colpi alla porta accanto proseguirono. «Nash? Ci sei?».

Sembrava che non fossi la sola a nascondermi dalla famiglia.

«Forza, Way. Andiamo prima che Knox rada al suolo l'edificio», Naomi allungò il braccio verso la nipote. Waylay scivolò a fianco della zia, accettando l'offerta di affetto.

«Grazie per la pianta… e il letto… e la casa», dissi.

«Sono così felice di averti qui un po' più a lungo», fece Naomi mentre ci dirigevamo verso la porta.

Almeno una di noi due lo era.

Knox era in piedi di fronte alla porta di Nash, e stava frugando tra le chiavi del suo mazzo.

«Non penso sia a casa», dissi rapida. Qualunque cosa stesse succedendo a Nash, dubitavo che volesse che il fratello piombasse nel suo appartamento.

Knox alzò lo sguardo. «Ho sentito che è uscito dal lavoro ed è venuto qui».

«Tecnicamente, abbiamo sentito che era uscito per andare dal fisioterapista, ma Neecey di Dino's l'ha visto lì fuori», commentò Naomi.

Nelle cittadine le chiacchiere viaggiavano più veloci della luce. «È probabile sia venuto e se ne sia subito andato. Ho fatto un sacco di trambusto a trascinare la mia roba quassù e non l'ho visto».

Knox si rimise le chiavi in tasca. «Se lo vedi, digli che lo sto cercando».

«Anch'io», aggiunse Naomi. «Ho provato a chiamarlo per invitarlo alla cena di domenica, ma è scattata subito la segreteria telefonica».

«Già che ci sei, digli che lo sto cercando anch'io», si intromise Waylay.

«Perché tu lo staresti cercando?», domandò Knox.

Waylay alzò le spalle strette nel suo maglioncino rosa. «Boh. Solo che mi sentivo tagliata fuori».

Knox le afferrò la testa e le scompigliò i capelli.

«Cavoli! È per questo che devo usare la lacca!», si lamentò Waylay, ma vidi le sue labbra piegarsi verso l'alto quando il mio scorbutico amico tatuato le schioccò un bacio sopra la testa.

Tra Naomi e Waylay, avevano fatto l'impossibile e avevano trasformato Knox Morgan in un tenerone. E io avevo un posto in prima fila per lo spettacolo.

«Il letto arriverà oggi pomeriggio alle tre. Domenica si cena alle sei», disse Knox in tono burbero.

«Ma puoi venire prima. Soprattutto se porti il vino», fece Naomi con un occhiolino.

«E la limonata», aggiunse Waylay.

«Allora ci vediamo».

I tre si diressero giù per le scale, Knox nel mezzo che cingeva le sue ragazze con le braccia.

«Grazie per avermi permesso di stare qui», gridai loro dietro.

Knox sollevò una mano in risposta.

Li guardai andarsene, poi chiusi la porta. Il verde brillante della pianta attirò il mio sguardo. Un solitario oggetto che sapeva di casa su un ripiano altrimenti vuoto.

Non avevo mai avuto una pianta prima. Niente piante. Niente animali. Nulla che non potesse sopravvivere per giorni o settimane senza di me.

Speravo di non ucciderla prima di aver risolto le mie questioni lì. Con un sospiro, recuperai il dossier che aveva afferrato Waylay e lo aprii.

Il volto di Duncan Hugo ricambiò il mio sguardo.

«Non puoi nasconderti per sempre», dissi rivolta alla fotografia.

Sentii la porta di casa di Nash aprirsi e richiudersi con delicatezza.

3

Morto in un fosso

Nash

Il sole si levò sopra le cime degli alberi, trasformando le punte congelate dei fili d'erba in diamanti rilucenti mentre conducevo il mio SUV fuori strada. Ignorai il martellare del mio cuore, i palmi sudati, la stretta al petto.

La maggior parte degli abitanti di Knockemout doveva essere ancora a letto. In generale, eravamo più una cittadina di bevitori nottambuli che non di gente mattiniera. Il che significava che le possibilità di imbattermi in qualcuno in giro a quell'ora erano poche.

Non avevo bisogno che l'intera città parlasse di come il comandante Morgan si fosse fatto sparare e poi avesse perso la testa nel tentativo di ritrovare la sua dannata memoria.

Knox e Lucian si sarebbero subito messi in mezzo, ficcando i loro nasi da civili in cose che non li riguardavano. Naomi mi avrebbe lanciato uno dei suoi sguardi comprensivi e avrebbe cominciato a riempirmi di cibo e biancheria pulita insieme ai suoi genitori. Liza J, invece, avrebbe finto che non fosse successo nulla e, da buon Morgan, era l'unica reazione con cui mi sarei sentito anche solo remotamente a mio agio. Alla fine, mi avrebbero fatto pressione convincendomi a prendere un'aspettativa. Ma, a quel punto, cosa mi sarebbe rimasto?

Perlomeno, grazie al lavoro, avevo un motivo per andare avanti. E una ragione per alzarmi dal letto, o dal divano, ogni mattina.

E se mi alzavo ogni giorno e indossavo l'uniforme, tanto valeva che facessi qualcosa di utile.

Parcheggiai l'auto e spensi il motore. Stringendo le chiavi nel pugno, aprii la portiera e scesi sullo sterrato.

Era una mattinata luminosa e frizzante. L'aria non era densa di umidità, né c'era buio pesto come quella notte. Almeno quella parte me la ricordavo.

L'ansia era come una palla di terrore che mi si era piazzata nello stomaco.

Presi un respiro profondo per calmarmi. Inspirare per quattro secondi. Trattenere il fiato per sette. Espirare per otto.

Ero preoccupato. Preoccupato di non riuscire più a ricordare. Preoccupato di riuscire a farlo. Non sapevo quale delle due fosse peggio.

Dall'altra parte della strada c'era l'infinito groviglio di erbacce e piante troppo cresciute di una proprietà ipotecata e dimenticata.

Mi concentrai sul profilo seghettato delle chiavi che mi affondava nella pelle, sullo scricchiolio della ghiaia sotto gli stivali. Camminai lentamente verso l'auto che non c'era. L'auto che non riuscivo a ricordare.

La stretta che mi serrava il petto aumentò in modo doloroso. Il mio avanzare si interruppe. Forse il mio cervello non riusciva a ricordare, ma qualcosa in me sì.

«Continua a respirare e basta, coglione», ricordai a me stesso.

Quattro. Sette. Otto.

Quattro. Sette. Otto.

Alla fine, i piedi obbedirono al comando e ripresero a muoversi in avanti.

Mi ero avvicinato all'auto, una berlina scura a quattro porte, da dietro. Non ricordavo di averlo fatto, ma avevo visionato le riprese dell'incidente della dashcam almeno un migliaio di volte, sperando che mi stimolassero la memoria. Invece, ogni volta mi sentivo come se stessi osservando qualcun altro dirigersi verso la sua esperienza di quasi morte.

Nove passi dal mio sportello al parafango posteriore della berlina.

Avevo sfiorato il fanale posteriore col pollice. Lo facevo sempre, era una specie di innocuo rituale, banale, almeno finché non era stata proprio la mia impronta a identificare l'auto dopo che era stata ritrovata.

Del sudore freddo mi correva lungo la schiena.

Perché non riuscivo a ricordare?

Ci sarei mai riuscito?

Me ne sarei accorto se Hugo fosse tornato a finire il lavoro?

L'avrei visto arrivare?

Mi sarebbe importato abbastanza da fermarlo?

«A nessuno piace un patetico cretino depresso», borbottai a voce alta.

Con respiro tremante, mossi altri tre passi, mettendomi di fianco nel punto in cui avrebbe dovuto esserci lo sportello del guidatore. Un tempo c'era del sangue qui. La prima volta che ero tornato, non ero neppure riuscito a scendere dall'auto. Ero rimasto seduto al volante a fissare lo sterrato pieno di macchie color ruggine.

Non c'era più. Cancellato dalla natura. Eppure riuscivo ancora a vederlo.

Riuscivo ancora a sentire l'eco di un rumore. Qualcosa a metà tra un crepitio e uno scricchiolio. Mi tormentava in sogno. Non sapevo cosa fosse, ma sentivo che era al tempo stesso importante e tremendo.

«Cazzo», mormorai sottovoce.

Mi premetti il pollice in mezzo alle sopracciglia e massaggiai.

Avevo estratto l'arma troppo tardi. Non ricordavo il morso del proiettile nella carne. Due colpi rapidi. La caduta a terra. O Duncan Hugo che scendeva dall'auto e incombeva su di me. Non ricordavo cosa mi avesse detto mentre mi calpestava il polso della mano con cui sparavo. Non ricordavo di quando aveva mirato con la sua arma per un'ultima volta alla mia testa. Non ricordavo cosa avesse detto.

Sapevo solo che sarei morto.

Sarei dovuto morire.

Se non fosse stato per quei fanali.

Fortuna. Nient'altro che la fortuna a pararsi tra me e quell'ultimo proiettile.

Hugo se l'era svignata. Venti secondi dopo, un'infermiera in ritardo per il suo turno al pronto soccorso mi aveva notato ed era intervenuta subito. Senza esitazioni. Senza panico. Solo pura competenza. Altri sei minuti prima che arrivassero i soccorsi. I soccorritori, uomini e donne che conoscevo da quasi tutta la vita, avevano seguito la procedura e svolto il loro lavoro con provata efficienza. Non avevano dimenticato il loro addestramento. Non avevano commesso errori né reagito con eccessivo ritardo.

Il tutto mentre io giacevo quasi senza vita sul ciglio della strada.

Non avevo memoria dell'infermiera che usava la mia radio per chiamare aiuto mentre continuava a fare pressione sulla ferita. Non ricordavo Grave che si inginocchiava accanto a me e mi parlava in sussurri mentre i paramedici mi tagliavano la camicia per spogliarmi. Non avevo alcun ricordo di essere stato messo su una barella e trasportato all'ospedale.

Una parte di me era morta lì, proprio in quel punto.

Forse avrebbe dovuto farlo anche tutto il resto.

Tirai un calcio a un sasso, lo mancai e colpii il terreno con l'alluce.

«Ahia. Cazzo», borbottai.

Tutto questo rimuginare, questa autocommiserazione, stava davvero iniziando a indispettirmi, ma non sapevo come riemergerne. Né sapevo se ero in grado di farlo.

Non avevo salvato me stesso quella notte.

Non avevo fatto fuori il cattivo. Non gli avevo fatto neanche un graffio.

Ero ancora vivo solo per pura fortuna. Fortuna che il nipote autistico dell'infermiera avesse avuto una crisi prima di andare a letto, proprio quando sua zia avrebbe dovuto prepararsi per il lavoro. Fortuna che questa avesse aiutato sua sorella a calmarlo prima di uscire di casa.

Chiusi gli occhi e feci un altro respiro profondo, lottando contro quella stretta di tensione. Un brivido mi risalì lungo la schiena, mentre la brezza del mattino faceva evaporare il sudore freddo che mi inzuppava il corpo.

«Datti una calmata. Pensa a qualcos'altro. Qualunque altra cazzo di cosa che non ti faccia odiare te stesso ancora di più».

Lina.

Fui sorpreso di dove fosse andata a parare la mia mente. Ma eccola lì. In piedi sulle scale di casa mia, con gli occhi che brillavano. Accucciata accanto a me in quel sudicio magazzino, la bocca incurvata per il divertimento. Pura seduzione e sicurezza di sé. Chiusi gli occhi e mi aggrappai a quell'immagine. A quella forma atletica rivelata dagli abiti aderenti. A quella pelle liscia e abbronzata. A quegli occhi marroni che non si perdevano nulla.

Riuscivo a sentire il profumo di pulito del suo detersivo, e concentrai la mia attenzione su quelle labbra rosee e piene, come se fossero sufficienti a tenermi ancorato a questo mondo.

Qualcosa si smosse nel profondo dentro di me. Un'eco delle scintille del giorno prima.

Un rumore alla mia destra mi strappò da quella bizzarra fantasia sul ciglio della strada.

La mia mano volò verso il calcio della pistola.

Un guaito. O forse era un gemito? I nervi e l'adrenalina rendevano più acuto il ronzio nelle mie orecchie. Era un'allucinazione? Un ricordo? Uno scoiattolo con la rabbia pronto a devastarmi il volto a morsi?

«C'è qualcuno?», gridai.

L'unica risposta che mi giunse fu il silenzio.

La proprietà che correva parallela alla strada scendeva di qualche metro verso un canale di scolo. Al di là di esso vi era un folto di spine, erbacce e alberi di sommacco che si trasformava poi in una parte di bosco. Dall'altro lato c'era la fattoria di Hessler, che faceva un sacco di affari con il suo annuale labirinto di granturco e il campo di zucche.

Ascoltai con attenzione, cercando di calmare il mio cuore, il mio respiro.

Il mio istinto era affinato. O almeno, pensavo che lo fosse. Ero figlio di un uomo con una dipendenza, crescere con lui mi aveva insegnato a valutare gli umori, a tenere d'occhio i segnali che mi dicevano che le cose stavano per mettersi male. Il mio addestramento nelle forze dell'ordine aveva rafforzato il tutto, insegnandomi a leggere le situazioni e le persone meglio degli altri.

Ma quello era *prima*. Adesso i miei sensi erano indeboliti, i miei istinti soffocati dal basso ruggito del panico che ribolliva appena sotto la superficie. Dall'incessante e insensato scricchiolio che sentivo a ripetizione nella mia testa.

«Se c'è qualche scoiattolo con la rabbia qua fuori, meglio che se ne vada», dichiarai rivolto alla campagna deserta.

Poi lo sentii sul serio. Il lieve clangore di metallo su metallo.

Non era uno scoiattolo.

Estrassi la pistola di servizio e discesi la lieve pendenza. L'erba congelata scricchiolava sotto i miei piedi. Ogni mio pesante respiro era ben visibile in uno sbuffo argentato. Il cuore mi martellava nelle orecchie come un tamburo.

«Polizia di Knockemout», esclamai, perlustrando l'area con lo sguardo e con la pistola.

Un venticello freddo smosse le foglie, facendo sussurrare la foresta e ghiacciandomi il sudore sulla pelle. Ero solo. Un fantasma.

Sentendomi un idiota, rimisi la pistola nella fondina.

Mi passai l'avambraccio sulla fronte madida di sudore. «Tutto questo è ridicolo».

Volevo tornare alla mia auto e andarmene. Volevo fingere che quel posto non esistesse, fingere che *io* non esistessi.

«Okay, scoiattolo. Questo round lo vinci tu», borbottai.

Ma non me ne andai. Non c'era nessun rumore, nessun accenno della coda di uno scoiattolo rabbioso che avanzava verso di me. Solo un invisibile segnale di stop che mi ordinava di restare dov'ero.

Tanto per fare qualcosa, mi portai le dita alle labbra e produssi un breve fischio acuto.

Questa volta, il guaito e il raspare di metallo contro metallo furono inconfondibili. Be', diamine. Forse il mio istinto non era poi così malandato, dopotutto.

Fischiai di nuovo e seguii il rumore fino all'imbocco del canale di scolo. Mi accucciai a terra e lì, a un metro e mezzo di profondità, lo trovai. Un cane sudicio e malridotto seduto su un letto di foglie e detriti. Era di taglia piccola e un tempo forse poteva essere stato bianco, ma adesso era di un color mattone fangoso e screziato, con ciuffi ricci di pelo arruffato.

Fui pervaso dal sollievo. Non ero fuori di testa. E non era un cazzo di scoiattolo rabbioso.

«Ehi, amico. Cosa ci fai qui?».

Il cane inclinò la testa, e la punta della sua coda sporca si mosse esitante.

«Adesso accendo la torcia per guardarti meglio, okay?». Con movimenti lenti e cauti, estrassi la torcia dalla mia cintura e diressi il fascio di luce sul cane.

Questi tremò in modo pietoso.

«Sei andato proprio a incastrarti per bene, vero?», osservai. C'era una corta corda arrugginita che sembrava essere attorcigliata a un ramo contorto.

Il cane emise un altro guaito e sollevò la zampa anteriore.

«Ora mi allungherò verso di te con molta lentezza e delicatezza. Okay? Tu puoi venire carponi verso di me se vuoi. Sono un bravo ragazzo. Promesso». Mi distesi di pancia sopra l'erba e infilai le spalle nell'imboccatura del tubo. Era fastidiosamente stretto, e adesso era buio pesto tranne che per il fascio di luce della torcia.

Il cane guaì e indietreggiò appena.

«Lo capisco. Neanche a me piacciono gli spazi angusti e l'oscurità. Ma devi essere coraggioso e venire verso di me». Diedi una pacca al metallo ondulato e fangoso. «Forza. Vieni qui, bello».

Era sulle quattro zampe adesso, o meglio, tre, dato che teneva ancora sollevata una delle zampe anteriori.

«Ma che bel cagnolino puzzolente. Vieni da questa parte e ti procuro un hamburger», gli promisi.

Le sue unghie grottescamente lunghe ticchettarono a un ritmo eccitato, mentre il cane camminava sul posto ma ancora senza avvicinarsi.

«Che ne dici di qualche crocchetta di pollo? Te ne prenderò una scatola intera».

Stavolta la testa del cane si inclinò dalla parte opposta.

«Senti, amico. Non ho proprio voglia di andare fino in città, recuperare un gancio e tornare qui a spaventarti a morte. Sarebbe davvero molto più semplice se tu ti limitassi a portare quel tuo sedere arruffato verso di me».

Quello scombinato groviglio di pelo mi fissò, perplesso. Poi mosse un esitante passo in avanti.

«Bravo cane».

«Nash!».

Sentii il mio nome mezzo secondo prima che qualcosa di caldo e solido si fiondasse contro il mio torace. L'impatto mi fece sollevare di scatto e sbattere la testa contro la parte superiore del tubo.

«Ahia! Cazzo!».

Il cane, adesso davvero terrorizzato, balzò all'indietro per nascondersi nel suo cantuccio di sporcizia.

Mi scapicollai fuori dal tubo, la testa e le spalle indolenziti. Agendo d'istinto, scattai con una mano verso il mio aggressore e approfittai dello slancio per inchiodarlo a terra.

Inchiodar*la*.

Lina era calda e morbida sotto di me. I suoi occhi erano sgranati per la sorpresa, le mani aggrappate alla mia camicia in pugni stretti. Stava sudando e indossava delle cuffiette.

«Che diavolo stai facendo?», le domandai, strappandole via una cuffietta.

«Io? Che diavolo stai facendo tu sdraiato sul ciglio della strada!».

Si spinse contro di me con i pugni e i fianchi, ma nonostante tutto il peso che avevo perso, non riuscì a spostarmi.

Fu proprio in quell'istante che mi resi conto in che posizione mi trovavo. Eravamo petto contro petto, stomaco contro stomaco. Il mio inguine era premuto con forza tra le sue lunghe gambe muscolose. Riuscivo a sentire il calore della sua intimità come se fossi a faccia in giù dentro una fornace.

Il mio corpo reagì di conseguenza, e mi venne duro come il marmo contro di lei.

Ero al tempo stesso sollevato e orripilato. Orripilato per ovvi motivi legali e di rispetto. Il fatto che il mio arnese sembrasse funzionare era una buona notizia, dal momento che non gli avevo ancora fatto fare un giro di prova dopo la sparatoria. C'erano così tante cose spezzate in me… non avevo voluto aggiungere anche il mio uccello alla lista.

Lina stava ansimando sotto di me, e riuscivo a vedere il fremito del suo battito cardiaco sotto quel collo sottile e aggraziato. La mia erezione prese a pulsare con maggiore intensità. Pregai Dio per un miracolo che le impedisse di accorgersene.

«Credevo fossi morto in quel fosso!».

«Mi capita molto spesso», dissi a denti stretti.

Lei mi diede un colpo contro il petto. «Davvero divertente, cretino».

I suoi fianchi si mossero in modo quasi impercettibile. Il mio uccello se ne accorse all'istante, e nessuna buona maniera o tentativo di chiamare a raccolta la professionalità poté impedire alle immagini di ciò che avrei voluto farle di invadermi la mente.

Avrei voluto muovermi, spingere verso quel calore, usare il suo corpo per riportarmi in vita. Avrei voluto guardarla schiudere le labbra e stringere le palpebre mentre entravo in lei. Avrei voluto sentirla stringersi attorno a me, sentirla sussurrare il mio nome con quella sua voce roca intrisa di sesso.

Avrei voluto essere così in profondità dentro di lei che una volta raggiunta l'estasi mi avrebbe portato con sé, avvolto in tutto quel calore.

Quella era molto più di una cottarella, una banale attrazione. Ciò che provavo propendeva verso un desiderio incontrollabile.

Le visioni che mi balenarono nella mente erano sufficienti a espormi al concreto rischio di una situazione ancora più umiliante. Afferrai le logore redini del mio autocontrollo e mi costrinsi ad allontanarmi dal baratro.

«Che cazzo», borbottai sottovoce.

«In effetti, è notevole».

I miei occhi si spalancarono di colpo e si focalizzarono sui suoi.

Quelle intense pozze marroni mostravano un accenno di divertimento, e di qualcos'altro. Qualcosa di pericoloso.

«Sto scherzando, Fenomeno. Più o meno».

Si mosse di nuovo sotto di me, e la mia mascella si serrò. I miei polmoni presero a bruciare, ricordandomi di respirare. Il mio sudore adesso era tutt'altro che freddo.

«La tua pistola è premuta contro di me».

«Non è la mia pistola», sibilai.

Impiegai altri trenta secondi, ma riuscii ad allontanarmi da lei. Mi rimisi in piedi, poi mi allungai verso il basso per aiutarla ad alzarsi. Frustrato, tirai con più forza del dovuto e la feci andare a sbattere contro il mio petto.

«Cavoli, ragazzone».

«Scusa», sbottai, mettendole le mani sulle spalle per poi fare un netto passo indietro.

«Non scusarti. Ti chiederei di scusarti solo se non avessi avuto una reazione biologica molto salutare all'avermi inchiodata a terra».

«Non c'è di che?».

Dal suo aspetto era chiaro che stava facendo jogging. Indossava dei leggings e una maglia leggera a maniche lunghe, entrambi che le calzavano come una seconda pelle. Il suo reggiseno sportivo era turchese e le scarpe da ginnastica arancione chiaro. Portava il telefono attaccato a un braccio e aveva una piccola confezione di spray al peperoncino in una fondina legata in vita.

Inclinò il capo e ricambiò la mia silenziosa occhiata da capo a piedi. Avvertii il suo sguardo come fosse una carezza. Ottime notizie per la parte morta dentro di me. Pessime notizie per l'erezione che stavo cercando di farmi passare.

Restammo immobili così, più vicini di quanto dovessimo, con gli sguardi che vagavano e i respiri affannati per un lungo, rovente istante.

Quelle scintille nel mio stomaco avevano preso vita e si erano diffuse, riscaldandomi dall'interno. Volevo toccarla di nuovo. Ne avevo bisogno. Ma non appena sollevai una mano per allungarla verso di lei, un acuto segnale acustico mi fece tornare in me.

Lina scattò all'indietro, schiaffandosi una mano sopra il polso.

«Che diavolo era quello?», domandai.

«Niente. Solo... una sveglia», tentò, armeggiando col suo orologio.

Stava mentendo. Ne ero sicuro. Ma prima che potessi esigere delle risposte, dal tubo riecheggiò un misero uggiolio.

Le sopracciglia di Lina si sollevarono. «Che diavolo era *quello*?»

«Un cane. O almeno, penso sia un cane», le dissi.

«È *questo* che stavi facendo?», mi chiese mentre mi oltrepassava e si dirigeva verso il tubo.

«No. Mi infilo nei tubi di scarico due o tre volte a settimana. Fa parte delle mie mansioni».

«Sei un tipo davvero spiritoso, Fenomeno», esclamò Lina da sopra la spalla mentre si chinava carponi davanti al tubo.

Mi pungolai la pelle tra le sopracciglia e cercai di non prestare attenzione alla sua posizione provocante, dal momento che la mia eccitazione era già fin troppo infiammabile.

«Ti rovinerai i vestiti», l'avvertii, fissando verso il cielo blu e non in basso verso di lei, che stava gattonando in avanti.

«È a questo che servono le lavanderie e lo shopping», rispose, facendo capolino con la testa dentro l'apertura.

Abbassai lo sguardo verso la mia erezione, che mi premeva contro la cerniera e la cintura.

«Ehi, ciao, tesorino. Ti va di uscire di lì, così posso farti stare meglio?».

Stava parlando – cantilenando – con il cane. Lo sapevo. Ma qualcosa di stupido e disperato dentro di me rispose al suo tono suadente e gutturale.

«Lascia che me ne occupi io». Mi rivolsi soprattutto al suo sedere sodo in quei leggings grigio ardesia.

«Che bravo bambino o bambina», disse Lina prima di risbucare fuori. Aveva delle macchie di sporco sulle guance e sulle maniche. «Hai del cibo in macchina, Fenomeno?».

Perché non ci avevo pensato io? «Ho della carne essiccata nel cruscotto».

«Ti spiace dividere il tuo spuntino col nostro nuovo amico o amica? Penso di poterlo fare avvicinare abbastanza per afferrarlo usando qualcosa di sfizioso».

Lei era qualcosa di sfizioso. Avrei strisciato sulla pancia nel fango gelato solo per poterla guardare meglio, ma quello lo avrei fatto io, e non un randagio mezzo ibernato.

Tornai al mio SUV, imponendo al sangue di defluire dal mio inguine. Trovai la carne essiccata e radunai qualche altro oggetto necessario dal kit per le emergenze che tenevo nel portabagagli, incluso un guinzaglio antiscivolo, una ciotola per cani e una bottiglietta d'acqua.

Quando tornai con il mio bottino, Lina si era infilata ancora di più dentro il tubo, sdraiata sulla pancia, visibile solo dalla vita in giù. Mi accucciai accanto a lei e sbirciai all'interno. La mia piccola, sudicia palla di pelo si era avvicinata ed era quasi a una distanza giusta per leccare o mordere.

«Fa' attenzione», l'avvertii. Fui assalito da immagini di scoiattoli rabbiosi.

«Questa dolce cucciola non mi attaccherà. Mi rovinerà questa bellissima maglietta quando la stringerò a me. Ma ne sarà valsa la pena. Vero, principessa?».

L'ansia mi stava montando nel petto. Non mi disturbai a cercare di comprendere cosa l'avesse scatenata. Sembrava che in quei giorni ogni cosa lo facesse. «Lina, dico sul serio. È una questione di polizia. Lascia che me ne occupi io», dissi con fermezza.

«Dimmi che *non* hai appena usato la carta delle questioni di polizia per farmi allontanare da un randagio tremante». La sua voce riecheggiò in modo sinistro.

«Non voglio che tu ti faccia male».

«Non mi farò male, e se anche lo facessi, è una mia scelta ed entrambi possiamo farcene una ragione. Inoltre, tu e le tue ampie spalle da eroe non entrereste mai qui dentro».

Avrei dovuto chiamare la protezione animali della contea. Il magrissimo Deke ci sarebbe entrato eccome.

Non riuscivo a vedere in modo chiaro, ma sembrava che il cane si fosse avvicinato ancora un pochino per annusare con delicatezza la mano protesa di Lina.

«Passami la carne, Nash», ordinò Lina. Allungò l'altro braccio all'indietro e mosse le dita.

Il mio uccello semiduro stava ancora avendo grosse difficoltà a ignorare il modo in cui quei leggings le avvolgevano il sedere. Ma riuscii ad aprire la busta di carne essiccata e gliene porsi un po'.

Lina la prese e la allungò verso il cane. «Ecco qua, bellezza».

La piccola palla di pelo infangata strisciò esitante verso la sua mano.

Anche i cani piccoli mordono. Lina non sarebbe stata in grado di respingere un attacco. E poi c'erano cose come le infezioni di cui preoccuparsi. Chissà quali parassiti stavano crescendo in quel sudiciume semicongelato. E se si fosse beccata un'infezione o avesse avuto bisogno di un intervento di ricostruzione facciale? Tutto sotto i miei occhi.

Lina continuò a chiamare il cane facendo schioccare le labbra, e questo si fece più vicino, mentre il cuore minacciava di farsi largo a forza verso il mio sterno.

«Guarda qui. Un bel pezzo di carne essiccata. È tutto tuo». Agitò la carne in modo allettante di fronte al cane.

Afferrai Lina per i fianchi e mi preparai a tirarla all'indietro.

«No, questo brav'uomo mi sta solo dando un abbraccio da dietro. Non ti sta spaventando con le sue vibrazioni di paura», proseguì.

«Non ho vibrazioni di paura», mi lamentai.

«Nash, se affondi ancora di più le dita mi ritroverò con dei lividi. E non di quelli piacevoli», disse lei.

Abbassai lo sguardo e notai che le nocche delle mie dita strette sulle curve dei suoi fianchi erano bianche. Allentai la presa.

«Brava ragazza!», esclamò Lina e io mi chinai, cercando di vedere cosa stesse succedendo. Ma ero ostacolato dalle mie spalle, e la visuale era bloccata dal sedere sodo di cui sopra.

«Ho la nostra dolce bambina tutta accoccolata in un bell'abbraccio», mi comunicò Lina. «C'è solo un problema».

«Cosa?»

«Non posso strisciare fuori e tenerla stretta. Dovrai tirarmi all'indietro tu».

Puntai di nuovo lo sguardo in basso, sul suo sedere. Avrei dovuto prestare particolare attenzione a come avrei scritto il rapporto di questo incidente, o Grave se la sarebbe proprio spassata a leggerlo.

«Avanti, comandante. Non mordo. Tirami fuori da questo disgustoso pantano prima che inizi a pensare a rabbia e pulci».

Avevo due opzioni. Potevo alzarmi in piedi e trascinarla fuori per le caviglie, oppure potevo tirarla fuori per i fianchi.

«Giusto perché tu lo sappia, sto scegliendo l'opzione che comporta il minor danno per la parte bassa della tua schiena».

«Basta che afferri e tiri».

«D'accordo. Ma fermami se ti senti a disagio o se il cane inizia a spaventarsi».

«Gesù, Nash, ti do il consenso di trascinarmi fuori da questo tubo di scarico per il sedere. Datti una mossa!».

Domandandomi in che modo un breve esercizio di salute mentale avesse potuto farmi finire in quella situazione, le afferrai i fianchi e li spinsi all'indietro contro il mio inguine. Riuscii a malapena a trattenere un gemito mentre il torace di Lina scivolava fuori dallo scarico.

«Tutto bene?», domandai a denti stretti.
«Benissimo. È una piccolina dolcissima. Puzza come una busta di fertilizzante, ma è amichevole».
Le strinsi i fianchi con maggiore forza. «Come fai a sapere che è una lei?»
«Ha un collare rosa sotto tutto quel sudiciume».
Mi augurai che quello che sentivo sulla strada non fosse il motore di un'auto. «Giuro su Dio che se qualcuno passa di qui...», borbottai.
«Forza, Fenomeno. Mostrami cosa sai fare», mi incoraggiò Lina. Il cane ci regalò un guaito entusiasta, come se fosse d'accordo con la sua eroina.
Indietreggiai sulle ginocchia, poi tirai i suoi fianchi verso di me un'altra volta. Di nuovo, quelle curve perfette andarono a colpire proprio il punto giusto. Ma stavolta la sua testa, le braccia e il cane scivolarono fuori dal tubo sull'erba ghiacciata. Lei si mise in ginocchio appoggiata sui gomiti, il suo sedere contro il mio inguine. Il mio cuore fece un triplo salto mortale e mi sentii stordito per ragioni che, per una volta, non avevano nulla a che vedere con l'ansia.
Uno sciccoso SUV Porsche oltrepassò la doppia striscia e parcheggiò dietro la mia macchina. «Serve aiuto lì, comandante?». Il migliore amico di Naomi, Stefan Liao, mi scoccò un sorrisetto da dietro il volante.
Guardai in basso verso Lina, che aveva inarcato un sopracciglio verso di me da sopra la spalla. A una prima occhiata, sembrava proprio che stessi montando quella donna sul ciglio della strada.
«Tutto sotto controllo, Stef», esclamò lei in risposta.
Stef fece un piccolo cenno di saluto e ghignò malizioso. «Be', io allora andrò per la mia strada a raccontare a tutti di aver visto come il comandante Morgan comincia il suo sabato mattina».
«Ti arresterò con l'accusa di essere un palo in culo», lo avvertii.
«Pare che tu te ne intenda, comandante», disse Stef. Con un occhiolino e un saluto con la mano, si allontanò in direzione della città.
«Nash?»
«Che c'è?», chiesi con fare rabbioso.
«Pensi di potermi lasciare andare? Stanno iniziando a venirmi delle idee che potrebbero fare arrossire la nostra nuova amica».
Imprecando sottovoce, allontanai le mani – e l'inguine – da lei, poi

infilai il guinzaglio al collo sottile della cagnetta. Effettivamente indossava un collare rosa sudicio, senza targhetta. Sia il collare che il cane sembravano essere reduci da una corsa di quindici chilometri nel fango.

Non sapevo se sollevare la donna o il cane, e decisi che era più sicuro optare per il cane. Questo tremò in modo pietoso tra le mie braccia, anche se la sua coda sbrindellata tamburellava a un ritmo nervoso contro il mio stomaco. Lina si alzò in piedi.

«Congratulazioni, paparino. È una femmina», mi informò Lina. Fece scivolare il telefono fuori dalla sua manica e mi scattò una foto.

«Ferma», ordinai in tono burbero.

«Tranquillo. L'ho tagliata all'altezza della vita, così nessuno vedrà di che genere di armamento sei dotato», mi punzecchiò lei, mettendosi davanti a me e scattando un selfie a tutti e tre. Io non riuscii a trattenere una smorfia e lei scoppiò a ridere.

Il cane si affrettò ad arrampicarsi più in alto sul mio petto, tremandomi tra le braccia. «Lina, giuro su Dio…».

Lei mi posò una mano sul petto, e il tumulto dentro di me si acquietò. «Rilassati, Nash». Il suo tono era dolce, come se stesse parlando di nuovo con quell'infangato disastro di un cane. «Ti sto solo stuzzicando. Tu stai bene. Io sto bene. Va tutto bene».

«È inappropriato. Io sono stato inappropriato», insistetti.

«Sei determinato a colpevolizzarti, eh?».

Il cane mi ficcò la testa sotto il mento, come se in qualche modo potessi proteggerlo.

«Che ne dici di fare così?», disse Lina, accarezzando il cane con l'altra mano in modo rassicurante. «Io la smetto di stuzzicarti… a titolo provvisorio, se tu ammetti che ci sono cose peggiori rispetto a farmi sentire fisicamente attraente quando sono sudata e ricoperta di fango. Ci stai?».

La bastardina puzzolente scelse quel momento per leccarmi il viso dalla mascella sino all'occhio.

«Credo che tu le piaccia», commentò Lina.

«Puzza come un impianto fognario», mi lamentai. Ma poi incrociai lo sguardo della cagnolina, e provai qualcosa. Non le lingue di fuoco che mi assalivano ogni volta che Lina era a distanza ravvicinata, ma qualcos'altro. Qualcosa di più dolce, di più triste.

«Dunque, qual è il piano, comandante?», domandò Lina.

«Piano?», ripetei. Quindi fissai ancora quei patetici occhi marroni.

4

Decisamente sporco

Lina

Con la nostra arruffata conquista nutrita, abbeverata e avvolta in una T-shirt, montai sul sedile del passeggero con indosso la felpa della polizia di Knockemout del suo comandante. Non era così che avevo immaginato sarebbe andata la mia mattinata. Ero uscita convinta che una lunga corsa mi avrebbe schiarito la mente, non che mi avrebbe fatto finire *a pecorina* assieme a Nash Morgan.

Quell'uomo dall'impressionante autocontrollo mi richiuse la portiera, fece il giro della macchina e salì al volante. Rimase seduto fermo per un istante. Trasudava stanchezza e tensione mentre fissava oltre il parabrezza.

«È successo qui?», domandai. Avevo letto gli articoli di giornale e i verbali sul posto di blocco trasformatosi in una trappola.

«A che ti riferisci?», esitò lui, millantando innocenza mentre si agganciava la cintura di sicurezza.

«Ah, ti va di fare questo gioco? Okay. Sei passato per caso dal luogo in cui ti hanno sparato e poi hai usato la tua vista a raggi X per individuare un cane intrappolato in una conduttura».

«No», rispose, poi avviò il motore e accese il riscaldamento. «Era il mio superudito, non la vista a raggi X».

Mi morsi le labbra e poi mi lanciai. «È vero che non te lo ricordi?».

Lui grugnì, ruotando il veicolo attraverso entrambe le corsie in una inversione a U per dirigersi verso la città.

Okay, ricevuto.

Nash si immise nel posto vuoto accanto alla mia Charger rosso ciliegia sul retro del nostro palazzo. Il parcheggio dell'Honky Tonk, il bar per motociclisti bifolchi di Knox, era deserto tranne per una manciata di auto lasciate lì dai bevitori responsabili della notte precedente.

Abbassammo lo sguardo verso la puzzolente palla di pelo e foglie tra le mie braccia, poi Nash lo riportò su di me. Quegli occhi blu-turchese erano tormentati, e io avvertii il desiderio molto femminile e molto fastidioso di farlo stare meglio.

«Grazie per l'assistenza di prima», disse infine.

«Quando vuoi. Spero tu non ti sia scandalizzato troppo», lo punzecchiai.

Lui distolse lo sguardo e si massaggiò lo spazio tra le sopracciglia, un tic nervoso.

«Non osare iniziare a scusarti di nuovo», lo redarguii.

Nash tornò a guardare verso di me, le labbra incurvate. «Cosa vuoi che ti dica?», domandò.

«Che ne dici di: "Andiamo a fare un bagno a questa palla di pelo"?», suggerii, poi aprii la mia portiera.

Lui scese subito dopo di me. «Non c'è bisogno che tu lo faccia. Da qui in poi posso occuparmene io».

«Sono coinvolta. E poi, sono già un disastro. E se i ricordi d'infanzia non mi ingannano, quattro mani sono meglio di due quando si tratta di lavare un cane».

Mi diressi verso la porta per le scale sul retro e nascosi un sorriso quando lo sentii imprecare sottovoce prima di seguirmi.

Mi raggiunse, camminando appena un po' più vicino del necessario, poi mi tenne aperta la porta. La testolina del cane sbucò fuori dal suo bozzolo di T-shirt, e sentii la sua coda arruffata muoversi contro il mio stomaco.

Risalii le scale con più lentezza del solito, consapevole del fagotto tra le mie braccia e dell'uomo accanto a me.

«Ti dispiace se la laviamo da te?», domandai mentre montavamo le scale. Sul mio tavolino c'era una scatola di dossier che proprio non volevo che Nash vedesse.

«Sì, certo», accettò lui dopo un istante.

Raggiungemmo il pianerottolo e la sua spalla sfiorò la mia mentre si frugava in tasca in cerca delle chiavi. La sentii di nuovo. Quella *scarica* di consapevolezza ogni volta che ci toccavamo. Non avrebbe dovuto esserci. Non mi piaceva il contatto fisico spontaneo. Stavo sempre iperattenta a evitarlo.

Ma con Nash era… diverso.

Aprì la serratura e spalancò la porta, facendosi indietro così da lasciarmi entrare per prima.

Sbattei le palpebre. Casa sua era l'immagine speculare della mia, le nostre camere e i nostri bagni condividevano la stessa parete. Ma laddove la mia era uno spazio vuoto non ristrutturato, l'appartamento di Nash era stato ammodernato a un certo punto di questo decennio. Ed era anche sottosopra.

Nulla in quell'uomo mi aveva fatto immaginare che fosse disordinato, ma le prove erano innegabilmente sparse dappertutto.

Le tapparelle delle finestre frontali erano tirate, negando la luce e la vista della strada. C'era un mucchio di panni solo in parte ripiegati sul tavolinetto da caffè. Sembrava come se a un certo punto avesse rinunciato a piegare e si fosse limitato a impilare vestiti puliti uno sopra l'altro. Il pavimento era disseminato di vestiti sporchi, fasce di resistenza, con tutta probabilità per la fisioterapia, e bigliettini di pronta guarigione. Sul divano c'erano una coperta sgualcita e un cuscino.

La cucina aveva elettrodomestici nuovi e ripiani in granito, e affacciava sul salotto, cosa che mi offrì una visuale senza ostacoli di piatti sporchi, vecchi contenitori di cibo da asporto e almeno cinque composizioni di fiori morti. Il suo tavolo da pranzo, così come il mio, era ricoperto di dossier e di altra posta non aperta.

Tutto quel posto puzzava di chiuso, come se fosse stato sigillato, inutilizzato. Come se non ci fosse vita lì dentro.

«È... ehm... di solito non è così in disordine. Sono stato impegnato ultimamente», provò a giustificarsi lui.

Ero sicura al mille per cento che le sue ferite fossero più profonde di quanto lasciasse vedere.

«Il bagno?», domandai.

«Da questa parte». Indicò verso la camera da letto, con un atteggiamento giusto un po' imbarazzato.

La camera da letto non era un disastro quanto il resto della casa. A dire il vero, sembrava una stanza di hotel non occupata. I mobili – un letto, un comò e una coppia di comodini – erano tutti coordinati. Sopra il letto ben rifatto c'era una collezione di stampe incorniciate a tema musica country. Su uno dei comodini, dei flaconi di medicinali erano allineati come una fila di soldati. Sulla sua superficie c'era un leggero strato di polvere.

Non c'era alcun dubbio che quell'uomo stesse dormendo sul divano.

Il bagno era quello tipico di uno scapolo. Pochi prodotti e neppure il benché minimo tentativo di creare atmosfera. Le tendine della doccia e gli asciugamani erano beige, per carità.

La mia vasca da bagno era migliore, aveva anche i piedini, mentre la sua era moderna e rivestita di piastrelle. C'era una pila di panni sporchi sul pavimento, proprio accanto a una cesta per il bucato... vuota. Se quell'uomo non fosse stato chiaramente in lotta con i suoi demoni, il suo fascino mi sarebbe calato di parecchi punti a quel punto.

«Ti dispiace chiudere la porta?», domandai.

Sembrava ancora un po' stordito. C'era qualcosa nel Nash Morgan ferito che mi seduceva. E la tentazione di lasciarmi sedurre era quasi travolgente.

«Nash?». Mi sporsi verso di lui e gli strizzai il braccio.

Lui sussultò, poi scosse appena la testa. «Sì. Scusa. Cosa?»

«Ti dispiace chiudere la porta così la nostra amichetta puzzolente non può uscire?»

«Certo». Richiuse la porta con delicatezza, poi si massaggiò di nuovo quel punto tra le sopracciglia. «Scusa per il casino».

Sembrava così perso che dovetti combattere l'impulso di saltargli addosso e farlo riprendere baciandolo. Invece, sollevai la cagnolina nel suo campo visivo. «L'unico casino che mi preoccupa è questo qua».

La posai a terra liberandola dalla T-shirt. Lei mise subito il naso sulle piastrelle e iniziò ad annusare. Una ragazza coraggiosa che sondava il suo nuovo ambiente.

Nash entrò in azione come un burattino di legno che diventa un bambino vero. Si chinò e aprì l'acqua della vasca. La città non aveva torto riguardo a quel davvero notevole sedere, decisi mentre mi sfilavo la sua felpa dalla testa.

Sollevai da terra la T-shirt sporca in cui avevamo avvolto il cane. «Forse questa dovrai bruciarla».

«Forse dovrò bruciare tutto il bagno». Accennò col capo al cane, che stava lasciando dappertutto piccole impronte infangate.

Mi tolsi il top macchiato e lo aggiunsi alla pila di discutibile bucato.

Nash scoccò una lunga occhiata al mio reggiseno sportivo, poi per poco non si fece venire il torcicollo voltandosi di scatto per sentire la temperatura dell'acqua con la mano e per sistemare la tendina della doccia, anche se non ce n'era bisogno.

Dolce e gentiluomo.

E di conseguenza non il mio tipo. Ma dovevo ammetterlo, mi piaceva vederlo nervoso.

Sempre evitando di guardare verso di me, Nash afferrò una pila di asciugamani dall'armadio della biancheria e ne lasciò cadere due ripiegati sul pavimento accanto alla vasca, prima di appenderne un terzo sopra il lavandino.

«Meglio se ti togli la camicia, Fenomeno», gli suggerii.

Lui abbassò lo sguardo verso la sua camicia dell'uniforme, che era ricoperta di strisce di fango e macchie di erba. Con una smorfia, se la sbottonò e se la sfilò, lasciandola cadere dentro la cesta. Poi raccolse la pila di panni sporchi dal pavimento e li aggiunse alla cesta.

Indossava una maglietta bianca che gli aderiva al petto. Sotto la manica sinistra era visibile una striscia del nastro adesivo colorato che usavano gli atleti.

«Perché non prendi una tazza grande o qualcosa del genere dalla cucina? Non voglio usare il doccione su di lei, si rischia di spaventarla a morte», suggerì Nash.

«Certo». Lasciai lui e il cane, e iniziai la mia ricerca di uno strumento con cui lavare l'animale.

Una rapida occhiata nella sua credenza mi dimostrò che quasi tutti i piatti che quell'uomo possedeva erano o dentro il lavello o nella lavastoviglie strapiena che, a giudicare dall'odore, non era utilizzata da un bel po'. Versai del detergente nella lavastoviglie, avviai il ciclo, poi lavai a mano una grossa tazza di plastica di Dino's Pizza.

Avvertii solo una piccolissima punta di senso di colpa quando raggiunsi il tavolino per esaminare i dossier.

Stavo tornando verso il bagno, perciò non è che mi fossi diretta lì di proposito. E poi, avevo un lavoro da fare. E non era colpa *mia* se lui aveva lasciato tutto lì in bella vista.

Mi ci vollero meno di trenta secondi per focalizzarmi su tre cartelline.

"Hugo, Duncan".

"Witt, Tina".

"217".

217 era un codice della polizia per aggressione con tentato omicidio. Non ci voleva un genio per intuire che con tutta probabilità era il rapporto della polizia sulla sparatoria a Nash. Ero curiosa, lo ammetto. Ma avevo il tempo solo di una rapida sbirciata, il che

significava stabilire delle priorità. Scoccando un'occhiata verso la camera da letto, sollevai la copertina del dossier di Hugo con un dito. La cartellina sembrava granulosa e mi resi conto che, come il comodino nella sua camera, era ricoperta da un sottile strato di polvere.

Avevo a malapena intravisto il primo foglio, una poco lusinghiera foto segnaletica di qualche anno prima, quando sentii: «Hai trovato qualcosa?».

Colta di sorpresa, lasciai ricadere la copertina del dossier, col cuore che mi batteva all'impazzata, prima di rendermi conto che Nash mi stava parlando dal bagno.

Indietreggiai di un passo dal tavolino e trassi un respiro. «Sto arrivando», gridai in risposta.

Quando tornai in bagno, il mio cuore saltò un battito. Nash adesso era a petto nudo, la sua maglietta fradicia sul pavimento accanto alla vasca. E stava sorridendo. Un vero e proprio sorriso da uomo sexy.

Tra il mezzo busto e il sorriso, mi bloccai sul posto e mi godetti la visuale.

«Se non la smetti di versare acqua dappertutto, finirai per allagare il salone da barbiere», Nash avvertì la cagnolina mentre questa correva da un capo all'altro della vasca. Le schizzò contro dell'acqua dal rubinetto e lei proruppe in una serie di latrati rochi ma divertiti.

Mi scappò una risata. Sia l'uomo che il cane si voltarono per guardarmi.

«Ho pensato di metterla dentro la vasca per assicurarmi che non fosse un gremlin», disse Nash.

La vita di quell'uomo poteva anche star prendendo polvere, ma il suo eroismo era radicato in profondità. La punta di senso di colpa si trasformò in qualcosa di più grande, più acuto, e ringraziai la mia buona sorte del fatto che non mi avesse davvero beccata a ficcanasare.

C'era un confine sottile tra il rischio necessario e la stupidità.

Lo raggiunsi sul pavimento, inginocchiandomi sopra uno degli asciugamani ripiegati, e gli porsi la tazza. «Sembra che voi due vi stiate divertendo». Cercai di sembrare una che non aveva appena invaso la privacy di Nash.

Il fradicio piccolo gremlin posò le zampe anteriori sul bordo della vasca e guardò verso di noi con adorazione. La sua coda malridotta si agitava per la felicità, schizzando rivoli di acqua sporca dovunque.

«Guarda se riesci a tenerla ferma mentre io la bagno», propose Nash, riempiendo la tazza di acqua pulita.

«Vieni qui, piccola sirenetta pelosa».

Lavorammo fianco a fianco, sfregando, insaponando, risciacquando e ridendo.

Ogni volta che il braccio nudo di Nash sfiorava il mio, mi veniva la pelle d'oca. Ogni volta che avvertivo l'impulso di avvicinarmi anziché mettere della distanza tra noi, mi domandavo cosa diavolo ci fosse che non andava in me. Ero vicina quanto bastava per notare ogni smorfia che faceva quando muoveva la spalla in un modo che non andava a genio ai suoi muscoli danneggiati. Ma non si lamentò neppure una volta.

Ci vollero quattro cambi di acqua e mezz'ora prima che potessimo dichiarare il cane pulito.

Il suo pelo ispido era per la maggior parte bianco, con qualche macchia scura qua e là sulle zampe. Aveva un orecchio maculato e uno marrone e nero.

«Come hai intenzione di chiamarla?», domandai mentre Nash recuperava la cagnolina dalla vasca. Lei gli leccò il viso con esuberanza.

«Io?». Mosse la testa per allontanarla da quella linguetta rosa. «Smettila di leccarmi».

«Non posso biasimarla. Hai un volto che viene voglia di leccare…».

Lui mi rivolse uno di quei suoi sguardi ardenti, prima di posarla a terra con delicatezza. Lei si scrollò, schizzando acqua nel raggio di due metri.

Afferrai un asciugamano e ce la avvolsi. «L'hai trovata tu. Ti sei guadagnato il diritto di darle un nome».

«Aveva un collare. Avrà già un nome».

Lei si dimenò sotto le mie mani mentre le sfregavo il corpicino peloso per asciugarla. «Magari se ne merita uno nuovo. Un nuovo nome per un nuovo inizio».

Lui mi scrutò per un lungo istante, finché non mi venne voglia di contorcermi sotto il suo sguardo. Poi mi chiese: «Hai fame?».

«Scout? Lucky?». Scrutai in basso verso la cagnolina adesso pulita, mentre preparavo una caraffa di caffè.

Nash mi guardò da sopra la padella di uova che stava strapazzando. «Scrappy?»

«No. Nessuna reazione. Lula?». Mi piegai sul pavimento e battei le mani. Lei avanzò verso di me e accettò con gioia le mie affettuose carezze.

«Gizmo? Splinter?»

«Splinter?». Feci un verso di scherno.

«Le Tartarughe Ninja», disse Nash, quell'accenno di sorriso di nuovo visibile.

«Splinter era un ratto di fogna».

«Un ratto di fogna con un talento per le arti marziali», sottolineò lui.

«A questa signorina serve un nome da debuttante», insistetti. «Tipo Poppy o Jennifer».

Nessuna reazione da parte della cagnetta, ma l'uomo nella stanza esibì un grosso sorriso divertito. «Che ne dici di Buffy?».

Sorrisi tra il pelo del cane. «L'ammazzavampiri?».

Lui puntò la sua spatola verso di me. «È quello giusto».

«*A me* piace, ma lei sembra indecisa su Buffy», osservai.

Sarei potuta andare alla porta accanto a cambiarmi mentre Nash preparava la colazione, ma avevo invece deciso di indossare di nuovo la sua felpa e restare lì. Lui – purtroppo – si era cambiato e aveva indossato una camicia pulita e dei jeans.

Adesso stavamo mettendo in atto una specie di intima scenetta domestica in cucina. Il caffè quasi pronto, un affascinante uomo scalzo che preparava la colazione ai fornelli e un fedele cagnolino che danzava ai nostri piedi.

Nash versò una porzione di uova in uno dei tre piattini di plastica che aveva disposto in fila e lo mise da parte. La cagnolina balzò via dal mio grembo per correre verso la gamba di Nash.

«Un attimo di pazienza. Lascia che prima si raffreddi», l'avvertì lui. Il suo guaito rauco rivelò che non era propensa a nessun attimo di pazienza.

Mi alzai e mi lavai le mani. Nash mi lanciò lo straccio che teneva sopra la spalla, poi iniziò a spolverare le uova di formaggio. Avevo voglia di dare una mano, perciò trovai due tazze sporche sul ripiano e le lavai.

Il tostapane sputò fuori due fette ben abbrustolite proprio mentre versavo la prima tazza di caffè.

«L'abbiamo trovata in un tubo, un *pipe*. Che ne dici di Piper?», suggerì all'improvviso Nash.

La cagnolina sollevò la testa di scatto, poi si sedette e la inclinò da un lato.

«Questo le piace», osservai. «Vero, Piper?».

Lei agitò la sua piccola coda in segno di apprezzamento.

«Penso che abbiamo un vincitore», concordò Nash.

Versai la seconda tazza, guardandolo mentre posava il piatto di uova sul pavimento. «Va' a prenderle, Piper».

La cagnolina fece un salto, atterrando con entrambe le zampe anteriori sul piatto mentre divorava la sua colazione.

«Avrà bisogno di un altro bagno», dissi con una risata.

Nash depose una fetta di pane su ciascuno dei rimanenti piatti, poi usò la mano destra in modo goffo per ricoprirle con il mix di uova al formaggio.

«E di altra colazione», commentò, porgendomi un piatto.

Nash Morgan un giorno avrebbe reso una donna molto fortunata.

Mangiammo in piedi in cucina, che a me parve molto più sicuro e meno domestico rispetto al liberare uno spazio sul tavolo. Anche se non mi sarebbe dispiaciuta un'altra occhiata a quei dossier.

Ero lì per svolgere un lavoro, non per cose complicate come entrare in intimità con un vicino ingiustamente sexy.

Anche se in effetti faceva delle uova al formaggio davvero buone. E stava proprio bene con quella camicia pulita e quegli occhi feriti e meditabondi. Ogni volta che i nostri sguardi si incrociavano, io sentivo… qualcosa. Come se lo spazio tra di noi fosse intriso di un'energia che continuava a intensificarsi.

«Cosa ti fa sentire viva?», mi domandò lui di colpo.

«Eh?», fu la mia sagace risposta, con la bocca piena dell'ultimo morso di toast.

Stava reggendo la sua tazza e mi fissava, metà della sua colazione abbandonata nel piatto.

Aveva bisogno di mangiare. Al suo corpo serviva benzina per guarire.

«Di solito per me era entrare in centrale. Ogni mattina, ignaro di cosa mi avrebbe riservato la giornata ma sentendomi pronto a tutto», parlò quasi tra sé e sé.

«Adesso non ti fa più sentire così?», gli domandai.

Lui scrollò una sola spalla, ma non c'era nulla di noncurante nel modo in cui il suo sguardo si inchiodò su di me. «Per te invece?»

«Andare a tutta velocità in macchina. La musica ad alto volume.

Trovare il perfetto paio di scarpe in saldo. Ballare. Correre. L'inseguimento. Il sesso sudato e disperato».

Il suo sguardo divenne bollente, e la temperatura nella stanza parve aumentare di diversi gradi.

Desiderio. Era l'unica parola a cui riuscivo a pensare per descrivere ciò che vidi in quei suoi occhi blu, e ancora non rendeva loro giustizia.

Nash fece un passo verso di me, e il respiro mi si mozzò in gola grazie a uno sfrenato mix di aspettativa, adrenalina e paura. *Wow. Wow. Wow.*

Il cuore stava per esplodermi fuori dal petto. Ma per una volta in senso positivo.

Prima che uno dei due potesse dire o – santo cielo – *fare* qualunque cosa, il mio telefono emise uno squillo acuto, distogliendomi di colpo da qualunque pessima idea in cui stavo per gettarmi.

«Io, ehm, devo rispondere». Sollevai il mio cellulare.

Il suo sguardo era ancora puntato su di me, in un modo che faceva sentire ogni cosa dentro di me un tantino disperata. Okay, d'accordo. *Parecchio* disperata. E a una temperatura di un milione di gradi.

«Sì», disse infine. «Grazie per l'aiuto».

«Quando vuoi, Fenomeno», riuscii a replicare con voce flebile, mentre cercavo di non correre verso la porta.

«Ciao, Daley». Risposi alla chiamata e mi richiusi la porta di Nash alle spalle.

«Lina», disse la mia capa a mo' di saluto. Daley Matterhorn era il tipo di donna efficiente che non usava due parole quando poteva bastarne una. A cinquantadue anni, era a capo di un team di una decina di investigatori, era cintura nera di karate e partecipava ai triathlon per divertimento.

«Che succede?». Il nostro mestiere non rispettava i classici orari lavorativi dal lunedì al venerdì, perciò non mi preoccupava il fatto che mi stesse chiamando di sabato mattina.

«So che sei nel bel mezzo di un'indagine, ma vorrei che la mettessi in pausa. Potrebbe farci comodo il tuo aiuto a Miami. Ronald ha rintracciato il dipinto di Renaux scomparso in casa di un pezzo grosso della droga arrestato di recente. Abbiamo bisogno di qualcuno a capo di una squadra di recupero domani notte, prima che qualche agente di polizia decida che il dipinto è una prova o un bene da congelare. C'è solo una manciata di guardie sul posto. Dovrebbe essere un lavoretto facile per te».

Avvertii il familiare battito accelerato, l'eccitazione che aumentava al pensiero di oltrepassare appena il limite per un'altra vittoria.

Ma mettere insieme un'operazione in ventiquattr'ore non era solo rischioso, era pericoloso. E Daley lo sapeva.

Dannazione.

«Mi stai chiedendo di essere a capo di una squadra dopo quello che è successo durante l'ultimo incarico?»

«Hai portato a termine l'incarico. Il cliente era entusiasta. E non ti ho sentita lamentarti quando hai ricevuto il tuo bonus».

«Qualcuno si è fatto male», le rammentai. Qualcuno si era fatto male per colpa *mia*.

«Lewis conosceva i rischi. Qui non vendiamo polizze di assicurazione sulla vita né ci occupiamo di scartoffie. Questo lavoro prevede un certo numero di rischi, e chi non ha le palle di affrontarli può benissimo cercare impiego da qualche altra parte».

«Non posso farlo». Non so chi di noi due fu più sorpresa quando quelle parole mi uscirono di bocca. «Sto facendo progressi qui e adesso non è un buon momento per andarmene».

«In pratica ti stai limitando a delle ricerche sul posto. Posso mandare qualcun altro a fare domande e cercare tra i registri catastali. Letteralmente chiunque altro».

«Preferirei occuparmene io», dissi, puntando i piedi.

«Sai, sta per aprirsi una posizione ai Valori patrimoniali elevati», aggiunse Daley, sventolandomi davanti con noncuranza il lavoro dei miei sogni come fosse un paio di scintillanti Jimmy Choo.

«Ne ho sentito parlare», dissi, il cuore che batteva appena un po' più veloce.

La sezione Valori patrimoniali elevati significava più viaggi, incarichi più lunghi, uno stipendio più alto e bonus maggiori. Significava anche più incarichi in solitaria. Era il mio grande e spaventoso obiettivo, e ora eccolo lì.

«È qualcosa da tenere a mente. Ci vuole qualcuno che abbia del fegato, qualcuno che non si lasci intimidire da situazioni pericolose, qualcuno che non abbia paura di essere il migliore».

«Capisco».

«Bene. Se cambi idea riguardo a domani, chiamami».

«Lo farò». Riagganciai e infilai le mani nelle tasche anteriori della felpa di Nash.

Una parte di me avrebbe voluto dire di sì. Salire su un aereo, studiare le informazioni e trovare un modo per portare a termine la missione. Ma la parte più grande e preponderante di me sapeva che non ero pronta a guidare una squadra. L'avevo dimostrato in modo clamoroso.

E c'era un'altra piccolissima parte, a malapena percettibile, che si stava stancando dei motel di merda e delle infinite ore di appostamenti. Quella che indossava il mantello della colpa e della frustrazione per un'operazione andata male. Quella che forse stava iniziando a perdere smalto.

5

Quello che succede nella doccia, resta nella doccia

Nash

«Piantala di mangiare il bucato, Pipe», esclamai con poca convinzione dal pavimento della cucina. Ero immerso fino alle ginocchia nei petali di fiori morti della mezza dozzina di composizioni floreali "mi dispiace che ti abbiano sparato" che la gente mi aveva inviato durante la guarigione. Mi ricordavano in modo vago il funerale di mia madre.

Quella dannata cagnetta sfrecciò attorno all'isola con uno dei miei calzini puliti che le penzolava dalla bocca.

Ero esausto ed esasperato.

Avevo chiamato il canile di Lawlerville per sentire se potevo lasciare loro Piper, ma mi avevano risposto che erano pieni dopo aver accolto una decina di animali sfollati a causa dell'uragano che aveva investito il Texas. Mi avevano invitato a provare con un altro canile del distretto di Washington. Ma dopo un altro paio di chiamate, non avevo ricevuto altro che risposte del tipo "mi dispiace, siamo pieni" o avvertimenti sul fatto che i cani con problemi di salute o quelli che non venivano adottati abbastanza in fretta correvano il rischio di venire soppressi.

Perciò eccomi lì, il riluttante padre adottivo di un'arruffata bastardina in preda all'ansia.

Riuscivo a malapena a occuparmi di me stesso. Come diamine avrei fatto a badare a un cane?

Avevamo fatto una capatina dal veterinario per un controllo, durante il quale Piper si era nascosta dietro di me come se la gentile veterinaria con i biscottini fosse il demonio. Dopo aver attestato il suo buono stato di salute, ci eravamo recati al negozio di animali di Knockemout per un po' di rifornimenti di base. Ma il proprietario e astuto venditore, Gael, mi aveva già inquadrato a un chilometro di distanza per lo scemo che ero. Uno sguardo al musetto felice di Piper quando aveva scoperto un'intera corsia piena di animali di peluche, e Gael aveva dovuto affiggere il cartello "Torno tra quindici minuti" in vetrina per aiutarmi a portare tutti i miei acquisti a casa. Costoso cibo salutare, biscottini gourmet, guinzagli con collari coordinati, giocattoli, un lettino ortopedico per cani migliore persino del mio stesso materasso. Ci aveva aggiunto persino un dannato maglioncino per tenere la "Principessa Piper" al caldo durante le passeggiate.

Piper trotterellò verso di me e abbaiò, il suono attutito dal calzino e dalla pecora di peluche che era riuscita a infilarsi in bocca.

«Che c'è? Non lo so cos'è che vuoi».

Lei sputò la pecora in cima alla pila di fiori morti.

Mi passai una mano sul volto. Non ero attrezzato per quello. Il mio appartamento ne era un esempio calzante.

Sembrava la camera da letto di Knox quando era adolescente. Aveva anche lo stesso odore. Non me ne ero proprio accorto, finché non l'aveva notato Lina e poi Gael.

Perciò anziché affogare tra le scartoffie al distretto come avevo progettato, accesi la TV e la sintonizzai su una partita di football, aprii le dannate tapparelle e mi misi all'opera a pulire.

La lavastoviglie era al suo terzo e ultimo carico. Avevo un monte Everest di panni puliti da riporre, sempre che fossi riuscito a far sì che il cane smettesse di rubarli. Ero andato all'attacco degli strati di polvere e degli aloni appiccicosi sui mobili, gettato via una settimana di cibi da asporto ammuffiti ed ero persino riuscito a ordinare un minimo di spesa a domicilio dal supermercato.

Piper mi aveva tenuto compagnia mentre lavavo, strofinavo, selezionavo, buttavo via e mettevo a posto. L'aspirapolvere non le era piaciuto granché. Ma poi mi ero reso conto che non aveva il diritto di lamentarsi, visto che fino a quella mattina aveva vissuto in una conduttura di scarico.

Inclinò la testa e ballò sul posto, le sue unghiette appena spuntate che ticchettavano sul pavimento di legno.

Con un'imprecazione, gettai la pecora verso il salotto e osservai il cane correrle dietro in estasi.

Mi faceva male la spalla. La testa mi martellava. La stanchezza mi faceva sentire le ossa fragili come se fossi affetto da un caso di influenza permanente. Quanto sarebbe stato semplice limitarsi a stare seduto sul pavimento per il tempo che mi rimaneva da vivere?

Si sentì il tonfo sordo del manico della scopa che colpiva il pavimento, seguito da un pietoso guaito e dallo sfregare delle unghie sul pavimento. Piper ricomparve senza né calzino né pecora e si gettò sul mio grembo, tremando.

«Che cazzo», borbottai. «Pensi che io possa proteggerti da qualcosa? Non riesco neppure a proteggere me stesso».

La cosa non parve preoccupare la cagnolina, dal momento che era troppo impegnata a infilarsi più in profondità nel mio grembo.

Sospirai. «Okay, stramboide. Andiamo. Ti salverò dalla grande scopa cattiva».

Me la infilai sottobraccio e mi alzai in piedi a fatica, sentendomi come se avessi cent'anni. Gettai il resto delle carcasse di fiori nel bidone stracolmo, afferrai l'ultima cesta di panni puliti e mi diressi verso la camera da letto.

«Ecco. Contenta?», domandai, posando Piper e la cesta sul letto.

Lei trotterellò verso la sommità del letto, fin sopra il mio cuscino, poi si appallottolò con la coda sopra il naso ed emise un rumoroso sospiro.

«Non abituartici. Ho appena speso ottantasei verdoni per un lettino per te, senza contare che non appena riesco a trovarti una famiglia affidataria, te ne esci di qui».

Lei chiuse gli occhi e mi ignorò.

«D'accordo. Tieniti il letto».

Tanto non ci avrei dormito comunque. Al contrario, mi accampai sul divano, lasciando che il ronzio delle presentatrici QVC mi cullasse nel sonno, dove i sogni mi tormentarono finché non mi risvegliai di nuovo nella nuvola oscura che non permetteva mai alla luce di entrare.

Era un circolo divertente e produttivo.

La montagna di panni piegati – quasi il mio intero guardaroba – era posata lì e mi sfidava a ignorarla.

«Cristo». Di quante magliette grigie avevo bisogno? E perché diamine dall'asciugatrice non usciva mai un numero pari di calzini? Solo l'ennesimo grande mistero della vita che non sarebbe stato risolto. Tipo, qual era il senso di tutto e perché i conigli aspettano che tu acquisti velocità prima di schizzarti davanti?

I flaconi di pillole sul comodino attirarono la mia attenzione.

Non avevo toccato gli antidolorifici. Ma le altre, quelle per la depressione e quelle per l'ansia, mi avevano aiutato all'inizio. Finché poi non avevo deciso di accettare quel vuoto freddo e oscuro. Di sguazzarci dentro. Di vedere quanto riuscivo a sopravvivere nelle sue torbide profondità.

Feci cadere i flaconi nel cassetto e lo richiusi.

Il cane russò in modo rumoroso e mi resi conto che fuori era buio.

Avevo superato un'altra giornata.

Avevo mangiato.

Avevo pulito.

Avevo parlato con le persone con più di meri grugniti arcigni.

E non avevo permesso a nessuno di vedere l'enorme abisso di vuoto che aveva preso dimora fissa nel mio petto.

Se fossi riuscito a infilarci anche una doccia e una sbarbata, sarebbe stato sufficiente.

Le zampe di Piper si tesero, e cacciò un guaito sonnolento. Stava sognando, e mi domandai se fosse un bel sogno oppure un incubo. Attento a non svegliarla, le misi accanto l'agnellino per tenere lontani i brutti sogni e mi diressi in bagno.

Aprii l'acqua nella doccia adesso pulita e regolai la temperatura prima di spogliarmi dei miei abiti. Le cicatrici rosa grinzose attirarono la mia attenzione nello specchio. Una sulla spalla, una sul basso addome per il colpo che l'aveva trapassato.

Il mio corpo stava guarendo, almeno all'esterno. Ma era della mia mente che mi preoccupavo.

Uscire di testa e imboccare una spirale discendente purtroppo era una cosa di famiglia.

Potevi sfuggire solo fino a un certo punto a ciò che era tatuato nel tuo DNA.

Il vapore mi invitò a entrare nella doccia. Lasciai che l'acqua mi scorresse addosso, sciogliendo i nodi dei muscoli tesi col calore. Appoggiai i palmi delle mani contro le piastrelle fredde e chinai la testa sotto il flusso.

Lina.

Mi sovvenne un'immagine di lei che rideva con indosso un reggiseno sportivo e poco altro, subito seguita dal resto della mattinata insieme. Lina a occhi sgranati e preoccupata. Lina carponi mentre la trascinavo all'indietro verso di me. Lina che mi sorrideva dal sedile del passeggero mentre ci dirigevamo a casa.

L'uccello mi penzolava in mezzo alle gambe, e riprese vita mentre i pensieri su di lei si trasformavano pian piano in fantasie.

Era un tipo di desiderio da depravato. Un desiderio che quasi gradii perché provare qualcosa, qualunque cosa, era meglio di niente. E perché quel bisogno perverso mi aveva donato qualcosa che temevo di aver perso.

Non mi era più venuto duro da quando mi avevano sparato. Almeno fino a quella mattina… con *lei*.

Il mio pene si inturgidì mentre l'eccitazione si accendeva dentro di me.

Non mi ero permesso di pensarci. Dopotutto, quale idiota dà la priorità al funzionamento del proprio uccello rispetto alla salute mentale? Perciò avevo sepolto dentro di me quella preoccupazione e avevo finto che ogni cosa sotto la cintura fosse semplicemente stanca o annoiata, o qualunque dannata cosa poteva succedere a quegli arnesi.

Ma era bastato far mettere Lina Solàvita in ginocchio di fronte a me e le mie fantasie si erano risvegliate. Ripensai alla sensazione dei suoi fianchi sotto le mie mani. Alla curva del suo sedere mentre la tiravo verso di me. Il desiderio mi prese per la gola e per le palle. Mi stava trascinando fuori dall'oscurità e dentro il fuoco. Verso di lei.

Non potevo farne a meno. Avevo bisogno di qualcosa di più.

Sostenendomi con una mano alle piastrelle, afferrai il mio pene rigonfio con l'altra e soffocai un'imprecazione. Quel contatto era tanto un sollievo quanto una delusione. Avrei voluto che fosse la sua mano, la sua bocca avvolta attorno a me. La mia mano tra i suoi capelli a guidarla mentre lei si metteva in ginocchio per me e mi faceva ritornare umano.

La sua resa mi avrebbe fatto sentire potente, forte, *vivo*.

Mi sarei sentito in colpa per quella fantasia in un secondo momento, mi ripromisi. Solo un paio di movimenti per assicurarmi di essere ancora integro, che tutto funzionasse. Un paio di movimenti e avrei aperto l'acqua fredda.

Immaginando quelle labbra carnose aprirsi, accogliermi al loro interno, spinsi il mio pugno serrato fino alla cappella, mentre l'acqua mi colpiva la nuca. La mia stretta fece confluire degli umori sulla punta per poi fuoriuscirne. Immaginando la sua lingua bramosa che la accarezzava per assaporarli, portai la mano verso la radice con un movimento brusco.

«Cazzo», mormorai, serrando a pugno la mano libera contro la parete.

Era sbagliato. Ma mi faceva sentire *così dannatamente bene*, e io avevo bisogno di sentirmi bene.

Inerme, immaginai di abbassare lo scollo di quel corto pullover per scoprirla senza il reggiseno, i capezzoli dalle punte turgide che imploravano la mia attenzione persino mentre si dava da fare con il mio uccello in bocca.

I miei fianchi si mossero in avanti come se avessero una mente tutta loro, spingendo nel mio pugno.

«Solo un'altra». Solo un'altra spinta e poi mi sarei fermato.

Ma nella mia fantasia, Lina non era più in ginocchio. Mi stava cavalcando. Il calore umido della sua fica era protetto solo da un inutile velo di seta. La mia bocca volava sul suo seno. Deglutii a fatica, immaginando di prendere tra le labbra uno di quei bottoncini rosa scuro e di succhiarli.

La mia mano aveva dimenticato il limite di una sola altra spinta e si muoveva su e giù lungo la mia asta con movimenti rapidi e vigorosi. Con i fianchi che si agitavano seguendone il ritmo, sentii una pesantezza nelle palle che sapevo non sarebbe svanita scopandomi la mano. Ma quell'oscuro desiderio era meglio del vuoto.

Fantasticai di scostare da un lato la seta del suo perizoma, di afferrarla per i fianchi e di affondare dentro di lei.

«Cazzo, sì, Angel».

Quasi potevo sentire il suo respiro trattenuto mentre la riempivo. Sbattei l'altro pugno contro il muro. Una volta, due volte.

Era troppo tardi adesso per fermarsi, il mio pugno era una macchia confusa mentre si muoveva in fretta sul mio uccello, che gradiva.

Le leccavo e succhiavo l'altro capezzolo fino a renderlo una turgida protuberanza, mentre le mie mani spingevano i suoi fianchi su e giù lungo la mia asta. Mentre lei si aggrappava a me dentro e fuori. Mentre lei desiderava che la facessi venire.

«*Nash*».

Riuscivo quasi a sentirla sussurrare il mio nome mentre l'orgasmo montava tra di noi. Mentre la sua dolce fica si stringeva sempre più attorno a me.

Potevo vedere quegli occhi marroni farsi vitrei, potevo sentire sulla lingua il sapore della vellutata estremità del suo capezzolo, potevo avvertire la dolorosa stretta dei suoi avidi muscoli che si serravano su ogni centimetro del mio uccello.

«Angel». Sbattei di nuovo il pugno contro la parete.

Lei venne a lungo e con intensità. Il genere di orgasmo che l'avrebbe spompata quanto bastava perché in seguito dovessi prenderla tra le braccia e portarla a letto di peso. Il genere che non mi avrebbe lasciato altra scelta se non seguirla in quella discesa, svuotandomi dentro di lei. Marchiandola come mia.

Ma invece del piacere che stavo inseguendo, trovai qualcos'altro.

La mia vista si annebbiò, il rumore dell'acqua si attutì mentre il sangue mi ruggiva nelle orecchie. Il cuore mi martellava in petto in modo frenetico, mentre la tenaglia di tensione si serrava ancor di più. Mollai la presa sul mio uccello e trassi un respiro tremulo, lottando contro la pressione, lottando contro l'ondata di terrore che mi stava travolgendo.

«Cazzo. Cazzo», gracchiai. «Dannazione».

Le ginocchia mi cedettero, e riuscii ad accucciarmi dentro la vasca.

Ancora duro. Ancora bramoso. Ancora spaventato. Mi presi la testa tra le mani e mi chinai sotto il getto dell'acqua, finché non divenne ghiacciata.

6

Nel bel mezzo di una gara a chi piscia più lontano

Lina

La biblioteca pubblica di Knockemout era ospitata dall'altra parte del corridoio rispetto al dipartimento di polizia nel palazzo municipale Knox Morgan, un nome che per me era fonte di infinito divertimento.

Scattai una foto ai caratteri dorati in grassetto e la inviai per messaggio all'uomo, al burbero, alla leggenda stessa.

La risposta di Knox fu immediata. Un'emoji del dito medio.

Con un sorrisetto, mi misi in tasca il telefono e mi diressi all'interno.

L'edificio era stato finanziato in larga parte da una considerevole *donazione* derivata dalle vincite della lotteria che Knox aveva cercato di costringere Nash ad accettare. Secondo la mia opinione, si trattava di un vaffanculo livello esperto.

A quanto pareva, la cosa aveva anche creato un muro tra i due fratelli, muro che era stato rafforzato dalla testardaggine ereditaria e da una mediocre comunicazione familiare.

Non che Knox e io avessimo mai affrontato dei discorsi cuore a cuore durante i nostri anni di amicizia. Prendevamo tutto con leggerezza, non ci caricavamo l'un l'altra di pesanti fardelli. Non portavamo alla luce le cose per delle inutili disamine.

Ed è così, signore e signori, che si fa durare una relazione.

Niente fardelli. Nessun bagaglio emotivo.

Poche necessità e trascorrere insieme dei bei momenti divertenti.

Con questo pensiero in mente, stabilii con determinazione di *non* sbirciare oltre il vetro che affacciava sulla stazione di polizia. Non ero pronta ai convenevoli con il capo della polizia appena poche ore dopo averlo sentito raggiungere l'orgasmo nella doccia dietro una non-propriamente-insonorizzata parete di distanza.

Solo pensarci mi fece infiammare le guance e fremere le parti basse.

Non ero mai rimasta così a lungo in vita mia a lavarmi i denti a un lavandino.

Una cosa era certa, il capitano Morgan era una bomba a orologeria. E chiunque fosse questa Angel, mi auguravo di non doverla detestare.

Mi diressi in biblioteca. Era più affollata e chiassosa di quanto mi aspettassi. Grazie all'Ora dei racconti delle drag queen, la sezione infanzia aveva l'energia di un ragazzino dell'asilo all'ora della merenda. Sia bambini che adulti ascoltavano con rapito interesse mentre Cherry Poppa e Martha Stewhot leggevano storie di famiglie alternative e cuccioli adottati.

Rimasi ad ascoltare un intero libro prima di ricordarmi che ero in missione.

Trovai Sloane Walton, la straordinaria bibliotecaria, al secondo piano, mentre discuteva tra gli scaffali riguardo a questioni di libri con l'anziano ma trendy Hinkel McCord.

Sloane era diversa da qualunque bibliotecaria avessi mai conosciuto. Era una minuta sputafuoco con capelli biondo platino dalle mèches lavanda. Si vestiva come un'adolescente alla moda, guidava una Jeep Wrangler truccata e organizzava una volta al mese un happy hour "Libri e liquori". Dalle informazioni che avevo raccolto, aveva trasformato la biblioteca pubblica di Knockemout in declino nel cuore della comunità grazie a grinta, determinazione e una serie di finanziamenti. E lo aveva fatto da sola.

C'era qualcosa in lei che mi ricordava le ragazze fighe e simpatiche delle superiori. Un tempo ero stata un membro di quel club esclusivo.

«Sto solo dicendo di dare un'occasione a Octavia Butler. E poi tornare qui con dei fiori di scuse e della tequila, perché ti sbagli di grosso», disse all'uomo.

Hinkel scosse il capo. «Ci proverò. Ma quando finirò per detestarla, dovrai portarmi uno di quei filoncini di pane ai pomodori secchi».

Sloane protese la mano. «Affare fatto. Della buona tequila. Non tequila del tipo "ho rubato questo schifo dall'armadietto dei liquori dei miei per il falò del liceo"».

Hinkel annuì con una smorfia soddisfatta e le strinse la mano. «Ci sto».

«Corrompi sempre i clienti con prodotti di panetteria?», domandai.

Hinkel mi scoccò un sorriso bianchissimo e si tolse il berretto di paglia. «Signorina Lina, se posso permettermi, la sua bellezza fa sfigurare le foglie d'autunno».

Afferrai un libro dallo scaffale e lo usai per farmi aria. «Gentile signore, lei sa senza dubbio come far girare la testa a una signora», ribattei, adottando un accento da bellezza del Sud.

Sloane incrociò le braccia sul petto, fingendosi irritata. «Chiedo scusa, signor McCord. Credevo di essere *io* l'oggetto delle sue attenzioni della domenica mattina».

L'uomo indicò il suo completo gessato e il papillon. «C'è abbastanza Hinkel per tutte. Ora, se a voi due deliziose signore non dispiace, andrò al piano di sotto a flirtare con una o due drag queen».

Osservammo il centenario dirigersi con passo vivace verso le scale, il bastone in una mano, un libro nell'altra.

«A Knockemout si viene su pieni di fascino», osservai.

«Senza alcun dubbio», concordò Sloane, facendomi cenno di seguirla.

Entrammo in un'ampia sala conferenze, dove Sloane andò dritta verso la lavagna magnetica per cancellare diversi disegni rudimentali di peni.

«Adolescenti?», tirai a indovinare.

Lei scosse il capo, facendo danzare la sua vivace coda di cavallo. «Urologi della Virginia del Nord. Ieri hanno tenuto qui il loro incontro trimestrale. Ho pensato di cancellare le prove prima che si concluda l'Ora dei racconti».

«Questo non me l'aspettavo».

Sloane mi rivolse un sorrisetto. «Aspetta solo che arrivi la riunione dei proViNo a gennaio».

Vagliai le possibilità nella mia mente. «Proctologi della Virginia del Nord?»

«Culi *dappertutto*». Sloane mise giù il cancellino e iniziò a organizzare i pennarelli per colore. «Cosa ti porta nel mio elegante locale oggi?».

Mi resi utile e iniziai infilare i dépliant penecentrici sparsi qua e là nel bidone dei rifiuti. «Sono in cerca di un paio di consigli libreschi».

E qualche informazione, aggiunsi tra me e me.

«Sei venuta nel posto giusto. Cosa ti piace? Thriller? Viaggi nel tempo? Autobiografie? Poesia? Polizieschi? Fantasy? Libri di autoaiuto? Storie d'amore in piccole cittadine piccanti quanto basta per farti arrossire?».

Ripensai a Nash sotto la doccia la notte precedente. Al rumore del suo pugno contro la parete umida. All'imprecazione strozzata. Avvertii un lieve capogiro. «Qualcosa con degli omicidi», decisi. «Inoltre, c'è un qualche database della contea che posso usare per fare una ricerca immobiliare?»

«Hai intenzione di rendere permanente la tua visita?»

«No», risposi in tutta fretta. «Ho un amico che vive a Washington. Vuole trasferirsi fuori città e aprire un'attività».

Era una patetica bugia. Ma Sloane era una bibliotecaria indaffarata, e la gente da quelle parti era eccentrica. Non avrebbe perso tempo a sottolineare i buchi nella mia storia.

«Che genere di attività?».

Dannazione.

«Un garage per personalizzare automobili? Voglio dire, credo si tratti di una specie di garage per personalizzare automobili».

Sloane si spinse gli occhiali sul naso. «Sono certa che il tuo amico sappia come utilizzare i classici siti di immobili in vendita».

«Lui... lei, ehm, sì, certo. Ma se la proprietà non fosse in vendita? Ha una grossa disponibilità di capitale, ed è risaputo che fa offerte difficili da rifiutare».

Tecnicamente quella parte non era una bugia. Non proprio.

Lei mi inchiodò con uno sguardo curioso. Di solito ero molto più brava a rifilare una storia appropriata. Tutta quella faccenda di Nash sotto la doccia doveva avermi davvero destabilizzata. Appunto mentale: evitare uomini che ti rendono stupida.

«In questo caso, potresti provare con il database delle perizie della contea. La maggior parte ha delle mappe GIS delle proprietà, la loro documentazione e il loro accertamento tributario. Posso darti dei link».

Venti minuti più tardi, feci del mio meglio per oltrepassare in punta di piedi l'Ora dei racconti delle drag queen con la mia pila di poco sexy romanzi gialli, un libro su come sconfiggere le tendenze autodistruttive e dei post-it colorati con i nomi di tre database immobiliari della contea.

Riuscii a raggiungere la porta e uscire in corridoio, quando una voce familiare mi bloccò. «Detective Lina Solavita».

Mi paralizzai, poi ruotai con lentezza sui miei stivali col tacco.

Un fantasma del passato mi sorrideva mentre la porta della centrale di polizia si richiudeva alle sue spalle. Si era fatto crescere i baffi dall'ultima volta che lo avevo visto, e aveva preso almeno cinque chili, ma gli stavano bene.

«Sceriffo Nolan Graham. Cosa ci fai…». Non avevo bisogno di concludere la domanda. C'era un solo caso locale che richiedesse la presenza di uno sceriffo degli Stati Uniti.

«Ho un caso». Prese il romanzo in cima alla mia pila e sbirciò sotto i post-it sulla copertina. «Questo non ti piacerà».

«Un fine settimana all'incirca cinque anni fa e credi di conoscere i miei gusti in fatto di libri?».

Mi scoccò un sorrisetto. «Cosa posso dire? Sei memorabile».

Nolan era un'impertinente spina nel fianco. Ma era bravo nel suo lavoro, non era un idiota misogino e se ricordavo bene era pure un ottimo ballerino.

«Vorrei poter dire lo stesso. Bei baffi, a proposito», lo punzecchiai.

Lui se li lisciò passandovi sopra indice e pollice. «Vuoi farci un giro di prova più tardi?»

«Sempre un incurabile cretino, a quanto vedo».

«Si chiama sicurezza di sé. E si basa su anni di esperienza con donne soddisfatte».

Gli scoccai un sorrisetto. «Sei pessimo».

«Già, lo so. Cosa diavolo ci fa qui? Qualcuno ha rubato la *Monna Lisa*?»

«Sono in città per far visita a degli amici. Mi metto in pari con le letture». Sollevai la pila di libri.

Il suo sguardo si assottigliò. «Stronzate. Tu non vai mai in vacanza. Cosa sta cercando la Pritzger Insurance in questo posto?»

«Non so di cosa tu stia parlando».

«Avanti. Intrattienimi. Mi tocca stare appresso a un capo della polizia contadinotto in attesa che uno stronzo provi a concludere il suo lavoro».

«Credi che Duncan Hugo ci proverà di nuovo? Hai qualche prova in merito?»

«Be', a quanto pare siamo ben informati».

Alzai gli occhi al cielo. «È una piccola cittadina. Siamo tutti ben informati».

«Allora non hai bisogno di me per unire i puntini».

«E dai. Hugo aveva preso di mira una certa lista per fare colpo su paparino, ma ha mandato tutto in malora. Secondo le mie ultime informazioni è scomparso. Non ha alcun motivo per tornare a concludere il lavoro».

«A meno che Comandante Amnesia non ricordi di colpo la sparatoria. Non abbiamo altro che le dichiarazioni di quel dito in culo dell'ex ragazza nonché gemella cattiva matta da legare rinchiusa in prigione. E la testimonianza di una dodicenne. Nessuna delle prove fisiche reggerebbe. Auto rubata. Pistola non registrata. Niente impronte».

Duncan Hugo aveva fatto squadra con la gemella di Naomi, Tina, per farsi largo a suon di bugie, imbrogli e furti per tutta la Virginia del Nord, prima di commettere il tremendo errore di sparare a Nash.

«Che mi dici delle riprese della dashcam?», insistetti.

Nolan scrollò le spalle. «È buio. Il tizio aveva un cappuccio e i guanti. Si riesce a malapena a distinguere un profilo. Ma un avvocato appena appena decente potrebbe contestare che si tratti letteralmente di chiunque altro».

«Sia come sia, perché mandare te a fare da baby-sitter? Hugo è un pesce piccolo, no?».

Nolan inarcò un sopracciglio.

«Ohhh. I federali danno la caccia a paparino».

Anthony Hugo era un boss del crimine il cui territorio includeva Washington, il distretto di Columbia e Baltimora. Mentre il figlio si dilettava con dispositivi elettronici e veicoli rubati, il caro paparino aveva la brutta reputazione di occuparsi di racket, droghe e prostituzione.

«Non sono autorizzato a parlarne», disse lui, giocherellando con le monete che aveva in tasca. «Adesso spara. A quale bel tesorino stai dando la caccia?».

Il mio sorriso era felino. «Non sono autorizzata a parlarne».

Nolan posò la mano contro la parete alle mie spalle e si chinò in avanti come un quarterback del liceo con la vivace capocheerleader. «Suvvia, Lina. Magari potremmo lavorare insieme?».

Ma io non ero una vivace cheerleader. Né ero una che faceva gioco di squadra. «Spiacente, sceriffo. Sono in vacanza. E proprio come per il lavoro, anche in questo caso faccio da sola». Era più sicuro così.

Lui scosse il capo. «Le migliori sono sempre single incallite».

Inclinai la testa per studiarlo. Con indosso il suo completo governativo nero e la cravatta, sembrava il venditore di punta di Bibbie del distretto. «Non ti eri sposato?», domandai.

Lui sollevò la mano sinistra priva di anello. «Non è andata».

Dietro la spacconeria, colsi un sentore di tristezza.

«Il lavoro?», azzardai.

Lui fece spallucce. «Cosa posso dire? Non tutti possono gestirlo».

Lo capivo. I viaggi. Le lunghe settimane di ossessione. La frenesia della vittoria quando si risolveva un caso. Non tutti quelli che non erano coinvolti potevano sopportarlo.

Arricciai il naso in segno di empatia. «Mi dispiace che non abbia funzionato».

«Già. Anche a me. Tu potresti farmi sentire meglio. Cena? Una bevuta? Ho sentito che questo posto chiamato Honky Tonk a un paio di isolati da qui ha dello scotch decente. Potremmo farcene un paio in memoria dei vecchi tempi».

Potevo solo immaginare la reazione di Knox se fossi entrata nel suo locale con uno sceriffo al seguito. Mentre suo fratello era un fan della legalità, Knox aveva una vena ribelle quando si trattava di regolamenti.

«Uhm». Avevo bisogno di un istante. Mi serviva un piano, una strategia.

La porta della centrale di polizia si aprì, risparmiandomi di dover formulare una risposta. Dopodiché fu il cipiglio sul volto di Nash a lasciarmi troppo ammutolita per riuscire a tirarne fuori una.

«Si è perso, sceriffo?», domandò Nash. La sua voce era solo in apparenza moderata, rivestita di un lieve strato di dolcezza del Sud in più rispetto al solito. Indossava la sua uniforme grigio scuro della polizia di Knockemout, composta di camicia e pantaloni tattici, ed entrambi sembravano essere stati lavati e stirati. Entrambi sembravano *anche* cinquanta milioni di volte più sexy del completo di Nolan.

Che siate dannate, sottili pareti della doccia. All'inferno.

La mia gola divenne secca e il mio cervello si instupidì, proponendomi a ripetizione nella testa i bassi gemiti di Nash della notte precedente.

Se il Nash malinconico e ferito era sexy, l'autoritario comandante Morgan ti faceva sciogliere le mutande.

Il suo sguardo saettò verso di me, poi mi scrutò da capo a piedi.

Nolan tenne la mano nel punto in cui si trovava sopra la mia testa, ma si mosse così da poter guardare verso Nash. «Stavo solo facendo quattro chiacchiere con una vecchia amica, comandante. Ha già avuto il piacere di conoscere la detective Solavita?».

Adesso dovevo a Nolan una ginocchiata nelle palle.

«Detective?», ripeté Nash.

«Detective assicurativa», aggiunsi rapida, per poi rivolgere un'occhiata torva a Nolan. «Io e il comandante Morgan ci conosciamo».

Di solito me la cavavo bene sotto pressione. No. Non me la cavavo bene. Me la cavavo *alla grande* sotto pressione. Ero paziente, astuta e scaltra quando necessario. Ma il fatto che Nash mi stesse rivolgendo quel duro sguardo autoritario, come se volesse trascinarmi in una stanza per gli interrogatori e gridarmi contro per un'ora, stava senza dubbio mandando in malora il mio equilibrio.

«Presumo non bene come ci conosciamo tu e io», mi disse Nolan con un occhiolino.

«Sul serio?», domandai. «Falla finita».

«Angel e io abbiamo una certa intimità», disse con voce strascicata Nash, senza distogliere lo sguardo da me.

Angel? Ero *io* la Angel delle fantasie nella doccia di Nash? Il mio cervello si lanciò in una riproduzione con tanto di immagini del mio origliare notturno. Mi diedi una scossa mentale e decisi che mi sarei occupata in seguito di quell'informazione.

«Condividiamo una parete», spiegai, incerta del perché sentissi il bisogno di spiegare. Il mio passato con Nolan non era affare di Nash. Il mio presente con Nash non era affare di Nolan.

«Ieri abbiamo anche condiviso un bagno», disse Nash.

La mia mascella si spalancò, e mi sfuggì un verso simile a quello di una fisarmonica che veniva schiacciata.

Entrambi gli uomini mi guardarono. Chiusi la bocca con un secco scatto.

Decisi che avrei dato una ginocchiata nelle palle a Nolan e una spinta dalle scale a Nash.

«Ha sempre avuto un debole per le forze dell'ordine». Nolan si stava dondolando sui talloni con l'aspetto di uno che si stava proprio divertendo.

Io ero furibonda, ma prima che potessi farla pagare a quei due idioti storditi dal testosterone, la porta della biblioteca si aprì. Nash si spostò per tenerla aperta.

«Signora», disse rivolto a Cherry Poppa mentre questa usciva.

«Che seduttore», tubò lei.

Nolan si produsse in un inchino.

«Qui fuori c'è proprio roba da leccarsi i baffi», commentò la drag queen mentre si dirigeva verso la porta.

«Be', è stato *divertente*», sbottai verso gli idioti che ostruivano il corridoio, prima di seguire la bellissima drag queen all'esterno.

«Sai cosa nessuno ti dice a proposito del ritrovarti nel bel mezzo di una gara a chi piscia più lontano?», mi fece Cherry scostandosi i ricci biondi.

«Che cosa?», domandai.

«Che sei tu quella che finisce per puzzare di pipì».

7

Non ci stavamo strusciando

Lina

Ero ancora ragionevolmente furiosa quando montai in auto e mi diressi verso casa di Knox e Naomi per cena. Certo. Quale donna non aveva mai fantasticato di avere due uomini che lottassero per lei? Ma non era per niente sexy quando la lotta era solo una gara giurisdizionale a chi piscia più lontano e io non rappresentavo altro che una pedina.

Un po' di pressione sul pedale dell'acceleratore fece ruggire di vita la mia robusta Charger su un tratto aperto di strada. Adoravo i grossi motori e le auto veloci. C'era qualcosa nelle strade extraurbane e nel rombo di un V8 che mi faceva sentire libera.

Decelerai fino ai miei abituali quindici chilometri oltre il limite di velocità. Quanto bastava per divertirsi un po' ma senza infrangere il limite al punto che un poliziotto mi facesse accostare.

Dall'impianto audio risuonava della musica femminile arrabbiata e cazzuta, e il vento mi scompigliava i capelli.

Fin troppo presto, dovetti rallentare per svoltare in una stradina sterrata che si snodava nel bosco. Una parte di me era tentata di proseguire e basta. Di guidare a tutto gas e cantare a squarciagola finché tutte le frustrazioni che erano montate in me non fossero volate fuori dal finestrino.

Ma visto quanto ero arrabbiata, un viaggio in auto attraverso il paese con ogni probabilità non sarebbe bastato a schiarirmi le idee.

Perciò optai per la cosa responsabile e fastidiosa, e imboccai la curva.

Pur nel pieno della mia irritazione, riuscivo ancora ad apprezzare lo spettacolo che stava offrendo l'autunno. Il bosco era un tripudio di colori. Foglie rosse, dorate e arancioni erano aggrappate ai rami e piovevano giù a ricoprire la strada. Nutrivo dei sentimenti complicati nei confronti dell'autunno. Quello che un tempo aveva rappresentato il ricongiungersi agli amici e l'iniziare nuove avventure aveva finito col significare solo perdersi entrambe le cose.

«Cavoli, stasera sono una stronza», borbottai facendo eco alla canzone di Carrie Underwood, mentre questa faceva strisciare le sue chiavi contro la fiancata del furgone del suo ex.

Abbassai il volume dello stereo e lasciai che il sussurro del ruscello attraverso gli alberi riempisse l'abitacolo.

La casa di Knox e Naomi comparve alla curva successiva. Si dispiegava in legno e vetro nascosto tra gli alberi come fosse parte della foresta. Parcheggiai dietro al SUV di Naomi e scesi dall'auto prima di potermi convincere a restare seduta a ribollire. Prima entravo, prima sarei potuta uscire e tornare a casa a essere stronza in solitudine.

Mi incamminai lungo il vialetto in pietra che serpeggiava attraverso i bassi arbusti e i fiori di tarda stagione fino a raggiungere gli ampi scalini del portico frontale.

C'era una bici da bambino su una zolla di giardino e dei cuscini a righe sulle sedie a dondolo. Felci in vaso appese alle travi del portico. Un trio di lanterne di zucca intagliate a mano era disposto appena fuori dalla porta d'ingresso.

Ero pronta a scommettere in denaro sul fatto che la zucca di Knox fosse quella dal terrificante aspetto macabro che vomitava fuori le sue stesse viscere. Quella di Naomi doveva essere la zucca intagliata in modo preciso e con un sorriso sdentato. E la zucca di Waylay quella frettolosa, frastagliata e sbilenca con sopracciglia spaventose.

Tutto quel posto gridava "famiglia". Il che era al tempo stesso dolce e spassoso quando pensavo al Knox che conoscevo da sempre.

Da dietro la zanzariera proruppe un ululato eccitato, subito seguito da una cacofonia di latrati e guaiti. Cani di tutte le forme e dimensioni si riversarono sul portico e giù per gli scalini, avviluppandomi in un'amichevole frenesia.

Mi chinai per salutarli.

I cani della nonna di Knox erano un minuscolo pitbull con un occhio solo chiamato Kitty e un irrequieto beagle di nome Randy. I genitori di Naomi, che adesso vivevano nella baita sulla proprietà, avevano portato con sé il loro cane, Beeper, un trovatello meticcio che somigliava a un mattone arruffato con le zampe.

Il cane di Knox, un tarchiato basset hound di nome Waylon, posò le sue paffute zampe anteriori sulle mie cosce per levarsi sopra la mischia e reclamare la sua buona dose di attenzioni.

«Waylon! Smettila subito», abbaiò Knox dal portico frontale mentre apriva la zanzariera. Si era gettato uno straccio per asciugare i piatti sopra la spalla, aveva un paio di pinze da barbecue in mano e qualcosa di simile a un sorriso sul suo affascinante volto.

«Sto apparecchiando la tavola come mi hai detto di fare tu!», giunse il grido offeso di una dodicenne da dentro casa.

«Way*lon*, non Way*lay*», urlò Knox in risposta.

«Be', perché non l'hai detto subito?», strillò Waylay.

Io sorrisi.

«La vita famigliare ti si confà», commentai, facendomi largo tra i cani verso il portico.

Lui scosse il capo. «La scorsa notte ho passato un'ora a googlare dei cazzo di esercizi di matematica di quinta elementare e una settimana ad ascoltare delle donne chiacchierare a oltranza di allestimenti floreali». Dalla casa risuonò un coro di risate. «Non c'è mai tranquillità. C'è sempre gente dappertutto».

Poteva pure stare lì a lamentarsi, ma era chiaro come il sole che Knox Morgan era più felice di quanto mai fosse stato.

«Sembra che ti sia meritato una di queste». Sollevai il pacco da sei di birre che avevo portato con me.

«Beviamocele nel cortile sul retro prima che qualcuno ci trovi e abbia bisogno di me per riparare il bocchettone dell'asciugacapelli o per guardare un altro "esilarante TikTok"», sospirò. Si infilò le pinze nella tasca posteriore, prese due delle birre e poi le stappò contro la ringhiera del portico. Me ne porse una. «Ultima occasione per dartela a gambe», propose.

«Oh, non mi perderei lo spettacolo di Knox addomesticato per nulla al mondo», gli risposi.

Lui fece un verso nasale. «Addomesticato?»

«Ti sto solo prendendo in giro. Ti si addice».

Knox appoggiò gli avambracci sulla ringhiera del portico. «Che cosa?».

Indicai con il collo della mia bottiglia verso la porta d'ingresso. «Il fatto che quelle due signore là dentro abbiano bisogno di te. Ti sei fatto avanti, e adesso la felicità che emanate voi tre è così accecante che noialtri non possiamo guardare direttamente verso di voi».

«Credi che siano felici?», domandò Knox.

Dall'interno della casa giunse un altro scoppio di risate. I cani correvano per tutto il giardino, i nasi a terra in cerca di un'altra avventura.

«Ne sono certa», dissi.

Lui si schiarì la voce. «C'è una cosa che vorrei chiederti, e non voglio che tu ne faccia una faccenda di stato».

«La cosa mi intriga».

«Vorrei che fossi una dei miei testimoni, o come si dice».

Sbattei le palpebre. «Io?». A eccezione del matrimonio di mia zia Shirley con mia zia Janey – ero stata strepitosa nel mio ruolo di fatina arcobaleno glitterata di otto anni – non avevo mai fatto parte di un corteo nuziale. Non ero mai stata così in intimità con qualcuno perché mi venisse chiesto.

«Naomi lo chiederà a Sloane, Stef, Fi e Way. Io ho Nash, Luce e Jer. O almeno, li avrò una volta che gliel'avrò chiesto. E te».

Nash. Solo sentir nominare suo fratello bastò a farmi sprofondare ancora di più nella stronzaggine. Ma la stronzaggine era mitigata da un luminoso bagliore nel petto. «Vuoi che indossi uno smoking?»

«Non mi interessa, nemmeno se indossi una tuta macchiata di birra. Anche se sono sicuro che Fiorellino avrebbe delle opinioni in merito. Basta che tu ci sia». Bevve un sorso della sua birra. «E che fai in modo che non mandi tutto a puttane».

Sorrisi. «Sarei onorata di essere il tuo testimone… femmina?»

«Naomi si riferisce a te come "testimoniessa", ma non ho intenzione di dire quella roba in pubblico. Stef è un damigello, e quello intendo dirlo».

Entrambi sorridemmo nel crepuscolo che calava sul giardino.

«Grazie per avermelo chiesto», dissi infine. «Anche se non me l'hai chiesto».

«Se dici alla gente ciò che vuoi anziché domandarglielo, è molto più probabile che tu ottenga ciò che ti eri prefissato», rispose lui.

«Knox il filosofo addomesticato».

«Chiudi il becco o ti farò indossare del taffetà color mandarino».

«Mi stupisce che tu conosca anche solo una di queste parole».

«Il matrimonio è fra tre settimane. Sto imparando tutte le parole».

«Tre *settimane*?».

Esibì un pigro sorrisetto. «Mi sento come se avessi aspettato

Splendore e Way per tutta la vita. Andrei in tribunale anche stasera stessa se riuscissi a convincerle a farlo».

«Be', se per allora non fossi più in città, tornerò per il matrimonio», promisi.

Lui annuì. «Giusto un avvertimento. Ci sarà una valanga di abbracci».

Feci una smorfia. «Mi tiro fuori».

Le dimostrazioni fisiche di affetto nella mia classifica personale rientravano da qualche parte tra l'essere messa in attesa al telefono dalla società del via cavo e il farsi devitalizzare un dente. C'era stato un periodo della mia vita in cui il mio corpo era appartenuto più all'équipe medica che a me stessa. Da allora preferivo evitare qualunque tocco a sorpresa, salvo quando ero io quella che lo istigava. Cosa che non faceva altro che rendere la mia reazione a Colui Che Non Deve Essere Nominato ancor più sconcertante.

«Ho già una soluzione», disse lui. «Scriverò "non abbracciare" dopo il tuo nome sul programma».

Stavo ancora ridendo quando i fari di un'auto penetrarono attraverso gli alberi che costeggiavano la carreggiata. Il furgone pick-up di Nash, un Nissan blu, accostò sul vialetto accanto alla mia auto.

La collera prese fuoco su tutta la mia pelle assieme alla preoccupazione che lui avesse proseguito con la sequela di domande su tutta la storia della detective. Non avevo bisogno che lui ne facesse parola in giro.

«Non sapevo che sarebbe venuto», sibilai.

Knox mi guardò di sbieco. «Hai un problema con mio fratello?»

«A dire il vero sì, è così. Tu hai un problema col fatto che ho un problema?».

Le sue labbra si incurvarono. «No. Era ora che qualcun altro a parte me ce l'avesse con lui. Solo, fai in modo che non incasini il matrimonio, o la cosa farà infuriare Naomi. E nessuno può fare infuriare Naomi tranne me».

I cani circondarono il veicolo in preda all'entusiasmo.

Il mio sguardo infiammato incrociò quello glaciale di Nash attraverso il parabrezza. Non sembrava troppo felice all'idea di scendere dall'auto. *Bene.*

«Credo che andrò dentro. Vado a vedere se posso dare una mano con qualcosa», decisi.

Knox scambiò con me le pinze per una terza birra. «Controlla il pollo sulla griglia, se Lou non ha già iniziato a girarci intorno», disse, poi avanzò in direzione di suo fratello.

"Controlla il pollo"? Le mie conoscenze in fatto di cottura del pollame si limitavano a quello che mi presentavano sul piatto nei ristoranti. Andai dentro casa e seguii il rumore.

La casa era splendida, selvaggia e rustica, ma con dei tocchi casalinghi che facevano venire voglia di sedersi, sollevare i piedi e godersi il caos.

Foto di famiglia che risalivano a una manciata di generazioni indietro decoravano le pareti, e dei tappeti colorati addolcivano i pavimenti in legno graffiato.

Trovai la maggior parte del rumore e della gente in cucina. La nonna di Knox e Nash, Liza J – la precedente inquilina della casa, prima di trasferirsi nel cottage in fondo alla strada –, stava supervisionando la madre di Naomi, Amanda, mentre quest'ultima metteva insieme un vassoio di salumi.

Lou, il padre di Naomi, era – grazie al cielo – già in veranda a sbirciare sotto il coperchio del barbecue e a rigirare il pollo con il suo set di pinze.

Naomi e il suo migliore amico, il bellissimo ed elegante Stefan Liao, stavano discutendo mentre lui apriva il vino e lei rimestava qualcosa che emanava un odore davvero buono sul fornello.

«Diglielo, Lina», fece Naomi, come se fossi stata lì per tutto il tempo.

«Dire cosa a chi?», domandai, trovando posto in frigo per i resti della confezione da sei di birra e per i due litri di bibita cariadenti per Waylay.

«Di' a Stefan che dovrebbe chiedere a Jeremiah di uscire», disse lei.

Jeremiah era il socio di Knox al Whisky Clipper, il salone da parrucchiere/barbiere della città sotto il mio appartamento. Come tutti gli uomini single di quella città, anche lui era davvero, *davvero* affascinante.

«Witty sta facendo quella cosa spocchiosa da donna quasi sposata con cui cerca di accoppiare tutti i suoi amici così che anche loro possano essere degli spocchiosi coglioni quasi sposati», si lamentò Stef. Indossava del cashmere e del velluto a coste, e sembrava appena uscito dalle pagine di una rivista di moda maschile.

«E tu *vuoi* essere un coglione spocchioso e quasi sposato?», domandai.

«Neanche vivo ufficialmente in questa città», rispose lui, agitando le braccia in modo enfatico senza versare una goccia del suo vino. «Come faccio a sapere se voglio essere un coglione?»

«Ottimo. Sono altri tre dollari per il barattolo delle parolacce», si lamentò a voce alta Waylay dalla sala da pranzo.

«Mettili sul mio conto», gridò in risposta Stef.

Il barattolo delle parolacce era un vasetto di sottaceti da due chili posizionato sul ripiano della cucina. Era sempre traboccante di banconote grazie al colorito vocabolario di Knox. Il denaro veniva utilizzato per comprare verdure fresche. L'unico modo in cui Naomi riusciva a tenere a bada Waylay evitandole di pronunciare la parola con la "c" era riempire la famiglia di insalata fino a fargliela uscire dalle orecchie.

«Per favore», sbuffò Naomi. «Trascorri più tempo a Knockemout di quanto ne passi a casa tua a New York *o* dai tuoi genitori. So che non sei qui solo perché ami il caos canino».

Neanche a farlo apposta, tutti e quattro i cani corsero in cucina, per poi fiondarsi verso la soglia della sala da pranzo non appena vi comparve Waylay. Quest'ultima si scostò da parte con un salto, cosa che riuscì solo a eccitarli ancora di più.

«Fuori!», gridò Amanda, aprendo la porta della veranda e intimando alla confusione di pelo di uscire.

Waylay sgattaiolò in cucina e sgraffignò una fetta di salame dal vassoio di salumi. «La tavola è apparecchiata», annunciò.

Naomi assottigliò lo sguardo, prese un broccolo dal vassoio delle verdure e lo ficcò in bocca a sua nipote.

Waylay sostenne una valorosa lotta, ma la sua determinata zia vinse con un abbraccio soffocante.

«Perché sei così ossessionata dalla roba verde, zia Naomi?», gemette Waylay.

«Sono ossessionata dalla tua salute e dal tuo benessere», disse Naomi, scompigliandole i capelli.

Waylay alzò gli occhi al cielo. «Sei così strana».

«Sono strana d'amore per te».

«Torniamo a farci beffe di zio Stef perché è troppo codardo per chiedere a Jeremiah di uscire», propose Waylay.

«Buona idea», concordò Naomi.

«Un ragazzo come quello non resterà single molto a lungo», Liza J avvertì Stef mentre allungava una fetta di salame a Waylay.

«È *veramente* bello», concordò Amanda.

Tutti si voltarono verso di me con sguardo trepidante. «È affascinante», riconobbi. «Ma solo se ti interessano le relazioni e la monogamia».

«Cosa che non vale per me», insistette Stef.

«Non valeva neppure per Knox», sottolineai. «Ma guardalo adesso. È felice da far schifo».

Naomi mi passò un braccio attorno alle spalle, e io riuscii a malapena a nascondere il sussulto per l'inaspettato contatto fisico. L'anello di fidanzamento al suo dito risplendeva nella luce. «Visto, Stef? Anche tu potresti essere felice da far schifo».

«Credo che mi limiterò a fare schifo».

Mi sottrassi all'affettuoso abbraccio di Naomi e mi diressi verso il vassoio della carne.

Waylay si era infilata il salame sgraffignato in bocca mentre Naomi non stava guardando. Quasi riuscivo a sentire la voce di mia madre nella mia testa.

"Stai ancora evitando le carni processate, vero, Lina?".

"Credi davvero che sia una buona idea bere alcol nella tua situazione?".

Presi un ribelle sorso di birra, mi accostai a Waylay e scelsi una fetta di mortadella.

«Che c'è? Sono sexy e gay, perciò la conclusione scontata è che debba uscire con il sexy e bisessuale barbiere? Gay e bisessuali devono avere molto più in comune del semplice fatto di essere gay e bisessuali», disse Stef con fare sostenuto.

«Mi sembrava che avessi detto che è l'uomo più attraente del pianeta con una voce che sembra gelato fuso e che ti fa venire voglia di strapparti via i vestiti e ascoltarlo recitare la lista della spesa», rifletté Naomi.

«E non hai detto anche che tutta quella cosa del piccolo imprenditore ti intrigava perché eri stanco di uscire con modelli di fitness?», aggiunse Amanda.

«E non siete entrambi grandi appassionati di marchi di moda di lusso, di Luke Bryan e di soluzioni energetiche ecofriendly?», lo punzecchiai.

«Vi odio tutte».

«Non uscire con lui perché è bisessuale, Stef. Esci con lui perché è perfetto per te», affermò sicura Naomi.

Knox e Nash entrarono, entrambi con un aspetto vagamente incazzato. A essere onesti, era l'aspetto che avevano di solito dopo una conversazione tra di loro. Nash sembrava anche stanco. E sexy nei suoi jeans e nella camicia di flanella… *Gnam.*

Dannazione. Mi ero dimenticata che non dovevo più trovarlo attraente.

Mi concentrai sul fatto che si era messo d'impegno per umiliarmi assieme a Nolan e mi aggrappai alla mia rabbia femminile interiore.

Teneva una birra in una mano e reggeva la tremante Piper nell'altra. La cagnolina indossava un ridicolo maglioncino con stampate sopra delle zucche. Entrambi davano l'impressione che quello fosse l'ultimo posto sulla faccia della Terra in cui avrebbero voluto trovarsi.

«'Sera», disse rivolto alla stanza, ma quegli occhi blu si posarono su di me.

Lo fissai con sguardo torvo. Lui ricambiò lo sguardo.

Scoppiò una nuova ondata di pandemonio, mentre le donne correvano verso Nash per guardare più da vicino Piper. Knox si fece largo tra loro e diede un bacio sulla guancia a Naomi, poi si diresse verso il vassoio della carne.

«Ciao, bellissima», la salutò Naomi, salutando con dolcezza il cane. «Mi piace il tuo maglione».

«Chi è questa piccola dolcezza?», tubò Amanda, accarezzando con delicatezza la testa di Piper.

I cani all'esterno, avvertendo la presenza di una potenziale nuova amica, premettero i nasi contro la porta della veranda e uggiolarono in modo pietoso.

«Questa è Piper. L'ho trovata ieri in un canale di scolo fuori città. Chi vuole adottarla?», disse Nash, puntando ancora il suo sguardo incazzato verso di me.

Io lo ignorai di proposito.

«Non è quello che sembrava steste facendo», ironizzò Stef, in un tono alla "so qualcosa che voi non sapete".

Sia io che Nash indirizzammo le nostre occhiate torve verso di lui.

Stef esibì un sorrisetto diabolico. «Scusate, ragazzi. Devo gettare qualcun altro in pasto ai lupi o non mi lasceranno mai in pace».

«Cosa sembrava stessero facendo?», domandò Liza J.

«Data la posizione compromettente…».

«Perché non rimandiamo la storia a più tardi?», chiese Naomi a voce alta, guardando in direzione di Waylay.

«Stavate facendo cosa?», chiese Knox, intromettendosi.

«Temo che la tua carenza di tu-sai-cosa ti stia facendo venire le allucinazioni, Stef. Forse dovresti proprio chiedere a Jeremiah di uscire», suggerii.

«*Touché*, Belle Gambe. *Touché*», rispose lui.

Nash ci ignorò e posò a terra la cagnolina tremante. Questa cercò di nascondersi dietro ai suoi polpacci, poi mi notò quando fece capolino oltre i suoi stivali.

Io le rivolsi un cenno con la mano e lei mosse un passo esitante verso di me. Mi accucciai e diedi dei colpetti al pavimento davanti a me.

Piper avanzò un passo alla volta da dietro gli stivali di Nash, quindi iniziò una folle corsa verso di me.

La presi in braccio e mi arresi all'ondata di leccate. «Hai un odore decisamente migliore rispetto a prima», le dissi.

«Ooh! Le piaci», commentò Naomi.

«Ritorniamo a questa posizione compromettente», suggerì Amanda.

Stef riempì di vino il bicchiere vuoto che Liza J gli agitò davanti. «Dunque, stavo tornando in città ieri mattina presto, e cosa ho visto sul ciglio della strada?».

Knox coprì le orecchie di Waylay con le sue mani.

«Un orso?», tirò a indovinare Liza J.

«Anche meglio. Ho visto il capo della polizia di Knockemout con le ginocchia sull'erba in quella che potremmo definire una "posizione da spinta" dietro il formoso c-u-l-o della signorina Solavita».

Dalla sua espressione, Nash sembrava star pensando seriamente di correre verso la porta d'ingresso.

«Che ca… volo?», sbottò Knox.

Sospirai. «Sul serio, Stef? Dici "spinta" ma fai lo spelling di "culo"?»

«"Spinta" non è una parolaccia», osservò Waylay con cognizione di causa.

«Ehi! Coprile meglio le orecchie», ordinò Naomi a Knox.

Lui eseguì facendo voltare la ragazza e cingendola in un abbraccio da orso all'altezza della testa.

«Non riesco a respirare!». Le sue grida erano attutite dal petto di Knox.

«Se ti stai ancora lamentando vuol dire che ci riesci», insistette Knox.

«I tuoi stupidi muscoli mi stanno spaccando il naso!», gemette Waylay.

Knox la lasciò andare e le scompigliò i capelli.

«Waylay, perché non vai a vedere come se la cava il nonno con il pollo?», propose Naomi.

«Volete solo mandarmi via così da poter parlare di disgustose cose da adulti».

«Già», disse Stef. «Ora vattene, così possiamo passare alle cose disgustose».

Knox posò la mano sopra la testa di Waylay e la indirizzò verso la porta sul retro. «Avanti, ragazzina. Nessuno dei due vuole ascoltare questa roba». Insieme, si diressero fuori in veranda e chiusero la porta.

«Torniamo alla spinta», insistette Amanda. Saltò sopra uno sgabello da bar e si dimenò appena.

«Ho accostato, da buon samaritano e quant'altro», proseguì Stef.

«È così che si dice adesso?», domandò asciutto Nash.

«Ho offerto la mia assistenza, ma la rubiconda Lina mi ha assicurato che non avevano bisogno di alcun aiuto con lo strusciamento».

«Non ci stavamo strusciando!», ribadii.

«Scommetto che ti possono arrestare per quello», riflетté Liza J con giusto un accenno di orgoglio.

Lanciai una carota presa dal vassoio delle verdure contro Stef, e questa gli rimbalzò sulla fronte. «Ahia!».

«Eravamo vestiti e stavamo tirando fuori un cane – questo cane – da un canale di scolo, idiota». Sollevai Piper sopra la folla nello stile di *Il re leone*.

«A proposito, chi vuole occuparsi di lei finché il canile non le troverà una casa?», domandò Nash.

«Non avrei mai creduto che la storia del salvataggio di un cane mi avrebbe delusa», dichiarò Amanda dopo un istante di silenzio.

«Torniamo al fatto che Stef è un cacasotto», proposi.

Un pezzo di cavolfiore mi colpì alla guancia e cadde sul pavimento.

Lou aprì la porta, e la mandria di cani corse dentro casa. Il pitbull di Liza J, Kitty, atterrò col sedere ai miei piedi e fissò in alto verso la cagnolina con il maglione di zucche tra le mie braccia. Waylon ingurgitò il cavolfiore caduto a terra, mentre Beeper ballava il tip tap ai piedi di Lou.

«Il pollo è pronto», annunciò. «Cosa mi sono perso?»

«Niente», rispondemmo Nash e io all'unisono.

8

Fagiolini verdi e bugie

Nash

La cena fu caotica com'era di solito un ritrovo della famiglia Morgan. Ma quello che una volta trovavo godibile adesso era solo estenuante.

In sottofondo suonava della musica country e la conversazione guizzava in lungo e in largo attraverso l'ampio tavolino. Procedeva con troppa velocità perché potessi seguirla, figurarsi parteciparvi, ammesso che ne avessi le forze, cosa che non avevo. Avevo trascorso tutta la giornata al distretto tallonato da uno sceriffo che sembrava trarre immensa gioia dall'irritarmi a dismisura.

Ero stanco da morire. Ma ero andato lì per una sola ragione, ed era ottenere risposte da Lina "le assicurazioni sono così noiose" Solavita. Aveva mentito a me e alla mia famiglia, e avevo intenzione di scoprire perché.

Mi ero portato dietro Piper per compagnia. La cagnolina sembrava spossata tanto quanto lo ero io. Si era addormentata raggomitolata in una pallina contro Kitty nella cuccia all'angolo. Il resto della mandria canina era troppo scalmanato per unirsi alla festa, perciò era stato bandito fuori casa.

Il cibo veniva passato e i bicchieri riempiti, a volte senza che nemmeno venisse chiesto. Io mi limitai alla mia sola e unica birra e mi costrinsi a mangiare quanto bastava per non attirare l'attenzione di nessuno. Noi Morgan eravamo pessimi quando si trattava di discutere di sentimenti, il che significava che con mio fratello e mia nonna l'avrei scampata. Ma Naomi e i suoi genitori erano i tipi da individuare un problema e parlarne a oltranza mentre facevano il possibile per risolverlo.

Quando ero stato dimesso dall'ospedale, mi ero ritrovato in un appartamento pulito, con del bucato appena fatto e un frigorifero strapieno di pasti pronti. Gli Witt avevano messo in chiaro che non avevano adottato soltanto Knox e Waylay, ma anche me.

Dopo una vita intera con il conforto della disfunzione familiare dei Morgan, era stato davvero molto sconcertante.

Metà della tavolata proruppe in una risata per qualcosa che mi ero perso. Fu così improvvisa da farmi trasalire. Anche Piper si spaventò, a quanto pareva. La cagnolina cacciò un guaito preoccupato. Imperturbabile, Kitty posò la grossa testa sul suo corpo, e nel giro di pochi istanti entrambe sprofondarono di nuovo nel sonno.

C'era più vita di quanta quella vecchia casa avesse mai visto sin dalla mia stessa infanzia, più di quanta potessi sopportarne. Ero pronto a fare ciò che avevo imparato a fare, a stringere le mani fino a farmi venire le nocche bianche e superarlo. Ma la presenza di Lina alla mia sinistra mi provocava un guazzabuglio di sensazioni che si attorcigliavano tra loro nel bel mezzo del vuoto che adesso risiedeva a tempo pieno nel mio petto. Il fuoco di quell'attrazione che non comprendevo era ancora lì, assieme al briciolo di senso di colpa per averla usata per far incassare un paio di colpi a quello stronzo di Nolan. Ma, più di ogni altra cosa, ero incazzato.

Aveva deliberatamente tratto tutti in inganno a proposito del suo lavoro. E per me equivaleva a una bugia. Non tolleravo le bugie e i bugiardi.

La nostra conversazione di quella mattina mi aveva lasciato con delle domande.

Avevo un po' indagato mentre sgobbavo tra le scartoffie e aiutavo la protezione animali a catturare uno dei fastidiosi cavalli in fuga dalle scuderie Bacon dopo che aveva riempito di merda tutta Second Street.

Ma il tavolo della cena non era il luogo in cui iniziare l'interrogatorio. Perciò attendevo il mio momento e cercavo di limitare il numero di volte in cui rivolgevo lo sguardo verso di lei.

Indossava dei jeans attillati e un cardigan grigio che sembrava soffice come una nuvola. Mi faceva venire voglia di allungarmi e toccarlo, di sfregare il volto contro quel tessuto. Di...

Okay, pervertito. Datti una calmata. Sei depresso e incazzato. Non uno stalker sniffamaglioni.

Mi riscossi dalla nebbia e feci un debole tentativo di unirmi alla conversazione.

«Lou, come va col golf?», domandai.

Alla mia destra, Amanda mi tirò un calcio sotto il tavolo. Naomi si strozzò con il suo caffè.

Lou puntò la forchetta verso di me da capotavola. «Lascia che te lo dica. Non c'è pericolo che la Buca Nove sia un *par* tre».

«E adesso dobbiamo soffrire tutti», sussurrò Amanda mentre suo marito si lanciava in un sermone sulle sue difficoltà e le sue tribolazioni sul campo da golf.

Mi sforzai di distogliere l'attenzione da Lina mentre Lou mi esponeva la sua classifica dei dieci motivi per cui la Buca Nove aveva un nome fuorviante.

Piper stava russando con quel fischio nasale acuto che mi aveva svegliato di soprassalto per due volte la notte precedente. La punta della sua coda si agitò per un paio di istanti, come se i suoi sogni fossero felici. Almeno era meglio che risvegliarsi con l'altro rumore, quello che viveva solo dentro la mia testa.

Gli occhi di Naomi si illuminarono quando Knox fece scivolare la mano sulla sua nuca e le sussurrò qualcosa all'orecchio. Waylay aspettò finché non fu sicura che i suoi tutori fossero occupati, prima di far scivolare due fagiolini verdi dentro il suo tovagliolo. Mi beccò a guardarla e finse innocenza.

Dall'altra parte del vetro era calata la notte, che aveva fatto svanire la foresta e il ruscello. All'interno, le luci erano basse e il tremolio delle candele rendeva il tutto ancor più suggestivo.

«Passami il pollo, Nash», esclamò Liza J da capotavola. Recuperai il vassoio e lo passai alla mia sinistra. Le dita di Lina si intrecciarono alle mie, e per poco entrambi non facemmo cadere il piatto.

I nostri sguardi si incrociarono. C'era un lampo di rabbia in quei freddi occhi marroni, che con tutta probabilità risaliva al nostro incontro di quella mattina. Ma nel complesso, io avevo molti più motivi per essere incazzato di quanti ne avesse lei.

Si era truccata e aveva acconciato i capelli in modo diverso. Mi facevano pensare a una fatina irascibile. I suoi orecchini erano delle piccole campanelle che le penzolavano in modo civettuolo dai lobi. Tintinnavano ogni volta che rideva. Ma in quel momento non stava ridendo.

«Prima di notte, se non ti dispiace», mi sollecitò piccata Liza J.

Riuscii a passare il vassoio senza far cadere a terra il pollo. Sentivo le dita calde per il contatto con lei, e strinsi la mano a pugno in grembo per trattenere quel calore.

«La tua faccia è una merda», dichiarò Knox rivolto a me.

«Knox!», disse Naomi, esasperata.

«Che c'è? Se devi farti crescere la barba, vedi di farti crescere una dannata barba o abbi la decenza di prendere un appuntamento e sederti sulla mia cazzo di poltrona. A ogni modo, impegnati. Non andartene in giro per la città con una sottospecie di barbetta che ti cresce su tutta la faccia. È una pessima pubblicità per il Whisky Clipper», si lamentò mio fratello.

Waylay si prese la testa tra le mani e borbottò qualcosa riguardo a un barattolo e delle verdure.

Mi accarezzai la mascella con una mano. Mi ero di nuovo dimenticato di rasarmi.

«Prendi degli altri fagiolini verdi, Nash», insistette Amanda alla mia destra, riversandone un cucchiaio sopra la porzione che ancora non avevo toccato.

Waylay incrociò il mio sguardo dall'altra parte del tavolo. «Questa famiglia è ossessionata dalle cose verdi».

Le mie labbra si incurvarono. Quella peste doveva ancora abituarsi a tutta la faccenda della "famiglia" dopo una breve esistenza con una pessima influenza.

«Waylay, non c'è qualcosa che vorresti chiedere a Knox e Nash?», la imbeccò Naomi.

La ragazzina abbassò lo sguardo sul suo piatto per un secondo, poi alzò le spalle con l'atteggiamento infastidito tipico dei preadolescenti. «È solo una cosa scema. Non dovete farlo per forza». Infilzò un fagiolino verde in modo teatrale con la sua forchetta e fece una smorfia quando vi diede un piccolissimo morso.

«Potresti esserne sorpresa. A noi piacciono le cose sceme», le dissi.

«Be', su TikTok c'è questa challenge ragazza-papà dove i papà si lasciano truccare dalle figlie. O mettere lo smalto alle unghie. E alcuni si fanno anche fare i capelli», esordì.

Knox e io ci scambiammo uno sguardo di raggelante terrore.

L'avremmo fatto.

Avremmo detestato ogni singolo istante di tutto ciò. Ma l'avremmo fatto, se Waylay lo desiderava.

Knox deglutì. «Okay. E?». Dalla voce sembrava che lo stessero strangolando.

Naomi sospirò. «Waylay Witt!».

Il sorrisetto della ragazzina era diabolico. «Che c'è? Li stavo solo preparando con qualcosa di peggio così che acconsentano a quello che voglio che facciano sul serio».

Mi rilassai mentre la minaccia di rossetto e ciglia finte svaniva.

Knox si dondolò all'indietro sulla sedia, alzando lo sguardo verso il soffitto. «Che cazzo dovrò fare con lei quando avrà sedici anni?».

«Oh, cavolo!», gemette Waylay.

«Barattolo!», esclamò Stef.

«Se la smettessi di infilare la parola con la "c" in ogni frase, magari potremmo mangiare patatine fritte e fette di salame anziché questi maledetti fagiolini verdi», brontolò Waylay.

Gli orecchini di Lina tintinnarono, mentre lei cercava di trattenere una risata.

«Cosa vuoi che facciamo sul serio?», domandai.

«Okay. Dunque, a scuola da me c'è questa stupida cosa della Giornata delle carriere e ho pensato che forse non sarebbe proprio orribile se tu e Knox veniste a parlare alla mia classe dei vostri lavori e quant'altro. Potete dire di no», aggiunse rapida.

«Vuoi che io e tuo zio Nash parliamo alla tua classe?», le chiese Knox.

Mi massaggiai la fronte e cercai di scacciare tutti i "col cavolo" che mi stavano riecheggiando nella mente. I rapporti con la comunità erano una parte importante del mio lavoro, ma avevo evitato tutti gli eventi pubblici da… prima.

«Sì. Ma solo se avete intenzione di fare un buon lavoro, perché la mamma di Ellison Frako è un giudice della corte distrettuale e inscenerà un finto processo. Perciò, che ne so, non presentatevi per parlare di scartoffie e rendiconti bancari».

Mi uscì un sorrisetto. Le scartoffie e i rendiconti bancari erano il novanta per cento del lavoro di mio fratello.

Waylay guardò verso di me. «Ho pensato che magari potresti fare qualcosa di figo, tipo sparare a uno dei ragazzi fastidiosi con un taser».

Lina accanto a me si strozzò con una risata e un po' della sua birra. Le porsi un tovagliolo senza dire una parola.

Naomi scoccò un'occhiata implorante in direzione mia.

Come se non sapessi quanto costava a Waylay chiedere ciò che voleva.

«Magari eviterei di utilizzare delle armi nella tua classe, ma con tutta probabilità potrei inventarmi qualcosa», dissi. Una goccia di sudore freddo mi scivolò lungo la schiena. Ma l'espressione felicemente stupefatta sul volto di Waylay ne valeva la pena.

«Sul serio?»

«Sì. Sul serio. Ma ti avviso, il mio lavoro è parecchio più figo di quello di Knox».

Knox fece un verso nasale. «Oh, lo vedremo».

«Cosa intendi fare? Mettere in scena una vittoria alla lotteria?», ironizzai.

Lui lanciò un pezzo di patata dalla buccia rossa verso di me.

Io risposi con una cucchiaiata di fagiolini verdi.

«Ragazzi», ci redarguì Amanda.

Waylay mi rivolse uno di quei sorrisetti che per me erano preziosi. Far sorridere un bambino felice era un conto, ma riuscirci con una ragazzina che aveva un sacco di motivi per non farlo era come vincere una medaglia d'oro.

«Quindi, sul serio. Chi vuole portarsi Piper a casa?», domandai di nuovo.

«Oh, dai, Nash. Sai che non sarebbe giusto per quella dolce piccolina. È ovvio che ha già legato con te», sottolineò Amanda.

Dopo il dolce e il caffè, la serata si concluse su una canzone di Patsy Cline, una delle preferite di mia madre.

Knox iniziò a dedicarsi ai piatti mentre Naomi saliva al piano di sopra per controllare i compiti di Waylay. Lou e Amanda si offrirono di accompagnare a casa Liza J. Piper uggiolò in modo penoso verso la porta d'ingresso mentre Kitty scompariva nella notte.

Sarei voluto scomparire anch'io, ma le buone maniere non mi permettevano di andarmene senza aver almeno dato una mano. Tornai in sala da pranzo e trovai Lina che raccoglieva i piatti da dessert vuoti.

«Dalli a me», dissi. «Tu recupera le posate».

Lei posò i piatti sul tavolo anziché passarmeli.

«Perciò, tu e lo sceriffo Graham sembravate in rapporti amichevoli questa mattina».

Era la cosa sbagliata da dire.

Le forchette e i coltelli che aveva raccolto sferragliarono quando li lasciò cadere su un vassoio vuoto. «Sul serio?». Incrociò le braccia, lo sguardo in fiamme. «Che problema hai con Nolan?».

Il mio problema era che per lei lui era Nolan, non lo sceriffo Graham.

«Il mio problema è che il tuo amichetto *Nolan* mi sta addosso come un'ombra. Mi ha seguito fin qui. Dannazione, è probabile che proprio ora sia parcheggiato qui fuori nel vialetto».

Lina tamburellò le dita rosso scuro contro le maniche del suo maglione. Durezza e affilatezza sopra la morbidezza. «Non è il mio *amichetto*. E avresti almeno potuto invitarlo a entrare».

Col cazzo che l'avrei fatto.

In cucina ci fu un tonfo seguito da mezzo minuto di imprecazioni. «Perché cazzo i piatti bagnati sono così maledettamente scivolosi? Dove cazzo teniamo la scopa?», ringhiò Knox.

«Barattolo tre volte», gridò Naomi dal piano di sopra.

«Siediti», ordinai.

Lo sguardo di Lina si assottigliò. «Scusami?».

Spostai una sedia e la indicai. «Ho detto di sederti».

Waylon entrò al galoppo nella stanza, ricadde col sedere sul tappeto ai miei piedi e si guardò intorno in cerca di un biscottino. Piper si unì a lui con sguardo speranzoso.

«Guarda cos'hai combinato», disse Lina.

Borbottando tra me e me, ripescai due dei biscottini che tenevo in tasca e ne diedi uno a ciascun cane. Poi spostai un'altra sedia e mi sedetti.

«Per favore, sie-di-ti», ripetei, indicandole la sedia vuota.

Lei si prese il suo tempo per farlo, ma alla fine mi ascoltò. «Questa non è una sala interrogatori, Fenomeno. E io non sono un sospettato. Qualunque relazione passata o presente tra me e Nolan non è affar tuo».

«È qui che ti sbagli, Angelina. Vedi, io non credo alle coincidenze, soprattutto quando ce ne sono un casino. Non sei mai venuta a far visita a mio fratello in città prima d'ora. E adesso, all'improvviso, prendi e decidi di sorprenderlo con una visita a tempo indeterminato. Insolito, ma ci può stare. Solo che ti presenti dopo che mi hanno sparato e poco prima che Naomi e Waylay vengano rapite. Di nuovo, potrebbe essere solo una coincidenza».

«Ma tu non lo pensi», fece lei, incrociando le braccia.

«E poi guarda caso hai dei trascorsi con lo sceriffo incaricato di essere la mia spina nel fianco».

Lina intrecciò le dita sul tavolo e si chinò in avanti. «Nolan e io abbiamo avuto un'avventura nuda e sudata durata quarantott'ore in un motel di Memphis cinque o sei anni fa».

«Proprio il periodo in cui hai recuperato centocinquantamila dollari di gioielli rubati per i tuoi capi alla Pritzger, giusto? E quei tizi da cui li hai recuperati guarda caso erano oggetto di un'indagine dell'FBI, sbaglio?».

Lei mi studiò per un lungo istante. «Come hai avuto queste informazioni?»

«Quell'arresto era una notizia grossa. È finita sulle prime pagine dei giornali».

«Il mio nome non era riportato da nessuna parte», disse lei con freddezza.

«Ah. Ma era riportato sul rapporto dell'incidente della polizia locale».

Okay, quel giorno avevo fatto *un po' più* di una discreta indagine.

Lei sbuffò fuori il fiato attraverso i denti. «Cos'è che vuoi?»

«Perché sei qui? E non rifilarmi qualche stronzata tipo che ti mancava il tuo vecchio amico Knox», l'avvisai quando lei aprì la bocca. «Voglio la verità».

Esigevo la verità.

«Lo dirò piano, di modo che tu sia sicuro di afferrarlo subito la prima volta. Non sono fatti tuoi. I miei affari, incluso chi sono o con chi sono "in rapporti amichevoli", cosa faccio per guadagnarmi lo stipendio e per quale motivo sono in città, a loro volta non ti riguardano».

Mi chinai più vicino, fino a strusciare le ginocchia sotto il tavolo. «Con il dovuto rispetto, Angelina, sono io quello che ha dei buchi nel corpo. E se tu ti trovi qui per una qualunque ragione connessa a questo fatto, allora è abbastanza chiaro che siano cazzi miei».

Il suo telefono squillò, e il nome che comparve sullo schermo era "Papà".

Lei premette con rabbia il pulsante "Ignora" e spinse via il telefono, la tensione nei suoi movimenti.

«Parla. Ora», dissi.

Lei mostrò i denti, lo sguardo che si faceva torvo e minaccioso. Per un istante, credetti che mi sarebbe saltata addosso, e mi godetti il pensiero della sua rabbia che si levava per scagliarsi contro la mia, risvegliandola e alimentando così un inferno.

Ma quell'inferno venne interrotto da uno squillo acuto.

Lina si schiaffò la mano sopra l'orologio che teneva al polso, ma non prima che notassi il numero sullo schermo accanto a un cuore rosso.

«Quello è un cardiofrequenzimetro?», domandai.

Lei si alzò dalla sedia così all'improvviso da spaventare i cani. Mi tirai su anch'io.

«Questo, come qualunque altra cosa mi riguardi, non è affare tuo, comandante», disse lei, poi si avviò verso la porta.

L'aveva quasi raggiunta, ma entrambi avevamo sottovalutato il mio livello di rabbia. La inseguii, la mia mano che si serrava attorno al suo polso e la strattonava all'indietro.

Lei si girò. Io avanzai. E fu così che mi ritrovai premuto contro Lina, e lei con la schiena contro il muro.

Stavamo entrambi respirando con affanno, i nostri toraci che si muovevano l'uno contro l'altro a ogni inalazione. Era una donna alta e dalle gambe lunghe, ma io avevo ancora sufficienti centimetri di vantaggio su di lei perché dovesse sollevare il mento per guardare verso di me. Riuscivo a vedere il battito cardiaco alla base della sua gola.

Sì. Fu un sussurro nel mio sangue. Più le stavo vicino, più forte diventava.

In modo controllato, feci scivolare la mano lungo il suo braccio opposto fino a raggiungere il polso, poi lo sollevai. Lei mi guardò senza ritrarlo. Interruppi il contatto visivo per osservare il suo orologio. «È una frequenza cardiaca piuttosto alta per essere stati seduti a parlare», commentai.

Lei tentò di divincolarsi, ma io opposi resistenza.

«Non ero seduta a parlare. Ero seduta a cercare di non spaccare il naso a un poliziotto».

Tenevo ancora la sua mano nella mia. L'altra sua mano era serrata a pugno sulla mia camicia. Ma non mi stava spingendo via. Mi stava trattenendo proprio dove mi trovavo.

«Calmiamoci entrambi», dissi in modo pacato.

«Calmarci? Vuoi che io mi calmi? Gesù. Com'è che non ci ho pensato?».

Avevo scalato il vulcano, e adesso stavo guardando dritto verso la pura lava infuocata. Non desideravo altro che saltare in quel meraviglioso calore.

«Dimmi con cosa abbiamo a che fare qui», insistetti. «Hai bisogno di un medico?»

«Oh, mio Dio, Nash. Se non mi lasci subito andare, nessuna giuria al mondo potrà ritenermi responsabile per il danno che ti causerò ai testicoli con il mio ginocchio».

Quella minaccia, unita al modo in cui si stava muovendo contro di me, mi fece passare da una semidurezza a una completa erezione da "alza bandiera", "pianta un chiodo" e "è la palla della partita, gente".

Cazzo.

Dopodiché, ci muovemmo entrambi.

Io la inchiodai del tutto al muro, una mano sulla sua vita appena sotto il seno, l'altra premuta contro la parete accanto alla sua testa. Nel frattempo, le sue mani erano agganciate alla mia camicia, trattenendomi contro di lei al punto che avevano le nocche bianche.

Riuscivo a seguire il suo fiato mentre veniva inalato, si allargava nel suo petto e poi uscendo mi riscaldava il volto e il collo. Lo inspirai e mi mossi contro di lei.

Avevo bisogno di tirarmi indietro. Non solo farsi coinvolgere da una donna che sapevo mi stava mentendo era un'idea merdosa, ma oltretutto la mia testa stava facendo brutti scherzi al mio uccello.

«Vuoi che mi faccia indietro?», le domandai, strofinando il naso contro la sua mascella.

«Sì», sibilò lei. Ma le sue mani mi attirarono ancora di più verso di lei.

«Vuoi che smetta di toccarti, Angel?». Pregai ogni divinità religiosa a cui riuscivo a pensare, poi ci infilai nel mezzo anche qualche celebrità e musicista per non sbagliare. Santa Dolly Parton, ti prego, fa' che non dica di sì.

Le sue ciglia ebbero un fremito. In quei bellissimi occhi marroni prese vita una scintilla di sorpresa, e di qualcos'altro.

«No». Fu un sussurro. Una nebulosa implorazione che bastò a iniziare a farmi ribollire il sangue.

I nostri sguardi si incrociarono e rimasero fissi, mentre io facevo scivolare la mano un centimetro più in alto finché le mie dita non sfiorarono la parte inferiore del suo seno. Il mio uccello pulsava dolorosamente dietro la cerniera. Lievi guizzi di fiamme mi incendiavano i muscoli.

Lina emise un piccolo gemito sexy, e giuro su Dolly che per poco non venni proprio in quell'istante. Mi impressi quel suono nella memoria, consapevole che l'avrei riprodotto ancora e ancora. Consapevole che anche se il mio uccello non avesse mai più funzionato, l'avrei ancora stretto nel mio pugno ricordandomi di quel suono che proveniva da quelle labbra schiuse.

Lei spinse i fianchi contro di me, e quasi mi mandò in pezzi. Forse sarebbe potuto succedere. Forse avrei potuto trascinarla sul pavimento e usare i denti, la lingua e le dita su di lei finché non fosse stata nuda a implorarmi.

Ma i "forse" non rientravano nei piani.

«Che cosa cazzo state facendo?», ringhiò Knox. Reggeva una scopa in una mano e una birra nell'altra, e dalla sua espressione sembrava volermi spaccare entrambe in testa.

«Stiamo avendo una discussione privata», sbottai.

«Col cavolo», grugnì mio fratello.

«A dire il vero, io stavo per andarmene», fece Lina, le guance che assumevano un allettante colorito roseo. «Se vuoi sottopormi a un altro interrogatorio privato, comandante, mi assicurerò che sia presente il mio avvocato».

«Giuro su Dio, Nash, se non ti allontani da lei ti spacco questa bottiglia in testa e poi ti faccio ripulire il tutto con questa cazzo di scopa».

Essere felicemente fidanzato stava senza alcun dubbio compromettendo le capacità di quell'idiota di mio fratello di ideare minacce.

Ciononostante, non era saggio da parte mia dargli le spalle. Tolsi la mano dalla vita di Lina e cercai di indietreggiare di un passo. Ma lei era ancora aggrappata alla mia camicia.

«Sei tu che devi lasciarmi andare, dolcezza», sussurrai.

Lei abbassò lo sguardo verso le sue mani che mi stringevano la camicia e pian piano allentò la presa.

«Te la senti di guidare?», le chiesi.

«Ha bevuto solo una cazzo di birra. Hai intenzione di allestire un posto di blocco per l'alcol test nella mia sala da pranzo?», domandò Knox.

«Non stavo parlando della birra», gli risposi a denti stretti.

«Sto bene. Grazie per la cena, Knox. Ci vediamo». Lina mi scivolò di fianco e si diresse verso la porta di casa.

«Cosa. Cazzo. Era. Quello?». Knox sottolineò ogni parola assestandomi un colpo alle costole con il manico della scopa.

«Ahia».

«No», disse.
«"No" cosa?».
Usando il manico della scopa, Knox indicò la porta da cui Lina era uscita, poi di nuovo verso di me. «Quello. Non succederà».
Ignorai il suo commento. «Quanto ne sai di Lina?»
«Cosa diamine intendi? La conosco da sempre».
«Sai cosa fa per vivere?»
«Lavora nelle assicurazioni».
«Sbagliato. È una detective investigativa per la Pritzger Insurance».
«Non vedo dove sia la differenza».
«In pratica è una cacciatrice di taglie di beni mobili».
«E quindi?»
«Quindi si presenta in città proprio dopo che mi sono beccato un paio di pallottole. Mente su ciò che fa per vivere, e conosce lo sceriffo che mi sta attaccato al culo. Non credi che siano delle coincidenze interessanti?»
«Perché tutti quanti nella mia cazzo di vita vogliono parlare delle cose fino alla morte?», borbottò Knox.
«Perché indossa un orologio che tiene sotto controllo la sua frequenza cardiaca?»
«Come cazzo dovrei fare a saperlo? Non lo fanno forse tutti quegli idioti che corrono per divertimento? Mi preoccupa molto di più il motivo per cui mio fratello teneva una delle mie migliori amiche inchiodata a una parete».
«La cosa ti crea dei problemi?»
«Sì. Uno bello grosso».
«Ti dispiace elaborare?», domandai.
«No, cazzo. Tra te e Lina non succederà nulla. Fine della storia. Non serve alcuna elaborazione».
«Questa strategia funziona mai con le tue ragazze?».
Knox spostò con fare stanco una delle sedie e si accomodò. «Finora no, ma spero che una delle prossime volte mi permetteranno di averla vinta. Siediti». Indicò la sedia lasciata libera da Lina.
Non appena mi sedetti, Piper corse verso i miei stinchi e la presi in braccio. Lei si accoccolò contro il mio petto ed emise un sospiro. Come se la facessi sentire al sicuro. Dannato cane.
«Vuoi parlare. D'accordo. Chiudi il becco e ascolta. Fidati di me quando ti dico che Lina è il genere di amica che vuoi avere dalla tua

parte. Non perché quando la fai incazzare è un inferno su ruote, ma perché lei è una di quelli buoni. Se non vuole parlare di questioni lavorative o di stupidi smartwatch, probabilmente ha i suoi motivi per non farlo. Forse la ragione è che non ti sei guadagnato la sua fiducia. O forse è perché non sono cose che ti riguardano».

Ma c'era qualcosa dentro di me che sapeva che quella faccenda mi riguardava.

«Io so...».

Knox mi interruppe. «Silenzio. Lei è una delle persone migliori che conosca. E anche tu. Sistema le cose con lei e poi lasciala in pace. Non ho intenzione di permettere a voi due di fare stupidi giochetti l'uno con l'altra. E smettila di inchiodarla a delle dannate pareti. Quella donna detesta essere toccata. Non posso credere che non ti abbia strappato le palle mentre se ne andava».

Lina detestava essere toccata? Quella era una novità.

«Domani sera usciamo. Tu, io e Lucy», proseguì mio fratello.

Scossi la testa. «Ho un sacco di cose in ballo...».

«Domani sera usciamo», ripeté lui. «Honky Tonk, alle nove. È il tuo giorno libero, e se provi a tirarti indietro, io e Lucy ci presenteremo a casa tua e ti trascineremo fuori. C'è della roba di cui dobbiamo discutere».

9

Una vicina guastafeste

Nash

Mostrai il dito medio alla mia ombra federale nel parcheggio, lasciai Piper a casa mia e poi mi diressi controvoglia verso l'appartamento accanto al mio. La porta di Lina incombeva davanti a me come le mura di un castello. Dall'interno proveniva della musica, un ritmo incalzante. Qualcosa che diceva: "Attenzione: donna arrabbiata". Esitai per un secondo, poi bussai con vigore.

La porta si spalancò quasi all'istante, e sbattei le palpebre per la sorpresa quando sulla soglia comparve la signora Tweedy. Teneva in mano il suo solito bicchierino serale di bourbon con ghiaccio e indossava la sua solita uniforme di calzamaglia da fitness, tunica e rossetto rosa cangiante. I suoi capelli bianchi erano alti e gonfi, e aggiungevano un'altra decina di centimetri al suo metro e cinquanta circa.

Controllai il numero dell'appartamento, domandandomi come diavolo avessi fatto a bussare alla porta sbagliata.

«Ma guarda un po', Stallone Perfettino», disse la donna con la sua cadenza del Sud. Il ghiaccio nel suo bicchiere tintinnò con fare allegro.

2B. Proprio accanto a casa mia. Non ero andato all'appartamento sbagliato. Era la signora Tweedy che aveva aperto la porta sbagliata.

«C'è Lina?», domandai.

«No. Ho fatto un'effrazione e sono entrata. Vuoi ammanettarmi?». Sollevò le mani, unì i polsi e ammiccò con le sopracciglia con fare allusivo.

January Tweedy a settantasei anni era esuberante quanto bastava per farmi rabbrividire al pensiero di come dovesse essere stata da adolescente.

Lina comparve sulla soglia alle sue spalle, e io trassi un sospiro di sollievo.

«Cosa posso fare per te, comandante?», chiese Lina. Il suo tono era glaciale. «Hai bisogno di sapere cosa ho mangiato oggi per pranzo? Di una lista di tutte le persone con cui ho parlato da quando sono arrivata qui?».

«Io sono su quella lista. Siamo ADC», si intromise la signora Tweedy.

«ADC?», ripetei.

«Amichette del cuore», disse lei. «Hai un problema con la mia Lina? Ne hai uno ancora più grande con me. Oh, ho anche bisogno che passi da me e ripeschi di nuovo il mio orologio dal tritarifiuti».

Le labbra di Lina si incurvarono verso l'alto. Ma tutto il suo divertimento svanì quando mi beccò a guardarla.

«Signora Tweedy, se mi lascia parlare con Lina in privato, dopo passo a recuperarle l'orologio dal lavandino».

«E ad appendere la mia nuova tendina da doccia».

«Un'altra nuova tendina da doccia? Cosa diavolo è successo all'ultima?».

Prese un ribelle sorso di bourbon. «A me questo sembra un no, vero, Lina?»

«Di sicuro non era un sì», concordò Lina.

«D'accordo. Orologio e tendina da doccia. Adesso se ne vada», dissi.

La signora Tweedy mi accarezzò una guancia. «Sei un bravo ragazzo, Nash. Cerca di non tenere la testa ficcata su per il culo troppo a lungo. Presto o tardi, la condizione diventa permanente». Si voltò verso Lina. «Ci vediamo domattina in palestra. Al sorgere del sole!».

«È stato un piacere conoscerla», le gridò dietro Lina.

Tutto il suo divertimento sparì nell'istante in cui la porta dall'altra parte del corridoio si richiuse.

«Se sei venuto qui per proseguire con l'interrogatorio…».

Posai l'avambraccio sul telaio della porta. «Nossignora».

«Niente "nossignora". Siamo nel Nord della Virginia. Voialtri a malapena dite "voialtri" qui. Non puoi scamparla rifilandomi dei "perdindirindina"».

Alle mie spalle, si aprì uno spiraglio nella porta della signora Tweedy.

«Sono venuto per scusarmi». Decisi di ignorare il pubblico che stava origliando.

Lina incrociò le braccia.

«Non hai intenzione di andarci leggera con me, vero?»

«Perché dovrei?».

Decisi di sfidare la sorte. Le misi una mano sulla spalla e la spinsi delicatamente ma con fermezza dentro casa, poi richiusi la porta dietro di me.

«Certo. Accomodati. Fai come fossi a casa tua», disse lei asciutta.

Non sembrava che in quel senso lei avesse fatto chissà cosa. Gli unici effetti personali che notai erano una pianta posata su una delle finestre frontali e una scatola di dossier sul suo tavolo.

La costrinsi a indietreggiare di qualche altro passo, poi ritrassi la mano. «Abbassa la musica. Per favore», aggiunsi, quando lei mi fulminò con lo sguardo.

Mi fece attendere quanto bastava per farmi pensare che avrei dovuto provvedere io stesso, poi finalmente si diresse verso il tavolo e prese il suo telefono. La musica si ridusse a un ruggito sordo.

Non mi sfuggì il fatto che avesse fatto quella deviazione per rimettere il coperchio sopra i dossier.

«Hai mai avuto un'esperienza di premorte?», le domandai.

Lei si irrigidì.

«A dire il vero, sì», rispose in tono pacato.

«Vorrò delle risposte in merito più tardi», l'avvisai dopo un istante. «Ma per adesso, presumerò che tu sappia meglio di chiunque altro come ci si sente a risvegliarsi e rendersi conto che sei ancora qui quando per poco non c'eri più».

Lei non mi offrì altro se non uno sguardo piatto con quei suoi occhi color whisky.

Buttai fuori un respiro irrequieto. «Angel, sono quasi morto dissanguato in un fosso. La maggior parte di me è ancora qui, ma un'altra parte non ne è uscita. Se ti trovi qui per via di una qualunque cosa che riguardi questo fatto, merito di saperlo».

Lei chiuse gli occhi per un istante, ciglia lunghe che sfregavano su pelle abbronzata.

Quando li riaprì, sostenne il mio sguardo. «Non sono qui per te».

Suonava sincera.

«È tutto ciò che sei disposta a dirmi?», incalzai.

Lei strinse le labbra. «Vedremo come andrà la parte della tua presentazione che riguarda le scuse. Ed è meglio che includa un "mi dispiace di essere un imbecille e di aver lasciato credere a uno sceriffo federale che abbiamo fatto sesso"».

«Mi dispiace per l'interrogatorio. Non sono in forma, e sto solo facendo il meglio che posso in una situazione di merda. Mi sono sentito come se mi stessi nascondendo qualcosa, soprattutto quando ho visto Baffone Spaccapalle provarci con te stamattina. Di solito un tempo mi fidavo del mio istinto. Devo ancora abituarmi al fatto che non posso più farlo».

Il suo sguardo si assottigliò. «Perché non puoi?»

«Perché sono andato di mia sponte verso quella macchina».

Lina lasciò cadere le braccia lungo i fianchi ed emise un verso esasperato. «Ora, come può una ragazza tenere il muso di fronte a questo atteggiamento da malinconico eroe ferito?»

«Spero che non possa farlo», ammisi.

Lei prese un respiro e poi lo lasciò andare. «D'accordo. In effetti sono in città perché sto cercando qualcosa». Sollevò un dito verso di me quando aprii bocca. «Non sono venuta qui perché qualcuno ha piantato un paio di pallottole dentro di te. Sto cercando qualcosa che qualcuno ha rubato a un cliente. Una serie di piste mi hanno fatto puntare in questa direzione. Per quanto riguarda Nolan, le nostre strade si sono incrociate anni fa per un lavoro diverso. Non sapevo fosse in città, e viceversa».

«Hai intenzione di far incrociare le vostre strade mentre siete entrambi qui?».

Tra noi c'era una distanza di circa un metro, e giuro che sentii l'aria crepitare come se stesse per abbattersi un fulmine.

«Mi domando perché pensi che sia affar tuo», rispose lei.

«Te lo dirò se tu dirai che accetti le mie scuse».

«D'accordo. Scuse accettate».

«Hai fatto in fretta», osservai.

«Finiscila di cincischiare», ordinò lei.

«Ho intenzione di essere onesto, ed è probabile che la cosa non ti piacerà».

«C'è un solo modo per scoprirlo».

«Mi piace punzecchiarti. Ti ho provocata, e di questo sono perlopiù dispiaciuto», ammisi.

«Perché?»

«Perché sono dispiaciuto?»

«No. Per quanto tu ti sia comportato come tale questa mattina e questa sera, non sei un idiota. Sai che potrei essere una vicina spaventosa da far imbestialire. Perché mi hai provocata?», domandò.

«Tu mi fai sentire delle cose. E dopo parecchio tempo passato senza sentire nulla, provare qualcosa – anche se si tratta di rabbia o di adrenalina – è meglio che il nulla».

La scintilla di luce nei suoi occhi divenne ardente.

Mossi un lento passo verso di lei. «Ogni volta che sono vicino a te, ogni volta che ridi o mi guardi come stai facendo adesso o ti incavoli, io sento qualcosa».

«Qualcosa di che tipo?».

Avanzai di un altro passo e colmai la distanza tra di noi.

«Qualcosa di bello», dissi, correndo il rischio di portarle le mani attorno ai bicipiti senza stringere. Lei non si ritrasse. «Anche se, a essere onesto, quel qualcosa di bello è l'unica sensazione che abbia provato. Potrei star cercando il coraggio di lottare per il diritto di starti vicino. Non posso farlo se c'è un altro uomo nel tuo letto».

Lei strinse le labbra e rifletté. «Non c'è nessuno che occupa quello spazio in questo momento», disse infine.

«Ti infastidisce che ti tocchi?», domandai.

Lei alzò gli occhi al cielo. «Presumo che Knox abbia aperto la sua boccaccia».

«Potrebbe aver accennato che avevi un problema».

«Eppure, eccoti con le mani addosso a me», sottolineò. «Hai delle discrete palle».

«Mio fratello era sorpreso che mi avessi permesso di avvicinarmi a te conservando le suddette palle. La cosa mi ha fatto pensare. E se…?»

«"E se" cosa?»

«E se a te piacesse che ti tocchi tanto quanto a me piace toccarti?».

Ero abbastanza vicino da baciarla. Sarebbe stato semplicissimo chinarsi e colmare quella distanza. Sentire quella sua bocca insolente sotto la mia e assaporarne i segreti. Qualcosa in quello sembrava così giusto. Così dannatamente inevitabile.

«D'accordo. Starò al gioco. E se fosse così?». Aveva delle pagliuzze color oro e topazio in quei suoi occhi marroni che mi stavano esaminando.

«E se tu mi lasciassi venire più vicino?».

Lina inarcò un sopracciglio. «Quanto più vicino, di preciso?».

Avanzai di un mezzo passo verso di lei, portando il mio corpo a premere contro il suo. Ogni terminazione nervosa in me prese vita a quel contatto, come se lei fosse dei cavi con morsetti e io una batteria scarica.

«Quanto più vicino mi permetterai. Non è che lo voglio e basta, Angelina. Ne ho bisogno».

«Stai dicendo che vuoi che sia una qualche specie di scopata da supporto emotivo?»

«Sto dicendo che voglio avvicinarmi a te quanto più mi permetterai. Più mi avvicino a te, meglio mi sento. Come in questo istante», spiegai con dolcezza. «Mi sento come se finalmente riuscissi a respirare senza problemi».

Lei mi portò una mano al petto e la premette in quel punto. «È... parecchia pressione».

«Lo so», ammisi. Non si trattava di cercare un'avventura di una notte. Era la ricerca di un'ancora. Un appiglio a cui aggrapparsi nella tempesta. «Devo mettere le carte in tavola?»

«Perché fermarsi adesso?»

«Ci sono moltissime ragioni per cui dovresti dire di no. Non ultimo, il fatto che sono abbastanza danneggiato da sapere che c'è la possibilità che non mi riprenda mai».

«Nessuno è perfetto», disse lei inarcando quelle sue labbra morbide e carnose.

Le feci scivolare le mani verso l'alto lungo le braccia e poi di nuovo in basso solo per percepire la morbidezza del suo maglione, il calore del suo corpo. «Knox non vuole che ci avviciniamo l'uno all'altra».

«Peccato per lui che io detesti che mi si dica cosa fare», rispose lei, portando anche l'altra mano sul mio petto. La premette lì, e io mi lasciai andare al suo tocco.

«Odio le sorprese e non tollero le bugie. Neanche quelle piccole».

«Io detesto la noia e la routine. Qualcuno direbbe addirittura che attiro i drammi».

«Fino a quest'estate, ero alquanto deciso a trovarmi una moglie. A mettere su famiglia», confessai.

Le sfuggì una risata nervosa. «Okay. Questo mi spaventa giusto un po'. Adesso che intenzioni hai?»

«Sentirmi vivo».

Il suo sguardo si inchiodò al mio e mi sentii come se il sole di mezzogiorno mi stesse riscaldando fin nel profondo.

«E pensi che io possa aiutarti in questo senso?», chiese.

Il cuore mi batteva forte contro lo sterno. Una pulsazione di risposta riecheggiava in tutto il mio corpo, infiammandomi il sangue, risvegliando il mio uccello. «Angel, l'hai già fatto».

Le sue pupille si dilatarono, e mi domandai se non avessi esagerato.

«Non sei il mio tipo», disse infine.

«Lo so».

«Non ho intenzione di restare nei paraggi».

«Ho inteso anche questo».

«Hai appena detto che stavi cercando una moglie, Nash».

«Prima. Adesso sto solo cercando di arrivare a fine giornata».

Lei esalò un respiro che riuscii a malapena a sentire.

Continuavamo ad avvicinarci sempre più. In piedi in mezzo al suo appartamento quasi vuoto, riempivamo lo spazio attorno a noi con il calore. I suoi seni sfioravano il mio petto, i suoi piedi nudi toccavano le punte dei miei stivali. Il mio respiro le accarezzava i capelli.

«Ho bisogno di chiederti qualcos'altro», dissi.

«Se si tratta del nome da nubile di mia madre e delle ultime quattro cifre del mio numero di previdenza sociale, capirò che si tratta di una truffa molto elaborata».

Le passai un dito lungo la mascella affilata. «Ti piace quando ti tocco?».

Fu attraversata da un brivido. «Perché?»

«Lo sai perché. Ma voglio che tu lo dica. Carte in tavola».

Il suo volto si addolcì. «Non sembra dispiacermi quando sono le tue mani a toccarmi, Fenomeno».

«Se questo dovesse cambiare, ho bisogno di saperlo. All'istante».

Esitò prima di annuire.

«Sì?», insistetti.

Lei annuì di nuovo. «Sì».

Presi una delle sue mani dal mio petto e me la misi sulla spalla. Poi feci lo stesso con l'altra mano. Lina era calda, viva e dannatamente morbida contro di me. Spostai il mio peso su un piede, e prendemmo a ondeggiare.

«Non possiamo ballare un lento sugli Struts», sottolineò lei, mentre rimbombava il ritmo incalzante di *Could Have Been Me*.

«Sembra proprio quello che sta accadendo».

Lei emise un respiro tremante. Io sfiorai la vena del suo collo con la punta delle dita. Nonostante la sua calma esteriore, il suo battito fremette sotto il mio tocco.

«Il fatto che tieni sotto controllo la frequenza cardiaca fa parte di quella storia di premorte?», le chiesi.

Lei si bloccò a metà ondeggiamento, poi si morse il labbro, con un'espressione incerta per la prima volta da quando potessi ricordare. «Credo che forse ci sia stata fin troppa onestà tra noi per una sola notte», rispose.

Non ero d'accordo. Ma ero un uomo paziente. Avrei svelato ciascuno di quei segreti che mi negava finché non ne sarebbe stata spogliata come me. Le portai la testa sotto il mio mento, poi feci scivolare le mani sotto l'orlo del suo cardigan per toccarle la pelle della schiena. Inspirando il profumo dello shampoo e del detersivo per panni, la tenni stretta a me come fosse un carico prezioso e mi dondolai.

Ero di nuovo duro. Una cosa era certa, Lina Solavita sapeva come far sentire vivo un uomo.

Ero così concentrato ad assorbire tutta la morbidezza e il calore che aveva da offrire che fu Lina a reagire per prima quando bussarono alla porta.

«Questa tendina da doccia non si appenderà da sola, comandante», esclamò la signora Tweedy.

«Cazzo», borbottai.

«Penso sia meglio che tu vada», disse Lina, le braccia che scivolavano via dal mio collo.

«Immagino di sì. Penserai a ciò che ho detto?»

«Potrei non pensare ad altro», confessò lei con un sorriso sardonico.

Con gentilezza, le presi il volto tra le mani e avanzai. Ma anziché puntare a quelle labbra carnose che si schiusero quando fui a un sospiro di distanza, le stampai un bacio sulla fronte.

«Grazie per il ballo, Angel».

10

Sudare con i vecchietti

Lina

La palestra di Knockemout era come il resto della città: un po' provincialotta e parecchio interessante. Era un edificio in metallo lungo e basso con un parcheggio sterrato. Alle sette del mattino, era pieno in modo decoroso di motociclette, minivan e SUV di lusso.

Avevo trascorso buona parte della nottata a rigirarmi nel letto, pensando a ciò che aveva detto Nash. Non ero abituata a un uomo che mi penetrava così sotto la pelle o dentro la testa. Speravo che un buon allenamento mi avrebbe aiutato a riscuotermi dall'ossessiva elucubrazione su quanto di preciso Nash volesse avvicinarsi a me. O quanto fossi disposta a lasciarlo avvicinare.

Ero tentata. *Molto* tentata. Era proprio il genere di frenesia in cui la vecchia me si sarebbe lanciata. Ma non era forse ora di infrangere i vecchi schemi? Di imparare a fare scelte migliori?

Inoltre, se avessi lasciato entrare quell'uomo nel mio letto, lui avrebbe voluto sempre di più. Il che significava che Nash avrebbe potuto scoprire la mia quasi insignificante omissione di verità, cosa che lui avrebbe senza dubbio visto come un atto di guerra. Ed era per questo che non mi prestavo a cose che somigliassero anche solo in modo vago a delle relazioni.

Perciò, cosa importava se le sue mani su di me mi facevano sciogliere e sdilinquire come del formaggio grigliato? Quella era una sfida che non avevo bisogno di affrontare. Un mistero che non era necessario risolvere. La cosa più saggia sarebbe stata evitarlo. Tenermi alla larga da lui, concludere il lavoro e andarmene per la mia strada.

La musica all'interno era rock classico ad alta intensità anziché il solito mix di pop vivace che la maggior parte delle palestre preferiva. Non c'erano lettini abbronzanti o sedie per i massaggi, solo file di macchinari, pesi liberi e gente sudata.

«Sei nuova?». La ragazza dietro al front desk in metallo ondulato aveva un piercing al naso, un tatuaggio sul collo e il corpo di una dea dello yoga.

«Sì. Devo incontrarmi con la signora Tweedy e i suoi amici».

Lei esibì un rapido sorrisetto. «Buon divertimento. E firma questo, ne avrai bisogno». Fece scivolare verso di me una cartellina con una manleva.

Domandandomi quanto mai potesse essere tremendo un allenamento con dei settantenni, scarabocchiai il mio nome sul fondo del foglio e glielo restituii.

«Cerca di non farti male per tenere il passo con loro», mi avvertì. «Gli spogliatoi sono dietro di me. Il tuo gruppo è laggiù». Indicò la parte posteriore della palestra.

«Grazie», dissi, poi avanzai in quella direzione.

Lo spazio centrale era occupato da una decina di macchinari per il cardio. Tapis roulant, ellittiche, vogatori, cyclette. Sul retro c'era una grande sala dove si stava tenendo una qualche specie di lezione di boot camp. Qualcuno stava vomitando in un bidone della spazzatura e un'altra persona era sdraiata di schiena con un asciugamano sopra la faccia mentre l'istruttore guidava il resto della classe durante un numero esagerato di burpees.

Gli avventori della palestra erano un mix composto da esperti di cavalli con tenute sportive di marca e orologi high-tech e motociclisti che flettevano i loro tatuaggi in canottiere strappate e bandane. Su due tapis roulant vicini correvano a piena velocità uno snello ragazzo bianco ventenne vestito da capo a piedi di Under Armour e una donna nera con delle treccine argentate e una canotta Harley che aveva corso a sua volta per diversi chilometri. Il volto del ragazzo era contratto per lo sforzo. Lei invece sorrideva.

Agatha e Blaze, motocicliste lesbiche di mezza età che frequentavano l'Honky Tonk di Knox, mi salutarono dai loro stepper posti uno accanto all'altro.

«Lina!».

La signora Tweedy mi salutò con la mano dalla sezione pesi liberi. La mezza dozzina di anziani con tute coordinate alle sue spalle mi squadrò mentre mi avvicinavo.

«Buongiorno», salutai.

«Gang, questa è la mia nuova vicina e migliore amica, Lina. Lina, questa è la gang», disse.
«Ciao, Lina», dissero tutti all'unisono.
«Ciao, gang». Erano un gruppo variegato come mai ne avevo visti. A occhio e croce, le loro età erano comprese tra i sessantacinque e gli ottant'anni. C'erano rughe e capelli grigi, ma anche muscoli e scarpe da ginnastica all'avanguardia.
«Pronta ad allenarti?», esclamò la signora Tweedy con voce nasale.
«Certo». Da quando ero arrivata in città mi ero soprattutto limitata alla corsa. Un bell'allenamento semplice con i pesi sarebbe stato un buon modo di dedicarmi di nuovo al rafforzamento.
«Non iniziate senza di me!». Stef ci raggiunse di corsa con un completo da ginnastica fashion.
«Ci incontriamo di nuovo», gli dissi.
«Era ora, Steffy», sbuffò la donna alla destra della signora Tweedy. I suoi capelli nero corvino erano striati d'argento, e sulla sua T-shirt c'era scritto "Il mio riscaldamento è il tuo allenamento".
«Ero nel parcheggio a farmi un discorso di incoraggiamento». Guardò verso di me. «Sicura di essere pronta per questo?».
Emisi un verso di sufficienza. «Corro per otto chilometri al giorno. Penso di poter tenere il passo».
La signora Tweedy batté le mani. «Vediamo di riscaldare queste vecchie ossa, gente».

«Oh, Dio. Sto morendo. Salvati. Vai avanti senza di me», implorai Stef.
Lui si chinò e mi tirò via dalla lunga striscia di tappetino che ricopriva una delle pareti della palestra. Mi tremavano le ginocchia. Ero un involucro disidratato di essere umano. I miei muscoli erano troppo deboli per sostenermi. Per puro miracolo, il mio cuore era rimasto nella zona sicura per tutto quell'infernale allenamento, ma il resto del mio corpo aveva ceduto.
«Ricomponiti, donna. Se molli adesso, non te lo faranno mai dimenticare», ansimò Stef. Il sudore gli colava dal mento. I suoi capelli, di solito acconciati alla perfezione, erano diventati dei ciuffi neri umidi e dritti su tutta la testa.
Trassi un respiro. «Non capisco come un settantenne possa darci così dentro con le corde da battaglia. I suoi baffi gli danno forse dei superpoteri?».

Stef si spremette la bottiglia d'acqua sul volto. «Vernon era un marine. Stare in pensione lo annoiava perciò ha iniziato ad allenarsi per gli eventi di *Iron Man*. Non è umano».

Mi appoggiai alla parete accanto alla fontanella dell'acqua e usai l'orlo della mia canottiera per asciugarmi il sudore dagli occhi. «E la signora Bannerjee invece? Ha appena sollevato novanta chili. Otto volte».

«Aditi ha iniziato a fare sollevamento pesi a cinquant'anni. Ha tre decenni di esperienza».

«Forza! Potrete riposarvi quando sarete morti», esclamò la signora Tweedy.

«Non posso farcela», gemetti.

Stef mi mise le mani sulle spalle, ma il sudore mi rendeva troppo scivolosa perché potesse aggrapparsi a me. Ci rinunciò e si appoggiò alla parete accanto a me. «Stammi a sentire. Possiamo farcela. Ce la faremo. E una volta finito, andremo al Café Rev, ordineremo dei caffellatte Red Line e ci mangeremo il nostro peso in dolci».

«Mi serve una motivazione maggiore dei dolci».

«Merda». Si spinse via dalla parete e si mise di fronte a me, con un'espressione di disagio.

«"Merda" cosa? Hanno appena aggiunto altre wall balls? Allo scorso giro mi sono colpita in faccia da sola». Le wall balls erano un tipo speciale di inferno che contemplava fare squat con una pesante palla medica e poi rialzarsi in modo esplosivo dallo squat per lanciare la palla a diversi metri sopra la testa. Erano peggio dei burpees. Le detestavo.

Stef si passò entrambe le mani tra i capelli, poi si asciugò i palmi delle mani sugli shorts con una smorfia. «Come sto?»

«Come se fossi appena stato trascinato nella parte profonda della piscina da sirenetti con le mani lunghe».

«Dannazione!».

«Ma in un modo del tutto affascinante. Del genere Henry Golding», mi corressi.

«Forse dovrei togliermi la maglietta?»

«Cosa sta succedendo adesso?», domandai, strappandogli la bottiglia d'acqua dalle mani e puntandola verso la mia bocca.

«Jeremiah ha appena portato il suo bel culetto qui per allenare i bicipiti».

Non smisi di succhiare l'acqua, ma in compenso sbirciai da sopra la spalla di Stef. Il bellissimo barbiere non era difficile da individuare, stava sollevando dei pesi da venti chili davanti allo specchio… accanto a Nash Morgan.

Mi strozzai e per poco non affogai.

«Merda!». Mi strappai via la fascia dalla testa e la inzuppai d'acqua prima di indossarla di nuovo.

Stef mi diede una gomitata. «Scusami! Non puoi averlo. È mio. Se mai troverò il coraggio di chiedergli davvero di uscire».

«Il mio "merda" non era per Jeremiah, scemo. Era per Nash "che culo" Morgan», sibilai.

Un fremito al petto mi costrinse ad abbassare lo sguardo sull'orologio. Il mio cuore stava martellando a un ritmo costante. Poi il fremito si spostò allo stomaco. A quanto pareva non era un difetto strutturale. Era peggio di così.

Stef guardò dietro la sua spalla, poi voltò di nuovo la testa verso di me, facendo schizzare una doccia di sudore in tutte le direzioni. «Qualcuno ha una cotta», cantilenò.

«Prima di tutto, che schifo. Ho il tuo sudore sugli occhi. Secondo, non si tratta di una cotta», protestai. «È… una sensibilità».

La mia sensibilità passò in modalità "discesa dalle montagne russe" quando lo sguardo di Nash incrociò il mio da sopra un bilanciere caricato di piastre di pesi. Non c'era nulla di amichevole nel modo in cui i suoi occhi mi scrutavano. Era puro desiderio.

Questa volta, il cedimento alle ginocchia non aveva nulla a che vedere con l'affaticamento muscolare.

«Senza offesa, ma non dovresti essere una qualche specie di tosta irascibile?», domandò Stef.

Spostai lo sguardo lontano dal focoso capo della polizia. «Eh?»

«Lo ammetto, Stallone Perfettino ha l'aspetto di uno che vuole venire fin qui, strapparti i vestiti di dosso e piegarti sopra una panca per i pesi».

La mia intimità si serrò in un involontario desiderio.

«Ma pensavo tu fossi il tipo da "fai la sostenuta, lascia che ti preghino"».

Non c'era niente di sostenuto nel modo in cui reagivo a Nash Morgan. Era brama bollente intrisa di pungoli gelati di paura. «Non posso credere che sto per dirlo, ma a quanto pare alcuni uomini rendono impossibile comportarsi da sostenuta», ammisi.

«Voi due avete intenzione di chiacchierare tutto il giorno o pensa-

te di finire questo set?», gridò la signora Tweedy. «Non costringetemi ad aggiungere altre wall balls!».
«E adesso ci stanno guardando tutti», borbottò Stef.
Nei tutti erano inclusi Jeremiah e Nash.
Raddrizzai la schiena. «Dobbiamo farlo».
«E dobbiamo farlo in modo sexy».
«Allora tanto vale che ti togli la maglietta», dissi.
«Lo stesso vale per te. Magari saranno così ipnotizzati dai miei pettorali e dalle tue tette da non accorgersi di quando andremo in arresto cardiaco».
«Cerchiamo di evitare quella parte», proposi.
«Non posso promettere nulla».
«Avanti, ragazzi!», esclamò Vernon.
«L'ultimo set è il migliore», gridò la signora Tweedy.
Stef digrignò i denti. «Forza. Spogliamoci e camminiamo in modo sexy».

«Bevi».
I miei occhi si spalancarono e mi ritrovai a fissare in alto verso lo strepitoso blu di quelli di Nash. Una bottiglia d'acqua sventolava di fronte al mio viso.
Ero troppo stanca e assetata per offendermi per il suo parlarmi come se mi stesse dando un ordine.
Mi tirai su a sedere a fatica. Nash era accucciato accanto a me, uno strato di sudore riluceva sulla sua pelle e gli teneva la T-shirt incollata al petto. Jeremiah era in piedi dietro di lui e sembrava divertito.
Diedi un calcio alla gamba di Stef.
«Lasciami morire in pace, donna», borbottò. Era a faccia ingiù sul tappetino accanto a me.
Gli diedi un altro calcio, stavolta più forte. «Non possiamo morire di fronte a dei testimoni».
Lui sollevò la parte superiore del corpo dalla plastica e fissò con occhi sgranati il nostro pubblico.
«Serve una mano?», domandò Jeremiah a Stef.
Racimolai energia sufficiente per fare un sorrisetto mentre la cotta del mio compagno di allenamento aiutava quest'ultimo ad alzarsi in piedi.
«Sono colpito», disse Nash quando infine buttai giù l'acqua of-

ferta. «Nessuno sopravvive alla sua prima sessione di "Sudare con i vecchietti"».

«Non direi che sono sopravvissuta», gracchiai.

«Sei riuscita a fare quell'ultima ripetizione», insistette lui. «Questo conta».

«E mi sono venuti i conati di vomito sopra il bidone della spazzatura».

Le sue labbra si addolcirono in uno di quei semisorrisi che infiammavano quel feroce svolazzamento nella pancia. «Conta lo stesso».

«Loro sono esseri soprannaturali. Ognuno di loro».

«È così», concordò lui.

Mi accorsi che alcuni degli avventori della palestra ci stavano notando. «O io sono in topless, o tu stai andando in giro senza pantaloni, visto il genere di attenzione che stiamo attirando».

Lui guardò in alto e tutto intorno, poi fece una smorfia. «Piccola città. Non c'è stato molto di cui spettegolare di recente».

«A parte il loro comandante che si fa sparare, due cittadine che vengono rapite e salvate, e uno sceriffo federale che si aggira per le strade. A proposito, dov'è la tua ombra col distintivo?».

Nash indicò con il pollice sopra la sua spalla verso Nolan, che stava sudando su una cyclette, con un aspetto al tempo stesso innervosito e annoiato.

«Solo un giorno come un altro a Knockemout», rise quasi Nash, porgendomi la mano.

La presi e gli permisi di tirarmi su in piedi.

I miei muscoli cantarono con un misto di stanchezza post-allenamento ed euforia.

«Se vuoi una risposta alla tua offerta...», esordii.

Ma lui mi interruppe con un cenno di diniego. «Preferisco che ci pensi su un po' più a lungo di una sola notte. È una grossa richiesta. Ho una richiesta più piccola a cui ho bisogno che tu acconsenta prima».

«Cosa sarebbe?»

«Ti dispiacerebbe guardarmi Piper stasera? Non l'ho mai lasciata sola per più di qualche minuto».

«Certo».

«Non farò troppo tardi», promise.

Non gli avrei chiesto che progetti aveva. E di sicuro non gli avrei chiesto se si trattava di un appuntamento.

«Esco per una bevuta con Knox e Lucian», disse, leggendomi il pensiero.

Le signore della città si sarebbero eccitate per quella specie di sexy sandwich di figaggine, presunsi.

«Okay. Nessun problema», lo rassicurai, fingendo di non avvertire una stupida ondata di sollievo per il fatto che si trattava solo di un'uscita tra uomini.

Chinò la testa verso di me in quel suo modo sexy e intimo. Il mio battito incespicò. E altrettanto fece la donna sul tapis roulant dietro di noi. Non appena si riprese, mi scoccò un sorrisino mesto e una scrollata di spalle.

Nash Morgan era un vero pericolo per le donne.

«Ti ringrazio. Passerò a lasciarla un po' prima delle nove», disse lui.

Mi ripromisi di essere lavata, sistemata e vestita con qualcosa che non fosse zuppo di sudore. Se per allora fossi riuscita a far funzionare le mie gambe. «Okay».

Nash controllò l'orologio. «Devo andare. Ho promesso a Liza J che oggi le avrei pulito le grondaie».

«Ecco». Gli porsi la sua borraccia.

«Tienila pure. So dove vivi».

«Grazie», gracchiai.

«Ci vediamo più tardi, Angelina». Mi scoccò un'altra occhiata che mi suscitò la pelle d'oca, poi si voltò e se ne andò.

«Nash?».

Si fermò e si girò verso di me.

Con un'occhiata al nostro poco discreto pubblico, colmai la distanza tra noi con la zoppicata più sexy che riuscissi a fare. «Di preciso, quanto di me vorresti?».

Quegli occhi blu si tramutarono in fuoco ghiacciato. «La risposta da gentiluomo sarebbe quanto tu sei disposta a darmi».

«E tu sei un gentiluomo?»

«Un tempo lo ero». Dopodiché sollevò il mento. «Bevi molta acqua e non dimenticare di fare stretching o domani te ne pentirai».

Era un bene che il mio volto fosse già arrossato per la fatica.

Nash mi scoccò un occhiolino e il fantasma di un sorrisetto prima di dirigersi verso lo spogliatoio. Lo osservai allontanarsi. Così come fece anche il resto della popolazione femminile della palestra, nonché una manciata di uomini.

Nolan si alzò e asciugò la sua cyclette. Mi rivolse un saluto accennato prima di seguire Nash.

Accanto a me comparve Stef. «Ti vanno ancora caffè e carboidrati?». Aveva un sorriso ridicolo sul volto.

«Dio, sì. Perché sembri così felice? Sei in delirio?»

«Credo proprio di sì. Jeremiah mi ha dato un asciugamano».

«Nash mi ha dato la sua acqua. Siamo così patetici quanto penso che siamo?»

«Oh, molto peggio», ribadì Stef.

Vernon mi batté una pacca sulla spalla mentre si dirigeva verso il tapis roulant. «Brava, non hai fatto troppo schifo».

«Grazie», dissi.

«Te la sei cavata bene», si complimentò Aditi.

«Se te la senti, domani è giornata di petto e schiena», propose la signora Tweedy.

«Non osare dire di sì o dovrò venire anch'io. E mi servono tre giorni per riprendermi», sussurrò Stef.

La mia risata fu un ansito a malapena udibile.

11

Andare nel panico non aiuta mai

Nash

Le mie mani si serrarono a pugno quando sentii il rimbombo della musica country fuori dall'ingresso dell'Honky Tonk. Avevo fatto un giro intorno all'isolato solo per infondermi il coraggio di entrare nel locale. Dall'altra parte della porta d'ingresso c'erano risate e vita. Avrei dovuto partecipare a tutto ciò, quando in realtà non volevo fare altro che restare a casa, al buio. In silenzio.

Quella giornata era iniziata meglio di tante altre. Ero andato in palestra con il preciso scopo di vedere Lina. Tra l'osservarla muovere quel bellissimo corpo e l'aver effettivamente mosso il mio, avevo ritrovato uno slancio di energia. Ma da qualche parte, in mezzo alla lista lunga un chilometro di faccende da sbrigare per Liza J, la fredda e oscura ondata si era di nuovo abbattuta su di me senza preavviso. Mi aveva trascinato a fondo, e neppure l'antidepressivo che mi ero ricordato di prendere quella mattina mi aveva aiutato a riemergere in superficie.

Avevo iniziato a scrivere una decina di messaggi per Knox in cui inventavo delle scuse sul perché non avrei potuto unirmi a loro quella sera, ma sapevo che avrebbe mantenuto la sua parola. Sarebbe comparso alla mia porta e avrebbe cercato di trascinarmi fuori.

Era più semplice presentarmi, pur agendo come un automa.

Al piano di sopra, ero riuscito ad articolare una decina di parole artificiose prima di schiaffare Piper tra le braccia di Lina. Avrei usato il cane come una scusa per rientrare nel giro di un'ora.

Potevo fingere per sessanta minuti. Cinquantasei ormai, considerato che ero già in ritardo di quattro.

Mi feci forza, aprii la porta d'ingresso ed entrai nel mondo dei vivi.

Era lunedì sera, il che significava una folla più contenuta e dei classici di musica country dal juke box anziché una band dal vivo.

Per la forza dell'abitudine, scrutai l'esiguo gruppo di persone. Tallulah e Justice St. John occupavano un tavolo assieme al proprietario del negozio di animali Gael e suo marito, Isaac, per la loro uscita di coppia mensile. Sherry Fiasco, la sorella di Jeremiah e braccio destro di Knox, si stava infilando un cappotto dietro il bancone accanto a Silver, la grintosa barista bionda.

Mio fratello mi individuò prima ancora che facessi due passi dentro il locale. Indossava la sua consueta divisa composta da jeans, stivali da motociclista usurati, barba e un'aria alla "rompimi le palle e vedi cosa ti succede".

Knox sembrava sempre voglioso di attaccare briga.

Accanto a lui c'era Lucian Rollins, con indosso un completo che con ogni probabilità costava più della mia prima auto. Era alto, scuro e a sua volta pericoloso, ma in un modo diverso.

Laddove Knox era più propenso a prenderti a pugni in faccia se lo facevi innervosire, Lucian era il tipo che avrebbe distrutto la tua vita in modo metodico e creativo.

Fortuna per me che per la maggior parte del tempo tenevano sotto controllo i loro poteri.

C'era uno sgabello vuoto in mezzo a loro due, cosa che mi suggeriva che stavo per finire mio malgrado al centro dell'attenzione.

La porta si aprì alle mie spalle, e il mio sceriffo-ombra entrò nel locale. «Sa che sarebbe stato molto più semplice se mi avesse detto dove andava e quanto a lungo progettava di restarci», brontolò.

«Sì, be', la mia vita sarebbe molto più semplice se non l'avessi tutto il giorno alle calcagna».

«Fintantoché siamo entrambi infelici», disse lui, prima di allontanarsi per accomodarsi a un tavolo da due vuoto di fronte all'uscita.

Knox si tirò su dal bancone.

Merda.

Cinquantasei minuti. Bere una birra. Sparare cazzate. Impedire a mio fratello di assalire un federale. Poi sarei potuto andare a casa a nascondermi dal mondo.

Mi feci largo tra i tavoli, rispondendo con un cenno del capo a quelli che mi salutavano.

«'Sera, ragazzi», esordii quando li raggiunsi.

Lucian mi porse la mano e mi attirò a sé per un semiabbraccio.

«È bello vederti».
«Anche per me, Lucy».
Knox stava fissando torvo verso Nolan Graham da sopra la mia spalla. «Penso che dovrei prendere a calci nel culo la tua ombra», disse da sopra l'orlo del suo bicchiere.
«Apprezzo il sentimento, ma non ho proprio voglia di seppellire un corpo stanotte», gli risposi.
L'attenzione di Knox si spostò dallo sceriffo di nuovo su di me. «Hai un aspetto di merda. Ti radi con un coltello da burro?»
«È bello vedere anche te, stronzo». Scivolai sullo sgabello tra di loro. Non avevo le energie per restare in piedi.
«Non hai risposto alle mie telefonate». Lucian si accomodò e mi scoccò uno di quei suoi sguardi perforanti che da ormai due decenni facevano cadere la biancheria intima delle donne fino alle caviglie.
«Sono stato impegnato», glissai, facendo un cenno a Silver per avere un drink.
Lei mi rivolse un occhiolino da dietro il suo smokey eyes. «Arrivo subito, comandante».
Un beneficio del vivere ancora nella cittadina in cui sei cresciuto è che non devi mai dire a nessuno che drink vuoi bere. Se lo ricordano.
«Spero per te che non fossi impegnato con la tua nuova vicina», disse Knox, montando a cavalcioni sul suo sgabello e girandolo verso di me.
«Se è questo il motivo di questa uscita, ti risparmierò un'ora di tempo dicendoti che quello che io e Lina facciamo o non facciamo non è affar tuo».
«Sei mio fratello. Lei è mia amica. Questo lo rende affar mio».
«Risparmia il fiato. Non è successo niente… ancora», aggiunsi con un sorrisetto.
«Sì? Be', meglio che resti così. Voi due non andate bene insieme. Lei è tutta spirito vagabondo e adrenalina, e a te viene l'orticaria se ti avventuri fuori dal paese. Non avete nulla in comune».
«Parla l'esperto che è fidanzato da quanto? Una manciata di settimane? Con una donna che è davvero troppo per lui, aggiungerei. Grazie, Silver», dissi quando mi porse una birra alla spina.
«Signori, suggerisco di rimandare questa discussione», propose Lucian. «Abbiamo altre questioni di cui parlare».

Prima sputavano il rospo, prima sarei potuto andare a casa.

Lucian posò il suo scotch sul bancone e rivolse un cenno del capo a mio fratello.

«A che punto sono le indagini? Lucian pensa che i federali stiano ignorando Duncan Hugo perché sono più interessati ad arrivare a quel faccia di merda di suo padre», disse Knox.

Okay, forse preferivo affrontare un paio di round su di me che frequentavo Lina se l'alternativa era parlare di Duncan Hugo. «È un'indagine in corso. No comment», risposi.

Knox emise un verso di scherno. «Non provare a dirmi che non stai portando avanti una tua indagine personale. Se i federali sono concentrati sul paparino, allora noi daremo la caccia a Junior. L'unico problema è che Junior è così rintanato sottoterra che nessuno sa dove si trovi».

«La nostra teoria più probabile è che Anthony abbia aiutato suo figlio a lasciare il paese», disse Lucian.

Se Hugo Junior era fuggito dal paese, significava che le probabilità che tornasse a finire il lavoro erano minime.

Il sollievo che avvertii fu subito sostituito da un'ondata di vergogna. In qualità di pubblico ufficiale, ero programmato per lottare per la giustizia. In qualità di Morgan, ero destinato a fare a botte e basta. Eppure eccomi lì, troppo depresso per partire all'attacco.

«Avrei scommesso il mio bilancio di brokeraggio che quel coglione avesse meno di due neuroni nel cervello. Ma Naomi e Way insistono che è più furbo di quanto gli si riconosca. Dicono che quando erano in mano sua…». Knox non concluse la frase, le sue nocche sul bancone divennero bianche.

Mi resi conto che Hugo non aveva tolto qualcosa solo a me, ma anche alla mia famiglia. E ancora non era abbastanza per farmi riemergere in superficie dall'oscurità.

Mio fratello si schiarì la gola mentre io e Lucian facevamo l'educato e virile gesto di ignorarlo.

«Way dice che era subdolo come una volpe idrofoba», disse infine Knox.

L'angolo della mia bocca si sollevò. Waylay un giorno avrebbe potuto essere un'eccellente poliziotta, ma dubitavo che Knox volesse sentirsi dire questo sulla sua bambina.

«Per il suo bene gli conviene sperare di essere col culo in Sudamerica a farsi mangiare vivo dagli insetti», sentenziò Knox.

«Non vedo uno scenario in cui avrebbe avuto senso per lui restare nei paraggi. È molto più probabile che se la stia spassando da qualche parte ben lontano da qui».

«Ma nel caso in cui non fosse così», disse Lucian, «devi essere prudente. Sei una questione in sospeso, a prescindere da dove lui si trovi. Sei l'unico che può identificarlo come l'aggressore».

«E tu come faresti a saperlo?», domandai.

Lucian sollevò le mani, il ritratto dell'innocenza. «Che posso farci se le informazioni mi piovono dal cielo?»

«Che tipo di informazioni?»

«Il tipo che riassume le riprese della tua dashcam».

La mia mascella si serrò. Era più un riflesso che una vera emozione. «Mi auguro che questa soffiata non provenga da uno dei miei».

«No», mi rassicurò lui.

«Non ricordi ancora nulla?», chiese Knox.

Fissai le bottiglie dietro il bancone. La gente si affogava quotidianamente in quelle bottiglie per anestetizzare il dolore, la paura, il malessere che la vita infliggeva. Alcuni si intorpidivano in modi ancor più pericolosi. Alcuni non riemergevano mai in superficie.

Ma io ero già intorpidito. Avevo bisogno di sentire qualcosa. E nessuna quantità di alcol mi avrebbe aiutato a tirarmi fuori da quel vuoto totalizzante. C'era solo una cosa che poteva farlo. Una donna che poteva farlo.

«No», ammisi infine.

Riuscivo quasi a sentire Knox e Lucian che comunicavano in silenzio.

«Hai pensato di farti vedere da uno di quei, ehm… terapisti?», disse Knox strozzandosi.

Lucian e io voltammo entrambi il capo verso di lui e lo fissammo.

«Oh, andate entrambi a fanculo. L'ha suggerito Naomi. Sono abbastanza uomo da ammettere che non è un'idea orribile… se non ti dispiace vuotare il sacco con un perfetto estraneo. Non è che papà ci abbia fornito un qualche tipo di salutare strumento per affrontare il dolore».

«Sono stato da uno strizzacervelli. Disposizione del dipartimento», gli rammentai.

"Il trauma ha un suo modo di danneggiare la memoria", aveva detto. "In alcuni casi, le vittime non riacquistano mai quei ricordi".

Trauma. Vittime. Erano le etichette che avevo trascorso un'intera carriera ad applicare ad altri. La mia personale etichetta, "eroe", era stata strappata via e sostituita con "vittima". E non sapevo se potevo digerirlo.

«Io vado da un terapista», dichiarò Lucian.

Knox raddrizzò la schiena. «"Vado"? Al presente?»

«Di quando in quando. Ero molto più giovane e meno... interessato alla legge quando ho iniziato ad andarci per aver accesso alle cartelle cliniche dei suoi pazienti».

Diedi un'occhiata sopra la mia spalla. Nolan sollevò la sua bottiglia di birra in un silenzioso brindisi.

«Possiamo non parlare di nessun altro ipotetico crimine con uno sceriffo federale a sei metri di distanza? Voi due non potete giocare a Scooby-Doo nel bel mezzo di un'indagine federale».

«Mi ritengo offeso», sentenziò Lucian.

«Tu sarai offeso. Io sono incazzato di brutto», decise Knox.

Presi la mia birra anche se non la volevo. «E cos'è che trovi così offensivo?»

«Che tu metta in dubbio le mie abilità».

A essere sinceri, Lucian era in pratica un 007 aziendale. Tranne per il fatto che era americano, preferiva il bourbon al Martini e lavorava nello spietato mondo della consulenza politica, che con ogni probabilità in effetti aveva alcune somiglianze con lo spionaggio internazionale.

«Non conosco le tue abilità. Ma quello che so è che, di noi tre, sei l'unico che è davvero stato in prigione».

Era un cazzo di colpo basso e lo sapevamo tutti. Dannazione, avrei voluto prendermi a pugni in faccia da solo.

«Mi dispiace, amico». Mi premetti il pollice nello spazio tra le sopracciglia. «Ho proprio un caratteraccio in questi giorni».

Era probabile che la mia pazienza fosse fuoriuscita assieme a quella pozza di 0 negativo sul ciglio della strada. Era quello il motivo per cui non volevo stare in mezzo alla gente.

Lui sollevò la mano con un gesto di sufficienza. «Non c'è problema».

«No. Invece c'è. Tu ci sei sempre stato per me, Lucy, e io sono uno stronzo meschino a prenderti di mira così. Mi dispiace».

«Se voi due iniziate ad abbracciarvi, me ne vado», minacciò Knox.

Per fargli un dispetto, avvolsi Lucian in un forte abbraccio. La mia spalla si lamentò, ma quasi in modo buono.

Lucian mi diede due pacche sulla schiena. Sapevo che stavamo solo cazzeggiando con mio fratello. Ma c'era qualcosa di stabilizzante nell'immediato perdono del mio più vecchio amico. Impallidiva al confronto con il rafforzante calore che il tocco di Lina suscitava in me. Ma significava comunque qualcosa.

Ci voltammo di nuovo verso Knox, sorridendo.

«La birra te la porti via?», gli chiesi.

«Coglioni», borbottò Knox.

«Mi dispiace, Lucy», ribadii.

«Sei perdonato. Ne hai passate parecchie».

«È per questo che sei qui in città di lunedì sera anziché mandare avanti il tuo impero aziendale del male?».

Le labbra del mio amico si incurvarono verso l'alto.

«Sul serio, bello, se sei in città solo per tenere d'occhio me, ho già un baffone armato che mi sta alle costole». Accennai col capo in direzione di Nolan. «Non c'è bisogno che ti accampi qui e perdi tutti i tuoi soldi».

«Mandare avanti un impero aziendale del male significa avere un team pronto a finire il lavoro quando io sono impegnato altrove».

«Non avrai intenzione di fare il pendolare qui ogni giorno, vero?». Il traffico del Nord della Virginia era un girone dell'inferno tutto speciale.

Knox fece un verso di scherno. «Non farti venire gli occhioni lucidi per questo gesto. L'impero ha un elicottero. Lucy ti sta solo usando come scusa per divertirsi col suo giocattolino».

«Basta che non lo fai atterrare sul tetto della scuola elementare. Non ho bisogno di avere i federali, gli sceriffi e pure l'aviazione alle calcagna».

«Come procede l'organizzazione del matrimonio?», domandò Lucian, cambiando argomento.

«Riesci a credere che Splendore stava pensando a tovaglie bianche per i tavoli? Insomma, Cristo santo, è una festa di Knockemout, rovesceremo roba per tutta la notte. Non voglio che il nostro ricevimento dia l'impressione che i tavoli siano stati coperti con le lenzuola di un pisciasotto assassinato».

Non c'era dubbio che mio fratello sapesse come creare delle immagini.

«Perciò per cosa avete deciso di optare?», chiese Lucian.

«Blu scuro», disse con orgoglio Knox.

«Carino», approvò Lucian con un cenno del capo.
«A proposito. Siete entrambi miei testimoni». Mio fratello guardò verso di me. «Immagino che tu possa essere il principale».

Arrivai a un'ora e quindici minuti, e fui dannatamente fiero di me stesso. Mi godetti una seconda birra, diedi la maggior parte delle risposte giuste e mi accomiatai quando Naomi chiamò Knox dicendogli che Waylon aveva dato la caccia alla puzzola per cui aveva una cotta ed era stato spruzzato. Di nuovo.
Ci salutammo e tentai di non dare l'impressione di voler correre verso la porta.
Mi fermai persino al tavolo di Nolan, dove questi si stava infilando il cappotto.
«Percorrerò a piedi i tre metri che mi separano dalla porta di casa mia. Credo di poter sopravvivere da solo», gli dissi.
«La scelta è sua, comandante. Cerchi di non finire in una fogna pieno di buchi».
«Farò del mio meglio», mentii.
Uscii fuori nell'aria fresca notturna, la porta che si richiudeva alle mie spalle escludendo la luce e la musica. C'era qualcosa che non andava. Lì in piedi sotto il lampione, a pochi metri da casa mia, mi sentivo esposto, vulnerabile, nervoso. Qualcosa o qualcuno era là fuori.
Era forse lui? Duncan Hugo era tornato a concludere il lavoro? O era solo la mia immaginazione?
Gettai uno sguardo su e giù lungo la strada, in cerca della fonte di sventura che incombeva su di me.
Le mani iniziarono a formicolarmi. Partì dai palmi e si estese fin nelle dita.
«Cazzo. Non adesso», sussurrai tra me e me. «Non qui».
Non c'era nessun aggressore appostato al buio. L'unico cattivo qui era il malfunzionamento nel mio cervello.
Il formicolio si trasformò in un bruciore. Serrai le mani in stretti pugni, cercando di scacciare via quella sensazione. Ero già riuscito a bloccarla in precedenza. Ma sapevo che ormai era troppo tardi per farlo.
Presi a sudare leggermente, mentre dentro di me mi sentivo congelato fin nelle ossa.
«Avanti, bello. Tieni duro», sibilai a denti stretti.

Ma la tenaglia che mi circondava il petto si stava stringendo ancora e ancora. Il fiato che avevo trattenuto iniziò a lasciare i miei polmoni. Il rumore scomparve dalle mie orecchie, sostituito dal tonfo ovattato del mio stesso battito cardiaco.

Il mio respiro era un flebile sospiro.

Non c'era modo di fermarlo. Non potevo convincermi a parole. Del sudore freddo mi scivolò lungo la schiena.

«Fanculo».

Le mie mani si serrarono a pugni mentre la tenaglia attorno al mio petto si stringeva sempre più. Il cuore mi batteva all'impazzata sotto le costole mentre il dolore si espandeva. Riuscii a raggiungere la porta delle scale prima che le mie gambe cedessero. Crollai contro la parete e scivolai lungo le fredde piastrelle.

«Non è reale. Cazzo, non è reale», mi ripetei tra un flebile respiro e l'altro.

Cedere al panico non era mai la soluzione. Non sarebbe mai stato d'aiuto in momenti di crisi. In quanto poliziotto, mi era stato instillato a forza nella mente. Ero stato addestrato a mantenere la calma, ad attenermi alle procedure, a seguire l'istinto. Eppure nessuna procedura, nessun addestramento, mi aveva preparato per quel genere di attacchi.

Stavo al tempo stesso andando a fuoco e congelando. Il dolore si propagò nel mio petto e la vista iniziò ad annebbiarsi ai lati. Puntini di luce danzavano davanti ai miei occhi.

Mi detestavo. Odiavo la debolezza. La mancanza di controllo. Detestavo il pensiero che fosse tutto nella mia testa. Che mi potesse succedere dovunque. Non potevo svolgere il mio lavoro se ero raggomitolato sul pavimento. Come potevo proteggere la città se non riuscivo neppure a proteggere me stesso dai mostri nella mia cazzo di testa?

12

Benvenuti nella zona di pericolo

Lina

«Ottimo lavoro nel fare la popò sull'erba e non sul marciapiede», dissi a Piper mentre ci affrettavamo verso l'ingresso degli appartamenti. Lei zampettava con sicurezza verso la porta come se fosse casa sua da ben più di tre giorni.

Era una notte fredda e tranquilla a Knockemout. L'aria era immobile e quasi fredda.

Infilai la chiave nella serratura, aprii il pesante portone e mi paralizzai.

«Nash?». Permisi a Piper di entrare, lasciai che la porta si richiudesse sbattendo dietro di noi e corsi al fianco dell'uomo.

Era seduto a terra, la schiena contro la parete ai piedi delle scale, le ginocchia sollevate al petto, le braccia strette attorno a esse, le mani serrate a pugno.

«Stai bene? Sei ferito?».

Gli passai le mani sulle spalle, lungo le braccia. Lui mi afferrò la mano con una delle sue e strinse forte.

«Sto solo… riprendendo… fiato», riuscì a dire.

Serrai la presa sulla sua mano e usai quella libera per scostargli i capelli dalla fronte. Stava sudando e tremando al tempo stesso. O quell'uomo si era preso l'influenza, oppure era al termine di un attacco di panico.

«Tutto bene?», mi domandò.

«Sto bene. E anche tu», insistetti. «Hai aria a sufficienza».

Serrò la mascella con fare cupo e annuì.

Con un guaito, Piper infilò il musetto sotto il braccio di Nash e gli sgattaiolò in grembo.

«Eravamo uscite per una passeggiata. Ho pensato di portarla fuori un'ultima volta così che non dovessi farlo tu quando tornavi. Ha fatto i suoi bisogni e abbiamo girato attorno all'isolato. Credo che la sua zoppia sia un po' migliorata. Il veterinario ti ha detto niente a proposito della fisioterapia? Ho letto un articolo riguardo all'agopuntura per cani».

Stavo parlando a vanvera. Quell'uomo mi aveva fatto morire di paura un'altra volta.

«Rilassati, Angel», disse con voce rauca, la presa sulla mia mano che iniziava ad allentarsi. «Va tutto bene». Sollevò l'altra mano e accarezzò la schiena di Piper.

Tenendogli ancora la mano, mi sedetti accanto a lui a terra. La mia spalla e il mio braccio erano premuti contro i suoi. I tremori in diminuzione nel suo corpo si estesero fino al mio e io li assorbii.

«Mi rilasserò quando tu smetterai di spaventarmi a morte». Gli diedi un colpetto alla spalla con la mia. «Inizia a passare?».

Lui annuì lentamente. «Sì».

«Allora vediamo di andare al piano di sopra prima che arrivi il crollo». Mi alzai in piedi, recuperai Piper dal suo grembo e la posai a terra. Poi gli tesi la mano.

Lui la fissò, la testa inclinata, il pollice premuto nello spazio tra le sopracciglia.

«Avanti. Sai bene quanto me che il crollo fa quasi altrettanto schifo. Puoi appoggiarti a me, oppure chiamo tuo fratello».

«Crudele», disse prima di prendermi la mano. Ci volle uno sforzo da parte di entrambi, ma riuscii a farlo arrivare sulle sue gambe fino ai piedi delle scale.

«I ragazzini alle elementari mi chiamavano Crudelia perché ero molto dispotica», confessai. Mi chinai sotto il suo braccio e gli cinsi la vita col mio.

«I ragazzini sono degli stronzi», ansimò.

Affrontammo il primo scalino insieme. Piper schizzò davanti a noi, scodinzolando. Nash si stava trattenendo, nel tentativo di non addossare troppo peso su di me. Ma c'era una lunga rampa di scale tra noi e il suo appartamento.

«È iniziata con queste gemelle alle elementari, Darla e Marla. Carine, popolari, e indossavano dei completi di marca coordinati», gli confessai.

«Sembrano tremende», scherzò Nash. «Vuoi che faccia una ricerca su di loro? Che controlli quante volte sono state arrestate?».

Scoppiai a ridere e lo sentii addossarmi appena un po' più del suo peso.

Le mie gambe tremavano per via dell'allenamento di quella mattina. Non volevo pensare a quando il giorno dopo mi sarei seduta per fare pipì.

«Perciò, quante sono le probabilità che domani tu dimentichi magicamente che questo sia mai successo?», domandò Nash mentre facevamo una pausa a metà delle scale.

Piper tornò verso di noi, annusò con fare ansioso prima le scarpe di Nash e poi le mie, dopodiché corse di nuovo verso la cima.

«Posso essere corrotta».

«Dimmi qual è il tuo prezzo», rispose lui, compiendo il passo successivo.

«Bastoncini al formaggio», decisi.

«Del tipo "freddi e avvolti nella sfoglia" o del tipo "ostruisci-arterie"?».

Dalla voce sembrava ancora senza fiato mentre avanzavamo pian piano, ma non come se stesse ancora lottando per ogni molecola di ossigeno.

«Non c'è storia», sbuffai. «A me piacciono le bontà fritte e rifritte».

«Ti rifornirò di mozzarella fritta per il resto dei tuoi giorni se non dirai a nessuno di questa storia».

«A differenza di alcune persone, io rispetto la privacy degli altri», dissi piccata mentre finalmente raggiungevamo l'ultimo scalino. Piper danzava di fronte a noi come se fosse orgogliosa del nostro risultato.

Nash sospirò. «E rieccoti, Crudelia. Prendi a calci un uomo mentre è a terra».

Ci diressi verso la sua porta. «Chiavi, Fenomeno».

Provò senza troppo successo a nascondere una smorfia quando usò la mano sinistra per frugarsi in tasca.

Ferite di proiettili e attacchi di panico. Nash Morgan era un bel casino. Enfasi sul "bel".

Presi le chiavi dalla sua mano e aprii la porta. Piper corse oltre la soglia ed entrò nell'appartamento buio.

Nash mi fece avanzare assieme a lui mentre si allungava verso l'interruttore della luce e la accendeva.

«Wow. Qualcuno ha dato una sistemata», commentai, notando la trasformazione dentro casa. C'era persino profumo di pulito.

«Già. Infatti», commentò lui a denti stretti.
«Andiamo, ragazzone». Chiusi la porta con un calcio e lo guidai verso il divano.
Ci crollò sopra, a occhi chiusi. Il suo volto era pallido e il sudore ancora gli imperlava la fronte. Piper balzò accanto a lui e gli posò una zampetta sulla coscia.
«È l'ora dello "Speciale di Lina"», decisi, posando il guinzaglio del cane sul tavolinetto da caffè.
«Ti prego, dimmi che è un nome in codice per una qualche specie di sesso», disse lui senza aprire gli occhi.
«Molto divertente. Torno tra un minuto».
«Non te ne andare». L'umorismo scanzonato era svanito, e quegli occhi blu mi imploravano di restare. «Sto meglio quando sei vicina».
Adesso era il mio turno di avere difficoltà a prendere fiato. Non ero mai stata con un uomo che avesse bisogno di me. Che mi volesse? Sì. Che godesse della mia presenza? Ovvio. Ma che avesse bisogno di me? Quello era un territorio del tutto nuovo e terrificante.
«Vado alla porta accanto e torno in meno di un minuto», promisi.
Il modo discreto in cui la sua mascella si serrò fu quasi la mia rovina. Ma alla fine, Nash annuì.
Uscii in corridoio, lasciando la sua porta aperta, e intrapresi il viaggio di due secondi verso il mio appartamento. Una volta all'interno, trovai in fretta ciò che mi serviva. Quando tornai, Nash era ancora nella stessa posizione, e osservava la porta.
«Cinquantasette secondi», disse.
Giostrandomi col mio bottino, richiusi la porta.
«Stai pronto a rilassarti di brutto». Spensi le luci sul soffitto. Accesi la lampada accanto a Nash, poi portai tutto quanto in cucina e lo posai sul ripiano. «Presumo che il tuo telefono si colleghi a questa cassa qui dall'aspetto virile».
«Presunzione corretta», disse lui, sempre osservandomi. «Tasca della giacca».
Aveva ancora indosso la sua giacca, un cappotto aderente verde militare.
«Due piccioni», decisi. «Chinati in avanti».
Con il mio aiuto, Nash fece scivolare le braccia fuori dalla giacca. Stava indossando una di quelle sexy maglie termiche che avvolgevano un sacco di muscoli. Era un'osservazione superflua considerate

le attuali circostanze. Superflua ma in qualche modo inevitabile. Avrei potuto essere sul mio letto di morte e mi sarei comunque fermata ad apprezzare la figura di quell'uomo.

Trovai il suo telefono e usai il suo volto per sbloccarlo.

«Oh, e dai! Hai una playlist nominata "Lenti country"», mi lamentai, premendo "Play".

«La cosa ti crea problemi?», domandò mentre la voce di George Strait cantava in tono basso.

«Com'è che non sei sposato con un branco di figli?».

Mosse la mano destra lungo il suo corpo. «Tesoro, nel caso non l'avessi notato, sono un fragile guscio d'uomo».

Mi sedetti sul tavolinetto da caffè davanti a lui. «La cosa del guscio è temporanea. Sei il tipo di uomo che sposa la fidanzatina del liceo. Com'è che una qualche cheerleader di Knockemout non ti ha preso all'amo?»

«Avevo qualche capriccio da togliermi prima. Mi sono divertito per un po'. Poi mi sono innamorato del lavoro. Ho dovuto fare un po' di pulizia prima di sentire di poter rivolgere a qualcuno le attenzioni che meritava».

«Pensavi che quel qualcuno potesse essere Naomi», supposi. E perché no? Era bella, gentile, leale e dolce. Non aveva nessuna delle spigolosità che avevo io.

«Per circa cinque secondi è stato così. Era piuttosto chiaro che fosse destinata a Knox».

Indicai i suoi piedi. «Stivali», ordinai.

Lui guardò stancamente verso il basso, come se quel compito fosse troppo monumentale.

Mi presi uno dei suoi piedi in grembo e sciolsi i lacci del suo stivale.

«So che dovrebbe essere umiliante e quant'altro, ma è strano che lo trovi anche eccitante?», domandò, la testa all'indietro, gli occhi chiusi.

«Sei un seduttore, Fenomeno. Te lo concedo». Gli tolsi l'altro stivale e mi alzai da dov'ero seduta per sostituire il mio sedere con un cuscino. «Piedi in alto».

«Dispotica».

«Piedi in alto, per favore». Sorrisi quando lui obbedì. «Bravo bambino». Gli diedi una pacca sulla gamba e tornai in cucina con Piper alle calcagna.

Mentre la macchinetta del caffè sputava fuori una tazza di acqua calda sopra una bustina di tè, aprii il freezer di Nash e trovai una busta di broccoli congelati.

Portai sia la tazza che i broccoli verso il divano. «Il tè è un qualche intruglio hippie per rilassarsi. Dal sapore ti sembra di masticare un bouquet da sposa, ma serve allo scopo. I broccoli sono per il petto».

«Perché sto indossando ornamenti congelati?», domandò lui mentre posizionavo la busta. Piper non era entusiasta della busta di verdure e balzò giù dal divano per ispezionare la sua cesta dei giochi.

«Dobbiamo ringraziare la scienza che ho appreso dai social media. Un impacco freddo applicato allo sterno stimola il nervo vago».

«E perché vogliamo che il mio nervo vago venga stimolato?».

Mi accomodai sul lato opposto del divano. «Dice al tuo cervello di calmare il corpo».

Lui mosse la testa sul cuscino per guardarmi. «Ti dispiace sederti un po' più vicina?», domandò.

Non riuscii a trovare un motivo abbastanza valido per non accontentarlo, tranne il fatto che ero spaventata a morte al pensiero di permettergli di farmi perdere la testa con la sua sexy vulnerabilità. Perciò mi spostai verso di lui sul cuscino dentro la zona di pericolo, finché le nostre spalle non si toccarono di nuovo.

Il sospiro che Nash produsse era di sollievo.

«Prova il tè», dissi.

Lui sollevò la tazza, annusò, poi sbiancò. «Puzza come le aiuole di Liza J dopo il fertilizzante».

«Bevilo. Per favore».

«Cosa non faccio per te», mormorò, poi prese un sorso. «Oh, Dio. Dal sapore sembra che qualcuno abbia calpestato dei petali di rosa con i suoi dannati piedi. Perché non posso avere una birra?»

«Perché, come credo tu abbia già dedotto, l'alcol non è il massimo per gli attacchi di panico».

Squeaka-squeaka-squeak-squeak.

Piper balzò sul divano con un giocattolo in bocca. Glielo tolsi e lo lanciai dall'altra parte della stanza. Lei parve perplessa, poi tornò di nuovo verso il cesto dei giocattoli.

«Non capisce ancora il concetto di riporto. Com'è che sei un'esperta in materia? Mi riferisco agli attacchi di panico, non al riporto», specificò Nash, azzardando un altro sorso di tè e facendo di nuovo una smorfia.

«Ne soffrivo in passato», mi limitai a rispondere.

Sedemmo in silenzio, guardando dritto verso lo schermo spento della TV. Sapevo che stava aspettando che parlassi e riempissi il vuoto con delle risposte. Ma io ero a mio agio nel silenzio imbarazzante.

«Ti dice mai nessuno che parli troppo?», mi punzecchiò.

Sorrisi. «Da dove è venuto fuori "Nash"?»

«Silenzio e un cambio di argomento», commentò lui.

Mi allungai e girai la busta di broccoli. «Divertimi».

«Mamma era una fan del country. Tutto quanto, da Patsy Cline a Garth Brooks. Lei e papà hanno trascorso la luna di nozze in Tennessee».

«E da lì hanno pensato a Knoxville e Nashville», supposi.

«Ci hai preso. Ora è il tuo turno di dare qualche risposta».

«Sai, si sta facendo piuttosto tardi. Dovrei andare», tentai. Ma prima che i miei muscoli indolenziti potessero contrarsi per portarmi in posizione eretta, Nash mi afferrò la coscia con la mano.

«Niente affatto. Non puoi lasciarmi da solo con dei broccoli in fase di scongelamento e questo tè abominevole. Saresti troppo preoccupata per me per dormire».

«Sei un confidente tremendo per uno che sostiene di essere un guscio d'uomo».

«Dimmi perché sai tutte le cose giuste da fare».

Avrei voluto rivolgergli una risposta arguta, tenermi i miei segreti per me. Ma per qualche strano motivo, non volevo che si sentisse l'unico esposto.

Trassi un respiro.

«Questo sembra l'inizio di una lunga storia», fece lui.

«Una lunga storia noiosa. Sei ancora in tempo per mandarmi a casa», gli rammentai speranzosa.

Lui posò il tè e con cautela passò il braccio attorno a me.

«Quella è la spalla malmessa», gli ricordai, mentre lui usava l'altra mano per premermi la testa sul suo petto accanto ai broccoli.

«Tesoro, lo so. Mi stai offrendo un posto in cui farla riposare».

Non sapevo come gestire il fatto che non detestavo la sensazione del suo braccio attorno a me. Caldo e solido. Protettivo. Come regola, non coccolavo né mi rannicchiavo, né qualunque altro verbo si applicasse a un platonico sbaciucchiamento. Quel genere di contatto non era necessario. Peggio ancora, faceva venire agli uomini delle idee sul futuro.

Eppure eccomi lì, accoccolata nella zona di pericolo con la testa sul petto di un uomo che voleva una moglie e dei figli. Era chiaro che non avevo imparato nulla.

Avanti, Lina "faccio pessime scelte" Solavita. Alzati e vattene via, mi ammonii.

Ma non mossi un muscolo.

«Così è meglio», fece lui, con il tono di chi lo intendeva sul serio. «Adesso parla».

«La versione breve è che ho avuto un arresto cardiaco a quindici anni su un campo di calcio e mi hanno dovuto rianimare».

Rimase in silenzio per un istante, poi disse: «Okay, Angel. Avrò bisogno della versione estesa con i commenti del regista».

«Sei ridicolo».

«Angelina», fece, con solo un accenno di poliziotto burbero nel suo tono.

«Uffa, d'accordo. Erano le finali distrettuali in una fredda sera autunnale durante il mio secondo anno. Lo stadio era strapieno. Era la prima volta che la squadra arrivava così avanti nel torneo. Mancavano due minuti alla fine della partita, ed eravamo fermi sul 2-2. Avevo appena intercettato un passaggio e stavo scattando con sicurezza ed energia adolescenziali verso la porta».

Potevo quasi allungarmi e toccare quel momento. Avvertire l'aria fredda e tagliente che mi colpiva i polmoni, la calda rilassatezza dei miei muscoli. Sentire il ruggito distante della folla.

Il pollice di Nash mi sfiorò il braccio, avanti e indietro, e per una volta il contatto fisico mi fu di conforto.

«Dopodiché c'è stato… il nulla. Era come se fossi stata abbagliata, e l'istante dopo mi sono ritrovata sdraiata di schiena in un letto di ospedale circondata da estranei. Chiesi se avevo segnato, perché era quella la cosa più importante per me. Non sapevo che i miei genitori erano in sala d'aspetto a domandarsi se mi sarei mai risvegliata. Non sapevo che un intero stadio di persone – incluse le mie compagne di squadra – mi avevano vista andare in arresto cardiaco».

«Gesù, tesoro», mormorò Nash, sfiorando la parte superiore della mia testa con il mento.

«Già. Il mio coach iniziò a farmi il massaggio cardiaco finché i paramedici non arrivarono in campo. I miei genitori erano in tribuna. Mio padre oltrepassò le transenne. Le altre mamme si chiusero a cerchio attorno a mia madre e la tennero stretta».

Le lacrime mi pungevano gli occhi per il ricordo, e mi schiarii la gola per smuovere il fastidioso groppo di emozioni.

«Mi hanno rianimata in ambulanza mentre ci dirigevamo in ospedale. Ma le informazioni non viaggiavano con la stessa velocità con cui lo fanno oggi», dissi con leggerezza.

«Perciò tutti gli altri rimasti allo stadio hanno pensato che non ce l'avessi fatta», concluse Nash per me.

«Già. Era una partita importante. C'erano le telecamere e la stampa. Vidi le riprese... in seguito. Non importa quanto a lungo vivrò, non dimenticherò mai il verso che uscì da mia madre quando il coach cadde in ginocchio e iniziò a farmi il massaggio cardiaco. Era... primordiale».

Portavo con me un'eco di quel grido dovunque andassi. Assieme all'immagine di mio padre inginocchiato accanto al mio corpo senza vita mentre i paramedici cercavano di riportarmi indietro.

Nash sfiorò i miei capelli con la bocca e mormorò: «È ufficiale. Vinci tu la gara di premorte».

«Apprezzo la concessione».

«Cosa l'ha causato?», domandò.

Feci un respiro inquieto. «Questa è una lunga storia a sé».

«Tesoro, tu hai raccolto il mio patetico culo sudato da terra. Non siamo ancora neanche lontanamente pari».

Non c'era niente di patetico nel suo culo, ma quello non era il momento per discuterne. Il suo pollice mi stava di nuovo accarezzando il braccio. Il calore del suo petto mi riscaldava il lato del viso, e il battito costante del suo cuore mi rilassava. Piper, che aveva finito con il suo giocattolo masticabile, saltò sul divano accanto a me e si raggomitolò ai miei piedi.

«D'accordo. Ma come per la tua avventura di stasera, non ne parleremo mai più. Affare fatto?»

«Affare fatto».

«Degenerazione mixomatosa della valvola mitrale con prolasso e rigurgito».

«Hai intenzione di semplificarmelo o devo andare a cercare il dizionario?».

Sorrisi contro il suo petto. «Avevo un difetto a una delle valvole del cuore. Non sono certi di cosa l'abbia causato, ma potrebbe essere stato per delle infezioni da streptococco che ho avuto da bambina. In sostanza, la valvola non si chiudeva nel modo giusto, perciò al sangue era consentito di refluire indietro. Qualcosa nel sistema elettrico è andato in tilt, il sangue è andato per il verso sbagliato, e in sostanza io sono morta di fronte a un centinaio di persone».

«È ancora un problema? È per questo che monitori la tua frequenza cardiaca?»

«Non è ancora un problema. Ho subito un intervento – una sostituzione valvolare – quando avevo sedici anni. Vado ancora da un cardiologo, tengo ancora tutto monitorato. Ma soprattutto per ricordarmi di fare attenzione a come gestisco lo stress. Ho ancora queste palpitazioni. Contrazioni ventricolari premature. PVC».

Mi portai la mano al petto e mi massaggiai con fare assente sopra le piccole cicatrici.

«Danno la sensazione che il cuore inciampi o zoppichi. Come se fosse fuori sincronia e non riuscisse a riprendere il ritmo. Sono innocue. Più che altro solo fastidiose, sul serio. Ma…».

«Ma ti ricordano cos'è successo».

«Già. Mi stavo stressando per la scuola, i ragazzi e le normali questioni ormonali prima di quella partita. Chiedevo troppo a me stessa, non dormivo abbastanza, vivevo di gassosa e rotolini alla pizza. Non avevo accennato ai miei genitori delle palpitazioni o della stanchezza. Forse, se l'avessi fatto, non sarei crollata a terra davanti a tutta la mia scuola».

«Quanto a lungo sei rimasta in ospedale?», domandò Nash.

Quell'uomo aveva un incredibile talento nello scavare in ciò che volevo tenere sepolto.

«Ho fatto dentro e fuori per circa diciotto mesi». Trattenni un brivido.

Era stato a quel punto che il contatto fisico aveva smesso di rappresentare un conforto. Il mio corpo non mi apparteneva più. Era diventato un esperimento scientifico.

«Un sacco di esami. Un sacco di aghi. Un sacco di macchinari». Assestai una pacca gioviale alla coscia di Nash. «Ed è così che sono diventata un'esperta di attacchi di panico. Ho iniziato ad averne anch'io. La cosa bella dell'essere circondata da un'équipe medica è che possono darti dei consigli piuttosto decenti».

Nash non rispose al mio tentativo di giocosità. Al contrario, continuò ad accarezzarmi il braccio.

«I tuoi genitori ti chiamano tutti i giorni», notò lui.

«Non ti sfugge niente, eh?», mi lamentai.

«Non quando conta».

Il mio cuore ebbe una palpitazione, e non del tipo PVC. No. Era del genere molto più pericoloso, scatenato da uomini feriti e affascinanti con occhi malinconici.

«Dovrei andare. Tu dovresti riposare un po'», dissi.

«Sono un sacco di condizionali. Dimmi dei tuoi genitori».

«Non c'è molto da dire. Sono fantastici. Brave persone. Gentili, generosi, intelligenti, di supporto». *Soffocanti*, aggiunsi dentro di me.

«Il genere di persone che chiamano la figlia tutti i giorni», suggerì.

«Io sono andata avanti, ma i miei genitori no. Immagino che vedere la tua unica figlia quasi morire davanti ai tuoi occhi cambi un genitore. Perciò si preoccupano. Ancora adesso. Segnalo nella colonna di "Cose che non abbiamo mai superato"».

Loro non avevano mai superato il fatto di avermi vista morire davanti a loro. E io non avevo mai superato la sentenza di prigione soffocante che erano stati il resto dei miei anni da adolescente.

Perché, dopo aver capito quale fosse il mio problema, averlo risolto ed essermi ripresa dalla risoluzione, i miei genitori non erano stati disposti a farmi correre alcun rischio.

Ancora non lo erano. Motivo per cui pensavano che mi occupassi di scartoffie per una compagnia di assicurazioni e seguissi un sacco di corsi di formazione. Bugie bianche che mantenevano la pace e mi permettevano di vivere la mia vita.

«Knox sa niente di tutto questo?», domandò Nash, la sua voce un basso rombo contro il mio orecchio.

Aggrottai la fronte. «No. Perché dovrebbe?»

«Dal momento che voi due siete amici da quasi due decenni, pensavo che aveste condiviso qualche storia».

«Ehm, hai mai conosciuto tuo fratello? Knox non è il tipo con cui si può parlare di tutto. E, a giudicare dal modo in cui in questo momento stai fingendo che vada tutto bene, presumo che anche tu non sia questo gran libro aperto».

«È lo stile dei Morgan. Perché gettare luce sulle cose quando puoi fingere che non esistano?»

«Sono d'accordissimo. Mantenere le cose semplici. Ma giusto perché tu lo sappia, con ogni probabilità è una cosa su cui dovrai lavorare prima di trovarti una moglie».

«Buono a sapersi».

Mi tirai su a sedere e scivolai via da sotto il suo braccio. «È il momento dei consigli non richiesti».

«Chi ha invitato qui la signora Tweedy?», ironizzò lui.

«Ah-ah. La vita è tua e non sono affari miei, ma fa' un favore a te stesso. Anziché sprecare le energie nel tentare di nascondere a tutti questa cosa, magari cerca di trovare il modo di superarla. Entrambe le opzioni richiedono una valanga di energia, ma solo una delle due ti permetterà di tirartene fuori».

Lui annuì ma non disse nulla.

Gli diedi un'altra amichevole pacca sulla coscia. «Io me ne andrò a casa e tu te ne andrai a letto. E quando dico "letto", intendo che andrai a dormire *nel* tuo letto *sotto* le coperte. Non qui sul divano con la TV accesa».

Avvertii il peso del suo sguardo, la carezza bollente della sua brama, come se fossero sensazioni fisiche.

«Lo farò a una sola condizione», ribatté.

«Quale?»

«Che stanotte resti qui».

13

Amici di letto

Lina

Okay, persino la “spericolata che getta al vento la prudenza” che era in me sapeva che quella era un’idea tremenda. Lo sapevo così come sapevo che i bastoncini di mozzarella erano un male per me. Ma come nel caso dei bastoncini di mozzarella, la tentazione era concreta. «Nash, non è una buona idea».

«Stammi a sentire». Serrò la presa sulla mia mano. «Sono troppo stanco per provarci con te».

«Questa l’ho già sentita», dissi asciutta.

«Giusto. Che ne dici di questa? Quando mi stai vicino, tutto è meglio. Più mi sei vicina, più semplice è per me respirare, mi sento meno come se la vita fosse una cascata senza fine di succo di limone dentro una ferita aperta che non guarisce. Tu fai sparire l’oscurità, il freddo. E mi ricordi cosa significa voler essere qui».

«Dannazione, Nash! Come faccio a essere responsabile e dire di no, adesso?».

Quello stanco mezzo sorriso mi fece crollare in pezzi. Gli credevo. Perché era il genere di uomo che diceva la verità. E in quel momento, era sincero.

«Cazzo, sono stanchissimo, Angel. Voglio solo chiudere gli occhi accanto a te. Possiamo preoccuparci delle conseguenze in un secondo momento?».

Quell’uomo sapeva come prendermi nel modo migliore possibile.

«D’accordo. Ma nessuno dei due dormirà nudo. E niente sesso, né alcun tipo di preliminare. Niente strofinamenti, coccole o sbaciucchiamenti. E non ti preparerò la colazione. Non perché sia una regola ma perché sono impedita in cucina e potrei finire con l’avvelenarti».

«Se resti, alla colazione ci penso io».

Mi mordicchiai il labbro inferiore, riflettendo. «Un'altra cosa».

«Spara».

«Questa storia deve rimanere tra noi due».

La testa di Piper, che era ai miei piedi, si sollevò di colpo. Nash si chinò in avanti e le grattò le orecchie senza convinzione, e giuro di aver visto comparire dei cuori nei suoi occhietti canini.

«Chiedo scusa. Tra noi tre», mi corressi.

«Accetto queste condizioni. Ma se vuoi che l'accordo venga autenticato, dovremo coinvolgere Nancy Fetterheim, e lei non è famosa per mantenere i segreti».

«Ci diamo il cinque?». Alzai la mano.

Quel fantasma di sorriso divenne appena più pronunciato. «Tu dai il cinque per siglare gli accordi?».

Dare il cinque era un gesto meno intimo. Non c'erano languide pressioni di palmi, un'ammiccante stretta di dita. Era semplice, informale e decisamente non sexy.

«Non lasciarmi in attesa, Fenomeno».

Lui mi diede uno schiaffetto contro il palmo.

«Adesso che è siglato, tu andrai a farti una doccia e io andrò a cambiarmi».

«Non te ne andare. Ti prego. Ti darò io qualcosa con cui dormire. Solo… non te ne andare».

Per un istante, la facciata di affascinante sicurezza scomparve e intravidi di nuovo l'uomo sotto di essa.

Sospirai. Mi ero già lavata i denti e avevo eseguito la mia routine di cura della pelle in cinque passi, perciò, tecnicamente, non mi serviva nulla da casa mia.

«Mi dispiace metterti in questa posizione, Angelina. Capisco che non è corretto. E voglio che tu sappia che in circostanze normali avrei senza alcun dubbio provato a portarti a letto. Ma lo avrei fatto con fiori e una cena e uno scopo ben diverso».

«Sei sempre così onesto?»

«Non ha senso fare altrimenti», disse lui, posando le mani sul cuscino e alzandosi lentamente in piedi. La stanchezza era evidente dal modo in cui teneva le spalle chine.

Mi alzai assieme a lui e gli passai un braccio attorno alla vita. Il suo braccio ricadde pesantemente sulle mie spalle. Era troppo a pezzi per nascondere il fatto che aveva davvero bisogno di appoggiarsi a me.

«Oh, perciò hai parlato con tuo fratello e con Liza J a proposito di cosa sta succedendo?», lo pungolai mentre ci dirigevamo verso Pessima IdeaVille, ovvero la sua camera da letto.

«C'è differenza tra l'essere onesti e il mantenere private delle situazioni personali».

Ero lieta di sentirglielo dire. Per me, ovvio. Non per lui, perché era chiaro che lui avrebbe dovuto essere sincero con le persone che gli volevano bene. La mia situazione era del tutto diversa.

«Non sono qui per dirti cosa fare. Sei un adulto. Sai cos'è meglio per te».

Nash si fermò di fronte al comò e aprì un cassetto. Era pieno di maglie ben piegate. «Maniche lunghe o corte?»

«Corte». A essere sinceri, preferivo dormire nuda. Ma quello non era il genere di situazione in cui divulgare tale informazione.

Nash mi porse una soffice T-shirt grigia con sopra scritto "Libretto o scherzetto di Knockemout 2015".

«Grazie», dissi.

Avevo già indossato gli abiti di quell'uomo due volte negli ultimi tre giorni. Avevo flirtato con lui, lottato con lui. Gli avevo fatto un favore ed ero stata dalla sua parte quando aveva avuto bisogno di me. Adesso stavo per infilarmi a letto con lui. Le cose sembravano avanzare a una velocità folle, persino per me.

«Puoi andare in bagno per prima», offrì lui con premura.

«Grazie, amico di letto».

«"Amico di letto"?», ripetei una volta davanti allo specchio dopo aver richiuso la porta tra di noi. Cosa avevo che non andava?

Feci la mia ultima sosta al bagno, poi mi spogliai dei miei abiti. La sua T-shirt mi arrivava sino a metà coscia, ma il fatto che sotto non indossassi biancheria faceva sì che la *mise* mi sembrasse meno modesta e molto più rischiosa. Non dovevo fare altro che evitare di rigirarmi nel letto come mi accadeva di solito per tenere l'orlo al suo posto. Era probabile che non avrei comunque dormito. Essere orgogliosamente indipendente era solo uno dei motivi per cui in genere non permettevo agli uomini di passare la notte con me. Avevo il sonno leggero, il che significava che ogni rumore o movimento che si verificava in un raggio di trenta metri mi svegliava.

Recuperai i miei vestiti e tornai in camera da letto, dove rimasi temporaneamente a corto di parole. Nash era scalzo e a petto nudo, e aveva i jeans sbottonati.

«Torno tra cinque minuti», disse.

Annuii, ancora incapace di formulare delle parole.

Notai che la camera da letto non era sfuggita alla frenesia pulitrice. Il lieve strato di polvere era scomparso, così come i flaconi di medicinali. Le tende erano tirate sopra le finestre e le coperte ripiegate sul letto. Piper stava raggomitolata come una pallina, al centro esatto dei cuscini.

In bagno venne aperta l'acqua, e per un attimo presi in considerazione l'idea di sgattaiolare in punta di piedi fino al suo tavolino e dare un'altra sbirciata ai suoi dossier. Ma la scartai subito. Sarebbe stato un tradimento approfittare di quell'opportunità per un tornaconto personale.

Invece, mi posizionai sul lato destro del letto e scrollai qualche e-mail di lavoro finché la porta del bagno non si aprì di nuovo.

Gesù caro. Aveva i capelli umidi, cosa che li rendeva più scuri del solito. Le sue cicatrici, una sulla spalla e una sul torace, erano un grinzoso promemoria rosa di ciò che aveva passato. Indossava soltanto un paio di boxer. Boxer blu scuro.

Le cosce e i polpacci erano muscolosi. Un lieve strato di peluria sul petto scendeva verso il basso in una V che scompariva sotto l'elastico dei boxer.

La coda di Piper sbatté a un ritmo allegro sulle lenzuola. Se avessi avuto una coda, avrei fatto anch'io lo stesso.

«Quello è il mio lato», disse Nash.

Dovetti distogliere lo sguardo prima di riuscire a formulare delle parole. «Hai un lato del letto?»

«Tu no?»

«Io dormo da sola».

Lui inarcò un sopracciglio con fare interrogativo e girò attorno al letto per avvicinarsi a me.

Scrollai le spalle. «Che c'è?».

Nash mi diede un colpetto al fianco per segnalarmi di scivolare di lato. «Non condividi il letto? Mai?», domandò.

«Non sono vergine», dissi in tono ironico mentre oltrepassavo Piper e mi trascinavo verso il lato opposto del materasso. «Ma di solito non organizzo pigiama party. Mi piace dormire da sola. E dal momento che *non devo* condividere il letto, dormo al centro e uso tutti i cuscini. Tu dormi sempre a destra?».

Nash scosse il capo. «Dormo sul lato più vicino alla porta».

Mi accasciai contro i cuscini. «Cavolo. Sei un eroe buono fino al midollo, vero?»

«Cosa te lo fa dire?». Quei freddi occhi blu cercarono i miei mentre scostava le coperte e si infilava dentro il letto.

«Dormi più vicino alla porta di modo che se entrasse qualcuno dovrebbe passare sopra di te per arrivare alla signora Fenomeno».

«Non c'è nessuna signora Fenomeno».

«Già. Ma sembra che tu ci abbia pensato parecchio».

Il modo in cui il materasso affondò sotto il suo peso scatenò qualcosa di bizzarro nel mio cuore. E lo stesso fece l'espressione stanca sul suo bellissimo viso quando voltò la testa per guardarmi.

Piper si accoccolò più vicina a lui e posò la testolina sulla sua spalla ferita. Non ero il tipo che si comportava da svenevole. Ma se lo fossi stata, mi sarei squagliata in una poltiglia su quel materasso.

«Forse un tempo», disse lui infine. «Ma in questo momento, non riesco a pensare ad altro che andare a dormire e risvegliarmi accanto a te».

«Non fare il tenero. Questo è un accordo senza benefici speciali», gli rammentai.

«Allora non ti dirò quanto mi piace vederti nel mio letto con indosso la mia maglietta».

«Sta' zitto e mettiti a dormire, Nash».

«Notte, Angel».

«Notte, Fenomeno».

Piper cacciò un piccolo guaito lamentoso.

Sorrisi e la accarezzai. «Buonanotte anche a te, Piper».

Nash si allungò e spense la luce sul comodino, facendo sprofondare la stanza nell'oscurità.

In qualche modo, quello fu peggio. Adesso anziché vederlo seminudo e accoccolato in modo adorabile a un cane, i miei sensi erano pronti a cogliere ogni suo respiro, ogni movimento del suo corpo.

Al buio, lui si protese verso di me, la sua mano che si intrecciava alla mia sopra le coperte.

Già. Quella notte non avrei affatto dormito.

Venni risvegliata di soprassalto da un sogno erotico assolutamente delizioso a causa di qualcosa. Qualcosa di caldo e duro.

Le mie palpebre si spalancarono con una velocità tale che temetti di essermele lussate. Mi ritrovai con un forte braccio maschile che mi si era attorcigliato alla vita, su per il torace e sotto la maglietta, dove la forte mano maschile a esso connessa stringeva il mio seno nudo.

Nash.

Stavo per esigere che mi lasciasse andare, quando il suo corpo divenne a un tratto rigido contro il mio. Come se si stesse preparando ad affrontare una minaccia. La mano sul mio seno serrò la presa, e mi resi conto che non ero arrabbiata. Ero eccitata.

La tensione in lui si allentò con la stessa velocità con cui era comparsa, e quando i suoi fianchi si mossero in una involontaria spintarella in avanti, mi resi conto del perché mi sentivo Lady Arrapata degli Arrapati del Nord della Virginia.

La mia schiena, ogni centimetro di essa, era incollata alla parte anteriore di Nash. I miei talloni erano contro i suoi stinchi. Il retro delle mie cosce era premuto contro i suoi quadricipiti. L'inutile barriera della T-shirt era arrotolata attorno alla mia vita, lasciando esposte tutte le mie parti basse. Ero anche abbastanza sicura che avesse il viso sepolto tra i miei capelli.

Ultimo, ma di sicuro non per importanza, c'era un'altra calda e rigida appendice maschile che premeva contro il mio posteriore nudo. Un momento. Una rapida verifica con un esercizio di Kegel, e mi resi conto che la mia situazione era ben più pericolosa. Suddetta appendice si era intrufolata in mezzo alla parte superiore delle mie cosce.

Le mie parti femminili pulsavano all'impazzata. La straordinaria erezione di Nash si strofinava *proprio contro di me*. Come se il suo membro avesse schiuso le labbra del mio sesso e la punta si trovasse proprio sotto il mio bramoso, bramoso clitoride. Uno di noi era molto, molto bagnato.

Che diamine era successo alla sua biancheria? Il suo pene si era forse divincolato fino a liberarsene?

Dovevo muovermi, ma non riuscivo a decidermi se contorcermi per allontanarmi o girarmi, montargli sopra e mettere fine alle mie sofferenze.

Niente sesso. Niente coccole, mi rammentai. Lui ne aveva passate tante e, dannazione, io stavo voltando pagina. Inoltre, era stato *Nash* a infrangere il nostro accordo. Lui aveva oltrepassato la linea centrale del materasso e… Oh, merda.

Ero *io* a essere dalla *sua* parte. *Io* avevo il *mio* braccio bloccato attorno a quello premuto contro il mio petto. Non avrebbe potuto trascinarmi dall'altra parte del letto. Spostarmi di peso mi avrebbe svegliata e come minimo gli avrei tirato una gomitata in faccia.

Oh, Dio.

Mi ero forse rigirata fino a ritrovarmi lì? Ero stata io a posare il mio *sedere* sull'*inguine* di Nash nel *sonno*?

Questa storia era molto, molto, molto brutta.

Okay. Avevo bisogno di un piano. Avevo sempre un piano e un piano B, più due o tre evenienze.

Dovevo solo mettere da parte quell'insano desiderio per Nash, così da angolare quei fianchi verso l'alto. Sì. Bastava ignorare quelle piccole, bramose pulsazioni e concentrarsi su come tirarmi fuori da quella situazione senza umiliarmi.

Buon Dio.

Ero così bagnata che laggiù c'era un oceano. Cos'era peggio, che il mio sexy vicino pensasse che avevo bagnato il letto, o che il mio sexy vicino si rendesse conto che ci avevo messi in una posizione compromettente, mi ero eccitata e poi avevo sparso umori corporei dappertutto?

Forse potrei dare la colpa al cane?

Stavo rimuginando sulle mie opzioni assieme alle potenziali soluzioni su come asciugare entrambi senza svegliarlo, quando Nash dietro di me emise un lieve gemito.

Ero sicura che avrei potuto gestire l'implicita sensualità di quel verso rauco, non fosse stato accompagnato da un lievissimo movimento dei fianchi. Quella piccola spinta scatenò un'esplosiva reazione a catena.

La corona del suo uccello scivolò in avanti e strusciò su quel bramoso fascio di nervi. Nello stesso momento, la mano stretta attorno al mio seno si mosse, sfregando il capezzolo turgido con il palmo ruvido.

E quello fu sufficiente.

Venni contro la calda sommità della sua erezione, soffocando un gemito con la mano. I miei fianchi si mossero in modo involontario, mentre l'orgasmo si diffondeva dentro di me, facendomi arricciare le dita dei piedi e contrarre ogni muscolo del mio corpo.

Congratulazioni a me. Questo era un nuovo momento di bassezza. Avere un orgasmo sull'uccello di un uomo addormentato. In pratica era violenza sessuale.

«Mmm. Tutto bene, Angel?», domandò Nash assonnato, il viso sepolto tra i miei capelli, le labbra che mi sfioravano il collo.

Be', dannazione. Era sveglio. Non c'era alcun modo in cui potessi divincolarmi con nonchalance dal suo inguine adesso.

«Sì». La voce mi uscì stridula. «Benissimo. Ho solo... avuto un crampo». *Alla vagina.*

Ci volle un istante, ma Nash si irrigidì di nuovo dietro di me. Cosa che portò la sua considerevole erezione a titillarmi di nuovo il clitoride.

Il mugolio mi risalì lungo la gola artigliandomela.

«Oh, merda. Mi dispiace», disse Nash, allontanandosi in tutta fretta da me sotto le coperte. «Non avevo intenzione di...».

«Sai cosa? Credo che rimanderò la colazione», dissi con una voce acuta che somigliava al tono "sto fingendo di non essere arrabbiata anche se è chiaro che sono arrabbiata" di mia madre. Rotolai due volte per raggiungere il bordo del letto e cercai di tirarmi su a sedere.

Ma non riuscii a farlo.

Nash si aggrappò alla mia T-shirt e mi tirò di nuovo indietro.

«Dolcezza, stai bene?».

Mortificata, mi agganciai con le dita al bordo del materasso e feci resistenza. «Sto benissimo. Ho solo davvero bisogno di andarmene adesso».

«Angel, per favore, guardami», mi implorò Nash. «Mi dispiace così tanto. Non avevo intenzione di toccarti a quel modo».

Mi costrinse a girarmi sulla schiena e mi inchiodò al materasso con una mano. Assistetti al momento in cui si rese conto che aveva l'uccello di fuori. Il suo spettacolare, poderoso uccello da dieci e lode.

«Gesù, che cazzo?». L'altra sua mano scivolò in basso tra di noi e strattonò l'elastico della sua biancheria a coprirgli l'erezione.

Le mie guance erano così bollenti che avrei potuto cuocerci sopra delle uova, se avessi saputo come si preparavano.

«Oh, mio Dio. Per cosa sei dispiaciuto?», chiesi, schiaffeggiandomi le mani sulle guance in fiamme.

«Avevo promesso che non avrei fatto... questo», rispose lui. Era così arrabbiato, così orripilato, non potevo lasciare che si prendesse lui la colpa.

La sua bocca si stava scusando – indebitamente – con me, ma io stavo prestando molta più attenzione al suo uccello e al fatto che sembrava avere una certa difficoltà a trovare interesse nell'afflosciarsi.

Spostai le mani dalle mie guance alle sue. «Nash. Sono io che ho invaso il tuo lato. Tu sei stato un gentiluomo del sonno. Te l'assicuro. Mi sono svegliata qualche istante fa e sono stata io a non spostare subito il mio corpo da quella posizione di vicinanza con il tuo».

I suoi muscoli persero un po' della loro rigidità. «Sei venuta tu da me? Mentre dormivi?».

Ero anche venuta sopra di lui mentre lui dormiva.

«Dov'è Piper?», domandai, nel disperato tentativo di cambiare argomento.

«Nella sua cuccia con uno dei miei calzini», rispose lui senza guardare. «Torniamo al fatto che ti sei trasformata in una coccolona nel mio letto».

«Non mi sono trasformata in una coccolona! Probabilmente stavo solo cercando di rivendicare il mio solito posto al centro del letto e magari abbiamo finito per intrecciarci o qualcosa del genere. Non lo so. Non rimuginiamoci troppo sopra. E non parliamone mai più. Lascia solo che me la svigni imbarazzata e dimentichiamoci che tutta questa faccenda sia mai successa».

Lui spostò il peso sopra di me, attento a evitare che la sua erezione mi toccasse. Cosa che, se avesse saputo ciò che era successo appena due minuti prima, si sarebbe reso conto essere irrilevante.

Mi sfiorò la guancia con delicatezza con le nocche, costringendomi a rivalutare il mio stato di donna non-svenevole.

«Sicura che vada tutto bene?».

Dio, il Nash del primo mattino era carino. I suoi capelli erano un disastro e la sua barbetta gli dava giusto un tocco di fascino dissoluto per controbilanciare le vibrazioni da bravo ragazzo. Aveva il segno del cuscino sotto l'occhio sinistro. Per non parlare di quell'espressione assonnata e sincera sul suo bellissimo viso.

«A parte sentirmi in imbarazzo per essere stata profanata da te nel sonno, sto bene», lo rassicurai.

«Hai dormito?», mi incalzò.

«L'ho fatto. E tu?».

Nash annuì. «Ho dormito».

«Come ti senti?», domandai.

La curva delle sue labbra era indubbiamente sexy. «Alla grande, cazzo».

«Sul serio?»

«Sì. Sul serio. Grazie a te». Con una mossa lampo, mi posò un bacio sulla fronte, poi balzò giù dal letto. «Omelette tra dieci minuti», fece, dirigendosi verso il bagno. «E a proposito. Angel?».

Rotolai sul gomito. «Sì?»

«Se provi ad andartene, te le porterò di persona a domicilio. Urlando a squarciagola».

14

Furti di tortine e mele marce

Nash

I ladri sembravano persino più pietosi del loro bottino di tortine schiacciate e patatine.

Tre ragazzi di meno di quattordici anni in vari, dolorosi stadi di pubertà sedevano su fredde sedie di metallo fuori dall'ufficio del direttore del negozio, e sembravano sul punto di vomitare. Dietro di loro, Nolan Graham si aggirava nel reparto biscotti.

Dopo il triplice tamponamento in autostrada di quella mattina, il *furto* del decespugliatore dalla vetrina del ferramenta ricomparso poi nel magazzino e i signori Wheeler che per poco non si erano fatti truffare al telefono da qualcuno che si spacciava per loro nipote, avevo già avuto una cavolo di giornata faticosa.

Era un bene che fossi riuscito a farmi la prima nottata intera di sonno da settimane.

Grazie a Lina.

Di solito mi svegliavo di soprassalto per il rumore che mi tormentava il cervello. E sebbene lo avessi ricordato nei miei sogni, quella mattina mi ero risvegliato con Lina tra le braccia. Lei mi aveva cercato nel sonno. Questo fatto – e la mia conseguente reazione – mi avevano fatto pensare che forse ero ancora vivo, ancora meritevole di fiducia.

Lo dovevo a lei, alla donna che si stava impossessando di ogni cellula cerebrale disponibile che ancora non era occupata dal lavoro e dal respirare. Grazie alla chiacchierata e alla dormita, mi sentivo più speranzoso di quanto mi capitasse da molto tempo. Aveva aperto giusto uno spiraglio, e ciò che avevo visto al di là del suo sexy esterno mi aveva fatto desiderare di guardare più a lungo e più a fondo.

«Detesto averti fatto venire qui per un paio di merendine, comandante, ma devo dare un esempio», disse Big Nicky. Direttore dell'alimentari Grover da quasi tutta la mia vita, quell'uomo prendeva il suo lavoro sul serio.

«Comprendo la tua situazione, Big Nicky. Sto solo dicendo che credo ci sia un modo per risolverla che non includa sporgere denuncia. Commettiamo tutti cose stupide. Soprattutto a quell'età».

Sbuffò fuori un respiro e guardò verso i ragazzi da sopra la mia spalla. «Be', quando avevo quell'età, rubavo le sigarette di mio padre e marinavo la scuola per andare a pesca».

«E hai superato l'infanzia senza macchie sulla fedina», osservai.

Lui annuì, pensieroso. «Mia madre mi spaventò per farmi rigare dritto. Presumo che non tutti abbiamo la fortuna di avere genitori a cui importa abbastanza al punto di spaventarci a morte».

Sapevo cosa voleva dire. Riuscivo ancora ad avvertire lo spostamento sulla mia asse dopo che mia madre – il collante, il divertimento, l'amore della nostra famiglia – aveva lasciato questo mondo, e noi.

«Per quanto riguarda Toby e Kyle, i loro genitori li metteranno in punizione fino al momento di prendere la patente», previdi.

«Ma Lonnie...». Big Nicky lasciò la frase in sospeso.

Ma Lonnie.

A Knockemout non eravamo bravi a mantenere i segreti. Era per questo che sapevo che Lonnie Potter era un ragazzino alto e tosto con una madre che aveva abbandonato lui e i suoi fratelli due anni prima. Suo padre faceva i tripli turni, cosa che gli lasciava poco tempo per crescere i figli. Sapevo anche che Lonnie si era unito con discrezione al club di teatro a scuola. Innanzitutto, forse per avere un posto in cui andare quando non c'era nessuno a casa, e poi perché aveva iniziato a piacergli provare a vivere le vite di altri. A sentire Waylay, era bravo. Ma nessun membro della sua famiglia si era presentato tra il pubblico la sera del debutto.

«Ho notato che la vernice esterna si sta scrostando», riflettei.

«È quello che succede quando assumi una ditta di zotici della periferia di Lawlerville. Hanno fatto un lavoro del cazzo con della vernice del cazzo perché non gliene fregava un cazzo. Scusa il francesismo. Nessuno di loro vive qui e può imbarazzarsi nel vedere il proprio lavoro fatto col culo cadere a pezzi».

«Scommetto che della forza lavoro giovane e motivata potrebbe farti il lavoro al costo dei materiali». Accennai col capo verso il corridoio.

Big Nicky fece un lento sorriso. «Uhm. Potresti avere ragione, comandante. Non c'è nulla come un po' di lavoro manuale per tenerti lontano dai guai».

Mi agganciai i pollici alla cintura. «Se quest'opzione ti sta bene, ne parlerò con i loro genitori. Ho la sensazione che saranno ben disposti».

«Mi sento alquanto ben disposto a mia volta», disse lui.

«Allora te li tolgo dai piedi e ce la vedremo noi con i genitori».

«Lo apprezzo molto, comandante».

Trovai Grave in piedi a fare la guardia ai ragazzi, accigliato come un terrificante spettro.

«Molto bene, gang. Ho un'offerta irripetibile che risparmierà a voi una vita di punizioni e a me un chilo di scartoffie...».

Grave e io facemmo sfilare i ragazzi sul retro del negozio e dentro il mio SUV per evitare che le chiacchiere si diffondessero ancora di più. Piper accolse i piantagrane con delle nervose sbirciatine in mezzo ai sedili.

Discutemmo della situazione assieme ai genitori di Toby e poi assieme a quelli di Kyle. Le punizioni vennero distribuite, i lavori socialmente utili e le scuse ufficiali concordati.

«Mio padre non è a casa», borbottò Lonnie, il membro del trio criminale rimasto sul sedile posteriore. «Fa il doppio turno».

Piper scodinzolò dalla sua postazione sopra il grembo di Grave.

«Mi metterò in contatto con tuo padre al lavoro», gli risposi.

Lonnie fissò fuori dal finestrino, con espressione funerea. «Mi ucciderà».

Quell'accenno di pensiero non era pesante quanto lui credeva.

«Si arrabbierà. Ma se si arrabbia significa che ci tiene», gli dissi.

«Ho fatto una cazzata». Sul viso del ragazzo apparve una smorfia. «Scusi. Intendevo una cavolata».

Grave e io ci scambiammo un'occhiata.

«Hai mai dato fuoco al capanno di tuo padre con i fuochi d'artificio che avevi rubato dal tuo vicino ubriacone?», gli domandò Grave.

«No! Perché? Qualcuno dice che l'ho fatto?»

«Ti sei mai fatto beccare a fare a botte con quattro ragazzi al parco solo perché avevano detto che tuo fratello era un coglione, sebbene non si sbagliassero e tuo fratello fosse un coglione?», chiesi.

«No. Ho solo sorelle».

«Il punto è, ragazzo, che facciamo tutti cazzate», disse Grave.

Incrociai lo sguardo di Lonnie nello specchietto retrovisore. «Ciò che conta è come gestisci le cose post-cazzata».

«Un momento. Voi due avete fatto quelle cose?».

Grave sollevò le labbra in un sorrisetto. «E anche di più».

«Ma abbiamo imparato che fare casino diventa noioso e che le conseguenze delle pessime decisioni perdurano per un sacco di tempo». Mi venne in mente Lucian. Negli anni mi ero domandato che strada avrebbe seguito se avesse avuto più fortuna agli inizi. Una cosa era certa, non sarebbe mai finito dietro le sbarre a diciassette anni se qualcuno gliene avesse dato l'occasione. «Questo vale per la vita, le donne e tutto ciò che sta nel mezzo».

«Dovresti scrivertela, ragazzo. Questa roba è oro», disse Grave al nostro passeggero.

Dopo aver lasciato Lonnie a casa e aver chiamato suo padre al lavoro, mi fermai per una bibita al Pop 'N Stop. Parcheggiai vicino alla scuola per spaventare a morte chi guidava a tutta velocità… e per infastidire Nolan, che mi stava appiccicato al culo come colla con il suo Tahoe nero.

Grave si tolse il berretto della polizia e si passò una mano sullo scalpo nudo. «Hai un minuto?».

Quello non era mai un buon segno.

«Qual è il problema?». C'era un motivo se non aveva voluto fare quella conversazione al dipartimento, immaginai.

«Dilton».

Ed ecco il motivo. Tate Dilton era un agente novellino quando avevo assunto l'incarico a seguito dello storico comandante Wylie Ogden, i cui decenni di leadership vecchio stampo avevano lasciato una macchia sul dipartimento.

Dilton era quello che etichettavo come uno "sbruffone" sul lavoro. Voleva l'adrenalina, gli inseguimenti, gli scontri. Gli piaceva sfoggiare la propria autorità. I suoi arresti erano più aggressivi del necessario. I suoi encomi erano minori rispetto a quando se la prendeva con violenza eccessiva con quelli che lo infastidivano personalmente. Trascorreva anche molto più tempo in palestra e al bar che non a casa con la moglie e i figli.

Non mi piaceva, punto e basta.

Ripulire l'intero dipartimento quando avevo preso il comando non era stata un'opzione possibile, perciò me l'ero tenuto, avevo investito del tempo cercando di plasmarlo nel genere di poliziotto che ci serviva dietro il distintivo. L'avevo messo in coppia con un poliziotto esperto e concreto, ma l'addestramento, la supervisione e la disciplina arrivavano solo fino a un certo punto.

«Che c'entra lui?», domandai, allungandomi verso la mia bibita di modo da impegnare le mani.

«Ho avuto un paio di diverbi con lui quando eri allettato».

«Del tipo?»

«Era un cane sciolto quando eri in congedo. Ha pestato Jeremy Trent per intossicazione pubblica nel parcheggio dopo la partita di football del liceo un paio di settimane fa. Senza essere stato provocato. Di fronte al figlio del tizio, che gioca come defensive tackle e che assieme al resto della squadra l'ha affrontato di petto. A ragion veduta. Le cose si sarebbero messe davvero male se non fossero intervenuti Harvey e un paio dei suoi amici motociclisti».

Cazzo.

«Jeremy sta bene? Ha sporto denuncia?»

«Ci ha fatto su una risata. Ha pagato la sua multa. Un paio di ginocchia sbucciate e qualche abrasione da asfalto come souvenir. Non ricordava un tubo dopo averci dormito su. Ma se la cosa si fosse protratta oltre ci sarebbe stato un sacco di roba in più da ricordare».

Jeremy Trent era stato capitano della squadra di baseball e aveva battuto Dilton per il titolo di re del ballo durante l'ultimo anno di liceo. Negli anni avevano avuto più di qualche battibecco. Jeremy era un tipo affabile che lavorava per l'ente fognario e beveva troppo durante i weekend. Pensava che lui e Dilton fossero amici. Ma Dilton sembrava ancora credere che fossero in qualche modo in competizione.

Le labbra di Grave erano tese mentre fissava fuori dal parabrezza.

«Che altro?»

«Ha cercato di calcare troppo la mano con un posto di blocco. Un SUV Mercedes molto bello che stava andando solo un filo sopra il limite di velocità in autostrada. Era stato appena superato da un pick-up truccato che andava a circa trenta chilometri sopra il limite. Dilton ha ignorato il furgone guidato dal suo amico di bevute Titus e invece ha fatto accostare la Mercedes. L'autista era nero».

«Per la miseria».

«La centrale mi ha avvisato non appena Dilton li ha chiamati. Avevo una brutta sensazione al riguardo, perciò sono andato assieme a Bannerjee. Anche quello è stato un bene. Aveva fatto scendere l'autista dall'auto e lo aveva ammanettato, e stava urlando contro la moglie che lo stava riprendendo con il cellulare».

«Perché è la prima volta che ne sento parlare?»

«Come ti ho detto, eri allettato. E ne senti parlare adesso perché ieri sera l'ho sentito blaterare in quel buco di merda del bar Hellhound di come sta puntando al posto di comandante, dal momento che tu non sei in grado di svolgere il lavoro».

Grave non risparmiava colpi.

«Me ne occuperò io», dissi, mettendo in moto la macchina e spaventando a morte la diciassettenne Tausha Wood quando feci manovra dietro il suo furgone pick-up.

«Adesso?», chiese Grave.

«Adesso», risposi in tono cupo.

Solo il giorno prima, non avrei avuto le energie per quella roba, ma mi ero svegliato con una Lina alquanto nuda premuta contro un me alquanto nudo. Era più potente di qualunque medicina avessi provato.

Dirigevo un dipartimento piccolo e unito, che serviva una comunità piccola e unita. Poche migliaia di persone che avevano più trascorsi tra loro della maggior parte delle famiglie. Certo, eravamo una comunità scalmanata con una discreta predilezione a risolvere le discussioni con pugni e alcol. Ma eravamo affiatati. Leali.

Ciò non significava che non ci capitavano guai. Essere così vicini a Baltimora e al distretto di Columbia significava che di quando in quando essi superavano i limiti della città. Ma avere guai per via di un agente del mio dipartimento? Questo non potevo sopportarlo.

Eravamo bravi uomini e donne dediti a servire e proteggere. E con ogni risposta, con ogni addestramento, diventavamo via via sempre migliori.

C'era un migliaio di modi fuori dal nostro controllo in cui una chiamata sarebbe potuta andare male. Un migliaio di modi in cui avremmo potuto compiere un errore pericoloso. Non c'era spazio né motivo per aggiungere alla lista l'atteggiamento e il pregiudizio.

Perciò addestravamo, martellavamo, informavamo e analizzavamo.

Ma un dipartimento è valido quanto il suo agente più debole. E Dilton era il nostro.

«Eccolo che arriva», mi avvertì Grave.

Tate Dilton non si disturbò a bussare. Entrò nel mio ufficio come se fosse il padrone di quel posto. Era un uomo ragionevolmente di bell'aspetto, nonostante un'incipiente stempiatura e la pancia da birra. I suoi baffi mi fecero infuriare, con ogni probabilità perché mi ricordavano lo sceriffo Graham, che si era accomodato a una postazione vuota e stava risolvendo un dannato sudoku.

«Cosa posso fare per te, comandante?», chiese Dilton mentre si sedeva, ignorando il resto degli occupanti della stanza.

Richiusi il dossier che stavo leggendo e lo aggiunsi alla pila sulla mia scrivania.

«Chiudi la porta».

Dilton sbatté le palpebre, poi si alzò in piedi e chiuse le porta.

«Siediti». Indicai la sedia che aveva appena liberato.

Lui si accomodò di nuovo, rilassandosi e intrecciando le dita sopra la pancia come se fosse sul divano di un suo amico a guardare la partita.

«Agente Dilton, questa è Laurie Farver», dissi, presentando la donna accanto alla finestra, che lui doveva ancora dar segno di aver notato.

«Signora», le disse, rivolgendole uno sbrigativo cenno del capo.

«Sai, Tate, quando ero ragazzo, il mio vicino aveva un cane che teneva al guinzaglio. Visto da lontano, quel cane sembrava simpatico. Pelliccia soffice e gialla. Una coda grossa e pelosa. Fintantoché restava al guinzaglio, andava tutto bene. Ma nell'istante in cui il guinzaglio si allentava, era la fine dei giochi. Non potevi fidarti di lui. Iniziò a diventare instabile. Inseguiva i bambini. Mordeva le persone. Il mio vicino non rinforzò quel buco nel suo recinto. Non strinse il guinzaglio. Alla fine, un giorno, quel cane aggredì due bambini che andavano in giro in bicicletta. Il cane dovette essere soppresso. E il suo padrone fu denunciato».

Dilton sogghignò, mentre masticava una gomma. «Senza offesa, comandante, ma non me ne frega proprio un cazzo di nessun vicino né di nessun cane di un vicino».

Sotto la mia scrivania, Piper emise un basso ringhio dalla sua cuccia.

«La questione è questa, agente Dilton. Tu sei quel cane. Non sarò sempre qui a tenere stretto quel guinzaglio. La morale della favola è che se non posso fidarmi di averti sul campo da solo, non posso fidarmi di te, punto e basta. Le tue recenti azioni hanno evidenziato che non sei pronto a servire, men che meno a proteggere. E se non posso fare affidamento sul fatto che tu svolga il tuo lavoro al meglio delle tue abilità, allora abbiamo un problema serio».

Gli occhi di Dilton si assottigliarono e vidi un bagliore di malvagità in essi. «Forse non lo comprendi dal momento che in sostanza in questi giorni sei col culo alla scrivania, ma c'è della roba da fare là fuori. Qualcuno deve mantenere l'ordine».

Rimasi seduto ad assorbire la cosa per un istante. Avevo perso colpi. E questo aveva delle conseguenze. Dilton si era approfittato del suo guinzaglio allentato, il che significava che non soltanto erano mia responsabilità, ma oltretutto spettava a me sistemare le cose.

«Sono lieto che tu abbia sollevato la questione. Parliamo della roba che hai fatto ultimamente. Come far inciampare Jeremy Trent all'uscita da una partita di football, piantargli un ginocchio sulla schiena e ammanettarlo davanti a suo figlio e a mezzo stadio quando lui non aveva fatto altro che ricordarti che gli dovevi venti verdoni per la partita dei Ravens. O roba tipo lasciare che il tuo amico Titus guidasse trenta chilometri orari sopra il limite di velocità mentre facevi accostare un ingegnere aerospaziale nero e la moglie avvocato per i diritti civili in una Mercedes che viaggiava a otto chilometri sopra il limite. Dopodiché hai proceduto a rimuovere l'autista dal suo veicolo in base alla probabile supposizione dovuta a… Fammi controllare il tuo verbale, così da assicurarmi di dirla nel modo giusto…». Abbassai lo sguardo sulle scartoffie di fronte a me e lessi: «"Il poster da ricercato di un evaso che era appeso da tre anni nella nostra bacheca"».

Il volto di Dilton si contrasse in un'orrenda maschera. «Avevo la situazione sotto controllo finché non si sono presentati i tuoi cagnolini».

«Avevi ammanettato l'autista, che ti ricordo indossava uno smoking, lo avevi pestato e l'avevi fatto sdraiare pancia a terra sulla strada mentre sua moglie riprendeva le tue azioni con il suo cellulare quando il sergente Hopper e l'agente Bannerjee sono arrivati sulla scena. Secondo il loro verbale, sentivano odore di alcol nel tuo fiato».

«È una stronzata. Hop e quell'altra stronza ce l'hanno con me. Ho osservato il sospetto guidare sbandando sopra il limite di velocità riportato e…».

Mi sentii come se qualcuno avesse acceso un interruttore dentro di me. Il glaciale intorpidimento, il vuoto oscuro erano scomparsi. Al loro posto, una rabbia crescente prese vita e ribollì, riscaldandomi da dentro.

«Hai fatto una cazzata. Anteponi il tuo ego e il pregiudizio al tuo lavoro, e nel fare ciò metti a rischio il tuo lavoro. Metti a rischio questo dipartimento. Anche peggio, metti a rischio delle vite».

«È una stronzata», borbottò Dilton. «Quella stronza della moglie sta sbandierando in giro la sua laurea e sta facendo minacce?»

«Agente Dilton, sei ufficialmente sospeso con paga, ma solo perché la procedura è questa. In attesa di un'indagine completa sulla tua condotta come agente. Non mi abituerei troppo a quello stipendio».

«Non puoi farlo, cazzo».

«Stiamo avviando un'indagine ufficiale. Parleremo con testimoni, vittime, sospettati. E se troverò qualunque cosa che somigli a uno schema di abusi, ti toglierò il distintivo in modo permanente».

«Questo non accadrebbe se Wylie fosse ancora qui. Tu hai rubato questo ufficio a un brav'uomo e…».

«Io mi sono guadagnato questo ufficio e mi sono dato parecchio da fare per assicurarmi che uomini come te non continuassero ad abusarne».

«Non puoi farlo. Qui non c'è alcun rappresentante sindacale. Non puoi buttarmi addosso quella stronzata di sospensione senza il mio rappresentante sindacale».

«La signorina Farver è la tua rappresentante sindacale. Anche se presumo che non sia poi così entusiasta al pensiero di rappresentarti dopo aver sentito le tue stronzate. Signor Peter? Sindaca Swanson, siete ancora con noi?», domandai.

«Sempre qui, comandante Morgan».

«Sì. Ho sentito tutto», furono le risposte dal mio vivavoce.

«Agente Dilton, il signor Peters è il procuratore di Knockemout. Questo significa che è l'avvocato che rappresenta la città, nel caso ti serva la definizione. Signor Peters, Knockemout ha bisogno che affronti qualche altro argomento con l'agente sospeso Tate Dilton?», domandai.

«No, comandante. Credo che abbia affrontato tutti gli argomenti. Ci terremo in contatto, agente Dilton», disse l'avvocato in tono sinistro.

«Grazie, Eddie. E lei che mi dice, sindaca Swanson? Vuole dire la sua?»

«Ci sono un sacco di cose che vorrei dire, del genere che inizia con la lettera "c"», disse la donna. «Siete fortunati che ci sono i miei nipotini in auto con me. Vi basti sapere che attendo con ansia una scrupolosa indagine e che se, come ha detto il comandante Morgan, troveremo uno schema di a-b-u-s-i, non esiterò a prenderla a calci in c-u-l-o».

«Grazie, signora. Messaggio ricevuto». Osservai Dilton, che stava diventando della tonalità di un'aragosta. «Adesso prenderò quel distintivo e quell'arma di servizio».

Dilton balzò dalla sedia come se avesse una molla. Le mani serrate in stretti pugni lungo i fianchi, gli occhi che dardeggiavano per la furia.

«Se vuoi colpirmi, fallo pure. Ma comprenderai che questo avrà delle conseguenze, e ci sei già dentro fino al collo», lo avvisai. «Pensaci bene».

«La cosa non verrà tollerata», ringhiò lui, lanciando il suo distintivo e la sua pistola sulla mia scrivania, rovesciando la targhetta con sopra il mio nome nel farlo. «Questa dovrebbe essere una fratellanza. Tu dovresti stare dalla mia parte, non credere alla parola di una coppia di coglioni sfigati o di qualche patetico ubriacone che ha raggiunto l'apice ai tempi del liceo».

«Puoi blaterare di fratellanza quanto vuoi, ma il nocciolo della questione è che svolgi questo lavoro per te stesso. Per i deliri di onnipotenza che credi possa farti ottenere. Questa non è una fratellanza. E tu sei solo un patetico ragazzino che cerca di sentirsi come un grand'uomo. E hai ragione, io non ho intenzione di tollerarlo. E neppure nessuno di loro».

Indicai verso la vetrata, dove si trovava il resto degli agenti di Knockemout, persino quelli che avevano il giorno libero. Braccia incrociate, gambe divaricate. Alle spalle di Dilton, Grave grugnì con soddisfazione.

«E ora, fuori dal mio dipartimento».

Dilton spalancò la porta con una violenza tale che rimbalzò contro la parete. Uscì dall'ufficio e scrutò con un'occhiata torva il resto del dipartimento.

Puntò Tashi e le si parò davanti, incombendo di fronte a lei. «Hai qualche problema, ragazzina?».

Mi ero alzato per metà dalla mia poltrona e Grave era già sulla soglia, quando Tashi gli sorrise. «Non più, coglione».

Bertle e Winslow avanzarono dietro di lei, con un sorrisetto.

Dilton sollevò un dito e glielo puntò in volto. «Vaffanculo». Rivolse un'occhiataccia agli altri agenti e indicò verso di loro. «A fanculo anche voi».

Detto ciò, uscì a passo spedito fuori dalla stazione.

«"Non più, coglione?". Bannerjee, quella è roba da livello soldato Jane», si complimentò Winslow, dandole una pacca sulla spalla.

Lei sorrise radiosa come se un insegnante l'avesse appena premiata con una stellina d'oro. Persino io non potei evitare di sorridere.

«Credo che me ne andrò», disse la sindacalista con una marcata mancanza di entusiasmo.

«Buona fortuna», le augurai.

Lei alzò gli occhi al cielo. «Grazie».

«È bello riaverti con noi, comandante», mi disse Grave prima di seguirla fuori dal mio ufficio.

Piper mi grattò contro le gambe. Mi chinai e me la misi in grembo. «Be', è andata bene», commentai, rivolto alla cagnolina.

Lei mi diede un'entusiastica leccata prima di balzare di nuovo sul pavimento.

Presi la mia targhetta col nome e vi passai sopra le dita. "Comandante di polizia Nash Morgan".

Non ero tornato. Non ancora del tutto. Ma mi sentivo come se finalmente avessi fatto un passo nella direzione giusta.

Forse era il momento di farne un altro.

15

Satana in giacca e cravatta

Lina

Naomi: Non dimenticare! Mercoledì andiamo a comprare i vestiti per le damigelle. Sto pensando a tutte le A. Autunno, allegro e accattivante!

Sloane: Lina, credo che questo significhi che ci farà vestire come delle zucche.

Io: Zucca non è il mio colore… né la mia forma.

Non mi divertivo a sprecare invano tutta la mattinata spuntando potenziali proprietà terriere dalla mia lista. Non quando mi sembrava di avere un orologio che mi ticchettava sopra la testa. Avevo bisogno di progressi. Avevo bisogno di una pausa. Avevo bisogno di smetterla di pensare a Nash Morgan.

Questo significava bandire qualunque pensiero riguardo alla sua proposta, alle sue confessioni e al suo uccello duro e bollente. Okay, quest'ultimo aveva già preso residenza permanente nella mia testa. Ma il resto doveva scomparire subito dal mio cervello.

Stavo masticando in modo meccanico un'insalata Cobb in una tavola calda quaranta minuti fuori da Knockemout, quando nel posto a sedere di fronte al mio scivolarono un metro e novanta di peccato rivestito con giacca e cravatta.

Lucian Rollins indossava il pericolo come se fosse un abito fatto su misura per lui.

«Lucian».

«Lina». Quel timbro basso, quegli occhi penetranti. Ogni cosa di quell'uomo era vagamente minacciosa… e di conseguenza una ragionevole distrazione dall'ossessione per tutto ciò che riguardava Nash.

«Cosa ti porta al mio tavolo?».

Lui allungò un braccio sul retro del divanetto in vinile, occupando ancora più spazio. «Tu».

La vivace cameriera ventenne che mi aveva portato il pranzo e aveva chiacchierato per cinque interi minuti della mia giacca di pelle da motociclista corse al tavolo sorreggendo una caraffa di caffè a un'angolatura precaria. I suoi occhi e la sua bocca si spalancarono. «C-caffè?»

«Sì. Grazie», rispose Lucian, agganciando il manico della tazza capovolta davanti a lui con un dito e rigirandola.

Gli occhi della ragazza si sgranarono ancora di più, e mi domandai se stessero per schizzarle fuori dalla testa. Giusto per sicurezza, spostai la mia insalata dalla zona di atterraggio e spiaccicamento.

«Potrei avere del condimento extra, per favore?», domandai quando infine riuscì a versare il caffè.

«Latte extra. Subito», sussurrò con fare sognante, poi si allontanò.

«Fantastico. Adesso non avrò mai il mio condimento extra».

Il sorriso di Lucian aveva un mordente raggelante. «Speravo che questa conversazione non sarebbe stata necessaria».

«Adoro quando gli uomini mi rintracciano ed esordiscono con questa frase».

«Nash Morgan», fece lui.

Inarcai un sopracciglio ma non dissi nulla.

«Sta passando un momento difficile. Detesterei vedere qualcuno approfittarsi della cosa».

Indicai me stessa. «Me?»

«Qualcuno», ripeté Lucian.

«Buono a sapersi». Dato che non ero intenzionata a rendergli facile quella chiacchierata, infilzai un altro boccone di insalata con la mia forchetta. Masticai con fare meditabondo, senza interrompere il contatto visivo con Lucian, che non mosse un muscolo.

Ci fissammo a vicenda, intimando all'altro di distogliere lo sguardo per primo.

Questo era il genere di situazioni sociali in cui eccellevo. Parlare del più e del meno di normali questioni femminili? No. Ma scontrarmi faccia a faccia con un uomo sfuggente quando c'erano in gioco informazioni importanti? Quelle erano le mie Olimpiadi, e io ero una stramaledetta medaglia d'oro.

Presi un sorso di tè ghiacciato con fare teatrale. «Ahhhh».

Le sue labbra si incurvarono.

«C'è qualche altra vaga affermazione che vorresti fare o stai solo passando di tavolo in tavolo a dispensare avvertimenti?», domandai.

«Sappiamo entrambi che ci sono ulteriori motivazioni per cui ti trovi qui. Sono consapevole di chi sia il tuo datore di lavoro, così come sono consapevole dell'interessante tempismo del tuo arrivo in città».

Mi finsi scioccata. «C'è una qualche ordinanza cittadina che rende illegale lavorare nelle assicurazioni?»

«Dobbiamo proprio giocare?»

«Senti, bello. Sei tu quello che ha deciso di fare al gatto e al topo, dandomi la caccia fuori città solo per dimostrare che puoi farlo. Non mi va a genio che ci si prenda gioco di me, così come non piace a te. Perciò vai al sodo, oppure finirai per farmi incazzare». Gli rivolsi un sorriso cattivo.

Lucian si chinò in avanti e intrecciò le dita sul tavolo. «D'accordo. So chi sei, so per chi lavori e cos'è successo durante il tuo ultimo incarico».

Mantenni un'espressione di marcata noia, anche se quell'ultima parte mi colpì e mi innervosì.

«Nonostante il tuo basso profilo», proseguì lui, «ti sei costruita una notevole reputazione nel trovare cose che gli altri non riescono a rintracciare. Sei nota per essere impavida al punto da essere sconsiderata, un tratto ricompensato dal tuo datore di lavoro. Non sei in città per una visita di qualche settimana al tuo vecchio amico Knox. Sei qui perché stai cercando qualcosa... o qualcuno».

Lasciò quell'accusa sospesa nell'aria tra noi. Presi un altro noncurante boccone di insalata asciutta.

«Perché stiamo avendo adesso questa conversazione? Perché non appena sono arrivata in città?»

«Perché ci sono i danni causati da una ferita da proiettile e i danni causati da un cuore infranto».

Gli puntai contro la mia forchetta. «Parli per esperienza?».

Lui ignorò la mia domanda. «Non soltanto arrivi in città poco prima che Naomi e Waylay vengano rapite, ma adesso, guarda caso, ti trasferisci nell'appartamento accanto a quello di Nash».

«Non sembri il genere di uomo che ha trascorso del tempo significativo in motel pieni di scarafaggi, perciò non perderò tempo a spiegarti del trasferimento. Anche se, dato che hai più denaro di molti bilanci pubblici, dovresti davvero valutare di comprare il motel e sistemarlo… o magari solo di dargli fuoco».

«Lo prenderò in considerazione», disse lui asciutto. «Adesso assicurami che Nash non subirà ulteriori danni a causa tua».

Sentendomi stranamente protettiva nei confronti dell'uomo in questione, abbassai la forchetta.

«Per la cronaca, io non ho avuto nulla a che fare con la sparatoria a Nash o con il rapimento di Naomi e Waylay. Se sono in città in cerca di qualcosa, non è affar tuo né di nessun altro. E infine, Nash è un uomo adulto. Può badare a sé stesso».

«È quello che hai detto a Lewis Levy?».

Ero ufficialmente incazzata.

Sorrisi. «Sei come un bambino che mostra un tremendo disegno fatto a scuola con le dita e che si aspetta ne resti colpita. Se lo appendo al frigorifero, te ne andrai?»

«Presto o tardi, qualcun altro nella tua cerchia finirà per farsi male, ed è meglio che non sia Nash».

«E cos'hai intenzione di fare? Affibbiargli una guardia del corpo che lo segua assieme allo sceriffo federale?», proposi in modo irriverente.

«Se è quel che serve. So che hai passato la notte a casa sua».

«Non preoccuparti, papà. Siamo entrambi adulti consenzienti. Lo riporterò a casa prima del coprifuoco».

Lucian sbatté un palmo sul tavolo, facendo tremare il cucchiaio sopra il suo piattino e riversando il caffè oltre il bordo. «*Non* sminuire la faccenda», disse con freddezza.

«Era ora. Gesù, quanto in profondità sotto il ghiaccio lo nascondi l'essere umano che è in te? Credevo di dover minacciare una gravidanza "accidentale" per farti cedere».

Lui mi sottrasse il tovagliolo e asciugò il caffè rovesciato prima di restituirmelo. «Congratulazioni. Se il mio team fosse qui, avresti vinto un sacco di soldi a qualcuno».

«Una scommessa a "quanto ci vuole prima di farlo cedere"? Non dirmi che Lucian Rollins ha del senso dell'umorismo».

«Non ce l'ho».

Mi appoggiai allo schienale. «Ecco cosa vedo io. O pensi che sia l'obiettivo più semplice da manipolare, *oppure* hai paura di avere una conversazione aperta e onesta con il tuo amico. Quale che sia il motivo, devo farti notare il tuo scarso discernimento, Lucian».

Lui emise quello che suonava come un basso ringhio. Ma sapeva bene che avevo ragione.

«Senti. Hai ragione a preoccuparti per il tuo amico. Non sta dicendo né a te né a nessun altro tutto ciò che sta passando. Il che include anche me, perché a malapena ci conosciamo. E quello che mi ha detto resta tra me e lui, perché a differenza di altre persone a questo tavolo, io so rispettare la privacy degli altri. Sì, l'altra sera ho passato la notte a casa sua. No, non abbiamo fatto sesso. Non te lo sto dicendo perché ritengo che sia affar tuo. Perché non lo è».

«Perché allora?»

«Perché so cosa vuol dire avere persone così preoccupate per te da commettere cose stupide alle tue spalle».

I muscoli della sua mascella fremettero, e mi domandai che nervo scoperto avessi appena pungolato.

«Nash è un bravo ragazzo, il che lo rende in automatico non il mio tipo. Ma questo non significa che non farò un'eccezione».

«Non aiuti la tua causa».

«Non sto imbastendo una causa», gli dissi. «Non me ne frega un cazzo di cosa pensi di me. Credi che sia il problema in questa situazione, ma non sono io. Sei tu».

«Non sono io quello che sta facendo in modo di approfittare...».

«Ti interrompo subito prima che tu mi faccia imbestialire. Se pensi che mi stia approfittando del tuo amico o che lui ti nasconda delle cose, hai due scelte».

«E quali sarebbero?»

«Puoi confidare nel fatto che il tuo amico sappia badare a sé stesso, oppure puoi avere questa conversazione con lui. Perlomeno, abbi la decenza di coprirgli le spalle alla luce del sole».

Il cipiglio di Lucian era diventato davvero raggelante, ma avevo il calore della rabbia a proteggermi.

«Tu non potresti comprendere i nostri trascorsi». Il suo tono divenne ancora più freddo.

«Oh, e invece potrei. Sei bravo a raccogliere informazioni? Ebbene, io sono brava a leggere le persone. Voi tre siete cresciuti insieme senza davvero crescere del tutto. Knox ha cercato di nascondersi dall'amore così da non dover soffrire di nuovo. Nash non ha abbastanza fiducia in te o in suo fratello, perciò non ha intenzione di parlarvi di ciò che gli passa per la testa. E tu... be', rimandiamolo a un altro giorno».

«Facciamo di no».

Scrollai le spalle. «D'accordo. L'hai chiesto tu. Sei un consulente politico che agisce nell'ombra e che è stato collegato al tracollo di diversi uomini e donne di spicco nella capitale della nostra nazione, per non parlare della forza dietro l'ascesa di molti altri. "Machiavellico" è la parola che viene più spesso sussurrata nella tua direzione. E a te piace. Ti piace che la gente ti tema. Presumo sia perché un tempo hai avuto un assaggio di paura e ti ha fatto sentire impotente. Perciò, hai voluto il potere di tirare tutte le fila che vuoi. Ma sei ancora infelice».

Il suo sguardo si assottigliò.

«Ti concedi una sigaretta al giorno con tutta probabilità solo per dimostrare che nulla ha il controllo su di te. Sei leale con i tuoi amici e percepisco che faresti di tutto per loro. E quel "di tutto" di certo non porta su questo lato della legalità. Ma vorresti che Knox o Nash "si occupassero" delle cose per conto tuo alle tue spalle?»

«Questo è diverso», insistette lui.

«Ti piace pensare che lo sia, ma non lo è», dissi. «Lascia che lo metta in termini che credo potresti apprezzare. Ti saresti potuto risparmiare tempo ed energia che hai sprecato ad agire alle spalle del tuo amico nel tentativo di "sistemare" le cose per lui con una chiacchierata di dieci minuti. Immagina quanti politici potresti rovinare o quanti quartieri potresti comprarti se non dovessi dare la caccia a donne innocenti da minacciare in modo vago».

La sua espressione granitica non mutò di una virgola, ma la notai comunque. Una scintilla di qualcosa di simile al divertimento nei suoi occhi di ghiaccio. «Non applicherei mai il termine "innocente" a te, e le mie minacce erano molto più manifeste che non vaghe», rispose.

«Semantica», osservai con noncuranza.

Lui mi osservò finire la mia insalata. «Suggerisco di tenere per noi questa conversazione».

Mantenere segreti. Era ciò che facevo. Solo che ero già stata nei panni di Nash. I miei genitori non si erano più fidati di me e non mi avevano permesso di gestire nulla che fosse anche solo vagamente rischioso. Avevo odiato il modo in cui mi aveva fatta sentire la consapevolezza che le persone discutessero del mio benessere alle mie spalle, come se io non fossi abbastanza forte per essere partecipe della mia stessa vita. Presumevo che Nash si sarebbe sentito allo stesso modo.

«Chi di noi due stai cercando di proteggere, Luce? Posso chiamarti Luce?»

«Spero che tu non abbia intenzione di fare del male al mio amico, Lina. Perché detesterei dover distruggere la tua vita».

«Non vedo l'ora di guardarti mentre ci provi. Adesso va' a infastidire qualcun altro».

16

Un paio di ringraziamenti

Nash

Mi agganciai il guinzaglio di Piper alla mano e afferrai uno dei due bouquet dal portabicchieri della mia auto.

«Avanti, Pipe. Una breve sosta».

Uscimmo dall'auto proprio mentre Nolan parcheggiava accanto al marciapiede dietro di me. Gli rivolsi un saluto sarcastico, che lui ricambiò con un poco entusiasta dito medio.

A dire il vero quel tizio stava quasi iniziando a piacermi.

Piper si diresse verso la bifamiliare. Era un edificio di due piani in mattoni e vinile. Entrambe le unità avevano un piccolo portico frontale e delle cassettiere per i fiori.

Risalii i tre gradini della porta sulla sinistra. C'era un gatto grigiobianco premuto contro la zanzariera della finestra frontale. Della musica classica mi raggiunse. Rivolsi un saluto al gatto scettico, poi premetti con insistenza il campanello.

Piper si sedette ai miei piedi e scodinzolò con entusiasmo. Portarla al lavoro con me non era fastidioso come avevo creduto sarebbe stato. La sua routine richiedeva delle attenzioni che mi impedivano di affogare tra le scartoffie. E anche se non era ancora abbastanza a suo agio da permettere a nessuno degli altri agenti di accarezzarla, aveva iniziato a fare dei giretti di ora in ora nel distretto una volta capito che avevano dei biscottini per lei in tasca.

Dall'altra parte della porta si udirono dei passi, assieme a un infastidito: «Sto arrivando. Sto arrivando. Datti una calmata».

La porta si aprì, ed eccola lì. Il mio angelo custode.

Xandra Rempalski aveva folti capelli ricci. Erano neri, con delle mèches viola. Ne portava una metà in un ciuffo sghembo sopra la testa, mentre il resto le ricadeva sulle spalle. Aveva la pelle abbronzata e occhi marroni che passarono dal fastidio alla curiosità fino al riconoscimento.

Anziché un camice, indossava un grembiule di jeans con attrezzi manuali e rotoli di cavo infilati nelle tasche. Dalle orecchie le pendevano lunghi orecchini d'argento costituiti da decine di cerchi interconnessi. La collana ricadeva con catenelle che formavano una V tra le sue clavicole. Mi ricordava una cotta di maglia.

«Ciao», dissi, sentendomi di colpo stupido come non mi capitava da molto tempo.

«Ciao a te», rispose lei, appoggiandosi al telaio della porta.

Il gatto si intrufolò pigramente in mezzo ai suoi piedi scalzi. Piper si nascose dietro ai miei stivali e finse di essere invisibile.

«Non so se ti ricordi di me…».

«Comandante Nash Morgan, quarantun anni, due ferite da arma da fuoco alla spalla e al torace, 0 negativo», snocciolò.

«A quanto pare ti ricordi di me».

«Non capita tutte le notti che una ragazza trovi il capo della polizia dissanguato sul ciglio della strada», rispose, scoccandomi un sorriso affabile.

Piper si arrischiò a sbirciare da dietro i miei stivali. Il micio ciccione soffiò, poi posò il sedere sulla soglia di casa e iniziò a leccarsi il sedere.

«Non fare caso a Gertrude la Rude», disse Xandra. «Ha un caratteraccio e nessun senso del pudore».

«Questi sono per te». Le porsi con vigore il bouquet di girasoli. «Sarei dovuto venire prima a ringraziarti. Ma le cose sono state…».

Lei alzò lo sguardo dai fiori, il sorriso che svaniva in una smorfia comprensiva. «È dura. Vederlo quando sei di turno non è semplice. Sono certa che provarlo sulla propria pelle non sia una passeggiata di salute».

«Mi sento come se dovessi esserne in qualche modo immune», confessai, abbassando lo sguardo verso Piper, che si era di nuovo incollata dietro le mie gambe.

Xandra scosse il capo. «Quando inizi a diventarne immune, è giunto il momento di smettere. È il dolore, la compassione che ci rende bravi nei nostri lavori».

«Da quanto lavori al pronto soccorso?»

«Da quando mi sono diplomata come infermiera professionale. Otto anni. Mai un momento di noia».

«Ti sei mai domandata quanto a lungo puoi sopportare di provare compassione?».

Il sorriso fece ritorno. «Non mi preoccupo di cose del genere. Procedo un giorno alla volta. Fintantoché il buono bilancia il brutto, sono pronta per un'altra giornata. Non sarà mai semplice. Noi non facciamo le cose per la loro semplicità ma per fare la differenza. Cose come queste? Un ringraziamento da parte di uno di quelli che ce l'hanno fatta? Questo vale tantissimo».

Avrei dovuto prenderle un biglietto.

O qualcosa che durasse di più di un mucchio di girasoli.

Ma non avevo altro che parole. Perciò le offrii quelle. «Grazie per avermi salvato la vita, Xandra. Non sarò mai in grado di ripagarti per questo».

Lei si portò il bouquet sul fianco. I suoi orecchini rifletterono la luce e brillarono. «Puoi ripagarmi andando avanti, comandante. Un giorno alla volta. Continuando a fare del bene. Continuando a tenere in equilibrio quella bilancia».

Speravo con tutto me stesso che rimuovere Dilton dal servizio fosse un passo in quella direzione. Perché in quel momento, come ogni altra cosa che avevo fatto, sentivo che non era proprio abbastanza.

«Farò del mio meglio».

«Sai, avere qualcosa oltre al lavoro aiuta. Qualcosa di bello. Io? Esco con uomini inappropriati e creo gioielli», disse, passandosi una mano sopra il grembiule pieno di attrezzi.

In quell'istante, mi sentivo come se non avessi una sola dannata cosa a parte un cucciolo bisognoso in affidamento e un buco o due che non si sarebbero mai rimarginati.

Ci fu un sonoro schianto alla porta accanto, seguito da un lungo, lungo lamento. Sussultai, la mano che in automatico si spostava sulla mia arma di servizio.

«No», mi ammonì Xandra in modo sbrigativo. Portò i fiori e il gatto dentro casa e mosse un passo per superarmi.

«Devi andare dentro», insistetti, quasi inciampando su Piper mentre correvo giù per le scale. Nolan stava affrettandosi lungo il vialetto, la fondina sganciata.

«Aspettate! È mio nipote. Non sa comunicare a voce», spiegò Xandra, seguendomi alla porta accanto.

Mi tornarono in mente i dettagli della sua dichiarazione. Stava andando al lavoro in ritardo perché era rimasta ad aiutare la sorella a calmare il nipote.

Mi fermai e scambiai un'occhiata con Nolan. Mi lasciai superare da lei sugli scalini.

«È autistico», spiegò, varcando la porta di casa di sua sorella.

«Tenga il cane», dissi, lanciando il guinzaglio di Piper a Nolan e seguendola dentro casa.

Il mio sangue pompava ancora, lo sguardo era ancora concentrato. Nel bel mezzo della moquette grigia del salotto c'era un uomo – no, un ragazzo – raggomitolato su un fianco, le mani a coprirsi le orecchie mentre si dondolava e ululava per un dolore che solo lui riusciva a sentire. Accanto a lui c'erano i resti distrutti di un castello di mattoncini giocattolo.

«La polizia? Sul serio, Xan?». Una donna che somigliava in modo impressionante a Xandra si inginocchiò appena fuori dalla portata dei violenti calci assestati dalle lunghe, dinoccolate gambe del ragazzo.

«Molto divertente», commentò asciutta Xandra. «Io mi occupo delle tende».

«Posso fare qualcosa?», domandai con cautela mentre Xandra tirava con pacatezza le tende delle finestre frontali.

«Non ancora», disse la sorella di Xandra da sopra le urla struggenti del figlio. «Abbiamo appuntamento con un medico tra un'ora. Le sue cuffie sono sotto carica».

Rimasi vicino alla porta sentendomi inutile mentre le due donne lavoravano in tandem per rendere la stanza più buia e più tranquilla. Un protocollo, mi resi conto.

I lamenti ben presto si acquietarono e la madre del ragazzo gli passò una specie di mantello con dei pesi sopra le spalle.

Dopo un po', questi si tirò su a sedere. Era alto per la sua età, la pelle scura e gli arti rachitici di una precoce pubertà.

Rivolse uno sguardo al suo castello distrutto ed emise un basso gemito.

«Lo so, tesoro», disse sua madre, mettendogli con cautela un braccio attorno alle spalle. «Va tutto bene. Lo sistemeremo».

«Amy, questo è il comandante Morgan», mi presentò Xandra. «Comandante, questi sono mia sorella Amy e mio nipote Alex».

«Comandante», mi accolse Amy mentre cullava Alex tra le sue braccia.

«Salve. Sono passato solo per ringraziare Xandra per...».
«Averti salvato la vita?», mi incalzò lei con un sorrisetto.
«Già. Quello».
«Mi dispiace per la turbativa», rispose lei, accettando il libro che Xandra le porse.
«Non c'è bisogno di scusarsi».
«E tu che ti preoccupavi di come sarebbe andata la tua prima interazione con la polizia», Xandra punzecchiò la sorella.
Le labbra di Amy si incurvarono di nuovo, poi posò un bacio sulla sommità della testa del figlio e iniziò a leggere.
«Questa è un'altra strategia. Ridere persino quando le cose non sono divertenti», disse Xandra, porgendomi una borsa di tela.
Con Alex che scoccava sguardi preoccupati verso di me, mi diedi da fare e aiutai a riportare l'ordine, mattoncino dopo mattoncino.
Una volta ripulita la stanza e conclusa la storia, rivolsi un cenno del capo a Amy e seguii Xandra verso la porta. Alex si alzò in piedi e ci venne pian piano incontro. Era alto e aveva le spalle larghe, e la presa della sua mano sul mio braccio fu forte. Ma in viso aveva un dolce sorriso da bambino mentre mi guardava il petto.
«Lui non crede nello spazio personale», mi avvisò divertita Xandra.
Alex si allungò e passò un dito sopra il mio distintivo, di punto in punto. Dopo aver tracciato due volte la stella, annuì e mi lasciò andare.
«Anche io sono felice di averti conosciuto, Alex», gli dissi con dolcezza.

Con le braccia ricolme, diedi due lievi calci alla porta e attesi.
Si aprì qualche istante dopo, e tutto quanto dentro di me si riscaldò quando la vidi. Lina indossava dei leggings color viola scuro. Il maglioncino era di soffice avorio, e le arrivava un centimetro sopra l'elastico dei pantaloni. Una grossa fascia tie dye le teneva indietro i capelli. Era scalza.
«'Sera». Oltrepassai la soglia e le scoccai un bacio sulla guancia. Piper mi seguì dentro casa e si diresse verso il divano.
«Be', ciao. Ehm, cos'è tutta quella roba?», domandò, richiudendo la porta dietro di me.
Mi affacciai in cucina e depositai le borse sul ripiano. «La cena», dissi.

Lei comparve sulla soglia. «Non sembra il thailandese da asporto che stavo per ordinare».

«Non soltanto bella, ma anche intelligente». Sfilai i fiori di campo uno per uno dalle borse dell'alimentari. «Un vaso?».

Lei indicò i ripiani vuoti. «Ti sembra che possa avere un vaso da queste parti?»

«Ci arrangeremo». Iniziai ad aprire gli sportelli della credenza finché non trovai una brutta brocca di plastica. La riempii d'acqua, poi aprii la plastica attorno ai fiori. «Fiori di campo perché mi ricordavano te», spiegai. E perché il mughetto mi ricordava mia madre.

Lina mi scoccò uno di quegli sguardi da donna complicata prima di arrendersi e seppellire il volto tra i fiori.

«È molto dolce da parte tua. Dolce ma non necessario», disse.

Notai che mi stava alla larga in quello spazio ristretto. Era carino che pensasse di poter ricostruire quelle barriere che erano state abbattute la notte precedente.

«Ti dispiace prendere una ciotola d'acqua per Piper mentre io inizio a preparare?».

Lina esitò per un istante, poi aprì uno sportello e trovò un contenitore da asporto vuoto. «Davvero, non devi cucinarmi la cena. Stavo per ordinare del cibo». Mentre parlava, aprì l'acqua nel lavandino.

«Ho avuto una lunga giornata», dissi per fare conversazione e tirai fuori da una delle borse una bottiglia di vino, un cavatappi e due bicchieri. «E grazie a te, per la prima volta da molto tempo, ho avuto le energie per affrontarla». Stappai il vino con un *pop* e misi da parte la bottiglia.

«Ho sentito che è successo qualcosa con uno dei tuoi agenti», ammise lei, posando la ciotola d'acqua a terra. «La signora Tweedy ha detto che hai beccato uno dei tuoi ragazzi mentre rimuoveva delle banconote false dalle prove dopo che le aveva spese in uno strip club».

«Magari», sospirai.

Piper comparve sulla soglia con un reggiseno sportivo in bocca. Lo sputò dentro la ciotola e ci bevve intorno.

«Avanti, Pipe. Smettila di mangiare il bucato». Ripescai il reggiseno. «Credo che questo sia tuo».

Lina prese il reggiseno e lo gettò sul ripiano accanto ai broccoli.

«Dopodiché Neecey mi ha quasi placcata sul marciapiede di fronte a Dino's», disse Lina, facendo un salto per appollaiarsi sul ripiano. «Mi ha detto che hai preso a testate quel buono a nulla di Tate Dilton nel reparto dolciumi del supermercato».

«A volte la comprensione linguistica di questa città mi preoccupa».

La bocca le si sollevò in un sorrisetto. «Neecey mi ha detto anche che ha sentito che mentre lottavate siete finiti contro una piramide di zuppe in barattolo e che il direttore del negozio ha trovato due barattoli di minestrone addirittura nella sezione surgelati».

«Se versi il vino, ti racconto la vera e molto meno memorabile storia».

«Ci sto».

L'aggiornai sulla mia giornata. Su tutto quanto. Era piacevole. Condividere una cucina. Condividere la mia giornata. Lina sembrava davvero interessata. Sedeva sul ripiano, e chiacchieravamo mentre io facevo saltare pollo, peperoni e cipolle. Piper si unì a noi con un'infinita sfilata di giocattoli e bucato.

Dovetti bloccarmi almeno una decina di volte dall'avanzare tra le gambe di Lina, farle scivolare le mani lungo le cosce e aggredire quelle belle labbra rosse.

La connessione che avvertivo era reale, tangibile e intensa, ma non sapevo quanto fosse profonda per lei. E non avevo intenzione di spaventarla con il mio livello di bisogno di lei.

«Perché ci sono dei pantaloni del pigiama in questa busta? È una specie di dessert new age che non conosco?», domandò, sbirciando dentro l'ultima borsa della spesa.

«Sì, a questo proposito», esordii.

«Nash». Il mio nome divenne un gentile avvertimento su quelle labbra.

«So che la scorsa notte doveva essere un caso isolato. So che hai avuto pietà di me perché ero un cazzo di casino». Spensi il fornello sotto il pollo e misi il coperchio alla pentola prima di voltarmi verso di lei. «So anche che non dormivo così bene da… forse da sempre».

«Non possiamo ripetere la cosa», disse lei con dolcezza.

Mi asciugai le mani sullo straccio per i piatti che avevo portato e poi feci ciò che morivo dalla voglia di fare. Avanzai in mezzo alle sue ginocchia e risalii con le mani lungo le sue cosce, posandogliele sui fianchi.

Le sue mani si piantarono sulle mie spalle e rimasero lì. Senza spingere. Senza tirare.

Era una posizione intima. E io volevo di più, mentre il mio sangue passava da caldo a bollente nel giro di un nanosecondo.

«Senti, so che non è corretto chiedertelo. Farti assumere la responsabilità di questo aspetto del mio benessere. Ma sono disperato. Ho bisogno di te, Angelina».

«Perché mi chiami Angelina?».

Le diedi una strizzata ai fianchi. «È il tuo nome».

«Questo lo so. Ma nessuno mi chiama Angelina».

«È un bellissimo nome per una bellissima e complicata donna».

«Sei un vero seduttore. Questo te lo concedo. Fiori. Cena. Dolcezza. Ma per quanto a lungo hai intenzione di giocare in questo modo?»

«Tesoro, per me non è un gioco. È la mia vita. Sei l'unica cosa nella mia intera esistenza che mi fa sentire come se avessi la possibilità di ritrovare la mia strada. Non lo comprendo. E francamente non ne ho bisogno. So solo che quando ti tocco mi sento meglio. Quando stamattina mi sono svegliato, non mi sono sentito come un fantasma o un'ombra. Mi sentivo bene».

«Mi sentivo... ehm... bene anch'io», mi confessò lei, sfuggendo al mio sguardo. «Ma stiamo giocando col fuoco qui. Voglio dire, prima o poi finirai per affezionarti troppo, e io dovrò distruggere il tuo fragile cuore di uomo. Per non parlare del fatto che in pratica ci siamo svegliati strusciandoci».

Le rivolsi un sorrisetto. «È per questo che ho comprato dei pantaloni. Con un cordoncino».

«Questo non è il genere di pressione sociale a cui mi hanno preparato i film in TV. "Ehi, Lina. Dormi accoccolata assieme a me, così che possa sentirmi di nuovo vivo"», disse lei, con un finto tono basso e baritonale.

Le diedi un'altra strizzata ai fianchi e la attirai più vicina a me di un centimetro. «"Non c'è nulla che preferisco di più che venire a letto e non fare sesso con te, Nash"», motteggiai io in una fioca imitazione di Marilyn Monroe.

Lei trasse un sospiro amareggiato. «È fastidioso quanto tu sia carino».

«Abbastanza fastidioso da lasciarmi dormire con te, stanotte?».

Lei mi strizzò le spalle e posò la fronte sulla mia. «Sto davvero tentando di prendere decisioni migliori, ma tu non mi stai rendendo la cosa facile».

Cedetti alla tentazione e le baciai il naso.

«Uff. Sei impossibile!», si lamentò.

«Cosa c'era di sbagliato nelle tue precedenti decisioni?».

Lei si morse il labbro.

«Ho bisogno di ricordarti che sono disgustosamente vulnerabile con te, da quanto, da quarantott'ore ormai? Ho appena trascorso venti minuti a raccontarti tutto della mia giornata. Adesso è il tuo turno. Dare e avere. Parla, Angel».

Lei arricciò il naso. «Non mi piace condividere. Soprattutto quando non ne esco bene».

«Ripeto. Posizione fetale ai piedi delle scale».

«Ero a capo di una squadra durante un'operazione. Abbiamo dovuto effettuare una rapida uscita imprevista da un tetto quando il nostro ladro è rientrato a casa prima. Non sapevo che il tizio con cui ero aveva paura delle altezze. Sono saltata e sono atterrata in un fosso. Quando mi sono guardata indietro, lui era ancora lì, pietrificato. Ho gridato, lui è andato nel panico ed è caduto di culo sul cofano di un'auto».

«Ahia», feci, stabilendo che non era necessario sapere di preciso quale pericolo richiedesse una fuga dal tetto.

«Si è rotto il coccige, perciò ha avuto fortuna. Ma avrei dovuto sapere come agire. O perlomeno, non avrei dovuto costringerlo a correre quel rischio».

Le sue dita tracciarono piccoli cerchi sul mio petto.

«Il punto è che ci sono dei premi quando il mio lavoro viene fatto bene. Bonus, avanzamenti, il brivido della caccia. Essere l'eroe e portare a casa la vittoria. Nella mia azienda, le tattiche aggressive sono lodate. Io ho ricevuto un bonus, e Lewis si è ritrovato col sedere rotto. Mi sono resa conto che per quanto possa essere brava, a volte si riduce tutto alla fortuna. E non voglio contare per sempre su di essa».

«Tolta la questione dei soldi, lo capisco». Mi infastidiva il fatto che mi trovassi in quella cucina per via della fortuna.

«È più eroico essere un eroe per qualcosa di diverso da un grosso, grasso assegno», disse lei.

«Di quanto grosso e grasso stiamo parlando?», la punzecchiai.

Il suo sorriso divenne felino. «Perché? Ti crea problemi guadagnare molto meno della tua amica di letto e supporto emotivo?»

«Nossignora. Niente affatto. Sono solo curioso di quanto sia "molto meno"».

«Ho un conto di brokeraggio e una cabina armadio piena di stracci di marca molto graziosi. Quella sexy Charger là fuori nel parcheggio? L'ho pagata in contanti con il bonus dell'anno scorso».

Emisi un basso fischio. «Non vedo l'ora di scoprire cosa mi regalerai per il mio compleanno».

«Se non ricordo male, tu e tuo fratello vi siete a malapena parlati per anni perché lui ti ha dato dei soldi».

«Questa è una sporca bugia», risposi, prendendo il mio bicchiere di vino. «Ci siamo a malapena parlati per anni perché lui mi ha costretto a prendere dei soldi, mi ha detto cosa dovevo farne e poi non gli è piaciuto come ho deciso di usarli».

«Be', in questo caso, io sono team Nash», disse.

«Sapevo che ti ci avrei portata».

«Di preciso, Knox cosa voleva che facessi con quel denaro?»

«Che andassi in pensione».

Le mie sopracciglia scattarono verso l'alto. «Che andassi in pensione? Perché?»

«Detesta che sia cresciuto e sia diventato un poliziotto. Da adolescenti abbiamo avuto la nostra bella dose di scontri con la legge. Knox non ha mai superato la sua sfiducia nei confronti dell'autorità. Si è un po' calmato. Ma gli piace ancora sguazzare nella zona grigia. Tipo quelle partite di poker illegali di cui non dovrei sapere nulla».

«E tu invece? Perché non sguazzi più nella zona grigia?»

«Se chiedi a mio fratello, è stato un vaffanculo a lui e alla nostra infanzia. A quando eravamo noi contro tutti».

«Ma non è la verità».

Scossi il capo. «Ho pensato, anziché agire fuori dal sistema, perché non apportare dei cambiamenti dall'interno? Le nostre schermaglie con la legge erano abbastanza insignificanti. Ma Lucian? Non c'era nessuno a proteggerlo e servirlo. È stato sbattuto in cella a diciassette anni ed è rimasto lì per una settimana, cosa che non sarebbe mai dovuta accadere. È stato questo che mi ha cambiato. Nessun putiferio o infrazione della legge lo avrebbe aiutato a tirarsi fuori da quell'impiccio. E sarebbe bastato solo un bravo poliziotto che facesse la cosa giusta».

«Perciò vai là fuori a fare il tuo lavoro per tutti i futuri Lucian», disse.

Sollevai le spalle, sentendomi un po' in imbarazzo. «E per l'uniforme gratis. Gira voce che quei pantaloni mi valorizzino il sedere».

Lina sorrise e sentii nel mio petto quel caldo fuoco stile falò da campeggio. «Oh, Stallone Perfettino, quelle voci sono comprovate. È un fatto ufficiale».

«"Stallone Perfettino"?»

«Qualcosa che gira in città che ancora non sapevi?», mi punzecchiò lei.

Chiusi gli occhi. «Dimmi che non è il mio soprannome».

Lei mi guardò sbattendo quelle lunghe ciglia. «Ma Nash, so quanto sia importante per te l'onestà».

«Cristo».

17

Chiacchiere tra le lenzuola

Lina

«Perciò sei passata da un incarico di alto profilo che prevedeva salti dai tetti e un team a ritrovarti qui, adesso?», domandò Nash.

Eravamo nel mio letto e stavamo fissando il soffitto. Nash era sul lato sinistro, più vicino alla porta della camera. Piper era accoccolata sotto la sua ascella e stava russando. Io avevo infilato un cuscino tra di noi per prevenire il ripetersi della performance della notte precedente.

Esitai, sorpresa dal desiderio che avevo di confessare tutta la verità, dirgli perché eravamo entrambi in cerca dello stesso uomo. Ma lo soffocai. Ormai avevo optato per quel piano. Non serviva che sprecassi energie in ripensamenti. «Avevo bisogno di spazio per riflettere bene. Si sta rendendo disponibile una nuova posizione. Più viaggi. Lavori più lunghi. È l'incarico dei miei sogni. Ma...». Lasciai la frase in sospeso.

«La tua famiglia sa quello che fai?»

«Credono che giri per il paese dispensando corsi di formazione aziendali. Preferisco vivere la mia vita senza il carico della responsabilità delle opinioni altrui. Soprattutto opinioni su come dovrei trovare un modo più semplice e sicuro per guadagnare lo stipendio».

«Mi pare giusto. Cosa c'è nella scatola di dossier?»

«Nash, questa faccenda del dormire insieme funziona solo se chiudi il becco e ti metti a dormire».

«Ho solo delle cose che mi frullano in testa».

Non mi piaceva la piega che stava prendendo quella conversazione. Mi sembrava come se mi stessi costringendo a dirgli una piccola bugia bianca dietro l'altra. E mi stavo sentendo via via sempre più a disagio. Perciò, frugai nel mio arsenale e sfoderai la mia arma preferita: lo sviamento.

«Oggi mi sono imbattuta in Lucian», dichiarai, rotolando sul fianco per guardarlo nel buio.

«Qui?».

Interessante. Perciò la mia iperprotettiva spina nel fianco davvero non voleva che Nash sapesse della nostra chiacchierata.

«No. Giù a Lawlerville, in una tavola calda».

«Lucian stava pranzando in una tavola calda? Sei sicura che fosse lui e non un qualche sosia?»

«A dire il vero non ha pranzato. Ha preso un caffè mentre io pranzavo», gli dissi.

«Di cosa avete parlato voi due?»

«Non dirmi che Stallone Perfettino è geloso», lo punzecchiai, allungandomi sopra il cuscino per fargli il solletico. Nash mi afferrò la mano e se la portò alle labbra.

«Eccome se lo sono». Mi mordicchiò il polpastrello dell'indice.

«Abbiamo parlato di te. Credo che sia preoccupato per te».

Lui tacque per un istante, e riuscii a percepire la sua apprensione aumentare nell'oscurità. «Non gli hai detto nulla, vero?»

«Certo che no. Mi hai chiesto di non farlo. Ho immaginato che ci fosse un motivo per cui hai raccontato all'estranea della porta accanto dei tuoi attacchi di panico anziché al tuo più vecchio amico o a tuo fratello».

«Noi non siamo estranei», insistette lui, posandosi la mia mano sul petto e tenendola lì.

«Allora siamo… amici?», domandai. Il suo petto era caldo sotto il mio tocco.

Nash rimase in silenzio a lungo. «Ho la sensazione che siamo qualcosa di più», ammise.

«Ma che genere di qualcosa di più?».

Vediamo come te la cavi con le domande scomode e fastidiose, mister.

«Il genere di qualcosa di più per cui se fossi in forma migliore, tu saresti nuda e puoi stare certa che non ci sarebbe un cuscino tra di noi».

«Oh».

«"Oh"? È tutto ciò che hai da dire?»

«Per adesso».

Una sveglia suonò acuta, risvegliandomi di colpo da un sogno delizioso su me, Nash e una certa signorile nudità che senza alcun dubbio sembrava condurre verso qualche luogo bollente.

Da sotto di me provenne un basso ringhio, e per un istante temetti di essere rotolata sopra il cane nel sonno.

Ma Piper era molto più pelosa e ben più piccola di qualunque cosa su cui fosse poggiata la mia testa. La sveglia si spense e il ringhio si tramutò in uno sbadiglio. Una mano calda accarezzò il mio esterno coscia sino al fianco. In contemporanea, il mio interno coscia stava coccolando con vigore un'erezione.

«Mi stai prendendo in giro», gemetti.

«Hai superato tu la barricata, Angel», disse Nash, compiaciuto e assonnato.

Ero sdraiata sopra al cuscino che avevo infilato tra di noi. La mia testa e la mia mano erano posate sull'ampio petto di Nash. La mia gamba era distesa sulla sua… ehm… area del pene.

«Questo sta diventando davvero imbarazzante», borbottai.

Cercai di ritrarmi e di fare la rotolata della vergogna verso il mio lato del letto. Ma le sue braccia si strinsero attorno a me. Con un rapido strattone, mi ritrovai sdraiata sopra di lui, petto contro petto, inguine contro inguine.

Santissimo, benedetto bollore.

«Almeno i miei pantaloni sono rimasti su», commentò lui allegro.

«Non è divertente», brontolai. Io non ero una coccolona, e nessun uomo avrebbe cambiato questa cosa, soprattutto non uno che dipendeva da me perché fossi una sua sottospecie di supporto emotivo.

«Oh, tesoro, sono d'accordo. Non c'è nulla di divertente riguardo a dove sei seduta». La sua erezione fremette contro di me, provocando nella mia vagina uno scatto d'ira per il fatto che era tenuta lontana dai pantaloncini che avevo insistito per indossare a letto.

Feci un rispettabile tentativo di allontanarmi da lui, ma i conseguenti movimento e frizione mi eccitarono ancora di più.

Le mani di Nash si spostarono sui miei fianchi. «Calmati, Angel». La sua voce era roca, e sembrava molto meno assonnato e molto più ingrifato mentre quelle mani mi tenevano ferma.

Nel frattempo, infilai le braccia e le mani tra di noi così da frapporre più distanza possibile. Ero a un millimetro dall'orgasmo, e se avesse dato anche solo una piccola spinta in quella direzione, non avrei avuto modo di nasconderlo.

«Dio, sei stupenda al mattino». Mi scostò una ciocca di capelli dalla fronte. «È il modo migliore in cui mi sia mai svegliato».

Per me era il secondo modo migliore, perché il migliore in assoluto era stato quello del giorno precedente. Ma non c'era pericolo che avrei condiviso quell'informazione con lui.

«Smettila di fare il tenero», dissi.

Ma quegli occhi blu, dolci e sognanti, mi ipnotizzarono. Non stavo più lottando per liberarmi. Ero sospesa sopra di lui, gli sguardi incatenati, le bocche troppo vicine per prendere delle buone decisioni.

Lui sollevò l'altra sua mano. Le sue dita danzarono lungo la mia mascella e mi scivolarono tra i capelli. «Adesso ti bacerò, Angelina».

"Col cavolo". Era questo che avrei dovuto rispondere. Oppure: "Credo che sia una pessima idea e dovremmo prenderci del tempo per considerare le conseguenze". O quantomeno avrei potuto dire che dovevo lavarmi i denti e poi mi sarei potuta rinchiudere in bagno finché le mie parti femminili non si fossero ricomposte.

Invece, annuii stupidamente e risposi: «Sì. Okay».

Ma proprio mentre lui si sollevava verso di me, proprio quando non vedevo altro che quegli occhi blu avvicinarsi sempre più, proprio mentre le mie labbra si schiudevano, qualcuno iniziò a martellare alla mia porta d'ingresso.

Piper, ai piedi del letto, ebbe un sobbalzo e cacciò diversi guaiti acuti.

Nash si accigliò. «Aspetti qualcuno alle sei del mattino?»

«No. Non pensi sia la signora Tweedy che cerca di convincermi ad andare in palestra, vero?». Non ero contraria all'idea di nascondermi sotto il letto.

Si sentì di nuovo bussare con forza.

«Lei è bassa. Bussa più in basso alla porta».

Non ho intenzione di mentire, avvertii una scarica di sollievo al pensiero che con ogni probabilità non era la mia anziana vicina che cercava di farmi di nuovo il culo in palestra.

«Resta qui», ordinò Nash, facendomi scivolare giù da sopra di lui e sul letto.

«Col cavolo. Questa è casa mia. Chiunque stia bussando sta cercando me».

«E quindi non sarebbe una sorpresa divertente per lui o lei trovare me al tuo posto?», rispose, con un tono che ricordava meno un amante assonnato e più un grintoso poliziotto.

Afferrai la mia vestaglia e gli corsi dietro. «Nash!», sibilai. «Magari non voglio che chiunque ci sia dall'altro lato della porta sappia che abbiamo trascorso di nuovo la notte insieme».

«Troppo tardi», giunse la profonda e seccata voce baritonale dall'altro lato della porta.

Nash la spalancò, e Lucian, che sembrava in piedi già da ore, entrò in casa con indosso un altro di quei suoi completi su misura.

«Mi stai prendendo in giro», mormorai.

«Dormi in giacca e cravatta?», gli domandò Nash.

«Io non dormo», ironizzò lui.

La mia vagina detestava Lucian Rollins.

«Cosa ci fai qui?», domandai.

«Seguo il tuo consiglio», rispose lui, con un lieve crepitio nella voce. «Avanti, Nash. Andiamo a fare colazione».

«Senza offesa, Lucy, ma ero nel bel mezzo di qualcosa che preferivo molto di più al mangiare delle uova assieme a te».

Lucian mi scoccò un'occhiata che avrebbe incenerito una donna più debole. «Sei libero di tornare a farlo dopo che ti avrò detto quel che devo».

«Ho bisogno di un caffè», borbottai, poi mi diressi verso la cucina.

«Ti avevo avvisata», mi gridò dietro Lucian.

«Sì? E ti ho avvisato anch'io». Gli mostrai il dito medio da sopra la spalla.

«"Avvisata"? Che diavolo sta succedendo, Lucy?», domandò Nash.

«Dobbiamo parlare», fece Lucian. «Vestiti».

«Io mi occuperò del cane», esclamai. «Tu occupati di quel dito in culo del tuo amico».

18

Uova alla Benedict per stronzi

Nash

Non ero dell'umore per la colazione né per l'allegra musica pop che risuonava nelle casse della tavola calda. Per il secondo giorno di fila, non mi ero risvegliato con quell'orribile suono scricchiolante che mi riecheggiava in testa.

Al contrario, al mio risveglio avevo trovato Lina. E quello stronzo del mio amico aveva rovinato tutto.

«Dov'è la tua ombra federale?», domandò il mio amico stronzo.

«Probabilmente ancora a letto. Dove io dovrei essere. Hai interrotto qualcosa».

«Dovresti ringraziarmi».

«Cazzo, sei uscito di testa?», dissi, proprio mentre il cameriere si avvicinava.

«Posso lasciarvi un altro minuto», fece questi, esitante.

«Caffè. Nero. Per favore», aggiunsi mentre facevo scivolare il menu verso il bordo del tavolo e guardavo Lucian in cagnesco.

«Prendiamo entrambi uova alla Benedict con salmone affumicato, yogurt e frutti di bosco», ordinò il mio amico guastafeste.

«Subito», rispose il ragazzo prima di correre via.

Lucian aveva un suo modo di intimidire e impressionare la gente. A volte entrambe le cose in contemporanea. Quel giorno, tuttavia, mi stava solo facendo incazzare.

Mi passai una mano sul viso. «Che diavolo ti succede?»

«Sono qui per porti proprio la stessa domanda». Fissò il suo telefono con un cipiglio, prima di riporlo nella tasca della giacca.

«Sei come un vampiro che resta sveglio a complottare come rompere le uova nel paniere al suo migliore amico».

«Hai trascorso due notti a letto con lei e…».

«Come sai che ho trascorso due notti a letto con lei?», lo interruppi.
«Due notti a letto con chi?». Mio fratello scivolò sul divanetto accanto a me con l'aspetto di qualcuno incazzato e che era appena rotolato fuori dalle coperte.
«Tu cosa ci fai qui?», domandai.
Lui sbadigliò e chiese un caffè con un gesto delle mani. «Mi ha chiamato Lucy. Ha detto che era importante. Due notti a letto con chi?»
«Non ho intenzione di parlarne. E come cazzo è che conosci quali sono le mie sistemazioni per la notte?», chiesi, voltandomi di nuovo verso Lucian.
«Le informazioni trovano il modo di raggiungermi».
«Giuro su Dio, se la signora Tweedy origlia dalla mia porta con un bicchiere...».
«Che diavolo succede tra voi due?», si intromise mio fratello.
Il cameriere tornò con del caffè per tutti.
«Posso portarti qualcosa per colazione?», domandò a Knox.
«Magari dopo che avrò scoperto chi si porta a letto mio fratello».
«Gesù. Non è affare di nessuno chi mi porto a letto. Quello che voglio sapere è perché cavolo Lucian si è presentato a casa di Lina alle sei del mattino e mi ha trascinato fuori dal letto per una cazzo di colazione».
«Eri a casa di Lina alle sei del mattino?». Dal tono, Knox non ne sembrava molto felice.
«Francamente, non avrei dovuto farlo se il mio pranzo con la tua compagna di letto ieri fosse andato meglio», disse Lucian in modo seccato.
Stavo considerando se lanciarmi sul tavolo e afferrarlo per il bavero del suo bel completo quando il cameriere decise saggiamente di scomparire.
«Perché siamo qui? Cosa ci facevi a pranzo con Lina? E cosa cazzo ha a che vedere tutto questo con te che all'improvviso hai voglia di uova alla Benedict?»
«Perché cazzo eri a casa di Lina alle sei del mattino? Ed è meglio che la risposta non sia che è lei quella che ti sbatti», ringhiò Knox.
Lucian mi guardò inarcando un sopracciglio e prese la sua tazza. «Ti ha raccontato del nostro pranzo, ma non ti ha detto il perché? Interessante».

«Nulla di tutto questo è interessante per me. O arrivi al punto, o ti levi dai piedi».

«Se qualcuno non inizia a rispondere alle domande, comincerò a menare pugni», avvertì Knox.

«Lui non sta bene», disse Lucian, indicandomi. «Non sta bene da quando gli hanno sparato».

«Grazie al cazzo, Sherlock. Un coglione mi ha piantato due pallottole in corpo. Ci vuole un po' a riprendersi da una cosa simile».

«Lo dici come se stessi provando a farlo».

Una rabbia incandescente emerse con le unghie e con i denti da sotto la mia pelle. Accanto a me, mio fratello si irrigidì.

«Vaffanculo, Lucy», sbottai. «Ci sto provando. Faccio fisioterapia. Vado in palestra. Vado al lavoro».

Lui scosse il capo. «Fisicamente stai guarendo. Ma psicologicamente? Non sei più lo stesso. Lo nascondi. Ma le crepe stanno iniziando a vedersi».

«Mi servirà qualcosa di più forte del caffè se dobbiamo avere questa conversazione», borbottò Knox.

Presi il mio caffè e valutai di tirarglielo addosso. «Arriva al sodo, Lucy».

«Non hai bisogno di distrazioni. Hai bisogno di chiudere la faccenda. Hai bisogno di ricordare. Hai bisogno di trovare Hugo. E hai bisogno di toglierlo di torno».

«Togliere Hugo di torno non cambierà proprio un bel niente di ciò che è già successo. E ricordare cos'è accaduto come diavolo potrebbe rimettermi di nuovo in sesto?».

Quello spazio vuoto nella mia memoria era forse la chiave? Se avessi finalmente ricordato come mi ero sentito di fronte alla morte, sarei stato pronto a vivere di nuovo? Non era parte di ciò con cui stavo trovando difficoltà? Potevo sbattere i criminali dietro le sbarre, ma questo non serviva a cancellare ciò che già avevano fatto. Potevo impedire loro di rifarlo, ma non potevo prevenire quanto già successo.

Dovevo aver alzato la voce, perché la coppia al tavolo accanto si voltò per guardarmi.

«Non posso credere che mi abbiate fatto uscire dal letto con Naomi per questo», si lamentò Knox.

«Lo stesso vale per me».

«Tuo fratello era a letto con Lina», spifferò Lucian.

«Col cazzo che c'era. Col cazzo che c'eri». Knox ruotò verso di me.

«Non cominciare, cazzo», lo avvertii.

«Ti ho detto di stare lontano da lei».

«Ho detto la stessa cosa a lei», disse Lucian.

«Cosa? Perché?», sbottammo all'unisono io e Knox.

«Stessa squadra, Knox», gli rammentò Lucian.

«L'hai minacciata?», domandai, la voce bassa e pericolosa.

«Eccome se l'ho fatto».

«Che cazzo di problema hai? Che cazzo di problema avete entrambi?», chiese mio fratello.

«Si sta approfittando di te», insistette Lucian.

«Stai davvero iniziando a irritarmi, Lucy», lo avvisai.

«Bene».

«Non devi più avvicinarti a Lina», lo ammonii. «Non puoi minacciare la gente per mio conto. Soprattutto non lei».

«Non posso credere che tu vada a letto con Lina dopo che ti avevo detto di non farlo», ringhiò Knox.

«E non puoi seppellire la testa dentro la sabbia sperando che le cose migliorino. Tuo padre ha trascorso gli ultimi decenni a intorpidirsi per vivere. Quello che stai facendo tu non è molto diverso», disse Lucian.

Un silenzio pesante calò sul nostro tavolo mentre ci lanciavamo occhiate torve a vicenda.

«Sono depresso. Okay, stronzi del cazzo? La mia vita è un enorme buco nero da quando mi sono risvegliato in quel letto d'ospedale. Contenti adesso?». Era la prima volta che lo ammettevo a voce alta. La cosa non mi piaceva molto.

«Ti sembro contento?».

Dovevo ammetterlo, Lucian sembrava triste.

«Dimmi cosa tutto questo ha a che fare con Lina», intervenne mio fratello, il volto tra le mani.

«Non credo che sia sincera. Mi preoccupa che possa approfittarsi di te mentre sei… così. Si è presentata in città un giorno prima che Hugo se la prendesse con Naomi e Waylay. Non ti ha raccontato del suo vero lavoro. Si è trasferita nell'appartamento accanto al tuo. E guarda caso ha dei trascorsi con lo sceriffo che ti è stato assegnato».

«Ha anche recuperato il mio culo dal pavimento, mi ha portato al piano di sopra e mi ha aiutato a superare un cazzo di attacco di panico due notti fa. Non so cosa ci sia in lei, ma più le sto vicino, meglio mi sento. È più semplice uscire dal letto e costringermi ad andare avanti. Perciò, sebbene apprezzi le tue preoccupazioni, vorrei sottolineare che lei c'è stata per me quando non c'era nessun altro. Né tu. Né Knox. Nessuno».

Lina mi aveva fatto sentire come un uomo, non come un guscio rotto.

La mascella di Lucian si serrò sotto la sua barba ben rasata.

«Due uova alla Benedict con salmone affumicato». Il cameriere comparve con la nostra colazione.

«Grazie», dissi in tono piatto, quando fu chiaro che Lucian non l'avrebbe fatto.

«Posso portarvi qualcos'altro? Altro caffè? Tovaglioli per asciugare eventuali futuri spargimenti di sangue? No? Okay, bene».

«Ti sta mentendo», insistette Lucian. «È qui a causa tua».

«Dovete entrambi chiudere subito le vostre dannate bocche», ordinò Knox. «Lina è una a posto, cazzo».

«Anche tu non ti fidi che stia intorno a tuo fratello», sottolineò Lucian.

«Perché Nash finirà per farsi spezzare il suo stupido cuore, ecco perché», sbottò mio fratello esasperato. «Non perché lei si sta approfittando o qualunque altra cazzata ti sia passata per quella tua dannata mente sospettosa. Lei non ha intenzione di sistemarsi, diventare la moglie di un poliziotto e occuparsi di un branco di marmocchi. Perciò, se tu perderai la testa per Lina e lei ti prenderà a calci nello stomaco mentre esce dalla porta, sarò io a dovermi sorbire le tue lamentele e i tuoi piagnucolii al riguardo».

Ero stranamente commosso, ma più che altro incazzato. Affrontai entrambi. Mio fratello e il mio migliore amico mi ritenevano troppo debole per sopravvivere a questa cosa.

«Avvicinati di nuovo a lei e te ne farò pentire», dissi, le nocche che diventavano bianche contro il manico della mia tazza.

«Lo stesso vale per te», ribatté Knox.

«Non spetta a te dirlo», gli rammentai.

«Non mi fido di lei», fece Lucian, ostinato.

«Ah sì? E io non mi fidavo di quell'igienista dentale con cui sei uscito per un mese tre anni fa».

«Avevi ragione a non farlo. Mi ha rubato l'orologio e l'accappatoio», ammise il mio amico.

«Lina non sta dando la caccia al mio orologio e non possiedo un accappatoio».
«No. Ma ha in mente qualcosa. Un bugiardo sa fiutare un bugiardo».
«Smettila di indagare su di lei».
«Se metterai la testa a posto, io smetterò di tenerla d'occhio», disse Lucian.
Quando Lucian Rollins teneva d'occhio, significava che sapeva cosa c'era nella tua spazzatura prima ancora che arrivasse al marciapiede. Significava che sapeva cosa avresti mangiato per cena prima ancora di te. Quell'uomo aveva un dono nel raccogliere informazioni, e non mi doveva sorprendere il fatto che le stesse usando contro di me. Soprattutto se pensava che fosse per il mio bene.
«Non ho bisogno di sentire tutto questo».
«Sì invece», continuò lui. «Mi sono giunte delle voci secondo cui sembrerebbe che Duncan Hugo non sia scappato con la coda in mezzo alle gambe».
«E con questo?», replicai.
«Sei una mina vagante. Una minaccia diretta alla sua persona. Non puoi nasconderti per sempre nei vuoti della tua memoria. Devi essere operativo al cento per cento. Perché se lui se la prendesse di nuovo con te, se riuscisse a farti fuori... questo mi lascerebbe con soltanto Knox come amico».
«Esilarante».
«Vaffanculo», borbottò Knox.
«Sei troppo in gamba per permettere che questa cosa sia la tua fine. Devi riemergere da questa oscurità se necessario, e batterlo. E non riuscirai a farlo se ti farai distrarre da una donna di cui non puoi fidarti».
«C'è una soluzione semplice per tutto questo. Entrambi state alla larga da Lina», disse Knox.
«Andate entrambi al diavolo».

19

Il beige non è il suo colore

Lina

«Il solito, incantevole Lina?», esclamò Justice da dietro il bancone del Café Rev quando vi entrai.

«Sì, per favore. Ti dispiace se la mia amica pelosa si unisce a me?», domandai, sollevando Piper nel suo maglioncino di zucche. Il cane annusò l'aria profumata di caffè e tremò per l'eccitazione dell'adrenalina di prima mattina.

Justice sorrise. «Nessun problema. Preparerò qualcosa di super speciale per la signorina Piper».

Ovvio che il beneamato barista conoscesse già il nome del cane. E ovvio che sapesse qual era il mio solito. Ero andata nello stesso bar dietro l'angolo della mia vecchia casa per gli ultimi due anni, e ancora sbagliavano il mio ordine e il mio nome.

«Tutto a posto?», mi domandò sopra il ronzio del locale affollato mentre pagavo il mio caffè.

Sbattei le palpebre. Questo di sicuro non era mai successo nella mia caffetteria.

«Sì. Certo. Benissimo», dissi.

Era una grossa, grassa bugia.

Ma non avevo intenzione di spiegare a Justice che ero nel panico perché c'era qualcosa di così irresistibile in Nash Morgan che quando lui era nei paraggi mi comportavo in modo assolutamente inusuale. Cedevo alle coccole. Mi confidavo. Ero di supporto emotivo. E di certo non avrei espresso la mia preoccupazione che Lucian stesse per rovinare tutto, anche se non ero certa di volere quel "tutto", tanto per cominciare.

Erano amici da anni, e se Lucian avesse affermato che io portavo guai, Nash lo avrebbe ascoltato.

Avrei dovuto esserne felice. L'interferenza di Lucian mi avrebbe sbrogliata da una situazione che non sapevo come gestire e mi avrebbe permesso di concentrarmi su ciò che ero venuta a fare. Avrei dovuto essere entusiasta. Invece, mi sentivo come quella volta al college in cui avevo insistito a salire sulle montagne russe dopo quattro shot di tequila.

«Sei sicura? Perché la tua faccia non dice che stai benissimo», insistette Justice.

«Io e la mia faccia stiamo bene», gli assicurai. «Sto solo… cercando di risolvere un paio di cose nella mia testa».

Lui prese una tazza e se la rigirò attorno al dito per il manico. «A volte la cosa migliore che puoi fare è distrarti e lasciare che sia la risposta a venire da te».

Infilai una banconota da venti nel barattolo delle mance. «Grazie, Justice».

Lui mi scoccò un occhiolino. «Accomodati. Ti chiamo quando è pronto».

Mi accaparrai il primo tavolo libero che vidi e mi lasciai ricadere sulla sedia.

Justice aveva ragione. Nash non era una qualche operazione che potevo pianificare ed eseguire. Era un uomo adulto e poteva prendere le sue decisioni. Ma probabilmente avrebbe dovuto farlo con tutte le informazioni. Se gli avessi detto la verità e lui avesse ancora voluto credere che portavo guai, tanto peggio per lui. Non per me.

Ma allora perché sentivo che sarebbe stato peggio per me? Quella vocina nella mia testa era fastidiosa. Non mi stavo davvero invaghendo di quell'uomo. Vero? Prima di quel weekend, avevo bevuto con lui in un bar e lo avevo ricucito dopo una sparatoria. A malapena ci conoscevamo. Era solo una cotta. Nulla di più.

«Sembri lontana un milione di chilometri», disse Naomi, comparendo con diverse bevande.

«Quanto caffè bevi al mattino?», domandai mentre lei si accomodava accanto a me.

«Questi due sono tuoi». Fece scivolare verso di me un caffellatte e una coppetta di carta con della panna montata e con sopra scritto il nome di Piper. «Non hai sentito Justice che ti chiamava».

Piper si dimenticò di essere terrorizzata e ficcò il musetto dentro la panna montata.

«Come hai capito che Knox era quello giusto?». Sparai fuori quella domanda senza neppure averne coscienza.

Ma se Naomi fu sorpresa da quell'interrogativo, non lo diede a vedere. «Era una sensazione. Una specie di magia. Un qualcosa di giusto, presumo. Di sicuro non aveva alcun senso logico. Sulla carta non potevamo essere peggio assortiti. Ma c'era qualcosa di così giusto nel modo in cui mi sentivo assieme a lui».

Merda. Questo suonava... familiare.

Mi tenni impegnata con un'iniezione di caffeina.

«Ma non puoi semplicemente invaghirti di qualcuno nell'arco di un paio di giorni, no?»

«Certo che puoi», fece lei, con un tono derisorio.

Quanto avrei voluto essere andata in un bar anziché in una caffetteria.

«Ma è una cosa stratificata. Puoi perdere la testa per qualcuno in superficie. Puoi trovarlo attraente ed eccitante o, nel caso di Knox, esasperante. E la cosa può fermarsi lì. Ma più in profondità scavi, più parti riesci a vedere di questa persona, e più te ne puoi invaghire. E può anche succedere in fretta».

Ripensai alle confessioni a notte fonda, alla strana e fragile intimità che avevamo costruito tra noi confidandoci l'un l'altra cose che nessun altro sapeva. Mi domandai se dicendogli tutta la verità lo avrei mandato in pezzi. O c'era forse una forza invisibile in quel genere di onestà?

«Oppure se sei come me e Knox, ti possono servire scalpello e martello prima di superare lo strato del "sei sexy, facciamo sesso"», aggiunse Naomi.

«Mi piace questo strato», ammisi.

«Come può non piacere?», scherzò lei.

«Gli strati più profondi possono reggere il confronto?». Stavo ironizzando solo in parte.

Lei mi colpì con il suo sorriso a trentadue denti. «Oh, tesoro. Non fa altro che migliorare. Più conosci, ami e rispetti il tuo compagno, più vulnerabili voi due siete insieme, più tutto diventa migliore. E intendo proprio tutto».

«Questo suona... terrorizzante», decisi.

«Non hai torto», concordò lei. «Ho atteso il tempo necessario prima di chiederti chi ti fa provare tutti questi sentimenti?»

«È solo un discorso ipotetico».

«Giusto. Perché non sei qui seduta con il cane di Nash. E tu e Nash non avete quasi dato fuoco al mio tavolo del salotto con le scintille che volavano tra di voi a quella cena. E Knox non ha avuto un attacco isterico perché Nash in seguito ti ha messa all'angolo».

«La vostra comunicazione di coppia procede senza intoppi», osservai.

Lei mi squadrò, con l'intenzione di farmi cedere, ma io tenni duro. «Uff. D'accordo», fece lei. «Ma sappi solo che se avessi bisogno di parlare, in linea ipotetica o quant'altro, io sono qui. E sono dalla tua parte».

«Grazie», risposi, accarezzando con una mano la pelliccia ispida di Piper. «Lo apprezzo».

«È a questo che servono gli amici», disse lei, dando un'occhiata all'orologio. «Se vuoi scusarmi, è il momento che vada a farmi convincere da Sloane a usare i soldi della vendita della mia casa per il bene della comunità, dal momento che il mio futuro marito si rifiuta con insistenza di lasciarmi pagare per il matrimonio, la luna di miele o il college di Waylay».

«Perché non metterli da parte?»

«Sto risparmiando poco a poco. Ma ho usato l'eredità di mia nonna per l'anticipo di quella casa, e mi sembra giusto investirlo nel futuro di qualcosa a cui tengo. Sloane dice che ha la soluzione perfetta». Prese il suo caffè da tre litri e si alzò in piedi. «Non dimenticare che dobbiamo andare a comprare i vestiti!».

Ci salutammo e osservai Naomi uscire dalla porta nella fresca mattinata autunnale.

Abbassai lo sguardo verso Piper. Aveva la panna sui baffetti. «Credo di dover dire la verità al tuo papà».

Il cane inclinò il capo e mantenne il contatto visivo per un imbarazzante intervallo di tempo.

«Qualche consiglio per me?», domandai.

La sua linguetta rosa scattò fuori e ripulì il suo muso dalla panna.

Se Lucian durante la colazione non fosse riuscito a convincere Nash che ero una scaltra e manipolatoria *femme fatale*, forse a pranzo avrei potuto dirgli perché mi trovavo lì e che provavo su per giù una specie di qualcosa per lui.

«Sai, anche qualora lui all'inizio ce l'avesse con me, ho sempre te», dissi al cane. «Magari posso tenerti in ostaggio e chiedere il suo perdono come riscatto».

Piper starnutì della panna montata sul tavolino. Lo presi come un segno affermativo, e non appena ebbi finito di ripulire quel disastro, gli inviai subito un messaggio.

Io: Hai tempo per pranzare oggi? C'è una cosa che vorrei dirti.

Posai il telefono e fissai lo schermo, intimando ai tre puntini di comparire. Ma non lo fecero.

Era probabile che fosse impegnato. O che avesse già deciso che portavo guai e che nessun quantitativo di tardiva onestà avrebbe posto rimedio alla cosa. Ma cosa stavo facendo? Ero lì per fare il mio dannato lavoro e per trovare il modo di smetterla di prendere decisioni rischiose.

«Dannazione», borbottai sottovoce.

Presi di nuovo in mano il telefono.

Io: Mi sono appena resa conto che non ho tempo per pranzare, quindi dimentica quello che ti ho detto. Ho delle commissioni da fare, perciò lascerò Piper con la signora Tweedy.

Ecco. Bene.

Era la scelta più saggia chiudere tutto in quel momento. Non importava cosa Nash pensasse di me, non sarei rimasta lì abbastanza a lungo per dovermi occupare delle conseguenze.

«Ciao, dolcezza». Tallulah, la moglie di Justice, comparve con un grosso bicchiere di caffè e una busta di dolci. «Volevo solo dirti che se la tua sexy auto avesse bisogno di un cambio d'olio, portala da me. Adoro i bestioni americani».

«Non mi fiderei di nessun altro», la rassicurai.

Lei mi strizzò l'occhio e se ne andò.

Mi bloccai con la tazza sospesa a mezz'aria mentre me la portavo alla bocca.

Tallulah sapeva che tipo di auto guidavo. Ero parte di una chat di gruppo assieme a donne divertenti e amichevoli che sembravano alquanto intenzionate a inserirmi nella loro cerchia di amicizie. Il proprietario della caffetteria locale conosceva il mio nome e come gradivo il caffè. Avevo degli amici della palestra, e anche se erano tutti membri dell'associazione pensionati, questo non li rallentava nel sollevamento pesi.

Mi guardai attorno e riconobbi una mezza dozzina di volti.

Sapevo dove trovare i miei cibi preferiti al supermercato locale e mi ricordavo di evitare Fourth Street tra le tre e le tre e mezzo, quando c'era l'uscita da scuola. Ero parte del corteo nuziale di qualcuno. Stavo facendo da dog-sitter al cane di qualcuno. Mi ero svegliata per due mattine di fila nel letto con Nash.

Senza che me ne accorgessi, Knockemout mi aveva risucchiata nel suo campo gravitazionale. E stava a me decidere se volevo liberarmene. Se ero abbastanza coraggiosa da vedere com'erano gli altri strati.

«Be', per la miseria», mormorai, e ripresi di nuovo il telefono.

Io: Di nuovo io. Il pranzo è di nuovo sul tavolo. Letteralmente e metaforicamente. Voglio dire, se sei disponibile. Spero di sentirti presto.

«Oh, mio Dio. "Spero di sentirti presto"?». Lasciai cadere il telefono e mi passai entrambe le mani sul volto. «Che c'è che non va in me? Cosa mi sta facendo questo tizio?».

Piper cacciò un piccolo guaito. La guardai. «Grazie per il tuo feedback. Ti lascerò dalla signora Tweedy, così potrò andare a parlare con qualcuno di orribile».

«Be', guarda un po' chi è tornata». Tina Witt sembrava molto compiaciuta per essere una donna con indosso la tuta beige della prigione.

La prima volta che avevo incontrato quella donna, la sua somiglianza con la gemella, Naomi, era stata sconcertante. Mi sembrava di trovarmi di fronte letteralmente alla gemella cattiva. Solo che al posto di un pizzetto da diavolo, Tina esibiva l'atteggiamento tipico di una criminale non molto geniale.

«Tina», la salutai, sedendomi di fronte a lei sulla sedia pieghevole in metallo.

Ero già stata lì due volte in precedenza, e in entrambi i casi me n'ero andata con un grosso, grasso nulla. O Tina si stava aggrappando a una qualche bizzarra lealtà verso Duncan Hugo, o davvero non sapeva nulla riguardo a, be'… a niente. Dal modo in cui aveva testimoniato contro il suo ex con i federali, dedussi che fosse la seconda.

«L'ho già detto a te e ai tuoi amici federali cinquanta milioni di volte, non so dove sia Dunc».

Era il momento di provare una nuova tattica. «Non lavoro per i federali», le dissi.
Il suo sguardo si assottigliò. «Avevi detto...».
«Ho detto che sono un'investigatrice».
«Cosa diavolo stai investigando se non si tratta di dov'è andato quel coglione buono a nulla e decerebrato?»
«Lavoro per una compagnia di assicurazioni», le spiegai.
«Stai cercando di vendermi una qualche stupida polizza automobilistica? Sono dietro le sbarre, stronza. Mi vedi forse guidare?».
Era chiaro chi fosse la decerebrata. «Non vendo assicurazioni, Tina. Ritrovo cose assicurate quando queste scompaiono».
«Eh?»
«Sono come un cacciatore di taglie, solo che anziché rintracciare la gente, rintraccio le cose che hanno rubato. Credo che Duncan abbia rubato qualcosa di valore al mio cliente, e credo che l'abbia rubato mentre progettava di dominare il mondo del crimine assieme a te».
«Quanto di valore?».
Era tipico di Tina non fare caso ai dettagli, ma solo al succo del discorso.
«Per il mio cliente? Inestimabile. Secondo il valore di mercato? Mezzo milione».
Tina emise un verso di derisione. «Inestimabile come quelle stronzate sentimentali tipo le bustine con i denti dei bambini? Quella roba non l'ho mai capita. La fatina dei denti. L'elfo sul caminetto».
Avvertii un moto di tristezza per Waylay e per il modo in cui era stata cresciuta. Almeno i miei genitori mi avevano soffocato d'amore. Un disinteresse attivo avrebbe causato molti più danni. Grazie a Dio per Naomi e Knox e le loro famiglie allargate. Waylay adesso era spalleggiata da un esercito di persone care.
«Inestimabile come una Porsche 356 decappottabile del 1948 che apparteneva alla famiglia da tre generazioni».
«Perciò mi stai dicendo che non solo quel cazzone mi ha lasciata a bocca asciutta a prendermi la colpa per ogni dannata cosa, mi ha anche esclusa da una bella fortuna?»
«All'incirca».
«Quel figlio di puttana!».
«Non gridare, Tina», esclamò la guardia fuori dalla porta.
«Se voglio gridare grido, Irving, cazzo!».

«Ti ricordi se Duncan era con te durante quel fine settimana di agosto?», domandai, mostrandole il calendario sul mio telefono.

L'ultima volta che ero stata lì e gliel'avevo chiesto, mi aveva suggerito che interpellassi la sua "assistente" e poi mi aveva detto di andare al diavolo.

«È stato quando ha rubato quella tua costosa macchinona?».

Annuii.

«Ho ricordato qualcosa dall'ultima volta. Dunc e i suoi amichetti quel fine settimana si sono dati alla pazza gioia. Sono tornati indietro con sei auto. Ma non una vecchia Porsche. Però Dunc è tornato più tardi rispetto agli altri. Lo ricordo perché me la presi con lui, poiché quei coglioni si erano presentati senza di lui e mi avevano bevuto tutta la dannata birra. Poi arriva Dunc, che se la tira come uno di quegli uccelli con la coda grossa e bella».

«Un tacchino?».

Tina alzò gli occhi al cielo. «Gesù. No. Quello con le piume blu che strilla». Gettò la testa all'indietro ed emise un grido stridulo.

Irving la guardia aprì la porta. «Un altro avvertimento e te ne torni in cella, Tina».

«Un pavone!», mi intromisi.

Tina mi indicò. «Sì! Quello. Di cos'è che stavamo parlando?».

Irving richiuse la porta con un sospiro esasperato.

«Duncan è tornato a casa tardi dopo aver rubato sei auto», la imbeccai. «Quanto tardi?».

Lei fece spallucce. «Abbastanza tardi perché quei coglioni mi bevessero un'intera cassa di birra light. Più o meno una o due ore?».

Soffocai il mio crescente senso di trionfo. Lo sapevo. Avevo ragione. Aveva nascosto la Porsche da qualche parte a distanza di un'ora dall'originario luogo dell'officina. Forse non era più lì, ma se ero riuscita a trovare quella prima briciola di pane, potevo trovare anche la seconda.

«E tu non hai mai visto una Porsche vintage all'officina?», domandai.

Lei scosse il capo. «Nah. Era fissato con la roba nuova alla *Fast and Furious*».

«Duncan ti ha mai portato a conoscere suo padre?», domandai.

«Anthony?». Contrasse il viso in una smorfia derisoria. «Io e Dunc eravamo più allo stadio della "scopata nel vicolo" che non a quello del "ti presento i miei", prima che mi fottesse».

«Ma parlava di lui», la imbeccai.

«Cazzo, sì che parlava di lui. Quel tizio era ossessionato dall'ottenere l'approvazione di paparino. O almeno, finché non ha mandato tutto a puttane con quel colpo».

Il mio corpo si irrigidì di fronte al modo noncurante con cui si era riferita alla sparatoria contro Nash. Feci del mio meglio per mantenere un'espressione impassibile, ma dentro di me, il cuore mi martellava contro lo sterno.

Alcune persone non comprendevano che le loro azioni avevano delle conseguenze. Altre semplicemente se ne fregavano.

«Sai, non sapevo nemmeno che avesse intenzione di provare a far fuori quel Morgan. L'avrei convinto a non farlo», disse Tina, accendendosi una sigaretta.

«Perché?»

«Be', tanto per cominciare, quei pantaloni da poliziotto facevano proprio una gran figura sul sedere di quell'uomo».

Tina Witt sarà anche stata un essere umano terribile, ma su quello specifico punto non aveva torto.

«In secondo luogo, è un tizio decente. E non solo da guardare. Non mi ha mai trattata come facevano quel pezzo di merda di suo fratello o chiunque altro. Addirittura, quella volta che mi ha arrestata, mi ha spinto la testa nell'auto con gentilezza». La sua espressione dura si era trasformata in sognante.

«È un bravo ragazzo. E anche di bell'aspetto», suggerii.

«Su questo non hai torto. Considerato quanto evito i poliziotti in generale, sai che un tizio deve essere sexy se non corro nella direzione opposta al supermercato persino quando ho dei pezzi di tacchino che non ho pagato infilati nel reggiseno. Scommetto che ha anche l'uccello grosso», sospirò lei con malinconia.

Fantastico. Adesso stavo pensando a Nash e alle sue incredibili erezioni mattutine, e a come avrei potuto non sperimentarle più. «Torniamo a Duncan», dissi disperata.

Tina mosse la mano in un gesto di sufficienza. «Oh, lui ne aveva solo uno di dimensioni medie. E neanche sapeva usarlo granché. Era una specie di attizzatoio anziché un propulsore, se capisci cosa intendo».

Non lo capivo. Il mio volto dovette rivelarglielo, perché Tina si alzò e prese a fare una dimostrazione oscena di spinte con la sigaretta che le penzolava dalla bocca.

«Credi che Anthony Hugo aiuterebbe suo figlio a nascondersi?», le domandai, interrompendo lo spettacolo.

Tina fece un verso di scherno e si risedette. «Mi prendi per il culo? Dopo il tremendo casino che ha combinato Dunc?»

«I genitori perdonano ogni genere di errore», commentai. Nella fattispecie, gli stessi genitori di Tina.

Lei scosse la testa. «Non Anthony Hugo. Dunc arrivò a casa tutto incazzato e impanicato. Mi raccontò che aveva cercato di far fuori un poliziotto e non era andata come previsto. Io me la stavo prendendo bene bene con lui quando due degli scagnozzi di Anthony si sono presentati per portare via Dunc per una "chiacchierata". Ed ero lì quando è tornato a casa pesto e sanguinante».

«Cos'è successo durante quella chiacchierata?»

«Oh, lo sai. Urla. Umiliazioni. Minacce. Anthony era incazzato che Dunc avesse attirato delle "attenzioni indesiderate" verso i loro affari. Dunc disse che suo padre lo aveva insultato e gliele aveva suonate. Cosa che fu un vero schiaffo in faccia, in tutti i sensi. Pare che Anthony non si sporcasse le mani per picchiare qualcuno da un sacco di tempo. Ha dei tizi che se ne occupano. Ma per Dunc ha fatto un'eccezione».

«Duncan come si è sentito al riguardo?».

Lei mi guardò come se fossi stupida. «Ha sentito che la loro relazione era avanzata verso un livello migliore. Come diavolo pensi che si sia sentito?»

«Perciò non credi che ci sia un qualche modo in cui il padre di Duncan avrebbe potuto aiutarlo a sparire?», insistetti.

«Sarei sorpresa se il vecchio non gli stesse dando la caccia a sua volta per farlo fuori prima che gli sbirri lo trovino», commentò.

Questa era nuova. La tenni a mente. «Sul serio?»

«Insomma, Dunc era un idiota. Troppo impulsivo. Ma suo padre è davvero spaventoso. Dopo che Anthony gliele ha suonate ben bene per aver rovinato i suoi piani e aver messo in pericolo gli affari di famiglia, ho capito cosa sarebbe successo in seguito. Il vecchio avrebbe mandato qualcuno a ripulire il casino. E per "ripulire il casino" intendo che avrebbe piantato un paio di pallottole nella testa di Dunc. E di sicuro anche nella mia».

«Perciò, cos'è successo?»

«Be', lascia che te lo dica, non c'è nulla di sexy in un uomo che è triste perché paparino non lo ama abbastanza. Gli dissi che era ora di voltare pagina. Di farsi un nome da solo. Perciò lo convinsi che dovevamo darci alla macchia. Fece qualche telefonata, poi ci trasferimmo in quel capannone a Lawlerville e iniziammo a predisporre un piano. Ci servivano soldi, e in fretta. Dunc intuì che il modo migliore era rivendere una copia della lista. C'erano un sacco di persone lì sopra, e a Washington sarebbe interessata una lista di poliziotti rompipalle e delle loro talpe».

«Perciò è stato a quel punto che hai rapito tua figlia e tua sorella».

Le pessime decisioni di Tina Witt facevano sembrare le mie minime falle di giudizio al confronto. Avevo assistito di persona alle immediate conseguenze. Una scia di cattivi sanguinanti. Knox sul pavimento con Naomi e Way. Nash, eroicamente appoggiato contro la parete, pistola in mano, la spalla che sanguinava, l'espressione esausta e incazzata. Il mio cuore partì in un patetico scalpiccio.

«Quello è stato un altro bordello in cui mi ha ficcato quel cretino. Non avrebbe mai dovuto trattarsi di un rapimento, sai? Avrebbe solo dovuto spaventarle un po'. Fare in modo che sganciassero quella lista. Poi le avremmo lasciate andare per la loro strada. Ma noooo, lui doveva fare le cose a modo suo. Dunc era un idiota, ma non era stupido. Poteva essere subdolamente astuto quando voleva, ma era impulsivo. Un istante prima pianificava un colpo, e quello dopo si estraniava a giocare ai videogiochi fino alle quattro del mattino».

«Perciò una volta che voi due vi siete messi in proprio, chi lavorava per lui? C'erano degli uomini nel capannone la notte in cui sei stata arrestata. Erano di Anthony? Altri membri della famiglia? Amici?».

È a questo che servono gli amici. Le parole di Naomi di quella mattina riemersero nella mia testa. Nessuno era davvero solo al mondo. C'era sempre qualcuno a cui una persona poteva rivolgersi quando aveva bisogno di aiuto.

«Oh. Tipo i suoi complici noti, giusto? Sto acquisendo il linguaggio da sbirro guardando *NCIS* e altre cazzate simili, casomai il comandante Morgan decidesse di farmi visita», disse lei con fierezza.

Mi domandai come si sarebbe sentito Nash se avesse saputo che Tina Witt aveva una feroce cotta per lui. Mi domandai anche se questo significava che non la sarebbe mai andata a trovare in prigione.

«Sì. I complici noti», assentii.

«Ho sentito che la maggior parte è stata catturata dalla polizia», disse Tina.

«La maggior parte, ma non tutti. Qualcuno doveva aiutarlo a fuggire».

«C'erano un paio di scagnozzi che lavoravano per lui nella sua officina di riciclaggio auto. E poi c'erano Faccia Tatuata e Ciccio Pizzetto. Quel tipo poteva mangiare una bistecca da mezzo metro in meno di dieci minuti. Erano amici di Dunc ai tempi del liceo, prima che lui mollasse. Hanno iniziato tutti a lavorare per il vecchio più o meno nello stesso periodo, ma prima ancora di quello erano amici di Dunc».

Presi diligentemente appunti e mi augurai che le descrizioni fossero sufficienti a condurmi in una qualche direzione.

«C'è qualcun altro che ti viene in mente?».

Lei strinse le labbra e spense la sigaretta. «C'era un tizio che non ho mai incontrato. Telefono Prepagato. Non credo fossero amici. O almeno, non parlava come se lo fossero. Ma è quello che Dunc ha chiamato quando ha avuto bisogno di far sparire la macchina dopo essere stato così stupido da sparare al comandante Morgan».

«Come l'ha aiutato Telefono Prepagato?», domandai.

Tina sollevò le spalle. «Boh. Ero troppo presa a gridare contro Dunc per essere stato un cretino per prestarci attenzione».

Richiusi il mio taccuino e me lo infilai nella tasca del giacchetto. «Un'ultima domanda. Per quale motivo Duncan se l'è presa col comandante Morgan?».

Tina scrollò le spalle. «Forse perché un giorno avevo sottolineato quanto fosse bello il sedere del comandante, o forse perché gli avevo detto che il comandante non mi aveva mai trattata male come tutti gli altri cazzo di residenti di Knockemout. Non mi aveva mai guardata come se fossi una signora nessuno».

Si rigirò una ciocca di capelli della consistenza della paglia attorno alle dita. Si era tagliata e tinta i capelli per somigliare di più alla sorella per il rapimento. Adesso, si iniziava a vedere la ricrescita e aveva un disperato bisogno di un buon balsamo.

«Ovvio, potrebbero essere stati quei doppi asterischi accanto al suo nome ad attirare l'attenzione di Dunc».

Lottai contro l'impulso di tamburellare le dita sul tavolo. «Ti ha detto cosa significavano gli asterischi?».

Tina si strinse nelle spalle. «Non lo so. Dovresti chiederlo a Dunc».

«Be', grazie per il tuo tempo, Tina». Mi rimisi in piedi.

«Non ho altro che tempo grazie a quell'imbecille. Se lo trovi, digli che ti ho mandato io».

Uscii fuori al sole luminoso dell'autunno sentendomi come mi sentivo sempre dopo aver lasciato la prigione. Come se avessi bisogno di una doccia.

Ma perlomeno *finalmente* avevo un paio di piste da seguire.

Trattenni il fiato mentre controllavo il telefono. Non c'erano messaggi né chiamate perse da parte di Nash. Emisi un sospiro e composi il numero dell'ufficio mentre attraversavo il parcheggio, lasciandomi alle spalle il filo spinato e le alte recinzioni.

La mia ricercatrice preferita, Zelda, rispose al secondo squillo. «Pronto?»

«Ciao, sono io. Ho bisogno che scopri tutto ciò che puoi sui complici noti di Duncan Hugo. Concentrati su quelli che conosce da più tempo. Nello specifico, chiunque abbia un tatuaggio in faccia e chiunque abbia una corporatura pesante».

Sentii il fruscio di un sacchetto di patatine.

«Ci penso io», fece Zelda, mentre un rumore di sgranocchiamento mi riempiva l'orecchio. «Come va la vita a Knockemup? Sei già pronta a correre urlando verso la più vicina area metropolitana?»

«Knockemout», la corressi, dirigendomi verso il mio veicolo.

«Vabbè. Ehi, hai sentito di Lew?».

Mi bloccai nel bel mezzo del parcheggio. «Cosa gli è successo?»

«A partire da domani torna al lavoro d'ufficio».

«Sta bene?», domandai.

«Sta bene. Dice che gli ci vuole più di un sedere rotto per abbatterlo. Inoltre, Daley gli ha detto che è meglio che riporti il suo culo incrinato là fuori se vuole continuare a guadagnare».

Attesi che sopraggiungesse il sollievo, ma l'unica cosa che persistette fu il senso di colpa.

20
Confessioni in macchina

Nash

Ero ancora incazzato per l'imboscata della colazione quando arrivai alla centrale. Non sapevo con chi ero più arrabbiato: con Lucian per aver oltrepassato il limite, con Knox perché era un coglione testardo, o con Lina perché ancora mi nascondeva qualcosa nonostante io fossi stato del tutto onesto con lei.

Mi aveva scritto tre volte dicendomi che voleva parlarmi.

Supposi che fosse preoccupata per ciò che mi aveva detto Lucian. In quell'istante, avevo voglia di lasciare che si preoccupasse.

O magari questa turbolenta rabbia interna era diretta contro me stesso. A questo punto, proprio non mi importava. Mi stavano facendo tutti incazzare.

«Dovrebbe dirmi dove va, Morgan».

Mi voltai e vidi un altrettanto irritato sceriffo federale camminare a passo spedito lungo il marciapiede verso la porta di servizio della stazione di polizia.

Non ero dell'umore giusto. «Sono già incazzato con due coglioni che mi hanno trascinato fuori dal letto questa mattina. Fossi in lei? Non avrei tutta questa fretta di aggiungere il suo nome a questa lista».

«Senti, testa di cazzo. Nemmeno io sono felice di questo incarico. Credi che a me piaccia accamparmi in questi posti da *Un tranquillo weekend di paura* per guardarti quelle spalle ingrate in vista di una qualche minaccia che con tutta probabilità nemmeno esiste?», replicò Nolan, sbottando e facendoci passare al tu.

«Gesù, mi dispiace che ti stia annoiando, Graham. Vuoi un album da colorare e qualche pastello? Te li recupererò quando andrò a prenderti un bigliettino di ringraziamento e dei cazzo di palloncini».

Nolan scosse il capo. «Cazzo, sei uno stronzo. Se ieri non ti avessi visto occuparti di quei ragazzini e farla fare sotto a quel testa di cazzo di poliziotto, penserei che la condizione sia permanente».

«Sì, be', magari lo è».

Per sottolineare la mia posizione, non gli tenni aperta la porta.

Risposi alla sequela di "buongiorno, comandante" con un breve cenno del capo mentre andavo dritto verso il mio ufficio, dove avrei potuto chiudere la porta in faccia a tutto il dannato mondo.

Nessuno disse nulla a Nolan mentre questi mi seguiva.

«Dov'è Piper?», domandò Grave, tenendo in mano una busta di biscottini gourmet per cani del negozio di animali.

Cazzo.

Lina aveva il cane. Potevo anche non volere quel dannato animale, ma di sicuro non avrei permesso a Lina di tenerselo.

«È con una vicina», risposi.

L'agente Will Bertle mi fermò a pochi centimetri dalla mia porta. Era il primo agente nero che avevo assunto in qualità di comandante. Pacato e imperturbabile, era benvoluto nella comunità e rispettato nel dipartimento. «Hai una visita, comandante. Ti sta aspettando nel tuo ufficio».

«Grazie, Will», risposi, cercando di contenere la mia esasperazione. Il mondo non sembrava incline a lasciarmi in pace quel giorno.

Entrai nel mio ufficio e mi bloccai di colpo quando vidi il mio visitatore.

«Papà?»

«Nash. È bello vederti».

Duke Morgan un tempo era stato l'uomo più forte e divertente che conoscessi. Ma gli anni non avevano fatto altro che cancellare quell'uomo.

Non dovevi guardare molto oltre gli abiti puliti e sformati, i capelli e la barba ben curati, prima di vedere la realtà dell'uomo seduto sulla mia poltrona per gli ospiti.

Sembrava più vecchio dei suoi sessantacinque anni. La sua pelle era sciupata e rugosa per via degli anni di trascuratezza e di esposizione agli agenti atmosferici. Era troppo magro, un'ombra del padre che un tempo mi aveva portato sulle spalle e mi aveva gettato senza sforzi dentro il ruscello. Sotto gli occhi blu, della stessa tonalità dei miei, aveva delle borse, dei segni viola così scuri da sembrare quasi lividi.

Le sue dita tracciavano con nervosismo la cucitura dei pantaloni ancora e ancora. Era un segnale che avevo imparato a riconoscere da bambino.

Nonostante i miei migliori sforzi per salvarlo, mio padre era un senzatetto tossicodipendente. Quel fallimento non era mai semplice per me da digerire.

Fui tentato di voltarmi e uscire. Ma proprio come avevo riconosciuto quel segnale, riconobbi anche il bisogno di affrontare il brutto. Era parte del mio lavoro, parte di chi ero.

Mi sganciai la cintura e la appesi assieme alla mia giacca all'appendiabiti dietro alla mia scrivania prima di sedermi. Noi Morgan non eravamo gente da abbracci, e a ragion veduta. Anni di delusioni e traumi avevano reso le dimostrazioni di affetto fisico tra di noi una lingua straniera. Mi ero sempre ripromesso che quando avessi avuto una mia famiglia, le cose sarebbero state diverse.

«Come te la passi?», domandai.

Duke si sfregò lo spazio tra le sopracciglia con fare assente. «Bene. È più o meno il motivo per cui sono qui».

Mi preparai per la richiesta. Per il no con cui avrei dovuto rispondergli. Avevo smesso di dargli denaro parecchio tempo prima. Vestiti puliti, cibo, stanze di hotel, cure, quello sì. Ma avevo appreso molto presto che fine facevano i soldi non appena ci metteva sopra le mani.

La cosa non mi faceva più arrabbiare. Non lo faceva più da molto tempo. Mio padre era chi era. Non c'era nulla che potessi fare per cambiarlo. Non prendendo voti migliori. Non giocando bene sul campo da football. Non diplomandomi con lode. E di sicuro non allungandogli dei soldi.

«Andrò via per qualche tempo», disse infine, accarezzandosi la barba con una mano.

Mi accigliai. «Sei nei guai?», chiesi, muovendo già il mouse del mio computer. Avevo impostato un avviso nel caso in cui il suo nome fosse comparso nel sistema.

Lui scosse il capo. «No. Niente del genere, figliolo. Sto, ehm, per iniziare un programma di riabilitazione giù a sud».

«Davvero?»

«Già». Si passò i palmi sulle ginocchia e su per le cosce. «È da parecchio che ci penso. Non mi faccio da un po' e mi sento piuttosto bene».

«Quanto sarebbe "un po'"?», domandai.
«Tre settimane, cinque giorni e nove ore».
Sgranai gli occhi. «Tutto da solo?».
Lui annuì. «Sì. Sentivo che era ora di un cambiamento».
«Buon per te». Non ero così ingenuo da sentirmi speranzoso. Ma sapevo anche che sforzo comportava per un tossicodipendente giungere a quello stato mentale.
«Grazie. A ogni modo, è un posto diverso rispetto a quelli in cui sono stato prima. Ci sono assistenza psicologica, programmi di terapie mediche. Hanno persino un assistente sociale che ti aiuta per le fasi successive. Hanno dei programmi di supporto per i pazienti dimessi, dei collocamenti lavorativi».
«Sembra avere un bel potenziale», dissi.
Non ero ottimista. Non riguardo a lui e non riguardo alla riabilitazione. Troppe delusioni nel corso degli anni. Avevo imparato che avere delle aspettative quando era implicato lui mi garantiva solo di restare deluso. Perciò avevo stabilito di vederlo sempre per quello che era, non per quello che avrei voluto che fosse. Né per quello che era stato un tempo.
La cosa mi aiutava anche nel lavoro. A trattare vittime e sospettati con rispetto, e non giudicandoli. Nonostante si fosse rivelato una figura paterna tossica, Duke Morgan mi aveva reso un poliziotto migliore. E di questo gli ero grato.
«Hai bisogno di qualcosa prima di partire?».
Lui scosse il capo lentamente. «No. Sono a posto. Ho qui il mio biglietto dell'autobus». Si picchiettò con una mano la tasca frontale. «Parto oggi pomeriggio».
«Spero sia una buona esperienza per te», dissi, e me lo auguravo sul serio.
«Lo sarà». Frugò in quella stessa tasca e ne tirò fuori un biglietto da visita. «Questo è il numero e l'indirizzo del posto. Per le prime settimane limitano le telefonate alle emergenze, ma puoi mandare delle lettere… se vuoi».
Mise il biglietto da visita sulla mia scrivania con la facciata verso l'alto e lo fece scivolare verso di me.
Lo presi, lo guardai e poi me lo misi in tasca. «Grazie, papà».
«Be', è meglio che vada». Si alzò. «Devo vedere tuo fratello prima di partire».
Mi alzai anch'io. «Ti accompagno fuori».

«Non è necessario. Non voglio metterti in imbarazzo di fronte a tutto il tuo dipartimento».

«Non sei un motivo di imbarazzo, papà».

«Forse tra qualche mese sarà così».

Non seppi cosa rispondere a quello. Perciò gli posai una mano sulla spalla e strinsi.

«La guarigione procede bene?», mi chiese lui.

«Sì. Ci vuole molto più che un paio di proiettili per abbattermi», dissi con finta sicurezza.

«Alcune cose sono più dure di altre da superare», insistette mio padre, quegli occhi blu fissi nei miei.

«Alcune cose lo sono», concordai.

Ferite da proiettile e cuori infranti.

«Non mi sono comportato bene con te e tuo fratello».

«Papà, non dobbiamo parlare di questo. Capisco perché le cose sono andate nel modo in cui sono andate».

«Vorrei solo aver continuato a cercare di trovare la luce anziché sprofondare nell'oscurità», rispose. «Un uomo può imparare a vivere nell'oscurità, ma quella non è vita».

Trascorsi l'ora successiva a visionare rapporti sui casi, richieste di ferie e budget con le parole di mio padre che mi riecheggiavano in testa.

Forse l'oscurità era un'esistenza vuota e senza senso, ma era la luce quella che poteva bruciarti. Avevo bisogno di qualcosa da Lina che lei non sembrava disposta a darmi. Qualcosa che per me era essenziale quanto l'ossigeno. *Sincerità*.

Certo, mi aveva confidato qualcosina qua e là. Ma quello che mi aveva detto era ombroso, e l'aveva rigirato per raccontarmi il genere di storia che lei voleva. Aveva fatto sembrare come se si fosse imbattuta in Lucian e avesse avuto una tranquilla conversazione con lui. Non mi aveva detto che il mio più vecchio amico l'aveva rintracciata e l'aveva minacciata a proposito del tempo che trascorreva assieme a me.

Ero quasi incazzato per il fatto che aveva deciso di gestire la cosa da sola quanto lo ero nei confronti dello stupido comportamento iperprotettivo di Lucian.

Ma sebbene sapessi per certo che Lina non mi stava dicendo tutta la verità, provavo qualcosa che non riuscivo a identificare, qualcosa di molto simile al desiderio. E il piatto della bilancia non sarebbe stato in equilibrio finché lei non mi avesse voluto a sua volta.

Cosa che Lina Solavita non era programmata per fare.

Cosa che io non ero pronto a soddisfare. Chi poteva volermi in quello stato? Ero un cazzo di casino.

Dannazione, avevo appena sbagliato a scrivere il mio nome nel firmare una richiesta per delle ore di permesso.

«Cazzo», mormorai, poi mi alzai di scatto dalla scrivania.

Ero troppo inquieto per nascondermi dal mondo. Avevo bisogno di fare qualcosa che mi sembrasse produttivo.

Afferrai la giacca e la cintura dal gancio e uscii dall'ufficio.

«Sto uscendo», dissi, rivolgendomi alla stanza in generale. «Se mi scrivete i vostri ordini per messaggio, vi porto il pranzo da Dino's. Offro io».

Seguì il fremito di entusiasmo che tutti i poliziotti provano al pensiero di cibo gratis.

Mi fermai alla scrivania di Nolan. «Hai voglia di fare un giretto?»

«Dipende. Hai intenzione di portarmi nel bosco e lasciarmi lì perché diventi preda dei bifolchi?»

«Probabilmente non oggi. Ho in mente di fare visita a un prigioniero».

«Prendo la giacca».

«Come mai questo ripensamento?», mi domandò Nolan mentre mi immettevo in autostrada.

«Forse volevo solo salvare l'ambiente condividendo un'unica auto».

«O magari hai voglia di farti una chiacchierata con Tina Witt e non vuoi mettere nessuno dei tuoi agenti in difficoltà con i federali».

«Non sei stupido come ti fanno sembrare quei baffi», dissi.

«Mia moglie – ex moglie – aveva un debole per *Top Gun*», rispose, accarezzandosi i baffi tra pollice e indice.

«Cosa non si fa per le donne».

«A questo proposito…».

«Fai il nome di Lina e ti lascio in balia dei bifolchi», lo avvertii.

«Capito. E la sua amica, invece? La bibliotecaria bionda?»

«Sloane?», chiesi.

«È single?».

Ripensai a Lucian quella mattina a colazione. Un lento, vendicativo sorriso mi si allargò in volto. «Dovresti chiederle di uscire».

Guidammo in silenzio finché non imboccai l'uscita per la prigione.
«Quei ragazzini di ieri», riprese Nolan. «Hai convinto il direttore a non sporgere denuncia».
«L'ho fatto».
«E poi hai fatto il culo all'agente Testa di Cazzo».
«C'è un motivo per cui stai rivangando questi episodi, Graham?».
Lui si strinse nelle spalle. «Dico solo che non fai schifo nel tuo lavoro. Altri ufficiali locali ci sarebbero andati giù pesante con quei ragazzi e l'avrebbero fatta passare liscia all'agente».
«La mia città ha visto fin troppa leadership vecchio stile. Merita di meglio».
«Presumo che tu sia più intelligente di quanto ti facciano sembrare quei fori di proiettile».

Il penitenziario femminile di Bannion era una tipica prigione di media sicurezza. Situato nel bel mezzo del nulla, il suo perimetro era protetto da alte recinzioni, chilometri di filo spinato e torrette di guardia.
«Hai intenzione di andare subito a riferirlo ai federali?», domandai, infilandomi in un parcheggio accanto all'ingresso.
«Immagino dipenda da come andranno le cose». Nolan si sganciò la cintura di sicurezza. «Vengo con te».
«Per te sarebbe meno problematico se non sapessi cosa sono venuto a fare qui».
«Non ho nient'altro da fare se non domandarmi quanti stronzi fanno la fila per provarci con la mia ex da quando si è trasferita a Washington e aspettare che un qualche criminale di basso livello ti chieda di nuovo di ballare. Vengo con te».
«Come ti pare».
«Hai già ricavato qualcosa di utile da lei?», chiese Nolan.
«Non lo so. È la mia prima visita».
Mi rivolse un'occhiata. «A quanto pare Stallone Perfettino prende gli ordini sul serio».
«Speravo proprio che quel soprannome sarebbe andato a morire».
«Improbabile. Ma sul serio, Idler ti dice di lasciare che siano i bambini grandi a occuparsene e tu te ne resti seduto a non far niente? Fossi in te, di sicuro starei portando avanti una mia indagine. Per la miseria, questa è gente del posto. È più probabile che vogliano parlare con te che non con un branco di federali».

«A tal proposito», dissi, squadrando in modo eloquente il suo completo d'ordinanza. «Togliti giacca e cravatta».

Nolan aveva appena gettato la giacca sul sedile posteriore e si stava arrotolando le maniche, quando una brunetta dalle gambe lunghe uscì fuori dalla prigione e raggiunse il parcheggio.

«Cazzo, mi prendi per il culo».

«Bene, bene, bene. Sembra che dopotutto l'investigatrice Solavita stia tramando qualcosa», rifletté il mio passeggero. «Quante sono le probabilità...».

«Zero su un milione», dissi, osservando in cagnesco il suo riflesso nel mio specchietto retrovisore. La vidi chiudere una telefonata e infilarsi in auto.

Ripescai l'ultimo messaggio di Lina sul mio telefono.

«Non hai intenzione di coglierla in flagrante?», domandò Nolan.

«No». I miei pollici si muovevano sul display.

Io: Il pranzo sembra un'ottima idea. Ci vediamo da Dino's tra dieci minuti?

Il mio telefono squillò qualche secondo dopo. Lina.

«Ehi», risposi, sforzandomi di mantenere un tono neutro.

«Ciao», fece Lina.

«Ti va bene da Dino's tra dieci minuti?», domandai, sapendo bene che non era così. Nolan ridacchiò sotto i baffi dal sedile del passeggero.

«A dire il vero, sono fuori per delle commissioni. Possiamo vederci tra un'ora?».

Mi stava mentendo in faccia... be', nell'orecchio. La mia pressione sanguigna schizzò a mille. «Non credo di essere libero per allora», mentii. «Di che genere di commissioni ti stai occupando?»

«Oh, sai, solo la solita roba. Spesa. Farmacia».

Una visita a un penitenziario femminile.

«Com'è andata la colazione stamattina?», domandò lei, cambiando argomento.

«La colazione è andata bene», mentii. «Piper è con la signora Tweedy?»

«Già. Sta smaltendo il suo cappuccino dormendo sul divano della signora Tweedy».

Quella donna aveva dato un dolcetto al mio cane e adesso mi stava mentendo. Lina Solavita era esasperante.

«Ehi, senti, se non sei ancora stata in farmacia, ti dispiace prendermi una confezione di ibuprofene?», domandai.

Ne avremmo avuto bisogno entrambi più tardi.

«Certo! Posso farlo. Nessun problema. Va tutto bene?». Sembrava nervosa. Ottimo.

«Sì. Benissimo. Devo occuparmi di roba da sbirri. Ci vediamo dopo». Riagganciai.

Trenta secondi più tardi, la Charger rosso ciliegia sfrecciò accanto a noi prima di uscire dal parcheggio con uno stridio di pneumatici.

Scesi dall'auto e sbattei lo sportello con più violenza del necessario.

Nolan scese a sua volta e fece una corsetta per tenere il passo. «Quanta freddezza, amico mio», disse con appena un accenno di ilarità.

Io grugnii e premetti con forza il bottone dell'interfono fuori dall'ingresso principale.

Quando le pesanti porte si aprirono con un ronzio, entrammo in un atrio immacolato. Le guardie ci fecero cenno di oltrepassare i metal detector e ci accompagnarono all'accettazione dietro il vetro protettivo. Ero già stato lì prima per udienze e interrogatori, ma questa volta era una questione personale.

«Be', salve, signori. Cosa vi porta nel mio bell'edificio, oggi?». Minnie lavorava al desk della prigione da che avessi memoria. Aveva minacciato di andare in pensione per tutti gli ultimi cinque anni, ma sosteneva che il suo matrimonio poi non sarebbe sopravvissuto.

La verità era che con ogni probabilità la prigione sarebbe caduta a pezzi senza di lei. Era una figura materna per le detenute, i visitatori e le forze dell'ordine.

Esibii il mio distintivo. «È bello rivederti, Minnie. Ho bisogno di visionare una lista di tutte le visite che ha ricevuto Tina Witt».

«La signora Witt di certo oggi è popolare», commentò Minnie, facendoci gli occhi dolci. «Lascia che parli con la capa e vedrò cosa posso fare per te».

21

Le bugie hanno le gambe corte

Nash

Bussai alla porta di Lina in modo autorevole e attesi.

Finalmente, si aprì uno spiraglio nella porta e lei sbirciò fuori, poi sorrise e la aprì un po' di più. «Ehi. Stavo facendo il bagno».

La oltrepassai ed entrai in casa.

«Oh, accomodati», disse, in tono perplesso. Non indossava altro che un asciugamano e un paio di ciabattine pelose. La sua pelle brillava per le gocce d'acqua. Dovetti distogliere lo sguardo perché non mi fidavo di me stesso. Mi sentivo come un vulcano pronto a esplodere. Tradimento e desiderio. Quelle due forze opposte si mescolavano nel mio sangue, alimentando il mio bisogno di scoppiare.

Non sarei dovuto andare lì quando ero così agitato.

«Il tuo ibuprofene è sul ripiano», aggiunse Lina, la sua voce adesso più esitante.

La scatola di dossier attirò la mia attenzione. Era aperta, e c'erano dei fogli impilati in modo ordinato attorno a essa.

Avanzai in quella direzione.

«Nash. Aspetta!».

Lei mi raggiunse proprio mentre prendevo il primo raccoglitore. Il suo petto si scontrò contro la mia schiena e si allungò verso di me, ma me la scrollai di dosso e aprii il dossier. Mi si rivoltò lo stomaco. Lo assorbii come fosse stato un colpo.

«Posso spiegare», disse lei pacata.

Sbattei il raccoglitore sul tavolo, con il volto di Duncan Hugo che guardava in alto verso di me. «Parla. Ora».

«Nash».

«Puoi iniziare dicendomi perché sei andata a fare visita a Tina Witt in prigione oggi. O forse dovresti partire spiegandomi perché il tizio che mi ha sparato è tra i tuoi dossier. A te la scelta». Volevo il freddo, l'oscurità. Ma lei aveva sbloccato qualcosa dentro di me, e anziché il nulla a cui mi ero abituato, stavo bruciando vivo di rabbia.

Lei incrociò le braccia davanti al petto con aria di sfida. «Questo non ha nulla a che vedere con te».

Mossa sbagliata.

«Non mentirmi, Angelina. Questo ha molto a che vedere con me. E non me ne andrò finché non mi avrai detto perché».

«È un interrogatorio, comandante? Mi serve un avvocato?».

Il mio sguardo era duro, inflessibile. «Dimmelo tu», risposi. Morivo dalla voglia di litigare. Ne avevo bisogno ancor più del mio successivo respiro.

Lei rispose al mio sguardo con la rabbia.

Cedetti al bisogno e le cinsi il gomito con le dita. Detestando il modo in cui reagii alla sensazione di sentirla contro il mio palmo, tirai fuori una sedia e ce la spinsi sopra. «Siediti. Parla».

Lei sollevò il mento in modo provocatorio.

«Se le prossime parole non saranno una spiegazione del perché sei andata a trovare Tina Witt e perché stai cercando Duncan Hugo, giuro su Dio che ti trascinerò in questo preciso istante al distretto e te ne starai per il resto della nottata in cella con nient'altro che un asciugamano addosso».

«Stai facendo un sacco di clamore per...».

«Mi sono fidato di te, Angelina. Mi sono aperto con te, e tu mi hai ingannato».

Notai la smorfia, prima che la ricomponesse in un'espressione di rabbia sdegnosa. «Non ti ho ingannato. Mi dispiace se i tuoi sentimenti sono stati feriti. Non era mia intenzione».

«Dio, sei peggio di Knox con le scuse», commentai.

«Sto solo facendo il mio lavoro! Non è un crimine».

Sbattei la mano sopra il tavolo. «Dannazione! Perché stai cercando Hugo?».

Avrebbe dovuto essere spaventata, ma non era così. Sembrava pronta a stendermi.

«Cos'è che stai cercando e che ti ha fatta venire qui? Che ti ha spinta a ingraziarti il sottoscritto chiedendomi della sparatoria? Che ti ha fatta finire nel mio letto a parlare di attacchi di panico e perdita della memoria»?

«Ti conviene rimangiarti quel che hai appena detto», fece lei con calma glaciale.

«Non provare a dirmi cosa posso o non posso fare in questo momento, Lina. Ho avuto una cazzo di giornata lunghissima, e tu la stai rendendo ancora più lunga».

«Te l'avrei detto».

La squadrai da capo a piedi e intimai a me stesso di non farmi influenzare dal modo in cui il suo petto si sollevava a ogni respiro che traeva. «È così che intendi giocartela?»

«Non sto giocando. È per questo che oggi ti ho scritto, idiota».

«Oh, quindi non eri preoccupata del fatto che Lucian mi avrebbe messo contro di te raccontandomi la verità?»

«Lui non conosceva la verità. E, da stupida, sentivo di dover essere io a dirtela».

Le sbattei in faccia il foglio con sopra il volto di Duncan Hugo. «Parla. Ora».

Lei rimase in silenzio, e quasi riuscii a sentirla valutare le sue opzioni.

«Come preferisci». Mi mossi così in fretta che non avrebbe potuto vedermi arrivare. Abbassai la spalla, le cinsi la vita col braccio buono e me la tirai sopra la spalla. Le sue ciabattine pelose volarono in direzioni opposte.

«Nash!».

«Ti avevo concesso l'occasione di farlo qui», dissi, dirigendomi verso la porta.

«Non osare!», strillò lei. Si dibatté contro di me, e io le schiaffai una mano sul sedere per farla stare ferma. L'altra mia mano si serrò attorno alla sua coscia nuda. Mi venne subito duro, e la cosa non fece altro che accrescere la rabbia che provavo. Ma il mio uccello sembrava non curarsi di cose come il tradimento.

Arrivai sino alla porta prima di sentire ciò che volevo. «Okay! Gesù. Hai vinto, gigantesco coglione».

«Come va la frequenza cardiaca?», le chiesi. Riuscii a malapena a schivare il calcio diretto al mio inguine.

«Giuro su Dio che ti farò cantare come un soprano», mi minacciò con quelli che sembravano denti stretti.

Mi avviai di nuovo verso la porta. «Dovrai viaggiare sul sedile posteriore. E non c'è dubbio che dovrò ammanettarti», dissi in modo colloquiale. «Spero che quell'asciugamano resti su. È probabile che la voce si sparga molto in fretta. Non posso assicurarti che la tua foto segnaletica non finisca sui giornali».

«Okay! Oh, mio Dio!». Si lasciò andare contro di me. «Mettimi giù e ti dirò tutto».

«Non voglio altro, Angel».

Mi chinai all'altezza della vita e la lasciai scivolare giù dalla mia spalla finché i suoi piedi non toccarono terra.

A quel punto ormai l'asciugamano stava per caderle. Un bel respiro o un lieve strattone da parte mia e le sarebbe finito alle caviglie. Il suo sguardo fiammeggiante non contribuiva ad alleviare la tensione che mi stava montando nelle palle. «Cazzo. Vatti a mettere una vestaglia», ordinai, distogliendo lo sguardo.

Lei girò sui tacchi e si diresse a passo spedito verso la camera da letto.

«Se impieghi più di trenta secondi, ti verrò a cercare», le gridai dietro.

Guardai di nuovo verso di lei in tempo per vedere il dito medio che mi mostrò da sopra la spalla.

Durante i trentotto secondi che le ci vollero per ricomparire, fantasticai di marciare dentro quella stanza, inchiodarla al letto e gettare a terra quell'asciugamano.

La vestaglia non era poi tanto meglio dell'asciugamano. Copriva molta più pelle, ma il tessuto in seta non nascondeva affatto quei capezzoli insolenti che imploravano la mia attenzione.

Lanciando fiamme con lo sguardo, tornò al tavolino e si sedette.

Mi accomodai sulla sedia accanto e presi il dossier di Hugo. «Parla».

«Me lo stai chiedendo in veste ufficiale?»

«Di sicuro non te lo sto chiedendo da amico. Quante volte hai fatto visita a Tina Witt? E tieni conto che ho la lista delle sue visite, perciò non disturbarti a mentire».

Lei emise un respiro attraverso i denti. «Tre».

«Di cosa avete parlato voi due?»

«Stavo cercando di raccogliere informazioni sul nascondiglio di Duncan Hugo», disse lei, rivolgendosi al muro in mattoni dall'altra parte del tavolo.

Ripescai un altro dossier dalla pila e lo aprii. Lei si allungò verso di esso, ma io mi ritrassi.

«Non puoi guardarli senza un mandato», insistette.

Sollevai un sopracciglio. «Vuoi che me ne procuri uno? Perché lo farei. Il tuo vecchio amico, lo sceriffo Graham, potrebbe persino aiutarmi. Non era molto più felice di me nel vedere il tuo nome su quella lista di visitatori. Anzi, perché noi tre non ci ritroviamo in centrale e chiariamo una volta per tutte questa storia mentre il giudice approva un mandato?»

«Dannazione, Nash!».

«Perché stai cercando Hugo?»

«Non sto cercando lui. Sto cercando qualcosa che lui ha preso», disse.

Mi appoggiai allo schienale della sedia. «Sto ascoltando».

L'occhiataccia che mi scoccò avrebbe incenerito qualcuno con una scorza meno dura. «Non ti perdonerò mai per questo».

«Torniamo a te, dolcezza. Adesso parla».

Quasi riuscivo a vedere il fumo uscirle dalle orecchie. «Sai già che la mia compagnia assicura oggetti per clienti benestanti. Quando i beni assicurati vengono rubati, portiamo avanti indagini parallele assieme alle forze dell'ordine. Uno dei nostri clienti vive nella periferia di Washington. La sua auto è stata rubata qualche giorno prima che ti sparassero. Mi hanno assegnato il caso e ho iniziato a indagare».

«Un'auto. Stai dando la caccia a un uomo che ha tentato un omicidio per una cazzo di auto».

«Tu da sbirro faresti lo stesso».

«Io lo farei per proteggere e servire. Tu lo fai per risparmiare alla tua azienda un rimborso assicurativo e per guadagnare un bonus».

«Immagino che non possiamo tutti essere degli eroi, vero?». C'era del fuoco dietro a tutto quel gelo che mi stava gettando addosso.

«Cosa ti fa credere che Hugo abbia preso l'auto?»

«Processo di eliminazione. C'è stato un picco di casi di furti d'auto in un raggio di quindici chilometri dal capannone di Hugo. Quello stesso giorno sono state rubate altre sei auto, di cui due dallo stesso quartiere del mio cliente. Tutte queste auto, o almeno le loro parti, sono state rinvenute nel capannone di Hugo dopo la sua fuga».

«Perciò ti sei presentata disarmata in una situazione con ostaggi e con una civile per trovare una cazzo di auto?». Era arrivata sulla scena con Sloane. Riuscivo ancora a vederla entrare dalla porta al rallentatore. Era venuta dritta verso di me. E nell'istante in cui mi aveva posato le mani addosso, avevo capito che volevo restassero lì.

Non era forse un cazzo di calcio nei denti?

Era ufficiale. Il mio istinto era scomparso. Non riuscivo a vedere al di là di una tentatrice dalle lunghe gambe con dei segreti negli occhi.

«Innanzitutto, non sapevo che quel coglione di Duncan Hugo si dedicasse ai rapimenti oltre a gestire un'officina di riciclaggio auto. Ma mi sono già trovata in situazioni ad alto rischio con e senza forze dell'ordine. E se non fossi salita in auto con Sloane, lei sarebbe venuta lì da sola e con ogni probabilità si sarebbe esposta al pericolo».

«Non sei venuta qui e per pura coincidenza sei finita nel bel mezzo dell'ondata di crimini di Hugo».

«I furti sono avvenuti a meno di un'ora da qui. Il piano era di passare in città già che ero da queste parti per fare visita al mio vecchio amico. Sarei rimasta in zona abbastanza a lungo da aggiornarmi sui fatti, e poi tutto è andato in malora il giorno dopo, quando ha rapito Naomi e Way».

«Perché dovrei crederci?», domandai.

«Non mi interessa cosa credi», sbottò lei.

«Già, ho capito anche questo, dolcezza. Ti fai dire le cose da tutte le tue fonti nello stesso modo in cui hai fatto con me?», chiesi.

«La sottigliezza non ti si addice, comandante».

Mi chinai in avanti. «Mi sono fidato di te, Lina».

Lei incrociò le braccia con aria di sfida. «Ti comporti come un amante ferito, quando noi non siamo altro che...».

«Cosa? Cosa siamo, Angelina? Volevi dire vicini? Conoscenti?». Sbattei il dossier sul tavolo in un accesso d'ira. «Conosci i miei oscuri segreti del cazzo. Hai permesso che te li rivelassi».

Lina gettò in aria le braccia. «Credi che qualcuno a parte la mia famiglia conosca la mia storia? Non sei l'unico che si è aperto, Nash».

«Allora o sei una tipa fredda e senza cuore, o perlomeno questo ci aveva resi amici».

«"Aveva"?»

«Ti ho detto che non tollero i bugiardi. Qualunque cosa avessimo o potessimo avere, adesso è svanita».

La sua mascella ebbe un fremito.

«Mi hai deliberatamente mentito», dissi.

«Non ti ho mentito. Ho omesso parte della verità».

«Hai usato la mia vulnerabilità contro di me».

«Oh, per favore», sbottò lei. «Stavo portando a passeggio il tuo cane quando ti ho trovato per terra. Non ti ho fatto venire io un attacco di panico».

«No, ma di sicuro te ne sei approfittata».

«Come?», sputò lei. «Ti ho estrapolato segreti di polizia? Ti sto ricattando con i tuoi segreti?»

«Forse no. Ma ti sei assicurata di avere accesso a me, a casa mia. Hai iniziato a pressarmi riguardo a quanto successo quella notte», sottolineai, incastrando tra loro tutti i pezzi.

«Per il tuo bene, cretino. Se vuoi bloccarlo fuori per sempre, non è affar mio. Ma non farai altro che finire di nuovo a terra se non ti deciderai a lavorarci su».

Scossi il capo. «Ho un sospetto. Credo che l'unico motivo per cui hai finto di interessarti era per poter avere qualcosa da me. Qualcosa che ti avrebbe portata a Hugo e a quella dannata auto». Presi un altro dossier e lo aprii, ma il mio sguardo era puntato su di lei. «Scommetto che non hai potuto non dare un'occhiata ai documenti che avevo sul tavolo, vero?».

Il suo volto divenne granitico, ma non prima che notassi un guizzo di senso di colpa.

«Già. Ecco perché hai acconsentito al nostro piccolo pigiama party. Maggiore accesso avevi a me, più tempo potevi trascorrere a casa mia».

Lina mi fissò col fuoco negli occhi. Sbottò in una risata amara. «E io che pensavo che il fratello coglione fosse Knox».

«Immagino sia una cosa di famiglia. È opportuno che tu stia alla larga da tutti loro da adesso in poi», la avvisai.

«Sarà un po' complicato, dal momento che Knox mi ha chiesto di partecipare al matrimonio», replicò lei.

«Non mi fido di te e non voglio che ti avvicini alla mia famiglia. Sei sconsiderata e usi le persone per ottenere ciò che vuoi. Qualcuno finirà per farsi male a causa tua».

Lei sbiancò, ma lo mascherò subito.

«Mio fratello sarà pure un coglione», proseguii quando lei non disse nulla. «E forse non andremo sempre d'accordo. Ma vuoi davvero sfidarmi quando si tratta di mettere alla prova la sua lealtà? Perché non esiterò ad assicurarmi che tu perda il tuo più vecchio amico».

«Vattene», disse lei in un sussurro.

«Non ho finito con te», l'avvertii.

Lei sbatté il palmo della mano sul tavolo. «Vattene. Subito».

Rimasi seduto per un istante a studiarla. «Dovessi scoprire che perseguiti la mia famiglia in cerca di informazioni o che interferisci con un'indagine ufficiale, non esiterò a farti finire col culo dietro le sbarre».

Lei non aggiunse nulla, ma mi fissò con uno sguardo di pietra finché non mi alzai.

«Dico sul serio, Lina».

«Va' a casa, Nash. Lasciami in pace».

Me ne andai, ma solo perché guardarla mi faceva male al petto. Era riuscita a ferirmi più di quanto avessero fatto i due proiettili che mi ero beccato.

Quando aprii la porta, non c'era Piper ad aspettarmi. Era sotto il tavolino, e mi guardava come se, in qualche modo, fosse tutta colpa mia.

22

Resa dei conti alla partita di calcio

Lina

Naomi: Riunione di emergenza dei consulenti di matrimonio. Riuscite a venire tutti alla partita di calcio di Waylay domattina?

Stef: Perché non può praticare uno sport serale? Queste levatacce del sabato scombinano la mia vita sociale del venerdì sera.

Naomi: Quale vita sociale? Non hai ancora chiesto a Jer di uscire. *emoji del pollo*

Stef: A nessuno piace una sposazilla, Witty.

Sloane: Io riesco a esserci a patto che ci siano dei Bloody Mary nei nostri bicchieri.

Io: Scusate, ragazzi. Non ce la faccio.

Naomi: *faccina accigliata* Lina, eri troppo impegnata per pranzo e ti sei tirata indietro dallo shopping per l'abito da damigella di questa settimana. Temo di dover imporre il mio dominio da sposa e insistere che tu ti unisca a noi… a meno che davvero tu non abbia da fare qualcosa di più importante che discutere di look da ricevimento di nozze e di torta nuziale tradizionale contro tavolata di pasticceria. Allora comprenderei assolutamente e dovresti dimenticare che ho cercato di avere qualche pretesa nei tuoi confronti.

Stef: Perdona Witty. Le è stato assegnato il premio alla carriera nel compiacere gli altri.

Sloane: Posso confermare che quando ieri sera abbiamo recuperato i nostri ordini da asporto da Dino's alla stessa ora, Lina non aveva impegni per sabato mattina.

Naomi: È ufficiale. Lina ci sta evitando.

Stef: Rapiamola e scopriamo perché. Un momento. Troppo presto per le battute sui rapimenti?

Io: Oh, questo sabato. Credevo intendeste qualche altro sabato. Chi altri c'è?

Sloane: Mi associo alla domanda. Sono stufa di andare in giro e imbattermi in Alto, Scuro e Incazzoso.

Stef: Intende Paparino Completo Bollente.

Naomi: Ci saranno i miei genitori, Liza J e Knox. Non sono previsti altri membri della famiglia o amici.

Io: Immagino di poterci essere. A patto che non steste scherzando su quei Bloody Mary.

«Queste foglie», riecheggiò la voce di mio padre attraverso il vivavoce del mio SUV. «Non ho mai visto così tanti colori prima. Dovresti venire qui a vederle nel weekend».

Svoltai nel parcheggio sterrato di fronte ai campi di calcio e avanzai pian piano tra una moltitudine di giocatori e familiari.

«L'autunno è in pieno fermento anche qui», gli dissi. «Non indovinerai mai dove sono adesso».

«Stai vincendo un premio al lavoro? No, aspetta. Stai prendendo lezioni di ballo da sala? Oh! Lo so, stai mangiando sushi mentre prenoti un biglietto aereo per tornare a casa e farmi una sorpresa per il mio compleanno?».

Feci una smorfia. «Buone ipotesi, ma no. Sto andando a una partita di calcio tra bambine».

«Dici sul serio?»

«Scommetto che non ti mancano quelle domeniche mattina presto al freddo». Usai un tono leggero. Osservai una famiglia di cinque persone, avvolti da strati di vestiti, corricchiare verso i campi.

Papà aveva sempre amato il calcio. Aveva fatto pressioni sui bar sportivi del nostro quartiere perché trasmettessero le partite di calcio del campionato inglese ben prima che David Beckham mettesse uno dei suoi piedi dorati in America. Il suo amore per quello sport era il motivo per cui da bambina avevo iniziato a giocarci. Facevamo pratica per ore nel giardino sul retro. Conosceva tutte le mie compagne di squadra per nome, ed era il papà della squadra che si assicurava che tutte tornassero a casa sane e salve dopo le partite e gli allenamenti.

In seguito al mio incidente eravamo stati tutti compromessi in modi diversi.

Mamma mi ronzava intorno convinta che fossi sempre a un passo dalla morte.

Il mio ritorno alla "normalità" era stato abbastanza lungo da far sì che non avessi più un posto di cui facessi parte. Perciò avevo concentrato tutte le mie energie nel mettermi in pari con la scuola, con l'obiettivo di ricominciare da capo in un posto nuovo.

Per quanto riguardava mio padre, non l'avevo più visto guardare una partita di calcio.

«A quanto pare, qui le occasioni sociali viaggiano spesso di pari passo con gli eventi sportivi infantili. Il mio amico Knox mi ha chiesto di presenziare al suo matrimonio, e devo incontrarmi con la sposa per discutere della torta a bordo campo».

«Un matrimonio? Per quanto tempo prevedi di restare lì?»

«Non ne sono certa. Questo progetto di lavoro mi sta davvero impegnando».

«Be', se non puoi venire tu da noi, possiamo sempre venire noi da te».

«Non c'è nulla di certo al momento, ma potrei tornare presto a casa. Vi farò sapere».

«Va tutto bene? Ti sento un po' abbattuta».

«Sto bene», gli dissi, senza alcuna voglia di approfondire per quale motivo avevo trascorso gli ultimi giorni oscillando tra la rabbia e la tristezza. «Devo andare. Sembra che la partita stia per iniziare».

«Okay, tesorino. Oh, e un'ultima cosa. Tua madre mi ucciderebbe se non te lo chiedessi. Tutto a posto col cuore?»

«Tutto bene». Spinsi la mia esasperazione in una scatola assieme alla mia rabbia e alla tristezza.

Solo un paio di ammaccature emozionali da parte di un agente di polizia ferito e incazzato.

«Ti voglio bene, papà».

«Ti voglio bene, Leens».

Chiusi la telefonata e mi accasciai contro il mio sedile riscaldato. Gli avevo telefonato per prima per togliermi di torno quell'incombenza per la giornata. Era un costante atto di bilanciamento tra il rassicurare i miei genitori che ero viva e capace di prendermi cura di me stessa e concedermi comunque l'effettiva libertà di essere un'adulta indipendente.

Avere genitori fin troppo amorevoli era una cosa che non potevo dare per scontata, ma che al tempo stesso neppure mi entusiasmava.

Con riluttanza, scesi dall'auto e avanzai in direzione del campo, scrutando la folla in cerca dell'uomo che speravo di non rivedere.

Avevo evitato con successo Nash da quando aveva minacciato di arrestarmi. Il mio team di ricerca stava rintracciando i complici noti di Hugo e tenendo d'occhio le aste di auto vintage. Io stavo ancora smarcando dalla mia lista le proprietà terriere. Nel tempo libero, ero riuscita a sopravvivere a un altro allenamento con la signora Tweedy ed ero stata consultata per altre due indagini al lavoro.

Doveva succedere qualcosa, e in fretta, altrimenti avrei dovuto fare una cosa che non avevo mai contemplato prima: mollare.

Trovai Naomi e Sloane a bordo campo sedute su due sedie pieghevoli da campeggio sotto delle coperte.

«Eccola», esclamò Naomi mentre mi avvicinavo. Teneva una enorme tazza di caffè in una mano e un bicchiere dall'aspetto innocuo nell'altra. «Ti abbiamo portato una sedia».

«E dell'alcol», disse Sloane, sollevando un bicchiere rosso verso di me.

«Grazie». Accettai il drink che mi era stato offerto e la sedia. «Dov'è Stef?»

«Sta prendendo, cito, "tutto il caffè del mondo". Ha avuto una conference call con degli investitori di Hong Kong riguardo a chi sa cosa», disse Naomi.

«Cosa fa Stef per vivere?», domandai, osservando la folla. Il padre di Naomi e Knox erano in piedi accanto a Wraith, un inquietante tizio motociclista nonché scelta dubbia come coach di una squadra di calcio femminile. Quel giorno gli unici tatuaggi in vista dell'uomo brizzolato spuntavano fuori dal colletto del suo giubbotto di pelle. Era a bordo campo, con le gambe spalancate come se fosse pronto a scontrarsi con un club di centauri rivale.

Knox, notai, non si diede il disturbo di salutarmi. A malapena mi rivolse un'occhiata, prima di distogliere lo sguardo.

Stupido Nash e la sua stupida bocca larga.

«Nessuno lo sa davvero. È come Chandler di *Friends*», scherzò Naomi.

Sloane mi studiò da sotto il suo cappello con i pon-pon. Era nero, abbinato alle muffole. «Sembri sempre un'eroina cazzuta di un videogioco pronta ad abbattere una porta a calci o ad afferrare un sexy tizio armato e scoparlo fino a fargli perdere conoscenza».

Naomi spruzzò una lieve nebbiolina di caffè nell'aria gelida, mentre io scoppiavo a ridere.

«Ehm, grazie? Credo».

«Dille del vestito», insistette Sloane.

«Per te lo abbiamo scelto rosso scarlatto», mi informò Naomi. «Sarai un vero schianto».

«Finirai di sicuro per scopare con qualcuno al matrimonio con quello addosso», rincarò Sloane.

«Va tutto bene, Sloane?», le chiesi.

La bibliotecaria gemette in modo melodrammatico e gettò la testa all'indietro. Cosa che mi offrì una visuale chiara di Lucian Rollins che si avvicinava da dietro di lei. Il suo cappotto di cashmere si muoveva nel vento come una qualche specie di mantello da vampiro. Il suo sguardo non era amichevole. Soprattutto quando si posò su di me.

«Cavoli. Ho bisogno di sesso», dichiarò Sloane, ignara che la sua nemesi era quasi a portata di orecchio. «Dovunque guardi, vedo del potenziale sesso. Naomi ha questa fastidiosa luce da orgasmo perenne, e tu hai l'aspetto di una che potrebbe entrare in qualunque stanza e uscirne con un uomo in meno di cinque minuti».

«Allora perché non ti fai una scopata arrabbiata con lui?», commentai, e tutte ci voltammo a fissare Lucian, che sembrava un modello con indosso dei jeans, un maglione e un cappellino da baseball.

«Dannazione! Naomi, avevi detto che non sarebbe venuto!», sibilò Sloane.

«Non mi aveva detto che lo avrebbe fatto. Non ho idea del perché sia qui», insistette lei.

«Quell'uomo trascorre così tanto tempo nella casa accanto e in giro per la città che inizio a dubitare che abbia davvero un lavoro», si lamentò Sloane.

«Nella casa accanto?», domandai.

«A quanto pare, Sloane e Lucian erano vicini di casa. Sloane ha comprato casa dai suoi genitori quando loro si sono trasferiti, e Lucian ha tenuto quella della madre», spiegò Naomi.

«Dio solo sa perché», borbottò Sloane.

«Magari è qui per fare sesso con te. Tipo una specie di oscura sexy fatina che esaudisce desideri sconci», la punzecchiai.

Notai che Knox non si prese il disturbo di salutare Lucian quando questi gli si avvicinò. A quanto sembrava, l'incazzatura era contagiosa.

«Preferirei andare dal ginecologo e dal dentista nella stessa giornata», disse Sloane. «E poi, ho un appuntamento».

«Hai un appuntamento?». Naomi gridò la sua domanda con voce sufficientemente alta perché tutti gli uomini si voltassero a fissarci.

Lucian sembrava sul punto di dare fuoco a tutto il mondo con la sua inquietante rabbia.

«Grazie, chiacchierona», borbottò Sloane. «Sì. Ho un appuntamento».

«Un vero appuntamento o una scopata?», domandai a un volume di voce normale.

La mano di Lucian si serrò a pugno, schiacciando la sua tazza usa e getta e schizzando caffè dappertutto.

Feci un sorrisetto quando spostò quel suo sguardo sinistro e minaccioso su di me. "Ops", mimai con fare compiaciuto.

«Non c'è niente da vedere qui», disse Naomi, muovendo le mani come per scacciarli via. O almeno, era quello che credo stesse cercando di fare. Era difficile dirlo, con entrambe le mani occupate da bevande. «Occupatevi delle vostre faccende, signori».

Knox scoccò un occhiolino malizioso alla sua fidanzata, poi mi rivolse un'occhiata raggelante prima di spostare la sua attenzione verso il campo, dove la squadra si stava riscaldando.

«Ehm, a cosa dobbiamo questo trattamento del silenzio e gli sguardi d'acciaio?», domandò Sloane.

«Stai solo cercando di cambiare argomento. Con chi esci?».

Sloane si guardò dietro entrambe le spalle, poi ci fece cenno di farci più vicine. Una volta strette in un cerchio dall'odore di vodka, si sciolse in un sorriso. «Vi darò un indizio. Ha dei baffi e un distintivo».

«Esci con Nolan? Nolan Graham? Lo sceriffo federale Nolan Graham?», domandai.

«È davvero carino», disse Naomi.

«È un ragazzo fantastico», aggiunsi io.

«Voi due vi siete frequentati, vero? Qualche campanello d'allarme che devo conoscere prima di farlo competere per l'oro dopo il terzo appuntamento?», mi chiese Sloane.

«Abbiamo avuto un'avventura molto breve qualche anno fa. È davvero un brav'uomo, ed è un ottimo ballerino».

«Magari sarà il mio accompagnatore al matrimonio», ponderò Sloane.

Gli uomini ci stavano di nuovo fissando. O meglio, rivolgendo occhiatacce torve. Lucian sembrava non riuscire a decidere se odiava di più me o Sloane. L'espressione di Knox poteva essere meglio descritta come "faccia perennemente incazzata".

«Okay, capisco che Sloane e Lucian abbiano questa festa dell'odio in corso, ma che succede tra te e Knox?», chiese Naomi, osservando il suo quasi marito con un cipiglio. «Non ti ha detto nulla di cattivo e offensivo, vero? Si suppone che stia provando a migliorare in questo».

Abbassai lo sguardo verso il mio drink. «Per quanto ne so, va tutto bene».

«Oh, guarda. Sta arrivando Nash. Credevo che dovesse lavorare».

Per poco non caddi dalla sedia e non versai il mio Bloody Mary nel voltare la testa.

«Dannazione», mormorai, poi mi incassai nelle spalle quando lo individuai. Indossava l'uniforme, si tirava dietro Piper con un guinzaglio rosa, e aveva un'espressione ancor più furiosa che Knox e Lucian messi insieme. Qualche metro dietro di lui lo seguiva Nolan, con il telefono all'orecchio.

«Signore», grugnì. Il suo sguardo si posò su di me, e non feci alcun tentativo di celare la furia che mi ispirava.

«Buongiorno, Nash», cinguettò Naomi.

«Ehi, comandante», salutò Sloane.

«Credevo di averti detto di non avvicinarti alla mia famiglia», mi disse Nash.

Oh, fantastico. Stavamo per arrivare a quel punto. In pubblico. Con dei testimoni.

«Io penserei bene e a lungo se iniziare questa conversazione proprio adesso. Ovviamente sempre che tu non voglia lavare tutti i panni sporchi». Gli scoccai delle occhiatacce velenose.

Tutti ci fissarono come se Nash e io ci fossimo appena trasformati in una telenovela vivente davanti a loro.

«Ti ho detto di lasciarla in pace, non di fare lo stronzo con lei», sbottò Knox.

«Non ho bisogno che tu mi difenda. Soprattutto dato che neanche mi parli», gli rammentai.

«Già, mi servirà subito una spiegazione», commentò Sloane.

«Lieto che tu sia rinsavito», disse Lucian a Nash.

«Vaffanculo, Lucy», ringhiò Nash. «E vaffanculo anche tu, Knox».

Amanda si avvicinò. «Sento puzza di dramma. Che succede?»

«Tutti ce l'hanno con tutti», rispose Sloane. «Qualcuno, per favore, mi spiega cosa vi è preso? Così posso scegliere da che parte stare? Allerta spoiler: di sicuro non da quella di Lucian».

Lucian rivolse il suo sguardo d'acciaio verso di lei. «Oggi non ho energie per te, Sloane».

Naomi protese la mano per impedire a Sloane di balzare in piedi dalla sedia. «Sentite, posso gestire solo una coppia di amici in lite alla volta». Si voltò verso di me. «Cosa succede tra te e Nash? E tra te e Knox. E Lucian e, be', tutti quanti».

Ognuno di loro si voltò a guardarmi. Le donne mi scrutavano con sguardo trepidante. Gli uomini mi osservavano con diversi gradi di espressioni torve. Una delle mamme della squadra stava puntando il suo telefono verso di noi, di sicuro stava registrando il tutto.

Stef scelse quel momento per avvicinarsi con una tazza di caffè delle dimensioni di un secchio. Si bloccò di colpo quando percepì la situazione di stallo. «Cosa mi sono perso?»

«Lina ha mentito a tutti», dichiarò Nash.

Era il momento di entrare in azione. Ero davvero brava a entrare in azione. Non ero una di quelle persone a cui le migliori risposte sovvengono sotto la doccia giorni dopo un confronto. Ero una che rispondeva subito e con durezza.

L'unico problema era che non mi piaceva l'idea di svelare il suo segreto. Nash poteva anche comportarsi come un gigantesco coglione, ma avevo visto la vera sofferenza sotto la superficie, e in tutta coscienza non potevo infrangere quella fiducia. Sempre che non finisse per portarmi al limite, nel qual caso avrebbe dovuto prendersela solo con sé stesso.

Naomi posò a terra una delle sue bevande e allungò una mano per stringermi il polso. «Se Lina non è stata del tutto onesta, allora immagino che avesse un buon motivo per farlo».

Era così tipico di Naomi dire una cosa del genere. E la pensava sul serio. Almeno in quel momento, prima che sentisse la verità. Ma se qualcuno doveva condividere la mia verità, dovevo essere io.

«Sono qui in cerca di Duncan Hugo», dissi.

La madre di Naomi, Amanda, fece un sussulto teatrale. Le narici di Knox si dilatarono mentre imprecava sottovoce. Lucian, come mi aspettavo, non mostrò alcuna reazione esterna.

Sloane fu la prima a ricomporsi. «Perché? In cosa sei coinvolta, Lina?»

«Si tratta di lavoro. Non vendo assicurazioni. Recupero beni rubati. Hugo ha rubato qualcosa a un cliente e io ho seguito le sue tracce fino in quest'area, non sapendo che era anche invischiato in altre situazioni. Sono venuta in città solo per fare una visita di un giorno a Knox. Ma poi è successo quel che è successo».

«Cos'ha rubato?», domandò Amanda. «Scommetto che erano gioielli. Erano gioielli?»

«Era un'auto», ammisi.

«Che genere di auto?», volle sapere Knox.

«Una Porsche 365 decappottabile del 1948».

Lui emise un basso fischio. «Bella macchina».

«Ha mentito a tutti noi», disse Nash, le sue parole che fendevano come martellate. «Ha fatto in modo che tu la mettessi nell'appartamento accanto al mio così da poter avere accesso a me e ai miei documenti».

Riuscivo a sentire l'adrenalina che mi confluiva nel sistema circolatorio. Il mio cuore ebbe subito una palpitazione, poi un'altra. Mi portai il palmo della mano allo sterno e mi costrinsi a non aprire la bocca per rilasciare il fiume di insulti che mi erano risaliti in gola.

«Ma che cazzo?», fece Knox.

Mi preparai alla fine della mia amicizia più duratura. Ma lui stava guardando suo fratello.

«Lei non ha fatto in modo che la mettessi in quell'appartamento. Sono passato a prenderla al motel per fare colazione insieme e l'ho trovata a spruzzare lacca per capelli contro uno scarafaggio delle dimensioni di un dannato castoro», proseguì. «Le ho detto di recuperare la sua roba e lei si è rifiutata. Ci siamo urlati contro per una buona mezz'ora mentre calpestavamo un festino multigenerazionale di scarafaggi prima che acconsentisse a trasferirsi».

«Time out», disse Naomi al suo quasi marito. «Vichingo, se non è per questo che ce l'hai con Nash e Lina, cosa ti ha fatto saltare la mosca al naso?».

Knox le accarezzò i capelli con una mano, un gesto delicato in contrasto con la sua espressione tumultuosa.

«Sono incazzato perché questi due idioti non hanno dato retta alle cose sensate che ho detto».

Bevvi tre salutari sorsi del mio Bloody Mary e iniziai a progettare la fuga.

«Quali cose sensate?», chiese Stef, prendendo una sedia e posizionandola quanto più vicino possibile all'azione.

«Sul serio? E dai!». Knox indicò avanti e indietro tra me e Nash.

«Dovrai esprimerti in modo un po' più chiaro di così, caro», gli disse Amanda.

«Porca miseria. Non possono mettersi insieme». Indicò Nash. «Questo idiota in pratica ha "mettimi un anello al dito" tatuato sul suo cazzo di culo». Poi fece scattare il mento nella mia direzione. «E quella spina nel fianco ha tatuato "amali e mollali" sul suo».

Naomi si chinò verso di me e sussurrò: «Intende in senso letterale o metaforico?»

«Metaforico. Ma in effetti ho un sole tatuato sulla scapola».

Lo sguardo di Nash si assottigliò su di me.

«Se si mettono insieme e poi per lei arriva il momento di andarsene, a lui si spezzerà il suo stupido cuore e lei si sentirà in colpa. E poi finiranno entrambi per rifarsi su di me. Perciò ho detto a Nash di lasciar perdere e poi ho scoperto che lui è andato a letto con lei».

«Fanno tutti sesso tranne me», mormorò sottovoce Sloane.

«Adesso le cose si fanno interessanti», disse Amanda. Allungò la mano verso Stef.

«Sono d'accordo», commentò lui, porgendole il suo Bloody Mary.

«Non abbiamo fatto sesso e di sicuro non lo faremo mai. Avresti potuto parlarmene», mi rivolsi a Knox.

Lui fece una smorfia, come se gli avessi appena suggerito di strapparsi via le unghie dei piedi e di lanciarle in aria come fossero coriandoli.

«Sì, certo, Leens», disse con un verso di scherno. «Poi avremmo potuto fare una chiacchierata a cuore aperto sui nostri sentimenti e roba simile».

Non aveva tutti i torti.

«Brutto momento?». Nolan si avvicinò con una giacca a vento, e tenendo in mano un caffè di dimensioni normali.

«Sì», rispondemmo Nash e io all'unisono, cosa che comportò ancor più occhiatacce reciproche.

Nolan strizzò l'occhio a Sloane. «Ehi, zuccherino. Aspetto con ansia la cena».

La bibliotecaria gli rivolse un sorrisetto ammiccante. Lucian ringhiò.

«Perciò se Lina e Nash non stanno…». Naomi si interruppe mentre parte della squadra di Waylay correva lungo il bordo campo. «… godendo del solletico tra adulti, cosa di cui, a proposito, dovremo decisamente ridiscutere, perché sei ancora arrabbiato con loro?»

«Perché lui si comporta come se non fosse affar mio e lei non è stata sincera con me. Avresti potuto dirmi perché eri qui», mi disse Knox.

Annuii. «Avrei potuto. Con tutta probabilità avrei dovuto farlo. Non è semplice aprirsi», ammisi.

«Di sicuro non è un problema quando devi solo ascoltare», provocò Nash.

«Continua a stuzzicarmi, comandante. Non hanno ancora scavato abbastanza a fondo su di te», lo avvertii.

Il suo sguardo avrebbe potuto incenerirmi se quella mattina avessi usato più lacca per capelli.

«Questo cosa diavolo dovrebbe significare?», domandò Sloane in un sussurro.

«Un momento. Non abbiamo ancora finito. Non siamo ancora arrivati al perché Completo Bollente, volevo dire Lucian, è coinvolto in simili, immaturi intrallazzi emotivi», sottolineò Stef.

«Buttati, Lucian. L'acqua è calda», gli dissi.

«Be', adesso devi farlo», commentò Naomi in tono incoraggiante.

«Sapevo che c'era qualcosa che non quadrava nella storia di Lina. E quando Knox ha espresso le sue preoccupazioni riguardo a lei, ho indagato un po'. Poi l'ho rintracciata e l'ho minacciata».

Gli uscì con la stessa noncuranza con cui qualcuno avrebbe descritto un simpatico incontro da Target.

«Inconcepibile», borbottò Sloane sottovoce.

«Lucian, non è così che risolviamo le cose noi», intervenne Amanda come se parlasse a un bambino di sei anni nel bel mezzo di un attacco isterico.

«Perciò Lucian in teoria aveva ragione e tu sei ancora arrabbiato con lui?», chiese Naomi.

La risposta di Nash fu un'irritata alzata di spalle.

Lei si voltò verso Knox. «E tu avevi ragione riguardo al fatto che

Nash sarebbe stato ferito, e adesso siete entrambi arrabbiati l'uno con l'altro per questo».

«Be', la colazione non ha aiutato», ammise Knox.

Naomi chiuse gli occhi. «È per questo che ieri dal fioraio ti sei comportato da sposazilla?»

«La gipsofila è stupida. Prova a contraddirmi», la sfidò lui.

«Cos'è successo a colazione?», chiese Stef.

«Ho invitato Knox e Nash a colazione per chiarire le cose da adulti maturi», spiegò Lucian.

«Ti sei presentato senza preavviso e mi hai trascinato fuori dal letto alle sei del mattino», lo corresse Nash.

«Non c'è di che», replicò lui.

«Un momento», interruppe Sloane. «Tu, Lucian Rollins, hai di tua sponte cercato di chiarire le cose?».

Lo sguardo di Lucian era glaciale quando si posò su di lei. «Lo faccio quando si tratta di qualcosa che conta».

Lei si alzò in piedi, vibrando così tanto che i pon-pon del suo cappello tremarono. «Sei la persona peggiore che abbia mai incontrato», sibilò. Sloane di solito era molto più arguta nei suoi insulti.

Percependo dell'imminente violenza, balzai su dalla mia sedia e mi frapposi tra loro prima che Sloane potesse partire alla carica. «Ha un sacco di avvocati», le ricordai. «E per quanto soddisfacente sarebbe scacciargli quella smorfia compiaciuta dal volto con un pugno, detesterei vedere il suo team di legali mandarti in bancarotta».

Sloane grugnì. Lucian mostrò i denti in quello che senza alcun dubbio non era un sorriso.

«Un aiutino, sceriffo?».

Nolan agganciò un braccio attorno alla vita di Sloane e la tirò indietro. «Che ne dici di restare qui dietro?», le chiese in tono colloquiale.

Lucian cacciò quello che sembrava un ringhio ferino e sbatté il petto contro la mia mano protesa. Persino dopo aver piantato i piedi a terra, riuscì ancora a spostarmi all'indietro di quasi un metro prima che Nash si facesse largo tra di noi.

«Stai indietro», sbottò, avanzando verso di lui finché solo pochi centimetri separarono i loro volti.

«Stiamo per essere cacciati via da una partita di calcio tra bambine», dissi, senza rivolgermi a nessuno in particolare.

«Com'è stato il sesso?», mi chiese Stef con un sorrisetto malizioso.

«Per l'amor di Dio. Non abbiamo fatto sesso. Non ci siamo nemmeno baciati», sbottai.

«Perciò avete solo dormito insieme?», domandò Amanda. «È una cosa nuova tra voi giovani? Amici con parziali benefici? Netflix e coccole?»

«Decisamente non amici». Lanciai un'altra occhiataccia a Nash. «E a differenza di alcune persone, io rispetto la privacy altrui, soprattutto quando si tratta di cose rivelate in confidenza».

Diamine, era bello essere quella superiore. In particolare sapendo che la famiglia di Nash stava per estrapolargli la verità con un piede di porco. Questo rendeva il tutto ancor più soddisfacente.

Gli fu subito lanciata addosso una raffica di domande.

«Sul serio avete solo dormito? Cosa c'è sotto?».

«Ha qualcosa a che vedere col fatto che sei depresso?».

«Sei depresso? Perché non hai detto niente?».

«Dormivate nudi o in pigiama?».

«Scusate, gente!».

Tutti ci voltammo e vedemmo Waylay in piedi a bordo campo, le mani sui fianchi. La sua squadra era allineata dietro di lei e cercava di contenere delle risatine, anche se la maggior parte di loro non aveva successo.

«Qui stiamo cercando di giocare una partita, ma voi state distraendo l'intera squadra!», ci rimproverò.

Tutti mormorammo un coro di scuse.

«Se dovrò di nuovo venire qui, sarete tutti nei guai», fece Waylay, guardando ciascuno di noi negli occhi.

«Gesù, quand'è che è diventata spaventosa?», sussurrò Sloane quando Waylay e il resto della squadra tornarono sul campo.

«È colpa tua», proruppero in contemporanea Knox e Naomi. Poi si sorrisero l'un l'altra.

Il mio cuore incespicò di nuovo e presi un respiro profondo, espirando con lentezza finché le palpitazioni nel mio petto non cessarono.

«Stai bene?», mi chiese Nash, con il tono di qualcuno a cui non importava granché. «O anche quella era una bugia?»

«Non cominciare», lo avvertii.

«Adesso che succede?», sussurrò Naomi.

Dovevo andarmene da lì. Dovevo andare da qualche altra parte dove potessi respirare e pensare, e dove non avessi voglia di prendere degli stupidi uomini sexy a pugni nelle loro stupide facce sexy. Dovevo chiamare il mio capo e abbandonare quell'indagine. Non solo in sostanza ero compromessa, ma il pensiero di restare a Knockemout, ormai solo l'ennesimo posto di cui non facevo parte, mi faceva davvero soffrire.

«Siediti, Angelina», ordinò Nash. Era ancora incazzato, ma il suo tono era di uno o due gradi più gentile.

«Che succede?», domandò Knox.

«Sono certa che Nash sarà lieto di aggiornarti», dissi, poi mi voltai verso Naomi e Sloane. «Voi due siete state semplicemente meravigliose da quando sono arrivata qui e vi sarò sempre grata di ciò. Meritate di meglio da parte mia, e di questo mi dispiace. Grazie per la vostra amicizia, e buona fortuna col matrimonio». Porsi a Sloane il mio Bloody Mary.

Il mio cuore incespicò ancora e poi ancora. Mi si annebbiò la vista nell'istante che ci volle perché riprendesse a battere in modo normale.

Basta con la caffeina. O con la carne rossa. O con lo stress causato dagli uomini, ripromisi a me stessa. Avrei aperto la mia app di meditazione e fatto yoga dopo ogni corsa. Avrei fatto pratica di esercizi di respirazione allo scoccare di ogni ora e avrei fatto passeggiate nella natura. Me ne sarei andata da Knockemout e non mi sarei più voltata indietro.

Non mi fidavo di me stessa nel dire di nuovo addio in modo ufficiale, perciò mi limitai a incamminarmi verso il parcheggio.

«Lina», mi gridò dietro Nash. Non Angelina. Non Angel. Adesso ero solo Lina.

Lo ignorai. Prima mi dimenticavo dell'esistenza di Nash Morgan, meglio era.

Accelerai il passo e tagliai attraverso un campo di calcio al momento deserto. Riuscii a malapena ad arrivare a metà campo quando una mano si chiuse attorno al mio gomito.

«Lina, fermati», ordinò Nash.

Mi liberai dalla sua presa. «Non abbiamo altro da dirci e non abbiamo più alcun motivo di preoccuparci per l'altro».

«Il tuo cuore…».

«Non è affar tuo», sibilai.

Una serie di palpitazioni mi annebbiò la vista ai lati e mi costrinsi a non lasciarlo trapelare.

«Okay. Sto per intromettermi con estrema riluttanza», disse Nolan, raggiungendoci di corsa.

«Non t'impicciare, Graham», scattò Nash.

Nolan si tolse gli occhiali da sole. «Il mio lavoro è proteggerti, cretino. E ti manca un secondo e mezzo dall'essere preso a pugni da una donna molto arrabbiata».

«Non ti permetterò di metterti al volante se non stai bene», mi disse Nash, ignorando lo sceriffo federale in piedi tra di noi.

«Non sono mai stata meglio», mentii.

Nash cercò di muovere un altro passo verso di me, ma Nolan gli mise una mano sul petto.

Mi voltai e mi diressi verso il parcheggio. Ero a metà strada dalla mia macchina quando avvertii dell'attenzione su di me. C'era un tizio con i baffi e un cappellino da baseball della polizia di Knockemout appoggiato alle gradinate, le braccia incrociate, lo sguardo maligno.

23

Team Lina

Lina

Stavo cercando di infilare l'ultimo maglione nella mia valigia strapiena quando sentii bussare alla porta. L'avrei ignorato come avevo fatto con tutti gli altri colpi alla mia porta in seguito alle rivelazioni bomba della partita di calcio del giorno precedente, se non fosse stato accompagnato anche da una raffica di SMS.

Sloane: Siamo noi. Facci entrare.

Naomi: Veniamo in pace.

Sloane: Muoviti prima che facciamo abbastanza rumore da allertare il tuo burbero vicino.

Non avevo voglia di compagnia, ricatti emotivi o di un altro giro di scuse.

Naomi: Dovrei aggiungere che Knox mi ha dato il passepartout, perciò entreremo comunque. Ma puoi fare in modo che sia una tua scelta.

Dannazione.

Gettai il maglione sul letto e mi diressi alla porta.

«Ciao», mi salutarono allegre quando la aprii.

«Ciao».

«Grazie, entriamo volentieri», dichiarò Sloane, dando uno spintone alla porta.

«Se siete venute per battagliare, sono a corto di energie», le avvisai.

Avevo trascorso metà della nottata a far scongelare le verdure del freezer sul mio petto mentre ascoltavo meditazioni guidate e cercavo di scacciare lo stress dal mio corpo.

«Siamo qui per dirti che abbiamo scelto da che parte stare», disse Naomi. Indossava dei jeans attillati e una camicetta di seta color smeraldo. I suoi capelli erano acconciati in morbide onde che le incorniciavano il bel viso.

«Da che parte di cosa?»

«Ci abbiamo pensato parecchio e siamo team Lina», spiegò Sloane. Anche lei era vestita in modo troppo carino per un'informale domenica pomeriggio. Indossava jeans strappati e tacchi, e aveva uno smokey eyes davvero ben fatto. «Volevo fare delle T-shirt, ma Naomi pensava che fosse meglio limitarsi a presentarci e portarti fuori».

«Portarmi fuori?», ripetei. «Per uccidermi?»

«Niente omicidi, promesso», disse Naomi, dirigendosi verso camera mia. «Perché qui c'è una valigia pronta?»

«Perché non posso portarmi tutti i vestiti in mano».

«Avevamo ragione a non aspettare le T-shirt», fece Sloane, seguendo Naomi in camera mia.

Naomi iniziò a frugare nella mia valigia. «Questo è carino. Oh, e decisamente questi jeans».

«Mi state derubando?». Sapevo che Knockemout era un po' sopra le righe, ma questo sembrava eccessivo.

«Ti vestirai e usciremo per un pomeriggio tra ragazze più Stef, che potrebbe trasformarsi in una serata, a seconda di quanto alcol e cibo fritto verranno consumati», disse Sloane, porgendomi un paio di jeans e un maglione rosso con uno scollo profondo.

«Stiamo ancora lavorando sul nome», aggiunse Naomi.

«Ma non sono stata sincera con voi. Vi ho nascosto delle cose», sottolineai, domandandomi se magari avessero dimenticato il mio tradimento.

«Gli amici concedono agli amici il beneficio del dubbio. Magari avevi una ragione valida per non essere sincera. O magari non hai mai avuto amici fantastici come me e Sloane». Naomi mi lanciò la mia gigantesca trousse di trucchi. «A ogni modo, che razza di amiche saremmo se ti abbandonassimo quando hai più bisogno di noi?»

«Perciò non siete arrabbiate con me?», domandai con cautela.

«Siamo preoccupate», mi corresse Naomi.

«E vogliamo davvero altri dettagli sul fatto che hai dormito con Nash», aggiunse Sloane con un giocoso ammiccamento delle sopracciglia.

«È abbattutissimo, a proposito», disse Naomi, indicando verso il bagno.

«Lo stato del suo abbattimento non è affar mio», insistetti.

Aveva bussato due volte alla mia porta il giorno prima dopo il disastro alla partita di calcio. La terza volta aveva minacciato di fare irruzione se non gli avessi almeno confermato che stavo bene.

Per risparmiare la spesa della sostituzione della porta, gli avevo inviato un sintetico messaggio: "Sto bene. Levati dalle palle".

«Sbrigati a prepararti. Non possiamo bere tutto il giorno se non iniziamo subito». Sloane intanto esaminava un altro maglione. «Ehi, posso prendere questo in prestito per il mio appuntamento con Nolan?».

E fu così che mi ritrovai all'Hellhound, uno squallido bar per motociclisti, una domenica pomeriggio assieme al team Lina.

La musica era alta. Il pavimento era appiccicoso. I tavoli da biliardo erano tutti occupati. E la maggior parte dei portafogli era attaccato a una catenella.

«Questo posto mi fa ancora venire voglia di usare un secchio di detergente e un bancale di disinfettante prima di sedermi», si lamentò Naomi mentre ci avvicinavamo al bancone.

Stef fece una smorfia e si arrotolò le maniche del suo maglione di Alexander McQueen prima di posare gli avambracci con cautela sul legno. «Ma ciao, sexy barista», disse sottovoce.

Joel, il barista gentiluomo, era alto, muscoloso, con una folta barba e vestito di nero da capo a piedi. I suoi capelli erano una massa d'argento tirati indietro sul suo volto abbronzato. «Bentornate, signore», disse con un sorrisetto di riconoscimento. «Vedo che avete portato con voi un nuovo amico».

Naomi gli presentò Stef.

«Con cosa andiamo? Shottini? Superalcolici? Vino?»

«Shottini», decise Sloane.

«Vino?», domandò Naomi.

«Decisamente vino», concordò Stef.

Gli occhi grigi di Joel si posarono su di me. «Io prenderò dell'acqua».

«Buuuuuuu!», esplosero all'unisono Naomi e Sloane.
Stef mi fissò con sguardo accigliato. «Hai sbattuto la testa?»
«Vado a prepararvi i drink. Cercate di non fare a cazzotti con nessuno nel frattempo», si raccomandò Joel, soprattutto con me.
«Tu non bevi», disse Sloane.
«L'acqua è una bevanda».
«Quello che intende Sloane è perché ti stai idratando anziché essere irresponsabile e ordinare bevande da adulti», chiese Naomi.
«Uno di noi deve guidare», sottolineai.
«Uno di noi ha un fidanzato sexy da morire che aspetta solo di recuperare le nostre fascinosamente ubriache personcine», spiegò Naomi.
«Knox non ti ha fatto una testa così sul fatto di tornare qui?», domandai.
L'ultima e, be', sola volta che ero stata in quel posto era il giorno in cui ero arrivata in città. Knox e Naomi erano nel bel mezzo di una rottura che nessuno di quei due zucconi voleva davvero. Avevo sottratto Naomi al suo turno all'Honky Tonk e l'avevo portata lì, nel più malfamato dei bar malfamati.
Sloane si era unita a noi e la giornata si era quasi conclusa con una rissa da bar quando uno dei clienti più stupidi e ubriachi aveva creduto di avere davvero una chance con noi.
«È per questo che c'è Stef», spiegò Naomi.
«Mi ha fatto promettere di mandargli aggiornamenti ogni trenta minuti», disse Stef, sollevando il telefono.
«È ancora arrabbiato con me?», domandai, cercando di dare l'impressione che non mi importasse.
«Lo sarà se scoprirà che progettavi di lasciare la città senza dirlo a nessuno di noi», rispose Naomi.
Era quello il motivo per cui non avevo amici. I rapporti di ogni genere erano troppo appiccicosi. Tutti sentivano di avere il diritto di dirti che ciò che facevi era sbagliato e di darti istruzioni su come aggiustarlo in base al loro gusto.
«Non stavo lasciando la città. Stavo per ritrasferirmi al motel e poi lasciare la città».
«In qualità di tua amica, in tutta coscienza non posso permettere che tu ti prenda una malattia causata dagli scarafaggi quando hai a tua disposizione un appartamento pulito e molto carino», insistette Naomi.

«Preferisco vivere assieme agli scarafaggi piuttosto che accanto a Nash».

Joel tornò con i nostri drink. Due shottini di Dio solo sapeva cosa per Sloane, due bicchieri di vino pieni fino all'orlo, e uno di acqua con una fettina di limone come decorazione.

Sloane protese le mani verso gli shottini.

«Grazie, Joel», dissi quando lui posò l'acqua di fronte a me.

«Tutto bene?», mi chiese lui.

«Sto bene».

«Arrrr!». Sloane, che aveva già fatto fuori uno shottino, emise un acuto verso simile a una sirena. «È contro la legge mentire durante un pomeriggio tra ragazze più Stef».

Naomi annuì. «Sono d'accordo. Regola numero uno: niente bugie. Non siamo qui per fingere che tutto vada bene. Siamo qui per esserci l'una per l'altra. Ho detto "qui" troppe volte. Adesso non sembra più una parola. Qui. Qui?»

«Qui», tentò Sloane con il volto corrucciato.

«Avevano già bevuto?», mi chiese Joel inarcando una delle sue sexy sopracciglia argentee.

Scossi il capo. «No».

Saggiamente, lui riempì altri due bicchieri d'acqua e li posizionò davanti alle mie amiche prima di scomparire lungo il bancone.

«Quiiiiiiiii», enunciò Naomi.

«Oh, mio Dio. D'accordo! Non sto bene», ammisi.

«Era ora, diamine. Temevo che ci avresti fatto andare ancora avanti», disse Sloane, prendendo il suo secondo shottino e buttandolo giù.

«Il primo passo è ammettere che sei un disastro», aggiunse Stef con saggezza.

«Non sto bene. Sono un disastro. Neppure la mia famiglia sa cosa faccio per vivere perché non possono sopportare il pensiero che mi avvicini anche solo al più lieve spiffero di pericolo. Se avessero idea di quanto è rischioso il mio lavoro, verrebbero qui in aereo, formerebbero uno scudo protettivo attorno a me e mi costringerebbero a tornare a casa con loro».

Il mio piccolo pubblico personale mi osservava da dietro gli orli dei loro bicchieri.

«E bevo acqua perché ho un problema cardiaco che mi ha quasi uccisa quando avevo quindici anni. Mi sono persa tutte le cose normali da adolescente per via degli interventi chirurgici e perché ero la ragazza stramba che è morta davanti a un intero stadio di persone. Adesso è risolto, ma mi vengono ancora le palpitazioni quando sono stressata. E in questo momento sono molto stressata. Ogni stupida palpitazione mi ricorda com'è stato quasi morire e poi vivere una soffocante semivita di studio a casa, appuntamenti dal medico e genitori asfissianti a cui non potevo fare una colpa di essere asfissianti perché in pratica mi avevano vista morire su un campo da calcio».

«Cavoli», sussurrò Sloane.

«Ancora alcol, Joel», lo pregò Naomi, sollevando il suo bicchiere di vino ormai vuoto.

«Perciò, scusate se non racconto tutti i dettagli della mia vita a chiunque incontri. Ne ho trascorsa fin troppa a essere tenuta sotto controllo e a vedermi ricordare che non ero normale e non lo sarei mai stata. Finché non sono arrivata qui e non ho incontrato Nashcemo».

«Buona questa», fece Sloane con un cenno di approvazione.

«Cos'è successo quando sei arrivata qui e hai incontrato Nash? Scusa. Intendevo Nashcemo?», domandò Naomi, pendendo dalle mie labbra.

«Mi è bastata un'occhiata a lui e a tutta quella sua ferita e malinconica cosa…».

«Per "cosa" intendi "pene"?», domandò Stef.

«Proprio no».

«Smettetela di interromperla», sibilò Naomi. «Hai dato un'occhiata al suo ferito e malinconico non-pene e cosa?»

«Mi è piaciuto», confessai. «Mi è piaciuto sul serio. Mi ha fatta sentire come se fossi speciale, e non nel modo bizzarro del tipo "arresto cardiaco davanti a tutti". Mi ha fatta sentire come se avesse bisogno di me. Nessuno aveva mai avuto bisogno di me. Mi hanno sempre protetta, coccolata o evitata. Dio, i miei genitori stanno tentando di prenotare dei biglietti aerei solo per presenziare a forza al mio prossimo appuntamento col cardiologo così da sentir dire al mio dottore che sto ancora bene».

Davanti a Naomi e Sloane comparvero altri drink. Joel spinse verso di me una ciotola di noccioline. «Queste sono appena uscite dalla busta. Non le ha ancora toccate nessuno», mi assicurò.

«Grazie per le noccioline intonse», dissi.

«Perciò, Nash ha vuotato il sacco – dopo qualche rimprovero – sugli attacchi di panico di cui ha sofferto e su come tu lo hai aiutato», disse Naomi.

«Non mi sono approfittata di lui», insistetti.

«Tesoro, lo sappiamo. Nessuno lo pensa. Neanche Nash. È un Morgan. Quando sono arrabbiati, dicono cose stupide. Ma devo dirtelo, è bello vederlo arrabbiato», confessò Naomi.

«Perché?»

«Prima di te, non era arrabbiato né felice né niente. Era come una fotocopia di sé stesso. Piatto, senza vita. Poi sei arrivata tu e gli hai dato qualcosa di cui gli importava abbastanza da arrabbiarsi».

«Gli ho mentito. Ho mentito a tutti voi».

«E adesso rimedierai», disse Naomi, come se fosse davvero così semplice.

«Ah sì?»

«Se vuoi restare nostra amica lo farai», si intromise Sloane. Tre shottini e stava già pendendo da una parte come se fosse sul ponte di una nave.

«Gli amici migliorano gli amici. Noi accettiamo le parti brutte, celebriamo quelle belle e non ti torturiamo per i tuoi errori». Ancora Naomi.

«Mi dispiace di non essere stata sincera con voi», feci a bassa voce.

«Perlomeno adesso ha senso», sottolineò Sloane. «Se io dovessi mentire ai miei genitori riguardo a ogni cosa solo per poter condurre una vita in qualche modo normale, capisco con quanta facilità potrebbe diventare un'abitudine».

«Lo capisco», disse Naomi comprensiva. «Anch'io ho mentito ai miei genitori su tutto appena arrivata qui perché cercavo di proteggerli dal mio casino e dal casino di Tina».

«Conosco la sensazione». Rigirai la mia cannuccia dentro l'acqua. «A dire il vero, mi sono concessa di iniziare a chiedermi: "E se?"».

«"E se" cosa?», domandò Stef.

«E se con lui le cose funzionassero? E se rimanessi qui? E se questo fosse il segno che aspettavo per lasciare il mio lavoro e provare qualcosa di nuovo? E se potessi davvero avere una mia normalità?».

Naomi e Sloane mi stavano fissando con gli occhi lucidi e sgranati.

«Non ci provate», le avvertii.

«Oh, Lina», sussurrò Naomi.

«So che non ti piace essere toccata, e lo rispetto», disse Sloane.

«Ma penso che dovresti sapere che nella mia mente ti sto abbracciando».

«Okay. Per te basta shottini», decisi.

Entrambe continuarono a fissarmi come personaggi dei cartoni animati coccoloni e con grandi occhi da cerbiatti. «Falle smettere», implorai Stef.

Lui scosse il capo. «C'è solo un modo per farle smettere».

Alzai gli occhi al cielo. «Uff, d'accordo. Potete abbracciarmi. Ma non rovesciatemi niente addosso».

«Evviva!», esclamò Sloane.

Mi abbracciarono da entrambi i lati. Lì, schiacciata tra una bibliotecaria ubriaca e una direttrice dei rapporti con la comunità brilla, mi sentii appena un pochino meglio. Stef mi fece una goffa carezza sulla testa.

«Ti meriti di essere felice e di avere una tua normalità», disse Naomi, ritraendosi.

«Non so cosa mi merito. Nash ha fatto scattare in pratica qualunque interruttore di vergogna e senso di colpa io avessi».

«Mi ha sganciato una bomba di verità durante una delle partite di Waylay a inizio di questa stagione», simpatizzò Naomi.

«Grazie al cielo la stagione è quasi finita», scherzò Stef.

«Sai perché la sincerità è così importante per lui, vero?», mi chiese Naomi.

Mi strinsi nelle spalle. «Presumo sia importante per tutti».

«Il padre di Knox e Nash è tossicodipendente. Duke ha iniziato a ricorrere alle droghe – più che altro oppiacei – dopo la morte della loro mamma. Knox diceva che ogni giorno con il loro padre sembrava come una bugia. Giurava di essersi ripulito oppure prometteva che non ne avrebbe fatto più uso. Si prendeva l'impegno di andarli a prendere dopo la scuola o diceva loro che sarebbe andato alle loro partite di football. Ma continuava solo a deluderli. Ancora e ancora. Una bugia dopo l'altra».

«È uno schifo», ammisi. Avevo affrontato delle sfide crescendo… sapete, tipo morire di fronte a tutti in miei amici e alle loro famiglie. Ma non c'era paragone rispetto a come erano cresciuti Knox e Nash. «Tuttavia, opinione impopolare in arrivo. Non sei responsabile di come vieni cresciuto, ma sei responsabile delle tue azioni e reazioni una volta diventato adulto».

«Questo è vero», ammise Naomi prima di sorseggiare altro vino.

«La bellissima donna con le gambe molto lunghe non ha tutti i torti», osservò Sloane. «A proposito, quanto sei alta? Misuriamoti!».

Le avvicinai il bicchiere d'acqua. «Forse dovresti fare una pausa dagli shottini».

«Proseguiamo con questo treno di pensieri», dichiarò Stef. «Hai passato un periodo di merda durante l'adolescenza, che grazie alla pubertà è già orribile di suo».

«Giusto».

«Adesso seguimi», continuò lui. «Perciò cresci, ti trasferisci, diventi fieramente indipendente e fai un lavoro pericoloso. Perché?»

«Perché?», ripetei. «Immagino per dimostrare di essere forte. Di non essere la stessa ragazza debole e indifesa che ero un tempo».

«Sei una tosta», concordò Stef.

«Alle toste», disse Naomi, sollevando il suo bicchiere di vino quasi vuoto.

«Risparmia il brindisi, Witty. Sto per farvi uscire di testa», insistette Stef.

«Colpisci», lo invitò Sloane, appoggiando il mento sulle mani.

«A chi è rivolta questa dimostrazione?», mi domandò Stef.

Mi strinsi nelle spalle. «A tutti?».

Stef indicò Sloane. «Fai di nuovo quel verso da sirena».

«Arrrr!».

Mezzo bar si voltò a guardarci.

«Deduco che tu non sia d'accordo», incalzai Stef.

«Preparati per la mia genialità. Se la tua famiglia non sa cosa fai per vivere, sono ignari della tua tostaggine professionale. E se i tuoi colleghi non conoscono la tua storia, non hanno idea di quanto davvero impressionante tu sia perché non sanno cos'hai superato per arrivare qui».

«Dove vuoi arrivare?»

«L'unica persona rimasta a cui dimostrare qualcosa sei tu. E se tu non ti rendi conto quanto forte, capace e tosta tu sia, allora non hai prestato attenzione».

«Ragionamento non molto sbalorditivo. Ma non ha torto», fu il contributo di Naomi.

«Non ho ancora finito», disse Stef. «Penso che tu non stia davvero tentando di dimostrare di essere tosta. Penso che investi tutte le tue energie nel tentativo di soffocare ogni accenno di vulnerabilità».

«Ooooooh! E Nash ti fa sentire vulnerabile», ipotizzò estatica Sloane.

«Perciò saboti qualunque possibilità di una vera intimità perché non vuoi essere di nuovo vulnerabile», aggiunse Naomi. «Okay. Questo sì che è un ragionamento sbalorditivo».

Stef le rivolse un finto inchino. «Sono grato che apprezziate il mio genio».

Ero stata vulnerabile in passato. Sdraiata sulla schiena su un campo da calcio. In tutti quei letti d'ospedale. In quella sala operatoria. Non potevo proteggermi né salvare me stessa. Ero alla mercé di altre persone, la mia vita era nelle loro mani.

Scossi la testa. «Aspetta un attimo. La vulnerabilità è una debolezza. Perché dovrei mai volermi sentire di nuovo debole? Riempimelo di nuovo, Joel».

Lo sguardo del barista saettò verso di me mentre faceva scivolare due shottini lungo il bancone verso un cliente con una cresta rosa. «Essere vulnerabili non significa essere deboli. Significa confidare di essere abbastanza forti da poter gestire il dolore. A dire il vero, è la forma più pura di forza».

Sloane agitò le dita sulle tempie e imitò il rumore di un'esplosione. «Ufficialmente uscita di testa», biascicò.

«Cazzo, è stato bellissimo, Joel», si inserì il motociclista con la cresta, per poi asciugarsi gli occhi con un tovagliolino da drink.

Avevo trascorso tutta la mia vita adulta a dimostrare di essere invincibile, capace, indipendente. Avevo vissuto da sola, lavorato da sola, ero andata in vacanza da sola. L'unico modo in cui potevo rendermi ancor più indipendente sarebbe stato instaurare una relazione monogama con il mio vibratore. Non mi stava bene sentirmi dire che avevo scelto la via del codardo.

«Sentite, apprezzo il gioco super divertente dell'"analizziamo cosa c'è che non va in Lina", ma il punto è che ogni volta che devo agire all'interno delle dinamiche di una relazione, che sia personale o professionale, qualcuno finisce per farsi male».

«Questo non significa che non puoi avere una relazione. Significa solo che non ci sai fare», mi contraddisse Naomi, gesticolando con il suo vino.

«Cavoli, grazie», dissi asciutta.

Naomi sollevò un dito e prosciugò il suo bicchiere. «All'inizio nessuno ci sa fare. Nessuno ha un talento naturale per le relazioni.

Tutti devono imparare come gestirle nel modo giusto. Ci vuole un sacco di pratica, capacità di perdono e vulnerabilità».

«Merda», mormorò Stef. Si alzò in piedi e drizzò la schiena. «Se voi signore mi scusate, devo fare una telefonata. Ti dispiace tenerle d'occhio, Joel?».

Il barista gli rivolse un cenno di saluto.

«Non è solo che sono pessima con le relazioni», dissi, tornando al punto originario. «Non voglio avere legami. Voglio essere libera di fare ciò che voglio. Di perseguire la vita che mi si addice».

«Non credo che queste cose debbano per forza escludersi a vicenda».

«Bum!», urlò Sloane, sbattendo una mano sul bancone. Più la bibliotecaria beveva, più i suoi effetti sonori diventavano rumorosi.

«Non mi troverò un uomo là fuori che sia felice di seguirmi in giro, di lavorare da remoto in merdosi motel mentre io do la caccia a merce rubata. E se anche fosse, probabilmente non lo vorrei».

A Naomi sfuggì un singhiozzo.

«Sul serio? Anche tu? Voi ragazze vi siete portate avanti prima di passare a prendermi?», domandai.

Lei si strinse nelle spalle e sorrise. «Per pranzo mi sono preparata un wrap e Waylon me l'ha rubato dal piatto mentre non guardavo. Sono un peso piuma a stomaco vuoto».

Feci scivolare la ciotola di noccioline verso di lei. «Assorbi quell'alcol».

Un motociclista alto con una benda sull'occhio e una bandana si avvicinò.

«No», dissi quando aprì la bocca.

«Non sai nemmeno cosa stavo per dire», si lamentò lui.

«No, non vogliamo un appuntamento, un passaggio o che tu ci dica il soprannome del tuo pene», risposi.

Sloane sollevò la mano. «A dire il vero, a me piacerebbe conoscere il soprannome del pene».

Il centauro gonfiò il petto e si tirò su i pantaloni. «È Long John Silver… perché ha un piercing. Ora, chi vuole una presentazione personale?»

«Contenta adesso?», domandai a Sloane.

«Sono sia contenta che disgustata».

Mi voltai di nuovo verso il motociclista. «Vattene, a meno che tu non voglia prendere parte alla mia seduta di terapia».

«Gira al largo, Spider», lo ammonì Joel da dietro il bancone.

«Uno prova ad avere un po' d'azione e si incazzano tutti», borbottò Spider mentre si allontanava.

«Aspetta, penso di essere sul punto di fare un'osservazione super intelligente», disse Naomi. Arricciò il naso e, persa nei suoi pensieri, ingurgitò il resto del suo vino. «Ah-ah!».

«Ah-ah!», le fece eco Sloane.

Naomi si dondolò sullo sgabello e si schiarì la voce. «Come stavo dicendo, stai mettendo a confronto ciò che stai facendo adesso con ciò che potresti fare in futuro».

«Ehm, non è quello che fanno tutti?»

«C'è una sottile differenza», ribadì lei, biascicando un po' la parola "sottile". «Ma non ricordo quale sia».

Sloane si chinò su di me sull'altro lato. Be', più che altro cadde addosso al bancone. «Quello che la mia esimia collega sta cercando di dire è che solo perché vuoi la libertà di fare le tue scelte non significa che devi essere sola».

Naomi schioccò le dita davanti al volto di Sloane. «Sì! Quello! È quello che non ricordavo! Ciò che fai o hai e come ti senti sono due cose distinte. Per esempio, la gente dice "voglio un milione di dollari", ma quello che vuole in realtà è sentire di avere una sicurezza finanziaria».

«Oooooook», dissi con voce strascicata.

«Tu vuoi sentire di avere il potere di prendere le tue decisioni. Questo non significa che devi restare per sempre una cacciatrice di taglie indipendente. O che non puoi trovarti un ragazzo fantastico con cui fare sesso bollente e mangiare cibi da asporto a letto. Significa solo che devi trovare una relazione in cui puoi essere te stessa ed essere sicura che i tuoi bisogni siano soddisfatti».

«Lieta che tu te lo sia ricordata, perché è un'osservazione molto intelligente e tu sei molto bella», disse Sloane a Naomi.

«Grazie. Credo che anche tu sia bella e intelligente!».

«Oooh! Abbraccio di gruppo!».

«Voi due state abusando del vostro privilegio degli abbracci», mi lamentai mentre entrambe mi crollavano addosso.

«Non possiamo farci niente. Siamo davvero fiere di te», disse Naomi.

«Vuoi che te le allontani spruzzandole?», propose Joel, sollevando la manichetta della soda.

Sospirai. «Lascia che abbiano il loro momento».

24
Torta di noci e gomiti appuntiti

Lina

«Non voglio andare a casa», si lamentò Sloane mentre la guidavo verso la mia auto nel parcheggio.

«Ho fame», cantilenò Naomi.

«Dove credi di andare?», domandai a Stef mentre questi iniziava a defilarsi.

Aveva un'espressione colpevole e nervosa. «Io ho, ehm, chiamato Jeremiah e gli ho chiesto se voleva che ci vedessimo per cena. E lui ha detto di sì. Perciò… vado a cena con un barbiere sexy».

Naomi gli balzò addosso. «Sono. Così. Fiera. Di. Te», disse, dandogli una pacca sul petto a ogni parola.

Lui si massaggiò i pettorali. «Ahia».

«Mandaci un messaggio ogni trenta secondi. Anche meglio, fai una diretta live del tuo appuntamento!», fece Sloane, saltellando sulle punte.

«Oooh! Sì! Commenteremo e ti faremo sapere se pensiamo che stia andando bene», intervenne Naomi.

«Sicura di poter gestire le gemelle ubriachelle?», mi chiese Stef.

«No. Ma…».

«Fingerò che tu abbia detto di sì». Indietreggiò con un sorrisetto malizioso.

«Divertiti e cerca di non spaventarlo», gli gridai dietro.

Forse Stef era pronto a farsi schiacciare come una falena, ma ancora non ero convinta che la vulnerabilità fosse la forza suprema. Mi sembrava più il modo supremo per farti calpestare il cuore.

Sloane afferrò il braccio di Naomi ed entrambe quasi caddero a terra. «Oh, mio Dio. Ci siamo dimenticate di dirle l'altra cosa».

«Dire cosa a chi? A me?», domandai, aiutandole a rimettersi dritte.

Naomi boccheggiò, emettendo una nuvola di fiato dal profumo di Chardonnay. «Mi sono completamente dimenticata! Avevamo un'idea su chi dovresti sentire a proposito di dove Duncan Hugo potrebbe nascondere un'auto».

«Davvero? Chi?»

«Grim», rispose Naomi.

«Chi è Grim?»

«È il leader di un club di motociclisti… ehm, capo? Forse primo ministro? Comunque, lui sa tutto quello che succede», disse Naomi.

«Sapeva dov'era Naomi quando è stata rapita perché stava tenendo d'occhio Duncan Hugo», contribuì Sloane.

«Inoltre, è davvero simpatico e mi ha insegnato a giocare a poker», aggiunse Naomi.

«Come mi metto in contatto con questo Grim, primo ministro di un club di motociclisti?», domandai.

«Ho il suo numero. O un numero. Non l'ho mai chiamato, ma me l'ha dato lui», spiegò Naomi.

Lo sguardo di Sloane si illuminò come se fosse stata colta dall'ispirazione. «Ragazze! Conosco questo posto dove fanno la migliore torta di noci dell'universo».

Naomi squittì. «Adoro le torte».

«È all'interno dell'area dei tre stati?», domandai.

Tornai al tavolo proprio mentre la cameriera ci portava tre fette di quella che in effetti sembrava una torta di noci davvero molto buona.

«Hai parlato col sexy e pericoloso centauro?», chiese Sloane.

«No». Avevo chiamato il numero che mi aveva dato Naomi, ma dopo tre squilli si era sentito un *bip*. Avevo lasciato un vago messaggio chiedendo che mi richiamasse, non sapendo neppure se stava registrando ciò che stavo dicendo.

«Oh, bontà divina», sospirò Naomi con la forchetta ancora in bocca. «Questa è la migliore torta di sempre».

Mi sedetti, e stavo giusto per prendere la forchetta, quando il mio telefono squillò. Osservai lo schermo.

«Merda».

«È lui?», domandarono le mie amiche in un acuto coretto.

«Non è lui», le rassicurai, poi scivolai di nuovo via dalla mia sedia.

«Ehi, Lewis», risposi, superando la postazione della hostess di sala e dirigendomi verso l'ingresso. «Come andiamo?»

«Alla grande. Bene. Okay. Be', un po' di merda a dire il vero», disse il mio collega.

Il senso di colpa si manifestò sottoforma di un immediato mal di testa da tensione. «Ho sentito che sei tornato al lavoro».

«Lavoro d'ufficio», precisò lui. «Il che è parte del problema. Ho una questione in ballo e mi serve il tuo aiuto».

Ed ecco un altro motivo per cui non mi immischiavo nelle relazioni.

«Di cosa hai bisogno, Lew?»

«Sì, dunque, ricordi quella volta che sono saltato giù dal tetto e mi sono rotto il culo?».

Feci una smorfia. «Ricordo». In ogni dettaglio.

«E ricordi che hai detto che se avessi potuto avresti fatto qualunque cosa per aiutarmi, vero?»

«Vagamente», sibilai a denti stretti. Dietro di me, Naomi e Sloane avevano intavolato una conversazione con una coppia di anziani che indossava maglioni coordinati.

«Oggi è il tuo giorno fortunato», annunciò Lewis.

Sospirai. «Che cosa ti serve?»

«Ho un MC appena comparso nella rete dalle tue parti».

"MC" era la sigla in codice dei cacciatori di taglie per "mancata comparizione", un'etichetta appiccicata addosso a quelli che saltavano le udienze in tribunale, mettendo a rischio i soldi delle cauzioni che le compagnie avevano versato per la loro liberazione. «Sai che c'è un motivo se sono passata ai beni», gli rammentai.

Avevo scontato un anno davvero molto lungo come agente di recupero fuggitivi prima di passare alle indagini per il recupero dei beni.

«Sì, ma sei brava a farlo. Cosa più importante, sei proprio lì sul posto. Non posso farci arrivare nessuno fino a domani».

«In questo momento ho due donne ubriache sotto la mia responsabilità. Non posso lasciarle a badare a loro stesse. Finirebbero per farsi tatuare dell'ombretto coordinato».

«Portale con te. Questo tizio non è pericoloso. È solo stupido. Be', tecnicamente è un pazzoide intelligente, il che lo rende uno stupido».

Avevo familiarità con il genere.

«Mostra alle tue amiche come Lina Solavita mette sotto un cattivo».

«Che cos'ha mandato in fumo?»

«Una cauzione da due milioni di dollari».

«Due milioni? Cosa diavolo ha combinato?»

«Si è introdotto nel sistema della motorizzazione statale, ha creato una manciata di documenti falsi e poi li ha rivenduti online».

I nerd del computer di solito erano meno pericolosi da catturare rispetto a, per esempio, assassini o altri criminali violenti. Non dovevi fare altro che prendere loro il laptop e usarlo per attirarli sul sedile posteriore della tua auto. Ma non volevo comunque correre rischi con le mie molto nuove e molto ubriache amiche.

«Non credo sia una buona idea, Lew».

«Senti. Detesto dover giocare questa carta, ma me lo devi. Dividerò il premio con te».

«Odio te e il tuo sedere fracassato», gemetti. «Me ne occuperò domani».

«A dire il vero, va fatto entro un'ora. Sta per lasciare la città e non so dove andrà in seguito. Ho bisogno che venga preso in custodia».

«Dannazione, Lew». Sbirciai Naomi e Sloane attraverso il vetro. «Giuri che non è pericoloso?»

«Manderei la mia stessa nonna a prenderlo se vivesse lì vicino».

Sospirai. «D'accordo. Ma questo significa che siamo pari».

«Pari e patta», promise.

«E basta battute su di me che ti spacco il culo», aggiunsi.

«Ti mando l'indirizzo e una foto per messaggio. Grazie. Sei la migliore. Adesso riattacco prima che cambi idea. Ciao!», disse rapido, per poi chiudere la telefonata.

Imprecando tra me e me, tornai dentro il locale, il mal di testa che sbocciava come una dannata rosa.

«Ehi, Lina Bo-Bina! Vuoi delle patatine fritte?», domandò Sloane.

Osservai il tavolo. Naomi e Sloane avevano mangiato le loro torte e la mia torta, poi erano passate alle patatine fritte che l'anziana coppia aveva lasciato.

Feci un cenno alla cameriera. «Posso darti una mancia di cento dollari per fare da baby-sitter a queste due mentre io vado a svolgere una commissione?».

La donna si soffiò la frangetta biondo rame via dal viso. «Spiacente, tesoro. Non ci casco di nuovo». Indicò un cartello appeso alla parete. C'era scritto "Gli ubriachi privi di sorveglianza saranno arrestati".

Miseriaccia.

«Che succede, Lina Weena?», mi chiese Naomi. «Sembri triste».

«O costipata», aggiunse Sloane. «Hai bisogno di più fibre nella tua dieta?»

«Ho bisogno di andare a lavorare per un'oretta circa e non so cosa fare con voi due. Che ne dite se vi porto in un hotel e restate sedute tranquille in una stanza finché non torno?».

Sloane mi mostrò i pollici alzati, poi li capovolse e sputò un lampone.

«Lo prendo per un no».

«Hai trovato Huncan Dugo?», domandò. Aveva gli occhiali storti.

«No. Devo rintracciare un'altra persona per un collega».

«Lascia che ti aiutiamo! Sono bravissima a trovare la roba. Ieri Knox ha cercato il ketchup per dieci minuti nel frigo e io l'ho trovato in mezzo secondo!», dichiarò Naomi.

«Grazie, ma non voglio il vostro aiuto. Voglio che voi due rimaniate fuori dai piedi mentre vado a catturare un fuggitivo. Credete di poter fingere di essere sobrie per il tempo che serve a Knox per guidare fin qui e venire a prendervi?».

Si scambiarono delle occhiate, scossero le teste e scoppiarono a ridacchiare.

«Lo prendo per un no».

«Veniamo con te», disse Naomi con fermezza.

«E invece no», ribattei io con altrettanta fermezza, e senza biascicare.

«Vi avevo detto di restare in auto», sbottai mentre trascinavo il mio MC lungo il marciapiede. Mi faceva male la faccia, sentivo dolore al fianco, stavo sudando a profusione e il mio maglione preferito era rovinato.

«Scusa», disse Naomi, cercando di sembrare contrita.

«Ti abbiamo aiutata ad acchiapparlo», aggiunse Sloane con aria di sfida. Naomi le diede una gomitata. «Oh, volevo dire, scusa».

«Avrei dovuto lasciarvi in città quando ne avevo l'occasione», borbottai mentre zoppicavo per il quartiere.

«Ahia! Queste fascette fanno male!».

Melvin Murtaugh, ovvero ShadowReaper, non era un criminale

violento. Nell'istante in cui mi aveva vista tirare fuori le manette, era schizzato via dal festino organizzato dal cugino. Lo avevo seguito fuori sul retro, giù dallo sgangherato portico e lungo il vialetto.

Il ragazzo indossava delle scarpe da ginnastica e io avevo degli stivali col tacco, ma le mie capacità atletiche e la mia resistenza cardio erano molto più efficaci durante una corsa rispetto al suo talento con la tastiera del computer.

Aveva anche commesso il monumentale errore di bloccarsi all'imbocco del vialetto, distratto da qualcosa.

Quel "qualcosa" si era rivelato essere Naomi e Sloane che giocavano alle aiutanti ubriache.

Ciò mi aveva lasciato tempo sufficiente per placcarlo a terra. Ero arrugginita. Un tempo sapevo come eseguire un placcaggio alla perfezione utilizzando la persona placcata come cuscino per l'atterraggio. Questa volta, il mio fianco e la mia spalla avevano avuto un doloroso impatto diretto con l'asfalto, mentre il mio volto era rimbalzato contro il gomito appuntito di Melvin.

Era per questo che ero passata dalle taglie sui fuggitivi al recupero beni. La gente era un'eccessiva spina nel fianco… e al viso.

«Dove sono i miei occhiali? Non riesco a vedere niente senza i miei occhiali!».

«Avresti dovuto pensarci prima di correre, quando ti avevo detto di non farlo», gli risposi, con il tono di una madre seccata che ha a che fare con un figlio adolescente che non si disturba mai a raccogliere le sue mutande dal pavimento.

Agganciai con la mano il retro della sua maglietta e riportai tutti quanti alla mia auto. Grazie al cielo non era un quartiere dominato dai ladri di auto, perché le mie due accompagnatrici ubriache avevano lasciato gli sportelli della Charger spalancati.

«Ops», disse Naomi quando vide l'auto. «A quanto pare ci siamo dimenticate di chiudere le portiere».

«È stata l'euforia della caccia», rise Sloane.

«Voi non avreste dovuto far parte della caccia. Avreste dovuto aspettare in auto. E tu», dissi, serrando la presa sull'agitato hacker, «avresti dovuto presentarti all'udienza».

«Se vado in tribunale, mi sbatteranno in prigione», piagnucolò lui.

«Ehm, già. È quello che dovrebbe succedere quando si commette un crimine».

Il ragazzo gemette. «Mia madre mi ucciderà».

«Il modo in cui ti sei lanciata a placcarlo è stato così cazzuto», commentò Sloane, intromettendosi nella conversazione. «Puoi insegnarmi a farlo?»

«No», dissi in modo laconico, poi spinsi Melvin sul sedile posteriore premendogli la testa. «Fermo». Chiusi la portiera e mi voltai di nuovo verso le mie amiche, che non sembravano neanche lontanamente contrite a sufficienza. «Questo è un lavoro pericoloso. Non siete addestrate per gestire questo genere di situazioni. Perciò quando vi dico di restare in auto, voi restate in auto».

«Gli amici non fanno affrontare agli amici il pericolo da soli», disse Naomi con severità. «Quando io e Waylay siamo state rapite, tu e Sloane siete venute per noi. Io e Sloane siamo venute per te, ecco tutto».

«La differenza è che io non ero stata rapita, Naomi. Stavo facendo il mio lavoro. Cioè, stavo facendo il lavoro di Lewis. Ma sono stata addestrata per questo. Ho esperienza in queste situazioni. Nessuna di voi due ce l'ha».

Sloane mise il broncio. «Non vuoi neanche sapere come abbiamo fatto a distrarlo?»

«Io gli ho lanciato contro un sacchetto di popò di cane che ho trovato sul marciapiede», si pavoneggiò Naomi.

Questo spiegava la puzza. Senza ombra di dubbio avrei dovuto far ripulire a fondo la mia auto.

«E io ho gridato e gli ho mostrato le tette», dichiarò con orgoglio Sloane.

Se fossero state altre due civili qualunque, sarei stata colpita. Ma non riuscivo a pensare ad altro se non al fatto che Naomi e Sloane si erano volontariamente esposte al pericolo per me. E che adesso avrei dovuto fare una telefonata che davvero non volevo fare.

Sospirai. «Devo usare il telefono. Restate qui e tenete d'occhio Melvin. Non salite in auto. Non allontanatevi. Non fate amicizia con nessun maniaco omicida che si aggira per strada».

«È solo arrabbiata perché non ha avuto la torta», sussurrò Sloane a Naomi mentre io componevo il numero.

Knox rispose al primo squillo.

«Che succede? Perché Stef non mi sta più mandando aggiornamenti, e perché la mia fidanzata non risponde ai miei messaggi?»

«Va tutto bene. Stef è dovuto andare via prima, e per quanto riguarda Naomi...». Diedi un'occhiata sopra la mia spalla verso

Naomi e Sloane, che stavano posando per dei selfie. «... non risponde ai tuoi messaggi perché lei e Sloane sono impegnate a provare tutti i filtri di Snapchat».

«Perché stai telefonando? Non siamo incazzati l'uno con l'altra?»

«Non ne sono sicura. Non riesco a stare al passo».

«Bene. Allora se eravamo in lite, chiudiamola qui».

Era per questo che mi piaceva avere amici maschi. Era più semplice e basta.

«Andata. Ho bisogno di un favore. Due, a dire il vero. Ho bisogno che tu non diventi giustamente incazzato, e ho bisogno di un passaggio per due donne ubriache che si rifiutano di ascoltarmi».

«Che ha la tua auto che non va?»

«Al momento è occupata da un genio del crimine legato con delle fascette».

«Cazzo».

«Se mi lasci andare, entrerò nel sistema del fisco e non dovrai mai più pagare le tasse», mi propose Melvin dal sedile posteriore.

«Non parlare», grugnii.

Con i finestrini abbassati, il vento ci schiaffeggiava da tutte le parti mentre viaggiavamo in autostrada. Aiutava con l'odore della cacca di cane.

«Quel tizio barbuto e tatuato sembrava avere intenzione di strapparmi via le braccia e usarle per pestarmi a morte. Credevo che avrebbe spaccato il finestrino solo per arrivare a prendermi».

Come previsto, Knox non era stato contento. Prima per il fatto che avevo permesso a Naomi e Sloane di convincermi a portarle con me, poi per il fatto che Naomi e Sloane si erano volontariamente esposte a un rischio, e infine con Melvin per avermi spaccato la faccia.

Non avevo ancora dato un'occhiata allo specchio, ma a giudicare dalla reazione di Knox e dalla sensazione di calore e gonfiore sotto l'occhio, immaginavo di non avere un aspetto fantastico.

«È la sensazione che trasmette sempre», lo rassicurai.

«Ha dato la colpa a me per la tua faccia. Riesci a crederci? Non sono stato io a colpirti», sbuffò Melvin.

«È stato il tuo gomito in movimento».

«Il tuo viso ha colpito il mio gomito in movimento. È probabile che verrà un livido anche a me».

Pigiai sull'acceleratore e mi augurai che il conseguente rombo dei giri del motore assorbisse le parole del mio passeggero. Prima consegnavo questo tizio, prima potevo mettermi del ghiaccio su tutto il corpo.

«Mi assicurerò di mandarti un dottore in cella», dissi asciutta.

«Dove mi stai portando?»

«Al dipartimento di polizia di Knockemout». Non era l'ideale, ma gli MC dovevano essere consegnati in custodia alla polizia, e quello di Knockemout era il dipartimento con personale al completo più vicino. Inoltre, potevo aver fatto una telefonata per avvisarli... e per assicurarmi che Nash quella notte non ci fosse.

L'ultima cosa di cui avevo bisogno era imbattermi in lui.

«Possiamo almeno ascoltare un po' di musica?», borbottò Melvin.

«Sì, possiamo». Alzai il volume dello stereo e imboccai l'uscita per Knockemout.

Eravamo a tre chilometri dal confine della città quando delle luci rosse e blu illuminarono il mio specchietto retrovisore.

Abbassai lo sguardo verso il contachilometri e feci una smorfia.

«Ah! Beccata», ridacchiò il mio passeggero.

«Sta' zitto, Melvin».

Accostai sul ciglio della strada, misi le quattro frecce e ripescai il libretto di circolazione prima ancora che l'agente raggiungesse il mio finestrino.

Quando Nash Morgan mi sparò la sua torcia negli occhi, capii che quella non era la mia serata.

25
Multa per eccesso di velocità

Nash

«Scendi dall'auto».

«Non avresti dovuto essere al lavoro stasera», mormorò lei, serrando la presa sul volante.

«Scendi. Dall'auto. Angelina», ordinai a denti stretti.

«Aiuto! Questa donna mi ha rapito!», gridò l'idiota sul sedile posteriore.

«Chiudi il becco, Melvin», sbottò Lina.

Spalancai la portiera. «Non farmi incazzare, Angel».

Lei sganciò la cintura di sicurezza, scese dall'auto e finì addosso al mio corpo. Ormai lo sapevo. Sapevo che non potevo fidarmi di me stesso così vicino a lei. Ma non era forse una conclusione scontata quando Grave mi aveva aggiornato sulla situazione?

In qualche modo sapevo che sarebbe finita così.

«Hai intenzione di indietreggiare o pensi di starmi addosso tutta la notte?», sibilò lei, facendo del suo meglio per ergersi di fronte a me con aria di sfida e ciononostante ritrarsi da qualunque contatto fisico. La cosa mi uccise.

I suoi jeans erano strappati all'altezza di un ginocchio. C'era dello sporco su tutto il suo maglione e la giacca. E mi parve di cogliere anche un accenno di zoppia. Ma fu il suo volto a farmi schizzare la pressione sanguigna alle stelle.

«Te l'ha fatto lui?», domandai, afferrandole il mento e inclinandole la testa così da poter vedere il livido. La rabbia era una creatura vivente sotto la mia pelle. Mi divorava, e mi ci volle ogni grammo di autocontrollo per non sguinzagliarla.

Lei sollevò il braccio e afferrò il polso della mano che le teneva il volto, ma non lasciai la presa. «L'unica cosa di cui è colpevole, a parte aver hackerato un database statale, è avere gomiti appuntiti».

«Perché stai trasportando un MC?».

Lina alzò gli occhi al cielo con fare insolente. «Possiamo saltare la parte in cui fingi che ti importi così posso andare per la mia strada? È stata una lunga giornata».

«Non le dia ascolto! Non sono venuto meno alla libertà vigilata! Stavo solo tornando a casa a piedi dopo una lettura a un rifugio per cani quando lei mi ha placcato in un vialetto e mi ha minacciato», piagnucolò il suo passeggero.

«Chiudi il becco, Melvin», dicemmo Lina e io, all'unisono.

La portai fino al bagagliaio della sua auto e la esaminai con le luci dei miei fari. «Sei ferita da qualche altra parte?». Il livido sulla sua guancia era gonfio e malmesso. Lo detestavo con ogni fibra del mio essere.

Lei mi schiaffeggiò via le mani. «È una nuova routine dei posti di blocco?».

Averla così vicina non mi stava soltanto friggendo i circuiti. Li stava distruggendo.

La rabbia che mi ribolliva dentro voleva riemergere a forza dalla mia gola e scatenarsi contro il mondo. Adesso non ero freddo. Adesso non ero vuoto. Ero un vulcano sul punto di esplodere.

«È stato un incidente». Il tono di Lina era calmo, quasi annoiato. La sua voce era uno splendido veleno nelle mie vene.

«Avevi detto che recuperavi beni, non che davi la caccia alla gente», le rammentai.

«È così. Perciò, prima che mi dai di nuovo della bugiarda, sappi che qualcuno mi ha chiesto un favore. Non che siano affari tuoi».

Continuava a dire cose di questo genere. Cose che in linea teorica erano vere.

Ma nonostante fossi furioso con lei, insistessi a dire che con lei avevo chiuso, avevo bisogno di sapere che stava bene. Avevo bisogno di sapere cos'era successo. Avevo bisogno di occuparmi della cosa.

Lei era affar mio, e io non avevo chiuso con lei. Avevo solo cominciato. Accettavo quella verità, fingendo di avere una scelta.

«Chi ti ha chiesto un favore? Chi ti ha chiesto di fare questo?»

«Gesù, Nash. Rilassati. Non è stata infranta alcuna legge e tua cognata e la sua amica – sebbene fossero delle spine ubriache nel fianco che si rifiutavano di seguire gli ordini – sono al sicuro. Knox è venuto a prenderle e le ha riportate a casa».

«Lo vedo». Il fatto che mio fratello avesse considerato saggio lasciare Lina a vedersela da sola con un criminale era un'altra questione che avrei sollevato in seguito. Con molta probabilità con i pugni.

Cazzo.

Le emozioni che stavano emergendo in me erano pericolose. L'equilibrato agente con il distintivo era scomparso. Il guscio di uomo vuoto era scomparso. Al loro posto c'era un drago sputafuoco che voleva distruggere ogni cosa.

Mi domandavo se era così che Knox si sentiva per la maggior parte del tempo.

Mi protesi e le afferrai di nuovo il mento, inclinando il suo bellissimo viso così da poter esaminare il livido. Toccarla, anche se solo in quel modo, accendeva qualcosa dentro di me.

«Ti serve del ghiaccio».

«Potrei mettercelo più in fretta se tu non mi stessi trattenendo».

Esalai un sospiro infuriato. «Fallo scendere dall'auto».

«Cosa?»

«Fallo scendere dall'auto». Pronunciai le parole con lentezza.

«Oh, no. Non ci casco. Porterò il culo di questo cretino al dipartimento e mi verrà dato un documento a giustificativo. Dopodiché sarà tutto tuo».

«Non voglio che lo trasporti tu», dissi. Un'ondata di possessività spazzò via ogni pensiero razionale. Non mi importava. Volevo solo che fosse al sicuro e vicina a me.

«Non me ne frega un cazzo di cosa vuoi tu», ringhiò lei.

«Il cazzo che fregherà a me basterà per entrambi. Fallo scendere dall'auto».

Lei incrociò le braccia. «No».

«Molto bene». Indietreggiai e feci per fare il giro dell'auto. «Ci penserò io».

Lei mi afferrò il braccio, e gongolai per quel contatto. «Avvicinati di un altro passo al mio MC e io…».

«E tu cosa?», la sfidai quando lei lasciò la frase in sospeso. Volevo che reagisse. Volevo che ci ritrovassimo insieme in quel guazzabuglio di rabbia e lussuria.

«Perché fai così?», soffiò lei, infilandosi le dita tra i capelli.

«Magari lo sapessi, dolcezza». Ma lo sapevo. Lei poteva mentirmi. Poteva mettersi in pericolo. Poteva evitarmi o detestarmi. Ma comunque io non sarei stato in grado di lasciarla perdere. Perché non avevo chiuso con lei.

Mi odiavo per quanto la desideravo.

«Non sono di tua proprietà. Non ho infranto la legge. L'unico rischio che ho corso è stato ferirmi l'ego mentre atterravo questo idiota. Perciò, a meno che tu non voglia abusare della tua autorità e arrestarmi, ti suggerisco di lasciarmi finire il mio lavoro».

«Vorrei non dovermene curare, sai».

«Povero Nash. Sei costretto a giocare all'eroe per la cattiva?».

La inchiodai contro l'auto con i miei fianchi. I suoi occhi si sgranarono. Le sue delicate narici si dilatarono come quelle di un cerbiatto che sente l'odore del pericolo. Ma le sue mani avevano una mente propria. Si aggrapparono alla mia camicia e strinsero con forza.

«Stai giocando un gioco pericoloso, Angel».

«Da dove mi trovo, sembra che tu sia l'unico che finirà per farsi male», replicò lei.

Ero sul ciglio della strada e stavo intrappolando una donna arrabbiata contro un'auto sportiva. Il battito cardiaco mi martellava in testa, un tonfo costante che viaggiava di pari passo con le pulsazioni nel mio uccello. Lei non era la scelta sicura, la scelta saggia. Ma per qualche ragione stupida in modo elettrizzante, il mio corpo riteneva che quella donna che viveva la sua vita nella zona grigia fosse la scelta giusta.

Le posai una mano a coppa sulla mascella e le sfiorai il labbro inferiore con il pollice. La luce nei suoi occhi passò dalla furia a qualcosa di altrettanto pericoloso. Stavo vibrando per il desiderio. Non potevo fidarmi di me stesso quando le stavo così vicino.

Ma proprio quando mi ero quasi convinto a ritrarmi, lei mi morse il polpastrello del pollice con i denti.

Quella piccola scarica di dolore mi attraversò da capo a piedi, correndomi lungo la schiena e concentrandosi nelle mie palle.

Riuscivo a sentire il suo cuore battere all'impazzata contro il mio petto.

Ci muovemmo nello stesso istante. Mi piegai sulle ginocchia proprio mentre lei spalancava le gambe, facendo spazio per me.

Questo. Adesso. Lei.

Il mio sangue esigeva di più. Qualunque timore sulle prestazioni evaporò nella notte, arso dal calore della lussuria. Avevo bisogno di farla mia. Di dimostrarle che apparteneva a me soltanto. Feci scivolare le mani sotto le sue ginocchia e la sollevai, spalancandole le gambe finché la mia erezione non premette in mezzo alle sue cosce. Anche se eravamo vestiti, la sensazione del suo corpo che accoglieva il mio era quasi troppo da sopportare.

«Ho bisogno…».

«Vorrei non avere bisogno di te, ma è così», dissi, strusciando il volto contro la liscia pelle setosa del suo collo.

«Dannazione, Nash», boccheggiò lei. «Ho bisogno che ti allontani e mi lasci respirare».

Mi paralizzai contro di lei ma non mi ritrassi. Non potevo. La pulsazione nella sua gola fremette appena sotto le mie labbra.

«Nash. Ti prego. Allontanati e lasciami respirare».

Fu il "ti prego" a condannarmi. Le avrei concesso qualunque cosa, a patto che lei mi desse tutto.

Soffocai un'imprecazione e indietreggiai, lasciando che scivolasse a terra.

«Se non ho intenzione di essere la tua scopata da supporto emotivo, puoi stare certo che non sarò la tua scopata incazzata».

«Angel».

Lei sollevò una mano. «Abbiamo già dimostrato di non poterci fidare l'uno dell'altra. E sono abbastanza sicura che abbiamo appena dimostrato di non poterci fidare di noi stessi quando siamo vicini».

«Non so quanto a lungo potrò combattere contro questa cosa», confessai.

Lei mi squadrò con un'occhiata. «Provaci di più».

«Ci sto provando. Sono furioso con te. Hai tradito la mia fiducia».

«Oh, per favore», sbuffò lei. «Sono stata più sincera con te di quanto lo sia mai stata con chiunque altro. Solo che tu rifiuti di riconoscere che là fuori c'è tutto un mondo al di là del bianco e del nero».

«Come stavo dicendo, non riesco a smettere di pensare a quanto sono arrabbiato con te. Ma non vorrei fare altro che inginocchiarmi a terra e seppellire il volto tra le tue…».

Lina si alzò di scatto e mi schiaffò una mano sulla bocca.

«Non concludere quella frase. Siamo pericolosi l'uno per l'altra. Quando tu mi tocchi non riesco a ragionare con chiarezza. Siamo la decisione peggiore che potremmo prendere. E se sono *io* a dirlo, significa qualcosa».

Ma per una volta nella mia vita, non ero preoccupato delle conseguenze. Non stavo pensando sei passi avanti nel futuro. L'unica cosa che sapevo per certo era che la volevo. Anche se mi aveva mentito. Anche se mi aveva ferito. Anche se voleva lottare con me su ogni cosa.

Io volevo Angelina Solavita.

«Scusate? So che voi due siete nel bel mezzo di una lite, ma dovrei davvero fare pipì».

«Chiudi il becco, Melvin!».

Viaggiai alle calcagna della Charger rossa per tutta la strada sino al distretto, non concedendole neppure un centimetro di tregua. Una volta arrivati, scesi dal mio SUV e aprii lo sportello della sua auto prima ancora che spegnesse il motore.

«Stai indietro, Fenomeno», mi avvisò Lina.

Ma stavo già trascinando lo scheletrico criminale fuori dal sedile posteriore. «Andiamo, stronzo».

«Questo insulto è ingiustificato», si lamentò lui.

«Quello che è ingiustificato sono i lividi sul suo volto». Lo costrinsi a girarsi per guardare verso Lina. Vederla ferita aveva sguinzagliato qualcosa di orrendo dentro di me. Qualcosa che voleva spazzare tutte le sue infrazioni sotto il tappeto. Qualcosa che voleva tenerla vicina a me così che nessun altro potesse avvicinarsi a lei.

«Te l'ho detto, è stata lei a placcarmi dopo che la brunetta mi ha colpito con la cacca di cane e la bionda mi ha mostrato le tette. Non è colpa mia se ha sbattuto la faccia».

Rivolsi un'occhiata a Lina. Lei si strinse nelle spalle. «Naomi e Sloane», disse a mo' di spiegazione.

«Sentite, sono davvero affamato», si lagnò Melvin. «Sono corso via da casa di mio cugino prima di cena. Credete che potrei avere qualche nugget di pollo, o magari qualcuna di quelle patatine a forma di faccina sorridente? Sapete, cibo di conforto. Sono piuttosto stressato».

Cristo. Sua madre forse gli tagliava ancora le croste dei panini?

«Se chiedi scusa alla signora per averla aggredita, ti darò da mangiare».

«Mi dispiace che la tua faccia abbia sbattuto contro il mio gomito, Lina. Sono sincero. Mia madre mi prenderebbe a calci in culo se anche solo pensassi di far male a una signora».

«Scuse accettate», annuì Lina. Si voltò verso di me. «Adesso dammi il giustificativo».

«Andiamo», borbottai, spingendo Melvin davanti a noi.

«Diamine, bellezza. Che diavolo ti è successo?», domandò Grave a Lina quando entrammo nel dipartimento.

«Gomiti appuntiti», spiegò lei.

«Li ho presi da mio papà. La maggior parte del suo corpo è affilato e appuntito», dichiarò Melvin. «Perciò, per quei nuggets…».

Spinsi Melvin verso Grave prima di essere tentato di piantargli uno dei miei gomiti in faccia. «Fammi un favore e occupati di questo. Io penserò alle scartoffie».

Lina sembrava sul punto di affettarmi a metà con il suo sguardo laser.

«Devo fare una telefonata», disse, poi si diresse verso l'atrio.

«Gran bella zoppia», commentò Grave, come se non avessi già catalogato ogni sua mossa.

Quando Lina tornò dentro la centrale, celando la zoppia come meglio poteva, avevo già pronti i suoi documenti.

«Questo è per Murtaugh». Le porsi il primo foglio. «E questo è per te». Prese il secondo foglio e poi mi rivolse la sua furente occhiata mortale. «Una multa per eccesso di velocità? Stai scherzando».

«Ti ho fatta fermare a venti chilometri sopra il limite», le rammentai.

Era così arrabbiata da sputacchiare. «Tu… tu…».

«Hai due settimane per pagarla o contestarla. Ma, se stai pensando di impugnarla, io non lo farei. Dal momento che sono stato io a fermarti e non ho problemi a prendermi un giorno libero per presenziare a un'udienza».

Lei trasse un profondo respiro e, quando questo non parve calmarla, ne fece un altro. Irradiando furia, mi indicò e scosse il capo prima di uscire dalla porta.

«Sicuro che sai quel che fai, comandante?», domandò Grave.

«Non ne ho proprio idea, Hopper».

Anziché andare a casa dove non confidavo che avrei lasciato Lina in pace, portai il mio pessimo umore fuori città. I miei pneumatici sollevarono una nuvola di polvere nel cielo notturno mentre acceleravo lungo il vialetto sterrato. Le luci nella casa grande erano accese, perciò affondai sui freni e scesi dal mio veicolo.

Giunsi pestando i piedi sino al portico e presi a pugni la porta finché questa non si aprì.

«Cristo. Cosa diavolo…».

Non diedi modo a mio fratello di concludere la sua frase. Il mio pugno si abbatté contro la sua mascella e gli fece scattare la testa all'indietro.

«Che cazzo di stronzo!», ringhiò lui.

Un pugno non mi sembrava sufficiente. Fui più felice di un maiale in mezzo al letame quando lui si lanciò con la spalla contro il mio stomaco. Volammo via, fracassando la ringhiera del portico e atterrando su un arbusto.

Gli assestai una ginocchiata nelle generiche vicinanze dell'inguine e mi ribaltai per finire sopra di lui.

Lasciò che gli dessi un altro pugno in faccia prima di penetrare oltre le mie difese. Assaggiai sangue, rabbia e frustrazione in un cocktail delirante.

«Che cazzo di problema hai?», domandò mentre gli sbattevo la faccia contro l'arbusto.

«L'hai lasciata da sola a occuparsi di un criminale».

«Gesù Cristo, brutto idiota. Gli hai dato un'occhiata? Lina i tipi come lui se li mangia a colazione».

«Lui l'ha ferita, cazzo».

Lo colpii alle costole con un diretto. Mio fratello grugnì, poi mi fece rotolare via da sopra di lui con un'elegante mossa delle gambe.

Mi afferrò per i capelli e mi sollevò la testa dal terriccio. «Lui le ha fatto *un livido*. Sei tu lo stronzo che l'ha ferita».

Gli tirai una gomitata da sopra la spalla e sentii l'impatto con la sua mascella.

Knox grugnì, poi sputò. «Se c'è qualcuno che dovrebbe prendere a calci nel culo qualcun altro, dovrei essere io a prendere a calci in culo te per averle incasinato la testa. Lei è mia amica».

«E io sono il tuo cazzo di fratello», gli ricordai.

«Allora per cosa stiamo litigando?»

«Come cazzo faccio a saperlo?». La rabbia era ancora dentro di me. Il senso di impotenza. Il bisogno di toccarla sebbene sapessi di non averne più il diritto.

«Knoxy?», cantilenò Naomi con voce brilla da qualche parte dentro casa.

«È fuori in giardino a fare a botte con lo zio Nash. Hanno rotto il portico», riferì Waylay.

«Fantastico. Adesso mi farai finire nei guai», si lamentò lui.

Ci rotolammo entrambi fino a finire di schiena sopra l'arbusto schiacciato. Le stelle erano puntini brillanti nel cielo nero inchiostro.

«L'hai lasciata da sola», ripetei.

«Sa badare a sé stessa».

«Questo non significa che debba farlo».

«Senti, bello, cosa vuoi che ti dica? Aveva bisogno che recuperassi Fiorellino e Sloane, che erano entrambe ubriache marce. Il momento in cui non sentirò mai più nella vita il karaoke di un'altra canzone delle Spice Girls non arriverà mai troppo presto».

Lina aveva avuto bisogno di Knox. Lasciai che quella constatazione mi si rigirasse nella mente.

Quando si era trovata in difficoltà, aveva chiamato Knox e non me. A ragion veduta. Non ero così stupido da non capirlo. Eppure eccomi lì, sdraiato per terra, incazzato per aver creato un mondo in cui Lina si rivolgeva a qualcun altro quando aveva bisogno di aiuto.

«Come hai fatto a mandare tutto a puttane?», domandò Knox.

«Cosa ti fa credere che abbia mandato qualcosa a puttane?»

«Sei qui a rotolarti in giardino con me anziché dare il tormento a lei. Cos'hai fatto?»

«Cosa pensi che abbia fatto? L'ho fatta accostare e le ho dato una multa per eccesso di velocità e una razione di merda».

Knox tacque per un lungo istante, poi disse: «Di solito con le donne sei meglio di così».

«Vaffanculo».

«Se vuoi il mio consiglio…».

«Perché diavolo dovrei volerlo? Non sei riuscito a dire a Naomi che l'amavi finché non è stata rapita con delle manette per giochi erotici da sua sorella e da quel coglione».

«Stavo elaborando un po' di roba, okay?»

«Sì, be', anch'io».

«Il mio consiglio è: datti una mossa a farlo se vuoi avere una chance con lei. Oggi stava preparando i bagagli. Naomi ha detto che lei e Sloane le hanno quasi torto un braccio per convincerla a restare abbastanza a lungo perché potessero uscire».

«I bagagli?»

«Ha detto che voleva tornare al motel finché qualcun altro non l'avesse sostituita per il lavoro. Dopodiché sarebbe tornata a casa».

"Tornata a casa"?

Cazzo, assolutamente no.

Lina non sarebbe andata da nessuna parte. Non finché non avessimo risolto la situazione tra noi. Non finché non avessi capito per quale motivo me la sentivo sotto la pelle e dentro il sangue. Non finché non avessi trovato un modo per farla uscire da lì oppure tenerla vicina a me.

Ma queste non erano cose che gli uomini Morgan dicevano a voce alta.

Al contrario, ripiegai sulla nostra comfort zone. «Perciò, adesso ti sta bene se me la faccio con la tua amica? Cristo, bello, sei lunatico forte».

«Succhiamelo, coglione. A sentire Naomi, Lina prova qualcosa di vero per te. Qualcosa che non hai ancora mandato del tutto a puttane. Sempre che quella multa per eccesso di velocità non sia l'ultimo chiodo su quella bara. E dal momento che sei qui a renderti ridicolo a causa sua, sto pensando che forse c'è qualcosa che vale la pena esplorare».

Mi tolsi una foglia dal viso. «Lina prova qualcosa? Cos'ha detto?»

«Che cazzo ne so», fece Knox, irritato. «Splendore e Sloane lo stavano cantando con accento inglese tra un verso e l'altro di *Wannabe*. Chiediglielo quando saranno sobrie e tienimi fuori da questa dannata faccenda».

Restammo in silenzio per qualche momento. Solo due uomini adulti sdraiati su un'aiuola rovinata che fissavano il cielo notturno.

«Ho sentito che Naomi ha tirato merda di cane contro il tizio che Lina stava inseguendo e poi Sloane lo ha distratto mostrandogli le tette», dissi.

Knox, ancora accanto a me, emise un verso nasale. «Gesù. Basta serate tra donne. Da adesso in poi, se quelle tre usciranno insieme, avranno un dannato accompagnatore».

«Sono d'accordo».

Sentimmo il cigolio della zanzariera ma non riuscimmo a vedere arrivare il secchio di acqua gelata. Ci colpì entrambi in faccia.

Sputando e imprecando, ci alzammo in piedi per affrontare il nemico, ma trovammo solo Naomi, Waylay e Waylon sul portico che guardavano in basso verso di noi.

«Basta liti», disse Naomi in tono regale. Dopodiché le scappò un singhiozzo.

Waylay ridacchiò sotto i baffi mentre puntava il tubo da giardino contro di noi.

26

Nash chi?

Lina

Nash Morgan per me non esisteva più.

Era questo il mantra che mi ripetevo mentre affrontavo l'ultimo set di squat posteriori. Potevo concentrare tutta la mia attenzione sull'allenamento e non sul comandante di polizia tutto sudato che, a giudicare dal formicolio alla base della mia schiena, non aveva smesso di fissarmi da quando era arrivato.

L'attrattiva fisica di quell'uomo era travolgente e, a essere franca, mi faceva imbestialire.

«Abbassa di più quel sedere», abbaiò Vernon, riportandomi alla mia attuale sofferenza.

«Abbassalo... tu... il... sedere», ansimai mentre affondavo di più verso il basso, preparandomi a utilizzare le ultime molecole di energia rimaste nelle mie gambe.

«Portalo a casa, Solavita», esclamò Nolan dalla panca pesi dietro di me. A quanto sembrava, lui e Nash avevano raggiunto una sorta di accordo di pace e adesso si stavano allenando insieme.

Riuscii a sollevare il dito medio di entrambe le mani dalla sbarra e poi a spingere fino a rialzarmi.

I gridolini di approvazione dei miei anziani compagni di allenamento mi riecheggiarono nelle orecchie mentre depositavo di nuovo la sbarra nella rastrelliera e mi piegavo in due per riprendere fiato.

Per mia sfortuna, dimenticai di chiudere gli occhi e intravidi l'Uomo Che Non Esisteva fissarmi in modo spudorato e bramoso il sedere.

Knox, sudato e immusonito dal suo allenamento mattutino, raggiunse il fratello, notò la direzione dello sguardo di Nash e gli assestò una gomitata nello stomaco.

Avevano entrambi dei lividi in via di guarigione sul viso, ma ne avevo abbastanza di Nash e avevo zero interesse nello scoprire cosa fosse successo.

Okay, forse, tipo, un dieci per cento d'interesse. D'accordo. Il quaranta per cento al massimo.

Non che lo avrei domandato a nessuno dei due. Knox e io mantenevamo la nostra vacillante tregua fintantoché nessuno dei due parlava di Nash. E Nash sembrava aver finalmente recepito il messaggio che lui non esisteva. Dopo tre giorni in cui mi ero rifiutata di rispondere alla porta o al telefono, aveva smesso di bussare e di chiamare.

Era meglio così. Avevamo dimostrato in molteplici occasioni che non potevamo nutrire fiducia verso nessun genere di vicinanza tra di noi.

Non era da codardi che sincronizzassi gli orari in cui rientravo e uscivo da casa per assicurarmi che non ci incontrassimo sulle scale. Non ero un enorme, gigantesco coniglio perché passavo in punta di piedi davanti alla sua porta. Per una volta, ero *io* che stavo facendo la scelta sicura e saggia.

Mi raddrizzai e bevvi un lungo sorso dalla mia bottiglia d'acqua, fingendo di non riuscire a percepire fisicamente l'attenzione di Nash su di me.

Proprio come avevo scelto di ignorare il lieve ronzio di consapevolezza che mi scaturiva nelle vene quando sapevo che lui era nell'appartamento accanto, a solo una parete di distanza.

Be', ancora mi ritrovavo a sforzarmi di sentire il rumore della sua doccia.

Ma ero solo umana, va bene?

Mi ero impegnata a essere una Lina nuova, più sana, appena un po' più noiosa ma senza dubbio in una condizione mentale migliore. Avevo chiuso con caffeina e alcol, aumentato l'apporto di verdure, e stavo facendo meditazione da quattro giorni di fila. Le mie palpitazioni erano quasi del tutto scomparse. E adesso non c'era nient'altro a distrarmi dall'indagine.

Avevo lasciato altri tre messaggi alla bizzarra segreteria di Grim, ma dovevo ancora ottenere una risposta.

Per fortuna, il mio team di ricerca aveva fatto progressi per me.

Morgan era riuscita a compiere una delle sue magie da nerd e a identificare i due sgherri dalle vaghe descrizioni di Tina. Faccia Tatuata era Stewie Crabb, un recidivo con un pugnale tatuato sotto l'occhio sinistro. Ciccio Pizzetto era Wendell Baker, un tizio bianco e nerboruto con la testa rasata e dei baffi alla Fu Manchu che si collegavano a un pizzetto. Era stato dentro solo una volta con un'accusa di aggressione.

Entrambi erano stati alle dipendenze di Anthony Hugo sin dall'adolescenza grazie alla loro amicizia con Duncan. Morgan non aveva ancora avuto fortuna nell'identificare il misterioso Telefono Prepagato, ma almeno avevo delle piste su Crabb e Baker.

Avevo lasciato da parte la mia ricerca immobiliare per privilegiare gli appostamenti. Per mia sfortuna, controllare sgherri criminali di basso livello consapevoli che con ogni probabilità i federali li stessero tenendo d'occhio implicava soprattutto restare ferma in un sacco di parcheggi di strip club.

«Bel lavoro», ansimò Stef. La sua T-shirt era fradicia dal colletto sino all'orlo, e i suoi capelli neri erano sollevati nel mezzo in una sudaticcia finta cresta.

«Grazie», dissi, ingurgitando altra acqua. «Aspetto ancora che diventi più facile, ma ogni volta mi sento sempre come se stessi per morire».

Stef emise un grugnito.

«Perciò, hai intenzione di dirmi com'è stato il tuo appuntamento domenica dopo che mi hai abbandonata con le gemelle ubriachelle?».

Lui chiuse gli occhi e si annaffiò con l'acqua, ma notai comunque l'incurvatura delle sue labbra.

«È stato… okay».

«"Okay"?», ripetei.

«Bello». L'incurvatura stava diventando più pronunciata, nonostante tutti i suoi sforzi. «Non ho passato una serata orribile».

Gli diedi una gomitata. «Lui ti piaaaaaaace. Vuoi pomiciare con luuuuuuuui».

«Non fare la ragazzina delle elementari».

«Siete finiti sopra un albero a b-a-c-i-a-r-v-i?», lo punzecchiai.

«Mi ha fatto quella cosa della mano sulla parte bassa della schiena quando siamo entrati nel ristorante».

«Sexy».

«Molto sexy», commentò lui, prendendo un sorso d'acqua. Il fantasma di un sorriso aleggiava ancora sulla sua bocca.

«Hai intenzione di rivederlo?»

«Forse», rispose con aria compiaciuta.

«Perciò quella piccola seduta di terapia da bar in verità era per te, non per me».

Stef scoccò un'occhiata all'accigliato comandante di polizia. «Ho immaginato che uno di noi dovesse tirare fuori le palle e buttarsi».

«Scusami, *stronzo*. Quell'uomo mi ha fermata, mi ha gridato contro e mi ha fatto una multa perché stavo *facendo il mio lavoro*».

«Sono certo che stessi guidando entro i limiti di velocità».

«Non è questo il punto».

Stef guardò di nuovo verso Nash, poi ancora verso di me. Fece un sorrisetto. «Che ti piaccia o no, c'è qualcosa di vulcanico tra voi due. E non vedo l'ora di vedere chi esploderà per primo».

«Sei andato a un solo appuntamento. Non puoi permetterti di esibire la menata della relazione seria con me».

«Due appuntamenti. Siamo usciti a pranzo ieri. Adorerei restare qui mentre fingi che non muori dalla voglia di infilarti nelle mutande di Nash Morgan, ma mi vedo con Jer per un caffè. Non resistergli troppo a lungo. Potresti perderti qualcosa di davvero grandioso».

«Va' al diavolo, occhi a cuoricino».

Stef si avviò verso lo spogliatoio e mi lasciò a rimuginare da sola.

«Ehi, amichetta del cuore!». La signora Tweedy mi raggiunse, con un asciugamano sudato attorno al collo. «La tua faccia sta meglio».

«Grazie», dissi asciutta. Il mio occhio nero stava pian piano passando a un nauseante giallo-verde. Nel giro di qualche altro giorno, non avrei più avuto bisogno di coprirlo col trucco.

«Oggi mi porti a fare la spesa», annunciò la signora Tweedy.

«Ah sì?»

«Sì! Pronta tra dieci minuti». Si tolse l'asciugamano dalle spalle e lo usò per schiaffeggiarmi il sedere.

Massaggiandomi la natica molestata, recuperai le mie cose. Era un bene che i cattivi non si disturbassero ad alzarsi dal letto prima di mezzogiorno, supposi.

«Lina». Nolan mi rivolse un cenno del capo, indicandomi di avvicinarmi a lui.

Girai alla larga da Nash e raggiunsi Nolan davanti allo specchio. «Che c'è?».

Nash mi passò accanto per rimettere a posto i suoi pesi, e avvertii il turbamento dovuto alla sua vicinanza.

I nostri sguardi si incontrarono nello specchio e io distolsi di proposito il mio, non volevo vedere cosa c'era in quei tormentati occhi blu.

«Vuoi uscire per un drink stasera dopo che ho messo a nanna il bambino?». Indicò in direzione di Nash col pollice.

«Dipende».

«Da cosa?»

«Se un drink è solo un drink, dal momento che sei appena uscito con una mia amica».

Lui alzò gli occhi al cielo. «Non sto cercando di infilarmi nelle tue mutande, Solavita».

Un drink con un amico maschio sembrava l'unico genere di interazione sociale che faceva per me. Implicava non parlare di sentimenti. Non dover gestire una tensione sessuale. E niente amiche ubriache a cui fare da baby-sitter.

«Allora ci vediamo stasera».

«È un appuntamento». Mi rivolse un sorrisetto.

«Sei proprio un cretino», dissi con affetto.

La temperatura in palestra di colpo diminuì di cinque gradi. Mi resi conto che non era un problema del condizionatore d'aria. Era il fatto che Nash fosse in piedi accanto a me. Non ci stavamo guardando o toccando, ma il mio cervello mi stava mandando segnali di pericolo come se fossi appena inciampata dentro la gabbia dei gorilla allo zoo.

«Hai intenzione di allenare qualcosa a parte la bocca oggi?», domandò a Nolan.

«Senti, amico. Non c'è bisogno che fai l'incazzoso perché ti ho fatto il culo alla pressa per le spalle», disse Nolan.

Avevo di meglio da fare con il mio tempo che guardar sbocciare un amore tra uomini. Tipo portare un'anziana bodybuilder al supermercato.

«Ci vediamo», salutai Nolan, ignorando di proposito Nash.

Riuscii ad arrivare sino alla fontanella dell'acqua prima di avvertire di nuovo l'oscura presenza del comandante Nashcemo. «Non puoi ignorarmi per sempre», disse, avanzando di fronte a me. Mi bloccai di colpo per non piombare addosso al suo petto sudato. Non potevo concedermi quelle fantasie.

«Non devo ignorarti per sempre», risposi con dolcezza. «Una volta conclusa questa indagine, non dovremo mai più vederci».

«E il matrimonio?».

Merda. Il matrimonio.

«Non posso parlare per te, ma io sono un'adulta. Solo perché vederti mi fa venire voglia di colpirti in faccia con una sedia pieghevole non significa che non posso fingere di tollerarti per un giorno».

Lui scoprì i denti e mi domandai se avessi immaginato quel basso ringhio pericoloso. «Non fai altro che continuare a stuzzicarmi».

«E tu non fai altro che continuare a farmi incazzare». La sfida di sguardi durò per almeno trenta secondi buoni, prima che infine domandassi: «Cos'è successo alla tua faccia?»

«Ha picchiato contro i miei pugni. Ripetutamente», disse Knox mentre ci passava accanto, diretto alla fontanella dell'acqua.

«Sul serio? Quand'è che voi due supererete questa cosa?»

«Mai», risposero in coro.

Non sapevo chi di noi si fosse avvicinato all'altro, ma adesso Nash e io eravamo a pochi millimetri di distanza. Ero abbastanza vicina da allungare una mano e passargli le dita sul torace sudato, un pensiero che avrebbe dovuto essere rivoltante. Ma ovviamente non lo era. Stavo iniziando a pensare che ci fosse qualcosa di molto, molto sbagliato in me.

«Dobbiamo parlare», fece Nash. Il suo sguardo mi stava provocando un'ustione.

«Spiacente, comandante. Ho finito di parlare. Dovrai trovarti qualcun altro da indispettire».

«Dannazione, Angelina».

Questa volta di sicuro *non* mi immaginai il ringhio. Né la forte mano calda che si appoggiò al mio stomaco e mi costrinse a indietreggiare nella sala vuota e buia. Lì dentro c'era puzza di sudore e disinfettante industriale.

«Cosa stai facendo?», sibilai mentre lui si richiudeva la porta alle spalle e vi si posizionava davanti.

C'erano delle armi lì dentro, pesi da due chili e grosse palle mediche. Entrambi potevano essere fatti rimbalzare sopra una testa dura.

«Smettila di trattarmi con freddezza», ordinò lui.

Non ero certa di cosa mi aspettassi, ma di sicuro non *quello*. Non c'era dubbio che avrei optato per i pesi.

La rabbia bruciava come fuoco sotto la mia pelle. «Hai due opzioni. Freddezza o fuoco infernale. E lascia che te lo dica, comandante, sarei *davvero felice* se tu scegliessi fuoco infernale».

«Cosa cazzo dovrei fare?», domandò. «Ti sei approfittata della mia fiducia, mi hai tradito e a me dovrebbe star bene così?».

Questa volta, fui io a colmare la distanza tra noi. «Ma ti stai ascoltando? Mi sono approfittata di te? Ti ho tradito? A malapena ci conosciamo. Di sicuro non abbastanza bene perché io possa fare nessuna di queste due cose. E per quanto mi duole ammetterlo, non sei abbastanza stupido da permettere a qualcuno che hai appena conosciuto di approfittarsi di te. Sei venuto con quel bagaglio pronto e hai iniziato a morire dalla voglia di scaricarlo su di me non appena ci siamo visti. Be', indovina un po', faccia da culo? Io sono stata più sincera con te di quanto sia mai stata con chiunque altro, e tu me ne hai fatto subito pentire».

Gli schiaffai una mano sul petto sudato e gli diedi una spinta. Non vacillò. Neanche di un centimetro. Ma la sua mano si chiuse sul mio polso, dopodiché mi attirò a sé.

Era un muro di calore, muscoli e rabbia. La mia stessa furia si fuse con la sua e ogni cosa dentro di me divenne incandescente.

«*Detesto* quanto ancora desidero starti accanto». La sua voce era un raschio basso e arrabbiato, come il morso della ghiaia sui piedi nudi. Proprio quello che ogni ragazza sognava di sentire.

«E *io* detesto essermi aperta con te», sibilai.

Era la verità. Detestavo aver condiviso qualunque parte di me con lui. Che lui adesso possedesse un pezzo della mia storia. Un pezzo che per moltissimo tempo non avevo confidato a nessuno. Detestavo che, per quanto fossi arrabbiata, per quanto mi sentissi ferita, volevo ancora che mi toccasse. Era come la mia compagna di stanza del college intollerante al lattosio che aveva una relazione tossica con la cheesecake.

Stavamo entrambi ansimando, respirando la stessa aria, inspirando la stessa rabbia, alimentando la stessa fiamma. La musica e la cacofonia di suoni della palestra sembrava così distante.

Volevo prenderlo a pugni. Baciarlo. Mordergli il labbro finché non avesse perso il controllo.

Lui piegò la testa, poi si fermò ad appena pochi millimetri dalla mia bocca, il naso che mi sfiorava la guancia.

Le sue mani mi circondarono i bicipiti e scesero di nuovo sino ai miei polsi. «Allora perché toccarti sembra così giusto?», disse con voce roca.

Quasi mi sciolsi contro di lui. Quasi gettai al vento ogni principio per lanciarmi tra le sue malevole braccia. Non lo comprendevo molto meglio di quanto facesse lui. C'era una falla nel mio DNA che faceva sì che il suo tocco mi desse la sensazione di casa.

Il cuore mi stava martellando contro le costole. Combatti o scappa. Avrei voluto scegliere di combattere. Avrei voluto cedere alla rabbia e lasciare che divampasse. Avrei voluto vedere cosa sarebbe successo se fossimo esplosi insieme.

Ma quella non era più la persona che volevo essere.

Per quanto il mio corpo desiderasse l'uomo arrabbiato e in ebollizione davanti a me, la mia testa sapeva che era un errore.

«Sta' lontano da me, Nash», dissi, incanalando nel mio tono il gelo dell'Antartide.

«Ci ho provato». Quell'ammissione fu come una carezza illecita.

«Provaci meglio». Mi liberai le mani con uno strattone. In un momento di dispettosa ripicca che mi fece sentire dannatamente bene, gli assestai una spallata mentre uscivo dalla porta.

«Non ho potuto fare a meno di notare che tu e Nash di recente non vi siete più goduti dei pigiama party», dichiarò la signora Tweedy mentre gettava una scatola di vino nel carrello accanto alla confezione risparmio di tonno in scatola e alla dozzina di ciambelle al forno quasi scadute.

Puoi dedurre molto di una persona dal contenuto del suo carrello della spesa. Il carrello della signora Tweedy gridava "caos".

«Lei vede davvero molto da quello spioncino», dissi. Mi sentivo ancora accaldata, turbata e infuriata dal mio incontro con Nash in palestra. Non ero certa che cinque minuti dentro al freezer dei gelati sarebbero bastati per raffreddarmi.

«Non evitarmi. Il mio naso è già ben ficcato nelle vostre faccende. Voi due state accanto in una stanza e di colpo sembra come se qualcosa stesse per esplodere. In un modo sexy». Aggiunse una confezione da sei di birra light al suo bottino.

«Sì, be'. Non siamo il genere di persone che dovrebbe anche solo provare a stare insieme», dissi. Non riuscivamo neppure a stare l'uno accanto all'altra senza degenerare.

L'attrazione fisica che provavo verso Nash era come un campo gravitazionale. Inevitabile. Aveva il potere di surclassare tutte le molto eccellenti motivazioni per cui dovevo stargli lontana, prima tra tutte il fatto che lui era un coglione autoritario ed emotivamente danneggiato.

«Perché non dovrebbe piacerti? Ha la testa sulle spalle, sa sparare come un cowboy, salva i cani *e* ha un sedere che non scompare sotto quei pantaloni della tuta. La mia amica Gladys fa cadere la borsa ogni volta che lo incontra solo per farlo chinare a raccoglierla».

«Vede anche tutto o nero o bianco, si comporta come se avesse il diritto di dirmi cosa fare e mi maltratta».

«So che non è politicamente corretto, ma a me piace un bel maltrattamento consensuale», disse la signora Tweedy ammiccando con le sopracciglia in modo allusivo.

Okay, neanch'io lo detestavo. Se chiunque altro, che non fosse stato Nash, mi avesse trascinata in quella stanza in palestra, si sarebbe ritrovato a respirare attraverso una cannuccia nella sala d'attesa di un chirurgo plastico. Ma non me la sentivo di pensarci. Invece, afferrai un barattolo di burro di noccioline e lo gettai dentro il carrello.

«Adesso ha anche tutta quell'aria meditabonda. Come se il cervello di quell'uomo fosse in balia di una tempesta che lo sbatte di qua e di là».

«Sì, be', può andare a farsi sbattere da qualche altra parte».

E lo stesso valeva per me. Ah. Una battuta sul sesso in soliloquio.

La mia anziana compagna di spesa schioccò la lingua. «Non può esserci niente di sbagliato quando due persone continuano ad attrarsi come la calamita e il ferro. È una legge di natura».

«La natura stavolta ha commesso un errore», le assicurai, poi aggiunsi al nostro carrello una cassa di acqua frizzante.

La signora Tweedy scosse il capo. «La stai guardando nel modo sbagliato. A volte il corpo riconosce ciò che la testa e il cuore sono troppo stupidi per vedere. È lì che sta la verità assoluta. Il corpo non mente. Uhm. Magari dovrei metterlo su un adesivo per il paraurti?», ponderò.

«Preferisco fidarmi della mia testa che non del mio corpo». Soprattutto dal momento che il mio corpo sembrava impostato sulla modalità autodistruzione. Non ero mai stata così attratta da un uomo a tal punto esasperante.

Mi disorientava e frustrava ai limiti del sadomaso. Solo l'ennesimo segno che avevo bisogno di impegnarmi nel cambiare il mio atteggiamento. Era quello il messaggio che mi stava trasmettendo l'universo, non: "Ehi, ecco un uomo sexy. Denudatevi e tutto andrà bene".

La signora Tweedy fece un indelicato verso di scherno. «Se avessi il tuo corpo, ascolterei ogni dannata cosa che mi dice».

«Mi pare di ricordare che il suo corpo ha fatto il culo al mio corpo in palestra mezz'ora fa», le rammentai.

Lei si sprimacciò i capelli mentre svoltavamo nella corsia dei cereali. «Ho un aspetto notevole per la mia età».

C'era un uomo all'estremità opposta della corsia che spingeva un carrello verso di noi.

«Se sei fermamente decisa riguardo a Nash, che ne dici se accalappio questo qua per te?», si offrì la signora Tweedy.

Era un tizio di una trentina d'anni dall'aspetto palestrato con degli occhiali e i capelli corti e scuri.

«Non si azzardi», sussurrai dall'angolo della bocca.

Ma era troppo tardi. La signora Tweedy si bloccò davanti alla sezione dei marshmallow e dei cereali dei personaggi dei cartoni animati e si allungò in modo teatrale verso il ripiano più in alto. Un ripiano che avrei potuto tranquillamente raggiungere io.

«Mi scusi, giovanotto. Le dispiacerebbe prendermi una scatola di Sgranocchini al marshmallow?», domandò la signora Tweedy, sbattendo le ciglia.

Finsi di essere affascinata dalla mancanza di valori nutrizionali di una scatola di ciambelline Sparkle Pinkie.

«Nessun problema, signora», fece l'uomo.

«È così dolce da parte sua», rispose lei. «Non è dolce, Lina?»

«Molto», sbottai a denti stretti.

L'uomo afferrò la scatola e mi rivolse un sorriso eloquente.

Era alto quasi mezzo metro più della signora Tweedy. Da vicino, sembrava un contabile che aveva un abbonamento fisso in palestra. A giudicare dal suo carrello, Omaccione pareva prendere sul serio ciò che mangiava. Aveva pollo di rosticceria, tutti gli ingredienti per un paio di insalate, una confezione da sei di frullati proteici e... un grosso sacchetto di caramelle gommose. Be', nessuno è perfetto.

«Lei è sposato?», domandò la signora Tweedy.

«No, signora», rispose lui.

«Che coincidenza. Neppure la mia vicina Lina», disse la donna, dandomi una spinta in avanti.

«Okay, signora Tweedy. Lasciamo questo simpatico uomo dalle lunghe braccia in pace».

«Guastafeste», borbottò lei.

"Mi scusi", mimai all'uomo mentre trascinavo la mia vicina impicciona e il nostro carrello lungo la corsia.

«Succede sempre», fece lui con un occhiolino.

«C'è qualcosa che non va con la tua libido?», mi chiese la signora Tweedy mentre con ogni probabilità eravamo ancora a portata di orecchio dell'uomo.

Ripensai a quando mi ero risvegliata con Nash e la sua erezione in mezzo alle gambe. «Senza alcun dubbio. Ora andiamo. Ho bisogno di infilare la testa nel pozzetto dei gelati».

27

Serpenti e scosse

Nash

«Brucerò questa casa fino alle fondamenta», si lamentò la sindaca Hilly Swanson mentre tiravo fuori dal suo armadio destinato ai cappotti stivali e zoccoli da giardinaggio.

«Credo che non dovresti dirlo davanti alle forze dell'ordine», sottolineai mentre scuotevo gli stivali da neve e li gettavo da una parte.

Lei era in piedi alle mie spalle su uno sgabellino nell'ingresso, a torcersi le mani.

L'agente Troy Winslow era appoggiato alla porta d'ingresso e reggeva il fucile calibro dodici che avevamo tolto alla sindaca appena arrivati. Sembrava voler schizzare via da lì.

«Dovrei fare causa a quella maledetta agente immobiliare. Se a un certo punto durante il processo d'acquisto avesse parlato di migrazione di serpenti, avrei risposto "no, grazie"», fece Hilly.

Viveva in quella casa da vent'anni, e la polizia di Knockemout portava avanti quel rituale due volte l'anno. In primavera, i serpenti strisciavano dai promontori calcarei verso l'area palustre del vicino parco statale per l'estate. In autunno, strisciavano indietro verso i promontori in attesa del lungo inverno.

La casa di Hilly Swanson si trovava proprio nel bel mezzo del percorso migratorio. Negli anni, aveva speso una piccola fortuna per rendere le fondamenta a prova di serpente, ma uno o due riuscivano sempre a trovare il modo di intrufolarsi.

Spinsi da parte l'ormai vuota scarpiera e controllai dietro di essa.

«È proprio come aspettare che inizino a scoppiettare i popcorn», disse Winslow. «Sai che succederà, ma questo non significa che sei pronto». Winslow non era un amante dei serpenti. Quell'uomo non aveva problemi a scacciare gli orsi dai campi, ma se qualcosa strisciava, non c'era pericolo che vi si avvicinasse.

Io, d'altro canto, ero cresciuto dentro e fuori da un ruscello, cosa che mi aveva garantito moltissima esperienza con quei rettili.

«Avevo detto a Mickey di non lasciare la porta aperta quando scarica la spesa dentro casa. Ma lui ha detto che ero matta. E poi ha portato il suo culo sul campo da golf e adesso sono *io* a dovermi occupare delle conseguenze. Se fossi un'anima più coraggiosa che non sta per farsela nelle mutande, gli metterei quel dannato serpente sul suo lato del letto per dargli una bella lezione».

Mi allungai verso la cintura del cappotto in trench all'angolo solo per rendermi conto che si stava muovendo. «Eccolo».

«Oh, mio Dio. Ucciderò Mickey».

Puntai la luce della mia torcia verso il rettile e mi protesi alla velocità della luce per afferrarlo proprio dietro la testa. Era freddo e inquietantemente scivoloso nella mia mano, del tipo che non importava con quanta forza lo stringessi, i muscoli sotto quella superficie liscia sarebbero comunque scivolati via.

«È quasi un cucciolo». Infilai tutto il metro e mezzo di biacco incazzato dentro la fodera del cuscino che tenevo nella mia volante per queste occasioni.

Uscii dall'armadio e mi alzai in piedi.

Hilly balzò all'indietro. «Dio misericordioso».

Winslow dava l'impressione che si stesse sforzando con tutto sé stesso per indietreggiare attraverso la porta senza aprirla.

«Credo che qui abbiamo finito». Sollevai la turbolenta fodera con una mano.

«Grazie, grazie, grazie», cantilenò Hilly. Ci seguì sul portico, sempre torcendosi le mani. «Hai un secondo per discutere di un'altra questione di serpenti?»

«Certo. Ti dispiace portare il nostro nuovo amico in macchina, Winslow?». Gli porsi il serpente dentro la fodera, più che altro per divertirmi un po' con lui. «Guarda dove metti i piedi. Il terreno è scivoloso in questo periodo dell'anno», lo avvertii.

Lui deglutì a fatica, tenne con molta cautela la fodera a distanza di braccio e procedette in punta di piedi verso il SUV.

«Ci sono novità su Dilton?», domandò Hilly, riassumendo il suo solito ruolo da tosta adesso che il serpente non era più nelle vicinanze.

«Le indagini sono in corso», dissi.

«Questa è una frase standard», si lamentò lei.
«È la risposta ufficiale».
«Be', allora dammi la versione non ufficiale così posso iniziare a preparare quello che devo dire al consiglio comunale».
«Non ufficialmente, finora abbiamo investigato i suoi casi solo andando indietro di qualche mese, interrogando vittime e sospettati».
«Ma?»
«Ma c'è uno schema nelle chiamate di cui si è occupato da solo da quando mi hanno sparato. Avere un uomo in meno gli ha aperto una finestra e lui ne ha approfittato. Da questa storia non ne uscirà bene».
«Qual è la responsabilità della città in tutto questo? Come facciamo a sistemare le cose?».
Mi aspettavo la prima domanda, e la rispettai moltissimo per la seconda.
Esalai un respiro. «Stiamo procedendo secondo le regole, controllando tutto e mettendo i puntini sulle "i". Non se la caverà per un tecnicismo. Ma qui arriva la parte che non ti piacerà».
«Sapevo che sarebbe arrivata».
«Ho contattato i Kennedy, la coppia che Dilton ha tormentato durante il posto di blocco. Ho parlato con entrambi, senza un avvocato».
Lei inarcò le sopracciglia biondo rame. «E com'è andata?»
«È stata una mia iniziativa. Ti dirò le stesse cose che ho detto a loro. Dilton era una mia responsabilità. È successo sotto la mia supervisione. Il marito era più indulgente di quanto dovesse essere. La moglie invece molto meno. Ma ne abbiamo discusso. Mi sono scusato a profusione e mi sono assunto la piena responsabilità».
«Il procuratore adorerà questa cosa», disse Hilly.
«Sì, be'. A volte dire che ti dispiace è più importante di pararti il culo. A ogni modo, era la cosa giusta da fare. La signora Kennedy ieri mi ha richiamato e mi ha dato il contatto di un ente di formazione che lavora con i dipartimenti per addestrarli su ridimensionamento e diversità. Costoso, ma a mio parere necessario. E più economico dell'azione legale che abbiamo stabilito».
«Di quanto stiamo parlando?».
Accennai verso l'auto, dove la testa di Piper spuntava dal finestrino del guidatore. «Diciamo solo che quella sarebbe l'unica unità cinofila che ci potremmo permettere per un po'».

Lei scosse il capo. «Maledetto Dilton. Tutto a causa di un solo cattivo poliziotto».

«Lo so. È al cento per cento colpa mia per averlo tenuto. Per aver creduto di poterlo cambiare».

Lei si mise le mani sui fianchi e guardò verso la foresta. «Sì, be', adesso sai come ci si sente a essere una donna innamorata di un cretino con del potenziale. Il novantanove per cento del tempo, quel potenziale non si realizza mai».

«Mickey aveva del potenziale?», la punzecchiai.

Esibì in fretta un sorrisetto. «Eccome se ce l'aveva. E non gli ho concesso scelta riguardo alla parte su come realizzarlo».

«Stavo pensando...», esordii.

«Ogni volta che un agente lo dice, le cose cominciano a diventare costose».

«Non necessariamente. Dal momento che stiamo già aggiungendo della formazione, cosa ne pensi di coinvolgere gli assistenti sociali per farci un po' di addestramento?»

«Che genere di addestramento?»

«Sulle chiamate che implicano problemi di salute mentale. Conosci Xandra Rempalski?».

Lei mi scoccò un'occhiata che mi rivelò che mi stavo addentrando nel paese degli scemi. «L'infermiera che ha salvato la vita del mio comandante di polizia? No. Mai sentita nominare. Né possiedo quattro delle sue collane e tre paia dei suoi orecchini».

«Okay. Ho capito. Suo nipote è autistico».

«Certo, sì. Conosco Alex».

«Non sa comunicare a voce, è alto un metro e ottanta ed è nero», dissi, dondolandomi sui talloni.

Hilly emise un sospiro. «Ho capito a cosa alludi. Le mamme con figli neri hanno un sacco di conversazioni con i loro bambini su come rapportarsi con gli sbirri».

«E io voglio assicurarmi che noi poliziotti abbiamo un sacco di conversazioni su come rapportarci in modo sicuro e rispettoso con questi soggetti. Tutti quanti. Soprattutto con quelli che non possono parlare. Non mi sta bene che alcuni dei nostri concittadini ancora non si sentano al sicuro qui. È il preciso motivo per cui ho accettato questo lavoro, e ho ancora parecchio da fare e da imparare».

«Non vale forse per tutti noi, comandante? Perciò, come vogliamo procedere?»

«Mi piacerebbe parlare con Yolanda Suarez. È assistente sociale da molto tempo e avrà qualche idea. Al momento, sto pensando a una qualche combinazione tra l'attuale addestramento del dipartimento e un affiancamento per le chiamate relative a problemi di salute mentale con gli assistenti sociali. Altri dipartimenti di grandi città hanno sviluppato programmi simili e stanno vedendo i risultati. Magari potremmo coinvolgere Naomi Witt, dal momento che è la coordinatrice delle iniziative comunitarie».

«È davvero un'ottima idea».

«Lo credo anch'io».

«Perché non fissi prima un incontro tra me, te e Yolanda? Poi procederemo da lì».

«Lo apprezzo. Presumo sia meglio portare il tuo nuovo compagno di stanza strisciante nella sua nuova casa».

Hilly rabbrividì. «Comandante, dopo che avrò finito di bruciare questo posto fino alle fondamenta e uccidere mio marito, ti concederò un aumento».

Tacqui per un istante. Se c'era una cosa che Hilly difendeva a costo della vita era la cinghia del portafogli di Knockemout. «Non mi sentirei a mio agio. Non con quello che è successo negli scorsi mesi».

Lei si protese e mi accarezzò la guancia. «È proprio per questo che ne avrai uno, figliolo. Tu ci tieni. Ti assumi le tue responsabilità. E crei delle soluzioni. Questa città è fortunata ad averti. Sono davvero fiera dell'uomo che sei diventato».

Non ero il tipo che scoppiava in lacrime per qualche complimento, ma crescere senza una madre che ne dispensasse così liberamente durante l'infanzia mi aveva lasciato un vuoto. Un vuoto profondo, che solo adesso stavo iniziando a riconoscere.

Era da parecchio tempo che qualcuno che mi amava non mi diceva che era fiero di me.

Sorpresi entrambi chinandomi e posandole un bacio sulla guancia. «Grazie, sindaca».

Lei divenne di un rosso acceso. «Adesso va'. Porta quel dannato serpente fuori dalla mia proprietà e torna al lavoro. Hai delle persone da servire».

Le feci un piccolo saluto con la mano e mi diressi verso l'auto. «Assicurati di avere un alibi prima di procedere con la tua furia piromane-omicida».

«Sarà fatto, comandante».

28

L'aperischifo della settimana dello squalo

Lina

Ero in anticipo per il mio non-appuntamento per un drink con Nolan. La cosa era dovuta più a uno sforzo di evitare il rientro di Nash e Piper dal lavoro che non a un effettivo entusiasmo. Ma dopo una lunga giornata passata in auto a osservare uno scagnozzo di basso livello andare in palestra, in un ristorante cinese a buffet e poi in uno strip club, non vedevo davvero l'ora di parlare di lavoro con lo sceriffo.

La clientela all'Honky Tonk era soprattutto femminile, sui tavoli c'erano dei piccoli cartelli con sopra scritto "Attenzione: settimana dello squalo". Feci un sorrisetto. Solo Nolan poteva scegliere una serata in cui i cicli mestruali dello staff delle donne del bar erano sincronizzati.

Conoscendo la procedura, mi sistemai a un tavolo da due vuoto e non provai nemmeno a rivolgere un cenno verso Max, la cameriera, che era impegnata con una mano a sistemarsi il cuscinetto riscaldante adesivo sull'addome mentre con l'altra si infilava un cupcake al cioccolato in bocca.

Max avrebbe preso il mio ordine quando fosse stata pronta, e avrei ricevuto il mio drink quando Silver la barista avesse finito di dare la scossa agli addominali di un muscoloso motociclista con il mini macchinario per l'elettroterapia.

Quest'ultimo era una nuova aggiunta all'aperischifo della settimana dello squalo. Gli impulsi elettrici degli elettrodi simulavano i dolori del ciclo. Gli abitanti di Knockemout non erano i tipi da tirarsi indietro di fronte a una sfida, e dovevo ammetterlo, osservare centauri tatuati e contadinotti muscolosi mettersi in fila per il loro turno per provare a camminare con dei crampi da ciclo livello dieci era alquanto divertente.

Ci vollero almeno cinque minuti, ma infine Max si avvicinò e si lasciò cadere sulla sedia di fronte a me. Aveva della glassa sul mento. «Lina».

«Max».

«Il tuo occhio sembra messo meglio».

«Grazie».

«Ho sentito che te lo sei fatto lottando contro due assassini che hanno cercato di aggredire Sloane e Naomi mentre filmavate il pilot di uno show televisivo sui cacciatori di taglie».

E tanti saluti al mio anonimato professionale… e a cose fastidiose come la verità.

«Nulla di così eccitante», le assicurai.

«Cosa ti porto? Te la senti di provare lo speciale dell'aperischifo? Abbiamo i Bloody Mary a metà prezzo e un cocktail che ha inventato Silver chiamato Morte Rossa. Sa di merda e ti manderà a terra».

«Credo che rimarrò fedele al bourbon». Mi bastava quello, fintantoché fossi certa di avere sotto controllo il mio livello di stress.

«Come preferisci». Max sospirò e si alzò in piedi. «Sarò di ritorno dopo che avrà fatto effetto l'antidolorifico».

Tornò verso il bancone, e io approfittai della pausa per spulciare qualche e-mail di lavoro sul mio telefono finché dall'angolo non proruppe una roca risata maschile.

Avevo trascorso un sacco di tempo in un sacco di bar a osservare le persone interagire. Sapevo quando le vibrazioni non erano buone. E non avevo alcun dubbio che quei quattro uomini stessero covando qualcosa di brutto. Il loro tavolo era strapieno di bottiglie di birra vuote e bicchieri di shot vuoti. Il loro linguaggio corporeo era turbolento e ai limiti dell'aggressivo, come squali che stanno decidendo se attaccare.

Max arrivò al loro tavolo e iniziò a impilare i vuoti sul vassoio. Uno degli uomini, un tipo anziano con una pancia da birra e folti baffi bianchi neanche lontanamente carini come quelli di Vernon, disse qualcosa che a Max non piacque. Ciò causò l'ennesimo scoppio di risa a quel tavolo.

Max inclinò il vassoio, facendo rotolare di nuovo i vuoti sul tavolino, e ritornò verso il bancone pestando i piedi e accomiatandosi con un dito medio.

Riconobbi uno dei piantagrane più giovani come l'uomo che mi aveva fissata mentre me ne stavo andando dalla partita di calcio di Waylay. «Avanti, Maxi Pad, non essere così permalosa. Stavamo solo scherzando», le gridò dietro.

I tizi del quartetto avvicinarono le teste tra loro per quella che con molta probabilità era una battuta oscena, poi scoppiarono di nuovo a ridere.

«Abbassa il volume, Tate», avvertì Tallulah dal tavolo accanto. Era seduta con altri tre avventori regolari che non sembravano molto più entusiasti di me delle bravate di quegli uomini.

Perciò quello era Tate Dilton, cattivo poliziotto in disgrazia e membro del gruppo di poliziotti vecchio stile.

«"Abbassare" qualcosa è uno sforzo tremendamente *duro* quando ci sei tu nei paraggi, bellezza», rise uno degli amici di Dilton, indicando in modo osceno il proprio inguine.

Gli uomini al tavolino scoppiarono di nuovo a ridere, e la tensione nel bar aumentò.

Fissai Dilton con intensità dall'altra parte della sala e attesi. Non ci volle molto. A patto che siano sufficientemente sobrie, le persone di solito percepiscono una minaccia.

Lui mi rispose con un lungo sguardo, poi disse qualcosa al resto dei suoi compari. Si voltarono tutti a guardarmi. Allungai le gambe e le incrociai all'altezza delle caviglie.

Dilton si alzò e si diresse verso di me, sfoggiando il suo miglior sguardo intimidatorio. Camminava con la sicurezza di un uomo che aveva raggiunto l'apice ai tempi del liceo e non si era reso conto che i giorni di gloria erano finiti.

Quando raggiunse il mio tavolo, si fermò e mi fissò ancora per un po'. «C'è qualche problema, dolcezza? Magari un prurito che posso grattarti?».

Aveva dei baffetti corti in stile Hitler che fremevano ogni volta che apriva e chiudeva la mascella masticando una gomma.

«Dubito che ci sia qualcosa che tu possa fare per me».

«Tu sei la puttana di Morgan, giusto?». Indossava una maglietta della polizia di Knockemout, e la cosa mi fece incazzare molto più di quell'insulto.

«No. E tu?», gli domandai con dolcezza.

I suoi occhi si assottigliarono, quasi scomparendo dietro le guance rubiconde, mentre prendeva la sedia di fronte a me. La girò al contrario, in una mossa che in teoria avrebbe dovuto impressionare donne di qualunque età, e si sedette senza essere stato invitato. «Vi ho visti litigare al campo da calcio. Riferisci al tuo fidanzato poliziotto che ci sono parecchi di noi da queste parti a cui non piace la merda che ci sta costringendo a ingoiare. Magari fagli sapere che se non sta attento, potremmo essere costretti a fargli abbassare un po' la cresta».

«Hai considerato di sottoporre ai tuoi superiori la tua avversione nei confronti del requisito sociale di un regolare lavaggio?»

«Eh?». Dilton sbatté le palpebre, poi masticò con furia per qualche istante.

«Oh. Magari la tua causa ha più a che vedere con gli affari pubblici. Lasciami indovinare. Non pensi che dovresti essere costretto a indossare i pantaloni dentro al supermercato quando vai a comprare la tua confezione da sei di birraccia a buon mercato».

Lui si chinò in avanti, e riuscii a sentire l'alcol nel suo fiato. «Abbiamo una bella boccaccia qui».

«Tutte queste parole plurisillabiche ti rendono difficile la comprensione?»

«Continua così e il tuo culo da puttana se ne andrà da qui con dei seri rimorsi». Il suo sguardo saettò verso il mio occhio. «Sembra che qualcuno ti abbia già insegnato le buone maniere».

«Ci hanno provato. Ora, perché tu e i tuoi amici non ve ne andate a casa prima che qualcuno di voi commetta qualcosa di più stupido del solito?»

«Vuoi che ti porti in centrale per aver usato quella tua bella boccaccia contro un poliziotto?». Pronunciò l'ultima sillaba di "poliziotto" con uno schiocco della lingua, e per poco non alzai gli occhi al cielo.

«Il comandante Morgan sa che te ne vai in giro a impersonare un agente di polizia? Perché sono abbastanza sicura che per essere un poliziotto si debba avere un distintivo. E ho sentito dire che il tuo è chiuso a chiave in un cassetto della scrivania di Nash».

Lui balzò in piedi e sbatté i massicci palmi sul tavolo davanti a me. Non mossi un muscolo mentre lui si chinava sul mio spazio personale, riempiendomi le narici della puzza di alcol scadente.

Fi, Max e Silver si stavano dirigendo verso di noi con l'espressione di chi è pronto ad andare in guerra. Ma non c'era bisogno che si esponessero così. Non quando io ero quella che sarebbe rimasta in città solo per un periodo determinato.

Sollevai una mano. «Ci penso io», le rassicurai, e mi alzai in piedi per affrontare il borioso bullo.

«Va' a casa, Tate», gli ordinò Fi, togliendosi di bocca il lecca-lecca per usare la sua spaventosa voce da mamma.

La mascella di Silver ebbe un fremito, mentre lei teneva una mano posata sopra l'utero e l'altra serrata a pugno. Max stava reggendo il suo vassoio sulla spalla come fosse una mazza da baseball.

«Vuoi prendermi a pugni, Dilton?», sussurrai pacata.

Lui mi mostrò i denti… e il suo chewing gum.

Gli rivolsi un sorrisetto cattivo. «Ti sfido. Tu prova a farlo, e non esci da qui intero. Non soltanto io muoio dalla voglia di aggiungere "naso rotto" alla tua descrizione fisica di "pancia da birra" e "stempiatura", ma l'intera popolazione femminile di Knockemout in questo momento ha ricevuto la visita del marchese, e scommetto che c'è più di una signora del posto nei confronti della quale negli anni hai commesso un torto».

Lui mi rivolse un sogghigno, il suo volto che diventava più duro e più brutto per lo sforzo.

«Perciò avanti, coglione. Fai un tentativo, ma non otterrai più di questo. Una volta che avremo finito con te, non ci sarà più nulla a cui appuntare un distintivo», dissi.

Dilton raddrizzò la schiena e serrò entrambe le mani a pugno lungo i fianchi. Riuscivo a vederlo soppesare le opzioni nel suo piccolo cervello inebriato. Ma prima che potesse svoltarmi la giornata facendo la mossa sbagliata, una grossa mano si piazzò sulla sua spalla.

«Credo sia il momento che tu vada a casa, amico».

Alzai lo sguardo, e poi lo sollevai ancora un pochino, verso l'uomo che era appena intervenuto. L'Uomo dei Cereali alla riscossa.

Dilton si voltò per affrontarlo. «Perché non ti fai i…».

Il resto della frase scomparve mezzo secondo dopo, non appena Dilton si rese conto che stava parlando con il suo pomo d'Adamo, e non con il suo viso.

Feci un sorrisetto, e attorno a noi si levò un cinguettio di risate nervose.

«Vuoi concludere quel pensiero?», domandò l'Uomo dei Cereali.

Dilton lo guardò torvo. «Vaffanculo», sputò.

«Fossi in te, non vorrei dare spettacolo. La cosa attira attenzioni non necessarie», disse l'Uomo dei Cereali.

Dilton sembrava voler aggiungere qualcos'altro, ma fu interrotto dalla sua combriccola di coglioni.

«Andiamo in un altro bar. Uno con meno stronze», suggerì uno dei suoi amici idioti.

Le donne ai tavoli più vicini a noi iniziarono a soffiare di rabbia, e non sto scherzando.

Qualcuna lanciò i resti del suo cestino di fritti, colpendo Dilton dritto al petto.

«Non è il momento, Tate», esclamò l'uomo più anziano con i baffi. «Fatti furbo».

C'era qualcosa di minaccioso nel suo tono.

«Se non lo porti via da qui, Wylie, chiamo gli sbirri. Quelli veri», ringhiò Fi.

«Sono già qui». L'intero bar si voltò e vide lo sceriffo federale Nolan Graham alle mie spalle, il distintivo e la pistola in bella mostra. «C'è qualche problema qui?»

«Credo sia il tuo segnale per uscire di scena, *dolcezza*», dissi a Dilton, che era ricoperto di ketchup.

«Perché non andiamo fuori?», suggerì Nolan. Il suo tono era quasi amichevole, ma i suoi occhi erano freddi come il ghiaccio.

«Ci rivedremo di nuovo», mi promise Dilton mentre i suoi amici gli prendevano ciascuno un braccio e seguivano Nolan fuori dalla porta. L'uomo più anziano con i baffi si fermò di fronte a me, mi guardò da capo a piedi, tirò su con il naso e poi uscì fuori con un sorrisetto.

Le signore che non erano troppo impegnate a premersi entrambe le mani sull'addome in balia dei crampi proruppero in un'ovazione mentre la porta si richiudeva alle loro spalle.

Tirai fuori la mia carta di credito e la tenni sospesa a mezz'aria. «Fi, questo giro lo offro io».

Il pandemonio raggiunse livelli da isteria, e qualcuno fece partire *Man! I Feel like a Woman* di Shania Twain al juke box.

Mi voltai di nuovo verso l'uomo che ormai mi aveva fatto per due volte da cavaliere. «Uomo dei Cereali», dissi.

Le sue labbra si incurvarono in un mezzo sorriso. «Amica non sposata della vecchia signora».

«Il tuo soprannome è migliore».

«Potrei chiamarti Guaio».

«Non saresti il primo».

Accennò col capo verso la porta. «Non dovresti andare in giro a inimicarti uomini del genere».

Anche l'Uomo dei Cereali aveva un'opinione sulle mie scelte di vita.

«Ha cominciato lui».

«Sembrava che avesse un problema con gli sbirri locali. Al capo della polizia di qua non hanno sparato un paio di settimane fa?», domandò.

«È così».

Il tizio scosse la testa mestamente. «E io che pensavo che la vita di provincia sarebbe stata tranquilla».

«Se vuoi la tranquillità, Knockemout mi sa che non è il luogo in cui trovarla».

«Presumo di no. Hanno trovato il tizio che ha sparato al poliziotto? Perché quello che hanno appena trascinato fuori di qui sembra non si farebbe problemi a piantare una o due pallottole dentro qualcuno», disse.

«L'FBI sta indagando, ma non hanno concluso alcun arresto. Sono sicura che il tizio che l'ha fatto sia ben lontano. O almeno, se ha anche solo mezzo cervello è così».

«Ho sentito che il comandante non ricorda neanche cos'è successo. Dev'essere strano».

Non avevo proprio voglia di parlare di Nash con nessuno. Soprattutto con un estraneo, perciò mi limitai a inarcare un sopracciglio.

Lui mi scoccò un sorrisetto imbarazzato. «Scusa. Le notizie qui corrono in fretta, e ben approfondite. A casa mia, non conoscevo neppure il nome di battesimo dei miei vicini. Qui tutti sembrano sapere già il tuo numero di previdenza sociale e il nome da nubile della tua bisnonna».

«Benvenuto a Knockemout. Posso offrirti da bere per il tuo eroismo?», proposi.

Lui scosse il capo. «Devo proprio andare».

«Be', grazie per essere intervenuto. Anche se avevo la situazione del tutto sotto controllo».

«Nessun problema. Ma la prossima volta fa' più attenzione. Non vorrai essere presa di mira».

«Ti assicuro che quel verme ha problemi più grossi di cui preoccuparsi che non la sottoscritta. Per esempio, stanotte con ogni probabilità avrà degli incubi su di te».

Riecco il sorrisetto. «Quel drink lo rimandiamo a una prossima volta».

«Puoi contarci», dissi, poi lo osservai andarsene.

«Offre la casa». Max comparve accanto a me con il bourbon che avevo ordinato.

«Grazie. E grazie per non avermi detto che avrei dovuto occuparmi dei fatti miei».

Max proruppe in un verso nasale. «Ti prego. Sei l'eroina dell'Honky Tonk. Tate non ha idea di quanto sia fortunato. Stasera l'avremmo fatto a pezzi. Poi Knox si sarebbe incazzato per tutti i danni al locale. E Stallone Perfettino si sarebbe infuriato per il sangue e le scartoffie».

«I fratelli Morgan sono in debito con noi», concordai.

Nolan tornò nel locale, accarezzandosi i baffi tra pollice e indice e con un cipiglio in volto.

«Che succede?», domandai.

«Credo che dovrò rasarmi».

Le mie labbra si incurvarono. «Dovresti tenerteli. Rivendica i baffi».

Si accomodò sulla sedia che Dilton aveva liberato e chiamò Fi con un gesto della mano.

«Non lo farei se fossi in te», lo avvertii, indicando il cartello della settimana dello squalo.

«La settimana dello squalo è in estate, no?»

«Non *quel* genere di settimana dello squalo. Questa è più spaventosa».

Fi comparve con un nuovo lecca-lecca. Lanciò la mia carta di credito sul tavolino di fronte a me e poi si piantò i palmi delle mani sulla parte bassa della schiena. «Dio. Mi sento come se i miei reni stessero cercando di farsi strada fuori dalla mia carne. Perché la natura è una simile stronza?»

«Oh, *questo* genere di settimana dello squalo», disse Nolan, comprendendo.

«Già. Perciò qualunque cosa tu debba dire, è meglio che valga il mio tempo e la sofferenza per venire fin qui», lo ammonì Fi.

«Volevo solo educatamente e rispettosamente suggerire che tu prenda le riprese di sicurezza di questa sera e le conservi al sicuro da qualche parte».

«C'è un motivo particolare?»

«Non so cosa sia di pubblico dominio e cosa no», tentennò Nolan.

«Intendi il fatto che Nash ha licenziato Tate perché è un pessimo poliziotto e un essere umano di merda?», suggerì Fi.

«Le voci viaggiano in fretta qui. Alcune volte corrispondono persino alla verità», dissi.

«Giusto nel caso in cui le cose degenerassero, non sarebbe male poter dimostrare l'esistenza di uno schema», aggiunse Nolan.

«Non sarei sorpresa se lui facesse degenerare le cose di brutto», rispose Fi con un gemito. «Aveva un sacco di autostima artificiale avvolta attorno a quel distintivo. Senza di esso, chissà cosa potrebbe fare per sentirsi come un capobranco».

«Tieni gli occhi aperti», suggerì Nolan.

«Sarà fatto. Ora, se mi scusate, vado a sdraiarmi per dieci minuti sul sedile posteriore del mio minivan. Manderò Max qui con un drink per te, sceriffo».

La osservammo allontanarsi zoppicando.

«Non riesco a immaginare di dover sopportare una cosa del genere ogni dannato mese», disse Nolan, scuotendo il capo.

«Non credi che noi siamo così col nostro lavoro, vero?», domandai.

«Così come?»

«Come se traessimo la nostra autostima, il nostro scopo, dalle nostre carriere».

«Oh, vuoi che ti menta. Okay. No, non siamo affatto così, Solavita».

«Avanti».

«Tesoro, ho distrutto il mio matrimonio per questo lavoro e neanche mi piace ciò che faccio».

«Allora perché non molli?»

«Per fare cosa?»

«Non saprei. Riconquistare la tua donna?»

«Giusto. Perché l'unica cosa più attraente di un uomo sposato col suo lavoro è un ex marito disoccupato che implora per una seconda occasione», ribatté lui asciutto. «No. Alcuni di noi sono semplicemente destinati a vivere per il lavoro».

«Non credi che là fuori ci sia qualcosa di meglio di questo?», domandai.

«Ovvio che c'è qualcosa di meglio là fuori. Solo, forse non per te e me. O almeno non per me. Se pensi per un istante che non mollerei il mio lavoro per trascorrere il resto della mia vita a massaggiare i piedi alla mia ex e a prepararle il pranzo se lei dicesse che mi riprenderebbe, ti direi che stai sbagliando di grosso. Ma puoi chiudere fuori qualcuno solo un certo numero di volte prima che questo smetta di cercare di entrare».

«Ma ne vale la pena? Lasciare entrare qualcuno quando sai di avergli solo reso molto più semplice farti a pezzi? Insomma, sul serio, cosa potrebbe esserci di così buono da valere questo genere di rischio?»

«Lo stai chiedendo all'uomo sbagliato. Io non so cosa ci sia dall'altra parte, ma sicuro come l'oro sarei disposto a correre il rischio di scoprirlo, se avessi una seconda chance».

Le parole di Nolan mi fecero sentire giusto un po' codarda. Non avevo problemi ad affrontare un bullo ubriaco, ma l'idea di aprirmi nei confronti di qualcuno mi rendeva molli le ginocchia.

«Com'è andata la cena con Sloane?»

«Bene. È una ragazza fantastica. Intelligente. Dannatamente adorabile. Un po' selvaggia».

«Ma?», lo imbeccai, leggendo la sua espressione.

«Ma suonerei come una ragazzina se dicessi che potrei non aver dimenticato la mia ex?»

«Sì», lo punzecchiai. «Se ti fa sentire meglio, credo che la nostra piccola bibliotecaria stia solo cercando un po' di divertimento. Non le campane a nozze».

«Non mi piace parlare delle mie conquiste, ma dopo che le ho raccontato della mia ex, mi ha detto che lei è favorevole al sesso dopo il terzo appuntamento».

Mi strozzai con il mio bourbon. «Be', l'importante è che siate sulla stessa lunghezza d'onda».

«Ecco a te, sceriffo. Una Morte Rossa», disse Max, posando un bicchiere pieno di una torbida bevanda rossa con ghiaccio.

«A dire il vero, potrei avere un...».

Gli tirai un calcio sotto il tavolo e scossi il capo mentre gli occhi di Max si assottigliavano in modo minaccioso.

«Chiedo scusa?», chiese lei in tono raggelante.

«Volevo dire, ha un aspetto fantastico. Grazie mille. Eccoti venti dollari per il disturbo», fece Nolan, allungandole in fretta una banconota.

Max gli rivolse un regale cenno del capo e afferrò il denaro. «Ero certa che intendessi questo».

Nolan bevve un sorso e il viso gli si contrasse in una smorfia. «Gesù, Dio. Sa di sbronza».

«Che ne pensi di provare cosa significa avere i crampi da ciclo?», domandai.

Più tardi quella sera, ero raggomitolata sul divano con un altro libro di omicidi preso in biblioteca e stavo cercando di non pensare a ciò che aveva detto Nolan, quando sentii un colpo alla mia porta. Era tardi, le undici passate, orario in cui di solito accadevano cose brutte.

Scivolai giù dal divano e raggiunsi in silenzio la porta.

Ci voleva una chiave per entrare nell'edificio, ma visto il mio lavoro, sapevo che persino una porta esterna solida e il fatto di abitare vicino al capo della polizia non avrebbe scoraggiato un idiota ubriaco e determinato con l'ego ammaccato.

Trattenni il fiato e sbirciai dallo spioncino. Non c'era nessuno. Dall'altra parte del pianerottolo, la porta della signora Tweedy era chiusa. Ero indecisa se afferrare la mia fidata mazza da baseball e andare a indagare, quando sentii un lieve rumore di graffi provenire dal fondo della mia porta. Era accompagnato da un familiare tintinnio.

Aprii la porta e trovai Piper che passeggiava sul posto con atteggiamento ansioso. Accanto a lei, accasciato contro la parete, c'era Nash. Era senza maglietta, sudato e tremante.

Quel tizio sapeva senza dubbio come portare una ragazza sopra delle montagne russe di emozioni.

«Ehi», ansimò, inclinando la testa per guardare in alto verso di me. «Ti spiace prendere... Piper... per un po'?».

Non dissi nulla mentre lo aiutavo a rialzarsi in piedi. Non c'era nulla da dire. Ci eravamo feriti l'un l'altra, ma lui era venuto da me nel momento del bisogno. E io non ero così crudele da scacciarlo via. In silenzio, lui mi passò una mano attorno alle spalle mentre io lo sostenevo per la vita.

Sembrava una cosa familiare. Ma non avrei dovuto avere una routine con nessuno, men che meno con *lui*.

I tremiti gli scuotevano il corpo mentre entravamo in casa, con Piper che danzava nervosa ai nostri piedi.

«Letto o divano?», domandai. La sua pelle era bollente e appiccicosa contro la mia.

«Letto».

Lo guidai fin dentro camera mia e, conoscendo le sue preferenze, lo spinsi giù sul lato più vicino alla porta. Piper saltò con fare eroico sul materasso e marciò avanti e indietro, sorvegliando Nash dalla testa fino ai piedi nudi.

«Ti prendo del ghiaccio», dissi. Non avevo verdure congelate in freezer, e non pensavo che del cibo d'asporto freddo potesse essere funzionale allo scopo.

La mano di Nash si chiuse sul mio polso. «No. Resta». Quegli occhi blu mi attrassero a loro. Non c'erano muri né vecchie ferite in essi. C'era solo una sincera supplica, e contro di essa io ero inerme. «Ti prego».

«D'accordo. Ma questo non significa che non sia ancora furiosa con te».

«Lo stesso vale per me».

«Non fare lo stronzo».

Cercai di fare il giro del letto, ma lui mi bloccò e mi attirò a sé. Si mise su a fatica in posizione seduta, mi afferrò sotto le braccia e mi trascinò sopra di lui.

«Nash».

«Ho solo bisogno di averti vicina», sussurrò.

Quando crollò di nuovo contro i cuscini, mi posizionò accanto a sé, la mia coscia a cingergli il fianco, la testa posata sul suo petto appena sotto la cicatrice sulla spalla.

Riuscivo a sentire il rombo del suo battito cardiaco, e distesi la mano sul suo petto. Lui ebbe un brivido, poi i suoi muscoli parvero perdere un po' di tensione.

Nash emise un sospiro tremante, poi mi cinse con entrambe le braccia, premette il volto tra i miei capelli e strinse forte.

Piper reclamò il suo spazio ai piedi di Nash, posandogli la testolina sulla caviglia e scoccando occhiate afflitte verso di me.

Dato che non mi restava altro da fare, respirai assieme a lui.

Quattro. Sette. Otto.

Quattro. Sette. Otto.

Ancora e ancora, finché la tensione non abbandonò il suo corpo. «Adesso va meglio», sussurrò Nash tra i miei capelli. Restammo lì, a respirare insieme, sdraiati l'uno accanto all'altra finché il sonno non ci colse entrambi.

29

Vittoria alla Giornata delle carriere

Nash

Mi risvegliai con la desolante luce dell'alba e con quel suono che mi tormentava, il persistente scricchiolio che mi portava alla follia nel sonno. Quella mattina, era accompagnato dal leggero rumore della porta di casa di Lina che si chiudeva.

Le lenzuola accanto a me erano ancora calde, una traccia della donna che le aveva occupate per tutta la notte, raggomitolata contro il mio fianco, ad ancorarmi con il sollevarsi e l'abbassarsi del suo petto.

C'era stata per me quando più avevo avuto bisogno di lei. E poi aveva di proposito lasciato il suo stesso dannato letto così che mi risvegliassi da solo.

Mi passai le mani sul volto. Qualcosa doveva cambiare tra noi, e avevo il profondo sospetto che quel qualcosa avrei dovuto essere io.

Un peso colpì il materasso, e un istante dopo Piper saltò sul mio petto. Mi sfuggì un grugnito. Il musetto bianco era macchiato di polvere di crocchette, il che significava che Lina le aveva dato la colazione.

«Buongiorno, bella». La voce mi uscì roca, e mi sfregai via il sonno dagli occhi.

Lei si strofinò contro di me finché non le diedi una poco entusiasta arruffata al pelo.

«Non guardarmi così. Sto bene», dissi.

Piper non sembrava credermi.

Ma avevo la sensazione che fosse vero. Certo, avevo un persistente mal di testa alla base della nuca e ogni muscolo del mio corpo sembrava aver affrontato un paio di round sul ring. Ma avevo dormito profondamente e mi ero risvegliato con la mente lucida.

Presi la cagnolina e la sollevai sopra la mia testa. «Visto? Va tutto bene». La sua codina si mosse con entusiasmo mentre agitava le zampe in aria con fare giocoso. «Molto bene. Iniziamo questa dannata giornata».

La cagnolina zampettò al mio seguito fino in bagno, dove trovai un messaggio appiccicato allo specchio.

Ho dato da mangiare a Piper e l'ho portata a fare una passeggiata. Per quando sarò di ritorno, vedi di essere sparito.

L.

Il laconico messaggio di Lina mi causò un sorriso, finché non tornai in camera sua e notai la valigia aperta sul pavimento. Grazie al cielo era vuota. Ma avevo la sensazione che il fatto che l'avesse lasciata fuori significava che stava ancora valutando di andarsene. Se credeva che sarebbe andata da qualche parte, Lina Solavita stava per ricevere un brusco risveglio. Avevamo delle questioni da risolvere. Bilance da riequilibrare. Accordi da fare.

Qualunque dubbio avessi riguardo ai miei sentimenti per lei era stato cancellato la notte precedente. Non era stata obbligata ad aprire la porta. Non era stata obbligata a lasciarmi entrare. E di sicuro non era stata obbligata a addormentarsi tra le mie braccia. Ma l'aveva fatto, perché, nonostante l'avessi fatta incazzare, lei teneva a me.

E avrei usato la cosa a mio vantaggio.

«Forza, Pipes. Andiamo a casa. Abbiamo un po' di cose a cui pensare», dissi con uno sbadiglio.

Stavo ancora sbadigliando quando uscimmo da casa di Lina solo per trovare Nolan con un pugno sollevato per bussare alla mia porta.

«Ti ho portato un caffè», disse, adocchiando il mio aspetto. Non indossavo nulla tranne i pantaloni della tuta e avevo un disperato bisogno di una doccia. «Avrei dovuto prendertene un secchio», commentò.

Accettai il caffè e aprii la porta.

«Nottata lunga?», domandò, seguendomi dentro mentre ingurgitavo la caffeina.

Feci un grugnito. «Perché sei qui? A parte per giocare alla fatina del caffè».

«Mi sono imbattuto nella tua ben presto cognata in caffetteria, la quale ha effettivamente ordinato un secchio di caffè. Ha detto che Knox si sta impegnando a fondo per la Giornata delle carriere».

«Cazzo. È oggi?»

«Oggi tra…», si interruppe per controllare il suo orologio, «… due ore e ventisette minuti. Ho immaginato che dal momento che devo venire comunque al tuo seguito, potremmo attuare una strategia. Non possiamo permettere che le forze dell'ordine vengano messe in secondo piano da un barbiere e proprietario di bar che ha vinto la lotteria. Senza offesa».

«È mio fratello», dissi asciutto. «Nessuna offesa. Come farà a rendere le scartoffie interessanti?»

«Naomi non si rende conto di che radici profonde abbia la competizione maschile. Mi ha rivelato l'intero piano. Farà mescere ai bambini dei drink analcolici e poi rasare la testa del vicepreside».

«Dannazione. È buono».

«Noi possiamo fare di meglio», disse Nolan con sicurezza.

«Accendi la sirena, Way», istruii, afferrando con forza il volante.

Waylay fece un sorrisetto malizioso e pigiò il bottone. La sirena prese vita e iniziò a ululare.

«Qualcuno là dietro soffre il mal d'auto?», domandai ai passeggeri sul sedile posteriore.

«No!», mi rispose un coretto eccitato.

«Allora tenetevi forte».

Sterzai con decisione, facendo scivolare con delicatezza il retro della volante attorno all'ultimo conetto del traffico. Poi premetti l'acceleratore.

«Vai! Vai! Vai!», strillò Waylay.

Attraversai l'improvvisata linea del traguardo con pochi centimetri di vantaggio su Nolan e la sua volante piena di bambini.

Il sedile posteriore proruppe in grida euforiche.

Fermai l'auto, e quella cosa che mi faceva dolere il volto, allungandomi dei muscoli che di recente non erano stati utilizzati, era un sacrosanto sorriso.

Potevo affermare con certezza che avevamo spazzato via la stupida presentazione di Knox.

«Ommioddio! Questo è stato il massimo!», esclamò Chloe, l'amica di Waylay, mentre le aprivo lo sportello posteriore. Lei e altre due ragazzine scesero dall'auto, tutte che parlavano all'unisono.

«Ti avrei battuto su quell'ultimo cono se Vomitello McNausea non mi avesse chiesto di abbassare i finestrini», disse Nolan, indicando con il pollice in direzione di un ragazzino dai capelli rossi e le lentiggini mentre avanzava verso di me.

«Non fare quello che non sa perdere e che dà la colpa a Kaden. Quel ragazzino nei fine settimana guida i go-kart».

«Credi che abbiamo vinto?», domandò.

Scrutammo il parcheggio della scuola elementare.

I ragazzini erano in tumulto, imploravano i miei agenti per la corsa successiva. Gli insegnanti sorridevano da orecchio a orecchio. E Knox mi stava mostrando il dito medio.

«Eccome se l'abbiamo fatto. Devo ammetterlo, la corsa a ostacoli non era un'idea tremenda».

«Anche il tuo gioco di investigazione non era poi tanto male», rispose.

«Non mi aspettavo che Way sarebbe stata così melodrammatica nella sua scena di morte».

«A proposito dell'appena defunta». Nolan fece un cenno del capo mentre mia nipote correva verso di noi.

La ragazzina si fermò di fronte a me e alzò lo sguardo. «Zio Nash?»

«Sì, Way?»

«Grazie». Non disse altro, si limitò ad abbracciarmi all'altezza della vita e poi corse via assieme alle sue amiche ridacchianti.

Mi schiarii la gola, sorpreso dall'emozione che provavo. Un abbraccio da Waylay Witt era come un abbraccio da Lina. Inaspettato, difficile da ottenere e dannatamente significativo.

«Ami ancora quello che fai», commentò Nolan.

«Già. Immagino di sì», ammisi.

«Aggrappati a questa sensazione», mi suggerì.

«Perché? Non ti piace trascorrere le giornate a farmi da babysitter?»

«Neanche un po'».

«Forse dovresti fare qualcosa al riguardo».

«È quello di cui stavamo parlando ieri sera io e Lina».

«Eri con Lina ieri sera?». Ma non riuscii a porgli altre domande, perché fummo interrotti dall'insegnante di Waylay.

«Congratulazioni, signori. So da fonte certa che questa è stata senza alcun dubbio la nostra Giornata delle carriere più memorabile, comandante», disse il signor Michaels, porgendomi il guinzaglio di Piper.

Era venuto fuori che, sebbene Piper fosse timida con gli adulti, amava i bambini, e più rumorosi e folli erano, meglio era. Non avevo mai visto quel dannato cane così felice prima di allora.

«Lieti di aver aiutato», dissi.

«Ho la sensazione che lei abbia appena ispirato la prossima generazione di agenti di polizia di Knockemout», aggiunse lui, allungando un braccio per contenere la frenesia degli alunni.

Il signor Michaels si allontanò per parlare con qualche altro perdente della Giornata delle carriere, e Knox prese il suo posto. «Gran bella figura mi hai fatto fare davanti alla mia bambina, stronzo».

Gli regalai un sorrisetto. «Non posso farci niente se il mio lavoro è molto più figo del tuo».

«Il tuo lavoro è al novanta per cento scartoffie».

«Senti chi parla, signor Inferno di Inventario e Buste Paga».

Mio fratello emise un verso di scherno e si voltò verso Nolan. «Apprezzo l'aiuto con Dilton e la sua cricca ieri sera. Forse non fai del tutto schifo».

«Lina ha fatto la maggior parte del lavoro sporco. Io sono solo arrivato in tempo per aiutare a ripulire».

«Di cosa diavolo state parlando voi due?», domandai.

Nolan mi guardò. «Stamattina sei uscito dal suo appartamento mezzo nudo con la faccia di uno che si era appena alzato dal letto e non lo sai?»

«Parla. Subito», sbottai.

«Hai risolto i casini con lei?», chiese Knox.

«Cos'è successo con Dilton?», ripetei, ignorando mio fratello.

«Lui e i suoi amici stavano diventando un po' turbolenti all'Honky Tonk. Poi hanno fatto incazzare Max la cameriera, il che considerando il periodo del mese era piuttosto stupido. E poi Lina ha attirato la sua attenzione», spiegò Nolan.

Ovvio che l'avesse fatto. Lei attirava l'attenzione di molti uomini.

«Cos'è successo?». Cercai il mio telefono. Avrei rintracciato Dilton e gli avrei fatto il culo. Poi avrei rintracciato Lina e le avrei urlato contro per almeno un'ora per non avermi detto di essersi scontrata con il mio problema.

«Datti una calmata, Romeo. Fi ha detto che Lina ha sviscerato quel coglione a parole. Ora, torniamo al motivo per cui sei sgattaiolato fuori da casa sua. Lei non ha detto un cazzo su di te stamattina quando ha preso in prestito il mio furgone», disse Knox.

«Dannazione. Perché aveva bisogno del tuo furgone?»

«Lina se la stava cavando da sola», proseguì Nolan. «Ma un altro cliente – un tipo grosso – è intervenuto quando è parso che Dilton potesse essere troppo ubriaco per prendere le scelte giuste. La tua manager ha minacciato di chiamare gli sbirri proprio mentre stavo entrando. Perciò ho dovuto scortare fuori quel faccia di culo».

«Cosa le ha detto?»

«Boh. Lei ha detto solo che stava facendo il coglione», disse Nolan. «Dopo la mia chiacchierata con lui, ho dato per scontato fosse misoginia da ubriachi. Ehi, voi ragazzi pensate che dovrei tagliarmi i baffi?»

«Sì», rispose Knox. «Mi fanno venire voglia di prenderti a pugni in faccia».

«Diamine. Dovevano essere i miei peli facciali della libertà. Sapete, divorzia, fatti crescere qualche pelo, trasformati magicamente in una persona nuova».

«Ho un salone da barbiere e un rasoio. Dimmi solo una parola».

Lasciai quei due ai loro peli facciali e mi allontanai mentre già stavo componendo il numero sul mio telefono.

30

Appostamento con contorno di dramma

Lina

L'odore di pizza si diffondeva attraverso i finestrini abbassati del furgone di Knox. Ero accampata nel parcheggio di un centro commerciale ad Arlington. Dall'altra parte delle strada c'era un agglomerato di villette a schiera che avevano visto giorni migliori.

Stavo aspettando Wendell Baker, ovvero Ciccio Pizzetto. Era corpulento, bianco, calvo, nonché un sicario per la famiglia Hugo. Inoltre, indossava fin troppe collane d'oro e aveva sempre uno stuzzicadenti in bocca. Secondo le discutibili informazioni di Tina, Baker percepiva uno stipendio da Anthony Hugo, ma era sufficientemente legato a Duncan perché la sua lealtà fosse divisa tra loro.

Le autorità non erano riuscite a collegare Baker al rapimento e alla sparatoria, il che significava che era libero di occuparsi dei suoi affari. E io ero libera di seguirlo… si sperava fino a una Porsche 356 decappottabile del 1948 intatta.

Tuttavia, fino a quel momento Baker si era alzato dal letto alle undici del mattino, aveva preso un burrito grande al takeaway, poi era andato a far visita alla ragazza del fratello, una visita che includeva abbassarsi la lampo dei pantaloni sul portico prima ancora che lei aprisse la porta.

Tizio di classe.

Il mio telefono squillò di nuovo.

«Sul serio, gente? Quand'è che sono diventata così popolare?».

Avevo già ricevuto telefonate da mia madre riguardo al regalo di compleanno di mio padre, da Stef che si domandava se avessi in programma di andare in palestra con i vecchietti quella settimana, e da Sloane, che mi aveva costretto a offrirmi volontaria per un qualcosa chiamato Libretto o scherzetto la notte seguente in biblioteca.

Per non parlare del messaggio da parte di Naomi in cui mi diceva che aveva dato il mio numero a Fi e che sperava andasse bene. A questo messaggio era seguito un messaggio di gruppo di Fi, Max e Silver dell'Honky Tonk che riassumevano tutte le migliori versioni fantasiose del mio incontro con Tate Dilton.

A quanto pareva gli avevo spaccato una bottiglia in testa, poi lo avevo spinto all'indietro dentro una vasca di olio per friggere. Nessuno sapeva per certo da dove fosse sbucata la vasca di olio, ma tutti concordavano che era stato esilarante guardarlo strisciare fuori dal bar come un'escargot umana.

Fu a quel punto che notai il nome sullo schermo del telefono.

Quasi lasciai scattare la segreteria, prima di decidere che era la via di fuga del codardo.

«Presumo che tu sia riuscito a uscire dal mio appartamento», dissi a mo' di saluto.

«Per quale dannato motivo devo venire a sapere di te e Dilton da uno sceriffo federale e da quello scemo di mio fratello anziché dalla diretta interessata?», domandò Nash.

«Innanzitutto, gradirei conferma che sei uscito da casa mia. Secondo, quando di preciso avremmo avuto il tempo per una conversazione, la scorsa notte? Terzo, e questo è il punto più importante, perciò presta attenzione… com'è che questo sarebbe affar tuo?»

«Abbiamo passato la notte insieme, Angelina». La sua voce divenne roca quando pronunciò il mio nome, e io ignorai di proposito il delizioso brivido che mi corse lungo la schiena. «C'era un sacco di tempo perché mi dicessi: "Ehi, Nash. Sono stata avvicinata in pubblico da quel coglione che hai sospeso"».

La sua imitazione della mia voce era tremenda.

«E poi cosa? Tu avresti detto: "Non preoccuparti, signorina. Mi assicurerò che tu non sia mai sola, così che il grosso lupo ubriaco non possa comportarsi da stronzo con te"? Inoltre, non ricordo che si sia instaurata un'atmosfera da chiacchiere quando ti sei presentato alla mia porta nel bel mezzo di un attacco di panico».

«Dilton è un problema mio, non tuo. Se lui sta cercando di fare in modo di diventare un tuo problema, devo saperlo».

Questo aveva senso. «D'accordo».

Il mio consenso lo zittì anche se solo per poco. «Be', allora ok. Adesso, ho sentito che lui ti ha avvicinato, poi tu l'hai lanciato attraverso una vetrata», disse, con un tono di voce divertito.

Feci una risata nasale. «Sul serio? Perché io ho sentito che l'ho gettato in una vasca di olio per friggere».

«Ma quello che mi interessa di più è il fatto che ti ha avvicinata e che ha dato fiato alla bocca. Perché, e riguardo a cosa?»

«Ho stabilito un contatto visivo con lui. Era ubriaco e molesto, e stava diventando turbolento, perciò l'ho guardato finché lui non ha guardato me».

«Devo ricordarti che da grandi poteri femminili derivano grandi responsabilità femminili?».

Alzai gli occhi al cielo. «Non stavo cercando di essere presa di mira o di scatenare un putiferio, comandante. Volevo solo distrarlo ed evitare che aizzasse lo staff. Non c'è alcun dubbio che Max ieri sera gli avrebbe fritto il culo».

«La cosa ancora non mi piace, ma mi pare giusto».

«Generoso da parte tua».

«Dimmi cosa ti ha detto».

«Mi ha chiesto se ero la tua puttana, e poi mi ha dato un messaggio da riferirti. Ha detto che era ora di farti abbassare un po' la cresta. Io, ovviamente, ho insultato la sua intelligenza».

«Ovviamente», rispose asciutto Nash.

«Poi lui ha finto di essere un poliziotto che mi avrebbe portata in centrale finché non avessi imparato a comportarmi per bene. Io potrei aver menzionato che sapevo che non aveva più il distintivo ed essermi domandata cosa ne avresti pensato *tu* del fatto che lui impersonasse un agente di polizia. Dopodiché lui ha insultato me e le donne di Knockemout, e proprio quando le cose si stavano facendo interessanti, del tipo che stava iniziando a volare del cibo fritto, uno spettatore e Nolan sono intervenuti».

Dal capo del telefono di Nash ci fu un silenzio tombale.

«Sei ancora lì, Fenomeno?»

«Sì», rispose infine lui.

Non sapevo fosse possibile racchiudere così tanta rabbia in una sola, piccola sillaba.

Poggiai la testa all'indietro contro il sedile. «Era tutto sotto controllo, Nash. Non sarebbe mai passato alle mani. Non lì dentro. Non con me. Era ubriaco e stupido, ma non abbastanza ubriaco e stupido da dimenticare che uno scontro fisico con una donna in un luogo pubblico sarebbe stata la sua fine».

Mi arrivò un altro silenzio.

«Nash? Ti stai tormentando quel punto tra le sopracciglia in questo istante?»
«No», mentì lui, con tono un po' imbarazzato.
«È la tua caratteristica. Dovresti fare qualcosa al riguardo».
«Angelina».
«Sì».
«Dico sul serio. Dilton è un mio problema. Se cerca di prendere di nuovo contatto con te, devo saperlo».
«Capito», dissi con dolcezza.
«Bene».
«Come ti senti? Non che mi interessi», aggiunsi rapida.
«Meglio. Saldo. Ho spaccato il culo a Knox alla Giornata delle carriere», disse lui compiaciuto.
«In senso letterale o metaforico? Perché con voi due può andare in entrambi i modi».
«Un po' e un po'. Hai dormito bene?», domandò Nash.
Avevo dormito come un sasso. Proprio come facevo ogni volta che ero nel letto con Nash.
«Sì», risposi, e non ero disposta a concedergli altro.
«Cosa dice la psicologia di una ragazza a cui non piace essere toccata eccetto che da un uomo che continua a farla incazzare?»
«Che ha dei gravi problemi emotivi che andrebbero affrontati».
La sua risata fu sommessa. «Pranza con me, Angel».
Sospirai. «Non posso».
«Non puoi o non vuoi?»
«Più che altro non posso. Non sono in città».
«Dove sei?»
«Ad Arlington».
«Perché?».
Non mi fregava con il suo tono alla "avanti, puoi dirmi tutto". Ma al tempo stesso non avevo nulla da nascondere.
«Sto aspettando Wendell Baker».
«Stai facendo *cosa*?». Riprese di nuovo a usare la sua voce da sbirro.
«Non essere melodrammatico. Sai cosa intendo e chi è lui».
«Stai sorvegliando la manovalanza di una famiglia del crimine organizzato?», domandò.
Ed eccolo lì, il mio incazzoso, inutilmente iperprotettivo vicino spina nel fianco.

«Non sto chiedendo il tuo permesso, Nash».
«Bene. Perché di sicuro non te lo concederei», sbottò lui.
«Sei esasperante, e voglio scendere da questa giostra».
«Convincimi che è una buona idea».
«Non devo farlo. È il mio lavoro. La mia vita», insistetti.
«D'accordo. Verrò laggiù a sirene e lampeggianti spiegati».
«Gesù, Nash. Organizzo addestramenti sulle strategie di sorveglianza. Sono dannatamente brava nel mio lavoro. Non ho bisogno di giustificarmi con te al riguardo».
«È pericoloso», controbatté lui.
«Devo ricordarti che *sei tu* quello a cui hanno sparato sul lavoro?».
Ci fu un verso dal suo capo del telefono.
«Mi hai appena *ringhiato*?»
«Merda», borbottò lui. «Non lo so. Ogni giorno con te è una cazzo di nuova sorpresa».
Provai una piccolissima puntina di pena per lui. «Senti, con tutto il clamore che hanno scatenato i federali sulle attività di Anthony Hugo, nessuno sta muovendo un passo. Sono seduta a tenere d'occhio due di questi tizi da giorni. Non fanno altro che mangiare, scopare con donne che farebbero meglio a pensarci due volte e andare in palestra. Magari vanno in uno strip club. Non sto cercando di beccarli mentre commettono un crimine. Ho solo bisogno che uno di loro mi conduca a un deposito. Anche se Duncan è scomparso, la macchina potrebbe ancora essere qui».
«Ancora non riesco a credere che tu faccia tutto questo per una dannata auto».
«Non è solo una dannata auto qualunque. È una Porsche 356 decappottabile del 1948».
«D'accordo. Tutto questo per una piccola, vecchia auto».
«Quella piccola, vecchia auto vale più di mezzo milione di verdoni. E, proprio come ogni altra cosa che assicuriamo, il valore in denaro è una cosa, il valore sentimentale tutta un'altra faccenda. Quell'auto fa parte della storia di una famiglia. Le precedenti tre generazioni si sono sposate e sono partite per il viaggio di nozze con quella macchina. Nel bagagliaio c'è un contenitore con le ceneri del loro nonno».
«Merda. D'accordo. Dannazione. Voglio che mi tieni aggiornato ogni mezz'ora. Se ritardi anche solo di un minuto, mi presenterò lì e ti farò saltare la copertura così in fretta da farti girare la testa».

«Non devo acconsentire a niente di tutto questo», puntualizzai. «Continui a comportarti come se avessimo una qualche specie di relazione, quando è chiaro che non è così».

«Dolcezza, sappiamo entrambi che tra noi c'è qualcosa, anche se tu hai troppa paura per riconoscerlo».

«*Paura*? Tu credi che *io* abbia paura?»

«Credo di farti tremare in quei tuoi sexy stivali dal tacco alto».

Non aveva torto, cosa che mi fece incazzare ancora di più.

«Già. Tremare di rabbia. Grazie per avermi fatta pentire di aver risposto al telefono».

«Voglio un messaggio ogni trenta minuti».

«Cosa ne ricavo da questo accordo?»

«Spulcerò qualunque fascicolo sulla scena del crimine del capannone che riesco a trovare. Vedrò se c'è qualcosa tra quei documenti che potrebbe condurti a quella dannata auto».

«Davvero?»

«Sì, davvero. Ti consegnerò qualunque cosa troverò stasera a cena».

Era come se fossimo bloccati in un numero di danza. Due passi avanti, due passi indietro. Venire attratti. Incazzarsi. Risciacquare. Ripetere. Prima o poi, uno dei due avrebbe dovuto porre fine a quel ballo.

«Non mi piace il fatto che non pensi possa svolgere il mio lavoro».

«Angel, so che sei dannatamente brava nel tuo lavoro. So che puoi badare a te stessa molto meglio della maggior parte della gente. Ma alla fine, qualcuno riuscirà a penetrare attraverso quelle difese. E per la tua tipologia di lavoro, le conseguenze sono davvero molto serie».

Lo diceva per esperienza personale.

«Devo andare».

«Ogni trenta minuti. Cena stasera», ribadì lui.

«D'accordo. Ma ti conviene portarmi qualcosa di utile, ed è meglio che il cibo sia buono».

«Non farti coinvolgere. Non fare nulla per attirare l'attenzione su di te», si raccomandò.

«Non sono una dilettante, Nash. Adesso lasciami in pace».

«Non fare nulla per attirare l'attenzione su di te», dissi, scimmiottando Nash. Ero nello stesso punto, solo di un'ora più annoiata e più scomoda. Avevo mandato due volte un messaggio a quell'uomo con quella stupida, necessaria prova che ero ancora viva: dei selfie con il dito medio. Lui aveva risposto con delle foto di Piper. Baker doveva ancora far vedere di nuovo la sua faccia. E mi si era addormentato il sedere.

Stavo iniziando a domandarmi se il brivido della caccia fosse entusiasmante solo perché il resto del lavoro era così dannatamente noioso al confronto. Ne valeva davvero la pena?

Pensai alla posizione che stava per profilarsi nella sezione Valori patrimoniali elevati. Maggiori rischi, maggiori ricompense, maggiore brivido. Ma volevo *davvero* dedicare il resto della mia vita professionale a inseguire il brivido? D'altro canto, l'idea di un lavoro da supervisore mi faceva venire la strizza. Dover gestire tutte quelle persone? Cavoli.

Ma cos'altro potevo fare? In cos'altro ero brava?

Quelle erano domande che avrebbero dovuto attendere un altro momento, perché un uomo in pelle e jeans che portava un bouquet di fiori del supermercato avanzò verso il portico della villetta a schiera come se fosse il padrone di casa.

A quanto sembrava lo era, perché tirò fuori una chiave e aprì la porta d'ingresso.

Mi sedetti più dritta e afferrai il mio binocolo proprio mentre il fratello di Wendell Baker entrava in casa.

«Oh, merda. Non si mette bene».

Le grida iniziarono poco dopo.

Okay. Non era il massimo. Ma finché si limitavano alle parole…

Il fratello uscì da casa sua… attraverso la finestra frontale… che era chiusa.

«Cazzo», gemetti, e mi allungai verso il telefono mentre il vetro andava in frantumi.

Wendell Baker uscì fuori dalla porta pestando i piedi e nudo come un verme. Una donna con indosso una T-shirt di una band rock e nient'altro sotto comparve dietro di lui e iniziò a gridare. Il fratello vestito di pelle e jeans si alzò in piedi in tempo per beccarsi un gancio destro alla mascella.

«911. Qual è l'emergenza?»

«Sono Lina Solavita. Sono un'investigatrice per la Pritzger Insurance. C'è un uomo nudo che sta aggredendo qualcuno sul marciapiede». Fornii all'operatrice l'indirizzo, e mentre lei me lo ripeteva, la donna saltò oltre la ringhiera e sulla schiena di Baker, poi gli mise un braccio attorno alla gola. Questi si chinò in avanti nel tentativo di sbilanciare la sua assalitrice, cosa che purtroppo mi valse un posto in prima fila per ammirare entrambi i loro sederi.

«Adesso c'è una donna che sta aggredendo l'uomo nudo».

«Ho due unità nell'area in avvicinamento», mi comunicò l'operatrice. «Anche la donna è nuda?»

«Indossa una T-shirt degli Whitesnake e nient'altro».

«Uhm. Bella band».

Il fratello si alzò di nuovo in piedi e caricò la spalla contro lo stomaco di Baker, buttandolo a terra contro i gradini di cemento. Ripensai alla mascella ammaccata di Nash e all'occhio nero di Knox, e mi domandai se tutti i fratelli litigassero a quel modo.

«Qualcuno ha qualche arma?», domandò l'operatrice.

«Non mi pare di vederne. Il tizio nudo senza dubbio non è uscito armato».

I fratelli si separarono e lady Whitesnake scivolò giù dalle spalle di Baker. Il fratello allungò un braccio dietro la schiena ed estrasse un grosso coltello.

«Merda», mormorai. «Adesso c'è di mezzo un coltello».

Proprio in quel momento, due bambini uscirono dalla casa accanto e rimasero paralizzati a fissare la scena davanti a loro.

«E adesso ci sono due bambini che osservano».

«Gli agenti stanno arrivando. Saranno lì tra due minuti».

Qualcuno poteva fare un sacco di buchi in due minuti.

Il fratello balzò in avanti e mosse il braccio nel frenetico movimento fendente di un principiante.

Le parole di Nash riecheggiarono di nuovo nella mente. Ma o non facevo niente, o lasciavo che due idioti si uccidessero a vicenda davanti a dei bambini.

Gettai il telefono sul sedile, aprii la portiera e premetti il clacson.

Una volta ottenuta la loro attenzione, mi alzai in piedi sul predellino e gridai: «Sta arrivando la polizia».

Entrambi i fratelli mi fissarono.

«Sul serio?», borbottai. «Perché i criminali sono così stupidi?».

Stavo premendo di nuovo il clacson mentre loro attraversavano la strada, quando sentii finalmente il suono di sirene in lontananza.

I fratelli si bloccarono in mezzo alla via, valutando se avessero sufficiente tempo per arrivare da me.

Sentii uno stridio di pneumatici alle mie spalle. Un furgone bianco si accostò al pick-up di Knox e lo sportello si spalancò.

Un uomo con una maschera da sci balzò giù, mi afferrò per il polso e mi trascinò verso il furgone.

I fratelli adesso stavano correndo verso di noi.

«Sali», mi ordinò Maschera da Sci, tirando fuori una pistola dalla cintura dei pantaloni. Ma non la puntò verso di me. Mirò in direzione dei fratelli in avvicinamento.

«Uhm. Okay».

31

Ci vuoi anche degli anelli di cipolla?

Lina

«Voi ragazzi non mi avete presa solo per uccidermi, vero?», domandai agli occupanti del furgone. «Perché con ogni probabilità avreste potuto lasciare che il lavoro sporco lo facessero quei tizi là fuori. Sarebbe stato più facile».

L'autista e il passeggero che mi aveva afferrata si scambiarono un'occhiata attraverso i fori per gli occhi delle loro maschere da sci.

«Nessuno verrà ucciso», mi assicurò l'autista. Le sirene dietro di noi stavano diventando più rumorose.

«È il caso che ti reggi forte», suggerì il passeggero. Proprio in quel momento, l'autista prese una brusca svolta a sinistra che mi fece colpire il pavimento del furgone.

«Ahia».

«Mi dispiace».

Per essere dei rapitori, erano piuttosto educati.

«Ho sentito che hai cercato di ottenere un incontro con Grim», disse l'autista.

«È un problema oppure voi siete il comitato di benvenuto?», domandai, rotolando a sedere e addossandomi alla parete.

Il furgone virò con decisione a destra mentre l'autista tagliava attraverso due corsie di traffico per raggiungere una rampa.

«Via libera», riferì il passeggero.

Entrambi si tolsero le maschere da sci.

«Aspettate. Non volete tenerle su così che non possa identificarvi? Oppure stavate mentendo prima quando avete detto che non mi avreste uccisa?».

L'autista era una donna con capelli spessi e naturali che formavano onde voluminose attorno alla sua testa. «Rilassati», disse nello specchietto retrovisore. «Quelle erano per le telecamere di sicurezza, non per te».

Il passeggero, un tizio snello e tatuato con la testa rasata e una barba bionda tirò fuori il telefono e compose un numero. «Ehi. Siamo lì tra quindici minuti».

Riagganciò, posò i piedi sul cruscotto e accese la radio.

I Coldplay riecheggiarono nel veicolo.

Non mi portarono in un deposito freddo e abbandonato o in uno squallido club di motociclisti. No. I miei amichevoli rapitori mi portarono da Burger King.

L'autista immise l'auto in un parcheggio ed entrambi scesero. Un secondo dopo, lo sportello si spalancò e il tizio mi indicò di scendere con un finto inchino.

Li seguii all'interno e venni colta da un'istantanea voglia di anelli di cipolla.

Superammo la cassa e ci dirigemmo verso i bagni.

Lì, all'ultimo tavolino, c'era l'unico e solo Grim. Era tatuato dalle nocche delle mani al collo. La T-shirt grigia che indossava sembrava essergli stata sigillata contro il torace. I suoi capelli argentei erano laccati all'indietro, lontani dal viso, e indossava occhiali da sole nonostante fosse una giornata nuvolosa e fosse all'interno. Stava sbocconcellando un'insalata con una forchetta di plastica.

Indicò la sedia di fronte a sé con la forchetta e io mi sedetti. Con un cenno del capo, i miei amichevoli rapitori vennero congedati.

«Cosa posso fare per te, investigatrice Solavita?». La sua era una di quelle voci baritonali simili a carta vetrata.

«Innanzitutto, potresti dirmi come mi hai trovata».

Le sue labbra si arricciarono per il divertimento. «I miei ragazzi chiudevano la sfilata».

«Quale sfilata?»

«Tenevamo d'occhio te e i federali che tenevate d'occhio l'uomo di Hugo. Devo restare aggiornato su quello che succede nel mio territorio».

«Dov'erano i federali?»

«Posizionati in una vetrina vuota a un isolato di distanza».

«E avrebbero lasciato i ragazzi Baker accoltellarsi in strada?».

Si strinse nelle sue enormi spalle. «Non spreco il mio tempo nel tentativo di comprendere perché la legge faccia ciò che fa. Mi interessa molto di più il *tuo* interesse al riguardo».

«Sto cercando qualcosa che Duncan Hugo ha rubato e con ogni probabilità nascosto nei paraggi prima di lasciare la città».

«La Porsche. Gran bella auto».

«Sei bene informato».

«È bene sapere ciò che succede nel mio cortile sul retro».

«Presumo tu non possa dirmi dove trovare quell'auto?», azzardai.

Grim infilzò un pomodoro con la sua forchetta e lo mangiò. «Non è mai arrivata al suo capannone prima dell'irruzione, e neppure è comparsa nel capannone prima della sua piccola scia di rapimenti. Non so dove l'abbia portata».

Emisi un sospiro irritato. «Be', grazie per il tuo tempo. Giusto perché tu lo sappia a fini futuri, questo rapimento avrebbe potuto essere un messaggio o un'e-mail».

Lui spinse i resti della sua insalata verso il bordo del tavolo. Nel giro di qualche istante, comparve un motociclista che li portò via. «Che divertimento ci sarebbe?», domandò Grim. «Comunque, ho qualcosa di più importante di informazioni su un'auto».

«Sarebbe?»

«Indiscrezioni. Voci».

«Non ho spinto quel tizio nell'olio per friggere. Non so cosa ci sia che non va nella catena telefonica dei pettegolezzi di quella città, ma le cose si perdono davvero per strada», insistetti.

Le sue labbra si incurvarono di nuovo. «Non mi riferisco a quello, ma al fatto che Duncan Hugo è ancora nei paraggi, e sta progettando qualche grossa mossa».

Sgranai gli occhi. «Hugo è ancora qui? Ma sarebbe…».

«Stupido?», concluse per me Grim. «Non necessariamente. Non se tutti, incluso suo padre, credono che abbia lasciato il paese. Non se è così ben nascosto che nessuno l'ha visto da quando è fuggito da quel capannone».

«Ma perché sarebbe rimasto? Lo stanno cercando tutti, da suo padre fino all'FBI».

«Se tu fossi lui, per cosa resteresti in zona?».

Mi morsi il labbro e vagliai tutti gli scenari. «O sono un idiota e penso che si sgonfierà tutto, oppure…».

«Oppure», ripeté Grim.

«Oh, merda. Oppure la vedo come la mia occasione per prendere il controllo sugli affari di famiglia. Se riesco a sbarazzarmi di paparino, posso sedermi al posto suo sul trono».

Grim annuì in segno di approvazione. «Ragazza sveglia. Non deve neanche scatenare una guerra per riuscirci. Può limitarsi a starsene seduto ad aspettare la mossa dei federali. Non deve fare altro che sistemare un paio di grane in sospeso qua e là».

Avvertii un brutto presentimento alla bocca dello stomaco. «Che genere di grane in sospeso?»

«Nash Morgan».

Porcaccia la miseriaccia. Abbassai lo sguardo verso il mio orologio, poi feci una smorfia.

«Posso prendere in prestito il tuo telefono?».

32

Un avvertimento di cortesia

Nash

Volevo prendere a pugni qualcosa. Qualunque cosa.

Diedi uno sguardo alla mia destra. Knox portava ancora i lievi segni dell'occhio nero che gli avevo procurato. Alla mia sinistra c'era Lucian, gambe divaricate, braccia incrociate. In tutti i nostri anni di amicizia, non gli avevo mai tirato un pugno. Non l'avevo neppure mai visto arrivare alle mani. Sapevo che ne era capace. Ne avevo visto le conseguenze. Ma non l'avevo mai visto in azione.

Oramai preferiva sfogare la sua furia adolescenziale repressa in altri modi.

Ma per quanto riguardava me, sapevo che c'era un solo modo per liberarmene.

«Eccoli che arrivano», annunciò Knox.

Il semicerchio di centauri brizzolati davanti a noi si aprì quando una motocicletta entrò rombando nel parcheggio. Riconobbi Grim alla prima occhiata, ma fu il suo passeggero a farmi serrare le mani a pugno.

La motocicletta si fermò proprio davanti a me. Lina mollò la presa sulla vita del centauro e scese di sella con un ampio movimento di una delle sue lunghe gambe.

Si era a malapena tolta il casco quando la strattonai al mio fianco, per poi spingerla dietro la mia schiena.

«Nash…».

«Non cominciare», ordinai.

Knox, Lucian e Nolan serrarono i ranghi, e insieme formammo un muro tra lei e Grim.

I secondi ticchettavano mentre io lo fissavo torvo.

«Dammi una ragione per cui non dovrei arrestarti in questo preciso istante», ringhiai.

«Ho salvato la tua ragazza dal venire picchiata a sangue, tanto per cominciare», disse Grim compiaciuto.

Al primo messaggio di controllo che Lina non aveva mandato, Nolan e io ci eravamo diretti alla mia auto. Non eravamo neppure usciti dal parcheggio quando Grave mi aveva avvisato della telefonata al 911 ad Arlington. Ero per strada nel momento in cui Lina mi aveva chiamato… dal telefono di Grim.

Knox e Lucian si erano presentati al quartier generale del motociclista circa cinque minuti dopo che l'avevamo fatto noi.

«Signori, detesto interrompere questa entusiasmante sfida di sguardi», si inserì Lina. «Ma devo *proprio* fare pipì, e Grim ha delle informazioni che è disposto con molta gentilezza a condividere».

«Andiamo dentro», disse Grim. «Tranne lui». Tutti gli sguardi si puntarono su Nolan. «Uno sbirro è più che sufficiente. Non me ne servono due di voi a impestarmi il club».

Dall'espressione di Nolan, non pareva che l'idea gli piacesse.

«Va tutto bene», lo rassicurai.

«Non fare niente di stupido lì dentro», borbottò.

Annuii.

«Dunque, ragazzi e ragazze, cosa facciamo mentre aspettiamo? Due tiri a canestro? Giochiamo a Scarabeo?», domandò Nolan ai restanti centauri, mentre noi seguivamo Grim all'interno.

Knox mi afferrò il braccio. «Cerca di non fare lo stronzo ligio alle regole lì dentro, okay? Non è il caso di mettere Grim nella lista dei nemici».

Mi liberai dalla sua presa con uno strattone. «Cerca di non fare il coglione lì dentro».

«Comportatevi bene», sibilò Lina.

Le presi la mano e l'ancorai a me. Nessuno si sarebbe avvicinato a lei.

Dovevo ammetterlo, non era questo che mi aspettavo dal quartier generale di un club per motociclisti. Anziché muri a secco macchiati di fumo e pavimenti luridi di birra, l'interno dell'edificio in mattoni a un piano somigliava più a un circolo e a una galleria. I pavimenti erano in cemento colorato. I muri alternavano bianco luminoso e grigio scuro con enormi quadri caotici che aggiungevano brillanti schizzi di colore.

Grim indicò a Lina la direzione del bagno e io rimasi di guardia fuori mentre gli altri entravano in quella che sembrava una specie di sala conferenze.

Quando la porta del bagno si aprì e Lina uscì fuori, mi staccai dal punto della parete a cui mi ero appoggiato.

«Tutto a posto?»

«Sto bene, giuro. Grim e i suoi scagnozzi centauri a dire il vero sono molto carini. E prima ancora che tu lo dica, niente di tutto questo è stata colpa mia».

Ogni volta che la guardavo, la sua bellezza mi colpiva con la forza di un martello. Ogni volta che il mio sguardo incontrava il suo, qualcosa dentro di me si accendeva. Avrei voluto toccarla, farla indietreggiare contro la parete, intrappolarla lì e accarezzare ogni centimetro del suo corpo con le mie mani. Ma se l'avessi fatto, non sapevo se avrei avuto la forza di fermarmi. Perciò tenni le mie mani lungo i fianchi.

«Nash?», mi spronò lei.

«Lo so», dissi.

Lei si immobilizzò, poi scosse la testa incredula. «Lo *sai*? Cos'è che sapresti?».

Digrignai i denti. «Che non è stata colpa tua».

«Devo essere onesta. Non me l'aspettavo».

«Questo non significa che sia felice del fatto che ti sia trovata in quella situazione, tanto per cominciare. Anche se mi permetto di dirti che te l'avevo detto. Perché cazzo, te l'avevo detto. E di sicuro non significa che mi sia divertito a non avere la benché minima idea di cosa ti fosse successo dopo che avevi chiamato il 911. E puoi scommettere ogni costoso paio di scarpe che possiedi che ero l'opposto di entusiasta quando ho scoperto che eri stata tratta in salvo da questa situazione da degli uomini con maschere da sci».

«A dire il vero, l'autista era una donna», puntualizzò lei.

Ma io non avevo finito. «E *di sicuro* mi ha creato problemi vederti arrivare in un dannato club di motociclisti in sella alla moto di un dannatissimo noto criminale».

«Cerca di vedere il lato positivo, Fenomeno. Ricordi quanto odiavi l'intorpidimento? Guarda che colorita gamma di emozioni stai provando adesso».

Iniziai a massaggiarmi col pollice in mezzo alle sopracciglia, poi mi fermai. «Credo di voler tornare all'intorpidimento».

«No che non vuoi». Il suo lieve sorriso scomparve e i suoi occhi divennero seri. «Devi stare a sentire Grim. Ti ho chiamato per un motivo».

Questa volta aveva chiamato me. E questo voleva dire qualcosa.

«Lo starò a sentire, ma non ti posso garantire che non lo prenderò a pugni o non lo ammanetterò».

«Sono piuttosto sicura che il presidente di un club di motociclisti che invita di sua spontanea volontà un pubblico ufficiale nel suo covo sia una cosa grossa. Magari teniamo fuori le manette», suggerì lei.

Trovammo gli altri in quella che a tutti gli effetti era una sala conferenze, seduti a un lungo tavolo in legno con i bordi grezzi e gambe in metallo nero.

Grim era a capotavola, con due della sua cricca alle sue spalle, un tizio bianco basso e tatuato con un petto massiccio e una donna nera alta e slanciata con unghie rosso sangue.

Lina salutò la donna con la mano, e questa rispose con un cenno del capo.

Knox e Lucian erano seduti al tavolo alla sinistra di Grim. Io reclamai la posizione alla sua destra e tirai fuori la sedia accanto a me per Lina.

«Vediamo di sbrigarci. Non mi piace molto avere sbirri in casa mia», dichiarò Grim.

«Anche per me non è propriamente un picnic», ironizzai.

Knox alzò gli occhi al cielo e Lina mi tirò un calcio da sotto il tavolo.

Le strizzai una coscia in segno di avvertimento.

«Quello che Nash intende dire è che apprezza che tu voglia condividere questa informazione», disse Lina in modo eloquente.

Grim emise un grugnito.

«Cosa puoi dirci?», domandai con un tono marginalmente più cortese.

«Il mio club ha avuto un interesse verso le operazioni di Duncan Hugo da quando questi si è separato dagli affari di famiglia. Teniamo le orecchie aperte e gli occhi puntati sulle mine vaganti come quel coglioncello», esordì Grim.

«Soprattutto dopo che ha deciso di aprire un'officina di riciclaggio auto nel tuo territorio», commentò Knox.

L'originaria officina di Hugo era stata depredata. Ne aveva stabilita un'altra nel capannone dove Naomi e Waylay erano state portate e terrorizzate. Era stato Grim ad avvisare Knox dicendogli dove erano tenute.

Questo, unito al fatto che Lina era incolume, era il solo motivo per cui i miei pugni non si erano scontrati con il volto di quell'uomo.

«Quello era un fattore», ammise Grim. «Il nostro interesse è rimasto anche dopo che lui è scomparso. E quando una certa tenace investigatrice assicurativa ha messo in chiaro che voleva parlare di Hugo, il nostro interesse si è fatto più pronunciato, e abbiamo iniziato ad ascoltare i mormorii».

Non avevo la pazienza di proseguire con quel balletto. «Quali mormorii?».

Grim posò i gomiti sul tavolo e congiunse le dita. «La voce ufficiale che gira in strada è che Duncan Hugo abbia lasciato la città subito dopo che è successo tutto quel casino e che si sia comprato un biglietto di sola andata per il Messico».

«E qual è la voce non ufficiale?». Lucian parlò per la prima volta.

«Non se n'è mai andato. Si è dato alla macchia e ha iniziato a pensare».

«Sarebbe una mossa davvero stupida da parte sua», disse Knox.

«I federali lo stanno ancora cercando. Io ho uno sceriffo che mi sta alle costole, e Hugo decide di restare nei paraggi?», suggerii. «Non ha alcun senso».

«Ce l'ha se progetta di appropriarsi degli affari di famiglia», disse Grim.

Lucian e Knox si scambiarono un'occhiata.

La mano di Lina trovò la mia sulla sua gamba e la strinse.

«Stai parlando di una guerra del crimine organizzato. Non puoi radunare un esercito senza qualcuno che faccia circolare la voce. Nessuno può agire così in sordina», dissi.

«Non necessariamente», intervenne Lina. Tutti gli sguardi si diressero verso di lei. «Duncan non deve far altro che restare in attesa finché i federali non si muovono contro suo padre. Non gli serve un esercito per quello. Solo un paio di soldati fedeli che facilitino l'organizzazione durante la transizione di potere».

Cazzo.

«I federali sanno di questa cosa?», domandai.

«Secondo le mie fonti, stanno ricevendo informazioni anonime che contribuiscono a istruire il loro caso contro Anthony Hugo», rispose Lucian.

Non volevo pensare a come facesse Lucian ad avere fonti nell'FBI.

«Quelle informazioni potrebbero venire direttamente da Duncan», sottolineò Lina.

«Cazzo». Mio fratello si accarezzò la barba con una mano. «Perciò fornisce ai federali informazioni sull'operazione di paparino, e una volta che loro lo avranno imprigionato, Duncan subentrerà al posto del padre?»

«Così sembra».

«Perché i federali non possono semplicemente agire contro entrambi quegli stronzi?», domandò Knox.

«Anthony Hugo porta avanti un impero criminale da decenni. Suo figlio è un pezzo piccolo al confronto», puntualizzò Grim.

«Ha cercato di uccidere mio fratello», abbaiò Knox.

«I federali propongono sempre degli accordi per ottenere ciò che vogliono. Sono in fissa da anni con Hugo Senior. Non sprecheranno mezzi su un ladro di auto da quattro soldi, soprattutto non se lui per loro è una risorsa abbastanza valida», spiegò Grim.

«Perciò, cosa diavolo dovrei farci con questa informazione?», domandai.

«Dovresti guardarti le spalle», disse Grim. «Se Duncan Hugo decide di voler subentrare al comando della famiglia, non deve fare altro che ripulire un po' di grane in sospeso».

La gamba di Lina si irrigidì sotto la mia presa.

«Sarebbe a dire?», domandai, conoscendo già la risposta.

Grim mi guardò. «Te». Poi spostò lo sguardo verso mio fratello. «E le tue ragazze».

Knox fece un ringhio.

Il tono di Grim divenne sinistro. «È davvero dura mettere in piedi un caso se nessuno dei testimoni può parlare».

33

Libretto o scherzetto

Lina

Io: Come sta la mia ricercatrice preferita al mondo?

Zelda: Lasciami stare a meno che tu non abbia altro su Telefono Prepagato.

Io: Vale a dire che non l'hai ancora trovato?

Zelda: Anche i miei superpoteri hanno dei limiti. Senza i registri del telefono prepagato di Hugo o un nome o almeno una descrizione, ho un sacco di inutili briciole.

Io: Definisci "inutili briciole".

Zelda: Ho una lista di 1217 persone (856 delle quali sono uomini) collegate a questo tizio tramite la famiglia, la scuola, gli sport o varie ed eventuali. Questo include vicini di ogni indirizzo a lui associato che ho trovato, commessi dei vicini negozi di alcolici, gli impiegati di suo padre (incarcerati e non), corrieri postali ecc. A meno che tu non abbia un modo per restringere il campo, siamo nella merda.

Zelda: Hai avuto fortuna nel mettere le mani sui rapporti della scena del crimine? Magari lì c'è qualcosa che potrebbe essere d'aiuto.

Io: No. Nash è scomparso dopo la visita di ieri a Mondo Motociclista. E adesso devo andare a vestirmi da Nancy Drew.

Zelda: Ho così tante domande.

L'annuale evento Libretto o scherzetto della biblioteca si rivelò essere una scusa per Knockemout per ritrovarsi per un banchetto di snack e bevande a tema Halloween senza il caos del fare "dolcetto o scherzetto", che si sarebbe verificato quanto prima.

Ogni ottobre, la strada di fronte alla biblioteca veniva chiusa al traffico per una notte per fare posto a una band, una pista da ballo, dei food truck e, immancabile, un bar su ruote. I frequentatori della biblioteca acquistavano biglietti per la festa, gli sponsor commerciali tormentati da Sloane donavano cibo e bevande, e la biblioteca si intascava i profitti.

Per mia sfortuna, il profumo di popcorn speziati alla zucca appena preparati e di sidro non mi stava aiutando a farmi dimenticare quanto fossi seccata. Non soltanto Nash la sera prima mi aveva dato buca per la cena, ma non mi aveva neppure consegnato nulla dal rapporto della scena del crimine.

Non aveva nemmeno chiamato, mandato un messaggio o bussato alla mia porta per richiedere un altro pigiama party. Cosa a cui avrei detto assolutamente di no.

Secondo quanto si diceva a Knockemout, lui, Knox, Nolan e Lucian si erano rinchiusi nel covo segreto dell'ufficio di Knox.

Era una cosa monumentale perché, fino a quel momento, la sola persona a cui Knox aveva mai concesso di entrare in un simile sacro territorio era stata Naomi.

Certo, giravano anche delle teorie sul perché gli improbabili quattro *amigos* si erano messi in isolamento. Queste includevano sbarazzarsi in segreto di un cadavere, una partita di poker da ventiquattr'ore con un'alta posta in gioco, oppure – la mia preferita – Knox alla fine aveva fatto incazzare Naomi per le decorazioni floreali e adesso stava aspettando che sfogasse la sua rabbia.

Ma io ero abbastanza sicura di sapere quale fosse la verità. Gli uomini stavano predisponendo una strategia, e mi avevano tenuta fuori dalla cosa.

Okay, sì. Preferivo agire da sola. E sì, non amavo fare parte di un team. Ma ero già coinvolta. Ero l'unica che stava portando avanti un'indagine attiva. E quei quattro machos teste di cazzo *ancora* non pensavano di includermi.

Mi resi conto che avevo appena accartocciato il foglio che tenevo in mano.

«Oh, ecco la tua ricevuta. Scusa se l'ho stropicciata. Grazie per la tua donazione», dissi, porgendo il foglio appallottolato a Stasia. La stylist del Whisky Clipper aveva appena donato una maxi busta di libri con la copertina rigida alla raccolta libri della biblioteca.

«Tutto bene, Lina?», mi domandò, infilandosi la ricevuta in borsa.

Dannazione. Dovevo proprio lavorare sulla mia faccia da poker.

«Sto bene», insistetti.

«Se sei preoccupata per Knox e gli altri, non ce n'è bisogno», disse. «Ho sentito che stanno prendendo lezioni di ballo da sala in segreto per sorprendere Naomi al matrimonio».

Le regalai un sorrisetto. «Sai cosa ho sentito io?». Mi interruppi e guardai da entrambi i lati, prima di chinarmi in avanti sul tavolo.

Stasia si chinò a sua volta. «Cosa?», sussurrò.

«Ho sentito che stanno coreografando un balletto in flash mob. Qualcosa che coinvolge pantaloni a strappo».

«Oh. Mio. Dio. Non vedo proprio l'ora che arrivi questo matrimonio!».

Qualche minuto più tardi, venni esentata dai miei obblighi alla raccolta libri da Doris Bacon delle scuderie Bacon, che si era travestita da "uomo che sussurrava ai cavalli".

Il mio servizio comunitario mi era valso un bicchiere di vino speziato, decisi. E dopo essermelo goduto, mi sarei diretta verso l'ufficio di Knox e avrei preso a pugni la porta finché i Quattro Scemi dell'Apocalisse non mi avessero fatta entrare.

Avevo appena preso il mio vino quando una bella biondina dall'aspetto vagamente familiare si fermò di fronte a me. «Lina? Lina Solavita? Sono Angie, delle superiori».

Angie Levy, la seconda capocannoniere della mia squadra di calcio e il motivo per cui al liceo avevo iniziato a farmi chiamare Lina, perché avere in squadra due Angie creava confusione. Era una maga della biologia che guidava la vecchia e malmessa Ford Excursion del padre, che poteva ospitare mezza squadra, per andare a prendere il gelato. Viveva di Coca-Cola Light e cracker al burro di noccioline.

Adesso era più vecchia, e anche più carina. I suoi capelli biondi un tempo lunghi ora erano tagliati in un caschetto mosso. Indossava dei jeans, un maglioncino in cashmere e un massiccio diamante alla mano sinistra.

«Angie? Cosa ci fai qui?», domandai, sbigottita.

«Io e mio marito lavoriamo a Washington. Tu cosa ci fai qui?»

«Sono solo… di passaggio», esitai.

«Hai un aspetto fantastico!», esclamò, spalancando le braccia come se volesse abbracciarmi.

«Grazie», dissi, schivando l'abbraccio indicandole il mio bicchiere di vino. «Anche tu».

«No. Sul serio. Ti trovo benissimo. Stupenda, addirittura».

Disse la ragazza che aveva cancellato il mio invito permanente ai pigiama party a casa sua.

«Grazie», ripetei.

Lei scosse il capo e sorrise, mettendo in mostra le fossette da tempo scomparse. «Sono eccessiva. Mi dispiace. È solo che ho pensato a te così spesso nel corso degli anni».

Non riuscivo a immaginare un solo motivo per cui potesse averlo fatto. Lei e il resto della squadra, il resto delle mie amiche, in pratica mi avevano abbandonata.

Non che delle valvole cardiache malfunzionanti fossero contagiose, ma essere accomunata a me a quanto pareva era mortale per la reputazione di un'adolescente.

«Mamma!». Un ragazzino con capelli rosso fuoco e un milk-shake che gli macchiava il giacchetto si lanciò in mezzo alla nostra conversazione. «Mamma!».

Angie alzò gli occhi al cielo, ma in qualche modo quel gesto era pieno di affetto. «Ehi. Ricordi tutto quel discorsetto sulle buone maniere che abbiamo fatto ieri, e il giorno prima, e il giorno prima ancora?», domandò.

Il modo in cui il ragazzino alzò gli occhi al cielo era la copia esatta di quello della madre. Fece un sospiro drammatico, poi si voltò verso di me. «Ciao. Sono Austin. Scusate se vi ho interrotte».

«Piacere di conoscerti, Austin». Non riuscii a nascondere un sorriso.

«Grande». Si voltò di nuovo verso sua madre. «*Adesso* posso farti la mia domanda molto importante e per cui valeva la pena interromperti?»

«Spara», disse Angie.

Lui trasse un respiro profondo. «Okay. Allora, Davy aveva detto che non c'era pericolo che potessi batterlo al gioco in cui si fanno scoppiare i palloncini. Il che è assolutamente stupido, perché io sono più bravo di lui a lanciare le cose. Solo che non sono andato molto bene al primo round perché lui ha imbrogliato e mi ha fatto il solletico nel punto in cui lo soffro. E *non* è giusto. E voglio una rivincita».

«Perciò ti servono più dei dieci verdoni che ti ho dato in auto, accompagnati da un esplicito avvertimento a non chiederne di più perché non avresti ricevuto un altro dollaro da me», riassunse Angie, scoccandomi un'occhiata divertita.

Il ragazzo annuì con entusiasmo. «Già!».

«Perché non li hai chiesti a tuo padre?»

«È impegnato in una resa dei conti con Brayden ad Acchiappa la talpa».

Angie chiuse gli occhi e poi alzò lo sguardo verso il cielo notturno. «Era chiedere troppo avere un pochino di estrogeni in casa mia?», domandò all'universo.

«Mamma», supplicò Austin con un gemito disperato.

«Hai portato fuori la spazzatura ieri sera?»

«Sì».

«Hai fatto tutti i compiti per lunedì?»

«Ah-ah».

«Sei disposto a togliere le erbacce dalle aiuole del giardino senza lamentarti né chiedere altri soldi?».

Il suo cenno di assenso fu ancora più vigoroso. «Piegherò anche il mio bucato della settimana».

«Cinque dollari», disse Angie, tirando fuori il suo portafogli dalla borsetta.

«Sì!». Austin sollevò il pugno in aria in segno di vittoria.

Lei protese la banconota, ma quando il figlio si allungò verso di essa la ritrasse. «Un momento, bellimbusto. Quando Davy fa per lanciare la sua freccetta, saluta con la mano e di': "Ciao, Erika"».

Austin aggrottò la fronte. «Perché?»

«Perché tuo fratello ha una cotta per lei e questo lo distrarrà». Gli porse di nuovo la banconota da cinque dollari.

Lui gliela strappò di mano, il suo volto pieno di lentiggini che si illuminava. «Grazie, mamma! Sei la migliore».

Lo guardai correre via tra la folla, tenendo il denaro sopra la testa in un gesto trionfale.

«Scusami. Tutta la mia vita negli ultimi dieci anni non è stata altro che interruzioni», disse Angie. «Tre ragazzi che ogni notte vanno a letto e quando il giorno dopo si risvegliano le buone maniere si sono cancellate dai loro cervelli, perciò devi ripartire da capo ogni mattina con dei bimbi delle caverne. A ogni modo, cosa stavo dicendo?»

«Dovrei proprio andare». Cercai una via di fuga.

«Oh! Lo so. Stavo dicendo che ho pensato un sacco a te».

E rieccoci in preda all'imbarazzo. «Ah. Sì. Quello».

«Mi sono sempre pentita di non essermi sforzata di più di superare quelle barriere dopo… lo sai».

«Il mio arresto cardiaco di fronte a mezza città?», conclusi per lei con disinvoltura.

Le fossette comparvero di nuovo. «Sì, esatto. Comunque, persino nel bel mezzo del mio narcisismo adolescenziale, sapevo che avrei dovuto sforzarmi di più. Avrei dovuto costringerti a lasciarmi essere lì per te».

«Costringermi?». Le mie spalle si irrigidirono. «Senti, è stato tantissimo tempo fa e l'ho superata. Non ho intenzione di colpevolizzare un gruppo di ragazze adolescenti per non aver voluto frequentare la "ragazza morta"».

«Oh. Se fossi stata la madre di Wayne Schlocker, quel ragazzo sarebbe finito in punizione fino al college».

Wayne era uno stronzo atletico, un dono di Dio alle ragazze e al football. Non mi aveva sorpreso che fosse stato lui a venirsene fuori con quel soprannome.

«Sai che Cindy l'ha preso a pugni in mezzo alla mensa per quello, vero? E poi Regina gli ha spremuto addosso un'intera bottiglia di ketchup. Tutta la squadra ha iniziato a chiamarlo Wayne Schlocazzone dopo quella storia».

«Sul serio?»

«Certo che sì. Eri nostra amica ed eri in ospedale. Ciò che è successo non è mai stato uno scherzo per noi».

Dovevo domandarlo. Mi serviva la risposta al mio primo mistero irrisolto. «Allora perché siete scomparse?».

Angie inclinò il capo e mi rivolse uno sguardo da mamma. «Non l'abbiamo fatto. Almeno non all'inizio. Non ti ricordi? C'eravamo tutti i giorni mentre eri in via di guarigione. In ospedale, e poi a casa tua».

Ricordavo vagamente sciami di adolescenti in lacrime, e poi che ridevano nella mia stanza di ospedale e in seguito in camera mia. Ma gli sciami erano diventati via via sempre più piccoli, finché non c'erano più state visite.

«Sai che c'è? Non è importante. È successo un sacco di tempo fa».

«La colpa è mia. La me adolescente si aspettava che la te adolescente si riprendesse. Che tornasse alla normalità», ammise Angie.

Ma la normalità non era prevista per me. E neppure per gli anni a venire.

«Sai, me l'aspettavo anch'io», concordai.

«Anziché verso la normalità che mi aspettavo, ti sei diretta in un luogo oscuro. Cosa che adesso, dopo Austin, comprendo. All'epoca non era così. E neanche per le altre ragazze. E siccome non capivamo, ti abbiamo permesso di spingerci via».

Mi sovvenne un altro ricordo. Angie e la nostra amica Cindy sdraiate sul mio letto, a sfogliare delle riviste, discutendo su quanta scollatura fosse eccessiva per un ballo scolastico. Io seduta alla finestra con le fasciature al petto, consapevole non soltanto che non avrei mostrato alcuna scollatura, ma che non sarei andata al ballo.

Invece, sarei partita per vedere uno specialista.

E quel che era peggio era che, tanto per cominciare, nessuno mi aveva chiesto di andare al ballo.

"Dio, voi idiote non sapete pensare ad altro?", ero sbottata contro di loro. "Appuntamenti e scotch per le tette? Sapete quanto sembrate insulse?".

Mi uscì una smorfia di fronte a quel ricordo da tempo sepolto.

Mi ero sentita abbandonata, ma non avevo accettato la responsabilità per il ruolo che avevo giocato. In pratica avevo scacciato le mie amiche dalla mia vita.

«Cos'è successo con Austin?», domandai.

«Leucemia», disse lei. «Aveva quattro anni. Adesso ne ha sette, fa ancora la chemio di mantenimento. Ma quel bambino è straordinario, tranne per il fatto che si comporta da stronzo con i gemelli. Ho avuto questo momento di rivelazione durante un appuntamento di gioco a cui avevo costretto Austin. Mio marito e io stavamo cercando di offrirgli quanta più "normalità" possibile».

«I miei genitori avevano imboccato la strada opposta», commentai sarcastica.

«Me lo ricordo. La tua povera mamma faceva capolino dalla porta della tua stanza ogni quindici minuti quando eravamo lì. All'epoca credevo che fosse esageratamente asfissiante. Ma adesso?». Emise un sospiro. «Non so come abbia fatto a contenersi. Ho creduto che l'avremmo perso. E per qualche minuto, tua madre ti aveva davvero persa».

«Be', sono felice che tuo figlio stia meglio», dissi, sentendomi in mega imbarazzo.

«Grazie all'aiuto dei suoi amici. Lui e i suoi due migliori amici erano fuori a tirare rocce dentro il ruscello. Qualcosa l'ha fatto arrabbiare e Austin ha avuto un attacco isterico abbastanza epico. Li ha presi a male parole. Ha detto di non voler più giocare con loro. E sai loro cosa hanno fatto?»

«Hanno iniziato a tirarsi rocce a vicenda?».

Angie sorrise e scosse il capo. I suoi occhi erano lucidi. «Quei piccoli sciocchi l'hanno abbracciato». Una lacrima le sfuggì e le scivolò lungo la guancia. Se la asciugò in tutta fretta. «Gli hanno detto che non c'era nulla di sbagliato se si sentiva triste e che sarebbero rimasti suoi amici, non importava quanto triste si sentisse».

Avvertii un pizzicore agli occhi. «Be', cavoli».

«Uff. Lo so, vero? Non crederesti che dei ragazzini possano avere maggiore maturità emotiva rispetto a delle ragazze adolescenti, ma invece è così». Angie si asciugò un'altra lacrima. «A ogni modo, quello è stato un punto di svolta per Austin. Ha smesso di combattere con così tanto vigore contro la terapia. Le sue crisi isteriche sono diminuite e si sono fatte sempre più distanti tra loro. E ha iniziato di nuovo a godersi la "normalità". È stato allora che ho capito quanto avevamo incasinato quel punto di svolta per te. Non eravamo andate in profondità. Non avevamo accettato il brutto e non eravamo state abbastanza pazienti da attendere che tornasse il buono. E di questo sono davvero dispiaciuta. Quel che ti è successo non è stato giusto, e neanche il modo in cui l'abbiamo gestita. Ma grazie a te, ho potuto essere una madre migliore per mio figlio quando ha avuto più bisogno di me».

Non potevo sbattere le palpebre, perché se l'avessi fatto mi sarebbero sfuggite delle calde lacrime e avrei rovinato tutto il mio fantastico eyeliner.

«Wow», riuscii a dire.

Angie tirò fuori un pacchetto di fazzoletti dalla sua borsetta da mamma. «Tieni». Me ne offrì uno.

«Grazie». Lo presi e mi tamponai gli occhi.

«Be', non mi aspettavo di fare questo stasera». Rise e tirò su col naso.

«Nemmeno io». Mi soffiai il naso e bevvi un sorso di vino.

Un affascinante uomo dai capelli rossi con un berretto da baseball ci raggiunse. «Ehi, tesoro, i ragazzi mi hanno costretto a… Oh, merda». Guardò prima Angie, poi me, e poi di nuovo Angie. «Questo è un momento alla "adesso mi serve un abbraccio e dell'alcol" o un momento alla "una frittella dolce risolverebbe tutto"?».

Angie fece una risata tra le lacrime. «Decisamente frittella dolce».

«Ci penso io», disse l'uomo, indicandola con entrambe le mani. «Ti amo. Sei bellissima. E io e i ragazzi siamo così fortunati ad averti».

«Copertura di zucchero extra», gli gridò dietro Angie. Si voltò di nuovo verso di me. «Quello era mio marito. È davvero fantastico».

«L'ho intuito».

«Posso abbracciarti adesso? O meglio, con più accuratezza, puoi darmi un abbraccio?», domandò.

Esitai per un brevissimo istante, e poi decisi. «Sì».

Spalancai le braccia e lei ci si tuffò in mezzo. Era curioso quanto non sembrasse strano abbracciare una vecchia amica che avevo creduto di aver perso. Decine di ricordi di tempi migliori riemersero in superficie e mi resi conto di quanto in profondità dovevo averli sepolti.

«Ehi, Lina! Porta il culo qui. Ci servi al photo booth», gridò Sloane dal marciapiede. Era vestita come Robin Hood, e la lunga piuma nel suo cappello verde di feltro era già spezzata.

«Muoviti prima che mi si congelino le dita», esclamò Naomi, agitando un milk-shake alcolico verso di me. Era vestita come Elizabeth Bennet di *Orgoglio e pregiudizio*, in un abito in stile impero con una scollatura impressionante.

«O prima che facciamo accorrere tutti i ragazzi», aggiunse Sloane.

A fagiolo, Harvey il motociclista corse verso di loro e iniziò a ballare.

Scoppiai a ridere e lasciai andare Angie. «È meglio che vada».

«Già, anch'io. Chissà i gemelli cos'hanno costretto mio marito a fare».

«Gemelli? Povera te», la punzecchiai.

«Il peggio del peggio. Non farlo mai», scherzò lei. «Comunque, noi viviamo a quarantacinque minuti da qui. Pensi che potrei darti il mio numero e che potremmo vederci da qualche parte che non accetti i bambini?»

«Mi piacerebbe».

«È fantastico vederti. Sono felice che tu abbia trovato delle vere amiche», disse Angie con quel sorriso da mamma orgogliosa.

Ci scambiammo i numeri e prendemmo strade separate.

Mi sottoposi a due round di pose nel photo booth e assaggiai il milk-shake di Naomi. Sloane mi porse una copia delle foto stampate e ridemmo delle buffonate immortalate.

"Vere amiche". Era così che le aveva definite Angie. Naomi e Sloane accettavano tutto di me, incluse le mie parti meno perfette.

Stavo ancora tenendo tutti a distanza? Ed era forse ora di cambiare?

«Dovremmo ballare», dichiarò Sloane.

«Non so se posso ballare. Questi gheroni mi rendono impossibile respirare», si lamentò Naomi, armeggiando con le nervature sotto il seno.

Avvertii una sensazione di formicolio in mezzo alle scapole. C'erano solo due cose che creavano quel genere di consapevolezza: i guai e Nash Morgan.

Mi voltai e vidi Nash affiancato da Knox, Nolan e Lucian mentre si avvicinavano come una squadra di impassibili sentinelle immuni all'allegria attorno a loro. Più si avvicinavano, più veloce mi batteva il cuore.

Naomi si gettò tra le braccia di Knox. Questi chiuse gli occhi mentre affondava naso e bocca tra i suoi capelli e respirava il suo profumo. Sloane rivolse a Lucian un'occhiata torva come se lui fosse lo sceriffo di Nottingham, poi sorrise e salutò Nolan con un cenno della mano.

Nel frattempo, io finsi di non accorgermi che lo sguardo di Nash indugiava in modo perforante su di me.

«Mi sei mancato», disse Naomi quando Knox la lasciò andare. «Va tutto bene?»

«Dovevo solo occuparmi di alcuni affari. Non volevo farti preoccupare, Splendore», disse quasi con tenerezza Knox.

«Non stavate davvero nascondendo un cadavere, eh?», lo punzecchiò.

«Angelina», mi ammonì pacato Nash. Il suo sguardo mi percorse il corpo in lungo e in largo. «Chi dovresti essere?»

«Sono Nancy Drew, per la miseria, l'investigatrice dei romanzi. E tu sei in ritardo». Mi portai le mani sui fianchi, e stavo cercando di decidere se gli avrei urlato contro oppure se l'avrei ignorato quando fu l'universo a offrirmi una risposta. La band si lanciò negli accordi iniziali di *That's My Kind of Night* di Luke Bryan, e all'improvviso non volevo nulla di più che trovarmi ben lontana da quel preciso luogo.

«Andiamo a ballare». Afferrai Sloane, che afferrò Naomi, e ci allontanammo insieme, lasciando gli uomini a fissarci.

«Non conosco i passi», disse Naomi.

«È facile», le assicurai, trascinando le mie amiche al centro della folla di ballerini che si stavano allineando. «E poi, con quelle tette, a nessuno importerà se sbagli un passo. Limitati a seguirci».

Scivolammo in mezzo a Justice e Tallulah St. John sulla sinistra e Fi e suo marito sulla destra. Strizzammo Naomi tra di noi, poi Sloane e io ci mettemmo al passo con il resto dei ballerini.

Mi ero innamorata della line dance a vent'anni grazie a una bettola di bar vicino al campus. La musica country mi ricordava ancora di quei primi anni di libertà, in cui potevo essere solo una ragazza su una pista da ballo, e non un qualche miracolo della medicina.

Eravamo circondate da jeans, pelle e una sfilata di costumi di Halloween. L'acuto scalpiccio degli stivali riecheggiava sull'asfalto. I colori si confondevano mentre volteggiavamo. Mi dimenticai di Duncan Hugo. Di Nash Morgan. Del lavoro e di cosa sarebbe successo in seguito. Mi concentrai sulla risata di Naomi e sul bagliore color platino della coda di Sloane mentre danzavamo.

Ma potevo escludere il mondo reale solo per poco. Soprattutto con quegli occhi blu puntati su di me.

Ogni volta che mi giravo, il mio sguardo era attratto da Nash e dagli altri in piedi sul limitare della folla, le gambe divaricate, le braccia incrociate. Insieme formavano un muro di mascolinità ingiustamente sexy. Sarebbe dovuto essere contrario alle leggi della natura permettere a così tanti perfetti esemplari di maschi alpha di occupare lo stesso territorio.

Avevano tutti un'espressione accigliata.

«Perché ci stanno guardando torvo?», mi lamentai in mezzo agli scalpiccii degli stivali.

«Oh, quella è la faccia felice di Knox», insistette Naomi, muovendo un passo dalla parte sbagliata prima di correggersi.

Sloane batté le mani a tempo con il resto della folla. «Quella è la faccia stronza di Lucian».

I ballerini proruppero in un gridolino mentre la canzone giungeva alla conclusione. Ma proprio mentre stavamo rompendo le righe, partì la canzone successiva e Justice mi reclamò per sé, facendomi girare e tirandomi di nuovo indietro. Ridendo, mi unii a lui in un passo doppio finché non comparve Tallulah. Justice mi fece di nuovo girare e afferrò sua moglie. Io scoppiai a ridere mentre un altro paio di braccia mi trovavano. Era Blaze, una metà della mia coppia preferita di motocicliste lesbiche.

Eseguimmo due entusiastici salti insieme, cantando con il resto della folla. A malapena udimmo lo squittio indignato da sopra il ritornello. Ma non potemmo non sentire il grido: «Toglimi le mani di dosso, stronzo!». Blaze e io ci bloccammo sulla pista da ballo e intravidemmo Sloane che mostrava i denti e si dibatteva contro la presa di uno degli amici di Tate Dilton.

34
Inevitabile

Lina

Era un tizio grosso e sudato che doveva aver bevuto parecchie birre. Inoltre, non sembrava il tipo che potesse aprire un libro, ed ero pronta a scommettere che si fosse infiltrato alla festa.

Mi feci largo a spintoni tra la folla.

«Ti ho detto di lasciarmi stare», ringhiò Sloane quando le arrivai accanto.

«Dove pensi di scappare, dolcezza?», disse il grosso tizio, esibendo un sorrisetto con un canino d'oro. Cercò di eseguire una qualche specie di passo di danza, ma riuscì solo a torcere il braccio di Sloane e a farle cadere gli occhiali dal viso.

«Basta così. Levati da qui, micropene», sbottai, infilandomi in mezzo a loro e interrompendo la sua presa sul braccio di Sloane.

La sua attenzione si focalizzò su di me. «Perché non lo giudichi da sola, tesorino», biascicò. Mi afferrò il polso con una presa ferrea e stupidamente lo strattonò verso il suo inguine.

«A meno che tu non abbia sufficienti giorni di malattia a disposizione per un'operazione ai testicoli, non lo farei», dissi, lottando contro la pressione verso il basso.

«Ehi ehi! Mi piace quando sono focose», rise Sbronzo McScelta Infelice, torcendomi dolorosamente il polso e lasciandosi ben scoperto. «Tu chi dovresti essere?».

Serrai la mano libera in un pugno. «Eccoti un indizio». Caricai il colpo. Ma anziché il soddisfacente impatto del mio cazzotto con il suo viso come mi aspettavo, mi ritrovai liberata dalla sua presa e sospesa a mezz'aria grazie al forte braccio che si era insinuato attorno alla mia vita.

«Ehi!», strillai.

«Tienila», fu il laconico ordine che diede il comandante Nash Morgan mentre mi porgeva a suo fratello.

«Lasciami andare!», pretesi, lottando contro la presa di Knox.

Nella mia furia, notai che Lucian stava tenendo Sloane in un modo simile. L'uomo stava fulminando con lo sguardo Centauro Grosso Errore.

«Ci pensi tu?», domandò Knox a Nash mentre mi bloccava le braccia lungo i fianchi prima che potessi gettarmi di nuovo nella mischia. I Morgan erano testardi *e* forzuti.

«Ci penso io».

La freddezza nella voce di Nash, il gelo artico nei suoi occhi blu mi immobilizzarono. Non l'avevo mai visto così furioso.

Ferito? Sì.

Divertito? Certo.

Affascinante? Assolutamente.

Testardo in modo stupido? Un milione di volte sì.

Ma la gelida maschera di rabbia che indossava in quel momento era qualcosa di nuovo.

C'era decisamente qualcosa di sbagliato in me, perché un'occhiata a quel volto mi fece eccitare. Del genere "date a quella ragazza un paio di mutandine pulite".

Mi dibattei per un'ultima volta, ma la presa di Knox era ferrea.

«Volevo prenderlo a pugni *io*», mi lamentai.

«Mettiti in fila, Leens», disse Knox.

C'era una fila, mi resi conto. Nash era in testa, seguito da Nolan assieme a Lucian – che ancora tratteneva Sloane – alle sue spalle. Knox e io eravamo gli ultimi in coda.

«Sei in arresto». La voce di Nash risuonava di autorità.

«In arresto? Se me l'avessi fatto prendere a pugni sarebbe stato davvero molto più soddisfacente», mi lamentai.

«Abbi pazienza», sbuffò Knox.

Sloane lottò contro la presa di Lucian. «Se non mi togli le mani di dosso, io…».

«Tu cosa?», la interruppe Lucian. «Mi darai un calcio alla caviglia e mi offenderai?».

In tutta risposta, lei ringhiò.

«Forse è meglio se dai Sloane a Graham?», suggerì tardivamente Knox.

«No», disse Lucian, la sua voce più gelida di un iceberg.

«Non puoi arrestarmi! Non ho fatto niente», piagnucolò Alito da Sbronza.

Naomi comparve accanto a noi, una busta di popcorn in mano. «Credo che adesso tu possa lasciarla andare, Vichingo».

«Fiorellino, so che tu lo pensi. Ma questo non è il mio primo rodeo con Lina Rissa da Bar. Se la lascio andare inizierà a spaccare musi».

«Oh, e dai! Una volta», proruppi, rinnovando i miei sforzi.

«Due volte», controbatté lui, stringendomi ancor più tra le sue braccia. «Ti dimentichi del naso di quel coglione a Pittsburgh».

Avevo abbastanza spazio di manovra per dargli una gomitata allo stomaco. Per sfortuna i suoi addominali di ferro fecero più male al mio gomito che non viceversa. Cosa avevano gli uomini di quella città e i loro muscoli? «Ahia! Dannazione! Sei tu che lo hai lanciato attraverso una finestra».

«Datti una calmata, Lina», ringhiò lui.

«Tesoro, lo sai vero che questo non funziona con le donne?», sorrise Naomi, prendendosi una manciata di popcorn.

«Knox, se non mi lasci andare, comincerò dal *tuo* muso», lo avvisai.

«Hai allungato le mani su due donne che hanno messo in chiaro di non gradire la cosa», stava dicendo Nash alla faccia priva di cazzotti del motociclista. «Sei in arresto».

«Qual è il problema qui?»

«Cazzo», mormorò Knox mentre Tate Dilton si intrometteva nella situazione.

«Già, adesso vorrai lasciarmi andare», sibilai.

«Ci penso io», disse Nolan da sopra la spalla.

«Questo non ha niente a che vedere con te, Dilton», rispose Nash, la voce brusca e autorevole.

Dilton distorse la bocca in un sogghigno. «A me sembra che stai abusando del tuo potere. Qualcuno deve pur battersi per ciò che è giusto».

«E tu sei certo di saper riconoscere un abuso di potere?», domandò Nash.

«Ci siamo», borbottò Knox. Mi sollevò da terra e mi porse ad Harvey, il gigantesco centauro con le braccia delle dimensioni della mia testa. «Tienila tu».

«Sicuro, Knox. Come andiamo, Lina?», domandò Harvey mentre avvolgeva quei pitoni tatuati attorno a me. Riuscii a dare un calcio nel sedere a Knox mentre questi si allontanava, ma fu solo un accenno di colpo e fece ben poco per placare la mia furia.

Lucian depose Sloane accanto a Naomi. «Muoviti da questa posizione e avremo dei problemi», la avvisò, incombendo su di lei con un dito puntato sulla sua faccia.

«Va' al diavolo, Lucifero».

Knox e Lucian presero posizione accanto a Nash e Nolan.

«Di sicuro l'unico indagato per abuso di potere sei tu, sacco di merda», qualcuno nella folla gridò a Dilton.

«Chiudi quella tua lurida bocca bugiarda o te la faccio chiudere io», ringhiò lui.

Era ubriaco, cosa che lo rendeva ancora più pericoloso. Notai il sergente Hopper e un altro agente affiancarsi alla prima linea di difesa, pronti a intervenire in caso di necessità. Rendendomi conto che non avrei avuto occasione di vendicare Sloane o me stessa, mi lasciai andare contro Harvey.

Questi mollò la presa su di me, poi mi diede una carezza sopra la testa prima di andarsi a posizionare accanto a Hopper.

Irritata, raggiunsi Naomi e Sloane. La nostra visuale era limitata dal cerchio di cittadini di Knockemout schierati dalla parte di Nash.

«Andiamo», dissi, individuando un tavolo da picnic abbandonato.

«Ma Lucian ha detto a Sloane di non muoversi», osservò Naomi, sollevandosi l'orlo dell'abito.

«Lucian può baciarmi il culo», disse Sloane, per poi seguirmi.

Noi tre ci arrampicammo in cima al tavolo.

«Sono abbastanza sicura che gli piacerebbe fare qualcosa di più che baciarlo», ipotizzai.

Lei ignorò il mio commento e strizzò gli occhi verso la folla. «Non riesco a vedere altro che macchie confuse e incazzate».

«Recupereremo i tuoi occhiali non appena Nash avrà finito di fare una testa così a quegli stronzi», promisi.

Naomi scosse il capo. «Oh, non gli sta facendo una testa così. Li sta imboccando verso un falso senso di autocompiacimento. Osserva e vedrai».

«Tate?». Una bella biondina sul limitare della folla agitò le mani in aria.

«Torna alla macchina, Melissa», sbottò Dilton.

«Ha chiamato mamma. Ricky ha la febbre...».

«Torna a quella cazzo di macchina!».

La donna corse via, scomparendo tra la folla.

«Ti dichiaro in arresto, Williams», disse Nash al tizio che aveva afferrato Sloane. «Hai diritto a un avvocato».

Ma Nash non stava prendendo le manette e non stava neppure assumendo una posa difensiva. Dal mio privilegiato punto di osservazione, potevo vedere Williams prepararsi a commettere qualcosa di davvero stupido. Attese finché Nash non ebbe quasi finito di leggergli i suoi diritti prima di fare la sua mossa.

Osservai al rallentatore mentre il pugno dell'uomo andava a colpire il volto di Nash. Mi sfuggì un rantolo molto femminile quando la sua testa scattò all'indietro per la forza del colpo. Ma Nash non barcollò e non alzò le mani per difendersi.

Ero pronta a balzare giù dal tavolo, ma Naomi mi bloccò. Nessun altro tra la folla aveva mosso un muscolo.

«Cosa diavolo sta facendo?», sibilai. «Nash ha appena lasciato che quel tizio lo colpisse».

«Fa parte del gioco», disse Naomi. «Se viene colpito per primo, è legittima difesa, e secondo Lucian le spese legali sono inferiori».

«Inoltre, questo conta come resistenza all'arresto», aggiunse Sloane.

«Cielo, credo proprio che Bronte Williams abbia appena aggredito un agente mentre faceva resistenza all'arresto», gridò Harvey con le mani a coppa attorno alla bocca.

«È quello che ho visto anch'io», concordò una donna vestita di flanella.

«Anch'io».

«Non mi sento al sicuro con questa attività criminale in svolgimento di fronte a me. Potrei dovermi difendere».

Un coro di consensi riecheggiò tra la folla.

«Hai avuto la tua occasione. Ora o ti giri e metti le mani dietro la schiena, oppure provaci di nuovo», disse Nash a Williams.

Williams e Dilton si scambiarono un'occhiata, dopodiché attaccarono in simultanea. Williams fece per colpire di nuovo Nash e venne colpito in pieno volto dal pugno dell'incazzato capo della polizia. Crollò a terra come un albero. Senza ondeggiare. Senza barcollare. Un colpo e si accasciò all'indietro, incosciente prima ancora di atterrare sull'asfalto. Fu bellissimo.

«Sì!», esclamai, sollevando il pugno in aria in segno di vittoria.

Il colpo di Dilton si abbatté contro la mascella di Nolan. Questi sputò, poi fece un sorrisetto mentre sollevava i pugni.

«Che sta succedendo? La macchia cicciona ha appena colpito Nash? Chi sono le altre due macchie?», domandò Sloane.

Naomi iniziò la telecronaca della lotta a beneficio di Sloane mentre Nolan assestava al volto di Dilton una doppietta di pugni che lo mandò all'indietro fino a farlo inciampare sui suoi stessi dannati piedi. Crollò secco a terra sul sedere, e la folla radunata attorno scoppiò a ridere.

Era finita davvero in fretta.

«Bel colpo, Nolan», gridò Sloane.

«La violenza ti fa venire voglia di infrangere la tua regola del terzo appuntamento?», la punzecchiò Naomi.

Nel giro di mezzo secondo, Hopper e l'altro agente stavano caricando i due coglioni insanguinati e ammanettati sul retro di una volante. Williams era un po' intontito dal suo recente viaggio nella terra dei sogni, e io provai un senso di rivalsa mentre Dilton ululava per il dolore quando il suo sedere finì sopra il sedile del passeggero.

Notai che Lucian si era fermato in mezzo alla strada per raccogliere qualcosa da terra. Lo studiò, poi se lo infilò in tasca. Il suo sguardo scandagliò la folla, poi si assottigliò quando ci individuò sopra il tavolo da picnic.

«Oh-oh», sussurrò Naomi.

«"Oh-oh" cosa?», domandò Sloane. «Non riesco a vedere niente!».

«Lucian sta venendo verso di noi», dissi.

«E sembra *arrabbiato*», aggiunse Naomi.

Sloane emise un verso di derisione. «Per favore. Lui lo sembra sempre. È un caso di sindrome premestruale permanente».

«Ehm, no. Devo concordare con Naomi. Sembra aver voglia di uccidere qualcuno, e quel qualcuno potresti essere…».

«Ti avevo detto di restare ferma», sbottò Lucian contro Sloane.

«E io ti avevo detto di baciarmi il culo. Deduco che nessuno dei due abbia fatto ciò che gli era stato detto», rispose lei, godendosi la sua posizione di vantaggio sopra di lui.

«Oh cielo», sussurrò Naomi, inclinando la sua busta di popcorn verso di me.

Ne presi una manciata.

Lucian si allungò verso l'alto, afferrò Sloane sotto le braccia e la fece scendere dal tavolino. Lei guaì, poi si divincolò mentre lui la teneva per un solo istante sospesa all'altezza dei suoi occhi, dopodiché la depose a terra.

«Adoro quando un uomo può fare questo», dissi.

«Fa' più attenzione», ringhiò Lucian. Quell'uomo era più alto di Sloane di mezzo metro, e sfruttò quella differenza per incombere su di lei.

Sloane, tuttavia, non aveva alcuna intenzione di lasciarsi intimidire.

Il fuoco bruciava vivido nel suo sguardo mentre si portava a pochi millimetri da lui. «Giusto. Perché il fatto che stessi ballando era una provocazione. In pratica stavo *chiedendo* che un qualche cretino ubriaco mi mettesse le mani addosso».

Naomi sgranocchiò in modo rumoroso accanto a me.

«Se non vuoi che venga coinvolto, smettila di rendermelo impossibile», ringhiò lui.

«Leggimi le labbra, Lucian. Non ho bisogno di averti attorno. Perciò smettila di fingere che ti interessa. Conosciamo entrambi la verità».

«Diamine», sussurrai, prendendo altri popcorn da Naomi. «Gli occhi di Lucian hanno forse appena cambiato colore e si sono fatti più pericolosi?»

«Oh, senza alcun dubbio», concordò Naomi.

«Sembra volerla prendere a morsi», commentai. Il fatto che nessuno dei due si stesse contorcendo a terra, folgorato dalle scintille che si stavano lanciando l'un l'altra, era un miracolo.

«Già, vero? Non posso credere che non si siano ancora strappati di dosso i vestiti per farsi una scopata incazzata».

«Quando succederà, scommetto che sposteranno l'asse terrestre e noi finiremo a vorticare nello spazio», previdi.

Nash distolse la nostra attenzione dalla resa dei conti al tavolo da picnic battendo le mani al centro di quella che prima era la pista da ballo. «D'accordo, gente. Questa è ancora una festa. Cosa ci fate lì impalati?».

Rivolse alla band un segnale impaziente, e questa si lanciò immediatamente con *Die a Happy Man* di Thomas Rhett.

Knox comparve di fronte a noi. Con uno strattone alla mano di Naomi, se la mise sopra la spalla. «Andiamo, Fiorellino». Le poggiò una mano sul sedere e la trascinò ridendo verso la pista da ballo.

Altre coppie si unirono a loro. Ero rimasta sola sopra il tavolo da picnic e stavo pensando che non mi sarebbe dispiaciuto un altro drink, quando qualcuno mi afferrò il polso. Nash Morgan guardò in alto verso di me.

«Scendi da lì», ordinò. Aveva l'occhio gonfio per via del pugno di Williams, e all'angolo della bocca aveva un rivolo di sangue secco. Due delle sue nocche erano spellate e sanguinanti. Sembrava così dannatamente eroico che avrei potuto avere un mancamento... se il resto di lui non fosse stato così fastidioso.

«Sto bene dove...».

Si mosse in fretta per uno che stava ancora guarendo da alcune ferite da proiettile. Prima che potessi impedirglielo, mi sollevò dal tavolo e mi depose a terra di fronte a lui.

«Non ballerò con te», protestai, mentre le sue mani si posavano sulla mia vita.

«È il minimo che tu possa fare dopo quella seccatura», rispose lui, dando un altro strattone che fece collidere i miei fianchi contro i suoi. Quegli occhi blu erano ardenti, e mi domandai se la mia biancheria corresse il rischio di prendere fuoco.

«Non sembri aver voglia di danzare con me», dissi mentre le mie braccia si facevano largo attorno al suo collo.

«E cosa sembra?»

«Che tu voglia strangolarmi».

«Oh, no, Angel. Stavo pensando a qualcosa di molto peggio».

Per una volta nella mia vita, non avevo alcuna intenzione di risvegliare il can che dorme. Avevo visto troppo di lui, sentito troppo di lui. Ero in piedi sull'orlo di un precipizio dal quale non volevo cadere.

Ci dondolammo da una parte all'altra al ritmo incalzante della canzone, senza mai interrompere il contatto visivo. Lui mi attirava più vicina a sé mentre io usavo i gomiti per spingerlo via, ciascuno dei due applicando sempre più forza.

«Come sta la tua faccia?», domandai quando le mie braccia iniziarono a tremare.

«Fa male».

«Avevo tutto sotto controllo, sai. Avrei potuto colpirlo io», dissi, mentre i miei gomiti perdevano la battaglia e lui mi attirava al suo petto. Ancora una volta, Nash Morgan si era avvicinato più di quanto volessi.

Lui strofinò la punta del naso contro la parte esterna del mio orecchio. «So che avresti potuto, dolcezza. Ma ero in una posizione migliore per fare più male».

«È chiaro che non ti sei mai beccato un pugno da parte mia».

Stavamo ondeggiando stretti l'uno all'altra. I miei gomiti erano sulle sue spalle, le mie mani strette dietro il suo collo.

«Williams ha una mascella di vetro. Lo sanno tutti. Basta solo un colpo nel punto giusto e crolla a terra come un sacco di patate. Colpiscilo proprio lì dopo che ha aggredito un agente quando ha già due precedenti simili, e la situazione si risolve da sola molto in fretta».

Mi ritrassi per guardarlo in faccia.

«Okay. Forse sono un po' colpita».

«Da cosa?»

«Da te. Ero arrabbiata. Volevo solo picchiarlo. Ma tu eri fomentato dalla rabbia, eppure avevi ancora la capacità di fare simili considerazioni».

«Avevo un valido motivo per agire nel modo giusto».

«Vale a dire?»

«Ti ha toccata».

Lo disse con una tale semplicità, come se quella verità che stava offrendomi non fosse simile a un colpo di martello. Come se dentro di me non sentissi un migliaio di piccole scariche elettriche. Come se il mio stupido cuore non fosse rotolato fuori dal mio stupido petto per atterrare ai suoi dannati piedi.

"Ti ha toccata".

E tanto mi bastò per piombare giù da quel precipizio in caduta libera.

Una bassa e bionda Robin Hood spuntò accanto a noi. «Ehi, Lina? Siamo a corto di biglietti della riffa e non vedo un accidente. Sai dove…».

«Ci penso io», mi offrii, in pratica balzando via dalle braccia di Nash… fuori dal suo campo gravitazionale.

Senza attendere una risposta, corsi a gambe levate verso la biblioteca. Una volta all'interno, mi schiaffai una mano sul petto e mi diressi verso le scale. I miei muri *mi piacevano*. Mi piaceva sentirmi al sicuro dietro di loro. Ma Nash stava facendo breccia tra di essi, e la cosa mi spaventava a morte.

Salii le scale con una corsetta e trovai il secondo piano al buio, ma non volevo la luce. Non volevo vedere la verità di ciò che stava succedendo. Non era possibile che mi stessi invaghendo di Nash. A malapena lo conoscevo. Avevamo avuto più scontri che conversazioni civili. Due passi avanti. Due passi indietro.

Non avevamo neppure fatto *sesso*.

Mi diressi verso l'ufficio sul retro, quando sentii dei passi sulle scale alle mie spalle e *lo capii*.

Era inevitabile.

Noi eravamo inevitabili.

Ma questo non significava che fossi pronta ad affrontare la cosa.

Corsi verso l'ufficio quanto più silenziosamente possibile. Al di là di esso c'era un ampio ripostiglio dove erano riposti i biglietti della riffa. Dove sarei stata in trappola.

Stava arrivando in fretta e dovevo decidere, ma il panico mi rese stolta. Virai verso la piccola sala relax per gli impiegati.

Non riuscii a fare due passi dentro la stanza che Nash mi raggiunse. Quelle mani grosse e ruvide si posarono sui miei fianchi come per rivendicare un suo diritto. La mia schiena era premuta contro la parte anteriore del suo corpo, contro ogni meraviglioso centimetro di essa. E quella posizione sembrava così giusta che mi domandai perché mai mi fossi data il disturbo di cercare di scappare.

«Adesso ti volterò, Angel. E quando lo farò, tu la smetterai di fuggire e io smetterò di combattere contro questa cosa». La sua voce era un rantolo contro il mio orecchio. «Hai capito?», mi incalzò.

Un brivido mi corse lungo la schiena. Lo capivo *eccome*. Lo capivo benissimo.

Annuii, e senza esitazione lui mi fece girare così da trovarci l'uno di fronte all'altra. I miei seni erano schiacciati contro il suo petto. La sua erezione era premuta sulla mia pancia. Le sue cosce erano dure contro le mie. L'unica barriera era l'infinitesimale centimetro tra le nostre bocche.

Il mio mondo era ricolmo di Nash. Il suo profumo di pulito, il calore e la rigidità del suo corpo. Il campo magnetico della sua attenzione.

«Adesso aprirai la bocca per me».

«Come, scusa?». Volevo dirlo in modo sprezzante, ma mi uscì fuori ansimante.

Lui chinò la testa, attirandomi ancora più vicina. «E io ti bacerò».

«Non puoi aspettarti che…».

Ma lui se lo aspettava eccome. E diamine se non aprii la bocca nell'istante in cui le sue labbra toccarono le mie.

Inevitabile.

35
Troppo oltre

Nash

Non c'era il gelo dentro di me. Non in quel momento. Forse non ci sarebbe stato mai più. C'era un inferno di rabbia, frustrazione, desiderio.

Lei possedeva la chiave di ogni cosa che volevo e che aspettavo di aprire da tutta la vita.

Aggredii la sua bocca con la mia. Calda. Umida. Violenta. Non era un bacio, era un atto di disperazione. Quelle labbra morbide che mi avevano tormentato per settimane erano già schiuse, e aspirai quel piccolo rantolo sexy che emise quando la spinsi contro il muro.

Depredai e mi appropriai. La punii con la mia lingua. E quando lei si arrese a me, sentii il potere scorrermi nelle vene.

Riuscii ad allontanare la bocca da lei solo per un breve istante. «Ti faccio male?»

«Non trattarmi come se fossi delicata», disse con voce roca un secondo prima che i suoi denti affondassero nel mio labbro inferiore.

Il sangue mi ribollì. Il mio corpo ruggì con un desiderio mai provato prima. Non sapevo se potevo sopravvivere a tutto ciò, e non me ne fregava un cazzo.

Almeno stavolta la sopravvivenza era una scelta.

Ci divorammo l'un l'altra, ci respirammo l'un l'altra, poi ci tuffammo sotto la superficie ancora e ancora.

Le mie mani percorsero i suoi fianchi, la sua vita, prima di trovare la strada per la terra promessa.

Il pulsare nel mio uccello era già diventato doloroso quando mi riempii le mani con i suoi seni. Pelle morbida, invitante. I suoi capezzoli si inturgidirono contro le mie mani ruvide attraverso la maglietta.

A quel contatto, lei emise un flebile gemito. Quel verso, il brivido che la scosse, la sensazione di quelle punte che chiedevano di più mi fecero uscire di senno. Erano le *mie* mani che lei voleva su di sé. Non quelle di qualcun altro. C'era del potere in tutto ciò. E della gratitudine.

Lina strattonò con forza la fibbia della mia cintura. Il sibilo della pelle contro il metallo mi scatenò il desiderio disperato di qualcosa di più, e mi rammentò cosa volesse dire "qualcosa di più".

«Aspetta». Afferrai le sue dita che armeggiavano con la mia lampo.

«Cosa?», sussurrò lei, i seni che palpitavano contro l'altra mia mano.

«Voglio che sia bello. Voglio che ti faccia stare bene».

«Non credo che tu abbia nulla di cui preoccuparti».

Scossi il capo e cercai di far uscire le parole. «Non ho più... da allora. Non so se posso... E voglio *davvero* che per te sia bello».

Quello splendido viso si addolcì nell'ombra. Non con commiserazione, ma per la tenerezza. Mi posò una mano sulla guancia. «Fenomeno, fidati di me. Hai già fatto in modo che sia bello».

«Angelina, dico sul serio».

«Anch'io». Mi guardò con intensità. Poi il viso le si adombrò in una smorfia. «Dannazione. Hai intenzione di farmelo dire, vero?»

«Dire cosa?». Stavo avendo difficoltà a concentrarmi con le sue dita a un centimetro dal mio uccello sofferente.

«Oh, mio Dio. Mi hai già fatta venire. Okay?». Strizzò gli occhi mentre pronunciava quelle parole in tutta fretta. Quando io non dissi nulla, ne riaprì uno.

«Tesoro, sono abbastanza sicuro che me ne ricorderei».

«Non se dormivi alla grossa. La prima volta che abbiamo dormito insieme. Quando ci siamo svegliati in pratica strusciandoci».

Sostenni il suo sguardo, le sue parole che sembravano delle ancore di salvezza.

Lina alzò gli occhi al soffitto. «Per l'amor del cielo. Sono venuta. Okay? *Accidentalmente*. La mia maglietta era tutta arrotolata, e tu ce l'avevi duro e nel punto giusto. È bastato solo che tu muovessi i fianchi una volta e...».

«E cosa?»

«S-sono andata in pezzi».

Che cazzo.

Non avevo bisogno di sentire altro. Infilai le mani sotto le sue braccia e la sollevai di peso. Lei proruppe in un piccolo gorgheggio di risate nervose quando la deposi sopra il ripiano, poi avvolse quelle lunghe gambe sottili attorno alla mia vita, agganciandomi le caviglie dietro la schiena.

Le aprii con violenza i bottoni della camicetta mentre lei finalmente mi abbassava la lampo.

Il mondo si arrestò quando quelle dita forti e sottili trovarono la mia erezione.

«Dio, lo aspettavo da così tanto», disse con un gemito.

Anch'io. Da tutta la mia vita.

La mia mascella si serrò e mi si mozzò il respiro in petto. Il sollevarsi e l'abbassarsi dei suoi alti seni sodi era ipnotico. Volevo assaggiarli, succhiarli. Volevo dimenticare tutto ciò che ero e prendere ciò che lei mi stava offrendo.

La sua presa sul mio uccello si serrò ancora, e agli angoli della mia visuale iniziò a comparire una foschia. Desiderio. Brama. Bisogno. Pulsava in tutta la mia erezione sotto la sua mano a un ritmo frenetico. Qualcosa mi artigliò il petto, implorando di essere rilasciato, e mi resi conto che era il respiro che stavo trattenendo.

Lei mi trasformò in qualcosa di primordiale, primitivo, un animale guidato dal bisogno di accoppiarsi. Dopo così tanto intorpidimento, quell'onda anomala di emozioni mi spaventava a morte. Al tempo stesso, non volevo altro che tuffarmici di testa. Ma dovevo fare attenzione con lei.

Lina mi posò la mano libera a coppa sulla guancia. «Nash, guardami». I suoi occhi erano lucidi per il desiderio. Le sue labbra erano turgide e schiuse mentre ansimava con respiri brevi e affannati. «In questo momento non voglio il bravo ragazzo gentile. Voglio ciò che hai dentro di te».

Gesù santissimo. Io volevo darglielo. Volevo aprirmi in due e lasciare che il dolore, il gelo, fuoriuscissero così che lei potesse riempirmi col fuoco e rimettermi di nuovo insieme.

«Non è bello», l'avvertii, mordicchiandole la base della gola.

Lei strinse le cosce attorno ai miei fianchi. «Non ho paura di farti a pezzi, Fenomeno. Riservami lo stesso trattamento».

Detto ciò, mi tuffai in avanti, prendendo in bocca un capezzolo scuro e facendo scivolare la mia mano sotto la sua minigonna a quadri.

Gesù. Non aveva i collant. Aveva le calze autoreggenti. Non c'era nulla tra le mie dita e la sua ardente intimità tranne un paio di mutandine di seta. Ricompensai entrambi con una lunga e intensa succhiata, e il suo capezzolo si gonfiò nella mia bocca.

Lina emise un gemito e degli umori si riversarono in risposta fuori dall'uccello, ricoprendone le sue dita. Stavo per perdere il controllo. La mia prima volta di nuovo in sella, e sarei venuto prima ancora di cominciare.

Lasciai andare il suo seno e mi ritrassi così da poterla guardare, da poterla divorare con gli occhi.

Indossava un semplice perizoma bianco. L'innocenza della cosa mi fece perdere la testa. Passai le dita sopra quel punto umido e trasparente, affascinato.

«Sì», sibilò Lina, usando i talloni per spingermi più vicino finché la punta del mio uccello non si trovò premuta contro la zona umida sulle sue mutandine.

Sussultammo entrambi. L'unica barriera tra di noi era uno strato di seta bianca. Guidato dal desiderio, strattonai la stoffa del suo perizoma verso l'alto, così che quelle morbide labbra umide si schiudessero ai suoi lati. Poi passai le nocche tra di esse.

Le sue gambe ebbero uno spasmo attorno a me e la sua testa ricadde all'indietro, sbattendo contro l'armadietto.

Ripetei quel movimento ancora e ancora, mentre abbassavo la testa per leccarle l'altro capezzolo turgido.

Non riuscivo ad averne abbastanza della soffice, invitante curva del suo seno contro la mia guancia e la mia mascella.

Ma eravamo in pubblico.

Chiunque sarebbe potuto entrare e trovarci così.

Avevamo delle cose da sistemare.

Tuttavia niente di tutto ciò contava in quel momento. L'unica cosa che importava era scoparla fino a che entrambi non fossimo usciti di testa. In qualche modo sapevo che una volta fatto, le cose avrebbero avuto senso.

Feci scorrere la punta del mio uccello in mezzo alle labbra del suo sesso. Su e giù lungo la seta del suo perizoma.

«Oh, mio Dio», cantilenò. «Oh, mio Dio».

I miei fianchi diedero una breve, brusca spinta in avanti ed entrambi guardammo verso il basso, pietrificati dalla vista della mia punta che scompariva tra le sue pieghe. La sola cosa che mi impediva di andare ancor più in profondità era quella striscia di seta bianca.

«Nash, ti voglio», sussurrò Lina prima di afferrarmi per le spalle e affondare le unghie nella mia pelle.

Spinsi ancora e ancora, facendo sfregare la punta del mio uccello contro il suo clitoride. I suoi seni rimbalzavano a ogni rapido movimento dei miei fianchi, facendomi fuoriuscire un altro po' di umori.

«Cazzo, non venire finché non sono dentro di te», ordinai.

«Allora è meglio se ti dai una mossa», disse lei a denti stretti.

Non c'era bisogno che me lo ripetesse due volte. Ce l'avevo più duro di quanto fosse mai stato in vita mia quando le scostai con vigore la seta umida del perizoma da una parte. Non avevo mai desiderato qualcosa con tanta ferocia. La mia mano tremava mentre guidavo il mio cazzo sofferente attraverso le sue pieghe setose e bagnate.

Volevo andarci piano, entrare poco alla volta dentro di lei, dare a entrambi modo di abituarci alla sensazione. Ma nell'istante in cui sentii il suo calore risucchiarmi dentro di sé, tutte le buone intenzioni furono ridotte in cenere.

Tenendola per la nuca e per un fianco, affondai dentro di lei.

Il suo grido e il mio urlo erano trionfanti. E sufficientemente rumorosi perché lei mi schiaffasse una mano sopra la bocca. I nostri sguardi si incrociarono e rimasero fissi l'uno nell'altro. E nel suo vidi il mio futuro.

Stretta. Così stretta che riuscivo a malapena a vedere, a malapena a respirare. Le sue pareti interne mi trattenevano in una presa mortale che dava una sensazione di agonia ed estasi fuse tra loro. E non avrei mai voluto andarmene.

«Cazzo! Preservativo», digrignai contro il suo palmo.

Mai una volta mi ero dimenticato la protezione. I ragazzi di Liza J erano stati tirati su bene. Potevamo anche essere stati sconsiderati e poco inclini alle regole, ma eravamo sempre attenti con ciò che contava di più.

I muscoli di Lina si serrarono attorno a me come se avesse paura che stessi per uscire, anche se non avrei potuto farlo nemmeno se la mia vita fosse dipesa da quello.

«Credi che ti avrei concesso di arrivare fino a questo punto senza un preservativo se non prendessi la pillola?», ansimò.

«Sei sicura? Ti senti bene? Ti faccio male?».

La pulsazione nel mio uccello si faceva via via più insistente a ogni secondo che passava. Se mi avesse detto di uscire, sarei venuto sulle sue mutandine umide.

Chiusi gli occhi per scacciare quell'immagine. Le mie palle erano così tese da farmi male. Ma c'era qualcos'altro lì. Qualcosa di dannatamente magico.

Ero circondato dal calore. Un fuoco viscido e umido che mi teneva tra le sue grinfie. Mi sentivo finalmente al caldo. In ogni parte di me. Era ciò di cui avevo bisogno. Essere riportato in vita, rianimato. Era il fulmine che squarciava il gelo e l'oscurità. Che dissipava la nebbia gelida che mi aveva avviluppato.

Lina palpitava attorno a me, un innegabile promemoria che ero vivo. Ero un uomo.

«Nash, ti prego. Dammi di più». Il suo sussurro spezzato da quelle labbra turgide era musica per le mie orecchie. Ogni mio senso si attivò e si incendiò all'istante. La coltre di intorpidimento svanì come se non fosse mai esistita.

Era merito suo. Vicino. Ero più vicino a Lina di quanto fossi mai stato a qualunque altro essere umano. Non soltanto perché ero sepolto in profondità dentro di lei, ma perché lei mi aveva afferrato, mi aveva pungolato e in qualche modo aveva di nuovo rimesso insieme tutti i miei pezzi danneggiati.

«Reggiti a me». Era un ordine e una supplica.

Quando lei serrò la presa, fu una goduria per me. Lei era un'ancora, che mi impediva di fluttuare verso l'abisso. La stella polare. La strada verso casa. E la amavo per questo. Non avevo altra scelta.

Mettendo entrambi alla prova, mi ritrassi pian piano di un centimetro, poi di due, solo per affondare di nuovo dentro di lei.

Paradiso e inferno si intrecciarono, trasformando il piacere in una squisita tortura. Non sarei sopravvissuto. Ma sapevo già di non poter sopravvivere senza di lei.

I suoi occhi marroni erano vitrei per la lussuria, ma c'era qualcos'altro in essi. Del nervosismo.

«Angel».

Lei scosse il capo, leggendomi nel pensiero. «Non osare fermarti».

«Ti sto facendo male?», le chiesi di nuovo.

«Più che altro mi stai spaventando a morte», ammise, le dita che affondavano nelle mie spalle. «Questo non… Non mi sono mai sentita così».

«Tesoro, se ti fa stare meglio, in questo momento sono spaventato a morte al punto da non riuscire a respirare senza te avvolta attorno a me».

Avevo bisogno di una donna che non aveva bisogno di me. Una donna che non aveva intenzione di restare. Una donna che ero sicuro avrei perso. E ciononostante, non potevo farne a meno.

Lei sollevò più in alto le ginocchia sui miei fianchi e io emisi un grugnito.

«Continua a spaventarmi, Nash», sussurrò lei. Il suo corpo tremò contro il mio, dopodiché iniziai a muovermi.

Avrei voluto la lentezza. Avrei voluto il controllo. Ma nessuno di essi era un'opzione con il mio uccello affondato per la prima volta dentro Lina Solavita. Supponevo che ci sarebbero voluti cinquanta o sessanta tentativi prima di riuscire ad andarci piano.

Il suo sguardo era fisso nel mio, quelle dannate gambe lunghe strette attorno a me. Le sue dita affondavano nella mia carne. E io la cavalcai. Rapido e intenso. Fuori di senno, mentre mi crogiolavo nel viscido calore che lei mi offriva.

Era troppo. I miei muscoli gridarono mentre i miei fianchi pompavano senza pietà. Il sudore mi imperlava la pelle.

Avevo bisogno che lei cambiasse posizione. Dovevo andare più in profondità. Perciò la feci scendere dal ripiano, e ancora immerso dentro di lei, la portai di peso fino al tavolo. Mi piegai sopra di lei, costringendola ad andare all'indietro quanto bastava per cambiare angolatura.

A quel punto lo sentii. Ero arrivato in fondo dentro di lei. Inchiodandola al tavolo, mi lasciai andare e spinsi come un animale selvaggio. Il tavolo sbatté contro la parete.

Ma il suo sguardo non abbandonò mai il mio.

Fui travolto da un piacere così intenso che sapevo non sarei sopravvissuto, e non me ne fregava un cazzo. L'unica cosa che contava era che Lina mi aveva lasciato entrare. Si era arresa a me. Si era donata a me. Mi aveva affidato il suo corpo.

Il tavolo picchiava contro il muro a secco con ogni intensa spinta che eseguivo.

Le sue pareti si animarono attorno a me, quei muscoli facevano resistenza ogni volta che mi ritraevo e lottavano con me a ogni spinta. Mi sentivo *potente*.

«Angelina». Il suo nome era un ringhio che mi raschiò la gola.

«Ora, Nash. Ora!».

D'istinto, le coprii la bocca con la mano mentre affondavo dentro di lei.

«Cazzo. Cazzo. Cazzo. Angel!».

Non potevo fermarmi. L'agitazione nelle mie palle ebbe la meglio. Il calore mi confluì giù lungo la schiena, poi risalì lungo la mia erezione e scoppiò.

Proprio mentre venivo, lei si serrò attorno a me, come in una morsa. I nostri orgasmi – cazzo, grazie al cielo – esplosero insieme.

Il suo grido venne attutito dalla mia mano, ma lo avvertii fin nella profondità della mia anima.

Lina non venne in modo delicato. Il suo intero corpo si irrigidì, spremendo altro seme fuori da me. Ancora e ancora. Lo pretese tutto, anche quando le sue braccia e le sue gambe divennero molli.

Continuai a venire, continuai a pompare dentro di lei mentre si chiudeva attorno a me, mi teneva stretto a sé, dentro di sé. Infinita. Calda. Splendida. Dannatamente bella.

Non mi ero mai sentito così. Non mi ero mai perso dentro una donna a quel modo.

Angelina era il mio stramaledetto miracolo. E io avrei senza alcun dubbio oltrepassato il confine del bianco e del nero e sarei entrato nel grigio pur di proteggerla.

36

Orgasmi e batti cinque

Lina

«Buongiorno». La voce di Nash era roca alle mie spalle.

I miei occhi si spalancarono di colpo, e la notte precedente, ogni suo singolo aspetto, riaffiorò in me in immagini ad alta definizione con il suono in surround.

Cinque orgasmi.

"Tu la smetterai di fuggire e io smetterò di combattere contro questa cosa".

Nash in ginocchio in mezzo alle mie gambe. La sua lingua che faceva miracoli.

"Ti voglio".

Inevitabile.

E poi di nuovo i cinque orgasmi.

Non soltanto dei banali orgasmi alla "avrei potuto fare meglio con un vibratore". No. Nash Morgan aveva fatto finire le mie precedenti migliori esperienze sessuali giù per lo scarico. Diamine, fuori dalla stratosfera.

Era come se nell'istante in cui il suo pene usciva fuori, il mio corpo fosse programmato per esplodere.

Ma come diavolo avrei dovuto gestire la cosa?

Oh, e poi c'era anche tutta quella faccenda riguardo al fatto che mi stavo innam…

Già, il mio cervello non era neppure disposto a pensare a quella parola. Non poteva essere reale. Doveva essere una qualche specie di delirio. Forse l'intera città aveva un problema di radon? O c'era una qualche specie di allucinogeno nell'acqua?

Una risatina rimbombò nel suo petto, che era premuto contro la mia schiena nuda. Il mio stupido corpo si eccitò per quella sensazione.

«Riesco a sentirti dare di matto».

«Non sto dando di matto», mentii.

«Angel, il tuo corpo è così teso che potrebbe farmi da anello per stringere il mio uccello, la prossima volta», disse lui, accarezzando i margini del mio tatuaggio con un dito.

«Non ci sarà una prossima volta», decisi, cercando di farmi strada verso il bordo del suo letto.

Le lenzuola erano spiegazzate dalla nostra maratona di sesso, dopo la quale eravamo collassati per la disidratazione e la sovrasaturazione di orgasmi.

Il suo braccio si serrò attorno alla mia vita e mi trascinò di nuovo verso di lui in una deliziosa esibizione di forza. Stavo escogitando delle manovre difensive, quando lui strofinò il viso contro i miei capelli e sospirò. «Avevo ragione».

Interruppi le mie trame. «Riguardo a cosa?»

«Senza ombra di dubbio questo è il modo migliore di svegliarsi al mattino».

Mi afflosciai.

Grandioso. Dopo una notte di Nash il Dio del Sesso, adesso dovevo avere a che fare con Nash il Tenerone. Non avevo l'arsenale per difendermi contro nessuno dei due, figurarsi contro entrambi.

«Non puoi tenermi qui», lo avvertii, allungando la gamba finché il mio piede non incontrò il bordo del materasso. «Alla fine qualcuno verrà a cercare uno dei due, e sarò costretta a dire che mi hai tenuta prigioniera».

Una gamba pesante e pelosa scivolò sopra la mia. Agganciò la mia caviglia con il suo tallone e la trascinò di nuovo verso l'alto.

Nel giro di un altro secondo, ero distesa sulla schiena, e un divertito Nash Morgan incombeva sopra di me. I suoi fianchi inchiodavano i miei al materasso con l'aiuto di quella che identificai come la sua solita, impressionante erezione mattutina. «Angel, qualunque uomo entrasse qui e ti vedesse con questo aspetto non potrebbe biasimarmi».

Mi dimenticai all'istante del mio piano di fuga.

Quegli occhi blu erano assonnati e soddisfatti. I suoi capelli arruffati. I lividi freschi sul suo viso offuscavano la sua bellezza da bravo ragazzo americano, conferendogli un aspetto ancora più sexy e libertino. C'era un sorrisetto compiaciuto che faceva capolino sulle sue labbra, e che mi trasformò in un'agitata poltiglia di desiderio.

Senza pensarci, gli accarezzai con le dita i pettorali, dove una spolverata di peli chiari mi provocò il solletico. Dio, adoravo i peli sul petto.

Quelle due piaghe rosa sgargiante risaltavano sul resto della sua pelle liscia, ricordandomi che l'uomo sopra di me era stato a dir poco un eroe. Aveva un corpo così bello.

«Cosa ti passa in quella testolina, bellezza?», mi domandò.

«Come sta la spalla?», chiesi. «Non sono stata attenta ieri notte».

«La spalla sta bene», disse. «Neanch'io sono stato attento con te».

Sorrisi contro la mia volontà. No, non mi aveva trattata come fossi un fiore delicato che rischiava di venire calpestato. Non mi ero sentita come una figurina in vetro. Mi aveva usata. *Con vigore*. E io l'avevo adorato.

«Non mi pare mi sia dispiaciuto».

Nash scivolò lungo il mio corpo e posò un lieve bacio su ciascuna delle tre cicatrici chirurgiche che circondavano il mio seno. Era dolorosamente dolce. Le mie dita dei piedi si arricciarono contro i peli delle sue gambe.

«Dimmi di cosa hai bisogno», mi tentò lui, appena prima di usare la sua bocca per titillare il mio capezzolo.

«Caffè. Una colazione gigantesca. Ibuprofene».

La sua testa si sollevò, e quegli occhi blu adesso erano seri. «Dimmi di cosa hai bisogno per sentirti al sicuro con questo. Con noi».

Se non fossi già stata innam... se non mi fosse già piaciuto, mi sarei invaghita di brutto solo per quello. Nessuno mi aveva mai posto prima una domanda simile. Non ero certa di avere una risposta.

«Non... lo so».

«Ti dirò di cosa ho bisogno io», propose.

«Cosa?».

Nash scivolò accanto a me e tenne la testa sollevata con la mano. Le dita dell'altra mano accarezzavano il mio seno e il mio stomaco. Il suo pene turgido era appoggiato contro il mio fianco, sconvolgendomi il cervello.

«Ho bisogno che ti stia bene ciò che è successo la scorsa notte e che tu voglia che accada di nuovo».

«Okay e okay. Wow. È stato facile. Ora, riguardo a quel caffè...».

«Ho bisogno di sapere che sei in questa cosa con me per tutto il tempo che durerà», proseguì lui. «Che sei disposta ad ammettere che c'è qualcosa tra di noi che è molto più di semplice chimica».

«Sono piuttosto sicura che la scorsa notte abbiamo sperimentato una vera reazione chimica», gli rammentai.

Lui fece scivolare quelle talentuose dita su per il mio collo, tra i miei capelli, scostandomeli dal volto. «Ho bisogno di più parti di te. Tutte quelle che sei disposta a darmi. E ho bisogno che parli con me, con sincerità. Anche se pensi che non mi piacerà ciò che hai da dire».

Mi mossi, a disagio. «Nash, non so dove questo ci porterà o cosa ci riservi il futuro».

«Angel, io sono solo felice di essere tornato tra i vivi. Mi interessa di più godermi il momento presente che non preoccuparmi per il domani. Ma ho bisogno che siamo entrambi in sintonia su questo».

Non era una grossa richiesta.

Sfiorai con le punte delle dita la cicatrice sopra la sua spalla. «Sembra quasi che tu stia cercando di trasformare questa cosa in una relazione».

Il suo sorriso era come il primo raggio del sole nascente. «Tesoro, ne abbiamo già una, che ti piaccia o no».

«Non sono mai stata tipo da relazioni. O almeno, non da adulta».

«E io non avevo mai fatto sesso in una biblioteca pubblica. C'è sempre una prima volta».

Considerai le mie opzioni, e per una volta dire la verità sembrava la strada più diretta verso ciò che volevo.

Avevo bisogno che Nash comprendesse in cosa si stava invischiando. Che riconoscesse le insidie che lo aspettavano.

«Vivo da sola e la cosa mi piace. Detesto condividere il telecomando. Mi piace non dovermi consultare con nessuno prima di ordinare la cena. Non voglio dover spostare il sedile della mia auto ogni volta che mi metto al volante. L'idea di far passare le mie decisioni attraverso un filtro di coppia mi provoca una vaga nausea. Adoro i miei genitori, ma il loro costante bisogno di controllarmi mi fa uscire di testa, e quel problema potrebbe diventare tuo se questa cosa tra noi proseguisse. Mi piace spendere per vestiti, borse e scarpe, e non sono disposta a giustificarmi. Mi alzo presto e lavoro un sacco. Non voglio dover cambiare le cose per andare incontro a qualcun altro».

Nash attese un istante. «Okay, bene. Alla TV guardo solo l'occasionale partita di football. Il telecomando può essere tuo per il resto del tempo. Non mi dispiace cucinare, ma se mi dici che vuoi degli hamburger da asporto, ti prenderò degli hamburger da asporto. Prometto di rimettere sempre il sedile nella posizione originaria dopo aver guidato. Non mi dispiacerebbe avere dei genitori impiccioni che si preoccupano per me, tanto per cambiare. Il modo in cui ti vesti mi piace parecchio, perciò non ho problemi con le tue abitudini in fatto di shopping. Basta che mi permetti di viziarti di quando in quando. Per quanto riguarda la questione degli orari, credo sia piuttosto semplice perché, Angel, sono uno sbirro. Non dico altro. E quando si tratterà di prendere decisioni insieme, ho bisogno di poter dire la mia sulla tua sicurezza personale. Mi aspetto che tu voglia fare lo stesso con la mia. Qualunque decisione riguardi entrambi, la prenderemo insieme».

Stava dicendo tutte le cose giuste, e mi stava spaventando a morte.

«Viaggio un sacco per lavoro», gli ricordai.

«E io potrei trascorrere la mattina di Natale sulla scena di un incidente. Tesoro, concedici un'occasione per affrontare quel che c'è tra noi. Almeno, acconsenti a farlo per il momento. Potremo riparlarne dopo che avremo messo Hugo dietro le sbarre».

Lo voleva davvero. E io ero assolutamente scioccata nel rendermi conto che lo volevo anch'io. Dovevo proprio far analizzare l'acqua di quella città.

«C'è un'altra cosa», aggiunsi.

«Spara».

«Ho bisogno di sapere cosa avete tramato tu, Knox, Nolan e Lucian dopo la nostra chiacchierata con Grim».

Lui non ebbe un istante di esitazione. «Abbiamo definito un piano per stanare Hugo».

Mi tirai su a sedere. «Che tipo di piano?»

«Il tipo di piano che prevede che io faccia da esca».

«*Cosa?*».

Mi sollevai sulle ginocchia, pronta a dar battaglia, ma Nash balzò su e mi placcò di nuovo sul materasso. Le sue mani tennero premute giù le mie spalle. I suoi fianchi inchiodarono i miei al letto. E la sua erezione andò a infilarsi proprio nel punto giusto. Come una chiave che entra dentro una serratura.

Ci immobilizzammo entrambi.

La mia mente poteva anche essere in modalità lotta, ma il mio corpo era pronto per l'orgasmo numero sei.

Lui fece un sorrisetto verso di me. «So che questo mi farà sembrare uno stronzo, ma non mi dispiace che ti preoccupi per me».

Cercai di spostarlo da sopra di me, ma i miei movimenti riuscirono solo a far penetrare i primi cinque, stuzzicanti centimetri del suo uccello nelle mie profondità. Smisi di lottare e cercai di concentrarmi sul problema in questione, e non su quanto volessi il resto dei suoi centimetri.

«Nash! Eri in ansia al pensiero che facessi un appostamento ma ti aspetti che mi stia bene che tu faccia da esca per un uomo *che ha provato a ucciderti*?»

«Sarei deluso se la cosa ti stesse bene. E vorrei sottolineare che mentre facevi l'appostamento hai finito per essere rapita».

Gli mostrai i denti. «Se pensi che non litigherò con te mentre il tuo uccello è dentro di me, ti sbagli di grosso».

«Proviamo qualcosa di nuovo», propose. «Anziché litigare, scappare via infuriati e fingere che l'altro non esista, discutiamone subito».

Le mie cosce stavano iniziando a tremare per la loro presa sui suoi fianchi. A quel punto, non sapevo se stavo cercando di evitare che penetrasse più in profondità o di impedirgli di uscire fuori. «D'accordo. Parla».

«Se Hugo sta fornendo informazioni all'FBI per aiutarli a mettere in piedi il caso contro suo padre, c'è un'ottima possibilità che si sentano alquanto amichevoli nei suoi confronti. Magari abbastanza amichevoli da offrirgli un'immunità. Ma ciononostante, io per lui resto una questione in sospeso. E lo stesso vale per Naomi e Waylay. Ora come ora, sta solo aspettando che i federali facciano la loro mossa. Ma prima o poi, dovrà risolvere quelle questioni in sospeso».

«E tu vuoi che ci provi prima?»

«Esatto. E voglio che si concentri su di me».

«Credi che se facesse un altro tentativo con te, il suo accordo – ammesso che ne abbia uno – salterà».

«L'idea è questa».

Giuro che stavo ascoltando, ma il mio corpo faceva più cose in contemporanea. Stavo diventando sempre più bagnata a ogni secondo che passava, e le mie pareti interne continuavano a serrarsi attorno alla punta del suo pene.

Nash chiuse gli occhi ed emise un basso gemito. «Angel, se vuoi continuare a parlare, dovrai smetterla di implorare per avere qualcosa di più».

Per fargli dispetto, contrassi i muscoli del mio sesso più forte che potei. «Come hai intenzione di forzargli la mano?».

Lui digrignò i denti. «Cazzo, dolcezza. Ti direi qualunque cosa solo per sentirti stringere così».

«Allora dimmela», pretesi.

«Recupererò la memoria».

Mi immobilizzai sotto di lui, la comprensione e l'apprezzamento che si facevano strada in me. «Farai finta».

«È questo il piano», disse, sfregandomi il seno con il naso. «Abbiamo finito di parlare?».

Le mie mani scivolarono lungo la sua schiena e affondai le unghie in quel sedere perfetto. «Non ancora. Svelami i dettagli».

Aveva gli occhi mezzi chiusi, e la mascella ricoperta dalla barbetta incolta era serrata. «Faremo girare la voce che mi è tornata la memoria e che ho una pista sul nascondiglio del sospettato».

Il mio battito cardiaco accelerò. Stava facendo pressione contro le mie cosce. Non sarei riuscita a trattenerlo ancora a lungo. Soprattutto perché non volevo farlo.

«Che precauzioni stai prendendo?»

«Angelina, ti sono venuto dentro tre volte la scorsa notte. Perciò zero».

Gli diedi un pizzicotto sul sedere. «*Intendevo*, cosa stai facendo per assicurarti che Duncan Hugo non abbia una seconda occasione con te».

Stava iniziando a sudare. E c'era un fuoco che bruciava in quegli occhi blu scuro. «Ci sto ancora lavorando».

«Voglio essere coinvolta».

«Cosa?», fece lui a denti stretti.

Le mie cosce tremarono, e lui scivolò di altri due centimetri dentro di me.

Stavo andando a fuoco. La mia vista stava iniziando ad appannarsi. Volevo tutto di lui. Avevo bisogno di tutto di lui. Ma prima avevo bisogno di questo. «Voglio essere tenuta al corrente».

«Vuoi essere tenuta al corrente perché vuoi trovare quella dannata auto o perché sei preoccupata per me?»

«Entrambe», ammisi.

«Per me è più che sufficiente. Ti terrò al corrente. Affare fatto?»

«Affare fatto», ripetei, e lasciai che le mie ginocchia si spalancassero verso l'esterno.

E grazie a Dio mi penetrò con un lungo gemito basso.

Ero deliziosamente dolorante dalla notte precedente. Ma questo non mi impedì di sentirmi davvero bene.

«Quand'è che mi permetterai di stare sopra?», domandai mentre lui usciva quasi del tutto e poi spingeva di nuovo in avanti.

«Quando saprò per certo che guardare quelle tue tette perfette ballonzolare davanti alla mia faccia non mi farà venire prima ancora di aver fatto venire te. Sono fuori allenamento».

Dal modo in cui guidava quell'uccello dentro di me, non si sarebbe detto che era fuori allenamento.

«L'appetito vien mangiando», dissi, spingendolo sul fianco.

Lui rotolò, portandomi con sé finché non mi ritrovai sopra di lui, impalata su di lui, le mie ginocchia sulle lenzuola, le mie mani sulle sue spalle.

Il suo sguardo si inchiodò sul mio seno. La sua erezione pulsò una volta dentro di me, e le sue dita affondarono nei miei fianchi. «Già. Così non durerò. A meno che tu non proceda con molta lentezza».

Mi chinai in avanti, facendo sfiorare i miei capezzoli contro quegli splendidi peli sul petto. «Non ci contare». Gli mordicchiai il labbro inferiore e iniziai a cavalcarlo.

«Gesù. Cazzo. Dannazione», imprecò lui, impennandosi sotto di me.

Ma persino con me sopra, riuscì a riottenere il controllo. Le sue mani mi afferrarono i fianchi, mentre dettava un nuovo ritmo. Spinse i suoi fianchi verso l'alto e strattonò i miei verso il basso per andare incontro ai suoi movimenti. Brusco. Rapido. Avevo il cuore in gola, ogni muscolo del mio corpo pronto per l'orgasmo che stava sopraggiungendo.

Mi aggrappai alla testiera del letto con tutte le mie forze mentre Nash si impennava dentro di me, raggiungendo quel punto segreto con brutale precisione, ancora e ancora. Sentii cominciare i fremiti, i miei muscoli interni si serrarono su loro stessi, trascinando con sé quella spessa e bollente erezione.

«Cazzo, così stretta», mormorò lui contro il mio seno. «Devo farmi strada dentro a forza ogni dannata volta».

«Nash». Fu un singulto spezzato, mentre le mie pareti si richiudevano attorno a lui, che penetrava in profondità.

«Lasciati andare, dolcezza. Lasciati andare per me». I tendini del suo collo si tesero. La sua mascella era serrata, le narici dilatate mentre avanzava in mezzo al mio orgasmo.

Non riuscivo a respirare, non riuscivo a vedere. Non riuscivo a fare altro che *sentire*.

Avevo bisogno di vincere. Avevo bisogno di portarlo oltre il limite. Con l'eco del mio stesso orgasmo che ancora mi faceva vibrare l'intimità, spinsi in basso verso di lui.

«Dannazione, Angelina», ringhiò.

Il sudore rivestiva la mia pelle e la sua. Il suo sguardo era feroce mentre le mie cosce lo stringevano con più forza, le sue dita che affondavano nei miei fianchi. Sapeva cosa stavo facendo, e mi lasciò fare. Lo cavalcai con forza, facendomi bruciare i muscoli. Poi all'improvviso Nash si sollevò di qualche centimetro dal materasso, e con un'espressione di agonizzante estasi, si irrigidì sotto di me.

Lo sentii venire, sentii il primo zampillo caldo del suo orgasmo nel profondo dentro di me. Era infinito. Inevitabile. Perfetto.

Crollammo entrambi, la mia testa posata sulla sua spalla, le sue dita che adesso mi accarezzavano i capelli con delicatezza.

Non era questo che stavo cercando. Non era di questo che pensavo di aver bisogno. Ma il corpo non mentiva. Non sarei stata in grado di provare una simile connessione con un uomo se di base non ci fosse stato qualcosa di essenziale, elementale.

«Litighiamo così ogni volta», ansimò Nash.

«Nessuno dei due riuscirà a camminare per una settimana», predissi.

«Grazie», disse lui dopo un lungo istante di silenzio.

«Per cosa?», domandai, spostandomi per guardare verso di lui.

«Per avermi dato una possibilità. Per essere qui con me adesso. Ci preoccuperemo del dopo in un secondo momento».

«Del dopo?», ripetei, accarezzandogli il petto con la mano.

«Abbiamo un accordo?», mi incalzò.

Quell'uomo era ancora dentro di me.

«E sia. Abbiamo un accordo».

Mi sorrise. «Ci diamo il cinque?».

37
Un buco nel muro

Nash

Feci il mio ingresso in centrale con le ali ai piedi e una dozzina di bignè al cioccolato. Piper trotterellava accanto a me, il suo nuovo giocattolo preferito – uno dei calzini di Lina – stretto tra i denti.

Avevo anch'io i miei souvenir. Graffi superficiali lungo tutta la schiena come strisce di tigre. E avevo un piccolo succhiotto viola per la maggior parte nascosto dal colletto della camicia.

«Buongiorno… comandante?». Il saluto di Bertle sembrava più una domanda.

«Buongiorno», risposi. Spinsi la scatola di pasticceria sul ripiano che scivolò fino alla macchinetta del caffè.

Piper iniziò il suo abituale giro di annusate per tutto il distretto.

«Hai fatto qualcosa alla… faccia?», domandò Tashi con espressione preoccupata.

Mi passai una mano sulla mascella ora liscia. «Mi sono rasato. Perché?»

«Sembri diverso».

«Diverso in senso buono o diverso del tipo "buon Dio, ti prego, fatti ricrescere i peli per coprire quell'orrore"?».

Lei mi guardò come se stessi cavalcando un unicorno, preceduto da una fanfara di leprecauni.

«Non mi stai facendo sentire a mio agio con la mia rasatura, Banerjee».

«Diverso in senso buono», disse lei in fretta.

Grave non perse tempo e aprì subito la scatola di bignè.

«Com'è andata con i nostri ospiti notturni?», gli domandai.

«Hanno protestato e si sono lamentati finché la moglie di Dilton non si è presentata e ha pagato la cauzione», riferì Grave. «Hai intenzione di sporgere denuncia?»

«Se Dilton non si dà una calmata, lo farò».

Grave annuì. «Ce l'abbiamo in pugno per tre casi, e siamo andati a ritroso di sole otto settimane. Le deposizioni giurate sono sulla tua scrivania. Se non si dà una calmata, è un idiota ancora più grosso rispetto a quanto lo ritenessimo».

Ero al tempo stesso lieto di avere la prova che ci serviva per montare il nostro caso e infuriato di avergli concesso l'opportunità di abusare del suo potere. Non c'era modo di sapere quale genere di danno avesse già causato con il suo distintivo. Ma la cosa finiva lì.

Grave mi scrutò con più attenzione. «Com'è che hai l'espressione di uno che ha scopato? È un succhiotto quello sul tuo collo?»

«Chiudi il becco e mangiati il tuo bignè».

Trascorsi un'ora a scandagliare scartoffie, incluso il rapporto sull'incidente della sera precedente e le tre deposizioni giurate delle vittime di Dilton. La sua presenza in polizia a quel punto era solo una formalità. Non avrebbe mai più indossato un distintivo. Me ne sarei assicurato io stesso.

Presi un altro caffè, feci un giro del distretto e poi scarabocchiai una breve lettera per mio padre.

Quando tornai in ufficio, trovai Piper svenuta nella cuccia sotto la mia scrivania. Presi il telefono e le scattai una foto, poi aprii i messaggi.

Non c'era nulla da parte di Lina, cosa che mi aspettavo.

Mi ero approfittato della sua condizione soddisfatta e delle sue difese abbassate per ottenere ciò che volevo. Un impegno. O perlomeno, un impegno temporaneo. Adesso che avevo lei, ogni parte di lei, non l'avrei lasciata andare. Dovevo solo tenere duro e aspettare che si rimettesse in pari.

Le inviai la foto di Piper e le scrissi un messaggio.

Io: Stai ancora dando di matto? O sei ancora a letto, troppo spompata dagli orgasmi per muoverti?

Trattenni il fiato, poi lo lasciai andare quando quei tre puntini rivelatori comparvero sotto il mio messaggio.

Lina: Cosa mi hai fatto? Ho provato ad andare a correre e le mie gambe non hanno voluto funzionare.

Feci un sorrisetto, il mio ansioso ego subito rincuorato.

Io: Hopper mi ha appena detto che ho l'espressione di uno che ha scopato.

Lina: Justice ha detto che ero raggiante, e Stef mi ha chiesto se avessi fatto una di quelle maschere alla placenta.

Io: Spero che non stessi progettando di tenerlo segreto.

Lina: È una cosa possibile in questa città?

Io: No. Ecco perché stasera ti porto a cena fuori.

Se gliel'avessi chiesto, le avrei concesso troppo tempo per pensare. Più sentiva e meno pensava, e meglio era.

Lina: "A cena fuori" vale a dire niente nudità e orgasmi?

Io: Sì. A meno che tu non voglia farci arrestare al nostro primo appuntamento.

Lina: *sospiro* Quanto fa presto a scemare l'entusiasmo. E poi cosa? Serata di giochi?

Il mio uccello esausto ebbe un fremito dietro la lampo. Dodici ore prima, la mia principale preoccupazione era se sarebbe stato in grado di portare la cosa a termine. Adesso dovevo preoccuparmi del suo uso eccessivo.

Io: Mi vengono in mente un paio di giochi che mi piacerebbe provare con te.

Lina: Dal momento che mi porti a cena fuori anziché scoparmi fino a farmi perdere i sensi, posso solo presumere che ti riferisca alle sciarade o agli scacchi.

Io: Fatti trovare pronta alle sette. Indossa qualcosa che mi renda difficile smettere di pensare a cosa tu abbia sotto.

Risolta quella questione, proseguii verso il successivo punto sulla mia lista.

«Lo sapevo!».

Beccato. Sloane era in piedi sulla soglia della sala relax della biblioteca, braccia incrociate e un sorrisetto trionfante sul suo bel viso. Quel giorno indossava un diverso paio di occhiali. Quelli avevano una montatura blu brillante di guscio di tartaruga.

Piper si ritrasse dietro di me, incerta su come interpretare la donna gongolante che bloccava l'uscita.

«Sapevi cosa?», domandai, dando una mescolata alla vernice verde salvia. Per l'ammaccatura sulla parete ci sarebbe voluta più di una mano di pittura, ma fino a che non avessi riparato il muro a secco, la vernice l'avrebbe perlomeno resa meno evidente.

«Tu, comandante Morgan, hai graffiato la mia parete con del sesso da tavolo!».

Le scoccai uno sguardo irritato. «Gesù, Sloane. Abbassa la voce. Siamo in biblioteca».

Lei chiuse la porta e poi riassunse la sua postura vittoriosa. «*Lo sapevo* che c'era qualcosa tra voi due ieri sera. Il mio radar del sesso non fallisce mai!».

«Lina non… ha accennato a nulla?», domandai con noncuranza.

Sloane ebbe pietà di me. «Non ce n'era bisogno. Se n'è andata da qui camminando in modo bizzarro e con un'espressione tutta inebetita e febbrile. Anche senza gli occhiali, l'ho capito».

Rivolsi di nuovo la mia attenzione allo scorticamento sul muro, così che lei non vedesse il mio orgoglio maschile in bella mostra. «Magari aveva un virus intestinale».

«Credi che non riconosca la differenza tra una donna sfiancata da un orgasmo e una che cerca di trattenere la cena nello stomaco? So cosa ho visto. Poi tu sei uscito da qui meno di trenta secondi dopo tutto sudato e affamato… e non di cibo, bada bene. Sembravi pronto a divorare qualcosa… o qualcuno».

«Magari avevo anch'io un virus intestinale».

«Te lo dico con amore: stronzate».

«Avevo delle questioni ufficiali di polizia».

Sloane si picchiettò un dito contro il mento. «Uhm. Da quando spogliarsi viene considerata una questione ufficiale di polizia?».

Infilai il pennello dentro la vernice, poi lo schiaffai contro la parete. Forse, se l'avessi ignorata, lei se ne sarebbe andata.

«La rendi nervosa», disse Sloane da dietro le mie spalle.

Smisi di verniciare e mi voltai per guardarla. «Come?»
«Lina. La rendi nervosa. Non è così facile riuscirci».
«Sì, be', il sentimento è reciproco».
Il suo sorriso era luminoso e compiaciuto. «Si vede».
Augurandomi che la conversazione fosse conclusa, rivolsi di nuovo la mia attenzione alla parete.
«È bello riaverti tra noi, Nash», disse con dolcezza Sloane.
Con un sospiro, lasciai cadere il pennello. «E questo cosa dovrebbe significare?»
«Sai cosa significa. Sono felice di vederti tornare nella terra dei vivi. Ero preoccupata. Credo che lo fossimo tutti».
«Sì, be', immagino che ad alcuni di noi ci voglia più tempo per riprendersi. Perciò, cosa c'è tra te e Lucian?», domandai, cambiando argomento e conficcando il pennello nelle parti più profonde dello scorticamento.
«Intendi dire Nolan? Che, a proposito, al momento è seduto nel mio ufficio e mi sta mangiando tutte le caramelle».
«No, intendo Lucian. Tu e Nolan potrete anche farvi un paio di risate insieme, ma lui non è Lucian».
Era troppo silenziosa. Alzai lo sguardo e vidi che aveva cautamente ricomposto il suo viso in una maschera.
«Non so di cosa stai parlando», disse.
«Non si dovrebbe mentire a un poliziotto», le rammentai.
«È un interrogatorio ufficiale? Devo forse procurarmi un avvocato?»
«Tu conosci il mio segreto». Indicai col capo la parete.
La tensione abbandonò le sue spalle, e lei alzò gli occhi al cielo. «È successo un sacco di tempo fa. Ne è passata, di acqua sotto i ponti», insistette.
Piper mi girò intorno in punta di piedi per annusare con fare esitante le scarpe da ginnastica di Sloane. La bibliotecaria si accucciò a terra e porse la mano al cane.
Io mi rimisi al lavoro con la parete. «Sai cosa ricordo io di allora?»
«Cosa?»
«Ricordo tu e Lucy che vi scambiavate questi lunghi sguardi eloquenti in corridoio tra una lezione e l'altra. Ricordo lui che strappava via il casco a Jonah Bluth e lo mandava col culo per terra durante l'allenamento di football perché Jonah aveva detto qualcosa sul tuo corpo che in qualità di uomo adulto con un gran rispetto per le donne non ripeterò».

«Era sulle mie tette, vero?», ironizzò Sloane. «È il prezzo che si paga per uno sviluppo precoce».

Le rivolsi una lunga, implacabile occhiata, finché lei non rabbrividì.

«Davvero Lucian ha fatto questo?», domandò infine.

Annuii una volta col capo. «Sì. Ricordo anche di aver guidato verso casa dopo il coprifuoco in seguito a una pomiciata particolarmente focosa con Millie Washington e di aver visto qualcuno che somigliava un sacco a Lucian arrampicarsi sull'albero fuori dalla finestra di camera tua».

Sloane era al secondo anno e il suo vicino di casa Lucian all'ultimo. Erano tanto agli opposti all'epoca quanto lo erano adesso. Il malinconico ragazzaccio e la bella e vivace nerd. Da quanto ne sapevo, nessuno dei due aveva mai ufficialmente manifestato di conoscere l'altro a parte un "ehi" nei sacri corridoi della scuola superiore di Knockemout.

Ma lontano da quei corridoi c'era tutta un'altra storia. Una storia che nessuno dei due aveva mai condiviso.

Sloane si concentrò sull'attirare Piper più vicina alla sua mano. «Non hai mai detto nulla».

«Nessuno di voi due sembrava volerne parlare, perciò ho lasciato perdere. Ho dedotto che fossero fatti vostri», dissi in tono eloquente.

Lei si schiarì la gola. Il rumore fece zampettare la cagnolina di nuovo al sicuro vicino a me. «Già, be', come ho detto, è successo un sacco di tempo fa», commentò lei, rialzandosi in piedi.

«Non è piacevole che la gente ficchi il naso nei tuoi affari, vero?».

Lei mi rivolse un'occhiataccia glaciale da bibliotecaria e incrociò le braccia. «Se ficco il *mio* naso da qualche parte, è perché *qualcuno* non sta facendo ciò che deve».

«Ah sì? Be', dal mio punto di vista, questa animosità tra te e Lucy non è salutare. Perciò magari dovrei iniziare a intromettermi in questa situazione. Aiutarvi a raggiungere una soluzione».

Lei emise un respiro dalle narici, come un toro che si trova di fronte una bandiera rossa. Il suo piercing al naso brillò. La sfida di sguardi durò almeno trenta secondi. «Uff, d'accordo. Non mi impiccerò dei fatti tuoi e tu non ti impiccerai dei miei».

«Che ne dici se la mettiamo così?», controbattei. «Io rispetto la tua privacy e tu rispetti la mia».

«A me sembra questione di semantica».

«Potrebbe sembrarti così, Sloane Baloney. Ma siamo amici. Lo siamo da anni. Per quanto ne so, le nostre vite resteranno intrecciate tra loro. Perciò, magari, anziché impicciarci e ficcanasare, concentriamoci di più sull'esserci l'uno per l'altra al momento del bisogno».

«Io non ho bisogno di nessuno», affermò lei, testarda.

«D'accordo. Ma io potrei aver bisogno di un'amica se non riesco a convincere Lina a dare una possibilità a ciò che c'è tra noi». Lei aprì la bocca, ma io sollevai una mano. «Con ogni probabilità non vorrò parlarne granché se dovessi fallire, ma è sicuro che avrò bisogno di un'amica che mi aiuti a evitare di scomparire di nuovo».

Il viso di Sloane si addolcì. «Ci sarò».

«E io ci sarò per te se e quando avrai bisogno di me».

«Grazie di sistemarmi il muro, Nash».

«Grazie di essere te, Sloane».

Stavo giusto per richiudere il barattolo di vernice quando il centralino mi chiamò alla radio. «Sei in giro, comandante?»

«Sì».

«Alle scuderie Bacon c'è di nuovo un cavallo in fuga. Abbiamo ricevuto un paio di segnalazioni su un grosso stallone nero che galoppa verso sud sulla Route 317».

Sospirai e risposi: «Sto andando».

«Non posso credere che tu l'abbia conquistato con una dannata carota», dissi mentre Tashi Bannerjee porgeva le redini dell'enorme Heathcliff a Doris Bacon, che si stava tenendo una borsa del ghiaccio sul sedere.

Eravamo immersi fino alla vita nelle erbacce del pascolo a est dell'ipotecata fattoria Red Dog, un maneggio da venti ettari che era rimasto vuoto ormai da due anni, da quando l'attività di marketing multilivello di cura della pelle del proprietario era andata a gambe all'aria.

Lo stallone Heathcliff aveva deciso che quel giorno non aveva voglia di cavalcare nel recinto, e aveva fatto cadere Doris sul sedere per poi dirigersi verso sud.

Quel figlio di puttana da settecento chili aveva preso a calci lo sportello del passeggero del mio SUV e aveva cercato di darmi un morso alla spalla, prima che Tashi riuscisse a distrarlo con una carota e ad afferrare le sue redini.

«Tu ti occupi dei serpenti, comandante, e io mi prendo i cavalli».

«Mi sembra di ricordare che avevi cavalcato uno dei parenti di Heathcliff fino a un drive-thru durante il tuo ultimo anno», la punzecchiai.

Lei sorrise. «E come vedi, la cosa ha dato i suoi frutti».

Mantenni le distanze mentre Tashi e Doris persuadevano quel mastodontico cavallo a risalire la rampa del rimorchio.

Avvertii un formicolio in mezzo alle scapole e mi voltai. Due cervi sobbalzarono e poi scomparvero nella foresta. Non c'era niente là fuori. Solo erbacce, alberi e staccionate rotte, ma non riuscivo comunque a scrollarmi di dosso la sensazione che qualcosa o qualcuno ci stesse osservando.

Doris richiuse con forza lo sportello del rimorchio. Si sentì risuonare il rumore degli zoccoli che picchiavano contro il metallo. «Smettila di fare le bizze, brutto babbeo».

«Forse è il momento di vendere Heathcliff a una fattoria con recinzioni più alte», suggerii.

Lei scosse il capo mentre zoppicava verso lo sportello del guidatore. «Lo terrò a mente. Grazie per il vostro aiuto, comandante, agente Bannerjee».

Le facemmo un cenno di saluto mentre lei conduceva furgone e rimorchio sul vialetto del maneggio e si immetteva in strada.

Lo stallone cacciò un nitrito assordante.

«Credo ti abbia appena lanciato contro una maledizione», mi prese in giro Tashi mentre ci avviavamo verso il mio veicolo ammaccato.

«Che ci provasse pure».

Il telefono mi vibrò in tasca e lo tirai fuori.

Lina: Non crederai alla voce che sta girando adesso in città. Secondo una fonte non molto attendibile, hai trascorso il pomeriggio a dare la caccia a un cavallo per tutta la città con il tuo SUV.

Io: Non era un cavallo qualunque. Era Heathcliff l'Orribile.

Inclusi una foto del cavallo in questione e un'altra della mia portiera ammaccata.

Lina: Ti conviene non puzzare di cavallo quando mi passerai a prendere per cena.

Io: Vedrò se riesco a infilarci una doccia prima di allora. Hai scelto con quale vestito mi torturerai?

38

Primo appuntamento

Nash

«È proprio un cliché», esordì Lina quando le aprii la porta.

«Un primo appuntamento non è un cliché». Ero lieto di essere riuscito a far uscire quelle parole, perché nell'istante in cui avevo notato cosa indossava, la mia capacità di parlare era svanita.

Le sue labbra rosse si contrassero in un broncio seducente. «Lo è, quando hai già fatto sesso».

Mi serviva un minuto per recuperare il fiato che mi aveva mozzato.

Indossava un abito corto e nero. Le maniche erano lunghe, ma la gonna metteva in mostra le gambe così tanto che avrei voluto farla indietreggiare e chinare sulla prima superficie orizzontale che avessi trovato solo per vedere il colore della biancheria che indossava. I sensuali tacchi a spillo avevano una stampa di coccodrillo che diceva con orgoglio "mangiatrice di uomini". Ci era andata giù pesante con il trucco, aggiungendo una qualche specie di color bronzo sfumato sulle palpebre, e gli occhi sembravano più grandi e ancor più peccaminosi.

Era meravigliosa. Sicura di sé. E vagamente seccata dal fatto che la stavo portando a cena anziché a letto.

Ero il figlio di puttana più fortunato del mondo.

«Ti sei rasato», disse, dal momento che ero rimasto in silenzio.

Mi passai una mano sulla mascella e sorrisi. «Pensavo che avresti preferito qualcosa di più liscio».

I suoi occhi brillarono con malizia, e una sfumatura rosa le colorò le guance. «Non mi dispiacciono le cose rudi», mi rammentò.

«Ho dei graffi che lo dimostrano, Angel», la provocai.

«Perché non saltiamo tutta questa manfrina dell'appuntamento e andiamo dritti a testare quel tuo viso liscio come il culetto di un bambino?», suggerì.

Il mio uccello reagì come una marionetta ai fili del suo burattinaio.

«Bel tentativo, dolcezza. Ma ti godrai l'intera esperienza da primo appuntamento».

«Uff, d'accordo, ma vorrei sottolineare che la società dice che non dovrei venire a letto con te al primo appuntamento», mi ricordò.

«E da quando segui le regole?», la punzecchiai.

«Solo quando mi conviene».

E quello era proprio il motivo per cui non potevo permettermi di giocare in modo leale.

Tirai fuori il piccolo pacchetto regalo che tenevo nascosto dietro la schiena. «Ti ho preso una cosa».

Lei scrutò il pacchetto come se potesse essere una bomba.

«Suvvia. Non avere paura».

«Paura?», disse, con un verso di derisione, e mi strappò la scatola di mano.

Il suo volto si addolcì per un istante quando sollevò il coperchio della scatola. Poi la sua maschera di prudenza tornò al suo posto. Mi stava permettendo di entrare, ma solo di pochi centimetri, e non aveva alcuna intenzione di concedere terreno.

«Non dovrei venire a letto con te al primo appuntamento e tu *di sicuro* non dovresti regalarmi dei gioielli».

Ero passato di nuovo a casa di Xandra per parlarle dell'iniziativa che stavo mettendo in piedi e per lasciarle un distintivo giocattolo per Alex.

Abbassai lo sguardo verso gli orecchini racchiusi dentro la scatola. Delicate catenine d'oro che terminavano con dei raggi di sole brillanti e appuntiti. «Li ho visti e ho pensato a te. Realizzati dalla donna che mi ha salvato la vita, indossati dalla donna che mi ha ricordato che vale la pena vivere».

La maschera scivolò via di nuovo e non vidi altro che pura soddisfazione femminile. «Be', come faccio a dire di no a *questo*?»

«Sono solo orecchini, Angel. Non un anello di fidanzamento. E poi, una parte dei ricavati va alla fondazione locale per l'autismo».

Lei trasse un respiro e mi restituì la scatola. «Perché ho la sensazione che tu mi stia fregando?», domandò mentre si toglieva il cerchio all'orecchio destro, per poi liberare dalla scatola uno degli orecchini.

Trovò con abilità il buco e infilò l'orecchino al suo posto, dopodiché fece lo stesso con l'orecchio sinistro.

«Come ti sembrano?», domandò, scuotendo il capo.

«Dannatamente stupendi».

Avevo scelto un elegante ristorante italiano a Lawlerville. Non perché avessero il miglior pane fatto in casa nella zona dei tre stati o perché speravo di mantenere segreta quella cosa tra di noi. Volevo solo una cena tranquilla senza alcuna distrazione. Se avessi portato fuori Lina a Knockemout, avremmo dovuto gestire un'intera città di pettegolezzi, e se le avessi preparato la cena a casa mia, non saremmo arrivati in fondo agli antipasti prima che la spogliassi.

Per mia sfortuna, questo aveva significato corrompere Nolan con una cena per lui al bar, dal momento che lo sceriffo non era disposto a prendersi la serata libera.

Ma almeno era abbastanza distante dal nostro tavolo da poter fingere che non ci fosse. Ci avevano preparato un tavolo circolare nascosto in un angolino tranquillo della sala, il che significava che anziché essere seduti l'uno di fronte all'altra, eravamo seduti vicini sulla panca. Sotto la tovaglia immacolata, la mia coscia era premuta con intimità contro la sua. Il suo piede era agganciato con tranquillità dietro la mia caviglia.

«Sei insensibile al fatto che ogni uomo in questo ristorante ti abbia guardata dirigerti fin qui e sederti?», le domandai mentre strusciava un pezzo di pane sul piatto di olio d'oliva.

Lei alzò lo sguardo, una scintilla in quegli splendidi occhi. «Se ti stai domandando se mi accorgo delle attenzioni, la risposta è sì. Se mi stai chiedendo se la cosa mi piace, dipende dalla situazione. Stasera non lo detesto».

Mi piaceva il fatto che non fingesse. Stavo iniziando a comprendere il suo genere di onestà. Non mentiva né diceva la verità. Poteva aprirsi con te oppure richiudersi in sé stessa. E stavo cominciando a capire la differenza.

«Sei così maledettamente bella che a volte non riesco a guardarti in modo diretto», confessai.

La fetta di pane cadde sul suo piatto e atterrò sull'olio d'oliva rivolta verso il basso. «Dannazione, Nash. Smettila di cogliermi di sorpresa».

Le rivolsi un sorrisetto e mi allungai per prendere anch'io una fetta, sorpreso di non avvertire la familiare fitta alla spalla. Non me n'ero proprio accorto per tutta la notte precedente. Sembrava che i miracoli di Lina non si limitassero alla salute mentale.

«Ho pensato a qualcos'altro di cui ho bisogno da parte tua», dichiarò.

«Spara».

«Non voglio restare in disparte mentre tu e i ragazzi vi godete tutto il divertimento. Voglio essere parte della squadra. Voglio aiutare a trovare Hugo».

«Angel, avrai la tua auto», insistetti.

Il suo sguardo si assottigliò mentre prendeva il bicchiere e beveva un sorso. «*Lo so* che avrò l'auto. Quello che voglio assicurarmi è che tu abbia il tuo uomo. Che tu non debba vivere con la paura che in qualunque momento Duncan Hugo possa svegliarsi una mattina e decidere che quello è il giorno in cui eliminerà i testimoni».

Restai in silenzio. Soprattutto perché temevo di spaventarla. Forse non si rendeva conto di ciò che stava dicendo. Ma io sì. Mi voleva al sicuro. E lo voleva abbastanza da far parte di una squadra per fare in modo che fosse così.

Che se ne rendesse conto o meno, ci teneva a me, e non mi sarei fatto problemi a sfruttare quel vantaggio per ottenere ciò che volevo.

«Ti ho già promesso di tenerti al corrente», le rammentai.

«E adesso voglio che tu mi prometta di più. Ho organizzato più di due dozzine di operazioni di recupero beni», proseguì. «Ho io stessa partecipato a metà di quelle operazioni. Sono una professionista nel lavorare in sinergia con le forze dell'ordine. E non mollo mai».

«Hai preparato i bagagli», sottolineai.

Lei mi inchiodò con uno sguardo.

«Che c'è?», domandai.

«Sono indecisa».

«Indecisa su cosa?»

«Se dirti la verità».

«Non sprecare energie a decidere, Angel. Dimmi sempre la verità».

«D'accordo». Sollevò con delicatezza le spalle. «Ho preparato i bagagli perché mi faceva soffrire troppo essere così vicina a te quando tu mi detestavi. Sarei tornata al motel, avrei aspettato finché non avessero mandato un sostituto dal lavoro e poi avrei lasciato la città».

Era come una pugnalata allo stomaco sapere quanto ero stato vicino a perderla per sempre. Se Naomi e Sloane non l'avessero fermata, la notte precedente non si sarebbe mai verificata. E quella conversazione non sarebbe stata possibile. Dovevo loro dei fiori, o magari un buono regalo per la spa.

«Mi dispiace, Angel», dissi. «Stavo precipitando in picchiata, e mi sono aggrappato a qualunque scusa possibile per arrestare la caduta. Mi dispiace averti fatto sentire di non poterti fidare di me. Non commetterò lo stesso errore due volte».

Le sue ciglia erano spesse e scure sulla sua pelle, e quando quelle palpebre pesanti si sollevarono e lei mi guardò, mi lasciò senza fiato.

«Quando dici "precipitando"...», continuò lei con dolcezza.

«Stavo perdendo la testa per te, Angel. Mi pento davvero di averti portata fuori a cena anziché di nuovo a letto».

Fece una risata roca, e quando si chinò verso di me, i suoi seni erano morbidi e allettanti contro il mio braccio. «Missione compiuta. Adesso dimmi che mi userai, Nash».

Le mie dita si serrarono sullo stelo del calice di vino. Sapevo cosa intendeva, ma il doppio senso era impossibile da ignorare per il mio uccello. Era il momento di riprendere il controllo.

«Procediamo con ordine. Voglio sentire quelle parole uscire di nuovo dalla tua bocca quando sarò dentro di te. E voglio che tu le intenda sul serio».

Le sue labbra si schiusero mentre il suo respiro si faceva affannato. «D'accordo».

«Secondo, se vuoi essere coinvolta, ho bisogno che tu prenda tutte le precauzioni che *io* ritengo necessarie per tenerti al sicuro. Questa cosa non è negoziabile», aggiunsi.

«D'accordo», ripeté di nuovo.

Le rivolsi uno sguardo famelico. «Sai, l'ultima volta che abbiamo fatto un accordo, io ero dentro di te».

«E anziché essere nudi nel letto, siamo fuori a cena per il nostro primo appuntamento. Immagino che ti dovrai accontentare di darmi il cinque», sorrise lei compiaciuta.

Era un primo appuntamento che avrebbe messo fine a tutti i primi appuntamenti. Me lo sentivo nelle viscere. C'era qualcosa in Lina Solavita che mi risucchiava, mi ammaliava. Volevo tutti i suoi segreti, tutta la sua fiducia. E volevo che me li concedesse di sua spontanea volontà. Per sempre.

Non era una semplice attrazione. Era qualcosa di più.

Chiacchierammo, ridemmo, flirtammo, assaggiammo l'uno gli antipasti dell'altra. Più si protraeva la cena, più ci avvicinavamo.

Quando il cameriere ci elencò i dessert, la mia mano destra era ormai sulla sua coscia, appena sotto il corto orlo del suo abito. Le mie dita le tracciavano piccoli cerchi sulla pelle calda.

Lina sembrava ipnotizzata dalla descrizione del pudding di pane al bourbon, ma sotto il tavolo, la mia ragazzaccia spalancò le ginocchia per me.

Invitandomi, mettendomi alla prova, *provocandomi*.

Avrei voluto abbassare lo sguardo. Sapevo che se l'avessi fatto, avrei finalmente visto il colore della sua biancheria e sperimentato un livello tutto nuovo di tortura. Tuttavia, era il momento di dispensare a mia volta un po' di tortura.

Non pensava che avrei osato tanto. Ma c'erano un sacco di cose che Angelina Solavita poteva tentarmi a fare.

Mentre il cameriere descriveva con enfasi la cheesecake alla nocciola, io feci scivolare le punte delle mie dita fino alla terra promessa. Lina sussultò e cercò di serrare le ginocchia, ma era troppo tardi. Avevo trovato quello che stavo cercando. Quel punto umido sulla seta che ancora dovevo vedere. Ma che potevo *sentire*.

Le sue cosce tremarono attorno alla mia mano.

«Cosa ti andrebbe, Angel?», le chiesi.

Lo sguardo che mi rivolse era una splendida combinazione di shock e nudo desiderio. «C-cosa?»

«Dessert», dissi, premendo due dita su quel delizioso punto bagnato. «Dimmi cosa vuoi».

Lei sbatté le palpebre per due volte, poi scosse il capo. Il sorriso che indirizzò al cameriere non era la sua solita espressione mangiauomini. «Ehm, vorrei una fetta di cheesecake alla nocciola. Da portar via».

«E per lei, signore?», mi chiese lui.

Usai l'indice e il medio per stringerle insieme le labbra del sesso attraverso il tessuto.

«Solo il conto».

Con un cenno del capo, il cameriere scomparve, e Lina serrò le mani a pugno sulla tovaglia.

«Apri le gambe». Il mio ordine fu un brusco sussurro.
Lei non esitò a spalancare le cosce.
«Più larghe», comandai. «Voglio vedere».
Lina obbedì, facendo scivolare il sedere verso il bordo del cuscino, concedendomi il permesso e la libertà di agire. Il mio uccello era duro come il marmo e implorava di essere tirato fuori.
Rosso. Il suo perizoma era "rosso ragazzaccia". Infilai le dita sotto la striscia che copriva il suo sesso.
«Nash», sussurrò lei, la voce tremante.
Adoravo il modo in cui pronunciava il mio nome quando mi voleva.
«Credevi di poter fare i tuoi giochetti da cattivella in un ristorante elegante e che non ti avrei smascherata?»
«Be'… sì», ammise con una risata tremula. Sotto il tavolo, spinse i fianchi in avanti, supplicando per una maggiore pressione.
Avrei voluto piegarla sopra quel tavolo e sollevarle il vestito fino alla vita.
Passai i polpastrelli a cerchio sopra il suo piccolo bocciolo umido. «Se ti faccio allentare la tensione proprio qui, proprio adesso, promettimi…».
«Qualunque cosa», mugolò lei, contorcendosi contro la mia mano.
Dio, adoravo il suono della sua resa. Mi faceva provare dolore all'uccello.
Mi chinai più vicino, così che il suo seno fosse premuto contro il mio braccio, le mie labbra che le sfioravano l'orecchio. «Promettimi che mi prenderai comunque più a fondo possibile quando arriveremo a casa».
«Sì», sibilò subito lei. Poi mi scoccò un sorriso malizioso. «Se riesci a farmi venire prima che arrivi il mio dessert, mi assicurerò di ricambiare il favore».
Sfida accettata.
«Apri le gambe quanto più ti è possibile, Angel».
Lei mi agganciò il ginocchio sopra la coscia per riuscirci, ma una volta che ebbe spalancato le gambe, infilai due dita dentro il suo canale viscoso e bagnato.
Il suo basso gemito fece contrarre il mio uccello in modo doloroso. Perciò aggiunsi un terzo dito.
«Oh, Gesù», mugugnò.
«Non spingere», l'avvertii, dandole quello che sembrava un bacio

innocente sulla spalla. «Resta ferma o tutti quanti in questo ristorante sapranno cosa sta succedendo sotto questo tavolo».

Lei si morse il labbro e smise di muoversi.

«Brava, la mia ragazza», sussurrai, poi le sfiorai il clitoride con il pollice.

«Oh, Dio», gemette lei.

Le vibrazioni rivelatrici che stuzzicavano le mie dita mi dissero tutto ciò che dovevo sapere. «Sei già pronta per venire. Non è così, Angelina?»

«È colpa tua», sibilò lei. «Tu in quel dannato completo da bravo ragazzo. Con il tuo dannato primo appuntamento e i tuoi dannati orecchini "li ho visti e ho pensato a te"».

Stava dondolandosi con discrezione contro le spinte della mia mano, le sue cosce che si sforzavano di restare aperte. Le mie dita erano fradicie della sua umidità. Aggiunsi appena un po' di pressione con il pollice, e fu come premere un grilletto.

Lina chiuse gli occhi ed ebbi il privilegio di sentire tutto quanto dentro di lei serrarsi con forza prima di lasciarsi andare. Esplose come un fuoco d'artificio sulle mie dita, facendomi sentire come uno stramaledetto eroe. Continuai a pompare dentro di lei, continuai a passare il mio pollice sul suo sensibile turgore. Le sue gambe tremarono, e si accasciò con pesantezza a me mentre veniva ancora e ancora e ancora.

Mi portai l'altra mano sopra l'erezione, pregando di non essere così vicino al culmine quanto mi sembrava di essere.

«Oh, cazzo», sussurrò Lina, ancora ansimante, sempre tenendo le mie dita serrate dentro di lei.

«La sua cheesecake e il suo conto», disse il cameriere.

«Sto forse interpretando male o sei incazzato?», mi chiese Lina mentre montavo al volante della sua auto.

Avevo dovuto in parte trascinarla e in parte portarla di peso fino al parcheggio perché le tremavano ancora le gambe dopo che l'avevo scopata con le dita. Per fortuna, Nolan era andato al bagno e si era perso la nostra fuga.

«Non sono arrabbiato», sbottai. Avevo ancora la sua umidità sulla mano, cosa che non era d'aiuto alla mia dannata situazione.

«Ti stavo solo provocando. Non intendevo farti andare così in là. Ma diamine, Fenomeno. Continui a sorprendermi».

«Dolcezza, l'unico arrabbiato in questo momento è il mio uccello per via di quanto cazzo siamo distanti da casa».

Potevo sentirmelo pulsare fin dentro il cervello. Come diamine potevo durare per tutti i trenta minuti di viaggio fino al mio appartamento?

«Ohhhhhh». Lei pronunciò quella parola in modo strascicato, mentre io ingranavo la marcia e pigiavo sull'acceleratore. La macchina slittò mentre uscivo dal parcheggio e mi immettevo in strada.

«Non dovremmo aspettare Nolan?», chiese lei.

La mia risposta fu un ringhio. Se non avessi trovato in fretta un po' di sollievo, temevo che sarei uscito di testa. Lei aveva spalancato così tanto le gambe per me. Era venuta con un'intensità incredibile. In un ristorante pieno di persone. Adesso avevo la lampo tatuata sulla mia erezione.

«Credo di poterti aiutare con quello», disse, sganciandosi la cintura di sicurezza.

«Cosa stai facendo?», domandai in tono brusco. «Rimettiti la cintura».

«Ma se lo faccio, non posso fare *così*».

Si allungò sopra il quadro di comando, e quando le sue dita si chiusero attorno alla mia cintura, sapevo di essere in guai seri.

Trassi un respiro mentre il mio uccello si trasformava in stramaledetto granito.

«Angelina», l'avvertii.

Quelle dita agili mi slacciarono la cintura e mi abbassarono la lampo nel giro di pochi istanti. «Non avrai intenzione di rispettare *tutte* le leggi stasera, vero?», mi provocò.

«Levati il reggiseno», sbottai mentre toglievo il piede dall'acceleratore.

«Non lo porto». Sganciò questa informazione proprio mentre avvolgeva la sua mano attorno alla mia erezione pulsante.

«Dannazione!».

«Pensa a tenere gli occhi sulla strada, Fenomeno».

Sarebbe stato impossibile. Soprattutto dopo aver agganciato la mia mano destra allo scollo del suo abito e avergli elo abbassato di netto per poter vedere quei seni perfetti.

Con un sorriso malizioso, abbassò la testa verso il mio grembo. Nell'istante in cui quelle labbra bollenti si schiusero sulla mia punta, fui spacciato. Quella lingua calda, quella bocca umida, il modo in cui mi teneva stretto nel suo pugno. Angelina Solavita stava per donarmi un'esperienza religiosa.

Gemetti, un gemito lungo e irregolare mentre lei usava la sua bocca e la sua mano su di me. Costretto dai miei pantaloni, la cintura di sicurezza, il volante, non potevo fare altro se non lasciarla fare. L'autostrada deserta illuminata dalla luna si dispiegava di fronte a noi, ma io a malapena la vedevo.

La mia attenzione era catturata dalla bocca focosa sul mio uccello.

Infilai una mano sotto di lei solo per afferrarle in qualche modo un seno nudo. Il suo gemito vibrò lungo la mia erezione. Stavo scavando il seggiolino con la nuca. Le mie ginocchia erano aperte e premute da un lato contro la portiera e dall'altro contro il quadro di comando.

Assunse un ritmo perfetto, e capii che stavo per perdere la testa e il mio carico. L'orgasmo si rimestava pericolosamente nelle mie palle, facendole tendere.

«Cazzo».

Volevo spingere. Volevo muovermi. Ma non potevo.

Senza preavviso, la bocca di Lina si staccò dalla mia erezione. Lei alzò lo sguardo verso di me con un sopracciglio inarcato e labbra rosse e bagnate. «Sul serio? Vai a cinquanta su una strada dove il limite è novanta?».

La presi con non troppa delicatezza per i capelli e la spinsi di nuovo verso il mio grembo. «Zitta e succhia, tesoro».

Nell'istante in cui la sua bocca toccò il mio uccello, sterzai col volante a destra e accostai sul ciglio della strada. Ci vollero un po' di manovre per muovere il cambio sotto di lei, ma alla fine riuscii a farci fermare del tutto. Misi l'auto in folle e tirai il freno a mano. Attorno a noi si stava ancora sollevando la polvere quando premetti la leva del mio seggiolino per reclinarlo.

Entrambe le mie mani si posarono sulla sua testa e fui io a scandire il ritmo. Lei si arrampicò ancor di più sopra il quadro di comando, le sue tette che ballonzolavano nella luce del cruscotto, la sua bocca che non lasciava mai la mia erezione.

Stava montando.

Tentai di avvertirla, ma non riuscii a farmi uscire le parole. Non riuscii neppure a prendere il respiro necessario per formarle. In un certo senso, era come la sensazione che dava il panico. Ma questo era tutto un altro mondo. Questo era qualcosa per cui avrei rinunciato a tutto. Lina era qualcuno per cui avrei rinunciato a tutto.

Su quel terrificante pensiero, venni *in modo intenso*. L'orgasmo mi risalì lungo l'asta come fosse fuoco ed esplose dentro la sua bocca in attesa. Probabilmente gridai. Forse premetti il pedale dell'acceleratore, perché l'indicatore del motore schizzò verso la linea rossa. Le stringevo i capelli in una presa troppo serrata, ma non riuscivo a smettere. Non finché stavo venendo.

Fu interminabile. La sua bocca succhiava tutto quanto, catturando ogni zampillo del mio orgasmo come se non potesse vivere senza.

«Dolcezza», ansimai, collassando contro il mio sedile.

La sua bocca rimase avvolta attorno alla mia punta sensibile finché non fui io a sollevarla. I suoi capelli erano un disastro. I suoi occhi erano grandi e lucidi. Le sue tette sode si muovevano in modo ipnotico con ogni respiro che traeva. La sua bocca, quella cazzo di bocca, era gonfia, rossa e bagnata.

Non avevo mai visto nulla di così meraviglioso in tutta la mia vita.

Prendendola sotto le braccia, la sollevai oltre il quadro di comando fin sopra il mio grembo e le feci posare la testa sul mio petto. Lei si accoccolò a me, entrambi respiravamo come se avessimo appena corso per un chilometro.

«Gesù, tesoro. Avresti dovuto registrare quella tua bocca come un'arma», dissi.

Lei emise una risata bassa e sensuale. «Considerala una vendetta per avermi fatta venire nel bel mezzo di un ristorante».

Le accarezzai i capelli con una mano. «Non so te, ma direi che come primo appuntamento è stato un discreto successo».

«Non direi di no a un secondo».

Le afferrai il seno e strinsi. «Ci faremo portare la cena a casa», decisi.

Fu proprio allora che notai i lampeggianti nello specchietto retrovisore.

«Cazzo».

39

La gang è tutta qui

Lina

«Sei una pessima influenza», si lamentò Nash, armeggiando con le sue chiavi.

«Perlomeno era soltanto Nolan», gli rammentai mentre aspettavo che aprisse la porta del suo appartamento.

Il baby-sitter federale di Nash non era stato particolarmente contento di tornare dal bagno del ristorante per scoprire che ce n'eravamo andati. Aveva trovato la situazione solo appena un po' più divertente quando aveva raggiunto il finestrino dal lato del guidatore. Non ci voleva un neurochirurgo per capire cosa avevamo appena fatto.

Nash aprì la porta e mi invitò a entrare per prima. Piper mi venne incontro sulla soglia, reggendo con orgoglio in bocca un piccolo cane poliziotto di peluche.

«Questo è nuovo», notai, chinandomi per arruffarle il pelo ispido.

«L'ho visto su Amazon», disse Nash, chiudendo la porta e appendendo le chiavi al gancio.

«Ti capita mai di non avercelo duro?», domandai, adocchiando l'ovvia situazione nei suoi pantaloni.

Il suo sorrisetto era assolutamente diabolico quando si allungò verso di me. «Puoi scegliere».

«Spiegati».

«O te la lecco qui contro la porta o in camera da letto». Le sue mani erano già dirette verso l'orlo del mio vestito.

«Aspetta. Aspetta. Aspetta».

Devo riconoscerglielo, si fermò all'istante. «Che succede?»

«Per quanto vorrei davvero, *davvero* molto far fare un giro di prova al tuo nuovo volto liscio...». Scossi la testa. «Non posso credere che sto per dirlo. Ma penso che dovremmo parlare».

Le labbra di Nash si incurvarono. «Cosa diavolo ti hanno messo nel vino?».

Mi passai le mani tra i capelli. «Ovvio, sono stata rapita dagli alieni e sostituita con un clone non troppo convincente. Ma siamo stati troppo presi dagli orgasmi per parlare».

«Di cosa?»

«Del piano per affossare Hugo. Ero seria quando ho detto che voglio farne parte. E per quanto vorrei infilarmi ancora e ancora nei tuoi pantaloni, questo è importante. Abbastanza importante da non lasciare che tu mi distragga col tuo magico pene».

Il suo sguardo passò da una intensità incendiaria al divertimento. «Sei unica nel tuo genere, Angel».

«Ah-ah, Stallone Perfettino. Non distrarmi con i complimenti. Raduna le truppe mentre io porto fuori Piper».

«Adesso?».

Afferrai il guinzaglio di Piper dal gancio. «Sì. Adesso».

Ritornai dalla mia passeggiata attorno all'isolato con Piper e con il tormento della coscienza sporca. «Nash? Prima che arrivino tutti, c'è qualcosa che devo dirti».

Nash stava appendendo la foto di Duncan Hugo alla lavagna che aveva posizionato accanto al tavolino. «Che c'è che non va?».

Ero abbastanza certa di aver fatto la cosa giusta, ma avevo la sensazione che lui potesse non vederla in quel modo. «Okay. Dunque, a scuola, dopo tutta la faccenda dell'attacco di cuore, non ero integrata. E a parte il lavoro, non sono quel che si definisce un animale sociale».

Adesso mi fissava con sguardo intenso.

«Presumo che quello che sto cercando di dire è che per me questa è una novità. Qualunque cosa ci sia tra di noi è una novità. Avere amiche come Naomi e Sloane è una novità».

Gli occhi di Nash si richiusero pian piano e poi si riaprirono. Si massaggiò lo spazio tra le sopracciglia. «Cos'hai combinato, Angelina?»

«Ascoltami e basta», iniziai. Ma venni interrotta da un forte colpo alla porta. Piper andò di corsa verso Nash.

«Sono le nove di un giorno di scuola», si lamentò Knox mentre lo facevo entrare.

«Scelgo la categoria "Massime di Knox Morgan addomesticato" per duecento dollari, Alex», ironizzai. Stavo per richiudere la porta quando comparve Lucian. «Come diavolo hai fatto ad arrivare qui così in fretta?», gli domandai.

«Ho lavorato in remoto da qui oggi».

«Hai lavorato in remoto con indosso un completo?»

«Begli orecchini», disse.

Assottigliai lo sguardo con sospetto. «Perché sei carino con me?»

«Per via di quello». Accennò col capo oltre la mia spalla verso Nash, che stava offrendo a suo fratello una birra e sorrideva nel farlo. «Non mandare tutto a puttane».

Raggiunse i suoi amici, e io chiusi la porta sentendomi colpevole. «Dunque, ragazzi. Prima di iniziare, probabilmente dovrei dire a tutti voi che…».

Fui interrotta da un altro tonfo alla porta.

Lucian smise di provare ad attirare Piper fuori dal suo nascondiglio dietro le gambe di Nash e si accigliò. «È Graham?»

«Sappiamo che siete lì dentro». La voce di Sloane giunse dall'altra parte della porta.

Nash si diresse verso di me e la porta.

«Era questo che volevo dirti», feci, afferrandogli il braccio.

Lui guardò dallo spioncino e poi mi scoccò un'occhiata alla "non l'hai fatto".

«L'ho fatto», confessai.

«Fatto cosa?», domandò Knox, incrociando le braccia.

«Questo», rispose Nash, aprendo la porta per rivelare Naomi, Sloane e la signora Tweedy.

«Okay. Per chiarire, non ho scritto alla signora Tweedy», dissi.

Knox sembrava preoccupato. Lucian sembrava pronto a commettere un omicidio. E Nash, be', Nash mi guardò e alzò gli occhi al cielo.

«Fiorellino, tesoro, cosa cazzo ci fai qui?», domandò Knox, colmando la distanza tra di loro.

Lei incrociò le braccia sopra il suo bel maglione viola. «Lina ci ha scritto».

Sloane, vestita con dei pantaloni sportivi a quadri e una maglia coordinata, si portò le mani sui fianchi. «I vostri peni non ci terranno fuori da qualunque diavolo di cosa si tratti».

«Io sono qui solo perché dal mio spioncino sembrava una festa. Ho portato l'alcol», dichiarò la signora Tweedy, sollevando una bottiglia di bourbon.

Rivolsi una smorfia ai tre torvi sguardi maschili che si posarono su di me.

«Angelina», iniziò Nash.

Sollevai le mani. «Statemi a sentire. Questa cosa in un modo o nell'altro riguarda tutti noi, tranne la signora Tweedy. E Naomi e Sloane meritano di sapere cosa sta succedendo. Più teste riusciamo a mettere insieme, più occhi e orecchie abbiamo in città, e meglio preparati saremo».

Gli uomini continuarono a guardarmi storto.

«Nessuno conosce questa città e ciò che vi succede meglio di Sloane. E Naomi si è guadagnata il suo posto qui perché è un bersaglio. Non dovrebbe essere tenuta all'oscuro. Più cose sa, più al sicuro potrà essere e meglio potrà proteggere Waylay», ribadii.

«Non mi lascerai fuori da qualunque cosa tu stia orchestrando. Se ha qualcosa a che fare con mia sorella o il suo merdoso ex, merito di sapere cosa sta succedendo», insistette Naomi, rivolta a Knox.

«Non devi preoccuparti di questo, Splendore», le assicurò lui, stringendole con delicatezza i bicipiti. «Ci penso io. A te e Way ci penso io. Devi fidarti del fatto che me ne occuperò io».

Il volto di Naomi si addolcì per un momento, prima di farsi di nuovo stizzito. «E *tu* devi fidarti di *me*. Non sono una bambina. Merito la massima trasparenza e delle linee di comunicazione aperte».

Sloane indicò col pollice in direzione di Naomi. «Già. Quello che ha detto lei».

«Questo non ha niente a che vedere con te. Quand'è che imparerai a occuparti dei fatti tuoi?», disse Lucian, rivolgendosi a Sloane con un tono così glaciale che per poco non rabbrividii.

Be', almeno quel tizio per una volta era incazzato con qualcuno che non fossi io.

Sloane, tuttavia, sembrava immune alla furia di Rollins. «Chiudi il becco, Satana. Se riguarda la mia città e le persone a cui tengo, riguarda anche me. Non mi aspetto che tu lo comprenda».

La sfida di sguardi ebbe inizio, e mi domandai quale collo si sarebbe stancato per primo, data la differenza di altezza.

Nash avanzò verso di me e mi prese per il polso. «Scusateci un istante», annunciò, poi mi trascinò in camera da letto. Chiuse la porta, mi ci spinse contro e poi mi intrappolò posando le mani ai lati della mia testa. «Spiegati».

«Sembri arrabbiato. Forse dovremmo parlare più tardi?»

«Parleremo adesso, Angel».

«Hanno il diritto di sapere».

«Spiegami perché hai parlato con loro prima di parlare con me».

«Sinceramente?»

«Proviamoci, tanto per cambiare», disse lui asciutto.

«Non sono davvero certa di quale sia la gerarchia della lealtà in questa situazione. Naomi e Sloane sono le mie prime vere amiche da tantissimo tempo, e sono fuori allenamento. Ma so quanto ti ha ferito quando ti ho tenuto all'oscuro. Ne ho avuto un assaggio quando sei andato a complottare senza di me. E...».

Lui inchiodò i miei fianchi alla porta con i suoi con un tonfo.

«Stanno scopando là dentro?», sentii Knox domandare dall'altra stanza.

«E cosa?», mi chiese Nash.

«E devono sapere. E capisco che tu sia arrabbiato, e mi dispiace per non aver affrontato prima questa cosa con te».

«Lo apprezzo e non hai torto». Mi scostò i capelli dalla fronte con un gesto così delicato che le mie ginocchia tremarono.

«Ah no?».

Un sorriso gli incurvò gli angoli della bocca. «No. Ma la prossima volta, facciamo prima questa conversazione».

Era così dannatamente affascinante e così dannatamente... *buono*. Non c'era da meravigliarsi che mi fossi "verbo che inizia per 'i'" di quell'uomo.

Riuscii a rispondere con un cenno del capo. «Sì. Capito».

Lui mi prese il volto tra le mani. «Ci siamo dentro entrambi, tu e io. Quando le nostre decisioni riguardano entrambi, *le prendiamo insieme*. Intesi?».

Annuii con vigore.

«Bene», disse, facendomi allontanare dalla porta. Mi diede una dolorosa pacca sul sedere. «Consideralo come se ti avessi dato il cinque».

«Ahia!».

«O lei l'ha schiaffeggiato, o lui l'ha sculacciata», commentò Sloane nell'altra stanza.

«Ora, torniamo là fuori e troviamo una soluzione. *Insieme*», disse Nash con fermezza.

«Okay».

Si bloccò per un istante. «C'è altro che devi dirmi prima che torniamo di là?».

Aprii la bocca proprio mentre si sentiva un altro colpo alla porta d'ingresso. «Giuro che con questo non c'entro», insistetti.

Lui sorrise e aprì la porta della camera.

Nolan fece il suo ingresso e Knox richiuse la porta alle sue spalle. Lo sceriffo si fermò e adocchiò il gruppetto, la lavagna e la signora Tweedy che mesceva una brocca di cocktail Old Fashioned. «Lo detesterò, vero?»

«Non quanto faccia già io», gli disse Knox.

«Ciao, Nolan», lo accolse Sloane con un bel sorriso.

«Ehi, zuccherino».

Lucian rimase in silenzio, ma le sue vibrazioni alla "sto per esplodere" erano una presenza tangibile nella stanza.

«Prendo altre birre», dissi, mettendomi di proposito in mezzo tra Lucian e Nolan, che sembrava ignaro del fatto che la sua vita fosse appesa a un filo.

«Conosci le basi. Questa è la tua ultima occasione per tirarti indietro prima che la faccenda diventi seria», disse Nash a Nolan mentre io mi dirigevo in cucina. «Dentro o fuori».

«Dentro». Non esitò un istante.

«Nolan, questo potrebbe metterti in guai seri», lo avvertii, tirando fuori una confezione da sei dal frigo. «Ai tuoi capi non piacerà il tuo coinvolgimento in questa storia».

Nolan spalancò le braccia. «Non so se l'hai notato, ma il mio lavoro fa schifo. Mi è costato il mio matrimonio. Ha rovinato ogni speranza che avevo per il mondo in generale. E dormire in luridi motel a una stella mi ha distrutto la schiena. Ho già preparato le mie dimissioni. Sto solo aspettando di essere abbastanza ubriaco o abbastanza incazzato per mandarle ai miei superiori. Inoltre, sono stanco di fare il baby-sitter».

Io e Nash ci scambiammo un'occhiata, e lui annuì. Porsi a Nolan una birra. «Benvenuto in squadra».

«Non so di cosa diavolo stiate parlando voi ragazzi, ma sono anch'io in squadra», sentenziò la signora Tweedy.

Feci spallucce verso Nash, che alzò gli occhi al cielo. Entrambi sapevamo che non c'era un modo semplice per darle il benservito.

«D'accordo», le disse Nash. «Ma non può ripetere nulla di ciò che sentirà stasera. Non ai suoi compagni di palestra. Non alle sue amiche del poker. A nessuno».

«*Pfui*. Questo l'avevo già capito. Parliamo di cose serie».

«Diamoci un taglio», borbottò Knox, per poi tirare fuori una sedia per Naomi.

Ci sedemmo al tavolo con bourbon e birre, e ascoltammo mentre Nash ci illustrava tutti gli eventi degli ultimi giorni, per poi esporci il piano base che avevano escogitato.

«Lo detesto», dichiarò Sloane quando ebbe finito.

Naomi aveva gli occhi sgranati e stringeva la mano di Knox. «Non puoi dire sul serio, Nash. Non puoi esporti come esca. Ti ha già quasi ucciso una volta».

«E questa volta, sarò pronto per lui», disse Nash con dolcezza.

«Lo saremo tutti», assicurai.

Naomi rivolse i suoi occhi imploranti verso Knox. «Ma se Nash è un obiettivo, una questione in sospeso, allora lo è anche Way».

«E anche tu», disse Lucian.

Knox la attirò al suo fianco. «Guardami, Splendore. Nessuno si avvicinerà a nessuna di voi due. Te lo assicuro. Dovranno prima passare su di me, e nessuno mi passa sopra, cazzo».

«Ha sparato a Nash», rispose lei, gli occhi che si riempivano di lacrime.

«Non avrà una seconda chance neanche in questo caso», promise Knox. Il suo sguardo si rivolse verso il fratello, e si scambiarono una lunga occhiata.

Naomi chiuse gli occhi e si appoggiò al petto di Knox. «Non posso credere che tutto questo stia succedendo per colpa di mia sorella. Mi sento come se avessi fatto ricadere tutto questo su di voi».

«Non puoi assumerti la responsabilità per le pessime scelte di un altro adulto», le disse Nash. Il suo sguardo si spostò su di me. «Non puoi fare altro che cercare di compierne di buone per te stesso».

«Voglio che sia messa in chiaro una cosa», grugnì Knox. «Niente di tutto questo accadrà prima del matrimonio sabato. Nessuno manderà all'aria il giorno di Fiorellino».

«È anche il tuo giorno, Knox», sorrise Naomi, appoggiandosi a lui.

«Eccome se lo è. E niente e nessuno lo rovinerà. Siamo d'accordo?». Guardò intorno al tavolo, assicurandosi che ciascuno di noi annuisse in approvazione.

«Faremo partire tutto da lunedì», concordò Nash.

«Okay. Allora è meglio se parliamo della preparazione», proposi.

Nash annuì. «Siamo tutti parte della squadra. Abbiamo tutti un lavoro da fare, altrimenti perché saremmo qui?»

«Perché Lina ha aperto la sua boccaccia e ha trascinato loro in questa storia», disse Knox.

«Lina ti ha salvato dal dormire una settimana sul divano, che è proprio ciò che ti saresti meritato se fossi riuscito a tenermi all'oscuro su questa faccenda. Quindi dovresti ringraziarla», sottolineò Naomi.

Knox mi guardò e usò il dito medio per sfregarsi l'angolo dell'occhio. «Grazie, Leens».

«Ma non c'è di che», dissi con dolcezza, sollevando il mio bicchiere con il dito medio esteso.

«Torniamo alle assegnazioni», suggerì Nolan.

«Procedi», mi incitò Nash.

Sbattei le palpebre. «Io non… non sono a mio agio…».

«Ma tu sai cosa bisogna fare», insistette lui.

«Giusto», dissi. «Okay, dunque. Nash, tu otterrai accesso al fascicolo che ha iniziato a preparare la polizia di Lawlerville prima che i federali si intromettessero a forza. Forse lì c'è qualcosa che ci svelerà dov'è andato Hugo».

Lui annuì e io trassi un respiro. «Va' avanti», mi incalzò.

Mi voltai verso Nolan. «Nolan, usa il tuo fascino e i tuoi collegamenti per vedere che informazioni riesci a ottenere sul caso che stanno istruendo i federali contro Anthony Hugo. Chi sta fornendo loro le informazioni, e come le stanno ricevendo?»

«Ci penso io», disse lui, accarezzandosi i baffi.

«Sloane?»

«Sono pronta», fece lei, sollevando la penna posata sopra il taccuino che aveva ripescato dalla sua borsetta.

«Abbiamo bisogno di gente in città che stia in guardia per Duncan Hugo e i suoi scagnozzi. Prima ci avvisano, più tempo abbiamo per prepararci. Grim ha già acconsentito a continuare a tenere d'occhio gli uomini di Hugo. Se qualcuno di loro si dirige verso di noi, lo sapremo. Ma ci serve gente qui che possa tenere occhi e orecchie aperti, e la bocca chiusa».

«Ooooh! Scegli me! Scegli me!», cinguettò la signora Tweedy, alzandosi per metà dalla sua sedia, la mano alzata come una studentessa entusiasta.

«Okay. La signora Tweedy è la nostra prima spia ufficiale», acconsentì Sloane.

«Il che significa che non può blaterare con nessuno di questa cosa», rammentò Knox all'anziana affittuaria.

«So quando blaterare e quando tenere la bocca chiusa», replicò lei.

«Scegli persone di cui sai di poterti fidare, che non apriranno bocca in merito. L'ultima cosa che ci serve è un'intera città che cerca uno scontro», si raccomandò Nash con Sloane.

«Forse possiamo rifilare qualche fandonia a un paio di chiacchierone dalla bocca larga, così terranno gli occhi aperti senza sapere di preciso per quale motivo», suggerì la signora Tweedy.

«E come funzionerebbe?», domandai.

«Prendi Faccia Tatuata. Potrei casualmente accennare a Neecey di Dino's che ho sentito che un tizio con dei tatuaggi in faccia sta cercando degli ettari di terreno agricolo da acquistare per costruire una manciata di condomini per hipster e dei negozi di vaporizzatori».

«Non è un'idea terribile», dissero in contemporanea Lucian e Sloane. Si scambiarono una lunga, ardente occhiataccia.

«Knox», proseguii.

Aveva ancora Naomi incollata al fianco e le teneva un braccio tatuato attorno alle spalle. «Fatti sotto, capo».

«Sicurezza locale. Rafforza l'impianto a casa tua e qui a casa di Nash. Lucian, riesci a trovare un modo per rintracciare Nash, Naomi e Waylay in caso venissero separati dai loro telefoni?».

Lo sguardo di Nash si spostò di nuovo verso di me. «Aspetta solo un minuto. Io ho già un'ombra federale…».

«Non disturbarti a discutere», lo interruppe Naomi. «Se è una precauzione che io e Waylay dobbiamo prendere, devi prenderla anche tu».

«Ho accesso a qualche tecnologia interessante che potrebbe aiutare», si offrì Lucian.

«Ottimo. Knox, lavora con Lucian su questa cosa», dissi.

«Cosa vuoi che faccia io?», domandò Naomi. «E non provare a pensare di lasciarmi fuori».

Guardai verso Nash in cerca di aiuto.

«Autodifesa», spiegò lui. «Tu e Waylay vi rivolgerete all'istruttore di jujutsu di Fi per delle lezioni private». Knox aprì la bocca per protestare, ma Nash scosse il capo. «Hugo non si avvicinerà a nessuna delle due. Ma non vogliamo correre alcun rischio».

«Non vedo l'ora di lavorare sul mio repertorio ginocchio-palle-naso», ridacchiò Naomi.

Sloane sbadigliò e guardò il suo orologio. «Okay. Abbiamo i nostri incarichi. Inchiodiamo quello stronzo».

Ci fu un mormorio di assenso lungo il tavolo.

La signora Tweedy sorseggiò in modo rumoroso il resto del suo bourbon.

«Forza, Splendore. Andiamo a letto», disse Knox.

Il modo in cui pronunciò quelle parole e il modo in cui lei lo guardò mi fecero pensare che il sonno fosse l'ultima cosa che entrambi avevano in mente.

Sloane infilò di nuovo il suo taccuino nella borsa. «Creerò un gruppo di WhatsApp, così potremo tenerci tutti aggiornati».

«Bella pensata», disse Nash.

«Graham», fece Nash a Nolan, indicando col capo verso la cucina.

«Una parola», disse Lucian, comparendo al mio fianco.

«Che c'è?»

«Qual è il mio vero incarico?».

Sorrisi con lentezza e con fare compiaciuto. «Non volevo fare questa richiesta di fronte a uno sceriffo federale, anche se gioca con la nostra squadra».

«L'avevo intuito».

«Puoi dedicare la tua losca rete di ombre a raccogliere informazioni per trovare un uomo senza nome e senza foto?». Gli spiegai dell'amico di Duncan senza volto e con il telefono prepagato. «È l'unico che non sono riuscita a rintracciare, e la cosa mi fa pensare che sia quello che dobbiamo trovare».

«Mandami tutto ciò che hai, e farò attivare il mio team immediatamente».

«Ottimo. Oh, e che ne pensi di tenere d'occhio Sloane? Il resto di noi è addestrato ad avere a che fare con queste cose oppure vive con qualcuno che lo è. Sloane è da sola, e dato che tu abiti accanto a lei quando sei in città, sei il candidato ideale».

Un fuoco glaciale danzò negli occhi di Lucian. «Nessuno si avvicinerà a lei», mi assicurò.

«È probabile che ti rompa le palle per quelle attenzioni», lo avvisai.

Qualcosa che sembrava quasi un sorriso fece capolino sul suo bellissimo volto. Ma in un attimo scomparve. «Non si sbarazzerà di me con tanta facilità, questa volta».

Per quanto mi riguardava, morivo dalla voglia di sapere a quale altra volta stesse pensando e a come una donna di un metro e sessanta si fosse sbarazzata di Lucian "Lucifer" Rollins. Ma quello non sembrava il momento delle domande.

Ci salutammo mentre tutti tranne Nolan uscivano dalla porta, un fermento di propositi e aspettative tra di loro.

Sloane si fermò sulla soglia della porta aperta. «Sei sempre disposto a essere il mio accompagnatore per il matrimonio di sabato?», gridò verso Nolan, che era appoggiato all'isola della cucina.

«Non me lo perderei per nulla al mondo, zuccherino».

«Passami a prendere alle…».

Lucian sbatté la porta, interrompendo Sloane a metà frase.

«Quei due finiranno per implodere un giorno. Giusto, Pipe?», domandai alla cagnolina che stava zampettando giocosamente ai miei piedi.

«Angel, mi serve la tua chiave», esclamò Nash.

«La porta è aperta», gli dissi, raggiungendo lui e Nolan in cucina.

«Ottimo. Va' a prendere la tua roba e riporta la tua chiave».

«La mia roba?»

«Graham starà a casa tua finché questa storia non sarà finita. Sarà utile averlo più vicino che non al motel».

«Non vi mentirò. Non vedo l'ora di avere un vero letto e di non dover calpestare mezza dozzina di scarafaggi prima di farmi la doccia», fece Nolan allegro.

«Uhm, ti tocca il divano, amico mio», gli dissi.

«No. Lui va a casa tua», controbatté Nash. «Tu starai con me».

«Ti aspetti che *mi trasferisca da te*?». La mia voce salì di un'ottava. Iniziai di colpo a sudare.

«A questo proposito, vado a prendere la mia roba. Tornerò non appena riuscirò ad allontanare i ratti dalla mia valigia», annunciò Nolan, poi corse verso la porta.

«Prova a contraddirmi», mi sfidò Nash.

«Non posso trasferirmi da te, Nash. È una follia. A malapena arriviamo a fine giornata senza litigare, e tu vorresti condividere il bagno con me? *Non* sorridermi come se fossi *io* la pazza!». Potevo sentire la sfumatura isterica nelle mie parole, ma non c'era modo di ricacciarla indietro.

Lui stava ancora sorridendo, ma adesso stava avanzando verso di me.

Sollevai le mani e iniziai a indietreggiare. «Una cosa è addormentarsi accidentalmente dopo il sesso, ma portare qui i miei vestiti e… Hai almeno spazio nell'armadio? Non posso lasciare le mie cose in una valigia e basta. Hanno bisogno di respirare».

Io avevo bisogno di respirare.

Nash mi afferrò, le sue mani che si posavano sui miei fianchi e mi attiravano più vicina. Detestai sentirmi subito più calma.

«Prendi un respiro», insistette.

Tentai una minima, inutile inspirazione.

«Sei adorabile quando dai di matto».

«Non sto dando di matto. Sto… elaborando il tuo ridicolo suggerimento».

«Se ti fa sentire meglio, è solo una cosa temporanea», aggiunse, la voce fastidiosamente calma.

Temporanea. Temporanea. Temporanea. Come la nostra relazione. Un giorno alla volta sino a… "un secondo momento".

Nash si portò le mie mani dietro la nuca, poi iniziò a dondolare.

«Perché continui a ballare il lento con me?»

«Perché mi piace stare vicino a te anche quando abbiamo indosso tutti i vestiti».

«Questa non può essere la soluzione migliore», ribadii. «Perché non ci trasferiamo tutti al motel?»

«Non stava scherzando riguardo ai topi», sottolineò Nash.

«Okay, d'accordo. Ci trasferiamo tutti da Naomi e Knox. Hanno spazio».

«Non penserai che farò chiacchierare l'intera città? Il punto di tutta questa storia è far apparire le cose più normali possibile all'esterno».

«Cosa c'è di *normale* in questa cosa?», domandai. «E poi, la gente non inizierà a chiacchierare quando Nolan si piazzerà a casa mia? Voglio dire, penseranno che vada a letto con entrambi. O che abbiamo una qualche bizzarra cosa a tre».

«Oppure penseranno che la protezione che mi hanno fornito i federali sta a casa mia per proteggermi. Oppure penseranno che tu e io facciamo sul serio e che Nolan voleva andarsene da quel sudicio motel».

Dannazione. Aveva pensato a tutto. Quell'infido, subdolo figlio di puttana.

Ero colpita.

E terrorizzata.

«Non ho intenzione di trasformarmi nella brava massaia e imparare all'improvviso a cucinare», lo avvisai.

«Ho preso nota».

«E ti conviene non usare il pavimento del bagno come cesta per il bucato. Ho visto la montagna di panni sporchi il giorno in cui abbiamo portato a casa Piper».

«Devo tirare fuori i broccoli dal freezer?», domandò, sfregando la guancia contro la sommità della mia testa.

«No. Forse».

40

Un bel sorriso verso l'obiettivo

Lina

«Non posso credere che tu mi stia facendo fare questo», disse Nash mentre una make-up artist gli passava la cipria sopra la fronte. Spazientito, schivò la sua mano. «Abbiamo finito? Per favore?».

Ero seduta sopra il tavolino nel suo ufficio, godendomi alla grande il suo disagio sotto il calore delle luci del fotografo.

Di recente, ero stata io a sentirmi a disagio, costretta a trasferirmi da lui… "temporaneamente", rammentai a me stessa. Ma ciò significava che nel frattempo io, i miei vestiti, i miei trucchi e persino la mia dannata pianta da interni vivevamo nell'appartamento di Nash.

In quelle ultime quarantott'ore avevo dormito nel letto di Nash, mi ero lavata i denti al suo lavandino e mi ero vestita nel suo bagno. Poi mi ero seduta al suo tavolino e avevo mangiato le colazioni e le cene che lui mi aveva preparato.

Avevo tracciato il confine sul fare la cacca mentre lui era a casa. Per sicurezza, avevo provvisoriamente dato un taglio alle fibre.

A essere onesti, tolta la mia paura nel condividere il bagno, la situazione abitativa non si era rivelata *così* strana come mi sarei aspettata. Ma con ogni probabilità era perché la maggior parte del nostro tempo di qualità lo trascorrevamo nudi, e il resto a lavorare sui dettagli del piano "Nash recupera la memoria per finta per attirare Duncan Hugo fuori dal suo nascondiglio".

La make-up artist impacchettò i suoi arnesi e uscì in fretta dalla stanza. Io scivolai giù dal tavolo e mi avvicinai a Nash. Indossava la sua uniforme ed era accigliato, una combinazione che trovavo davvero molto attraente.

«Devo ricordarti che questa è stata una tua idea?». Gli passai le mani sull'ampio petto. Aveva ripreso peso, e stava aggiungendo massa muscolare alla sua figura. E avevo notato che usava la sua spalla ammaccata con sempre meno smorfie. Il mio cuore aveva quasi del tutto smesso con le palpitazioni nervose, e mi domandavo se il sesso sconvolgente fosse una qualche specie di miracolosa panacea.

«La mia idea era di mettere in giro la voce che mi era tornata la memoria. Non gridarlo da una rivista online nazionale con un dannato servizio fotografico», si lamentò lui.

«Povero piccolo. Ma dobbiamo assicurarci che la notizia si diffonda in modo rapido e ampio, nel caso in cui Duncan si stesse nascondendo dall'altra parte del paese».

«E come ha fatto Stef a organizzare questa roba?», domandò Nash, strattonandosi il colletto con fare irritato.

«Ha un'agenzia di pubbliche relazioni sotto contratto. Naomi ha chiamato lui, lui ha chiamato loro, ed eccoci qua».

«Ricordami di fargli cadere un bilanciere sul piede la prossima volta che lo vedo in palestra».

La bocca mi si sollevò in un sorrisetto.

«Che c'è?»

«Non mi dispiace quando sei scorbutico. È carino», confessai.

«Non sono scorbutico e non è affatto carino».

«Okay. Sei pensieroso ed è sexy».

La sua mascella ebbe un fremito mentre ci rifletteva su. «Posso accettarlo».

«Sei preoccupato?», chiesi, abbracciandolo.

Nash infilò le dita nelle tasche posteriori dei miei pantaloni. «Duncan è imprevedibile. Può darsi che io mi esponga come esca e che lui comunque mi ignori e se la prenda con qualcun altro».

«Knox non ha intenzione di perdere di vista Naomi o Waylay nell'imminente futuro. Sarai tu ad attirare l'attenzione di Duncan. Sei la sua più grande minaccia. Non riuscirà a resistere al desiderio di provare a finire il lavoro». Scossi il capo e chiusi gli occhi.

«Cosa?», domandò Nash.

«Non posso credere che stia confortando il mio amante-coinquilino dicendogli che l'uomo che ha cercato di ucciderlo una volta farà di sicuro un secondo tentativo», dissi. «Niente di tutta questa situazione è normale».

«"Amante-coinquilino"?», ripeté lui.

«Toy boy? Amichetto? Scopata da supporto emotivo?»

«Ragazzo», decise Nash. Sorrise quando io feci una smorfia. «Per essere una tipa tosta, di sicuro ti spaventi con poco».

«Non sono *spaventata*», mentii.

«Pensi che non mi renda conto quando la mia ragazza sta andando nel panico?»

«Adesso stai proprio facendo il Nashcemo», mi lamentai, divincolandomi dal suo abbraccio. «Rimandiamo l'etichettare qualunque cosa ci sia tra noi a un secondo momento».

Lui si appoggiò alla scrivania, sempre sorridendo. «Mi piace sapere che posso renderti nervosa».

«Sì? Be', a me piace anche di più quando dai di matto per dei cosmetici e un servizio fotografico per una rivista nazionale».

Questa volta fu il suo viso ad accartocciarsi per una smorfia. «Adesso chi è il cattivo, Crudelia?»

«Ecco, prendi una mentina». Gli offrii una delle caramelle che avevo sgraffignato dalla postazione della hostess di sala al nostro primo appuntamento.

«Non voglio una mentina. Voglio...». Lasciò la frase in sospeso mentre l'incarto della caramella gli si arricciava in mano. Assunse un cipiglio nel guardarlo, perso nei suoi pensieri.

«Che c'è?», domandai.

Lui si riscosse. «Niente. Mi è solo sembrato di star ricordando qualcosa».

«Della sparatoria?», lo incalzai.

«Forse. Ma adesso è passato».

«Se fai il bravo bambino, ti porto a prendere un gelato», proposi, cambiando argomento.

Le sue dita agganciarono la vita dei miei pantaloni e mi attirarono più vicina.

«Ho il tuo spray al peperoncino premuto contro lo stomaco», lo avvertii.

«Che ne dici se invece di un servizio fotografico e un gelato, ti faccio sedere sulla mia scrivania e ti faccio spalancare quelle tue belle gambe sexy? Mi metto in ginocchio e ti copro di baci fino alle cosce».

Un delizioso brivido mi risalì lungo tutta la schiena mentre lui faceva scivolare una mano in basso per afferrarmi il sedere. La sua mano era calda, la sua presa possessiva.

«Mi implorerai finché non userò la mia lingua per...».

«Okay! Scusate per il ritardo. Sono pronto a partire». Il fotografo non sembrò notare che le mie ginocchia avevano smesso di funzionare o che Nash gli stava rivolgendo occhiate torve con l'intensità di un migliaio di soli.

«Rimandiamo a dopo?», sussurrai.

«Come diavolo dovrei fare con un'erezione?», mi ringhiò lui nell'orecchio.

Abbassai lo sguardo e sorrisi. «Nascondila dietro allo spray al peperoncino. E alla torcia. E al taser. Ma qualunque cosa tu faccia, non pensare a me che urlo il tuo nome mentre tu me la lecchi».

«Cazzo».

Nash sopportò ben dodici minuti di foto – la maggior parte di esse con un'erezione a malapena celata – prima di interrompere il servizio come un burbero uomo orso. Erano sei minuti in più rispetto a quanto pensavo sarebbe durato.

Mi sistemai Piper tra le braccia e tirai fuori il telefono.

Io: Mi devi venti dollari. Nash ha appena dato il benservito al fotografo.

Stef: Dannazione! Pensavo che sarebbe arrivato a quindici minuti.

Io: Perdente. Sgancia. E grazie per aver organizzato il tutto mentre sei impegnato a fare qualunque cosa tu faccia a New York. Ti sono debitrice.

Stef: Puoi ripagare il tuo debito fornendomi informazioni su Jeremiah.

Io: Ma non sei in contatto con lui?

Stef: Certo che sì. Voglio solo sapere se fa sollevamento pesi come un triste panda sexy mentre io sono via.

«Ehi. Andiamo via da qui?», disse Nash, facendo capolino dalla porta del suo ufficio. Si era ripulito il viso dalla cipria della make-up artist. Aveva proprio l'aspetto di un eroe tutto americano. Piper la pensava allo stesso modo, e il suo scodinzolare ne era la dimostrazione.

«Dove andiamo?», domandai, infilandomi il cellulare in borsa e posando a terra il cane.

«A trovare una ragazza riguardo a un cretino», rispose lui criptico.

«Dopo di te», feci, indicandogli di precedermi. Ammirai il suo posteriore sexy da morire in quei pantaloni dell'uniforme mentre lui faceva strada nel distretto.

«Ti hanno anche scattato qualche foto al volto o soltanto al sedere?», domandò Nolan, infilandosi la giacca e seguendoci fuori dalla porta.

«Va' al diavolo», sbottò Nash.

Era una bellissima giornata autunnale per un viaggio in auto. Nash mise una playlist di musica country e noi tre – più Piper – partimmo sul suo SUV d'ordinanza. Concentrai la mia attenzione sugli aggiornamenti del gruppo di WhatsApp. Naomi e Sloane stavano prendendo sul serio i loro incarichi.

Sloane aveva reclutato una rete multilivello di spie all'erta per Hugo e i suoi scagnozzi.

Naomi e Waylay avevano in programma la loro prima lezione di jujutsu per quella sera. Knox e Lucian avevano ordinato tre tonnellate di attrezzature di sicurezza che avrebbero installato quella settimana.

«Che bella scampagnata, comandante», disse Nolan dal sedile posteriore.

Alzai lo sguardo e vidi incombere davanti a noi il penitenziario femminile.

«Ho immaginato che fosse giunto il momento di fare una chiacchierata con lei», disse Nash, scrutando la prigione attraverso il parabrezza. «Qualcosa che devo sapere prima che entriamo?»

«Non parlerà se c'è anche Nolan, e ha una cotta per te».

«Tina? Per me?». Dall'espressione di Nash, sembrava che avessi appena tirato fuori una racchetta da badminton e l'avessi usata per schiaffeggiarlo in faccia.

«È il sedere, vero?», domandò Nolan.

«Il mio o il suo?»

«Suvvia, comandante», lo punzecchiai. «Sai che tutte le donne di Knockemout adorano guardarti uscire da una stanza».

Le orecchie di Nash si stavano colorando di un'adorabile sfumatura di rosa.

«Possiamo, per favore, non parlare del mio sedere?»

«Noi possiamo smettere, ma non pensare di poter mettere a tacere l'intera città, Stallone Perfettino», lo avvisò Nolan.

Borbottando tra sé e sé, Nash scese dal SUV e lanciò le chiavi a Nolan. «Resta qui e tieni compagnia a Piper. Torniamo presto».

«Cercate di non prendervi una coltellata!», ci gridò dietro Nolan.

Mi irrigidii quando Nash mi mise un braccio attorno alle spalle mentre camminavamo nel parcheggio.

«Che c'è che non va?», domandò.

«Stiamo lavorando», sottolineai.

«E?»

«E non è professionale da parte nostra starci addosso a pomiciare».

«Credo che dovremmo rivedere la tua definizione di "pomiciare"».

«Sai cosa intendo», dissi, detestando quanto bisbetica sembrassi.

Nash mi fece fermare poco prima dell'ingresso. «È tutto il giorno che mi rompi le palle, e quando non mi rompi le palle, mi fai attizzare. E quando non fai nessuna di queste due cose, ti richiudi nella tua testa, persa nei pensieri. Ora, farò un'ipotesi azzardata e presumerò che sei ancora in agitazione per tutta la faccenda del pigiama party prolungato».

«Non sono in agitazione».

«Sai che enfatizzi le parole quando stai dando di matto?»

«No che non lo faccio». Okay. Su questo mi aveva beccata. Non avevo mai trascorso tempo sufficiente insieme a un uomo perché questo individuasse i miei segni rivelatori. Era una cosa seccante.

E adesso lo stavo facendo anche nella mia testa. Grandioso.

«Stammi a sentire, dolcezza. Dai pure di matto quanto vuoi. Sarò ancora qui quando avrai finito. È un pigiama party prolungato. Tutto qui. Non sei tenuta prigioniera in una segreta. Non sei trattenuta contro la tua volontà. Stai solo tenendo i tuoi abiti in un diverso armadio. Ci occuperemo delle vere decisioni in un secondo momento. Okay?».

Stavo annuendo con enfasi adesso. Piccoli passi. «Okay. Sì. Okay».

«Brava ragazza. Adesso aiutami ad aprire Tina come una noce».

Scossi la testa per schiarirmi le idee. «D'accordo. Lasciami pensare. Le piace il fatto che eri sempre gentile con lei. Ha detto che non l'hai mai trattata male neppure quando l'hai arrestata».

«È per questo che ha permesso che il suo ragazzo mi piantasse un paio di pallottole in corpo?»

«Ha detto che non l'ha saputo fino a dopo che è successo. E mi domando se Hugo possa aver deciso di cominciare con te perché Tina faceva gli occhi a cuoricino parlando del tuo sedere».

Nash si guardò dietro le spalle. «È davvero così bello?»
«Sì. Sì, lo è».

Tina entrò nella stanza sfoggiando il suo solito atteggiamento, ma si bloccò di colpo quando notò Nash accanto a me. Si scostò i capelli dal volto in tutta fretta e poi raggiunse il tavolo con la postura "spalle dritte, tette in fuori".

Nash non degnò di uno sguardo la linea del busto sotto la tuta beige della prigione, ma in compenso sorrise. «Ehi, Tina».

«Comandante». La scarpa senza lacci di Tina sbatté contro la gamba della sua sedia e lei inciampò, sorreggendosi al tavolo.

«Tutto a posto?», domandò Nash.

«Cazzo, sì. Volevo dire, sì. Sto bene». La tipa tosta che cercava di essere abbastanza forte da resistere e non invaghirsi del ragazzo carino. Non andavo pazza per l'ovvio parallelismo.

«Nash ha un paio di domande per te», dissi.

Lo sguardo di Tina si posò su di me mentre si sedeva. Sembrò sbigottita, come se non si fosse resa conto che ero nella stanza. «Oh, ehm, ciao, Lona».

«Lina», dissi, scoccando a Nash un'occhiata alla "te l'avevo detto".

Lui si schiarì la gola. «Tina…».

«Senti, non sapevo nulla del fatto che ti avrebbe sparato», attaccò Tina. «Almeno, non prima che lo facesse. E dopo me la sono presa con lui. Ha detto di averlo fatto perché suo padre iniziasse a prenderlo sul serio. Perché alla gente freghi qualcosa dell'opinione dei propri genitori non lo capirò mai. Una perdita di tempo, se lo chiedete a me».

Questo era appena stato detto da una donna che aveva due genitori meravigliosi che non volevano altro per Tina se non che trovasse la felicità… e la smettesse di comportarsi come una criminale.

«Lo apprezzo molto», disse Nash.

Tina mosse la testa su e giù. «Come ho detto, non ho avuto nulla a che vedere con quella storia».

«E come mai?», le chiesi.

Lei si strinse nelle spalle. «Boh».

Nash si chinò in avanti e Tina lo imitò. «Hai idea di dove potrebbe andare se avesse bisogno di nascondersi ma volesse comunque restare vicino?»

«Ho detto a lei che non ho mai conosciuto quel tipo, ma ogni volta che gli serviva un nuovo posto chiamava sempre Telefono Prepagato», rispose Tina, accennando col capo verso di me senza staccare gli occhi da Nash. «Ci procurava un posto dove piazzarci, oppure trovava a Dunc un luogo dove nascondere le auto che stava rubando».

«Come pagava questo Telefono Prepagato?», domandò Nash.

«In contanti. Li metteva dentro una di quelle cassette all'ufficio postale e li mandava da lì».

«Sei stata molto d'aiuto, Tina», disse Nash, scrivendo un paio di appunti sul suo taccuino prima di posare la penna.

«Se avete altre domande su quella notte al capannone, chiedete a Waylay. Quella ragazzina ha una memoria di ferro. Non accennate mai al fatto che andrete a prendere un gelato a meno che non diciate sul serio, perché non sentirete altro per le successive due ore della vostra vita qualora cambiaste idea».

E con questo, Tina tornò a non piacermi.

Io e Nash ci alzammo in piedi.

«Ti ringraziamo per il tuo tempo», disse Nash.

Tina parve nel panico per un istante, poi un'espressione sorniona le attraversò il volto. Fece cadere la penna di Nash dal tavolo con un colpetto da gatto. «Ops. Ti ho fatto cadere la penna».

Nash sbiancò e guardò verso di me in cerca di aiuto.

«Tu sei più vicino», dissi.

Riuscii a fatica a contenere una risata quando lui si accucciò, tenendo il posteriore il più lontano possibile da Tina.

«Passa una buona giornata», le augurò, infilandosi la penna in tasca.

«Ci vediamo, Tina», feci io, poi seguii Nash mentre lui teneva il sedere rivolto verso la parete e camminava rasente al muro verso la porta.

Trovammo Nolan e Piper seduti al sole su una striscia d'erba a giocare al tiro alla fune con il cane poliziotto peluche di Piper.

«Vi dirò le mie novità se voi mi direte le vostre», propose Nolan.

Nash si abbassò per arruffare il pelo a Piper. «Lo scagnozzo non identificato di Hugo potrebbe essere meno uno scagnozzo e più un gestore di proprietà immobiliari o un agente immobiliare. Veniva pagato con denaro sporco a mezzo postale».

«Frode postale. Carino».

«Farò restringere ai miei investigatori la ricerca dei complici noti a quelli con una connessione con le proprietà immobiliari», mi inserii io.

«Tocca a te», disse Nash a Nolan.

«Ho rintracciato un vecchio amico dell'FBI. E no, non vi rivelerò il nome. Ma ha delle informazioni interne che è disposto a condividere. Dice che le informazioni anonime arrivano per posta, indirizzate all'agente speciale Idler. Sono appunti scritti a mano sulle operazioni di Anthony Hugo. Niente di grosso per il momento, ma finora è tutto verificato. Il non troppo anonimo informatore ha lasciato intendere che ha anche molto altro, in cambio di un accordo di immunità».

«Questo combacia con le informazioni di Grim. Sembra che Duncan Hugo voglia lavorare con i federali, se questo significa sbarazzarsi del padre e subentrare negli affari di famiglia», disse Nash.

«Dovrei preoccuparmi della nostra sicurezza nazionale, dal momento che ci sono così tante talpe nell'FBI?», mi domandai.

«Nah. Normale amministrazione». Nolan mi fece un occhiolino.

Aprii la chat di WhatsApp per aggiornare tutti sui nostri progressi.

«Oh, bene. Knox e Lucian hanno installato altre telecamere all'esterno dell'edificio e ne hanno aggiunte alcune all'interno. Domani le aggiungeranno a porte e finestre, e Lucian ha lasciato per te in centrale un localizzatore che somiglia a un preservativo», lessi.

«Non so voi, ragazzi, ma tutto questo slancio mi sta mettendo fame», annunciò Nash.

«Non direi di no a un sandwich di tacchino caldo», disse Nolan.

«Ehi, Nolan. Tina ha fatto cadere una penna solo per guardare Nash raccoglierla», spifferai mentre salivamo in auto.

41

Parole di saggezza

Lina

Novantasei ore. Nash e io eravamo ufficialmente sopravvissuti a quattro interi giorni di convivenza *e* all'intenso scrutinio locale della nostra relazione in erba. Non mi ero neppure strozzata con il mio caffellatte il giorno prima quando Justice mi aveva chiesto come stesse il mio "ragazzo".

Mancavano quattro giorni al matrimonio – il mio abito da damigella era davvero strepitoso – e la pubblicazione dell'articolo su Nash era prevista per il lunedì successivo.

Se tutto fosse andato secondo i piani, la notizia del recupero della memoria da parte di Nash avrebbe attirato Duncan Hugo fuori dal suo nascondiglio, lui sarebbe caduto in trappola, e poi sarebbe tutto finito.

Solo che non ero certa quanto di quel "tutto" volevo finisse.

Quell'ambiguo "secondo momento" di colpo incombeva minaccioso, il che significava che si sarebbero dovute prendere delle decisioni. Se avessimo trovato l'auto una volta rintracciato Duncan, il lavoro si sarebbe concluso e io sarei tornata ad Atlanta in attesa del mio prossimo incarico.

Oppure…

Rallentai il passo a una corsetta prima di fermarmi nel parcheggio dell'Honky Tonk.

Mi piegai in due, cercando di riprendere fiato nel freddo del primo mattino. Il mio viso sudato emetteva del vapore.

Stava tutto procedendo così in fretta. C'era una spinta, un senso di impellenza che tutti noi provavamo mentre l'orologio scandiva il trascorrere dei giorni. Mi faceva sentire nervosa e giusto un po' fuori controllo.

«Non ho mai compreso perché la gente corra per divertimento», disse una voce alle mie spalle.
Mi raddrizzai e vidi Knox con una borsa da palestra in spalla.
«Cosa ci fai in piedi così presto?», domandai, il respiro che mi usciva ancora affannato.
«Ho portato Way a scuola. Ho recuperato gli incassi di ieri notte e pensavo di passare in palestra dopo la banca».
«Non riuscivi a dormire?», azzardai.
«Non ho chiuso occhio, cazzo».
«Il matrimonio o Hugo?», domandai, togliendomi la fascia dai capelli e usando l'orlo della maglietta per asciugarmi la faccia.
«Fanculo Hugo. Quello stronzo finirà dietro le sbarre o sottoterra».
«Perciò il matrimonio».
Si passò una mano tra i capelli. «Sarà mia. Ufficialmente. Continuo ad aspettarmi che rinsavisca».
«Hai paura», dissi, sorpresa.
«Cazzo, sì, ho paura. Me la sto facendo sotto. Devo accalappiarmela subito prima che si renda conto che potrebbe avere di meglio».
«Non potrebbe», dissi. «Nessuno al mondo potrebbe mai amarla più di quanto fai tu. E non sto dicendo che non sia amabile. Sto dicendo che la ami moltissimo».
«Assolutamente», ribatté, la voce roca.
«E lei ti ama tantissimo».
Le sue labbra si incurvarono verso l'alto. «È così, non è vero?».
Annuii.
Lui lanciò la borsa da palestra sul retro del suo furgone e io mi appoggiai al paraurti.
«Dimmi che ne vale la pena», proruppi.
«Cosa vale la pena?»
«Lasciar entrare qualcuno. Permettergli di avvicinarsi quanto basta da poterti distruggere se lo volesse».
«Potrò sembrarti un dannato bigliettino d'auguri, ma ne vale la pena eccome», disse rauco.
La mia pelle, che si stava raffreddando in fretta, si accapponò.
«Non sto scherzando. Quello che avevo prima rispetto a cosa ho adesso?». Scosse il capo. «Non c'è neanche paragone».
«In che modo?»

«Non so come spiegarlo. So solo che non c'è niente di cazzuto o di coraggioso nel vivere la tua vita dietro delle mura. Il bello vero non inizia finché quei mattoni non crollano e non inviti qualcuno a entrare. Se non sei spaventato a morte, stai sbagliando tutto».

«Ma se a me quelle mura piacessero?», domandai, prendendo a calci una roccia con la punta della scarpa.

«Non ti piacciono».

«Sono abbastanza sicura di sì».

Knox scosse la testa. «Se ti piacessero così tanto quelle mura, in questo momento non saresti spaventata a morte».

Alzai gli occhi al cielo. «Quindi com'è che funziona? Dovrei solo scaricare i miei segreti più profondi e oscuri, le parti peggiori di me, addosso a chiunque e poi sperare che non vada tutto in malora?».

Lui mi rivolse un sorrisetto da ragazzaccio. «Non essere stupida. Non lasci entrare chiunque. Solo quelli che contano. Quelli di cui ti vuoi fidare. Quelli che vuoi che lascino entrare te. Quella storia della vulnerabilità è un po' come il rispetto. Bisogna guadagnarselo».

Mi domandai se magari era per questo che in precedenza avevo fallito come membro di un team. Non mi fidavo di nessuno per farmi guardare le spalle e non avevo dato motivo di confidare che io facessi lo stesso.

«Credo che stare con Naomi abbia quadruplicato il tuo quantitativo di parole giornaliere», lo punzecchiai.

«Stare con Naomi mi ha fatto rendere conto di quanto fossi infelice prima. Ogni cosa che pensavo di volere era solo un mio tentativo di proteggermi dal vivere davvero. Tipo spingere via le persone», disse in modo eloquente.

Abbassai lo sguardo verso i miei piedi e lasciai che le sue parole mi riecheggiassero nella mente. Volevo continuare a vivere nel modo in cui avevo sempre fatto? Oppure ero pronta per qualcosa di più? Ero pronta a smettere di spingere via?

Emisi un respiro. «Sono davvero fiera di te, Knox».

«Già, già», borbottò lui. «Adesso smettila di chiedermi cazzate sulle relazioni».

Gli diedi una spinta alla spalla con la mia. «Sarai un ottimo marito e padre. Un marito e padre burbero con un pessimo vocabolario, ma comunque ottimo».

Lui grugnì e io mi diressi verso la porta per le scale.

«Lina?».

Mi voltai indietro. «Sì?»

«Non l'ho mai visto così con nessun'altra donna. C'è dentro fino al collo, e spera che lo stesso valga per te».

Avrei voluto sorridere e rimettere al tempo stesso. Per andare sul sicuro, mi piegai di nuovo in due.

Knox mi scoccò un sorrisetto. «Visto? Spaventata a morte. Almeno sai che stai facendo la cosa giusta».

Gli rivolsi un amichevole dito medio.

Avevo l'intera giornata per rigirarmi i pensieri nella testa. Verso metà pomeriggio, ero così stufa di me stessa che mi diressi all'alimentari e comprai gli ingredienti per dei sandwich al tacchino.

I panini non contavano come "cucinare", mi rassicurai.

Di ritorno a casa di Nash, annaffiai la mia pianta, controllai il lavoro e – dopo una breve ricerca su internet – riuscii a cuocere il bacon nel forno senza trasformarlo in carbone.

Misi insieme due sandwich come se fossero due opere d'arte e poi sedetti a fissare l'orologio. Nash non sarebbe stato di ritorno a casa per almeno un'altra ora. Avevo seriamente calcolato male i tempi per preparare la cena.

Per sfizio, tirai fuori il telefono e chiamai mia madre.

«Be', questa sì che è una bella sorpresa», rispose mamma quando comparve sullo schermo. La pura gioia sul suo volto per il fatto che l'avevo contattata in modo spontaneo mi fece sentire come se un miliardo di piccoli dardi intrisi di senso di colpa mi si fossero conficcati nella pelle.

Appoggiai il telefono contro il barattolo di biscottini per cani che Nash teneva sul ripiano. «Ehi, mamma».

«Che succede? Sembri… Aspetta. Sembri felice».

«Davvero?»

«Hai un bagliore. Oppure è un filtro?»

«Niente filtri. A dire il vero sto… Mi vedo con qualcuno».

Mia madre sullo schermo non mosse un muscolo.

«Mamma? Ti ho persa? Credo che si sia bloccata l'immagine».

Lei si fece più vicina. «Non sono bloccata. Sto solo cercando di non spaventarti con qualche mossa improvvisa».

«Allora, c'è questo tipo», dissi, decidendo di sputare il rospo. «Lui è…».

Come avrei dovuto descrivere Nash Morgan?

«Speciale. Penso. Cioè, lo è davvero e mi piace. Mi piace un sacco. Un sacco un sacco. Ma ci siamo appena conosciuti, e io ho una vita ad Atlanta e un lavoro che mi richiede di viaggiare molto, e sto uscendo completamente di testa se penso che forse per lui potrebbe valere la pena cambiare tutto questo?».

Attesi un istante, poi un altro. La bocca di mia madre era spalancata sullo schermo.

«Mamma?», la incalzai.

Lei iniziò a sbattere le palpebre in fretta. «Scusami, tesoro. Sto solo elaborando il fatto che mi hai chiamata di tua sponte per parlare della tua vita amorosa».

«Non ho parlato di amore. Tu hai parlato di amore», dissi, avvertendo il panico risalirmi su per la gola.

«Scusa. La tua vita piaciosa», si corresse mia madre.

«Mi piace sul serio, mamma. Lui è così... buono. E reale. E mi conosce anche se ho provato a impedirgli di conoscermi. Ma persino con tutto ciò che sa di me, ancora gli piaccio».

«Sembra una cosa seria».

«Potrebbe esserlo. Ma non so se so farlo. E se lui conoscesse tutto di me e poi decidesse che sono troppo o troppo poco? E se non mi fidassi abbastanza di lui e lui si stancasse della cosa? Che farei per vivere se lasciassi il mio lavoro e mi trasferissi qui per lui? Non ha neanche abbastanza spazio nell'armadio».

«Corri il rischio».

«Cosa?». Sgranai gli occhi, sicura di aver sentito male ciò che aveva detto mia madre.

«Lina, l'unico modo per sapere se è quello giusto è trattarlo come se fosse quello giusto. Può guadagnarsi quel titolo oppure perderlo. Questo dipende da lui, ma sei tu che devi concedergli la chance di guadagnare te».

«Sono confusa. Mi sei sempre sembrata così... contraria ai rischi».

«Tesoro, ho vissuto per anni nel caos più totale per ciò che ti è successo».

«Ehm, puoi dirlo forte, mamma».

«Incolpavo me stessa. Incolpavo tuo padre. Il pediatra. Il calcio. Lo stress delle scuole superiori. Perciò mi sono dedicata a cercare di proteggerti da ogni cosa. E credo che averti rinchiusa in quella bolla abbia causato danni a lungo termine più gravi del tuo disturbo cardiaco».

«Non mi hai causato danni». Non ero cresciuta come una fifona contraria ai rischi. Il mio lavoro prevedeva del vero pericolo.

«Da allora hai visto ogni relazione come una potenziale prigione».

Okay, questo suonava un po' vero.

«Se questo ragazzo ti piace davvero, allora devi dargli una vera occasione. E se questo significa trasferirti a Knockemunder…».

«Knockemout», la corressi.

«Che succede? Abbiamo interrotto questo gioco o cosa?», gridò mio padre sullo sfondo.

«Lina ha un ragazzo, Hector».

«Oh, fantastico. Diciamolo a tutti», feci io asciutta.

Mio padre si intrufolò nell'inquadratura. «Ehi, piccola. Cos'è questa storia del ragazzo?»

«Ciao, papà», dissi mesta.

«Dove sei? Quella non è la tua cucina», dichiarò mio padre, avvicinandosi per guardare lo schermo e in pratica escludendo chiunque altro dalla telecamera.

«Oh, io… ehm…».

Sentii la chiave nella serratura.

«Sapete che c'è, dovrei andare», aggiunsi rapida.

Ma era troppo tardi. La porta di casa si aprì alle mie spalle ed entrarono Nash, davvero bellissimo nella sua uniforme, e Piper con un nuovo maglioncino arancione.

Mi voltai per guardare verso di lui.

«Ehi, Angel», disse lui in tono caloroso. «Porca miseria. Hai cucinato?»

«Ehm». Mi voltai di nuovo e fissai i due adulti a bocca spalancata sul mio schermo. «Oh, cavoli».

«Penso che sia andata bene», commentò Nash con la bocca piena di sandwich al tacchino.

Posai la testa sul ripiano e gemetti. «Dovevi proprio essere così affascinante?»

«Angel, è nel mio DNA. È come chiedere a Oprah di smetterla di amare i libri».

«Dovevi proprio dare loro il tuo numero di telefono? Mi chiamano tutti i giorni!».

«Non sono riuscito a venirne fuori con un modo educato per evitare la cosa», confessò Nash. «Che male può fare?».

Raddrizzai la schiena e mi coprii il volto con le mani. «Non capisci. Saliranno su un aereo e si presenteranno qui».

«Non vedo l'ora di incontrarli».

«Non sai cosa stai dicendo. Stai delirando. È ovvio che ho cotto male il bacon e le amebe del maiale ti stanno divorando il cervello mentre parliamo».

«Se sono importanti per te, sono importanti per me. Se si presenteranno qui ci occuperemo della cosa insieme. Tu, io e le amebe».

«Non hai idea di quello a cui stai andando incontro», lo avvertii.

«Perché non ci preoccupiamo di questa cosa in un secondo momento?», propose lui, i suoi occhi blu che brillavano con un fastidioso divertimento.

«Perché dobbiamo preoccuparcene adesso».

«E rieccoti che enfatizzi».

Il mio sguardo si assottigliò. «Non costringermi a schiaffeggiarti in faccia con del bacon cotto male».

Nash aveva finito il suo sandwich e aveva preso metà del mio. «Sai, qualcosa mi dice che stavi dicendo ai tuoi che eri solo venuta a trovarmi a casa mia».

«Crampi dovuti alle amebe del maiale?»

«Spiritosa. No. Stavo pensando alla sincerità».

«D'accordo. Avevo intenzione di dirti che ho usato il tuo spazzolino per pulire i denti di Piper», scherzai.

«Questo spiega i peli di cane nel dentifricio. Adesso è il mio turno. Devi smettere di mentire ai tuoi».

Mi irrigidii sullo sgabello. «Più facile a dirsi che a farsi. E non ho le forze per spiegarti perché».

«No. Scordatelo, tesoro. Non ti lascerò cambiare argomento come al solito. Stammi bene a sentire. Devi fidarti dei tuoi genitori quanto basta per essere sincera con loro».

Alzai gli occhi al cielo. «Oh, sicuro. Andrà più o meno così. "Ciao, mamma. Ti ho mentito per anni. Già, a dire il vero sono una specie di cacciatrice di taglie, cosa che include delle indagini pericolose mentre alloggio in luridi motel con porte sottili. Sono molto brava nel mio lavoro e l'adrenalina mi fa sentire viva dopo così tanti anni in cui mi sono sentita soffocare. Inoltre, non ho rinunciato a mangiare la carne rossa come ti avevo detto. Che cosa? Oh, sei così devastata che hai appena avuto un attacco di cuore? Adesso l'ulcera di papà è tornata a farsi sentire e sta sanguinando internamente? Ottimo"».

Lui mi sorrise. «Angel».

Diedi una spinta al ladro di sandwich. «Va' via. Sono arrabbiata con te».

«Questa sei tu che mi spingi via e questo sono io che rimango», sottolineò lui.

«Ho cambiato idea», decisi. «Mi piace tenere tutti a distanza».

«No che non hai cambiato idea. No che non ti piace. E capisco che quello che ti sto suggerendo con ogni probabilità sia davvero spaventoso. Ma, Angel, devi fidarti del fatto che i tuoi possano gestire la loro merda, il che include, per esempio, le loro reazioni a te e alla tua merda».

«C'è davvero troppa merda in quella metafora. Puzza».

«Ah ah. Senti, non sto dicendo che sarà semplice. E non sto dicendo che avranno la giusta reazione. Ma devi fare del tuo meglio e confidare che loro facciano altrettanto».

«Vuoi che confessi ogni singola cosa su cui ho mentito loro?»

«Diamine, no. Nessun genitore ha bisogno di sentire delle uscite segrete notturne o dei furti di alcol. Comincia da adesso. Di' loro del lavoro. Di' loro di noi».

«Ho detto loro di noi. È per questo che li ho chiamati».

Lui rimase dov'era, il sandwich a metà strada verso la sua bocca, gli occhi fissi su di me con quel genere di calore che mi faceva sentire lo stomaco come se fosse attaccato a un paio di infradito.

«Che c'è?», lo sfidai.

«Hai detto a tua madre di me».

«E quindi?».

Lui lasciò andare il sandwich e si gettò su di me.

Io strillai, e Piper abbaiò giocosamente.

«Quindi questo merita un premio». Mi sollevò di peso.

42

Gelato al doppio cioccolato

Lina

«Quando hai parlato di gelato, pensavo intendessi un appuntamento», pungolai Nash mentre lui abbassava il portellone posteriore del suo furgone nel parcheggio di Knockemout Cold, la principale gelateria della città.

Avevo trascorso la giornata a studiare attentamente i rapporti della scena del crimine sia della sparatoria a Nash che del capannone. Avevo anche risposto ad alcune delle successive domande del detective della polizia di Arlington che stava chiudendo il suo rapporto sulla lotta nuda con coltelli tra i fratelli Baker. *Dulcis in fundo*, avevo guardato le riprese della dashcam della sparatoria a Nash, in cerca di indizi.

Ero distrutta già la prima volta che le avevo viste, e arrivata alla terza avevo un tale mal di stomaco che ero corsa ad abbracciarlo non appena aveva varcato la soglia di casa.

«Guarda un po' chi sta imparando ad apprezzare gli appuntamenti», disse lui compiaciuto, prima di posare Piper, con indosso il suo maglioncino, sul cassone del pick-up con la sua coppettina di vaniglia. «Considerala un'uscita a quattro più uno».

Gli restituii il suo cono. «È difficile arrivare in terza base quando hai un pubblico». Mi assicurai che stesse guardando verso di me prima di dare una leccata lasciva al mio gelato al caramello salato.

«Non avrei dovuto prenderti un cono», brontolò lui.

Gli rivolsi un sorrisetto compiaciuto e mi sedetti sopra il portellone. Lui avanzò in mezzo alle mie gambe e mi scoccò un freddo bacio al sapore di cioccolato proprio sulla bocca.

«Che schifo. Voi ragazzi siete pessimi quanto Knox e la zia Naomi», si lamentò Waylay. Era affiancata da Nolan e Sloane – al loro secondo appuntamento – e teneva in mano un gigantesco cono gelato.

«Quante palline ci sono lì, Way?», domandò Nash.

«Tre», rispose lei.

«Naomi ci ucciderà», sussurrai.

«Siete nei guai», cantilenò Sloane mentre lei e Nolan si dirigevano verso il suo SUV.

Waylay si fece largo fino al portellone accanto a me. «Okay. Mi avete fatto saltare gli allenamenti di calcio e mi avete dato del gelato prima di cena. Non sono stupida. Cosa volete? Vi siete beccati un virus al computer? Perché le mie tariffe sono salite», disse la ragazzina prima di dare un'entusiastica leccata al suo gelato al doppio cioccolato.

«Vogliamo parlarti della notte in cui tua madre e Duncan Hugo ti hanno rapita», disse Nash.

«È perché lui è ancora là fuori e voi volete catturarlo?», chiese lei.

«Più o meno, sì», rispose lui.

Mi piaceva il fatto che non stesse indorando la pillola. Che confidasse che Waylay avrebbe potuto gestire la verità anche se era brutta e spaventosa. I miei genitori avevano cercato di nascondermi tantissime cose perché temevano che non fossi abbastanza forte da sopportare le situazioni negative. Ma ogni volta che la concreta verità era venuta a galla, per me era stato come l'ennesimo, piccolo tradimento.

L'avevo detestato… e porca miseria, adesso stavo facendo la stessa dannata cosa a loro. Non mi fidavo del fatto che fossero in grado di gestire la verità, perciò mentivo per proteggerli.

Il che significava che Nash aveva ragione. Di nuovo.

«Dannazione», mormorai.

Sia Nash che Waylay guardarono preoccupati verso di me da sopra i loro coni.

«Non fate caso a me. Emicrania da gelato», glissai.

"Emicrania da gelato", rivelazione sconvolgente… stessa cosa, giusto?

«Abbiamo parlato con tua zia e Knox, e hanno detto che potevamo farti qualche domanda su quella notte», proseguì Nash. «A te sta bene?».

Waylay si strinse nelle spalle con noncuranza e acchiappò una goccia di gelato con la lingua. «Certo. Perché no?»

«Cosa ti ricordi?», le chiesi.

Lei mi guardò come se avessi detto una fesseria. «Ehm, tutto? Non capita tutti i giorni di venire rapiti da tua madre e dal suo folle fidanzato. È alquanto scolpito nella mia memoria».

«Concentriamoci su quando eri nel capannone da sola con Duncan», suggerì Nash. «Cosa ha detto o fatto prima che tua madre facesse ritorno assieme a tua zia?»

«Be', mi ha dato da mangiare una pizza disgustosa. Era, tipo, fredda e bruciata al tempo stesso. Poi quando ho cercato di arrampicarmi fuori da una finestra assieme a Waylon, ci ha legati entrambi».

Da bravo eroe, le spalle di Nash si irrigidirono in modo quasi impercettibile. Mi allungai dietro Waylay e gli massaggiai la schiena con la mano che non reggeva il gelato.

«Cosa faceva mentre voi eravate legati?», chiese.

«Più che altro giocava ai videogiochi. Mangiava un sacco. Soprattutto pizza merdosa... volevo dire, pizza schifosa e qualche caramella. Credo sia uno che mangia quando è nervoso. La zia Naomi avrebbe dato di matto se avesse visto la sua dieta».

«Ha mai parlato al telefono mentre eri lì?», chiese Nash.

Waylay arricciò il naso. «Non credo. Più che altro si limitava a gridare mentre giocava a *Dragon Dungeon Quest*». Guardò avanti e indietro tra di noi, poi aggiunse: «È un videogioco in cui spari alla gente con frecce, colpi e caz... cose varie».

«Mentre eri lì è entrato qualcun altro nella stanza?»

«Credo un paio di... come si chiamano i tizi cattivi che lavorano per il tizio cattivo al comando?»

«Scagnozzi?», suggerii.

«Sì. Sono venuti un paio di scagnozzi. Ogni volta che Duncan doveva togliersi le cuffie per giocare, si arrabbiava e gridava loro contro per averlo interrotto».

Waylay ci illustrò tutto ciò che ricordava di quella notte, inclusa Naomi che si lanciava in aria per salvarla e Knox che le schiacciava "come pancake" finché lo zio Nash non aveva risolto la situazione.

«Mia madre ha un gusto pessimo in fatto di uomini». Waylay concluse il suo riassunto con una beffarda scrollata del capo. «Non come te e zia Naomi», aggiunse, guardando verso di me.

«Oh, ehm, noi siamo solo...». Guardai Nash. «Aiuto?»

«Già, io e Knox siamo davvero fantastici. Be', soprattutto io. Knox è okay. Se ti piacciono i burberi ringhianti che tengono sempre il muso», disse Nash, dando un colpetto col gomito a Waylay.

Era una cosa dolce guardarlo assieme a quella ragazzina. Era bravo con i bambini. E perché diavolo ci stavo pensando? "Bravo con i bambini" non era mai stato un requisito per me.

«Grazie ancora per la Giornata delle carriere. Non dirlo a Knox, perché metterebbe davvero il broncio, ma tu e baffone avete decisamente vinto».

«Sì! Lo sapevo!». Nolan, che era chiaro stesse origliando, si raddrizzò dal parafanghi anteriore del suo SUV e festeggiò la sua vittoria ufficiale alzando il pugno in aria.

«Hai del gelato nei baffi», esclamai.

Sloane: Domanda. Seguire Nash e Lina durante il loro interrogatorio con gelato a Waylay conta come secondo appuntamento per me e Nolan? Lo chiedo per un'amica che la dà solo dopo il terzo appuntamento.

Naomi: Conta senza alcun dubbio. Sei a un appuntamento da Sexville!

Io: Quando lo rivedi di nuovo?

Sloane: Non prima di aver fatto una ceretta, aver applicato uno spesso strato di abbronzante, essermi ripresa dalla ceretta di cui sopra, aver cambiato le lenzuola ed essermi comprata della biancheria.

Naomi: Cosa intendi per "comprare della biancheria"? Intendevi forse "comprare della biancheria sexy"?

Io: Mio Dio. La nostra stravagante bibliotecaria è una che gira senza mutande?

Sloane: Ho già rivelato troppo.

Una volta tornati a casa di Nash, riempii la ciotola di acqua di Piper e le diedi il suo dolcetto gourmet della buonanotte. Poi andai in camera e indossai una cosetta sexy di seta che svelava più di quanto nascondesse.

Trovai Nash in piedi in salotto con in mano una foto dell'interno del capannone.

«Che cos'hai lì?», domandai, scivolandogli accanto.

«Qualcosa a cui mi ha fatto pensare Waylay… Porca miseria». Aveva appena notato il mio outfit.

«A cosa ti ha fatto pensare?»

«Le tue tette». Scosse il capo. «No. Non è quello a cui stavo pensando. Voglio dire, più o meno penso sempre a loro. Ma non in modo perverso. Più in modo adorante».

Presi la foto dalla sua mano sospesa a mezz'aria e la osservai. «È una console di gioco».

Nash restò zitto, e mi resi conto che mi stava ancora fissando il petto. Mi portai la foto sopra i seni. «Concentrati, Fenomeno. Parlami».

«La console di gioco di Hugo», disse Nash, riemergendo pian piano dalla trance indotta dalle tette.

«Pare che sia andata a farsi benedire. Credi che qualcuno potrebbe tirarci fuori qualcosa di utile?»

«Potremmo non averne bisogno».

Incrociai il suo sguardo e compresi. «Perché non stava urlando contro la TV. Stava urlando contro altri giocatori».

«Perché stava giocando online», disse Nash con un lento sorrisetto.

«Chi è adesso Nancy Drew?», lo punzecchiai. «Questo è ottimo. Davvero ottimo. Potremmo rintracciare la sua posizione, no?».

Nash estrasse il suo telefono e compose un numero. «Ehi, mi serve un favore».

Ascoltò brevemente e alzò gli occhi al cielo.

«Non dovresti risparmiartelo per la prima notte di nozze?».

Ci fu un'altra breve pausa, e Nash mi fece l'occhiolino.

«Allora rimettiti i pantaloni e va' a chiedere a Way qual era lo username di Hugo su *Dragon Dungeon Quest*». Nash attese per un istante. «Sì, le tre palline di gelato sono state colpa mia».

Nash si allungò verso di me e mi tirò al suo fianco. Ma anziché afferrarmi le tette come mi sarei aspettata, mi prese la mano e baciò ciascuna delle mie dita, mentre attendevamo il suo scorbutico fratello.

«Sì, sono qui», disse Nash al telefono. «Se lo ricorda?».

Il suo sguardo sostenne il mio. Mi domandai se avessi mai visto prima occhi così blu.

«Sì. Capito. Grazie… No. Puoi di nuovo toglierti i pantaloni. Sto per farlo anch'io».

«Se lo ricordava, vero?», domandai quando riagganciò.

«Eccome. KingSchlong85».

«Che schifo».

Nash aprì la app di messagistica. «Se sta usando lo stesso username, la losca squadra speciale di Lucian dovrebbe essere in grado di rintracciare l'indirizzo IP».

«Dio, sei sexy quando fai il detective».

«E tu sei sexy da morire quando indaghi in lingerie».

Lanciò il telefono sul ripiano e mosse un passo verso di me, un bagliore pericoloso e determinato nei suoi occhi.

Sollevai le mani e iniziai a indietreggiare. «Un momento. C'è appena stata una svolta. Non dovremmo aspettare e vedere cosa dice Lucian?»

«Nessuno dice che dobbiamo aspettare con indosso i vestiti». Continuò ad avanzare.

Tirai fuori una sedia dal tavolo e la misi tra di noi.

«Ma abbiamo del lavoro da fare», gli rammentai.

«E avremo ancora del lavoro da fare una volta che ti avrò tolto di dosso quel completino», rispose in tono diabolico.

Con uno strilletto, mi voltai per correre, ma lui fu più veloce di me. E non mi dispiacque affatto quando mi caricò sulla spalla e marciò verso la camera da letto.

I colpi alla porta ci risvegliarono entrambi da un sonno profondo. In un qualche momento, dopo essere crollati in un coma post-sesso, mi ero arrampicata sopra Nash, cosa a dir poco imbarazzante. Ma non c'era tempo di rimuginarci sopra quando qualcuno bussava alla porta con estrema insistenza nel cuore della notte.

Nash reagì più in fretta di me. Afferrò un paio di pantaloni e corse a gambe levate verso l'ingresso, mentre io ancora mi stropicciavo gli occhi e mi auguravo di non avergli sbavato sul petto.

Riuscii a barcollare dietro di lui, evitando per poco di calpestare l'ansiosa Piper, che stava ringhiando e tremando al tempo stesso.

«Sono le tre del mattino, cazzo. Spero che qualcuno stia sanguinando», disse Nash, spalancando la porta.

Nolan entrò in casa con indosso pantaloni del pigiama, scarpe da tennis e, be', nient'altro.

«Credo che questo fosse indirizzato a te». Nolan mi porse un sacchetto del freezer con dentro una grossa pietra e un pezzo di carta.

«A me?».

Nash gli strappò di mano il sacchetto, ma non prima che leggessi il biglietto.

Fatti da parte, puttana.

«Dove diavolo l'hai trovato?», domandò Nash.

«Mescolato assieme a una bella insalata di frammenti di vetro sul pavimento del suo salotto», riferì Nolan.

«Che?». Lo fissai con gli occhi socchiusi, elaborando l'informazione.

Lui alzò lo sguardo al cielo quando io non colsi abbastanza in fretta ciò a cui stava alludendo. «L'hanno lanciato attraverso la dannata finestra circa due minuti fa».

Nash scattò subito in azione e corse a piedi nudi oltre la porta.

«Dannazione», mormorai.

«Bella camicia da notte», disse Nolan, rivolgendomi un sorrisetto e un saluto con la mano prima di corrergli dietro. «Non c'è nessuno là fuori. Sono scappati più o meno cinque secondi dopo aver rotto la finestra», gridò dietro a Nash.

Corsi di nuovo in camera, indossai le scarpe, un reggiseno sportivo e la felpa di Nash sopra la camicia da notte, poi scattai al loro inseguimento.

L'aria notturna era umida e fredda. I lampioni irradiavano la strada silenziosa e sinistra di luce giallo dorata che si mescolava alla spessa nebbia. Notai delle tracce di pneumatico davanti all'edificio.

«Torna dentro», mi ringhiò Nash quando li raggiunsi in mezzo alla strada.

«Era indirizzato a me…».

«Il che ti rende un dannato bersaglio. Perciò vattene dalla strada, subito», abbaiò.

«Adesso chi è che enfatizza le parole?», borbottai tra me e me mentre tornavo dentro.

Seccata, attesi tremando nell'ingresso mentre Nash e Nolan perlustravano entrambi i lati della strada.

«Ebbene?», domandai quando furono infine di ritorno.

«Sono scappati da un pezzo», disse Nash, la voce tesa mentre mi passava accanto e si dirigeva su per le scale.

«Al comandante non sembra piacere che minaccino la sua ragazza». Nolan ridacchiò mentre salivamo dietro di lui.

«Non sono la sua ragazza. Io… Noi… vabbè».

«Vivete insieme e indossate roba come quella a letto. Sono abbastanza sicuro che in alcune parti del paese verreste considerati sposati».

Eravamo arrivati in cima alle scale, quando la porta della signora Tweedy si spalancò.

«È come se un circo pieno di elefanti fosse scappato qui fuori. Cos'è tutto questo pestare di piedi? State interrompendo il mio sonno di bellezza», disse la signora Tweedy. Indossava una vestaglia e reggeva quello che sembrava un bicchiere di Martini.

«Lei dorme con un Martini?», domandò Nolan.

«È il mio goccetto della notte».

43

Pessima giornata, pessimo consiglio

Nash

Dopo il sasso lanciato alla finestra di Lina e l'arrivo di Grave per raccogliere le nostre deposizioni, restai sveglio a fissare il soffitto per un'ora, ascoltando il ritmo costante del respiro di Lina accanto a me. Ma invece del conforto che di solito trovavo dall'averla vicina, mi era rimasta un'ansia attanagliante.

Qualcuno l'aveva minacciata.

Se le fosse successo qualcosa... Se non avessi potuto proteggerla...

Quando riuscii a addormentarmi, sognai solo l'asfalto scuro, il minaccioso scricchiolio e l'eco dei colpi di pistola.

Mi risvegliai di soprassalto con il cuore a mille e un mal di testa martellante. Rinunciai all'idea di dormire ancora e scivolai fuori dal letto.

Era una mattinata cupa e grigia con una lenta pioggia ghiacciata che in qualche modo ti entrava fin dentro le ossa.

Presi la mia prima tazza di caffè in piedi di fronte alla lavagna in salotto e spinsi da parte l'ansia che minacciava di strozzarmi.

O Tate Dilton aveva deciso di non restarsene poi così buono, oppure in qualche modo quel casino con Duncan Hugo si era riversato su Lina. A ogni modo, non avrei aspettato di vedere cosa sarebbe successo in seguito.

Presi il mio telefono e aprii i messaggi.

Io: Vediamoci alla centrale. Il prima possibile.

Knox: Gesù, ma non dormi mai? A Lucian serve almeno un'ora per infilarsi quel suo completo elegante e guidare un elicottero fin qui.

Lucian: Sono già vestito e finora stamattina ho già fatto due teleconferenze dal retrobottega del Café Rev.

Knox: Leccaculo.

Lucian: Piagnucolone in tuta.

Arrivai alla centrale per primo e feci un brusco cenno di saluto a quelli del turno di notte.

Me n'ero andato di casa senza salutarla solo per dimostrare a me stesso che non *avevo bisogno* di iniziare la mia giornata con lei.

Mi sentivo la testa confusa e lo stomaco in subbuglio per il caffè e il nervosismo. Una sensazione di inquietudine mi risaliva lungo le vene come un migliaio di ragni.

Per distrarmi mentre aspettavo Knox e Lucian, aprii la posta seduto alla mia scrivania. Non mi resi conto se non quando l'ebbi aperta e dispiegata che una delle buste conteneva una lettera di mio padre.

Solo vedere la sua firma sul fondo intensificò la mia ansia.

Quante volte avevo desiderato qualcosa da lui, voluto qualcosa da lui? Quante volte mi aveva deluso perché la sua dipendenza era stata più forte del suo amore per me? A Duke Morgan servivano delle pillole anche solo per arrivare a fine giornata. Per sopravvivere. Per intorpidirsi prima che il mondo e le sue realtà potessero schiacciarlo.

Nonostante il freddo del mattino, mi ritrovai immerso in un lieve sudore.

Era ciò che stavo facendo io?

Mi passai una mano sulla bocca e fissai senza vederla la grafia di mio padre.

Persino dopo tutto quel tempo, per me era riconoscibile come la mia. Facevamo le "e" con la stessa angolatura netta. Avevamo gli stessi occhi, le stesse "e". Cos'altro era lo stesso per noi?

Il cuore mi martellava con forza nella testa. Ma adesso non era la paura che minacciava di strozzarmi. Era la rabbia.

Rabbia verso me stesso perché stavo seguendo le sue orme.

Avevo imparato la lezione. Sapevo che appoggiarsi a una stampella solo per arrivare a fine giornata era l'inizio della fine.

E non era proprio ciò che stavo facendo con Lina? Usarla? Rivolgermi a lei perché mi aiutasse ad allontanare dolore e paura? Non dovevano essere per forza le droghe o l'alcol o qualunque altra sostanza usasse la gente per anestetizzare il dolore dell'esistenza.

Poteva essere qualunque cosa, qualunque persona di cui avevi bisogno solo per sopravvivere, per svegliarti e dare di nuovo inizio a tutto quell'orrendo ciclo.

«Tutto bene?». Lucian entrò nella stanza, e io infilai la lettera di mio padre nel primo cassetto della scrivania, senza averla letta.

«No, affatto. Ma preferisco aspettare che arrivi Knox prima di affrontare la cosa».

«Sono qui, cazzo», disse Knox con uno sbadiglio rabbioso.

«Qualcuno ha lanciato questo alla finestra di Lina stanotte». Gettai il sasso e il biglietto contenuti dentro il sacchetto sopra la mia scrivania.

«Be', cazzo», aggiunse mio fratello. «Immagino che quelle telecamere esterne adesso siano una priorità», aggiunse rivolto a Lucian dopo che ebbi finito di aggiornarli.

«Presumo che Lina dovrà essere dotata di un suo localizzatore», suggerì il nostro amico.

Knox fece un sorrisetto. «Lo adorerà».

«Bene. Allora puoi portarglielo tu».

«Perché cazzo non puoi farlo tu? Sei tu che vai a letto con lei. O, come dice Way, che le fai "gli occhi a cuoricino"».

«Oggi sono impegnato. Passa a lasciargliene uno e urlale contro finché non acconsente a portarlo», dissi.

Lo sguardo di Knox si assottigliò. «Qualcuno ti ha pisciato nei cereali stamattina, raggio di sole?»

«Non ho tempo per le cazzate. Fallo e basta».

Per fortuna Knox non era poi così combattivo di prima mattina, perciò uscì dal mio ufficio imprecando tra sé e sé.

Lucian, tuttavia, rimase seduto.

«Non ti è ancora venuta l'orticaria?», gli domandai. Non era un amante degli sbirri o delle stazioni di polizia, e a ragion veduta.

«Sei eccezionalmente incazzoso questa mattina. Che c'è che non va?»

«A parte un sasso di avvertimento alla finestra alle tre del mattino?».

Lucian rimase seduto a fissarmi con sguardo blando. Decisi di aspettare che se ne andasse e rivolsi l'attenzione alle mie e-mail. La situazione di stallo tra di noi durò per tre messaggi e mezzo.

«Credi che siamo tutti condannati a ripetere i peccati dei nostri padri?», gli chiesi infine.

«Sì».

Spalancai gli occhi. «Non vuoi pensarci su un istante?».

Lui incrociò le braccia con fare irritabile. «Negli ultimi anni ho pensato a poco altro a parte questo. È impossibile fuggire dai tuoi geni. Siamo stati generati da uomini difettosi. Quei difetti non è che si dissolvono con la discendenza».

La pioggia tempestava le finestre, assicurandosi che non dimenticassi lo squallore all'esterno.

«Allora, quale cazzo è il punto di ogni cosa?», domandai.

«Come diavolo faccio a saperlo?». Si tastò con fare assente la tasca della giacca, dove teneva la sua unica sigaretta giornaliera. «La mia sola speranza è che se continuo ad alzarmi dal letto ogni mattina, un giorno o l'altro tutto avrà senso».

«Sai, mi sentivo già abbastanza di merda prima che tu portassi la tua nube di sciagura qui dentro», gli dissi.

Lucian fece una smorfia. «Scusa. Non ho dormito granché la scorsa notte».

«Non dovevi spostare tutta la tua vita fin qui per questa storia, sai». La casa dei suoi genitori era piena di fantasmi per lui.

«Starò dove voglio stare e lavorerò dove voglio lavorare».

«Qualcuno deve aver pisciato nei cereali di tutta la città», ironizzai.

Fu proprio in quel momento che la porta del mio ufficio venne spalancata.

«Perché diavolo devo trovarti qui anziché alla tua dannata porta? Giuro su Dio, Morgan. È peggio fare da baby-sitter a te che non a quella vecchia donnetta di chiesa in Ala-cazzo-bama», sentenziò uno scarmigliato Nolan, piombando nella stanza e prendendo a calci il mio cestino della spazzatura per enfatizzare la cosa. «Con te si va due passi in avanti e trentasettemila indietro, e non mi pagano abbastanza per star dietro a tutta questa merda».

«Allora perché non molli?», sbottai, troppo preso a piangermi addosso per preoccuparmi di chiunque altro.

«Io mollo e tu finisci pieno di buchi. E poi dovrei sopravvivere con il senso di colpa? Gran bel piano di merda».

«Potrei avere una posizione per te», dichiarò Lucian. Aveva quella sua espressione da scaltro bastardo che avrebbe dovuto rendere chiunque ne fosse il destinatario molto, molto nervoso.

«Oh, davvero?», disse Nolan, ancora incazzato.

«Davvero».
«Qual è la fregatura?»
«“Fregatura” è una parola così brutta. Chiamiamola una clausola».
Nolan non parve colpito.
«Smetti di vedere Sloane e il lavoro è tuo».
«Mi stai prendendo per il culo, cazzo», disse Nolan.
«Okay, sul serio? La detesti a morte ma non vuoi che esca con qualcun altro? Persino tu devi renderti conto di quanto questa cosa sia malsana», mi inserii.
«Non ho mai preteso di essere sano». La voce di Lucian era spaventosa.
«Allora perché diavolo sto accettando consigli da te?», domandai.
«Come diamine faccio a saperlo?»
«Che branco di coglioni selvaggi», borbottò Nolan, uscendo infuriato dal mio ufficio.

Lina: Ehi. Tutto ok? Mi sono svegliata e te n’eri andato. Non che tu abbia bisogno di rendermi noti tutti i tuoi spostamenti, ecco.

La pioggia comportava strade scivolose, e le strade scivolose comportavano incidenti. La prima chiamata non fu brutta. Un tamponamento con un’ansiosa neomamma e il suo bambino che si dirigevano dal pediatra.
Bannerjee calmò sia mamma che bambino mentre veniva chiamato il carro attrezzi. Nel frattempo io mi occupai del traffico e della pulizia, costringendomi a non pensare alla calda donna che avevo lasciato dentro il mio letto.
Non ci eravamo neppure asciugati dalla prima chiamata quando ricevemmo la seconda.
C’è una modalità operativa che i primi soccorritori imparano ad attivare affinché il trauma a cui assistono non li perseguiti. Funziona. La maggior parte delle volte.
Ma dato il pessimo umore che non riuscivo a scacciare, le circostanze, la crudele coincidenza… capii che stavo già precipitando prima ancora che le cose peggiorassero.
Era buio ed ero completamente intirizzito quando risalii le scale verso il mio appartamento. La spalla e la testa si contendevano la vittoria su quale delle due mi facesse più male.

Volevo solo una doccia calda, così da poter restare sotto l'acqua finché la mia anima non si fosse scongelata. Dopodiché volevo andare a letto e sprofondare nell'oscurità fino a dimenticarmi del dolore da cui non ero riuscito a salvare nessuno.

C'erano un marito e due bambini piccoli in vigile attesa nella sala d'aspetto della terapia intensiva, con la speranza che la loro moglie e madre si risvegliasse.

Ero arrivato dopo l'accaduto. Di solito era così che funzionava. Succedeva qualcosa di brutto e poi arrivavano gli sbirri. Avevo aiutato i vigili del fuoco e i paramedici a estrarla dalla prigione dilaniata di lamiere contorte, avevo posato un poncho sul corpo inerme mentre la legavano alla barella e mi ero sentito maledettamente impotente.

Avrei dovuto salvare le persone, ma non ero stato neppure in grado di salvare me stesso. Era per pura fortuna se ero ancora vivo. Una fortunata coincidenza che Xandra si fosse trovata lì proprio al momento giusto.

Aprii la porta con dita ghiacciate, ansioso di ritrovarmi al buio, al silenzio.

Invece, fui accolto dalla luce, dal calore e dal profumo di qualcosa che cuoceva sul fornello.

C'era della musica, un classico country ritmato che risuonava ad alto volume. Fui assalito da ricordi di lei che trascinava me o Knox o mio papà a ballare in cucina, e mi fecero avvertire un dolore al petto.

Jayla Morgan era stata la luce e la risata della nostra piccola famiglia.

Quando quel giorno non era tornata a casa, una parte di me era morta. Una parte di tutti noi era morta. Non eravamo più stati gli stessi.

Piper trotterellò verso di me ringhiando in modo giocoso mentre teneva in bocca un serpente di peluche.

«Ehi!», esclamò con allegria Lina dalla cucina. «Prima che vai nel panico, non ho davvero cucinato io. La signora Tweedy ha preparato una tripla casseruola di chili e nella tua dispensa ho trovato una scatola di mix per focacce di mais che sono riuscita a non bruciare. Ho immaginato che fosse la perfetta giornata lugubre per farlo».

Indossava dei leggings e una maglia bianca a maniche lunghe che le arrivava all'altezza della vita ed era aperta sulla schiena con dei lacci intrecciati. La sua pelle era umida e i suoi capelli neri e corti arruffati. Dalle orecchie le pendevano gli orecchini che le avevo regalato.

In quel momento, avvertii un desiderio così intenso che sentii tremarmi le ginocchia.

In quel momento, capii mio padre.

In quel momento, mi resi conto che ero mio padre.

«Ti piace il nuovo giocattolo di Piper? L'ha portato la sindaca. Ha detto che avresti capito lo scherzo», proseguì.

Avrei voluto togliermi le scarpe, sfilarmi gli abiti bagnati dal corpo e restare in piedi sotto il bocchettone della doccia fino a sentirmi di nuovo umano. Ma ero paralizzato sul posto. Perché non meritavo di sentire il calore. Non finché non l'avessi lasciata andare.

«Nash? Stai bene?». La sua voce suonava come se fosse distantissima. Come se stesse fluttuando verso di me da sopra la musica country e il profumo delle focacce di mais appena sfornate.

Qualcosa insorse dentro di me. Qualcosa di oscuro e determinato. Non potevo farlo.

Se fossi rimasto, se l'avessi tenuta con me, se avessi continuato ad appoggiarmi a lei, non sarei stato meglio di mio padre.

E se l'avessi amata troppo, l'avrei persa.

«Credo che dovresti andartene». La mia voce era flebile e tremante, come quella di mio padre quando aveva bisogno di una dose.

Il mestolo le cadde di mano e atterrò sul pavimento.

«Credi che dovrei fare cosa?», domandò, rispondendo al mio gelido intorpidimento con il suo fuoco.

Era per questo che litigavamo? Così che io potessi provocarla e rubarle il calore? Era tutto solo per trovare nuovi modi di usarla?

«Questa cosa non funziona», insistetti. «Credo che dovresti andartene».

Quegli occhi color whisky mi scrutarono da capo a piedi come se stessero cercando una ferita. Ma non l'avrebbe mai vista. Era troppo in profondità sotto la superficie. Quella piaga non sarebbe mai guarita.

Lei gettò il mestolo nel lavello e incrociò le braccia. «Cosa succede?», domandò di nuovo.

Scossi il capo. «Nulla. Solo... ho bisogno che tu te ne vada».

«Hai avuto un altro attacco di panico?». Stava venendo verso di me, e sapevo che se mi avesse toccato, sarebbe stata la fine. Avrei ceduto. Mi sarei sepolto nel suo corpo e avrei preso ciò che volevo da lei.

«Non ho avuto un cazzo di attacco di panico. Okay?», esplosi.

Lei sussultò, ma continuò a venire verso di me. «Cos'è successo? Stai bene?»

«È solo che non ti voglio più qui. Non so come fare a renderlo più chiaro di così. Ne ho abbastanza. Avevi ragione. Questa è stata davvero una stupida idea del cazzo. A malapena ci conosciamo».

Lina si fermò di colpo e l'espressione nei suoi occhi quasi mi mandò a terra. Lo shock. Il dolore. Ce li avevo messi io. Ma era meglio così. Meglio che trascinarla a fondo con me. Meglio di lei che mi lasciava.

«Dici sul serio, è così?», sussurrò.

Piper uggiolò, lasciando cadere il serpente di peluche ai miei piedi. Lo scalciai via. «Non adesso, Pipe», dissi a bassa voce. Tornai a rivolgermi a Lina. «Te ne saresti comunque andata. Tanto vale farlo adesso».

Lei sollevò il mento e trasse un respiro tremante. «Okay».

«Okay e basta?».

Perché non potevo lasciar perdere? Stavo ottenendo ciò che volevo. Lina se ne sarebbe andata. Sarebbe stata al sicuro dalle cose da cui non potevo proteggerla. E io potevo tornare in qualunque inferno avessi prima di lei. Eppure la stavo stuzzicando, cercavo di farle condividere la responsabilità di questo spettacolare fiasco.

Lei non aggiunse una parola, non cedette alla provocazione. Si limitò ad andare via.

La seguii in camera da letto e la osservai mentre tirava fuori la sua valigia dal mio armadio.

«Mi dispiace che sia andata così. Probabilmente per te è un sollievo».

La sua mascella era tesa, rendendo ancor più pronunciate le fossette sotto i suoi zigomi. Ma ancora non disse nulla, mentre apriva con efficienza la valigia e la posava aperta sopra il letto.

Piper balzò sopra la panca, poi sopra il materasso, dove si mise ad annusare la valigia di Lina.

«Dovresti prenderti anche lei. Non posso occuparmene in questo momento». Indicai il cane.

Entrambe le paia di occhi femminili si posarono su di me e mi fecero sentire come Re Stronzo del Pianeta Stronzo.

Lina si portò le mani sui fianchi. «Okay. Me l'avevi quasi fatta. Me la stavo bevendo fino a questo».

«Fino a cosa?».

Indicò verso Piper. «Tu le vuoi bene, idiota».

«Niente affatto».

Lina aprì il cassetto del comodino e tirò fuori una piccola pila di carte. «Le hai comprato una panca per aiutarla a salire sul letto. Hai una cesta piena di giocattoli con cui intrattenerla. La vesti con dei maglioncini per tenerla al caldo quando esce. Le vuoi bene».

«Questo non è voler bene. È occuparsi di qualcuno, e io non ce la faccio più. Non ho la capacità di occuparmi di niente o nessuno». *Incluso me stesso*, aggiungi in silenzio.

«Stronzate».

«Non lo capisci?». La mia voce scattò come un colpo di frusta. «Non posso occuparmi di lei. Non posso proteggerti. Dannazione, non ho neppure saputo proteggere me stesso».

Lei lasciò cadere i fogli sul letto e avanzò di un passo verso di me, sfidandomi. «Per la cronaca, questo sei tu che mi spingi via e questa sono io che rimango».

«Non voglio che tu rimanga». Quelle parole mi bruciavano in bocca come acido.

«Chi non hai protetto, Nash?», disse lei pacata.

Piper si raggomitolò dentro la valigia e si portò la coda sopra il naso.

«Ti stai dimenticando del sasso che qualcuno ha lanciato alla tua finestra la scorsa notte?»

«Nessuno si è fatto male».

«Non posso dire lo stesso per la donna attaccata a un cazzo di respiratore in terapia intensiva. Ha un marito e due bambini che si domandano cosa faranno se lei non si dovesse risvegliare».

Lina coprì un altro passo. Era troppo vicina. Avevo le mani chiuse a pugno lungo i fianchi per impedirmi di afferrarla e stringerla a me.

«Questo ti ricorda di tua madre?», domandò a voce bassa.

«Come cazzo potrebbe non farlo? È successo sullo stesso tratto di strada, a meno di duecento metri di distanza».

«Tesoro», sussurrò lei, avvicinandosi come se fossi una qualche specie di cavallo imbizzarrito.

«Non farlo», sibilai.

«Non puoi arrivare in tempo per salvare tutti», disse.

«Non posso salvare nessuno. Ho davvero bisogno che tu te ne vada, Lina. Ti prego».

I suoi occhi sembravano lucidi, e quando annuì i suoi orecchini brillarono, i raggi di sole dorati che riflettevano la luce.

«Okay. Sei esausto. Hai avuto una giornata tremenda. Ti lascerò un po' di spazio. Stanotte starò qui accanto con Nolan. Parleremo domani dopo che ti sarai fatto una dormita».

«D'accordo», dissi con voce roca. Le avrei promesso qualunque cosa solo perché se ne andasse prima che crollassi e la toccassi.

Rimasi dov'ero, inchiodato sul posto mentre lei metteva alcune cose dentro la sua borsa e poi mi oltrepassava portandosela dietro. La sentii andare in cucina e spegnere il fornello. E poi ascoltai mentre la porta d'ingresso si apriva e si richiudeva con delicatezza.

Se n'era andata.

Ed ero solo.

Ma anziché provare sollievo, venni travolto da un'ondata di panico, che mi spinse in basso, costringendomi ad affondare.

Se n'era andata.

Avevo fatto in modo che la donna che volevo, la donna che amavo, se ne andasse.

Uscii di camera, la vista del letto che avevamo condiviso mi dava la nausea. La amavo. Era da un po' che lo sapevo. Forse sin dal momento in cui l'avevo trovata sulle mie scale. L'avevo voluta. Avevo avuto bisogno di lei. E adesso l'avevo gettata via.

Ma era la cosa giusta, no? Lei meritava molto di più che non essere la stampella di qualcuno, la scopata di supporto emotivo di qualcuno. Meritava qualcosa di buono e reale. E io non potevo offrirglielo. Non così.

Piper sedette accanto alla porta d'ingresso e gemette in modo penoso.

Mi misi le mani sulla testa e mi diressi in camera da letto, mentre la fascia attorno al mio petto si serrava al punto da farmi male. Notai i fogli che Lina aveva lasciato e li raccolsi. Erano del canile. Era una domanda di adozione. In cima c'era un post-it con sopra scritto, nella grafia marcata di Lina, "È tua. Rendilo ufficiale".

Fu come un pugno allo stomaco. Lasciai cadere i fogli e tornai in salotto. La pianta alla finestra attirò la mia attenzione. La pianta di Lina. Non era altro che un vasetto di foglie lucide quando si era trasferita, ma adesso era coperta da delicati boccioli bianchi a forma di campana.

Mughetto, mi resi conto.

I preferiti di mia madre.

«Cazzo».

44

Acqua negli occhi

Lina

Spinsi la porta verso l'esterno e uscii nella piovosa nottata che Main Street aveva da offrire. Le gocce di pioggia mi bersagliavano la testa, inzuppandomi la maglietta. Ma non mi importava. Ero arrabbiata, ferita, triste e confusa. E anche affamata. È per questo che le donne nei film mangiano sempre il gelato dal cartone dopo che qualcuno ha spezzato loro il cuore?

Sentire la fredda pugnalata di ogni goccia di pioggia era meglio che sentire i pezzi del mio stupido cuore andare in frantumi.

Questo. *Questo* era ciò che mi era successo per essere stata vulnerabile. Mi ero messa in gioco. Mi ero aperta. Ed ero stata presa a pugni nel mio dannato cuore. Il che era *precisamente* ciò che avevo previsto. Incolpavo Naomi. Le donne compiaciute in procinto di sposarsi non meritano fiducia. E neppure i vicini della porta accanto sexy e malinconici con culi fantastici e cicatrici eroiche.

Lo sapevo. Eppure eccomi lì, a trascinare un trolley sotto la pioggia gelata dopo aver *preparato delle cazzo di focacce di mais*.

Nash stava soffrendo, e la cosa mi devastava in un modo che non ero pronta a gestire. Ma non potevo aggiustarlo. Non potevo aprire quelle sue ferite e costringerle a guarire.

Potevo solo fare una stupida passeggiata sotto la stupida pioggia così che la stupida acqua nei miei occhi potesse mescolarsi con la stupida acqua del cielo.

Un singhiozzo tremante mi sfuggì di gola all'improvviso.

Se non avesse cambiato idea, se non fosse riuscito ad avventurarsi fuori dal suo pensare in bianco o nero per venirmi incontro nel grigio, l'avrei perso per sempre. Pensare a una simile realtà era terrificante. E stupido. A malapena ci conoscevamo, e io stavo piangendo sotto la dannata pioggia per un uomo che mi aveva cacciata dal suo appartamento.

Oppure ci conoscevamo meglio di chiunque altro?, si intromise una fastidiosa voce interiore.

«*Detesto* provare dei sentimenti», borbottai alla strada fradicia e deserta.

Tutti gli altri erano a casa o al coperto, al caldo, felici, a mangiare cibo appena tolto dai fornelli. E ancora una volta, io ero stata lasciata fuori.

Iniziai a camminare, incrociando le braccia sul petto e chinando le spalle contro il freddo. Avevo quasi superato il caldo bagliore della vetrina del Whisky Clipper, quando sentii la porta che conduceva agli appartamenti spalancarsi di botto.

«Angelina».

Oh, no. No, grazie. Proprio no. Non avrei permesso all'uomo che mi aveva letteralmente portata alle lacrime di vedermi in suddette lacrime. Ero troppo vulnerabile in quel momento. Non sarei sopravvissuta.

Asciugandomi il viso bagnato con le maniche, presi a correre.

Non mi avrebbe seguita. Quell'uomo aveva appena cercato di scaricarmi. Non mi sarebbe certo corso dietro…

Dei passi affrettati risuonarono alle mie spalle.

Aumentai la velocità, i miei piedi che schiaffeggiavano l'acqua sul marciapiede, e ringraziai la mia buona stella del fatto che fosse una notte lugubre e buia, perché significava che non c'era nessun altro che potesse vedere la mia straziante umiliazione.

Nash era stanco, aveva freddo e stava crollando. Da un momento all'altro, avrebbe deciso che non valeva la pena inseguirmi.

Il cuore mi martellava nel petto, mentre le mie braccia pompavano con più forza. Ero più veloce di lui. Potevo resistere più di lui, distanziarlo. Se fossi solo riuscita a raggiungere l'angolo, non avrei dovuto assistere a lui che si arrendeva con me. Con noi.

Una mano si chiuse sul tessuto della mia maglietta, strattonandomi. Poi delle forti braccia si avvolsero attorno a me, avvinghiandomi a lui.

«Fermati», ansimò Nash nel mio orecchio mentre mi attirava a sé. Seppellì il volto nella mia nuca. «Fermati».

Un nuovo panico si innestò in me. «Lasciami andare!».

«Ci ho provato. Non ci riesco».

Mi immobilizzai tra le sue braccia, mentre ancora più lacrime mi scivolavano giù lungo le guance. «Sono… confusa».

«Sono un idiota. Uno stronzo. Uno stronzo idiota che non ti merita, Angel».

Cercai di liberarmi dalle sue mani, ma quell'uomo non cedeva di un centimetro. Mi stringeva al punto da togliermi il fiato. «Se speri che voglia controbattere su questo, ne resterai deluso».

«Per tutto il giorno, non sono riuscito a pensare ad altro se non "e se ti fosse successo qualcosa?"».

«Non mi è successo niente. Non mi succederà niente», sussurrai col fiato corto. Quante conversazioni avevo avuto con i miei genitori che iniziavano allo stesso modo e si concludevano con me che facevo promesse che tutti sapevamo non avrei potuto mantenere?

«Lucian ha detto che siamo condannati a ripetere gli errori commessi dai nostri padri».

Lottai contro la sua presa, e infine lui mi permise di girarmi tra le sue braccia. Quando alzai lo sguardo verso il suo viso, desiderai non averlo fatto. Così tanto dolore. Così tanta tristezza. Provai sofferenza per lui.

«Ti sei rivolto a Lucian per un consiglio? A quel tizio manca solo una macchina da scrivere per sembrare uscito da *Shining*. Voglio dire, è grandioso che ammetta di essere incasinato di brutto, ma è la persona a cui ti rivolgi per dritte finanziarie o per far scomparire qualcuno. Non è quello da cui vai per consigli sulle donne».

Le labbra di Nash si incurvarono verso l'alto mentre la pioggia si abbatteva sulle nostre teste. «Ripeto. Stronzo idiota. Credo che fossi in cerca di qualcuno che confermasse le mie più oscure paure».

«Be', sei andato nel posto giusto».

«Mia madre mi aveva chiesto di andare al negozio con lei, quel giorno. Non ne avevo voglia. Ero troppo impegnato a fare una di quelle stronzate che piacciono ai ragazzini. Avrei potuto essere lì. Ma non c'ero. Perciò è morta da sola in quell'auto. Avrei potuto aiutarla se fossi stato lì. Magari avrei persino potuto evitare che accadesse. Ma non c'ero».

Il mio cuore provò una fitta di dolore per lui quando la sua voce si spezzò.

«In seguito, mi sono assicurato di esserci ogni cazzo di giorno, e ciononostante non sono riuscito a salvare mio padre».

Le lacrime scivolavano ardenti lungo le mie guance. Vedendole,

Nash mi afferrò la nuca con una mano e mi premette il viso contro il suo petto. Io lo cinsi con le braccia e strinsi forte.

«Abbiamo perso anche lui», proseguì. «Non importava quanto buoni fossero i miei voti, quanto mi dessi da fare sul campo da football, nulla era mai abbastanza perché lui scegliesse noi. Voleva qualcos'altro più di quanto volesse noi».

Proruppi in un singhiozzo tremante, il mio cuore che andava in frantumi per il ragazzo che voleva salvare tutti.

Le sue braccia si strinsero attorno a me al punto che a malapena riuscivo a respirare.

«Non c'ero quando Lucian è stato arrestato. L'abbiamo scoperto solo dopo l'accaduto. Non meritava di essere punito per essersi difeso conto il suo stesso cazzo di padre. Ho pensato che diventare poliziotto avrebbe significato che finalmente avrei potuto aggiustare tutto. Avrei potuto proteggere chi aveva bisogno di protezione».

«È ciò che stai facendo. Ogni dannato giorno, Nash», mormorai contro la sua camicia dell'uniforme fradicia. Il suo distintivo era gelido contro la mia guancia.

Lui sbottò in una risata amara. «Chi sto proteggendo? Non sono neppure riuscito a salvare me stesso. Se non fosse stato per un cazzo di colpo di fortuna, non sarei neanche più qui».

Divincolai le braccia sino a liberarle, così da potergli prendere il viso tra le mani. «Nei tuoi giorni più bui, ti sei trascinato fuori dal letto e hai scelto di andare a proteggere la tua città, la tua gente. È questo che fa un eroe, brutto idiota. Ciò che fai è senz'altro eroico».

A occhi chiusi, lui chinò la testa contro la mia.

Le lacrime continuavano a scorrere libere sulle mie guance, bollenti contro le gelide gocce di pioggia. «Sono così fiera di te, Nash. Affronti i tuoi demoni ogni maledetto giorno per poter essere presente per tutti gli altri. Sei stato tu, da solo, a rendere questa città più sicura. Diamine, persino Tina ti rispetta».

«La mia famiglia non lo fa».

Il mio cuore soffriva per lui. «Tesoro. Tuo fratello e tua nonna sono due dei peggiori comunicatori al mondo. Magari Knox non capirà perché fai quello che fai, ma è dannatamente orgoglioso di te. Proprio come tu sei orgoglioso di lui per aver usato il suo denaro per aiutare a supportare le stesse persone che tu proteggi. Certo, tu non glielo diresti mai. Ma sei tu quello che si frappone tra la gente e il pericolo. Sei tu quello che interviene subito dopo per riportare ordine. Sei tu quello che fa tutto il possibile per assicurarsi che non accada di nuovo».

Lui mi strinse ancora a sé mentre la pioggia ci investiva entrambi. «Mi manca», sussurrò. «C-credo che lei sarebbe stata orgogliosa».

Lo afferrai con forza, come se fosse in bilico su un dirupo. «Lei *è* orgogliosa di te».

Nash trasse un respiro tremante, il suo petto che si sollevava contro il mio. «Ballavano sempre in cucina. I miei genitori. Erano felici. Lui la amava così tanto. E quando lei se n'è andata, lui non ci ha amati a sufficienza. Ha scelto l'alcol e le pillole ancora e ancora. Lui *aveva bisogno* di quella roba».

«Ed è uno schifo, ma non è mai stata colpa tua. Non è mai stato per colpa di qualcosa che tu hai o non hai fatto».

«Io *ti voglio* in quel modo. Ho *bisogno* di te in quel modo».

«Tu *non* sei tuo padre, Fenomeno. E io non sono una qualche malsana abitudine che va persa. Siamo tutti persone molto diverse rispetto a quelle che ci hanno generato. Tu non ti sei rivolto a me per anestetizzare il tuo dolore. Ti sei rivolto a me per ricordare cosa ti faceva stare bene. Per darti una ragione per lottare contro il dolore».

«Gesù. Perché cazzo ho parlato con Lucian e non con te?».

La mia risata fu un mezzo singhiozzo. «Credo che abbia a che vedere con tutta la questione dello stronzo idiota».

Iniziò a dondolarsi assieme a me, da una parte all'altra, sotto la pioggia, mentre il riflesso dei lampioni danzava sopra i rivoli d'acqua che scivolavano nei canali di scolo.

«Sai che questo è folle, vero? È *questo* per cui dovremmo dare di matto, anziché tutto il tuo stupido bagaglio emotivo. Ti conosco solo da poche settimane», gli rammentai.

Nash posò il mento in cima alla mia testa. «Non significa che non sia reale. I miei genitori si sono conosciuti, innamorati e fidanzati nel giro di tre mesi».

«Erano felici? Prima?», domandai.

Le sue mani si spostarono sulla mia schiena, attirandomi più vicina. «Sì. Lo eravamo tutti. Prima che si sposassero, papà si è fatto tatuare sul braccio "2205". Ventidue maggio. La data del loro matrimonio. Diceva che sapeva persino prima che accadesse che sarebbe stato il giorno più felice della sua vita».

«Wow».

«Quando eravamo bambini – prima – festeggiavamo tutti quel giorno come se fosse una festa nazionale. Dannazione, la data del loro matrimonio è il mio PIN. Non l'ho mai cambiato. Sentivo come se fosse l'unico modo con cui aggrapparmi a quei momenti felici».

«Forse...», iniziai, ma l'emozione mi bloccò le parole. Mi schiarii la gola e riprovai. «Forse i tuoi momenti felici devono ancora arrivare».

«Se non ho già mandato a puttane le mie possibilità».

«Nash...».

«No. Ascoltami, Angel. Mi dispiace da morire. Ti ho lasciata uscire da quella porta, ma questo è il massimo che sono disposto a lasciarti andare. Ti prego, non allontanarti di un altro passo da me. Ma ti prego, sii paziente».

«Nash, non stavo cercando di lasciarti. Stavo cercando di concedere a entrambi un po' di spazio».

«Sei corsa via», sottolineò lui.

«Stavo cercando di concedere a entrambi parecchio spazio molto in fretta», mi corressi.

«Hai freddo», disse, notando che tremavo. «Vieni a casa con me».

Riuscii a percepire il cambio di marcia da anima ferita a eroe che prende il controllo.

«Okay».

«Grazie a Dio», mormorò. «Temevo di dover fare come Knox e riportarti indietro di peso».

Mi condusse subito verso la doccia. Dopo aver delicatamente svestito prima me e poi sé stesso, Nash mi guidò fin sotto l'acqua calda. Mi seguì all'interno e rimanemmo così, la mia schiena contro il suo petto, lasciando che l'acqua calda scacciasse il freddo dalle nostre ossa.

Le sue mani erano gentili mentre mi accarezzavano i capelli bagnati e scivolavano lungo il mio corpo. Lenitive. Rassicuranti.

Mi sentivo esposta, vulnerabile. E quando sentii la sua erezione che mi sfiorava, avvertii un nuovo genere di calore che si propagava dentro di me. Avrei voluto allungarmi e toccarlo, farlo sentire bene come lui stava facendo sentire bene me. Ma capii che aveva bisogno di dare. Perciò mi arresi al suo tocco.

Lui accarezzò e baciò il mio corpo prima verso l'alto, poi verso il basso. E quando mi voltò verso di lui, lo vidi in ginocchio di fronte a me.

Quelle mani callose mi premettero contro le piastrelle della parete.

Mi osservò con espressione solenne mentre faceva scivolare una mano dalla caviglia su fino alla mia coscia. I nostri sguardi si sostennero in un modo così intimo che tremai. Afferrandomi da dietro il ginocchio, si portò la mia gamba sopra la spalla, esponendomi a lui.

La mia testa sbatté contro la parete, interrompendo il contatto visivo.

Attorno a noi risaliva il calore, ma io lo notai a malapena, perché Nash usò due dita per schiudere le labbra del mio sesso.

«Hai una fica così bella, Angel», disse, la sua voce a malapena udibile sopra l'acqua.

Già. Chi lo sapeva che l'uomo rispettoso della legge col suo lucido distintivo sapesse parlare sporco?

Quello fu l'ultimo mio pensiero coerente, prima che la sua lingua accarezzasse tutto ciò che le sue dita avevano esposto. Le mie ginocchia si fecero deboli e per poco non cedettero al primo fendente della sua lingua. Ogni muscolo nel mio corpo parve contrarsi nello stesso momento, mentre tutta quanta la mia coscienza si condensava nei nervi all'apice delle mie cosce.

Leccò verso l'alto e verso il basso, facendomi impazzire con la sua lingua, delicata e tenera, eppure determinata a conquistare. Quando la mia gamba di supporto tremò di nuovo, lui si limitò a spostare la sua spalla dietro il mio ginocchio, e così mi ritrovai seduta a cavalcioni sopra di lui, la schiena contro la parete.

Emisi un lungo gemito basso mentre lui mi divorava.

Le mie cosce tremavano mentre la sua lingua alternava spinte dentro la mia apertura a leccate al mio clitoride con una specie di fervida adorazione. Era magico. *Noi* eravamo magici. E nel profondo dentro di me sapevo che qualcosa che provocava sensazioni così belle non poteva essere sbagliato.

«Nash», sussurrai con voce spezzata mentre ogni cosa dentro di me iniziava a cedere.

Lui gemette contro il mio sesso, come se sentire il suo nome uscire dalla mia bocca fosse troppo da sopportare. Ormai incapace di ragionare, mi spinsi verso di lui, e sussultai quando lui infilò di nuovo le sue dita dentro di me. La sua lingua si concentrò sul disperato bisogno che continuava a montare e montare.

Venni senza preavviso. Le mie pareti interne si serrarono sulle sue dita mentre lui leccava e succhiava il mio bocciolo rigonfio durante tutto l'orgasmo.

Cavalcai senza vergogna il suo viso, godendomi il modo in cui la sua lingua costringeva il piacere a protrarsi ancora e ancora. Ne avvertivo ancora l'eco quando lui si allontanò da me e mi fece voltare verso la parete.

Mi intrappolò con le sue braccia, i palmi delle mani premuti contro le piastrelle. La sua erezione era bollente e rigida contro la mia schiena.

Il desiderio di Nash mi faceva sentire al tempo stesso potente e impotente.

La sua testa si abbassò e sentii le sue labbra accarezzarmi sopra il tatuaggio.

«Ti voglio», mormorò prima di usare i denti contro la mia pelle.

Lo volevo anch'io. «Sbrigati», sussurrai. «Ti prego».

Non dovetti aspettare. Quelle sue mani grandi e ruvide scivolarono lungo i miei fianchi, inclinandoli proprio nella giusta angolatura. Guidò la punta arrotondata del suo pene lungo la fenditura tra le mie natiche. Mi immobilizzai e mi irrigidii quando si fermò con la punta sopra il mio ano, ricordandomi di quanto intimamente vulnerabile fosse quella posizione. Emise un gemito gutturale, dopodiché trascinò ancora più in basso la punta, in mezzo alle mie cosce divaricate, e la fece scivolare attraverso le labbra del mio sesso.

Riuscivo a sentire il suo battito contro il mio, e una nuova ondata di desiderio mi travolse.

«Mi fa uscire di testa averti così», mormorò, risalendo con una mano lungo il mio stomaco per stringermi un seno.

Lasciai andare la testa contro la sua spalla. Non era il solo lì che stava uscendo di testa.

Le mie cosce tremavano. I miei palmi erano premuti contro le piastrelle. I miei fianchi avevano una volontà tutta loro e premevano contro di lui, imploravano di più, come se non fossi appena venuta giusto pochi istanti prima.

La sua mano si diede da fare con il mio seno, strizzandolo e sprimacciandolo. «Non posso lasciarti andare, Angel».

«Perché dovresti lasciarmi andare?». Le mie ginocchia adesso tremavano. Per l'eccitazione. Per il desiderio. Per il peso del suo corpo che premeva contro di me ancora e ancora.

«Voglio solo che tu sappia che ormai non è un'opzione. O tu ti trasferirai qui o io mi trasferirò con te. Magari troveremo un posto dove ricominciare da capo. Ma non posso. Lasciarti. Andare».

«Nash», sussurrai mentre delle calde lacrime mi scivolavano lungo i lati del naso.

«Hai infuso nuova vita dentro di me. Mi hai riportato alla luce. Permettimi di averti. Permettimi di prenderti. Di' che sei mia», esigette.

Spinse la sua erezione attraverso le mie pieghe umide.

«S-sì», riuscii a dire. Mi sarei preoccupata delle conseguenze di ciò che avevo promesso in un secondo momento. Adesso avevo bisogno di quello, di *lui*.

«Grazie al cielo». Mi posò un bacio a bocca aperta sulla spalla. Lo spostamento del suo peso mi fece inclinare i fianchi per chiedere di più.

«Nash!», boccheggiai.

La sua presa si serrò sulla mia nuca mentre trascinava indietro la sua erezione e poi la riportava di nuovo in avanti, la punta del suo uccello che si strofinava contro il mio clitoride.

Lo volevo. E volevo donarmi a lui.

«Non riesco mai a decidere in che modo prenderti», disse con voce roca, proseguendo con quelle brevi e moderate spinte. «Cazzo, adoro vederti venire. Guardare le tue tette che ballonzolano mentre mi muovo dentro di te. Ma ti adoro anche così. Quando ti lasci andare del tutto e semplicemente ti arrendi».

"Ti adoro così".

"Non posso lasciarti andare".

Le sue parole riecheggiavano nella mia mente come un mantra. Un mantra che non avevo alcun diritto di ripetere. Lui non lo intendeva sul serio, dissi a me stessa. E poi smisi di dirmi alcunché, perché Nash posizionò la punta del suo uccello sulla mia trepidante apertura ed entrò in me.

Le nostre grida riecheggiarono sulle piastrelle.

Piena. Così piena. Fece scivolare un braccio a cingermi l'addome. L'altra sua mano si chiuse tra i miei capelli, tenendomi a lui. Dopodiché iniziò a spingere.

L'acqua calda ci ricadeva addosso dall'alto. Ma era il calore di Nash a riscaldarmi dentro e fuori. Spingeva con vigore dentro di me, facendomi mettere in punta di piedi con ogni affondo dei suoi fianchi, finché non venimmo entrambi, tremando e ansimando mentre ogni ondata ci mandava al tappeto. Ogni caldo flutto del suo orgasmo mi marchiava a fuoco, mi leniva dall'interno.

45
Un paracadute perfettamente funzionante

Nash

Mi risvegliai con della calda carne femminile premuta contro di me.

«Svegliati, Fenomeno. È il momento di divertirci un po'», mormorò Lina nel mio orecchio.

Sia io che il mio uccello le rivolgemmo la nostra completa attenzione.

Lei mi diede un vigoroso bacio, mordicchiandomi il labbro inferiore con i denti. «Spiacente, bellezza. Stamattina non abbiamo tempo per quel genere di divertimento. È ora di alzarsi».

Guidai la sua mano sotto le coperte fino alla mia erezione. «Si è già alzato».

La sua risata rauca era calda contro la mia gola. «Dopo», mi promise. «Avanti. Porta quel tuo bel culetto giù dal letto».

Scivolò via da me prima che potessi catturarla e convincerla a restare. La mia erezione piantò una vera e propria tenda sotto le coperte.

«Nessun divertimento sarà meglio del restare a letto con me», la avvertii, sfregandomi via il sonno dagli occhi.

Un paio di pantaloni sportivi mi colpirono in faccia.

«Staremo a vedere», disse lei compiaciuta. «Vestiti. Abbiamo un appuntamento».

«Manco per il cazzo, Lina».

Lei sorrise dietro il volante e non disse nulla mentre svoltava con la Charger nella stradina dopo il cartello che recitava "Just Jump Aviazione e Paracadutismo".

La stradina asfaltata correva in parallelo con una piccola pista di atterraggio nascosta tra ettari di campi di mais appena a sud del confine tra Virginia e Maryland. A differenza dello squallore del giorno prima, il sole del mattino risplendeva nel cielo privo di nuvole sopra l'arancione e l'oro delle foglie autunnali.

Lina infilò l'auto in un parcheggio contro un cavernoso hangar rosso con un logo bianco e blu dipinto sopra.

Sempre sorridendo, abbassò gli occhiali da sole per guardarmi. Con quelle labbra rosse, sembrava una tentatrice, una sirena che cercava di attirarmi verso la morte.

«Gli aerei sono fatti per atterrare», insistetti.

«E questo *atterrerà*. Soltanto che noi non ci saremo sopra quando succederà», disse lei, spegnendo il motore e sganciandosi la cintura di sicurezza.

Mi rifiutai di muovermi. Nulla mi avrebbe fatto scendere da quell'auto e mi avrebbe fatto anche solo avvicinare a uno stramaledetto paracadute. «È da irresponsabili lanciarsi fuori da un veicolo in movimento. Soprattutto un veicolo che è a diverse migliaia di metri sopra la cazzo di terra».

Lina allungò una mano in mezzo alle sue gambe e fece scivolare indietro il seggiolino.

Prima che potessi rendermi conto delle sue intenzioni, riuscì ad arrampicarsi sopra il quadro di comando fin sul mio grembo.

«Non intendo farti fare nulla che tu non voglia fare, Nash».

«Grandioso. Andiamo a fare colazione e poi andiamo a comprare del silicone per sistemare la piastrella scollata della doccia».

Lei scosse il capo, sempre sorridendo con quel sorriso da sirena. «Io vado su. E adorerei che tu venissi con me».

Cazzo. «Non ti lancerai da uno stramaledetto aereo». Dalle mie ascelle fuoriuscì del sudore freddo.

Lei mi spostò gli occhiali da sole sino in cima alla testa e mi prese il volto tra le mani. «Nash, l'ho fatto già moltissime volte. È una delle mie cose preferite, e voglio condividerla con te».

Cazzo al quadrato.

Come diavolo avrei potuto dire di no a quello?

«Avanti, Fenomeno. Vieni a divertirti con me», mi persuase.

Il giorno prima le avevo fatto passare l'inferno, e quella era la mia punizione. Morte per gravità.

Meno di un minuto più tardi, la stavo – con molta riluttanza – seguendo verso l'enorme porta aperta del garage di fianco all'edificio.

La sua mano stringeva la mia in un modo che suggeriva che non avrebbe accettato un no come risposta.

«Non ci vuole un patentino o un qualche tipo di complicata scartoffia che richiede settimane per essere approvata?», domandai disperato.

Lei mi guardò da sopra la spalla, con un sorrisetto. «Non per un lancio in tandem».

«Cosa diavolo è un lancio in tandem?». La mia schiena si stava trasformando in uno scivolo ad acqua pieno di sudore.

«I novellini si lanciano agganciati a dei professionisti», spiegò Lina, indicando un gigantesco poster all'interno delle porte aperte dell'hangar. Nella foto, un tizio troppo stupido per avere paura sorrideva come uno squilibrato. Sembrava imbrigliato da dietro a un altro uomo.

«Non c'è pericolo che mi lanci con un altro uomo legato alla schiena».

«Certo che no. Ti lancerai con me».

Mi bloccai di colpo e piantai i piedi a terra, interrompendo in modo brusco lo slancio in avanti di Lina. Lei rimbalzò contro il mio petto.

«Ho il brevetto», disse.

Ovvio che l'aveva.

«Nash». Nel suo tono c'era una risata.

«Angel».

«Dimmi cosa provi in questo momento», insistette.

Assoluto panico. Un lieve senso di delirio.

«Guardati il video di addestramento e poi decidi. Okay?».

Un video di addestramento. Se era abbastanza lungo, potevo pregare che arrivasse un temporale. O uno sciame di locuste. O un qualche tipo di falla meccanica che sarebbe stata rinvenuta mentre eravamo ancora al sicuro a terra. "Oh, due gomme sgonfie e un buco nel propulsore? Che peccato. Andiamo a fare colazione".

«Ti prego?».

Che. Cazzo.

Avevo due opzioni. Potevo puntare i piedi e tirarmi indietro, nel qual caso sarei dovuto restare seduto lì da solo a farmi prendere dal panico finché Lina non fosse di nuovo fluttuata a terra. O potevo firmare la mia condanna a morte, sfidare la gravità in una minuscola lattina e poi lanciarmi fuori da essa assieme lei. *Per* lei.

Avvertivo una vaga nausea e un'incredibile sudorazione. Ma avevo quegli occhi marroni puntati sul mio volto. Le sue mani fredde premute contro il mio petto.

Lei voleva questo da me. E io avevo il potere di darglielo.

«D'accordo. Ma se precipitiamo a terra e creiamo un cratere in tandem in un campo di mais, non ti perdonerò mai».

Lei emise un piccolo squittio e si lanciò tra le mie braccia. Mi fece anche indietreggiare di un passo, ma riuscii comunque ad acchiapparla, stringendola di modo che i piedi le penzolassero sopra l'asfalto.

La sua bocca si schiantò contro il lato della mia faccia e mi diede un sonoro bacio.

«Non te ne pentirai. Promesso».

Ero preso a pentirmi di ogni singola cosa di quella giornata, a cominciare dalla decisione di scendere dal letto, quando un tizio con dei bermuda sollevò con noncuranza il fragile portellone della fusoliera dell'aereo.

«È il momento», mi disse Lina nell'orecchio. Eravamo seduti a cavalcioni su una panca inchiodata al pavimento. Ero legato a lei come un salame da una serie di cinghie di nylon che non sembravano poter sostenere Piper, figurarsi un uomo grande e grosso.

Ogni cellula del mio corpo mi gridava di aggrapparmi a quella panca. Invece, mi costrinsi stupidamente a camminare a passo di granchio verso la voragine sul fianco dell'aereo. Quella era senza alcun dubbio la cosa più stupida che avessi mai fatto per una donna.

«Sei sicura?», le gridai da sopra il rombo dell'aria.

«Sicurissima, Fenomeno». Riuscivo a sentire il sorriso nella voce rauca di Lina.

Ci mettemmo in equilibrio sull'apertura, ciascuno aggrappato a una maniglia all'interno del portellone, e io commisi l'errore di guardare fuori e verso il basso.

Le mie nocche sulla maniglia divennero bianche.

«Puoi lasciarti andare. Fidati di me, Nash», disse.

Mi fidai. Un dito alla volta. Mi augurai che Knox scrivesse qualcosa di stupido sulla mia lapide.

Dopodiché Lina ci inclinò verso destra ed entrambi cademmo nel vuoto.

Strinsi gli occhi e attesi che arrivasse il panico, ma era troppo tardi per pentirsi. Il vento mi sferzava il volto, la sensazione di vuoto allo stomaco era come un'infinita discesa sulle montagne russe.

«Apri gli occhi, Fenomeno».

Non avevo idea di come facesse a sapere che li avevo chiusi. Solo un altro assaggio della sua magia.

«Non voglio vedermi morire», gridai in risposta.

La sentii ridere contro di me, e il suo divertimento mi fece socchiudere prima un occhio e poi l'altro.

Il cuore mi ruzzolò nel petto.

Eravamo sospesi sopra la terra. L'autunno si dispiegava in un tappeto di rosso, arancione e oro che proseguiva all'infinito sotto di noi. Strisce di fiume, reticoli di strade, il dolce saliscendi delle montagne, tutto quanto formava un mosaico di natura e civiltà a migliaia di metri di distanza.

Non mi sentivo come se stessimo precipitando verso la nostra morte. Mi sentivo come se fossimo sospesi nel tempo. Come degli dei che osservano il mondo che hanno creato. Sopra di esso. Lontani da esso.

Una vista panoramica dall'alto. Il quadro completo. Non c'era nulla tra me e l'intero mondo, e cazzo se era mozzafiato.

Il mondo non era oscuro e terrificante. Era una bellezza che si estendeva tutto intorno a noi.

«Be'?», mi domandò Lina nell'orecchio, le sue mani che mi strizzavano le braccia.

Le diedi la sola risposta che riuscivo a darle.

«Porca miseria». Il ruggito della mia risata venne subito inghiottito dal vento.

«Lo *sapevo* che l'avresti adorato!».

Avvolsi le sue mani con le mie sopra le cinghie e strinsi. «Cazzo, è fantastico. *Tu* sei fantastica!».

Lina emise un gridolino trionfante nel vento.

La seguii a ruota, godendomi il modo in cui il suono mi venne strappato di gola.

«Pronto per la parte migliore?», domandò lei.

«Cos'è la parte migliore?», gridai in risposta.

Avevo a malapena pronunciato quelle parole quando la nostra caduta libera si arrestò di colpo e fummo strattonati all'indietro, verso l'alto. Un secondo prima stavamo volando con la pancia rivolta a terra, e il secondo dopo eravamo sospesi come marionette mentre un paracadute rosso brillante si gonfiava sopra di noi.

Il soffio del vento nelle mie orecchie cessò immediatamente, lasciando nient'altro che un silenzio irreale.

Eravamo così lontani da tutto ciò che sembrava così importante sulla terra. Lassù, le quisquilie della vita quotidiana non ci appartenevano. Lì c'era solo quiete, pace e bellezza.

Emozioni che avevo creduto ormai morte si riversarono dentro di me, serrandomi la gola e facendomi pizzicare gli occhi da dietro gli occhialoni.

«Volevo che lo vedessi. Che lo provassi», disse Lina.

Avrei potuto perdermelo. Sarei potuto morire quella notte. Avrei potuto scegliere di arrendermi con lei, con noi. Avrei potuto dire di no mentre eravamo a terra. E invece, ogni cosa mi aveva portato sino a quel momento. A Lina Solavita.

Ero sbalordito.

«Questo è… Non posso credere che lo sto dicendo, ma sono felice che stamattina tu non abbia fatto sesso con me».

La sua risata era musica nel silenzio.

«Vuoi sapere un segreto?», mi domandò.

«Ne hai altri?», ironizzai io.

«Non mi lancio per l'adrenalina. Mi lancio per questo. Quassù, tutto assume un senso. Tutto è sempre bellissimo e pacifico. E me lo ricordo, anche quando i miei piedi toccano terra».

A quel punto lo capii. Lo capii sul serio.

La amavo. Non la stavo usando come una stampella per evitare il mondo. Lei me lo stava ripresentando un'esperienza alla volta.

Il mio cuore apparteneva a quella donna, e avevo intenzione di comprarle il più grosso cazzo di anello che fossi riuscito a trovare.

46
Colpa delle caramelle a forma di pene

Lina

«Non l'hai preso a calci nelle palle?», domandò Sloane. Era seduta a gambe incrociate sul pavimento del salotto di Naomi, a infilare bustine di semi di fiori dentro mini sacchetti di iuta.

Nel tentativo di essere un'amica migliore e più vulnerabile, stavo riassumendo il mio dramma sentimentale per Naomi, Sloane, Liza J e Amanda durante quella che sembrava essere la festa di addio al nubilato più triste della storia.

La cena di prova e ciò che ne seguiva si erano conclusi. In meno di ventiquattr'ore, Naomi sarebbe stata la signora Knox Morgan, e mi auspicavo che io e Nash avremmo fatto del sesso sbronzo in un ripostiglio durante il ricevimento.

Ma per adesso, stavamo inserendo i tocchi finali ai regali per gli ospiti e osservando la sposa andare nel panico riguardo agli invitati dell'ultimo momento nel suo salotto. Piper e il resto dei cani erano fuori con Waylay a smaltire la follia serale correndo.

«Non potevo», confessai. «Stava già soffrendo, e la cosa ha fatto soffrire me. In sostanza è stato orribile. Perché la gente si faccia coinvolgere nelle relazioni davvero non lo capisco. Senza offesa», dissi a Naomi.

Lei sorrise. «Nessuna offesa. È così che è andata con Knox. Sapevo che stava combattendo contro qualcosa che non potevo sistemare. Neppure con un calcio nei testicoli».

«E cos'hai fatto?», domandai, chiudendo uno dei sacchetti di iuta con un fiocco color ruggine. Ero arrivata in città dopo la rottura e nel bel mezzo delle sue conseguenze, e non conoscevo i dettagli.

«Ha messo fine a tutto così all'improvviso da farmi girare la testa. Io sapevo già che lo amavo, ma lui aveva delle cose su cui doveva lavorare da solo. Non potevo costringerlo a farlo. E inoltre non potevo stare ad aspettare che rinsavisse». Abbassò lo sguardo verso il suo anello di fidanzamento e sorrise. «Per fortuna, ha sistemato tutto prima che fosse troppo tardi».

Sloane emise un sospiro che le appannò gli occhiali. «Non credo di avere in me quel gene».

«Quale gene?», domandai.

Lei si strinse nelle spalle. «Non lo so. L'abilità di prendere un pugno allo stomaco senza rispondere di conseguenza. Non posso semplicemente perdonare qualcuno per il bagaglio emotivo che si porta appresso. Soprattutto non dopo che l'ha usato per colpirmi in testa».

«Prima o poi, con la persona giusta, ci arriverai», assicurò Amanda a Sloane.

«Già. La vedo dura», sospirò Sloane.

«I miei ragazzi sono testardi fino al midollo», disse Liza J. «Knox ha sempre cercato di prendere le distanze da ogni singolo problema, mentre Nash arrivava e cercava di sistemare ogni cosa. Voleva sempre fare la cosa giusta, anche quando non c'era un dannato niente che potesse fare al riguardo».

Guardò verso di me e poi verso Naomi.

«Voi due avete fatto bene ai miei nipoti. Forse persino meglio di quanto meritassero. E lo dico da donna che ama quei ragazzi da morire».

«Sto pensando di lasciare il mio lavoro», proruppi.

Tutti gli sguardi si puntarono su di me.

«Sul serio?», domandò speranzosa Naomi.

Sloane si accigliò. «Ma non guadagni una valanga di soldi?»

«Sì. In effetti guadagno una valanga di soldi. Ma…». Lasciai la frase in sospeso. Nash aveva approfittato di un momento di debolezza pre-orgasmo per farmi ammettere che volevo di più con lui. Ma stavo davvero prendendo in considerazione di lasciare il mio lavoro e il mio stile di vita alla "scegli la tua avventura" per sistemarmi?

Ripensai a Nash in piedi sotto la pioggia, che mi stringeva.

La caduta libera prima dell'apertura del paracadute.

Il ticchettio delle unghiette di Piper sul pavimento mentre zampettava con qualche nuovo giocattolo.

Occhi più blu del blu.

Un cuore enorme.

Presi un respiro. Sì. Lo stavo davvero prendendo in considerazione.

«Questo significherebbe che ti trasferiresti ufficialmente qui?», mi incalzò Naomi.

Fui salvata dal rispondere quando Waylay marciò nella stanza con indosso degli stivali impermeabili e sorreggendo una tremante Piper. «I cani sono entrati nel ruscello e Piper ha cercato di seguirli», dichiarò. «Non sembrava dispiacerle troppo, finché la corrente non ha avuto la meglio su di lei».

«Ragazza coraggiosa», dissi con voce dolce, prendendole il cane dalle mani. Nonostante i suoi tremiti bagnati, la codina di Piper si agitò in modo affettuoso. «Grazie per averla tirata fuori».

Waylay scrollò le spalle. «Nessun problema. Cosa state facendo?»

«Stiamo finalizzando lo schema dei posti a sedere, concludendo con le bomboniere e scegliendo tra queste tre *mise en place* approvate da Knox», disse Naomi, indicando le foto che aveva appiccicato alla parete accanto al suo schema dei posti a sedere fatto di post-it. «Cosa ne pensi di quello con jeans e margherite?»

«È così che funzionano gli addii al nubilato?», domandò Waylay con sdegno. «Lo sapevo che Jenny Cavalleri mentiva quando ha detto che sua zia è stata arrestata a Nashville durante il suo addio al nubilato!».

«A dirla tutta, quello era vero», disse Sloane. «Aveva bevuto un pochino troppo, ha mostrato le parti intime a un intero bar in groppa a un toro meccanico e poi è stata beccata a fare pipì nel canale di scolo».

«Credo che questa faccenda dell'addio al nubilato voi la stiate facendo in modo sbagliato», commentò Waylay.

«Questo non è davvero un addio al nubilato», spiegò Naomi. «Io e Knox non volevamo delle feste di addio al nubilato e al celibato».

«Ma i ragazzi sono usciti», disse Waylay.

«Stanno solo bevendo dei drink e mangiando qualche cestino di cibo fritto», le risposi.

«La ragazzina ha ragione», sentenziò Liza J. «Questa cosa fa schifo».

Naomi mise il broncio, ma in modo carino. «E che mi dite dello schema dei posti a sedere?».

Amanda afferrò i restanti post-it dal tavolinetto e li schiaffò sulla parete in tutti i posti a sedere vuoti. «Voilà! Tutti hanno un posto».

Naomi si morse il labbro inferiore. «Ma non hai neppure letto i nomi. E se qualcuno avesse bisogno di sedere più vicino alla toilette, o se non andassero d'accordo con i loro compagni di tavolo? Non possiamo proprio prendere grosse decisioni come queste d'impulso».

Mi allungai e le strinsi la mano. «A dire il vero, puoi farlo».

«E le *mise en place*?», chiese.

«Naomi, sono sempre state le margherite», le risposi.

Lei si morse il labbro e fissò le foto per un lungo istante, poi i suoi occhi iniziarono a brillare. «Sono sempre state loro, vero?».

Annuii. «A volte non devi soppesare ogni singolo pro e contro. A volte la risposta è quella che senti essere giusta».

Non sapevo se lo stavo dicendo a lei o a me stessa.

Lei strinse le labbra, poi sorrise. «E vada per le margherite».

La madre di Naomi batté le mani. «Okay, gente. Ci servono vino, snack, maschere facciali e una o due commedie romantiche».

«A snack e vino ci penso io», mi offrii.

«Se vai a prendere gli snack, vengo con te», insistette Waylay.

«Se vai a prendere il vino, vengo anch'io», annunciò Liza J.

«Team shopping a rapporto», feci.

«Perfetto», disse la mamma di Naomi. «Sloane, tu puoi aiutarmi a trasformare il salotto nella centrale pigiama party. Ci servono tutti i cuscini e le coperte che non appartengono ai cani».

«Io cosa devo fare?», domandò Naomi.

«Tu dovresti berti un grosso bicchiere di vino e rivedere la tua lista dei bagagli per la luna di miele». Spinsi verso di lei il taccuino rosa con sopra scritto "Luna di miele" che si trovava sul tavolinetto.

«Non credo che Grover venda caramelle a forma di pene, Liza J». Presi un carrello prima di entrare nel supermercato verniciato di fresco. Era tardi, mancavano pochi minuti alla chiusura, e il parcheggio era quasi vuoto.

«Bleah! Credevo fossimo venute qui per gli snack», si lamentò Waylay.

«I peni gommosi *sono* snack», disse la nonna di Nash.

«Ehi, almeno non ho parlato di cime di broccoli», feci alla ragazzina.

«Zia Naomi ieri sera a cena mi ha fatto mangiare le bietole». Waylay ebbe un brivido. «Le bietole!».

«Be', stasera non ci saranno bietole», promisi, dirigendomi verso la corsia delle caramelle. «Serviti pure».

Il viso di Waylay si illuminò e lei iniziò a gettare sacchetti di caramelle dentro il carrello. «Prenderemo delle tortine per la nonna, e a Sloane piacciono le caramelle gommose frizzanti».

«Io vado a chiedere dove tengono i peni», disse Liza J, per poi allontanarsi.

«Oooh! Queste sono buone. Le hai mai provate?». Mi porse una busta di dischetti dai colori sgargianti impacchettati singolarmente.

«"Gelatine alla frutta Sunkist"», lessi a voce alta. Non le avevo mai provate, ma mi sembravano vagamente familiari.

«Già. Essere rapite non è stato solo un male. C'erano queste caramelle con cui quell'Hugo era ossessionato. Deve averne mangiate mezzo sacchetto prima che mia madre tornasse con la zia Naomi. C'erano gli incarti dappertutto. Me ne ha fatte assaggiare alcune. Le gialle sono le mie preferite».

Tutto prese forma nella mia mente in un istante. Sapevo dove avevo già visto prima quelle caramelle, e sapevo chi le aveva comprate. Mi tastai le tasche ed estrassi il telefono.

«Che succede? Sembri tutta su di giri. Non starai chiamando zia Naomi per chiederle quante buste possiamo comprare, vero?».

Scossi il capo e composi il numero di Nash. «No. Sto chiamando tuo zio per dirgli che hai appena identificato il nostro scagnozzo».

«Davvero?».

Il telefono di Nash squillava. «Avanti. Avanti. Merda», borbottai quando scattò la segreteria. «Nash, sono io. Telefono Prepagato è l'Uomo dei Cereali. La signora Tweedy era con me quando lo abbiamo incontrato al supermercato. Stava comprando lo stesso tipo di caramelle che Waylay dice essere le preferite di Duncan Hugo. C'erano involucri di caramella sparsi per tutto il pavimento del deposito nelle foto della scena del crimine. L'ho visto di nuovo all'Honky Tonk la sera in cui Tate Dilton ha fatto una scenata. So che non è molto da cui partire, ma me lo sento nello stomaco. Richiamami!».

«Cavoli», disse Waylay quando riagganciai. «Quelle erano *un sacco* di parole molto in fretta. Sembri la mia amica Chloe».

Le posai le mani sulle spalle. «Piccola, ti comprerò un intero carrello di caramelle».

«Figo. Perciò, chi è l'Uomo dei Cereali?»

«Mi auguro che non stiate parlando di me». Il profondo rombo di una voce maschile alle mie spalle mi fece avvertire una stretta di terrore alla bocca dello stomaco.

Strinsi le spalle della ragazzina. «Waylay, trova Liza J e uscite da qui», dissi più a bassa voce che potei.

«Ma…».

«Va'. Subito». Dopodiché mi voltai e mi stampai un sorriso seducente in volto.

L'Uomo dei Cereali era vestito con dei pantaloni della tuta e una T-shirt a maniche lunghe. Il suo carrello era di nuovo pieno di prodotti salutari e proteine magre. L'unica cosa che mancava erano le caramelle.

«Perciò ci incontriamo di nuovo», dissi in modo sdolcinato. «Stavo giusto dicendo alla mia piccola amica di come ho incontrato un ragazzo carino nella corsia dei cereali».

«Davvero? Perché a me sembrava che avessi scoperto qualcosa che non avresti dovuto scoprire».

Be', merda. Perciò era così che sarebbe andata? Okay.

«Non so di cosa stai parlando. Ora se vuoi scusarmi, devo andare a scontentare il dentista di una dodicenne».

Una grossa mano carnosa si chiuse attorno al mio bicipite. «Il dentista dovrà attendere, Lina Solavita».

Il mio cuore non stava solo facendo le capriole, stava cercando di arrampicarsi fuori dalla mia gola.

«Non apprezzo il contatto non consensuale», lo avvertii.

«E il mio amico non apprezza che tu vada in giro a seguire i suoi ragazzi e che ne abbia fatto arrestare uno».

«Ehi, non sono *io* quella che ha deciso che fosse una buona idea scoparsi la moglie di mio fratello. Forse dovresti avere questa conversazione con lui».

«Lo farei, ma è in prigione perché *tu* hai chiamato la polizia per farlo arrestare».

«In mia difesa, tutta la faccenda della nudità mi ha sconvolta».

«Andiamo», ringhiò lui.

La sua presa mi stava bloccando la circolazione.

«Ho intenzione di concederti una chance per togliere le tue zampe da orso da me e andartene. Una chance per avere un vantaggio prima di prenderti a calci in culo e prima che il mio ragazzo, il comandante della polizia, si presenti qui e concluda il lavoro. Sei pulito.

Almeno in parte. Se mi trascini fuori da questo negozio, tanti saluti a quella vita. Diventerai un criminale a tempo pieno».

«Solo se vengo preso. Hai causato fin troppi problemi, e adesso è il momento che affronti le conseguenze. Niente di personale. Sono solo affari».

«Lasciala stare, gigantesca faccia di merda!». Waylay comparve all'imbocco della corsia e lanciò con ferocia un barattolo di fagioli rossi al mio aguzzino.

Lo colpì alla fronte con un soddisfacente tonfo. Utilizzai a mio vantaggio il colpo a sorpresa con merce in scatola e gli assestai una ginocchiata all'inguine. Lui mi lasciò andare il braccio per tenersi le palle con una mano e la fronte con l'altra.

«Cazzo!», ansimò.

«Scappa, Way!». Non guardai per essere sicura che l'avesse fatto. Invece, tirai un pugno alla mascella dell'uomo. Le mie nocche gridarono per il dolore. «Dannazione! Hai il viso fatto di cemento?»

«Pagherai per questo, dolcezza».

Era ancora sbilanciato, perciò gli piantai entrambe le mani sul petto e spinsi con tutta la forza che avevo. Lui inciampò all'indietro e cadde addosso all'esposizione di cassette di Coca-Cola Light, spargendo lattine di bibita dappertutto. Una cliente che teneva una scatola di cereali in ciascuna mano gridò, gettò entrambe le scatole nel suo carrello e poi corse via.

Liza J comparve dal nulla su uno degli scooter elettrici del negozio. Lo speronò da dietro a tutta velocità. Questo lo fece cadere vicino a me quanto bastava perché potessi compiere la mia mossa successiva. Gli piantai la scarpa nella coscia con un calcio ad ascia, assicurandomi di portare avanti prima il tacco.

Lui ululò per il dolore.

«Prendi questo, figlio di puttana», esultò Liza J.

Comparve addirittura il direttore del negozio, Big Nicky, che reggeva uno spazzolone come se fosse una lancia medievale. «Lasci in pace la signora, signore».

«Per l'amor del cielo», borbottò il tizio. Portò una mano all'elastico dei pantaloni sportivi ed estrasse una pistola.

Alzai le mani. «Vacci piano, omone. Parliamone fuori».

A quanto pareva, ne aveva abbastanza di parlare. Perché mirò al soffitto e sparò due colpi.

Nel negozio calò un silenzio mortale per un secondo, dopodiché partirono le urla. Furono seguite dal suono di piedi che correvano e dall'incessante *bip* delle porte automatiche che si aprivano.

«Andiamo», disse con freddezza l'Uomo dei Cereali. Raccolse la busta di gelatine alla frutta e mi afferrò per un braccio.

«Ehm». Il direttore era ancora lì in piedi a brandire il suo spazzolone, anche se sembrava decisamente meno sicuro di sé adesso che erano entrate in gioco le armi da fuoco.

«Va tutto bene. Starò bene. Si assicuri che tutti gli altri escano da qui», lo tranquillizzai.

L'Uomo dei Cereali mi trascinò verso l'ingresso frontale, mentre zoppicavamo entrambi, lui per la ferita che gli avevo inflitto con il mio stivale e io perché la sua maledetta coscia dura mi aveva spezzato il tacco.

Feci un inventario mentale della situazione. Venire portata verso un secondo luogo era quasi sempre una cosa molto brutta. Ma in questo caso, avrei finalmente visto il nascondiglio di Duncan Hugo. Avevo il telefono nei jeans e il ridicolo localizzatore profilattico di Lucian nella tasca della giacca. Avevo lasciato un messaggio in segreteria per Nash, e durante la cena di prova avevo perso una telefonata di mia madre.

I soccorsi sarebbero arrivati presto.

Uscimmo all'esterno nel parcheggio buio, e lui mi portò l'arma al collo. «È una pistola davvero piccola», notai.

«Troppo difficile nascondersele addosso. Le canne più grosse mi si infilano in mezzo alla fessura del culo. Sono scomode».

«Problemi da cattivo, giusto?», ironizzai.

47

Senza pantaloni e col culo all'aria

Nash

Caro Nash,

mi fa un po' strano scriverti una lettera. Ma immagino che quasi tutto tra noi sia stato in buona parte strano. Perché smettere adesso?

Le cose qui vanno abbastanza bene. Tre pasti al giorno, il che significa che sto prendendo peso. Ho una stanza tutta mia per la prima volta da vent'anni. Il terapista del gruppo sembra avere dodici anni, ma ci ha assicurato di essersi laureato in Medicina.

Comunque, è stato lui a suggerirci di scrivere delle lettere alle nostre famiglie o alle persone che abbiamo più deluso. Sembra che tu e tuo fratello apparteniate a entrambe le categorie. Che fortunelli. È un esercizio per scusarci e assumerci le responsabilità. Sai, far uscire le parole e metterle su carta. Non dobbiamo spedirle. È probabile che io non la spedisca.

E dal momento che non la spedirò, tanto vale essere onesti per una volta.

Non so se posso sbarazzarmi di questa abitudine o dipendenza o malattia. Non so se posso sopravvivere nel mondo senza qualcosa che anestetizzi il dolore dell'esistenza. Persino dopo tutti questi anni, ancora non so come "essere" in questo mondo senza vostra madre.

Ma sono ancora qui. E così anche tu. E credo di avere il dovere verso entrambi di provarci sul serio. Forse c'è qualcos'altro al di là di tutto questo dolore. Forse posso trovarlo. Che lo faccia o meno, voglio che tu sappia che non è mai spettato a te rimettere insieme i miei pezzi infranti. Proprio come non era compito di tua madre mantenermi integro quando era ancora in vita.

Ciascuno di noi è responsabile dei propri dannati casini. E ciascuno di noi è responsabile nel fare ciò che serve per essere migliore. Sto iniziando a capire che forse la vita non è qualcosa a cui arrivare in fondo con il minor disagio possibile. Forse si tratta di sperimentare tutto. Il buono, il brutto e tutto ciò che c'è nel mezzo.

Spero che tu stia bene. Non che questo debba significare alcunché per te, non che spetti a me dirlo. Sono dannatamente fiero dell'uomo che sei diventato. Per anni ho temuto che tu e tuo fratello avreste seguito lo schifoso esempio che vi davo. Nascondervi dalla luce. Ma non è questo ciò che sei. Tu lotti per ciò che è giusto ogni dannato giorno, e le persone ti rispettano per questo. Io ti rispetto per questo.

Continua a essere più coraggioso di me.

Già. È sicuro che non la spedirò. Sembro quel dottor Phil che piaceva tanto guardare a tua madre.

Con amore,

Papà

«È uno schifo», sentenziò Stef dal suo sgabello.

«Preferirei essere a casa con Splendore e Way», brontolò mio fratello.

«Non ti sposerai senza una festa di addio al celibato», disse Lucian. «Anche se non mi hai permesso di assumere nessuna spogliarellista o organizzare dei flash mob».

«O flash mob di spogliarelliste», aggiunse Nolan.

Eravamo seduti al bancone dell'Honky Tonk, a bere birra e bourbon in quella che era davvero la più triste festa di addio al celibato nella storia di Knockemout. Una volta avevo arrestato mezza congregazione presbiteriana quando il fight club dell'addio al celibato di Henry Veedle era diventato troppo turbolento e si era riversato per le strade.

Lou, il quasi suocero di Knox, borbottò: «Ai miei tempi, non ci servivano feste di addio al celibato o sculture di ghiaccio o brunch di fidanzamento. Ci presentavamo in chiesa una domenica, dicevamo "lo voglio", qualcuno ci dava dei sandwich prosciutto e insalata e poi ce ne andavamo dritti a casa. Cosa diavolo è mai successo a tutto questo?»

«Le donne», rispose asciutto Lucian.

Sollevammo i nostri bicchieri in un brindisi silenzioso.

Avevo avuto una lunga giornata, e tornarmene dritto a casa da Lina sembrava molto, molto meglio di qualunque altra cosa. Quella mattina, avevo formalmente licenziato Dilton dopo essermi assicurato di aver controllato tutto e di aver messo tutti i puntini sulle "i". Era stato spiacevole, come previsto, ma non c'era stato il tempo di festeggiare quella vittoria grazie a un camion rimorchio che aveva perso il suo carico di salsa Alfredo sulla Route 317.

Avevo trascorso il pomeriggio ad aiutare a ripulire e avevo avuto giusto il tempo di farmi una doccia al volo prima di presentarmi alla cena di prova con solo pochi minuti di ritardo. Lì avevo avuto a malapena il tempo di trascinare Lina nel salotto di mio fratello e baciarla di brutto prima che giungesse l'ora di uscire a bere.

Volevo del tempo con lei. Volevo la normalità con lei. Volevo rimediare al quasi disastro che avevo causato. Ma il matrimonio sarebbe stato il giorno dopo. Ancora non sapevo chi aveva lanciato quel sasso alla finestra di Lina. E il tempo iniziava a scarseggiare con l'articolo "eroe cittadino" previsto in uscita quel lunedì.

"Il secondo momento" era quasi arrivato. L'unica cosa che si frapponeva tra noi e "il secondo momento" era quel cazzo di Duncan Hugo. L'avrei fatta finita. L'avrei messo dietro le sbarre. E avrei fatto tutto il necessario per convincere Lina che meritavo un posto nel suo futuro.

Ripensai alla lettera di mio padre, che avevo letto dopo il licenziamento ufficiale di Dilton.

«Papà ti ha mica scritto una lettera?», domandai a Knox.

«Sì. Anche a te?»

«Sì».

«Questa comunicazione da famiglia aperta è così commovente», ironizzò Stef, fingendo di asciugarsi delle finte lacrime.

«Forse domani verrà», disse Knox.

Sgranai gli occhi. «Davvero?»

«Sì».

«E a te sta bene?». Entrambi avevamo avuto la nostra personale versione di un rapporto difficile con nostro padre nel corso degli anni. Knox gli tagliava i capelli ogni paio di mesi e gli dava del denaro. Io controllavo come stava e gli fornivo l'essenziale, così che non potesse scambiarlo con l'ossicodone.

Mio fratello si strinse nelle spalle. «Non è che si sia mai presentato per qualcosa prima d'ora».

Silver comparve con un altro giro di drink. Aggrottò la fronte e arricciò il naso. «Qualcun altro sente odore di aglio e formaggio?»

«È probabile che sia io», dissi.

Tutti si avvicinarono per annusarmi.

«All'improvviso ho voglia di cucina italiana», rifletté Lucian.

«È salsa Alfredo. Un camion che ne era pieno si è ribaltato in autostrada».

«Scusate per il ritardo». Jeremiah avanzò verso di noi, passandosi una mano tra i riccioli scuri. «Perché stiamo annusando Nash?»

«Odora di salsa Alfredo», lo aggiornò Stef.

Jeremiah posò un bacio sulla guancia di Stef ed entrambi sorrisero timidamente.

«Ehi. Quand'è successo?», domandò Knox, indicando avanti e indietro tra loro due.

«Perché? Hai intenzione di rompere le palle anche a loro?», domandai a mio fratello.

Knox fece spallucce. «Forse».

«Perché non vuoi che nessuno sia felice?», lo punzecchiò Stef.

«Non me ne frega un cazzo se sei felice. Solo che non voglio dover avere a che fare con te se sei infelice», chiarì Knox. «Prendi questo scemo. Guarda Lina con le fedi nuziali nelle palle degli occhi, e lei gli strapperà via il cuore e lo calpesterà per sbaglio con quei suoi tacchi quando se ne andrà via».

«Potrei anche andarmene con lei. A patto che non me ne voglia per la mia stupidità».

Il silenzio fu assordante mentre sette paia di occhi si posavano su di me. «Cosa?», domandò Jeremiah, riprendendosi per primo.

Presi la mia birra. «Ho fatto un casino dopo una giornata di merda».

«Hai fatto un casino in che senso?», chiese Knox.

«Ho cercato di chiudere con lei», ammisi.

«Sei un idiota», disse Nolan il gentile.

«No. È un cazzo di idiota», fece Knox.

Lucian si limitò a chiudere gli occhi e scuotere il capo.

«Questo è un approccio interessante», offrì Jeremiah.

«Credevo che fosse *lui* lo stupido in famiglia», commentò Silver, posando un drink davanti a Jeremiah e accennando col capo verso Knox.

«Devo ricordarti chi firma le tue buste paga?»

«A quanto pare, scemo numero uno di due», rispose sarcastica lei.

«Ma se dopo la cena di prova avevi la lingua ficcata nella gola di Lina», sottolineò Stef.

«Lei non mi ha permesso di spingerla via. È rimasta. E mi ha fatto saltare giù da un aereo».

«Gesù. Perché diavolo saresti saltato giù da un aereo perfettamente funzionante?», domandò Knox, con espressione sconcertata.

«Perché quando la donna che hai intenzione di sposare ti chiede di fare qualcosa, tu la fai, cazzo».

Lucian adesso si stava massaggiando le tempie. «A malapena la conosci».

«*Io* la conosco. È troppo per te», disse Nolan.

«Concordo con Pornobaffo», annuì mio fratello.

«Lina è una bellezza. Prevedi di avere altre giornate di merda?», domandò Lou.

«Nossignore», gli assicurai.

Lui annuì. «Bene. Ai miei tempi, quando avevamo giornate di merda non cercavamo di sbarazzarci delle nostre signore. Ci limitavamo a bere troppo, svenire sul divano mentre guardavamo *Jeopardy* e risvegliarci il giorno dopo cercando di fare meno schifo».

«Dio benedica l'America», disse Stef nel suo drink.

«È quella giusta». Parlai senza rivolgermi a nessuno in particolare.

«Non puoi proprio saperlo», controbatté Lucian. «Lo ammetto, è piacevole da vedere. Ma uomini migliori di noi vengono imbrogliati da donne piacevoli da vedere tutti i giorni».

«Non parlare della mia ragazza a meno che tu non sia pronto ad affrontare le conseguenze, Rollins», lo avvertii. «E poi, è Knox quello che sta per sposarsi. Perché non stai gettando merda addosso a lui?».

Mio fratello si accigliò. «Fermi tutti. Perché non lo stai facendo?»

«A parte il fatto che Naomi è perfetta in ogni modo possibile e che tu sei l'uomo più fortunato del mondo ad averla trovata», suggerì Stef.

«Udite udite», concordò Lou.

Lucian alzò gli occhi al cielo. «Non è per Lina. È per te».

«Che cazzo di problema hai con lui?», domandò Knox con una sorta di irosa lealtà fraterna.

«Lui è in un momento buio. Quando un uomo vive una situazione del genere, non può fidarsi di sé stesso, figurarsi di qualcuno che a malapena conosce. Riponi la tua fiducia nel posto sbagliato, e quei tradimenti saranno quasi impossibili da superare».

«Senza offesa, Lucy, ma qui sembra che tu stia applicando il tuo passato merdoso al felice presente del tuo amico», osservò Jeremiah.

«Ascolta il barbiere sexy. È praticamente uno psicologo», fece Stef.

«Tu non sai niente del mio passato», disse lugubre Lucian.

«Forse dovremmo cambiare argomento prima che questo si trasformi nell'addio al celibato di Henry Veedle», suggerii.

«Davvero è rimasta?», mi chiese Knox.

Annuii. «Già. E non appena riuscirò a farla abituare all'idea del "per sempre", mi servirà il numero di telefono di quella gioielleria».

«Cristo», mormorò tra sé e sé Lucian, facendo cenno di portargli un altro bourbon.

«Cosa le impedisce di abituarsi a quell'idea?», domandò Jeremiah.

«A parte il fatto che a malapena si conoscono e che vengono da un momento emotivamente danneggiato?», domandò Lucian al suo nuovo bourbon.

«Ho combinato un casino meno di quarantott'ore fa. Devo escogitare un qualche genere di gesto grandioso per farle credere in me. In noi».

"È tua. Rendilo ufficiale". Le parole di Lina mi riecheggiarono nella testa.

«Fai sul serio?», mi incalzò Stef.

«Serio quanto basta per farmi insegnare da Bannerjee a usare Pinterest così da poter salvare una qualche decina di modelli di anello».

Lucian si passò le mani sul viso orripilato, ma non disse nulla.

«A me sembra serio», stabilì Lou.

«Perciò, cos'è che viene considerato un gesto grandioso?», chiese Jeremiah.

«Dei fiori?», azzardò Knox.

Stef fece un verso di derisione. «Quello è l'opposto di grandioso. Quello è un gesto minore. Tu che piombi nel capannone di Duncan Hugo per salvare la damigella in difficoltà è stato un gesto grandioso».

Mio fratello annuì compiaciuto. «Quello è stato parecchio epico».

«Io che sorprendo Mandy con una crociera di tre settimane è stato un gesto grandioso», disse Lou.

«Questo non è male. Portala in vacanza», suggerì Nolan. «Mia moglie adorava quando partivamo solo noi due».

«Tua moglie non ha divorziato da te?», puntualizzò Lucian.

«A, vaffanculo. B, magari non l'avrebbe fatto se l'avessi portata più spesso in vacanza anziché lavorare tutto il cazzo di tempo».

«Non è male, ma mi serve qualcosa da poter fare adesso. Anche prima che sistemiamo le cose con Hugo».

«Cambiarle l'olio al motore dell'auto?», propose Jeremiah.

«Troppo poco», dissi.

«Far venire qui la sua famiglia per sorprenderla?»

«Oltrepasserei il limite».

«Comprale una di quelle borse che costano una cazzo di fortuna», suggerì Knox.
«Non tutti hanno vincite alla lotteria da buttare al vento».
«Le avresti se avessi tenuto ciò che ti ho dato anziché dare il mio cazzo di nome a una stramaledetta stazione di polizia, scemo».
«*Touché*».
«Perché non farti un tatuaggio col suo nome sul sedere?», disse Lucian asciutto.
Knox e io ci scambiammo un'occhiata.
«Be', è una tradizione di famiglia», rifletté mio fratello.

Ed è così che finii senza pantaloni e col culo all'aria su una poltrona da Spark Plug Tattoo. Knox era sulla poltrona accanto alla mia senza maglietta, e si stava facendo tatuare la data del suo matrimonio sul cuore.
«Vi rendete conto che ero sarcastico, sì?», borbottò Lucian dall'angolo in cui era appollaiato come un vampiro incazzato.
«Non ho mancato di notarlo. Ma era comunque davvero un'ottima idea».
«Ti sentirai un fesso quando lei ti lascerà e tu avrai un promemoria permanente sul sedere».
Ma neppure il pessimismo di Lucian poteva smorzare il mio entusiasmo.
Nolan stava sfogliando un album di disegni al bancone assieme a Lou, mentre Stef e Jeremiah aprivano un altro giro di birre per tutti.
«Aspetto da anni di mettere le mani su questo sedere». La tatuatrice era gongolante. Il suo nome era Sally. Era tatuata dal collo alle ginocchia e quando aveva vent'anni era stata campionessa di ippica a livello nazionale.
«Oh, tesoro, tu e tutte le altre donne di questa città», disse Stef.
«Sii gentile con me. È la mia prima volta», dissi.
Aveva appena cominciato quando sentii il *click* di un otturatore e mi voltai per guardare torvo Nolan. «Che c'è? Sto solo documentando la serata».
«Forse dovresti scambiare gli schifobaffi con un tatuaggio», suggerì Knox.
«Tu credi?», domandò Nolan. Quasi riuscivo a sentirlo accarezzarsi i baffi come se fossero un gatto domestico.

«Credo che potresti farti qualcosa di figo. Tipo un lupo. Che ne dici di un'ascia?», suggerì Lou.

«Faccio a tutti uno sconto di gruppo se decidi davvero che ne vuoi una», disse Sally sopra il ronzio e l'ago punzecchiante della macchinetta per tatuaggi.

Stavo ascoltando il brusio delle macchinette per tatuaggi che duellavano, quando Stef cacciò un guaito. «Merda. Oh, merda!».

«Che c'è?», domandai.

«Smettila di stringere», mi istruì Sally.

Mi impegnai per rilassare le natiche.

«Sai quell'articolo che non sarebbe dovuto uscire fino a lunedì?», chiese Stef, sbirciando ancora il suo telefono.

«Quale articolo?», domandarono all'unisono Jeremiah e Lou.

Il terrore si insinuò nelle mie viscere. «Che c'entra l'articolo?».

Stef girò il telefono così che potessi vedere lo schermo. C'ero io accanto alla bandiera americana nel mio ufficio, con un'espressione super incazzata sotto il titolo *Il ritorno dell'eroe di provincia.*

«È uscito in anticipo», disse. «A quanto pare hanno perso la storia che avrebbero dovuto pubblicare oggi e al suo posto due ore fa hanno fatto uscire questo».

«Dammi il mio telefono. Subito», sbottai. «Sal, dovremo finirlo più tardi».

«Ricevuto, comandante. Non mi lamenterò, dato che potrò rivedere di nuovo quel capolavoro».

Attesi impaziente mentre mi schiaffava una garza sopra l'opera in corso.

«Porca miseria. Ha già cinquantamila "mi piace"», commentò Stef. Guardò verso di me. «Sei il dannato fidanzatino d'America».

Il mio telefono stava già squillando quando Lucian lo ripescò dalla tasca dei miei pantaloni.

Era l'agente speciale Idler.

«Non è ciò che intendevo con "mantenere un basso profilo"», sbottò quando risposi.

«Non so di cosa sta parlando, agente speciale», dissi in modo enfatico mentre scattavo su dalla poltrona e afferravo i miei pantaloni.

Nolan fece il gesto universale "non sono qui" passandosi le dita sulla gola.

«"Il comandante della polizia guarisce dalle ferite d'arma da fuoco e dalla perdita di memoria per liberare la sua squadra da un cattivo poliziotto"», lesse lei a voce alta. «Ricordo distintamente di averle detto che volevo essere messa al corrente quando e se avesse riacquistato la memoria. E dove diavolo è la sua scorta?».

Infilai una gamba dentro i miei jeans. «Sa cosa non ricordo io? Non ricordo che mi abbia detto che avrebbe fatto un accordo con un criminale che ha cercato di ammazzare me, mia nipote e mia cognata».

«Chi le ha detto qualcosa riguardo a un accordo?», tentennò lei.

«L'FBI ha più falle del dannato *Titanic*. È disposta a chiudere un occhio su delle accuse di tentato omicidio e rapimento per acchiappare il pesce più grosso. Be', ultime notizie, agente speciale. Non metterò in pericolo la mia famiglia perché lei non riesce a istruire un caso alla vecchia maniera».

«Adesso mi stia a sentire, Morgan. Se farà qualcosa che metterà a repentaglio questo caso, mi assicurerò che lei finisca dietro le sbarre».

Mi tirai su la cerniera. «Buona fortuna. Sono lo stramaledetto fidanzatino d'America adesso». Riattaccai prima che potesse dire un'altra parola e composi il numero di Lina. Scattò la segreteria telefonica.

Knox era al telefono, presumibilmente stava chiamando Naomi. «Non risponde», disse, la voce tesa.

«Chiamo Mandy», si offrì Lou.

Lucian stava guardando il suo telefono. «Secondo il localizzatore, Naomi è a casa. Waylay e Lina sono nel parcheggio del supermercato».

Avevo una chiamata persa da parte di Lina e un nuovo messaggio in segreteria.

Premetti con forza il pulsante "Riproduci" e mi diressi verso la porta, il resto del corteo nuziale alle mie spalle.

Dall'altoparlante provenne la voce di Lina. "Nash, sono io. Telefono Prepagato è l'Uomo dei Cereali. La signora Tweedy era con me quando l'abbiamo incontrato al supermercato. Stava comprando lo stesso tipo di caramelle che Waylay dice essere le preferite di Duncan Hugo. C'erano involucri di caramella sparsi per tutto il pavimento del deposito nelle foto della scena del crimine. L'ho visto di nuovo all'Honky Tonk la sera in cui Tate Dilton ha fatto una scenata. So che non è molto da cui partire, ma me lo sento nello stomaco. Richiamami!".

Involucri di caramella.

E proprio come se qualcuno avesse schioccato le dita, fui trasportato di nuovo sul ciglio della strada in quella calda notte d'agosto.

Bang.

Bang.

Due colpi di pistola mi erano riecheggiati nelle orecchie mentre una strana sensazione di bruciore mi si diffondeva nella spalla e nel torace. Stavo crollando giù… oppure era il terreno che si stava avvicinando in fretta.

Ero disteso sull'asfalto quando lo sportello del guidatore era stato spalancato. Qualcosa di sottile e trasparente era fluttuato verso il terreno, brillando nei fari della mia volante. E poi era scomparso. Lo scricchiolio dell'involucro di plastica aveva risuonato nella mia testa mentre uno stivale nero lo schiacciava sotto la suola.

«Lo aspettavo da un sacco di tempo», disse l'uomo incappucciato. Sogghignò, i baffi che fremevano.

Un cazzo di involucro di caramella. Era quello che mi aveva tormentato in sogno per settimane. Non Duncan Hugo. Un cazzo di involucro e il dito di Tate Dilton sul grilletto.

«Richiamala, cazzo», ringhiò Knox, distogliendomi di colpo dai miei pensieri.

«Cosa diavolo credi che stia facendo?». Composi di nuovo il numero.

«Mi serve un aggiornamento di stato, subito», abbaiò Lucian nel suo telefono.

«Qualcuno vuole dirmi cosa diavolo sta succedendo?», disse Lou.

Il telefono di Lina stava squillando.

«Avanti. Rispondi, Angel», mormorai. C'era qualcosa di molto sbagliato, e avevo bisogno di sentire la sua voce.

Lo squillo si arrestò, ma anziché il suo messaggio della segreteria fu qualcuno a rispondere.

«Nash?».

Ma non era Lina. Era Liza J.

«È con lui, Nash. L'ha presa lui».

48
Hanno rapito la ragazza sbagliata

Lina

Il mio lavoro mi aveva messa in alcune situazioni piuttosto interessanti, ma questa era una novità. Non soltanto mi aveva legato le mani dietro la schiena con una fascetta, l'Uomo dei Cereali aveva anche gettato il mio telefono, il mio orologio e il mio cappotto – con il localizzatore di Lucian – nel parcheggio del supermercato.

Poi mi aveva spinta dentro il bagagliaio di una berlina ultimo modello.

Potevo scordarmi che il losco team di Lucian riuscisse a seguire il mio segnale. Chiusi gli occhi con forza e pensai a Nash. Avrebbe smosso mari e monti per trovarmi. E lo stesso valeva per Knox e Nolan. Persino Lucian avrebbe dato una mano. E se loro non ci fossero riusciti, mi avrebbe rintracciata mia madre.

Dovevo solo mantenere il controllo e trovare un modo di fuggire. Questo stronzo aveva rapito la ragazza sbagliata.

Concluso il discorsetto d'incoraggiamento, trascorsi i primi minuti di prigionia nel bagagliaio a cercare di trovare lo sblocco di emergenza del cofano, solo per scoprire che era stato disattivato.

«Dannazione», borbottai. L'auto svoltò a destra. Picchiai la testa e rotolai goffamente sulla schiena, facendo una smorfia per i polsi legati. «Ahia! Impara a guidare, coglione!». Diedi un poco entusiasta calcio al cofano.

Da sopra il rumore della strada, potevo sentirlo parlare con qualcuno, ma non riuscivo a capire cosa stesse dicendo.

«Piano B», decisi.

Potevo spaccare un fanale posteriore con un calcio e segnalare ad altri automobilisti che lo stronzo alla guida del veicolo aveva un ostaggio nel bagagliaio.

La strada cambiò. Anziché il liscio scivolare dell'asfalto, riuscivo a sentire lo scricchiolio del ghiaino sotto gli pneumatici mentre vi sobbalzavano sopra. Questo non andava bene. O Duncan Hugo era più vicino di quanto avessimo mai pensato, o l'Uomo dei Cereali mi stava portando nei boschi per offrirmi un tour dentro una fossa poco profonda scavata di recente.

Stavo cercando di avvicinarmi al bordo della moquette senza stirarmi un collo del muscolo, quando l'auto si arrestò di colpo.

Rotolai di nuovo sulla pancia. Questo non andava decisamente bene.

Il cofano del bagagliaio si aprì, e prima che potessi balzare in posizione d'attacco, fui trascinata fuori senza tanti complimenti.

«Gesù. Dove hai imparato a guidare? Agli autoscontri?», mi lamentai, scrollandomelo di dosso.

«Smettila di piagnucolare e inizia a camminare», disse lui, dandomi una spinta in avanti.

Eravamo su quella che un tempo era una strada sterrata, ma che adesso era stata sopraffatta dalla natura. Davanti a noi c'era un enorme edificio simile a un fienile circondato da alte erbacce. Al di là di esso, riuscivo a distinguere solo il profilo di una staccionata rotta.

«Siamo ancora a Knockemout?», domandai, trattenendo un brivido. Niente cappotto più una buona dose di paura rendevano l'aria notturna ancora più fredda.

Lo scagnozzo non si diede il disturbo di rispondermi. Al contrario, mi spinse di nuovo in avanti.

«Se mi lasci andare adesso, è probabile che tu non debba finire in prigione». Avanzai zoppicando verso l'ombra del fienile.

«Ormai il danno è fatto, dolcezza. C'erano dei testimoni. Non posso più tornare indietro».

Nella notte oscura, il mio rapitore non sembrava più un affascinante contabile che frequentava la palestra, ma un uomo che si divertiva a far piangere i bambini.

«Non vedo perché dovresti incolpare me per questo».

Lui scosse il capo. «Ti avevo avvisata al bar. Ti avevo detto: "Non farti prendere di mira"».

«In effetti ricordo una cosa del genere», dissi mentre lui sbloccava la serratura delle pesanti porte esterne del fienile. Era l'unica occasione che avevo, perciò la colsi.

Mi girai di scatto e mi buttai nel buio, ma il mio tacco rotto e il ghiaino sconnesso rendevano impossibile correre. Mi sentivo come nel bel mezzo di uno di quegli incubi in cui cerchi di correre ma hai dimenticato come si fa.

Una grossa mano carnosa mi afferrò per la spalla e fui strattonata all'indietro.

«Sei una vera spina nel fianco, lo sai questo?», mi disse lui mentre mi caricava sopra la sua spalla.

«Me lo dicono spesso. Perciò sei nel settore immobiliare, eh?»

«Chiudi il becco».

Era buio pesto e mi paralizzai, cercando di orientarmi. «Sai, il settore immobiliare non fa finire tanto spesso la gente al fresco. Non come rapire donne dal supermercato», dissi mentre mi rimettevo in piedi.

«Più grosso il rischio, più grossa la ricompensa», ribatté lui nell'oscurità.

Quello era il motto ufficioso della Pritzger Insurance.

Sentii uno *snick*, dopodiché una plafoniera sopra di noi illuminò l'ambiente. Era un ingresso elegante per un fienile. Il pavimento era in cemento stampato, e le pareti rivestite di legno erano più belle che non a casa mia ad Atlanta. Elettricità. Questo era un bene. Magari significava che da qualche parte c'era pure un telefono.

Su una parete proprio di fronte a me c'era una grossa insegna di metallo su cui c'era scritto "Fattoria Red Dog".

Fu allora che capii. Quella era la proprietà pignorata in cui Nash aveva ritrovato il cavallo in fuga. Hugo era davvero stato così vicino per tutto quel tempo?

Era solo pochi chilometri fuori dalla città. In circostanze normali avrei potuto tranquillamente percorrere quella distanza di corsa, ma mi servivano scarpe diverse e avrei dovuto tenermi lontana dalla strada.

Non l'ideale, ma senza dubbio una possibilità. Soppesai le mie altre opzioni.

C'erano tre porte che conducevano in diverse direzioni e una scala a pioli che conduceva verso quello che sembrava un buio soppalco. Decisamente un'opzione di fuga non praticabile, stabilii.

Lo scagnozzo mi piantò una mano sulla spalla e mi costrinse ad avanzare verso una delle pesanti porte in legno. «Andiamo», disse, aprendola.

C'era una scala di legno che conduceva al piano inferiore.

«Sul serio? Un nascondiglio nel seminterrato? Che razza di cliché». A dire il vero era piuttosto geniale. Trovare una proprietà abbandonata abbastanza fuori città di modo che nessuno notasse alcuna attività? Forse dopotutto il mio rapitore non era un completo idiota.

«Muoviti».

Mi presi del tempo, zoppicando giù per tutti i quindici scalini.

Dovevo mantenere la calma. Dovevo temporeggiare. Più a lungo li distraevo, più tempo avrei dato a Nash per trovarmi.

Una volta in fondo alle scale, l'Uomo dei Cereali mi condusse a sinistra e attraverso un varco aperto.

Lì, seduto con gli stivali infangati appoggiati con noncuranza sopra una bellissima scrivania di quercia, c'era quello stronzo di Tate Dilton.

Cazzo.

«Bene, bene, bene. Guarda un po' chi abbiamo qui. La puttana dalle gambe lunghe del bar».

Ero preparata ad affrontare un piccolo signore del crimine organizzato, non uno schifoso poliziotto in disgrazia.

Dilton gettò il suo telefono a faccia in giù sulla scrivania e masticò la sua gomma con fare compiaciuto.

«Che succede, dolcezza? Non sono chi ti aspettavi?»

«Un momento. Fammi capire bene. Sei *tu* la mente criminale qui?», chiesi a Dilton, domandandomi quanto sarebbe stato difficile separarlo dal suo telefono.

«Lo puoi ben dire».

Il mio rapitore si schiarì di proposito la gola alle mie spalle.

Lo sguardo di Dilton si spostò su di lui. «Hai qualcosa da dire, Nikos?».

Nikos il rapitore del supermercato.

«Lui dov'è?», rispose Nikos.

«Questo è qualcosa da sapere, e tu non hai bisogno di saperlo, figliolo», disse Dilton.

Okay. I cattivi stavano litigando tra loro. Questo poteva andare molto a mio favore oppure molto, molto a mio *sfavore*. A ogni modo, mi serviva un piano.

C'era un monitor dall'aspetto datato sul ripiano dietro la scrivania. Purtroppo, non c'era nessun telefono o laptop, né una pistola lanciarazzi in posizione conveniente.

Sulla parete opposta c'era un'enorme TV a schermo piatto con davanti un divano.

«Non lo sapete che sembrate più minacciosi quando fingete di essere così in sintonia da potervi leggere nel pensiero? Non avete mai visto un film di James Bond?».

«Va' a chiamarlo», disse Nikos, ignorandomi.

«Vaffanculo», replicò Dilton. «Sono io il capo qui. Va' a chiamarlo tu».

«Non potete tenermi qui». Riportai l'attenzione su di me.

Dilton masticò gongolando la sua gomma. «A me sembra che posso fare tutto ciò che voglio con te e la tua bocca da puttana».

«Affascinante. Perché sono qui? È quello che fai a tutte le donne che ti dicono di crescere e comportarti da uomo? Voglio dire, questo spiegherebbe perché ti serve un posto così grande».

«Sei qui perché tu e i tuoi cazzo di amici avete finito di rompermi i coglioni».

A giudicare dal modo in cui Nikos alzò gli occhi al cielo, non era esattamente quello il motivo per cui mi trovavo lì.

«Aspetta un momento. Mi hai fatta rapire perché sei stato licenziato per essere un misogino razzista? Sei forse uno di quei perenni vittimisti che incolpa chiunque altro per l'essere umano merdoso che si è rivelato essere?»

«Te l'avevo detto che un sasso alla finestra non sarebbe bastato», borbottò Nikos.

«Sei qui perché hai dato fiato a quella bocca da puttana nel posto sbagliato al momento sbagliato», ringhiò Dilton. «Il piano era prendere prima le altre due puttane. La ragazzina di Tina e la sua gemella puritana. Ma tu hai dovuto per forza renderti un bersaglio più evidente, a far shopping da sola e intuire le cose».

Rivolsi uno sguardo verso Nikos. Aveva visto Waylay con me. Avrebbe facilmente potuto prenderci entrambe. Be', non facilmente. Avevo ancora un altro tacco e lui aveva ancora un'altra gamba. Ma aveva deciso di non rapire una bambina. Forse non era lui il più cattivo in quella stanza.

Nikos evitò il mio sguardo e stabilii che probabilmente era meglio per entrambi se non avessi accennato alla cosa.

«Perciò siamo partiti da te, dopodiché ci occuperemo degli altri tre problemi», proseguì Dilton. Puntò un dito verso di me come se fosse una pistola e fece finta di premere il grilletto.

«Non c'è bisogno di discutere il piano con lei».

Dilton emise un verso di scherno. «Perché no? Non uscirà viva da qui». Mi guardò con una specie di perversa eccitazione negli occhi.

«Ehi, coglione, come hai intenzione di persuaderla ad attirare qui il suo fidanzato sbirro dal momento che le hai appena detto che morirà comunque?», domandò Nikos. «Gesù, sai almeno come funziona la persuasione?».

«Lavori davvero per lui?», domandai a Nikos, accennando a Dilton con un movimento del capo. «Io sarei rimasta nel settore immobiliare».

«Non lavoro per lui», sbottò Nikos.

Dilton fece un sogghigno. «Questo lo vedremo». Riportò la sua attenzione su di me. «Per quanto riguarda te, non sono un uomo da prendere con la gamba».

«Si dice "prendere sottogamba", stupido idiota», lo corresse Nikos.

«Vaffanculo, stronzo».

Dilton tirò giù gli stivali dalla scrivania e camminò in modo enfatico fino a portarsi davanti a essa. Vi si appoggiò con nonchalance, distendendo le gambe verso di me.

«E quindi? Cos'hai intenzione di fare con me?».

Lui si chinò in avanti in modo minaccioso, al punto che riuscii a sentire l'odore di birra rancida nel suo fiato. Un grasso dito agganciò lo scollo della mia maglietta e tirò. «Tutto il cazzo che mi pare».

La rabbia mi risalì lungo la schiena, facendomi tremare.

Testata, ginocchiata alle palle, rompere le fascette, correre.

«Bene, bene, bene…».

Ci voltammo tutti, mentre un Duncan Hugo appena uscito dalla doccia entrava nella stanza. Indossava una T-shirt nera e dei jeans con una pistola infilata in vita. I suoi capelli, originariamente di un brillante rosso, adesso erano tinti di marrone scuro. Ma le lentiggini, i tatuaggi, qualunque altra cosa avessi memorizzato dalle fotografie, erano proprio gli stessi.

«Il tuo ragazzo qui ha già usato quella frase da cattivo», lo informai.

Non mi dispiacque il modo in cui lo sguardo di Hugo si assottigliò mentre osservava il sedere dello sbirro corrotto appoggiato alla scrivania e il fango secco sparso su tutta la superficie. Avanzò nella stanza e afferrò il sacchetto di caramelle che Nikos gli lanciò.

«Via il culo dalla scrivania, Dilton».
Dilton si prese il suo tempo per obbedire.
«Mi hai causato un po' di grattacapi di recente», mi disse Hugo mentre si sedeva dietro alla scrivania.
«Io?», domandai con innocenza. I polsi stavano iniziando a farmi male per essere trattenuti dietro la schiena. Avevo bisogno di liberarmi, ma non c'era modo che riuscissi ad arrivare alla porta con tre di loro nella stanza.
«Non soltanto hai seguito i miei uomini, ne hai anche fatto arrestare uno. Non ci serve quel genere di attenzione, non adesso. Eppure non hai voluto dare ascolto all'avvertimento».
«Come ho detto al tuo amico nella corsia delle caramelle, quell'arresto non è stata colpa mia. È stato il tuo uomo che ha cercato di uccidere il suo stesso fratello alla luce del sole. Nudo».
«I bravi aiutanti sono difficili da trovare». Hugo alzò con noncuranza le spalle.
«Già, non sono sicura di quanto paghi questo qui, ma dovresti pretendere un risarcimento», dissi, accennando col capo in direzione di Dilton.
Vidi il dorso della sua mano avvicinarsi e mi preparai. Le nocche di Dilton mi colpirono allo zigomo, facendomi scattare la testa all'indietro. Mi sentivo il volto in fiamme, ma mi rifiutai di emettere qualunque suono.
Invece, mi concentrai nell'aggiungere un correttore alla mia lista della spesa mentale e immaginai cosa avrebbe ben presto fatto Nash alla faccia di Dilton.
«Era ora che imparassi un po' di buone maniere», mi ringhiò in faccia, gli occhi sbarrati e le labbra incurvate sotto i baffi. Un imprevedibile squilibrato con qualcosa da dimostrare è sempre peggio di un delinquente calcolatore.
«Questo ti fa sentire un grand'uomo?», sibilai a denti stretti.
«Basta così», sbottò Hugo. Scartò una caramella e se la infilò in bocca. «Abbiamo del lavoro da fare. Nikos, assicurati che saremo pronti per l'arrivo del nostro amico comandante Morgan».
Con un inquietante cenno di assenso, Nikos uscì dalla stanza.
Ero rimasta con solo il settanta per cento dei cattivi, ma comunque quella percentuale non mi piaceva.
«Tu devi occuparti di ripulire la scena», ordinò Hugo a Dilton.
«Lo so, cazzo».

«Datti una regolata. Una volta che sei in posizione chiamami, poi aspetta il mio segnale. Stavolta non manderai tutto a puttane».

«Almeno io ho avuto le palle di premere il grilletto», sputò Dilton.

«Hai mandato tutto a puttane e questo è quanto. Sei fortunato che avrai un'altra occasione».

«Un giorno o l'altro ti toccherà premere il grilletto da solo», lo avvertì Dilton.

«E quando lo farò, mi assicurerò di portare a termine il cazzo di lavoro», ribatté Hugo.

Si fissarono torvi l'un l'altro per un lungo istante, prima che Dilton cedesse. Mi scoccò un'ultima occhiata lasciva, poi uscì a passo spedito dalla stanza.

«Gelatina alla frutta?», mi offrì Hugo, inclinando il sacchetto aperto verso di me.

«È stato Dilton, non è vero?», dissi io pacata.

«A fare cosa?»

«Hai assunto Dilton perché sparasse a Nash». Le riprese della dashcam erano sgranate, e chi aveva sparato indossava un cappuccio e dei guanti. Ma Tate Dilton e Duncan Hugo avevano una corporatura simile, e anche l'altezza era simile.

Hugo si strinse nelle spalle. «I capi delegano. Ed è ciò che io progetto di essere».

«I bravi aiutanti sono difficili da trovare», dissi, ripetendo le sue parole.

«Ho rubato l'auto, gli ho dato la pistola e gli ho detto quando e come farlo. Avrebbe dovuto attirare il tuo fidanzato sbirro ancora più lontano dalla città e concludere il tutto in un posto tranquillo».

«E invece gli ha sparato a freddo sull'autostrada», finii per lui.

«Adesso non ci si può fare molto. Si è guadagnato un'occasione per redimersi, e se stavolta non farà le cose a modo, sarà finito». Hugo scartò un'altra caramella.

"Uno che mangia quando è nervoso".

«Hai in programma di usarmi per attirare qui Nash. E poi cosa?».

Lui mi guardò e non rispose nulla. Non era necessario.

Scossi il capo, mentre un'ondata di nausea mi colpiva. «Naomi si sposa domani e Waylay è una *bambina*. Non c'è bisogno che tu lo faccia».

Hugo fece spallucce. «Senti, non è niente di personale. Be', l'ossessione di Dilton per il tuo fidanzato è molto personale. A quanto pare non gli piaceva il tipo di ordine pubblico instaurato dal tuo ragazzo. Credo che gli avrebbe sparato anche gratis. Ma tutto il resto? Non è personale. Siete tutti solo danni collaterali».

Naomi, Waylay, Liza J, Amanda... Se anche Hugo fosse riuscito ad attirare lì Nash, tutti gli altri sarebbero stati in quella casa. Sulla traiettoria del fuoco.

Il panico mi stava risalendo in gola. «E tutto questo per cosa? Togliere di mezzo tuo padre e subentrargli negli affari di famiglia? Perché non iniziare una tua attività? Costruirti qualcosa da solo?».

Il suo pugno si schiantò sopra la scrivania. «Perché ho intenzione di prendermi tutto ciò che mio padre mi deve e guardarlo marcire dietro le sbarre mentre me la godo. Voglio che sappia che è stato il suo "sensibile figlio pappamolla", lo "spreco di DNA" a tirare fuori le palle e rubargli ogni cosa».

Il mio cervello si stava arrovellando in cerca di una via di fuga. «Non puoi fidarti di Dilton. È una testa calda e ritiene che dovrebbe essere lui al comando. Ha cercato di scatenare una rissa con un intero bar pieno di donne e Nikos ha dovuto fermarlo. Hai bisogno di sbarazzartene».

Hugo si alzò da dietro la scrivania. «Quello di cui *ho bisogno* è che tu resti seduta e zitta finché non arriverà il momento in cui mi sarai utile».

Stavo per dare di stomaco. Dopodiché sarei morta.

«Perché Nash? Perché c'era il suo nome su quella lista? Non aveva nulla a che vedere con gli affari di tuo padre».

Hugo si strinse nelle spalle. «Forse ha fatto incazzare la persona sbagliata».

«Intendi tuo padre o la persona che ha scritto quella lista?»

«Presumo che non lo saprai mai per certo». Raggiunse il divano consunto davanti alla TV e si infilò un paio di cuffie da gioco attorno al collo. «Tanto vale che ti metti comoda».

Lo schermo della TV investì la stanza con una luce verde nucleare.

Mi appoggiai contro la scrivania, le ginocchia che tremavano, lo stomaco che si rimestava.

Era quello il momento. Dovevo trovare un modo per avvertire Nash prima che Dilton se ne andasse. Prima che potesse anche solo avvicinarsi a Naomi e Waylay.

«Buon venerdì, cazzo. Facciamo il culo a un po' di cowboy», esclamò Hugo.

Sbattei le palpebre e fissai lo schermo con intensità. Stava giocando online... il che significava che stava parlando con altri giocatori.

Il mio cuore si schiantò contro le pareti del mio petto. Indossava le cuffie, ma dovevo comunque essere silenziosa. Avevo una sola occasione per fare le cose nel modo giusto.

Emisi un lento respiro e fissai lo schermo, in attesa della mia chance.

«A sinistra. No! La tua sinistra, cretino. Non te l'hanno insegnato all'asilo?», disse Hugo, schivando e muovendosi sul cuscino assieme al controller.

I personaggi sullo schermo stavano lottando contro un orco sparamoccio e un drago sputafuoco. Era la migliore opportunità che avrei potuto avere. Non potevo mandare tutto all'aria.

Sollevai le mani il più in alto possibile dalla schiena e mi piegai in avanti.

L'adrenalina salì, e riportai i polsi verso il basso quanto più in fretta e con tutta la forza che riuscii a trovare. La fascetta di plastica si spezzò, liberandomi le mani.

«Smettila di cazzeggiare, Brecklin, e pugnalalo nel suo cazzo di piede». Hugo imprecò e io lo caricai da dietro.

49
Un conto in sospeso

Nash

Ventisette minuti.

Era quello il tempo trascorso da quando un uomo aveva spinto Lina dentro il bagagliaio della sua auto ed era fuggito via.

Grave stava controllando il parziale numero di targa che Waylay aveva memorizzato.

Knox aveva portato Waylay e Liza J a casa da Naomi.

E io stavo sfrecciando lungo la strada di Tate Dilton mentre una lieve pioggia nebbiosa iniziava a cadere. Sterzai e frenai bruscamente all'imbocco del suo vialetto in cemento. C'era una barca da pesca rosso fiammante parcheggiata su un rimorchio nuovo di zecca di fronte al garage.

Non mi preoccupai di chiudere la portiera, mi limitai a correre verso la porta d'ingresso della villetta bianca illuminata dal blu e dal rosso dei miei lampeggianti.

La porta si spalancò prima ancora che riuscissi a superare le balle di fieno e le zucche sul portico. Dietro di me, degli pneumatici stridettero sull'asfalto, mentre un altro veicolo frenava di colpo.

Melissa Dilton, la bella moglie bionda di Tate, era in piedi sulla soglia, una mano stretta al colletto del suo accappatoio blu.

Aveva le guance segnate dalle lacrime e un labbro gonfio.

Cazzo.

«Lui dov'è, Missy?».

Lei scosse il capo, gli occhi che si riempivano di lacrime. «Non lo so, ma giuro che te lo direi se lo sapessi».

Avrei voluto spingerla via ed entrare, perlustrare la casa da cima a fondo, ma sapevo che non stava mentendo.

Nolan e Lucian risalirono gli scalini del portico con espressioni torve.

«Da quanto tempo se n'è andato?», chiesi alla donna, ignorandoli.

«Un paio d'ore. Ha preparato una borsa come se dovesse star via per un po'. L'ho v-visto tirare fuori un rotolo di banconote dall'intercapedine nella stanza di Sophia».

«Cosa stai facendo, Morgan?», domandò pacato Nolan.

«Dov'era la notte che mi hanno sparato?».

Melissa deglutì a fatica, mentre due lacrime gemelle le scivolavano lungo le guance. «Ha d-detto che stava lavorando».

«Niente affatto. Si è dato malato quel giorno». Avevo controllato mentre mi dirigevo lì.

«Ha detto che stava lavorando. È tornato a casa molto tardi e io… avevo capito che aveva bevuto. Gli ho chiesto di te. Avevo sentito della sparatoria dai miei genitori. Gli ho chiesto se saresti stato bene e lui…». Abbassò lo sguardo verso i suoi piedi nudi, piena di vergogna. «Mi ha picchiata», sussurrò.

Sentii Lucian imprecare alle mie spalle.

«Va tutto bene, Melissa. Non sei nei guai. Ma devo trovare Tate».

Lei mi guardò con le lacrime agli occhi. «Non so dove sia. Mi dispiace, Nash».

«Non è colpa tua», la consolai. «Niente di tutto questo è colpa tua. Ma ho bisogno che prendi i bambini e vai a casa dei tuoi genitori stanotte. Ho bisogno che resti lì finché non ti dirò che è sicuro tornare a casa. Capito?».

Lei esitò, poi annuì.

«Va' a svegliare i bambini. Di' loro che faranno un pigiama party dal nonno e dalla nonna. Lucian vi accompagnerà. Ho degli agenti che sorvegliano la casa dei tuoi genitori».

«È tutto finito, vero?», sussurrò lei.

«Stanotte lo sarà», promisi.

Lei raddrizzò le spalle e annuì. E per la prima volta, vidi una scintilla di determinazione nei suoi graziosi occhi verdi. «Buona fortuna, Nash».

Mi voltai e indicai con il pollice dietro la mia spalla. Lucian annuì e seguì Melissa dentro casa.

«Vuoi dirmi cosa cazzo sta succedendo?», domandò Nolan mentre mi seguiva giù dal portico.

«Non è stato Hugo a premere il grilletto. È stato Dilton», dissi, salendo al volante del mio SUV. «Ahia! Dannazione». Fino a quel momento mi ero dimenticato della mia nuova opera d'arte sul sedere.

Imprecando, Nolan corse dall'altra parte del cofano e salì sul lato del passeggero. «Questo cosa significa?»

«Significa che o Dilton ha agito da solo, oppure è colluso con Hugo. In entrambi i casi, me la pagherà».

Misi in moto il veicolo e feci un'inversione a U, i fari che tagliavano lo strato nebbioso della foschia.

«Dove siamo diretti?», chiese Nolan.

«Alla centrale».

«Ci stiamo coordinando con la polizia di stato e stiamo piazzando dei posti di blocco qui, qui e qui», disse l'agente Bannerjee, indicando la mappa mentre entravamo in centrale. Sembrava che tutto il pronto intervento di Knockemout fosse già lì. «Tutte le unità sono state avvisate di tenere gli occhi aperti per Lina Solavita, il soggetto ignoto e una Ford Fusion beige del 2020».

Lina era da qualche parte là fuori, al buio, al freddo. E non mi sarei riposato finché non l'avessi trovata.

Aprii il fascicolo sulla scrivania di Grave e afferrai il primo foglio, poi mi diressi verso la lavagna. Tashi si scostò di lato mentre io appiccicavo la foto di Tate Dilton accanto a quella di Lina.

Una serie di sussurri si diffuse tra la folla.

«Tutti gli agenti devono stare in guardia per Tate Dilton, ex agente di polizia. È ricercato per tentato omicidio di un agente delle forze dell'ordine, violenza domestica e aggressione. Chiunque abbia informazioni sul nascondiglio di Dilton deve parlare con me».

Non attesi che mi ponessero domande. Andai dritto verso l'armeria. Nolan mi stava ancora alle calcagna.

«Qual è il piano?», mi domandò quando gli porsi un fucile.

«Buttiamo giù le porte di tutti i cazzo di amici di Dilton finché non troviamo qualcuno che sappia dove diavolo è. Trovato lui, troveremo Lina».

«E che mi dici di Hugo?».

Scossi il capo e gettai due caricatori e un paio di scatole di proiettili dentro un borsone. «Non so se lui sia coinvolto in questo o se sia stato sempre Dilton fin dall'inizio. Ma l'istinto mi dice che sono entrambi invischiati in questa merda».

Nolan caricò con calma il fucile e gettò un'altra scatola di proiettili in una sacca. «Credi che lei li abbia già fatti pentire?», mi chiese.

Le mie labbra si incurvarono mentre lanciavo altre due scatole di munizioni dentro il borsone. «Puoi starne certo».

«Dopo questa notte, le operazioni alle palle raggiungeranno il record storico assoluto in questo stato», predisse lui.

Chiusi la cerniera del borsone e lo guardai. «Non devi per forza venire».

«Vaffanculo».

«Non ho intenzione di agire secondo le regole. Non seguirò il cazzo di protocollo. Farò tutto ciò che serve per riprenderla».

«Allora fai strada».

Attraversammo il distretto, ed eravamo quasi alla porta quando questa si aprì. Wylie Ogden entrò con indosso uno dei vecchi impermeabili del dipartimento.

«Nash. Voglio dire, comandante», esordì. Sembrava più vecchio di quanto l'avessi mai visto. Il suo volto era scavato e pallido. «Ho appena parlato con Melissa e lei mi ha raccontato cosa sta succedendo». Scosse il capo. «Non lo sapevo. Non ne avevo idea. Eravamo amici, ma… immagino che non si possa mai dire di conoscere davvero qualcuno. Non è bello. Quello che ha fatto a te, a sua moglie».

«No, non lo è», mi limitai a dire con freddezza.

«Sono qui per dare una mano come posso», aggiunse. «Per fare la cosa giusta».

«Parla con Bannerjee per un incarico», dissi, poi lo superai e mi diressi nel parcheggio.

Aprii il portellone del SUV, e mentre Nolan gettava dentro i borsoni, caricai un secondo fucile, poi mi infilai altri due caricatori pieni nella cintura.

Il mio telefono squillò.

Lucian.

«Qualche problema nel portare Melissa e i bambini dai suoi genitori?», domandai.

«No. Sono al sicuro e c'è un'auto di pattuglia già nel vialetto. Ma ho pensato che dovessi sapere che KingSchlong85 ha appena fatto login su *Dragon Dungeon Quest*», mi informò Lucian. «Il mio team sta rintracciando l'indirizzo IP. Hanno ristretto il cerchio entro otto chilometri da qui».

Cazzo. Se Duncan Hugo era vicino, non poteva essere una coincidenza.

Caricai una cartuccia nella mia Glock e me la infilai nella fondina. «Fammi sapere quando lo trovi».

«Se lo troviamo in questo modo, non reggerà in tribunale», mi avvisò Lucian.

«Non mi interessa. Non ho intenzione di mettere in piedi un caso. Ho intenzione di regolare i conti. Trovalo», ordinai.

50

Brecklin fa schifo

Lina

Il mio primo tentativo di strangolare qualcuno non era andato bene. Ma ero riuscita a rubare le cuffie, infliggere qualche danno alla trachea e uscire dalla stanza prima che potesse puntarmi contro una pistola, perciò non potevo definirlo un completo fallimento.

Lo sentii gridare mentre risalivo le scale verso il secondo piano, e mi augurai che stesse chiamando Nikos e Dilton. Se quei tre erano impegnati a cercarmi, non avrebbero potuto dedicarsi alla scia di omicidi.

Scattai fino all'atrio in cui Nikos e io eravamo entrati e mi guardai intorno. Avrei potuto provare a correre fuori, ma più che una via di fuga, mi serviva un telefono o un modo per contattare Nash. Spalancai la porta che dava sull'esterno per far credere loro che fossi scappata da lì, poi scelsi una porta a caso. Questa mi condusse in un lungo corridoio scuro.

Stavo usando le mani per guidarmi lungo il corridoio il più in fretta possibile, quando udii qualcosa.

Una voce in lontananza che proveniva da… la mia mano.

Porca.

Miseria.

La cuffia da gioco di Duncan era ancora connessa al segnale Wi-Fi.

Me la infilai in testa e aprii la porta più vicina all'ufficio al piano di sotto. Se fossi riuscita a restare nascosta e connessa al Wi-Fi, avrei potuto richiedere aiuto.

«Pronto? Mi sentite?», sussurrai nel microfono.

«Cos'è questo respiro pesante? Qualcuno ha fatto entrare un inquietante pervertito nella quest?», disse una voce sconosciuta e infantile nel mio orecchio.

Sentii la porta da cui ero entrata spalancarsi con un tonfo.

«Merda», mormorai.

Le mie mani trovarono un'altra porta di legno proprio mentre le luci del corridoio si accendevano.

Intravidi un furioso Hugo correre verso di me prima di aprire con una spallata la porta.

Quest'ultima – ringraziando la mia buona stella – aveva un chiavistello all'interno. Non l'avrebbe trattenuto a lungo, ma almeno l'avrebbe rallentato. Lo feci scattare proprio mentre la maniglia della porta veniva agitata.

«Più mi costringerai a inseguirti, più male ti farò fare da Dilton», ringhiò lui dall'altra parte della porta.

Mi allontanai in fretta dalla porta, tenendo il microfono vicino alla bocca. «Pronto? C'è qualcuno?», dissi a voce più alta che osai.

Il pavimento lì era diverso. Sembrava fatto di mattone, e nella parte superiore di entrambe le pareti c'erano delle finestrelle. Era uno spazio buio e cavernoso, con quelli che mi resi conto essere una dozzina di box per cavalli separati nel mezzo da un largo corridoio di mattoni.

«La vuoi smettere di cazzeggiare, KingSchlong, e ci aiuti a uccidere questi orchi, oppure devo di nuovo usare il mio incantesimo storditore su di te?».

Era la voce di una bambina. E, a giudicare dal tono, di una bambina seccata.

«Mi chiamo Lina Solavita e sono tenuta in ostaggio da Tate Dilton e Duncan Hugo nella fattoria Red Dog a Knockemout, Virginia», sussurrai nel microfono mentre correvo lungo il corridoio tra i box.

La maniglia della porta alle mie spalle si mosse, poi vi fu un forte tonfo.

Scattai verso il fondo del corridoio buio e mi scontrai contro una parete di legno che arrivava ad altezza busto, e che mi mozzò il fiato.

«Ahia. Cazzo», ansimai.

«È una cosa vera?», domandò una vocetta arrogante da preadolescente.

«È probabile sia solo KingSchlong che ci prende in giro, Brecklin», disse un altro ragazzino.

«Senti, Brecklin, i tuoi genitori lo sanno che giochi ai videogiochi online assieme a un criminale?», sibilai mentre mi rialzavo in piedi.

Dal lato opposto della stanza provenne un altro forte tonfo, seguito dal rumore di legno che andava in frantumi. Somigliava in modo terrificante a un corpo che cercava di buttare giù una porta.

Stava arrivando, e non avevo tempo di trovare una via di uscita. La mia sola opzione era nascondermi quanto più a lungo possibile prima di saltare fuori.

«La narcotici», sussurrò nel mio orecchio un ragazzino.

«Oh, mio Dio. Ve lo giuro su Justin Bieber o Billie Eilish o chiunque vi piaccia, sto dicendo la verità. Ho bisogno che uno di voi chiami il 911, subito».

Ci fu un altro forte tonfo, e altro legno iniziò a cedere.

Un acuto rumore cicaleggiante nelle cuffie mi provocò un sussulto.

«Gesù. Cosa diavolo era quello?», sussurrai.

«Rilassati, signora. WittyInPink si è appena unita alla nostra quest», disse Brecklin.

«Mi rilasserò dopo che avrete chiamato il 911!».

«Lina?».

Quella voce familiare mi fece quasi venire le lacrime agli occhi. «Waylay?»

«Dove sei?»

«Sono vicina. Sei al sicuro? Naomi è al sicuro? Cosa diavolo ci fai qui?»

«Dopo che lo zio Nash ha chiamato e mi ha chiesto quale fosse lo username di Duncan Hugo, ho immaginato che avrei potuto dare una mano a rintracciarlo tramite il gioco».

«Waylay, meraviglioso piccolo genio! Sono tanto, tanto fiera di te, ed è anche probabile che tu sia in un enorme mare di guai».

«Già, l'ho immaginato», disse lei, sembrando annoiata dal concetto.

«Ascoltami, ho bisogno che chiami tuo zio Nash e che gli dici che Duncan Hugo sta mandando Tate Dilton a casa tua per...».

Come facevo a dire a una ragazzina di dodici anni che qualcuno voleva ucciderla?

«Far fuori me e zia Naomi?», tirò a indovinare lei.

«Cavoli», sussultò uno degli altri ragazzini.

Stavolta, quando Hugo colpì la porta, questa si scheggiò e dei pezzi di legno caddero a terra.

«Merda, sì. Ascolta, sto cercando di distrarli, ma Nash non può venire qui, perché stanno preparando una trappola per lui. Deve venire a casa tua e assicurarsi che voi siate al sicuro».

«Dove sei?», chiese Waylay.

«Non importa. Digli solo che lo amo».

«È alla fattoria Red Dog», dichiarò la vocetta arrogante di Brecklin.

«Chiudi il becco, Brecklin!», sibilai.

Risuonarono due colpi di pistola.

«Pronta o no, sto arrivando», cantilenò Hugo mentre la porta andava in pezzi e si spalancava.

Scelsi un box a caso e aprii la metà inferiore della porta alle mie spalle quanto più in silenzio possibile.

«Senti, devo andare. Duncan sta arrivando. Tate Dilton è con lui», sussurrai, infilandomi in fondo al box per accucciarmi dietro a una pila di tubi di plastica. «Di' a Nash che lo amo».

«Cos…».

«Romp… ere…».

Merda. Il segnale del Wi-Fi si stava indebolendo. Avanzai carponi verso la porta del box.

«Dovresti dire "AFK"», crepitò la voce arrogante di Brecklin nel mio orecchio. «Significa che sei lontana dalla tastiera».

«Io non ho una dannata tastiera, Brecklin!», sibilai.

Ma nel mio orecchio sentii solo silenzio, dato che il segnale era caduto di nuovo.

Fantastico. Avevo sprecato le mie ultime parole per gridare contro una ragazzina. Oh, be'. Se l'era meritato.

«Non puoi nasconderti qui per sempre». La voce di Hugo riecheggiò in modo inquietante nell'ambiente.

Mi appiattii contro la parete e mi resi conto che era fredda e liscia. Come fosse fatta di piastrelle.

Riemersero dei ricordi della mia breve esperienza al campo estivo equestre. Ero nel box per il lavaggio, che in pratica era una doccia per i cavalli.

Mentre le suole delle scarpe di Hugo sfregavano sopra il pavimento in mattoni, le mie dita trovarono ciò che stavano cercando. I cavalli venivano lavati con un tubo e una spugna, ma alcune stalle avevano installati dei tubi idropulitori per ripulire il box stesso.

Un forte schianto mi fece spaventare a morte. Era il rumore del legno e del metallo che si schiantavano contro la pietra. Armeggiai col tubo e picchiai il gomito contro il rubinetto. Il dolore mi si propagò lungo il braccio.

Un fascio di luce da una torcia squarciò il buio. «Non è qui», cantilenò tra sé e sé Hugo.

Ci fu un altro schianto, stavolta più vicino.

Avrebbe spalancato le porte dei box a una a una, finché non avesse trovato ciò che stava cercando.

Il mio cuore stava facendo del suo meglio per esplodermi fuori dal petto.

Mi accucciai, cercando di rallentare il respiro. Avevo bisogno di restare in vita e restare nascosta. In quest'ordine.

In silenzio, mi tolsi le cuffie e le lanciai verso l'ingresso del box, augurandomi che si riconnettessero al segnale del Wi-Fi. Proprio non avrei voluto traumatizzare un gruppo di ragazzini facendo loro ascoltare la mia morte. A parte Brecklin. Lei sembrava terribile. Ma mi auguravo che uno di loro fosse abbastanza furbo da registrare l'audio, così che Duncan non potesse farla franca.

Chiusi una mano sul rubinetto e trattenni il fiato. La porta del box accanto a me si schiantò contro la parete esterna, e approfittai del rumore per dare una bella girata alla manopola.

Ti prego, fa' che ci sia acqua. Ti prego, fa' che ci sia acqua.

Era vicino quanto bastava perché riuscissi a sentire il suo respiro affannoso.

Ora o mai più. Dovevo sincronizzarmi alla perfezione o non avrei mai avuto l'occasione di dire a Nash che lo amavo guardando quella sua faccia stupidamente bella.

La porta del mio nascondiglio si spalancò e si infranse contro la parete esterna. Non esitai. Mentre un fascio di luce mi passava sopra, strinsi il tubo e premetti la levetta.

Risuonò un colpo di pistola.

51

Quand'è che l'hai infilzato con un forcone?

Nash

Un familiare pick-up entrò stridendo nel parcheggio della centrale, schizzando acqua dappertutto mentre le luci dei suoi fari ci investivano. Knox scese e richiuse lo sportello sbattendolo. Avanzò a passo spedito verso di me, la mascella tesa.

«Cosa ci fai tu qui? Devi restare con Naomi e Way», dissi.

Lui scosse il capo. «Sono con te».

«Lo apprezzo, ma devi tenerle al sicuro. Hugo potrebbe decidere di agire contro di loro stanotte».

Knox incrociò le braccia. «Lou ha due fucili, Liza J ha ripescato la carabina di nonno. Stef sta mescendo drink e distribuendo spray al peperoncino. Jeremiah e Waylay stanno marciando per casa con le nostre mazze da baseball di quando eravamo bambini».

«Domani ti sposi».

«Non senza di te, e non senza Lina. Chiama Naomi se non mi credi. Questo matrimonio si farà solo con tutti noi».

«Comandante?». Grave comparve sulla porta. «La Ford Fusion appartiene a Mark Nikos. Il tizio affitta proprietà commerciali tra qui e Washington. Ha un indirizzo del posto. Lo ha da quest'estate. Ho mandato due pattuglie a casa sua proprio ora».

Annuii. «Grazie, Grave».

Non lo avrebbero trovato lì, e neppure Lina, perciò non persi tempo a prestare attenzione a quel dettaglio.

Mi voltai di nuovo verso mio fratello. «È la tua occasione di avere qualcosa di bello. Non manderai tutto a puttane per giocare al fratello maggiore. Non stanotte».

Lui mi afferrò la spalla buona. «La scorsa volta ho potuto contare su di te. Non andrai là fuori senza di me».

«Sembra che noi tre andremo in cella insieme», disse Nolan.
«Per l'amor del cielo», borbottai. Tirai fuori il telefono e composi un numero.
«Che c'è?», chiese Lucian.
«Ho bisogno che tu vada a casa di Knox e tenga tutti quelli che sono lì in vita».
«Ho una squadra di sicurezza già per strada».
«Fantastico. E adesso ho bisogno che ci vada anche tu, dato che il mio idiota di fratello è qui in piedi assieme a me nel parcheggio».
Lucian imprecò in modo colorito, e udii lo schiocco rivelatore del suo accendino. «Sarò lì tra cinque minuti».
Sentii un *bip* e guardai il mio display. Naomi.
«Devo andare. Ho un'altra chiamata», dissi a Lucian, poi chiusi la telefonata. «Naomi, non ho aggiornamenti, ma stiamo facendo tutto...».
«Zio Nash? So dov'è Lina».

«Vedo un pick-up da zotico con i tubi di scarico sul retro del cassone e una Ford Fusion dorata parcheggiati accanto al fienile», riferì Nolan. Era sdraiato di pancia sul limitare del bosco e stava scrutando attraverso il binocolo.
Grazie alla dritta di Waylay, eravamo entrati nella proprietà passando dal bosco, raggiungendo il retro della casa e del fienile. La pioggia aveva generato una spessa nebbia che si stendeva come una coperta, dando un aspetto spettrale alla proprietà.
«Dilton e l'auto che ha preso Lina». Cercai di contenere le emozioni che ribollivano dentro di me.
Knox e io ci scambiammo un'occhiata. Nel bene e nel male, gli uomini che stavamo cercando erano lì. E nessuno di loro avrebbe avuto un'altra occasione per nuocere a qualcuno dei nostri cari.
«Vedo del movimento», disse Nolan pacato.
Ci immobilizzammo e sbirciammo attraverso la pioggia e l'oscurità.
«Un tizio grosso. È appena corso fuori dalla porta laterale aperta. Ha una pistola. Si sta guardando in giro».
«Cerca noi?», domandò Knox.
Eravamo a duecento metri di distanza, ma le mie orecchie colsero comunque un debole rumore. Sembrava che qualcuno stesse gridando. Osservammo l'uomo correre di nuovo all'interno.

«Lina», dissi.

Nolan fece un sorrisetto. Persino la bocca di Knox riuscì a incurvarsi. «Scommetto che sta dando loro del filo da torcere».

«Di' a Lucian che Dilton è ancora qui», dissi a mio fratello. «Io chiamo i rinforzi».

Stavo giusto componendo il numero di Grave quando riecheggiò uno sparo.

Il mio cuore si arrestò. Il mio cervello si svuotò. L'unica cosa rimastami fu l'istinto. Mi ritrovai in movimento, mentre correvo tra l'erbaccia all'altezza della vita.

Sentii Knox e Nolan dietro di me, ma non avevo intenzione di aspettare. Non con Lina là dentro.

Coprii la distanza dal fienile con facilità, saltai sopra il recinto e ricordai di portare avanti la spalla buona quando mi lanciai contro la porta.

Quest'ultima cedette senza difficoltà, e mi fermai giusto il tempo di notare che l'atrio era vuoto prima di proseguire. C'erano due porte aperte. Una conduceva al piano di sotto, l'altra verso un lungo corridoio.

Lina non si sarebbe intrappolata da sola in un seminterrato senza una facile via di fuga, perciò imboccai il corridoio a perdifiato. Avvertii un formicolio allo stomaco. Mi abbassai proprio mentre la porta alla mia destra si apriva e un enorme pugno scattava verso di me.

Speronai Mark Nikos, l'uomo che aveva trascinato la mia donna fuori da un supermercato per gettarla nel bagagliaio di un'auto, con la mia spalla non molto buona, prendendolo nelle costole e sbalzandolo all'indietro contro il telaio della porta.

«Ci penso io. Vai», urlò mio fratello alle mie spalle. Non mi disturbai neppure a guardare indietro. Se Knox aveva detto che ci avrebbe pensato lui, l'avrebbe fatto.

Proseguii lungo il corridoio fino a raggiungere un varco aperto. La sua porta era spezzata e ammaccata, i suoi infissi inutilizzabili sul pavimento.

Tastai in cerca degli interruttori della luce e ne trovai una fila. Li premetti tutti e corsi dentro la stalla illuminata. I portelloni di ogni box sul lato sinistro erano frantumati e spalancati.

Rivolsi una rapida occhiata a ciascun box, correndo loro a fianco. Lei era lì. Era vicina. Doveva esserlo. Potevo sentirlo.

«Quello cos'è?», domandò Nolan, raggiungendomi. Entrambi abbassammo lo sguardo verso il liquido in una pozza sul pavimento fuori dal penultimo box. Al centro della pozzanghera c'era un bossolo solitario.

Per un mezzo secondo, il mio cuore si fermò. Poi udii un flebile sibilo e individuai un tubo a manichetta che ancora spruzzava una fine pioggerella d'acqua.

«Acqua», dissi con voce roca.

«Due paia di impronte di piedi», osservò Nolan.

Le seguimmo verso il punto in cui sembravano mescolarsi e confondersi contro una parete in pietra. Abbandonato in mezzo alle impronte d'acqua c'era un forcone. Le punte erano macchiate di rosso. C'erano delle gocce rosso ruggine che costellavano il pavimento.

«Scommetto cento verdoni che Lina l'ha infilzato con il forcone», predisse Nolan.

«Non serve scommettere». Qualcosa di simile all'orgoglio spinse contro la bolla di terrore nel mio petto. Lina poteva cavarsela da sola finché non l'avessi trovata, e di sicuro l'aveva fatto.

Seguimmo la scia di sangue e acqua fino alla fine della stanza. Un alto recinto in legno con un cancello portava a un altro ambiente avvolto dall'oscurità.

La luce della stalla si riversava nel buio pesto, e riuscii a vedere che il pavimento era ricoperto da uno spesso strato di segatura.

«Credo sia un maneggio al chiuso», ipotizzò Nolan. «Dev'esserci un interruttore qui da qualche...».

Si sentì un rumore nel buio. Una specie di guaito strozzato, seguito da un tonfo e un grugnito. Non mi importava che non riuscissi a vedere. Sapevo che lei era lì, e l'avrei trovata.

«Cazzo, mi hai infilzato con un forcone!», ululò un'incorporea voce di uomo.

«Te la sei cercata, stupido coglione del cazzo», replicò Lina in modo sprezzante.

Stava bene. O almeno, abbastanza bene da imprecare.

«Angelina!». La mia voce squarciò l'oscurità come un dardo.

«Nash! Vattene da qui! Ahia! Brutto figlio di puttana...».

Mi stavo avvicinando. Lo capivo da come diventavano più forti i rumori della colluttazione. Aggirai un grosso oggetto in ombra. Un veicolo o un macchinario della fattoria coperto da un telo, mi resi conto. Ce n'erano altri allineati tra me e lei, a creare un percorso a ostacoli.

Li avevo quasi raggiunti. Riuscivo a sentirla accanto a me. E il mio stomaco si contrasse per il rumore di un pugno che colpiva la carne. Ma il successivo ululato non era suo.

Le luci si accesero a illuminare il recinto. Ero a due metri da Lina. Hugo era in ginocchio davanti a lei, il sangue che gli colava da una gamba, e ancora di più dal naso.

«Troia del cazzo», strillò, poi sollevò la mano che reggeva la pistola.

Non pensai. Non pianificai. Non calcolai. Agii.

«Nash!». L'urlo di Lina mi riecheggiò nella testa mentre mi lanciavo in aria.

La testa di Hugo si girò verso di me al rallentatore, seguito dal suo braccio. Ma era troppo tardi per lui. Lo colpii con la forza di un treno merci, portando avanti il fucile che avevo con me. La sua pistola volò via e finimmo sdraiati nella segatura. Gli rotolai sopra, lo inchiodai a terra e abbattei il mio pugno contro la sua faccia. Una volta. Due volte. Tre volte.

«Ok, Fenomeno». La voce di Lina accanto a me era dolce e calma. «Credo che tu l'abbia preso».

Ma non era abbastanza. Nulla lo sarebbe stato, tranne finirlo. Portai il braccio di nuovo all'indietro per caricare il pugno, ma le mani di Lina si posarono su di me.

«Morgan!». Il grido di avvertimento di Nolan fece alzare a entrambi lo sguardo in tempo per vedere Tate Dilton puntare la pistola contro di noi a dieci metri di distanza.

Dilton si voltò verso Nolan, che stava correndo, ed entrambi spararono quasi in simultanea.

Mi resi conto di Nolan che cadeva in ginocchio e del grido terrorizzato di Lina, mentre l'afferravo sotto le braccia e la trascinavo dietro un grosso trattore blu.

La spinsi giù dietro lo pneumatico e sparai due colpi in aria per attirare l'attenzione di Dilton. Lina si aggrappò a me e mi trascinò verso il basso. Il suo tocco mi riportò dentro il mio corpo.

Il respiro mi stava uscendo in violenti ansiti. Il sudore mi scorreva lungo la schiena. La mano stretta a pugno mi pulsava. Il cuore mi martellava nel petto.

«Nash», disse lei, premendosi contro di me. «Riesci a vedere Nolan?».

Scandagliai l'ambiente e scossi il capo. «Deve aver trovato un posto in cui ripararsi». Abbassai lo sguardo, controllandola in cerca di ferite. «Stai sanguinando, tesoro».

Lei sollevò il braccio sinistro, dove le mancava un pezzo di manica. Il materiale che circondava lo strappo era inzuppato di rosso. «Ho colpito Hugo in faccia con l'idropulitrice e quando ha sparato ho eseguito un Nash Morgan».

Mi strappai la manica della camicia e gliela legai sopra il bicipite. «Cos'è un "Nash Morgan"?».

Lei mi sorrise, e in quel momento non avrei potuto amare nessuno più di così. «Ho fatto quello che hai fatto tu quando ti sei avvicinato a quell'auto. Ho visto la pistola e mi sono girata di traverso. Il proiettile mi ha a malapena sfiorata. Non credo che sia nemmeno qualificabile come ferita, però brucia da morire».

«Gesù, Angel».

«È un graffio», mi rassicurò lei.

«Quand'è che l'hai infilzato con un forcone?»

«Dopo che ha sparato verso di me».

«Lui non ha sparato verso di te. Ha sparato a te». Stavo iniziando a vederci rosso. «Credo di aver bisogno di spararagli», decisi.

«Se spari a Hugo, io voglio sparare a Dilton. È stato lui a ferirti», disse.

«Lo so». Azzardai una sbirciata da dietro lo pneumatico e vidi Dilton scomparire dietro una montagna di cassette di plastica. Di Nolan nessuna traccia.

«Lo sai?», sibilò lei.

«Mi è tornata la memoria quando ho sentito il tuo messaggio in segreteria».

«Aspetta un momento. Perché sei qui? Dovresti essere a proteggere Naomi e Waylay».

«Lucian e un team di sicurezza privata le stanno sorvegliando».

«Voi due avete intenzione di chiacchierare tutto il giorno oppure venite fuori così posso spararvi in testa?», gridò Dilton.

Un proiettile sfrecciò sopra la carrozzeria in metallo del trattore.

Spinsi Lina ancora di più verso il basso e le indicai il veicolo ricoperto dal telo accanto al trattore. Era più basso e più corto. «Va'», le ordinai.

Lei scosse il capo con vigore. «No».

«Porta il tuo culo via da qui, Angel».

«Io non ti lascio», soffiò lei, e quasi persi l'equilibrio.

Feci una smorfia quando il mio sedere colpì il nodoso battistrada dello pneumatico.

«Che succede?», sussurrò. «Sei ferito? Se quel tizio ti ha sparato nel tuo sedere perfetto, lo ucciderò».

«Non mi hanno sparato. Ti spiegherò dopo».

Un proiettile volò sopra le nostre teste, arruffando l'orlo del telone.

Colsi un accenno di blu mentre rispondevo al fuoco alla cieca.

«Io non ti lascio», ripeté lei.

«Angel».

«Cosa?».

Le afferrai il mento e le feci voltare la testa. «Ho trovato la tua Porsche».

La sua bocca si spalancò e ne uscì un gridolino stridulo.

«Porta l'auto fuori di qui. Io mi occuperò delle questioni in sospeso».

Lei guardò prima l'auto, poi di nuovo me. «Dannazione. Non posso farlo. Non ti lascio qui».

«Tu mi ami».

Lina sbatté le palpebre. «Scusami?»

«Tu mi ami, cazzo».

«Oh? E immagino che invece tu non mi ami?»

«Ti amo anch'io, cazzo. Così tanto che non aspetteremo fino a un secondo momento».

«Cosa?»

«Ci sposeremo».

«Ci stanno sparando addosso e tu vuoi farmi la proposta?».

Risuonò un altro sparo. Rotolai in basso e aprii il fuoco in direzione di Dilton.

«La cosa ti crea problemi?», domandai, tirando fuori un caricatore nuovo e infilandolo nella mia pistola.

«È proprio tipico di te. Aspetti finché siamo nel bel mezzo di una situazione difficile per costringermi a fare quello che vuoi. Ci sono circa un migliaio di decisioni che dobbiamo discutere insieme. Dove vivremo? Quale lavoro è più importante? Chi porterà fuori la spazzatura?»

«E hanno tutte inizio dalla prima. Mi vuoi sposare, Angel?»

«Uff, d'accordo. Sì. Ma quando l'adrenalina scemerà e ti renderai conto di essere bloccato con me da qui all'eternità, saranno fatti tuoi. Non voglio sentire alcun piagnisteo».

Il mio cuore fece un salto e sorrisi alla mia bellissima ragazza. «Più tardi ti bacerò fino a toglierti il fiato».

«Eccome se lo farai».

Sentii una folata e un tonfo. Spinsi Lina a terra mentre Duncan Hugo crollava di faccia sulla segatura ai nostri piedi. Dalla parte frontale del trattore comparve Knox, con una pala in mano. Aveva un taglio sulla fronte e le nocche insanguinate.

«Adesso siamo pari», disse.

«Dunc! Sei là fuori?», gridò Dilton.

Knox si inginocchiò accanto a Lina. «Nolan sta sanguinando di brutto. L'ho nascosto sotto un qualche macchinario per la paglia, ma dobbiamo portarlo fuori da qui in fretta».

Spostai lo sguardo tra mio fratello e la mia ragazza. «Pensaci tu. Mi occupo io di Dilton», dissi in tono minaccioso.

«Nash, no». Lina mi afferrò il braccio.

«Tesoro, sarò proprio dietro di te», le promisi. «Ho un sacco di cose per cui vivere».

«E un anello da comprare», sottolineò lei.

«Sul serio hai fatto la proposta il giorno del mio cazzo di matrimonio?», domandò Knox.

Lina diede uno schiaffo al petto a Knox e questi fece una smorfia. «Ahia!».

«Gesù, che avete voi due?», domandò.

Mio fratello fece un sorrisetto. «Non gliel'hai detto?»

«Sono stato un po' impegnato», mi limitai a rispondere, asciutto. «Prendi lei e Nolan e portali fuori di qui. Ho bisogno di mettere fine a questa storia».

Knox annuì e prese la pistola di Hugo, che era privo di conoscenza. «Ci vediamo fuori».

«Dannazione, Nash. Non posso lasciarti qui». La voce le si spezzò.

«Angel, questa è la mia battaglia. Sono io che devo concluderla, e conto su di te per portare mio fratello e il mio amico fuori da qui tutti interi. Confida che faccia il mio lavoro come io confido che tu faccia il tuo».

Lei si passò le mani sul volto e imprecò sottovoce. «D'accordo. Ma non osare farti sparare», disse infine Lina.

«Non lo farò», le promisi.

Knox la prese per un braccio e iniziò a trascinarla via.

I suoi occhi marroni si piantarono nei miei e sostennero lo sguardo. «Ti amo».

«Ti amo anch'io. Adesso vattene da qui, così posso fare l'eroe».

«Mi trasferisco qui», disse Lina a Knox mentre si abbassavano.

«Fantastico. Cosa ti è successo al braccio?», domandò Knox.

«Il tizio che hai colpito in faccia con la pala mi ha sparato».

«Mi stai prendendo per il culo?», sentii ringhiare mio fratello.

Attesi finché Lina non ebbe scoperchiato la Porsche e Knox non ebbe caricato un Nolan bianco in volto sul sedile del passeggero.

Mio fratello mi rivolse un cenno di saluto, poi si voltò e corse tenendosi basso verso la porta del fienile in fondo al maneggio.

Nolan mi rivolse un debole dito medio mentre Lina saliva al volante della Porsche. Ricambiai in modo torvo. "Ci vediamo dopo", mi mimò lei con le labbra.

Le soffiai un bacio, poi presi la mira mentre il motore della Porsche si accendeva con un ruggito.

Dilton riemerse da dietro il suo nascondiglio mirando in direzione di Lina. Io sparai un mezzo secondo prima che lui premesse il grilletto. Scomparve dietro le cassette, tenendosi il braccio.

Era un tiratore decente. Ma io ero meglio di lui, e conoscevo il suo punto debole.

«Nikos? Dove cazzo sei?», gridò Dilton mentre Lina premeva l'acceleratore e la Porsche balzava in avanti. Il trionfale gridolino della mia ragazza mi raggiunse assieme alla nuvola di polvere che l'auto si lasciò dietro. Sorrisi e la utilizzai come copertura.

Rimasi basso e abbandonai la sicurezza del trattore, muovendomi verso il nascondiglio di Dilton. Avevo bisogno di poterlo vedere con i miei occhi.

Mi nascosi dietro un trattore più piccolo con una trivella e sbirciai da sotto la carrozzeria.

Dilton stava sudando e masticando la sua gomma come se la sua mascella fosse un pistone. Era in ginocchio, semisdraiato sopra una piccola pila di balle di fieno. Le sue braccia, una delle quali sanguinava, erano allungate sopra il fieno. Tra le mani, stringeva la sua preziosa rivoltella Smith & Wesson.

Ce l'avevo, cazzo.

Presi la mira e sparai, facendo sollevare uno sbuffo di fieno marcio a pochi centimetri da lui.

Lui sparò un colpo di risposta verso il trattore.
«Dilton».
Questi si inerpicò e si girò sulle ginocchia nella segatura mentre io mi alzavo in piedi.
Fissai negli occhi l'uomo che aveva già provato una volta a togliermi la vita, e nel farlo capii che non avrebbe avuto una seconda occasione.
«Sai che adesso devo ucciderti», disse, masticando nervosamente la sua gomma.
«So che ci hai già provato».
«Pare che ti sia davvero tornata la memoria, eh?». Si alzò in piedi.
«Quello che non capisco è perché».
«Perché?», mi scimmiottò lui con un verso sprezzante. «Hai rubato quel lavoro a un vero uomo e hai trasformato l'intero cazzo di dipartimento in un branco di femminucce. Avrei dovuto essere io il comandante. Ho fatto molto di più per questa dannata città di quanto abbia mai fatto tu».
«Allora perché aspettare tutti questi anni prima di provarci?». Avanzai di un altro passo.
Stava sudando come la mia prozia Marleen al barbecue del Quattro luglio.
«Non lo so, cazzo. Dannazione, resta dove sei», disse, reggendo la pistola con entrambe le mani. Il lungo cannone lucente rivelò il tremito nella sua presa.
«Forse non hai pensato di fare nulla finché non è arrivato Duncan Hugo a metterti la pulce nell'orecchio».
«Cosa ti fa credere che non sia stato io a mettere la pulce nell'orecchio a lui?»
«Perché non hai mai avuto un solo pensiero originale in quel tuo cervello delle dimensioni di un pisello. So che niente di tutto questo ha avuto origine da te».
Le labbra di Dilton si incurvarono, sollevandogli i baffi. «Proprio non ci arrivi, eh?»
«Perché non mi illumini tu?».
Stava mirando in basso, il peso della pistola che abbassava il cannone. «Merda. Ti aspetti che ti confessi tutto prima di mandarti al creatore?»
«Perché no? Dimmi quanto sei furbo prima di premere di nuovo quel grilletto».

«Te lo dirò mentre ti dissangui, perché stavolta posso restare a guardare».

Ero pronto. Lessi quel fremito e osservai al rallentatore il suo dito premere il grilletto. Ci fu un *click*, e poi l'espressione stupida e stupefatta di Dilton mentre si rendeva conto di aver già sparato il suo ultimo proiettile.

Quel figlio di puttana non teneva mai il conto delle sue munizioni.

Mezzo secondo dopo, tre macchie di rosso spuntarono sul torace di Dilton. L'eco di tre rapidi colpi di pistola risuonò nella stanza cavernosa e dentro la mia testa.

Il volto sudato di Dilton si afflosciò mentre guardava prima me, poi i fori sul suo petto. Le sue labbra si mossero, ma non ne uscì alcun suono. Il rosso si stava ancora propagando quando crollò in ginocchio e poi cadde di faccia, in avanti.

Dietro di lui c'era un cinereo Wylie Ogden. Le sue mani tremavano mentre teneva la pistola dritta davanti a sé.

«S-stava per ucciderti», disse Wylie in poco più di un sussurro.

«Aveva finito i proiettili», risposi. Non so se mi sentì, perché stava guardando in basso verso Dilton come se temesse che quell'uomo si sarebbe rialzato.

A quel punto mi ricordai: nei suoi vent'anni di carriera, Wylie non aveva mai dovuto premere il grilletto in servizio.

«Metti giù la pistola, Wylie. Qui siamo tutti amici». Avanzai pian piano verso di lui.

«L'avrebbe fatto», ripeté.

A quel punto sentii le sirene, il lungo e incalzante gemito che si faceva via via sempre più vicino.

«È finita adesso», gli dissi.

«È finita», sussurrò lui. Lasciò che gli togliessi la pistola di mano, poi crollò in ginocchio nella polvere impregnata di sangue accanto al corpo di Tate Dilton.

L'alba stava appena iniziando a sorgere sopra gli alberi quando uscii dal fienile. La lunga notte oscura era finita. Era iniziato un nuovo giorno.

L'intera proprietà pullulava di poliziotti, federali e altri primi soccorritori.

Fui sorpreso nel vedere mio fratello spingersi via dal fianco del fienile e dirigersi verso di me. Aveva un cerotto sopra il taglio in fronte e altre fasciature alle nocche.

Restammo spalla contro spalla sulla porta aperta, guardandoci intorno.

«Sei stato bravo lì dentro», disse lui infine.

«Come?»

«Mi hai sentito. Sembri piuttosto in gamba nel tuo lavoro. Quando non hai il regolamento infilato su per il culo».

Era il miglior complimento che mio fratello mi avesse rivolto da quando era venuto alla mia partita di football dell'ultimo anno di liceo e mi aveva detto che non "avevo fatto troppo schifo" in campo.

«Grazie», dissi. «E grazie per avermi coperto le spalle».

Mi scoccò un sorrisetto alla Knox Morgan. «Quando impareranno questi stronzi che non si scherza con i fratelli Morgan?»

«Ehi, felice giorno del matrimonio».

«Sarà il giorno migliore della mia vita».

Neanche a farlo apposta, comparve il motivo di ciò.

«Knox!». Naomi e Waylay superarono il cerchio di poliziotti e iniziarono a correre.

«Non fare tardi, cazzo», mi minacciò Knox, accomiatandosi da me con una pacca sulla schiena. Dopodiché si mise a correre sul ghiaino verso di loro. Osservai mio fratello prendere tra le braccia le due donne più importanti della sua vita e farle volteggiare in aria.

«A quanto pare non conosce il significato della frase "mantenere un basso profilo"», disse asciutta l'agente speciale Idler mentre si avvicinava. Delle foglie congelate scricchiolavano sotto i suoi piedi mentre si lasciava alle spalle Nolan.

Questi era legato a una barella, una fasciatura impregnata di rosso stretta al petto, il telefono incollato all'orecchio. Mi beccò a fissarlo e indicò il telefono.

"Moglie", mimò con le labbra, con un'espressione felice in modo delirante.

Le mie labbra si incurvarono e gli rivolsi un saluto. Lui sorrise e sollevò un dito medio con fare amichevole.

«Starà bene?», domandai.

«Starà bene. Nessun organo vitale è stato colpito. Ma sa cos'ha appena fatto quel figlio di puttana? Si è dimesso».

«Ma pensa un po'».

«Non so perché l'abbia detto a me, dal momento che non sono il suo capo. Ma sembra sia stato arruolato nel settore privato». Scoccò uno sguardo eloquente in direzione di Lucian, che stava a braccia incrociate, circondato da una manciata di agenti.

«Non sembra troppo affranta al pensiero di dovermi licenziare», commentai.

«Forse perché a volte il bene superiore ha un prezzo troppo elevato», fece lei, osservando mio fratello che baciava la sua quasi-sposa mentre questa si aggrappava a lui. «Ovvio, forse è anche perché Duncan Hugo sapeva meno riguardo alle operazioni del padre di uno scagnozzo di medio livello», proseguì lei. «O magari perché il suo amico Lucian ha acconsentito a mettere a nostra disposizione le sue ampie risorse per aiutarci a inchiodare Anthony Hugo una volta per tutte. Perciò, come vede, potrei essere un po' troppo impegnata per preoccuparmi del fatto che un comandante di polizia di una cittadina di provincia mantenga il suo lavoro».

«Stia lontana dal mio comandante, agente speciale», disse la sindaca Swanson. Sarebbe stata molto più minacciosa se non avesse avuto indosso dei pantaloni del pigiama con sopra una zucca di Halloween e se non avesse tenuto in mano una tazza di Snoopy piena di caffè caldo.

«Stavamo solo facendo conversazione, sindaca», rispose Idler.

«Si assicuri di mantenerla in toni amichevoli. Detesterei che le settantaduemila persone che hanno messo "mi piace" a quest'articolo sul nostro eroe cittadino scoprissero che l'FBI l'ha messo in difficoltà». Sollevò una pila di stampe e le agitò in aria.

Gliele strappai di mano, poi mi pentii subito quando vidi i primi commenti.

Può proteggere e servire il mio culo ogni giorno.

Sto pensando di commettere un reato minore nel Nord della Virginia. Torno subito.

«Cristo», borbottai.

«Se crede che l'FBI abbia il tempo e i soldi per gestire questioni di pubbliche relazioni, prego, proceda pure. Ma diventerà la mia missione personale presenziare in ogni show del mattino tra Washington e New York...».

«Sindaca Swanson, il posto del comandante Morgan non è a rischio. Almeno, non per quanto mi riguarda».

L'ambulanza di Nolan si allontanò, e io fui ripagato dal genere di vista che un uomo non dimentica con tanta facilità.

Angelina Solavita.

Era appoggiata contro la fiancata di quella dannata Porsche blu scuro, le lunghe gambe protese davanti a sé, le mani infilate in tasca. Il suo volto era escoriato, i suoi vestiti infangati e indossava degli stivali presi in prestito dai vigili del fuoco.

Aveva l'aspetto di una bellissima tipa tosta. La mia bellissima tipa tosta.

Mi notò, e quelle labbra piene si incurvarono in modo eloquente.

Avanzai tra la sindaca Swanson e l'agente speciale Idler senza vederle.

«Era ora che tirasse fuori la testa dal culo», sentii dire alla sindaca mentre mi allontanavo da loro.

Lina si tirò su dall'auto e si lanciò verso di me.

L'afferrai e la sollevai. Lei mi cinse la vita con le gambe. «Ehilà, Fenom…».

Non la lasciai terminare. Le portai la bocca sulla mia e la baciai come se fosse la prima volta. Come se fosse l'ultima volta. Come se fosse l'unica volta.

Lei divenne morbida tra le mie braccia, e a me venne duro. Il suo sapore, la sua sensazione, la sua concretezza erano troppo. Non ne avrei mai avuto abbastanza.

Mi ritrassi dal bacio. «È il secondo momento».

«Sì, e ancora devi comprarmi un anello».

«Non hai cambiato idea?»

«Te l'ho detto. Sei bloccato con me. Ho buttato giù la lettera di dimissioni sul telefono mentre aspettavo che prendessi a calci in culo Dilton».

«Come sta il braccio?», le chiesi.

Lei alzò gli occhi al cielo. «Sta bene. Non mi servono neppure dei punti».

«Ho detto che forse un paio di punti non ci sarebbero stati male», gridò uno dei paramedici dal finestrino aperto del suo veicolo.

Lina si strinse nelle spalle e mi sorrise. «Eh. Stessa cosa».

«Cazzo, ti amo, Angel».

Il suo volto si addolcì. «Ti amo anch'io, Fenomeno».

«Mi sposerai?».

C'era così tanto amore nel suo sguardo che mi sembrò quasi di non poter respirare. «Sì», sussurrò.

«Brava ragazza».

Le feci abbassare la bocca per un altro bacio, poi mi lasciai sfuggire un gemito quando lei affondò il tallone nella mia natica.

«Sei sicuro che non ti abbiano sparato in quel tuo sedere perfetto?»

«Sparato? No».

«Cos'è successo?»

«Te lo mostrerò più tardi. Prima, perché non mi dai un passaggio a casa?».

Lei proruppe in uno squittio e sganciò le gambe dalla mia vita. «Credevo non l'avresti mai chiesto».

Il telefono mi vibrò in tasca e lo estrassi. Sorrisi e voltai lo schermo verso Lina.

«Perché mia madre ti sta chiamando?»

«Immagino tu non abbia risposto a un paio di telefonate».

«Ho pensato che potevamo raccontarle insieme della nostra nottata», disse lei con espressione colpevole.

«Grossa, bellissima fifona», la punzecchiai.

Le strappai le chiavi di mano e le lanciai il mio telefono.

«Io guido. Tu parli».

«D'accordo, ma in qualità di mio fidanzato ufficiale, spero tu sia mentalmente pronto per genitori senza alcun senso dei confini o della privacy che vengono a Knockemout per conoscerti».

«Non vedo l'ora, Angel».

Epilogo

Nash

Era un dannato miracolo che fossi ancora in vita… figurarsi ritrovarmi in *questa* vita. Tate Dilton era morto. Duncan Hugo era in prigione. Non avevo perso il mio lavoro. E tutti coloro che amavo erano al sicuro e insieme a me. Alcuni di noi erano un po' ammaccati. Ma eravamo lì, ed era questo ciò che contava.

Il cortile sul retro di casa di mio fratello era addobbato per l'occasione con un piccolo aiuto di Madre Natura. Il sole risplendeva. Il cielo era blu. Le foglie autunnali inondavano gli ospiti di colori spettacolari mentre il ruscello gorgogliava tra le rocce e i tornanti, aggiungendo una musica familiare alla melodia della vivace chitarra.

La fila di panche rustiche piene di entusiasti ospiti era rivolta verso il pergolato in legno che Knox e Lou avevano realizzato insieme.

Mio fratello guardava verso la navata costeggiata dalle zucche, e sembrava pronto a vomitarsi sul completo e la cravatta. Aveva un taglio alla fronte, un livido sotto un occhio e diverse nocche fasciate. Io stesso sfoggiavo qualche nuovo livido e una spalla tremendamente dolorante.

Sotto il pergolato pronto a officiare c'era Justice St. John, che per l'occasione si era ripulito ben bene, sostituendo la sua solita tuta da lavoro con un completo grigio carbone.

Lucian, con un sorrisetto, e Jeremiah presero posto accanto a me. Insieme, spalleggiavamo mio fratello.

La madre di Naomi, bellissima in abito dorato, mi mostrò con entusiasmo i pollici rivolti verso l'alto dalla prima fila. Dalla parte opposta rispetto a lei, Liza J tirò fuori una fiaschetta dal suo cardigan marrone cacca e ne bevve un sorso. Accanto a lei, fui sorpreso di vedere nostro padre. Aveva un aspetto… bello. Sano. Presente. Era agghindato con un completo con cravatta e continuava a giocherellare con quest'ultima. Accanto a lui c'era un uomo che non riconoscevo.

Non ebbi il tempo di trarre conclusioni perché la musica cambiò, ed eccola lì.

Lina comparve in fondo alla navata con un abito scarlatto che le ricadeva addosso come pittura dal pennello di un artista incantato. Aveva un occhio nero non del tutto mascherato dal trucco, labbra rosso rubino, una fasciatura al braccio e un'aureola di fiori tra i capelli.

Non avevo mai visto nulla di più bello in tutta la mia vita.

Mi si serrò la gola mentre avanzava verso di me. E sapevo per certo che non vedevo l'ora che percorresse una diversa navata verso di me. La nostra navata.

Sarei voluto andare da lei. Toccarla. Trascinarla fino da Justice e renderlo ufficiale. Ma ci sarebbe stato tempo per quello. "In un secondo momento". Adesso avevamo tutto il tempo del mondo.

I suoi occhi erano puntati su di me, e quel suo sorriso sornione ed eloquente riscaldò ogni angolo della mia anima.

Mia.

Lei distolse lo sguardo da me e si fermò di fronte a Knox. «Congratulazioni, Knox», sussurrò. Lui si protese e la strinse in un forte abbraccio, la sua gola che faticava parecchio a deglutire.

La folla proruppe in un "ooooh" intenerito, mentre mio fratello riusciva a sussurrare un rotto: «Grazie, Leens».

Lei si ritrasse. «Sono entrambe bellissime», aggiunse. Dopodiché, fu in piedi di fronte a me.

«Stai bene, Fenomeno», fece. Era mughetto quello tra i suoi capelli. Per la prima volta da moltissimo tempo, avvertii la presenza di entrambi i miei genitori.

Sconvolsi di brutto lei e tutti gli altri afferrandola per la nuca e tirandola a me per un rapido e intenso bacio. La folla cinguettò di sospiri e risate.

«Vale lo stesso per te, Angel», dissi una volta concluso il bacio.

Lei mi sorrise con un migliaio di promesse negli occhi, prima di passare a dare il cinque a Lucian e Jeremiah. Lucian le fece spazio tra di noi, e sentii la mano di Lina accarezzarmi la schiena.

Fi sfilò con un abito aderente dorato per la navata come se fosse su una passerella. Portava i suoi spessi capelli scuri sciolti in selvaggi ricci tenuti a bada da un cerchietto di fiori. Soffiò un bacio a Knox prima di proseguire verso il lato opposto del pergolato. Stef e Sloane erano i successivi nella processione. Stef, in un completo, scoccò un sensuale occhiolino a Jeremiah prima di indicarsi gli occhi con due dita e puntarli verso Knox.

Sloane, in un abito color ruggine con una gonna ampia, fluttuò verso di noi con l'aspetto di una fatina della foresta. I suoi capelli biondi erano tirati su e all'indietro. Sopra la testa aveva un cerchietto di boccioli bianchi. Tenne lo sguardo fisso di fronte a sé finché non arrivò a noi.

A quel punto rivolse a Knox un sorriso con occhi lucidi, pieno di tantissimo amore e speranza. Sentii Lucian inspirare brusco dietro di me, e mi domandai se vedere quel sorriso avesse in qualche modo fatto breccia nella sua armatura.

E poi ci fu Waylay. Quella bellissima bambina coraggiosa era più felice di quanto l'avessi mai vista mentre saltellava lungo la navata in un tulle giallo. I suoi capelli erano acconciati in boccoli da principessa con delle margherite infilate tra le ciocche.

Di fronte a me, le spalle di Knox ebbero un tremito, mentre lottava contro un'ondata di emozioni. Resistette quanto più possibile, ma ruppe le righe quando sua figlia raggiunse la prima fila. Knox la sollevò in un forte abbraccio da orso. Le braccia di Waylay gli cinsero il collo e strinsero con vigore. Due lacrime le scivolarono lungo le guance, prima di seppellire il volto nella spalla di Knox.

Dopo tutto ciò che aveva passato quella ragazzina, era la prima volta che la vedevo piangere.

Ad Amanda sfuggì un singhiozzo, e iniziò a distribuire fazzolettini come fossero caramelle.

«Ti voglio bene, piccola», mormorò Knox, la voce che si spezzava.

La riportò a terra, e lei si asciugò le lacrime. «Già. Credo di volerti più o meno bene anch'io».

Fi si soffiò il naso in modo rumoroso, mentre Sloane alzava lo sguardo verso gli alberi e cercava di non sbattere le palpebre.

«Tu e tua zia siete le due cose migliori che mi siano mai capitate», disse Knox, sollevandole il mento perché lei lo guardasse.

Per un istante, credetti che sarebbe scoppiata a piangere, ma Waylay chiamò a raccolta la sua forza interiore da testarda e soffocò le emozioni. Sarebbe diventata un'ottima Morgan. «Non fare lo sdolcinato. Se diventi sdolcinato ci vorrà una vita, e io voglio la torta», lo istruì.

«Capito», gracchiò Knox.

Lei iniziò ad allontanarsi da lui, poi cedette a un qualche impulso e gli cinse la vita con le braccia.

Non ero sicuro di aver sentito bene, ma mi parve che avesse detto: «Grazie di volermi bene».

Lucian, Jeremiah e io ci schiarimmo a turno la gola in un virile tentativo di soffocare qualunque emozione.

«Merda». Lina dietro di me tirò su col naso. Estrassi un pacchetto di fazzolettini dalla tasca della giacca e glielo porsi. I suoi occhi erano lucidi per le lacrime. "Grazie", mimò con la bocca.

La mia ragazza piangeva ai matrimoni.

Lina Solavita era piena di sorprese.

Quando infine Waylay lasciò andare Knox e prese posto, mio fratello alzò lo sguardo al cielo, cercando di riassumere il controllo di sé. Papà si alzò con fare esitante dal suo posto. Tentennò due volte, poi compì il breve viaggio verso il pergolato e premette qualcosa sulla mano di Knox, prima di tornare a sedersi.

Era un fazzoletto di stoffa. Per una volta nella sua vita, Duke Morgan c'era stato quando c'era bisogno di lui.

Knox guardò verso il basso, poi annuì in segno di ringraziamento.

Un sollievo comico fu offerto da Waylon in uno smoking per cani che galoppava lungo la navata in qualità di paggetto ufficiale.

Una volta che il cane ebbe posato il sedere ai miei piedi, grazie al costoso biscottino per cani con cui l'avevo corrotto, la musica cambiò di nuovo. Mentre il chitarrista strimpellava le prime note di *Free Fallin'* di Tom Petty, la folla si alzò in piedi.

Sentii un sospiro diffondersi tra gli ospiti mentre Naomi, una visione in pizzo bianco, compariva al braccio di Lou.

Knox le rivolse uno sguardo, le mani che gli tremavano mentre si premeva il fazzoletto sul volto.

Da quel momento in poi, nel cortile non ci fu più un cazzo di occhio asciutto.

Persino Liza J dovette pulirsi il naso sulla manica tra un sorso e l'altro dalla fiaschetta. Quando Knox in pratica strappò via Naomi dal braccio di suo padre, quando la strinse a sé come se fosse la cosa più preziosa al mondo, dovetti voltarmi per asciugarmi una lacrima ribelle con il pollice.

Lina si stava facendo aria con le mani davanti agli occhi come se la brezza potesse aiutarla ad asciugare le guance ormai rigate.

Lucian era in piedi con gli occhi rossi, e sembrava che il suo cuore fosse stato frantumato in mille pezzi. Ma non stava guardando verso la sposa e lo sposo. Guardava al di là di loro, verso Sloane, che stava piangendo.

«Cazzo, non osare piangere, Fiorellino», ordinò Knox alla sua sposa.

Naomi sorrise tra lacrime di gioia. «Troppo tardi, Vichingo. Ti amo da morire».

I muscoli della mascella e della gola di Knox ebbero un fremito. «Sei tutto ciò che ho sempre voluto e che non ho mai pensato di meritare».

Il singulto spezzato di Naomi riecheggiò in Lina e Sloane. Non ce la facevo più. Mi spostai e posai il braccio attorno a Lina, attirandola verso il mio fianco. I delicati boccioli tra i suoi capelli mi solleticarono il volto come una carezza.

Naomi alzò lo sguardo verso Justice, che stava scacciando un paio di lacrime a sua volta, e sorrise. «Ho sempre saputo che in qualche modo sarei riuscita a farmi sposare da te, Justice».

Una volta pronunciati i voti, asciugate le lacrime e serviti i drink, non restava altro da fare se non godersi la giornata.

Waylay si piazzò accanto al ruscello con un'enorme porzione di torta, le sue amiche della squadra di calcio e i cani.

Lina era di nuovo nel photo booth assieme a Sloane e Fi. La fotografa stava ancora cercando senza sosta Naomi e Knox, che erano sospettosamente scomparsi per venti minuti o giù di lì. Nessuno aveva il coraggio di dirle che era probabile che lo sposo e la sposa ci stessero dando dentro da qualche parte in casa.

«Vuoi trascinare una vecchia signora sulla pista da ballo?», domandò Liza J, comparendo al mio fianco quando la band passò a *All My Ex's Live in Texas* di George Strait. Era una delle preferite di mia madre, il che la rendeva anche una delle mie.

«Ne sarei onorato», dissi, porgendole il braccio.

Trovammo uno spazio sulla pista circondati da amici e familiari. Conoscevo ogni singolo volto e mi rendevo conto che miracolo fosse. Che privilegio fosse non soltanto fare parte di quella città, ma anche servirla.

«Allora, sto per dirti una cosa», annunciò mia nonna. «Durante la cerimonia, quando tutti gli altri frignavano come un branco di mocciosi, stavo pensando. Se le cose fossero andate in modo diverso, oggi senza di te non ci sarebbe stato un matrimonio. Se quel coglione di Dilton avesse avuto una mira migliore, non ci saremmo trovati qui a osservare tuo fratello che sposa una donna così fuori dalla sua portata che è meglio per lui che non smetta mai di provare a guadagnarsela. Hai insegnato a Knox come essere coraggioso. A impegnarsi. E sono proprio dannatamente fiera di entrambi».

Ero preso così in contropiede che mancai davvero un passo. I Morgan non parlavano di sentimenti, soprattutto non con altri Morgan. «Be', cazzo, Liza J».

«Sta' zitto. Non ho ancora finito. Non spettava a te salvare tua madre, Nash. Era giunta la sua ora. Non c'era nulla che tu o chiunque altro avreste potuto fare per impedirlo. Ha vissuto un vita piena, intensa e colorata quanto più possibile nel poco tempo in cui l'abbiamo avuta con noi. Siamo stati tremendamente fortunati ad avere quegli anni assieme a lei. E io sono tremendamente fortunata ad avere i nipoti che lei ha messo al mondo. Non so se lo sai, ma quando era piccola, tua madre voleva diventare un poliziotto. Alla fine la vita si è messa di mezzo. Ma so per certo che Jayla è lassù che ti osserva deliziata mentre proteggi e servi quaggiù».

Per la seconda volta quel giorno, mi si appannarono gli occhi.

«Vi spiace se mi intrometto?». Wraith, con il suo formale completo in pelle da motociclista, porse la mano a Liza J.

«Sì, qui abbiamo senza dubbio finito», annunciò mia nonna. Si allontanò danzando con il massiccio centauro prima che avessi occasione di dire un'altra parola.

«Sembri uno che ha bisogno di un drink». Lina comparve nel mio campo visivo.

«Che ne dici invece di un ballo?». Mi allungai e la presi tra le braccia. «Sembri felice», osservai, spostandoci verso un angolino tranquillo della pista da ballo.

«Voglio dire, dovresti essere una specie di mostro senza cuore per non essere felice oggi», disse lei, dondolando con me al ritmo della musica. «Ho appena parlato al telefono con la ex moglie di Nolan».

«Oh, davvero?». La feci girare, poi la riportai contro di me.

Lei scoppiò a ridere. «È in ospedale con lui. Nolan starà bene. E credo ci sia una possibilità che le cose tra loro si risolvano. Soprattutto dal momento che le ha detto che passerà al settore privato».

«Lucian gli ha offerto un lavoro. Ancora non so se l'abbia fatto solo per impedire a Nolan di uscire con Sloane».

Lina prese un respiro per farsi coraggio, prima di confessare: «Ne ha offerto uno anche a me».

«Ah, davvero?»

«È nel suo team di ricerca. Significherebbe uno stipendio molto più elevato. Niente azione sul campo. Gli unici viaggi sarebbero una o due volte a settimana tra dove vivo e Washington».

«Sembra una bella opportunità», dissi.

Il suo sguardo si illuminò. «Anche Naomi e Sloane mi hanno chiesto se sarei interessata ad aiutarle con la loro nuova impresa».

«Sul serio? Cosa farai?», domandai.

«Credo che prima mi prenderò un po' di tempo per me. Ho un ragazzo che vorrei conoscere meglio prima di impegnarmi in un altro lavoro».

«Un fidanzato», la corressi.

«Ancora nessun ripensamento?».

Scossi il capo. «Se hai intenzione di restare qui, immagino sia meglio iniziare a cercare una casa», dissi con voce strascicata.

Lina sbiancò e mi calpestò un piede. Le sorrisi, e mi augurai di non perdere mai il potere di renderla nervosa.

«Vuoi che compriamo una casa insieme?», squittì.

«Non c'è modo che il tuo intero guardaroba entri dentro il mio armadio. Tanto vale trovare un posto che possa contenere tutte quelle belle borse e scarpe».

Il suo sguardo si assottigliò mentre si prestava al gioco. «Sai, se compriamo casa insieme, immagino che un matrimonio potrebbe essere tutto sommato divertente», rifletté.

«Lo credo anch'io», concordai amichevolmente.

«E dopo aver visto Knox e Waylay… magari un bambino non sarebbe la cosa peggiore al mondo».

«Un bambino senza alcun dubbio non sarebbe una brutta cosa».

Lei alzò lo sguardo al cielo. «Come puoi essere così compassato riguardo a tutto questo? È del tuo intero futuro che stiamo parlando. Proprietà immobiliari, matrimonio e bambini».

«Angel, finché sarai al mio fianco, nulla di tutto ciò mi spaventa».

Lei scosse il capo e osservò la calotta di alberi e cielo sopra di noi. «Be', io sono alquanto terrorizzata. E se tu cambiassi idea?».

La portai giù in un enfatico casquè e mi godetti il modo in cui le sue braccia si strinsero a me. «Troppo tardi per questo».

«No, affatto. Anzi, adesso è il momento ideale per cambiare idea prima che facciamo qualcosa di permanente».

Raddrizzai entrambi e le presi il volto tra le mani. «Lascia che ti mostri in questo istante quanto di preciso voglio che sia permanente».

«Fai strada», disse lei.

La stavo trascinando via dalla festa quando qualcuno chiamò il mio nome.

«Dannazione», borbottai.

Mi voltai e vidi mio padre di fronte a me. L'uomo che era seduto accanto a lui durante la cerimonia era alle sue spalle.

«Volevo solo salutarti». Mio padre stava spostando il peso da un piede all'altro. Aveva la giacca appoggiata su un braccio e le maniche della camicia arrotolate fino ai gomiti. Il "2205" era ancora visibile, anche se era sbiadito in un blu grigiastro sulla sua pelle.

«Questo è Clark, a proposito. È il mio sponsor», lo presentò papà.

Sorpreso, gli porsi la mano. «Piacere di conoscerti, Clark».

«Altrettanto. Tuo padre sta facendo dei notevoli passi avanti», disse.

«Lieto di sentirlo».

Papà guardò alle mie spalle e rivolse un sorrisetto a Lina.

«Papà, questa è Lina. La mia fidanzata». Non vedevo l'ora di poter cambiare quella parola in "moglie". Mia moglie.

«L'ho intuito durante la cerimonia», mi punzecchiò mio padre. «Congratulazioni a entrambi».

«È bello conoscerla, signor Morgan. I suoi figli sono venuti su davvero bene», disse Lina, stringendogli la mano. Abbassò lo sguardo verso il suo braccio e il numero tatuato sulla sua pelle, poi guardò di nuovo verso di me, l'espressione che si addolciva.

«Chiamami Duke. E non posso prendermi il merito per i miei figli. Tutto il buono in loro l'hanno preso da Jayla».

Erano anni che non sentivo mio padre pronunciare il nome di mia madre. Forse c'era davvero speranza.

«Non tutto il buono», controbatté Lina.

Lui le rivolse un lieve sorriso grato. «Be', immagino sia il momento di metterci in cammino. Non credo di essere ancora pronto ad avere a che fare con un open bar».

«È stato bello vederti, papà».

«Anche per me, Nash. Piacere di averti conosciuta, Lina». Fece per andarsene, ma si fermò. «Sono davvero orgoglioso di te, figliolo. Davvero orgoglioso. So che probabilmente non significa granché. Ma so anche che tua madre sarebbe al settimo cielo».

Non riuscivo a trovare le parole, perciò decisi per un cenno del capo.

Li guardammo allontanarsi.

«Stai bene?», domandò Lina, grattandomi la schiena con le unghie.

«Sì, sto bene. Forza». La condussi in casa e su per le scale. Dal cortile si levò un grido di esultanza, e immaginai che Knox e Naomi avessero appena fatto il loro ingresso post-sesso matrimoniale.

«Dove stiamo andando?», domandò Lina.

«Devo mostrarti una cosa», dissi, aprendo una porta e spingendola all'interno.

«Oh, mio Dio. Questa è la tua stanza?», chiese, ammirando il piccolo letto sotto la trapunta a quadri, lo scaffale di trofei e le altre cianfrusaglie infantili.

«Lo era. Ho detto a Naomi che poteva ridecorarla, ma immagino che non ci si sia ancora dedicata».

Chiusi la porta a chiave.

«Sesso al matrimonio di tuo fratello?», disse lei con civetteria. «Cielo. Sono colpita».

Mi sganciai la cintura mentre lei si umettava le labbra. Quell'accenno di lingua rosa e labbra umide mi bastò perché mi venisse duro.

«Di recente ho pensato parecchio».

«Quando hai avuto il tempo di pensare? Abbiamo trascorso la maggior parte delle ultime ventiquattr'ore a schivare pallottole», mi punzecchiò lei.

«In ogni momento di veglia da quando ti ho trovata sulle scale di casa mia». Le diedi un colpetto e la feci sedere sul mio letto singolo. «È un sacco di tempo durante il quale pensare».

«Sei una donna complicata. Ci vogliono un sacco di ragionamento e pianificazione quando si tratta di capire come convincerti a costruire una vita assieme a me». Mi feci scivolare i pantaloni lungo le cosce.

I suoi occhi andarono al mio inguine, e avvertii la pulsazione e il fremito che le sue attenzioni accesero nel mio uccello.
Mi afferrai l'elastico dei boxer con i pollici.
«Se pensi che il tuo uccello, per quanto sia magnifico, possa contare come un qualche gesto grandioso che dimostra che vuoi fare le cose sul serio, meglio se ti rimetti a pensare».
Stava già schiudendo le ginocchia sul bordo del materasso. Desideravo sollevarle quella seta fino alla vita e prenderla. Mostrarle quanto la volessi. Ricordarle quanto lei volesse me.
Ma prima c'era un'altra cosa che dovevo fare.
Mi voltai.
«Forse potrei accettare il tuo sedere come gesto…».
Le parole le morirono in bocca quando mi abbassai la biancheria.
«Nash!», boccheggiò.
Cercai di sbirciare da sopra la spalla verso di lei, per avere un sentore di cosa stesse provando. «Dannazione, è stato stupido. Avrei dovuto farlo da qualche altre parte. Un posto in cui potessi vederti».
A cosa stavo pensando? Una donna come Lina meritava una proposta a mezzanotte durante un safari con fuochi d'artificio e dei fottuti leoni. Non…
«Ali d'angelo», sussurrò lei, passando le dita sopra il tatuaggio fresco.
Ebbi un sussulto.
«Povero piccolo», mi prese in giro lei. Dopodiché sentii le sue labbra sfiorarmi la natica.
Il mio uccello rispose di conseguenza.
«Non posso credere che ti sia fatto un tatuaggio per me. Sul sedere. Ti renderai conto che questo lo rende ufficiale. Il tuo sedere è mio. Ogni donna in città ne sarà devastata. Perché lo dirò eccome. Infatti, ho bisogno del mio telefono. Voglio una foto».
«Angel», dissi.
«Cosa?»
«Non è ancora finito».
«Lo vedo».
«Qualcuno si è dovuto far rapire proprio mentre mi stavo facendo tatuare. Ma non è questo che intendevo».
«Cosa manca?», domandò lei.
«La nostra data. Il giorno più felice della mia vita».

Rimase in silenzio così a lungo che mi voltai per guardarla con i pantaloni ancora attorno alle cosce. «Knox si è fatto fare la data di oggi sopra il cuore. Tradizione di famiglia», dissi.

Quei bellissimi occhi marroni erano lucidi per le lacrime. Le sue labbra rosse e piene tremarono.

«Costruisci una vita assieme a me, Angelina. Puoi esserne spaventata quanto vuoi, perché io non lo sono. Sarò forte abbastanza per entrambi».

Lei annuì, e le sfuggì una singola lacrima. Mi chinai in avanti di fronte a lei e gliela asciugai col pollice, poi avanzai per baciarla.

Ma lei mi fermò. «Avrò comunque un anello, giusto?». C'erano gioia e malizia che brillavano nei suoi occhi, mescolati alle lacrime.

Sorrisi. «Ho già un appuntamento col gioielliere fissato per domani».

Lei si avvicinò di più finché le nostre bocche non furono solo a un respiro di distanza. «Allora immagino che sia meglio fissare il mio appuntamento».

«Il tuo appuntamento per cosa?»

«Per il mio tatuaggio di Nash. Stavo pensando che magari il tuo distintivo potrebbe essere appropriato».

Le montai sopra, inchiodandola al materasso.

«Cazzo, ti amo, Angel».

«Ti amo, Stallone Perfettino», sussurrò lei, accarezzandomi il volto con una mano.

Un forte colpo fece tremare la porta, e per un istante fui catapultato indietro ai miei anni da adolescente.

«Ehilà! Lina? Sei qui dentro?», chiamò una voce.

Lina si sollevò di scatto a sedere. «Quella è mia madre?», sibilò.

«Merda». Mi alzai in piedi, cercando in tutta fretta di tirarmi su i pantaloni.

«Lina? Sei qui dentro? Quel Knock ha detto che probabilmente eri quassù».

«Papà?», stridette lei con espressione scioccata.

«Forse stanno facendo sesso», suggerì sua madre dal corridoio.

«Perché devi dire cose del genere, Bonnie?», fece suo padre.

«Perché i miei genitori sono qui?», domandò Lina mentre si raddrizzava l'abito in modo frenetico.

«Ho dimenticato di dirtelo. Li ho più o meno invitati… dopo aver

chiesto loro il permesso di sposarti… dopo che ti avevo già fatto la proposta».
Lei mi mise le mani sul petto e mi guardò negli occhi.
«Preparati a essere asfissiato per il resto della tua vita».
Non vedevo l'ora.

Epilogo bonus

Lina

Qualche anno dopo

«Lettera!», annunciò Stef gongolante.

«Vaffanculo», ringhiò Knox mentre si allungava verso un'altra tessera sul nostro tavolo da gioco nella nostra stanza dei giochi.

Già, io, Lina Solavita Morgan, avevo una stanza dei giochi. Avevo anche un'intera sezione del mio armadio dedicata alla lingerie di lusso.

Il mio bellissimo marito mi scoccò un sorrisetto eloquente come se potesse leggermi nel pensiero e voltò una tessera verso di sé. Piper gli stava seduta in grembo e si godeva l'azione attorno al tavolino.

«Com'è che sei così bravo in questo gioco?», domandò Lucian. Era la prima volta che quell'uomo giocava a Bananagrams, e lo stava prendendo molto più seriamente di Sloane, che si era arresa. Quest'ultima gli teneva i piedi in grembo mentre sfogliava un articolo sull'ultima storia di successo del suo programma sul suo iPad. La luce del tablet le illuminava la sottile cicatrice argentea sulla mascella. Un segno di valore. Un segno che ricordava a tutti noi quanto fosse coraggiosa la nostra piccola bibliotecaria.

Lucian, notai, giocava con una mano sola, così da poter massaggiare i piedi di sua moglie sotto il tavolo.

«Imbroglia», disse Jeremiah, facendo l'occhiolino a Stef.

«Sei solo geloso, signor Parole da Tre Lettere».

«Qualcuno vuole un drink?», domandai mentre iniziavo a raccogliere i vuoti.

«Siediti, Angel», ordinò Nash. La sua mano si allungò, e si portò il mio polso alle labbra. «Pulisco io».

«Mi sento meglio quando mi muovo», gli dissi, dopodiché mi chinai, nonostante la scarica di dolore alla parte bassa della schiena, per potergli sfiorare le labbra con le mie.

«Stai bene?», mi domandò con dolcezza. La sua mano mi scese lungo la schiena e sopra il sedere. Trovò con infallibilità il mio tatuaggio e gli diede una strizzata affettuosa.

Ero enorme e goffa. Mi faceva male la schiena. Avevo i piedi gonfi. Nelle ultime ore avevo avvertito gli occasionali forti crampi che mi ricordavano cosa stava per accadere.

«Sto bene», gli assicurai.

«Lettera, sfigati!», abbaiò trionfante Knox. Il tavolo gemette.

«Serata di giochi», mormorai, scoccando un occhiolino a Nash prima di portare le bottiglie di birra vuote in cucina. Waylon, il basset hound, sollevò la testa, verificò che non avessi nessun biscottino e subito tornò a dormire sulla sua piastrella.

In qualche modo, questa era la mia vita.

Ovvio, la mia vita includeva anche costruire questa bellissima casa sul terreno di Liza J proprio dall'altra parte del ruscello rispetto a casa dei miei cognati. Avevo un lavoro eccitante, un cane bizzarro, un uomo che amavo ogni dannato giorno sempre di più. Io e i miei genitori eravamo in buoni rapporti. Chiamavano ancora. Un sacco. Ma non mentivo più loro riguardo alla mia vita, e loro avevano imparato a gestire il fatto che avevo spiccato il volo. Sospettavo che fosse soprattutto dovuto al fatto che avevano passato il testimone della preoccupazione a Nash e che adesso confidavano in lui perché mi tenesse al sicuro. Ma la consideravo comunque una vittoria.

E come se non bastasse, la mia più grande avventura stava per cominciare.

Gettai le bottiglie vuote nel cestino. Naomi mi raggiunse da dietro e cinse con un braccio la mia ampia vita. «La lavastoviglie sta andando e gli avanzi sono in frigo».

«Grazie. Ti prometto che quando non peserò trecento chili e non avrò la forma di un pallone da spiaggia, ti restituirò il favore».

«Stai bene?».

Annuii, poi feci una smorfia. Il peso del mio pancione sembrava spingere più in basso del solito. La mia schiena protestava ogni volta, che fossi seduta, in piedi o sdraiata. Per la prima volta dall'adolescenza, ero a disagio con il mio corpo.

Ma non volevo lamentarmene con la mia amica. Non quando lei e Knox stavano provando ad avere a loro volta un bambino.

«Sto bene», le assicurai.

Naomi mi scoccò uno sguardo eloquente. «Bugiarda», disse con affetto.

«Sul serio. Sto bene». Mentre lo dicevo, un'altra di quelle fitte acute mi travolse.

Lo sguardo di Nash mi raggiunse come se l'avesse avvertita anche lui. Quell'uomo mi sorvegliava come un falco da quando tutti quei mesi prima era comparsa quella dannata lineetta rosa. Gli rivolsi un debole sorriso.

«Passeggiare o sedere?», domandò Naomi.

Entrambe le opzioni sembravano tremende in quel momento. «Passeggiare», decisi e iniziai a fare il giro dell'isola della cucina, le mani sulla parte bassa della schiena.

Naomi prese uno straccio per piatti e inizio a tormentarlo, qualcosa di simile a un sorriso che le faceva capolino sulle labbra.

«Che c'è?», domandai.

«Voglio solo che tu sappia che amerò tantissimo questi bambini. Sono così felice per te e Nash che a volte resto senza fiato». La voce le tremava. «Non voglio che pensi mai che solo perché sono triste per me e Knox, io non sia felice per te e Nash».

Smisi di camminare e mi voltai verso di lei. «Certo che lo so. E voglio che tu sappia che vorrei che questi fossero i tuoi bambini e che tu fossi un pallone da spiaggia da trecento chili assieme a me».

Lei fece una risatina lacrimevole. «Anch'io lo vorrei. Questo mi fa sentire un po' egoista».

«Non c'è nulla di male nel desiderare di portare più amore in casa tua. Non è egoista». La lasciai andare mentre un'altra dolorosa fitta mi colpiva.

Esalai un lento respiro.

«Io e Knox abbiamo parlato», disse Naomi, scivolando sopra uno degli sgabelli che avevo agonizzato per scegliere. Perché a quanto pareva, non ero una diva solo in fatto di moda e trucco, ma anche di arredamento per la casa. «E abbiamo preso una decisione».

«Cosa avete deciso?», domandai, cercando di evitare che le mie parole suonassero strozzate mentre il crampo si rifiutava di attenuarsi.

«Non faremo altri trattamenti per la fertilità».

«Oh, Naomi...».

Lei scosse il capo, e dietro alle lacrime nei suoi occhi vidi qualcosa di bellissimo. Qualcosa di felice e pieno di speranza. «Adotteremo».

Mi protesi verso di lei. La gravidanza mi aveva reso più libera riguardo al contatto fisico. Era probabile che la cosa avesse a che vedere con il fatto che condividevo fisicamente il mio corpo non con uno bensì con altri due esseri umani.

«Ci aspetta una lunga strada, ma sento che è quella giusta. Come un pezzo di puzzle che si incastra al suo posto», disse. «Sono così felice».

L'abbracciai quanto più stretta mi consentisse la mia pancia. «È meraviglioso, Witty. Sono così felice per te. Tu, Knox e Way troverete il resto della vostra famiglia», le assicurai.

«Lo sento nel mio cuore. Proprio come so che non sei la sorella con cui sono nata, ma sei quella che ho scelto, Lina», sussurrò lei.

Lacrime calde mi appannarono gli occhi e l'abbracciai con più forza. «Cavolo. Bel modo di far piangere una donna incinta».

Naomi fece una risata lacrimevole contro la mia spalla.

«Sono onorata di averti come sorella», sussurrai.

«Quello era un calcio?», domandò Naomi, mettendomi la mano sulla pancia.

«Già, uno di loro vuole seguire le orme di Waylay sul campo da calcio».

Il crampo successivo mi colse alla sprovvista, e lasciai andare Naomi per piegarmi in avanti. «Aaah», boccheggiai.

«Nash!», gridò Naomi con voce acuta.

Ci fu uno schianto nella sala grande, e nel giro di un secondo mio marito fu al mio fianco.

«Tutto okay, Angel?», chiese, accarezzandomi con le mani lungo le braccia.

«Bene», dissi con voce roca mentre il resto dei nostri amici e familiari cercava di entrare in cucina nello stesso momento e restava incastrato sulla soglia.

«Credo che sia in travaglio», dichiarò Naomi.

«È in anticipo», notò Jeremiah.

«I gemelli di solito lo sono», disse Sloane, arrivando al mio fianco, la sua mano fredda sulla mia spalla. Lucian la seguì. Persino dopo tutto questo tempo, persino mentre le mie interiora minacciavano di uscirmi dal corpo, trovavo ancora mozzafiato il modo in cui lui si posizionava sempre nella sua orbita.

Dolorosamente adorabile.

«Cosa facciamo? Dobbiamo prendere asciugamani e altra roba?», attaccò Knox con un'espressione di panico.

«Stef, va' a prendere la borsa sul pavimento della nostra stanza», disse Nash. «Naomi, chiama i genitori. Jeremiah, prendi le mie chiavi dal gancio e metti in moto la Tahoe».

Scossi il capo. «Niente Tahoe».

«Come?». Nash si chinò più vicino.

«La mia auto. Un ultimo viaggio solo noi due», dissi a denti stretti.

Lui si abbassò e mi guardò negli occhi. «Cazzo, ti amo, Angel. Anche se sei una testarda spina nel mio fianco».

«Ti amo anch'io. Adesso, per favore, portami via da qui prima che mi metta in imbarazzo e inizi a piangere e urlare».

«Non sono pronta. Non posso farlo. Due? Due bambini? Cosa stavamo pensando?». Afferrai il braccio di Nash con entrambe le mani.

Bastavano il letto d'ospedale e il camice a farmi dare di matto. Aggiungi il fatto che due esseri umani stavano per esplodermi fuori dalla vagina, e quello era tutto un altro livello di "dare di matto".

«Mi dispiace così tanto, tesoro. Non te lo farò mai più», mi promise con fervore mio marito. «Adesso fatele un'altra epidurale o datele degli antidolorifici o dei dannati tranquillanti per cavalli! Qualunque cosa ci voglia per risolvere questa faccenda», abbaiò.

Feci ricadere la testa all'indietro contro il materasso inclinato e strizzai gli occhi. La mano fredda di Nash si posò sulla mia fronte. Sentii le sue labbra di nuovo contro il mio orecchio.

«Sono qui, Angel. Sono con te. Puoi farcela. Il grosso della fatica tocca a te, e cazzo se mi dispiace per questo. Farei di tutto per liberarti da questo dolore. Qualunque cosa. Ma ti giuro, non dovrai mai fare nulla da sola dopo questo. Okay?».

Annuii e aprii gli occhi. «Okay».

«Preparati. Ci serve una bella spinta, Lina», disse l'ostetrica.

«Puoi farcela, tesoro. Hai riportato in vita me. Puoi farlo con altre due vite. Perché sei magica, cazzo».

Gli presi la mano nella mia e strinsi forte. I suoi occhi blu brillavano luminosi.

«Ho bisogno di te, Nash».
«Era anche ora».
Scossi il capo. «Ho sempre avuto bisogno di te».
«Sono proprio qui. Diamo inizio a questa avventura».
«Non posso aspettare fino a un secondo momento», dissi a denti stretti.

Il faccino corrugato sotto il cappellino blu non pareva somigliare a me o a Nash. Sembrava un burbero anziano con minuscoli ditini. Spostai la testa contro la spalla di Nash. Era montato sul letto accanto a me, ed eravamo seduti con in braccio nostro figlio e nostra figlia, a goderci i nostri primi minuti come famiglia di quattro componenti.

Nash stava guardando la nostra bambina con un'espressione di puro timore reverenziale in volto. Sentii il mio cuore aprirsi a metà per ospitare questo nuovo quantitativo di amore.

Il mio eroico marito aveva tenuto duro per entrambi. Aveva tenuto duro finché i gemelli non erano stati fasciati, dichiarati sani e io ero al sicuro. Dopodiché, con un'espressione d'amore solo per me sul suo splendido volto, Nash Morgan era svenuto.

«Succede sempre», aveva detto l'infermiera quando era andata a prendere i sali e dei cerotti a farfalla.

Ero riuscita a scattarmi un selfie tremante con Nash disteso sul pavimento accanto al mio letto. La maggior parte dei nostri momenti come famiglia includevano sangue e lividi.

«Ci sono circa venti persone in sala d'attesa con più palloncini di un luna park», dichiarò l'infermiera.

«Presumo che dovremo farli entrare prima che vengano cacciati via», dissi. Mi sentivo come se il mio corpo fosse stato tagliato nel mezzo e poi ricucito insieme, e avrei dato il braccio sinistro per del correttore e del mascara. Ma c'era un tipo di gioia speciale che avevo scoperto nel condividere momenti imperfetti. Una forza impressionante che provavo quando permettevo ai miei cari di vedermi più al naturale possibile.

Eravamo benedetti con questa bellissima vita.

Questi piccoli bambini perfetti sarebbero stati amati e accuditi da tutta la nostra famiglia allargata, persino quando le loro umane imperfezioni avrebbero iniziato a mostrarsi.

Nash scosse il capo. «Voglio qualche altro minuto solo per noi».

«Okay», risposi, sapendo che lo stava dicendo per il mio bene. Sempre a proteggermi.

Mi allungai e accarezzai la guancia rosea di nostra figlia con un dito.

«Stavo pensando che magari potremmo chiamarla Jayla, come tua madre», proposi.

Nash guardò verso di me con le lacrime in quei bellissimi occhi blu. Annuì silenziosamente per un istante mentre la sua gola si muoveva. «Credo che mi piacerebbe molto», disse infine con voce roca.

«Sì?»

«Sì». Guardò verso suo figlio e poi di nuovo verso di me. «Che ne dici di Memphis?»

«Memphis Morgan», ripetei a bassa voce. Nostro figlio si mosse tra le mie braccia e io sorrisi. «Credo che gli piaccia».

«Sei bellissima, lo sai?».

Alzai lo sguardo e vidi Nash fissarmi con una fiera espressione di amore. Ero un completo disastro, e mio marito era uno sporco bugiardo.

«Ti prego», dissi con un verso di scherno.

«Sono lieto che tu sia rimasta per il secondo momento».

«Persino dopo questo?», domandai, indicando con il mento i due neonati di cui adesso eravamo responsabili.

«Non c'è nessun altro in questo mondo con cui lo farei», disse, la voce ricolma di emozione.

Sospirai e mi appoggiai alla sua spalla. «Neanch'io».

Ci prendemmo il nostro tempo, il nostro istante insieme.

Mia madre fu la prima a fare capolino dalla porta. Mi domandai quante persone avesse calpestato per quell'onore. La osservai mentre stringeva Nash in un lungo, forte abbraccio, dondolandolo da una parte all'altra.

«Sono così fiera di te», disse, liberandolo dall'abbraccio solo per prendergli il volto tra le mani.

Nash le sorrise radioso e la tirò a sé per un altro abbraccio.

Era venuto fuori che tutto l'amore che i miei genitori avevano concentrato su di me non era poi così soffocante quando veniva ripartito tra noi due. E adesso, tra noi quattro.

Mio padre era in piedi sulla soglia e reggeva timidamente un bouquet di fiori selvatici. Persino dall'altra parte della stanza, riuscivo a individuare il mughetto. Il preferito di Jayla. Ne avevo piantata un'intera aiuola attorno alla casa, e ogni volta che fioriva sussurravo un "grazie" alla donna che aveva portato l'amore nella mia vita.

«Somiglia proprio a te», sospirò mia madre, gli occhi che le si riempivano di lacrime mentre le porgevo suo nipote.

«Guarda questo piccolo angioletto», disse mio padre, scambiando con Nash i fiori e un sigaro per la sua nipotina.

Si sentì bussare alla porta, e tutti gli altri iniziarono a sfilare dentro la stanza. Knox e Waylay entrarono con una Naomi in lacrime tra di loro. «Oh, mio Dio! Sono così perfetti», cantilenò Naomi, facendosi aria con le mani davanti agli occhi. «Ho messo quattro casseruole nel tuo freezer, la stanza dei bambini è spazzata e spolverata, e Piper è con Duke, che terrà tutti i cani finché noi non torneremo e lui verrà a farvi visita. E adesso datemi uno di quei bambini, per favore».

Lucian teneva un braccio protettivo attorno a Sloane e portava una busta regalo di Prada nella mano libera. "Borsa dei pannolini", mi mimò con le labbra Sloane.

Stef e Jeremiah erano nelle retrovie assieme all'orsetto di peluche più grande che avessi mai visto e a Liza J.

«Sei stata brava, figliola», si complimentò la nonna di Nash mentre guardava la sua bisnipotina.

«Si chiama Jayla», disse Nash.

Liza J annuì, poi continuò ancora ad annuire. «È un bel nome», concesse infine, dopodiché si soffiò rumorosamente il naso con una bandana.

Mio marito trovò il modo di tornare a sedersi sul letto accanto a me. Infilai la testa sotto il suo mento e sospirai felice mentre giocherellavo con gli anelli alle mie dita. Il mio anello di fidanzamento era uno spettacolare, fiammeggiante diamante, e la fede era appartenuta a sua madre.

«Non so come ho fatto a essere così dannatamente fortunato», mormorò contro la sommità della mia testa.

Io inclinai il viso per guardarlo. «Forse perché hai uno o due angeli che si prendono cura di te».

Il suo volto si addolcì, i suoi occhi blu si fecero teneri. «Credo che tu possa avere ragione».

Mi baciò con dolcezza sulle labbra e poi sulla fronte.

«Sai», riflettei, «è un bene che tu abbia un così bel sedere tondo. Credo che dovrai aggiungere un'altra data».

Nota per il lettore

Caro lettore,

più romanzi romance scrivo, più sono convinta che amare qualcuno sia la cosa più coraggiosa che possiamo fare in questo mondo.

Non si tratta solo di invaghirsi del malinconico comandante di polizia della porta accanto. Si tratta degli amici che si presentano con del vino nei tuoi giorni migliori e in quelli peggiori. Il nipotino che non sa ancora parlare ma che ti scioglie il cuore con il suo sorriso sdentato. Il fratello o la sorella che riesce sempre a farti sorridere. Il vicino di casa che ti sorprende con delle verdure fresche dal suo giardino. Il sospiro felice di un bravo cane. Gli sguardi eloquenti che sono diventati un vero e proprio linguaggio tra amanti di lunga data.

E a volte, è proprio l'eroe di provincia che ti fa venire voglia di correre il rischio di farti spezzare il cuore.

La lezione più importante che Lina e Nash mi hanno insegnato è che il tipo di amore migliore è quello che hai abbastanza coraggio per donare liberamente. Pur sapendo che potrebbe ferirti, deluderti o spezzarti il cuore, amare qualcuno proprio per com'è è il dono più grande che tu possa mai fare.

E adesso, se volete scusarmi, devo andare ad abbracciare il signor Lucy e a chiedergli di portarmi a prendere dei tacos di supporto emotivo.

Baci e abbracci,

Lucy

P.S. Il libro su Lucian? *si asciuga il sudore dalla fronte* *infila il computer nel freezer per impedirgli di surriscaldarsi*

Ringraziamenti

Kristy Rempalski, per la sua generosità nel sostenere Lift 4 Autism e per la sua frizzante creatività nell'aiutarmi a sviluppare il personaggio di Xandra.

Carol e Cora, per aver viaggiato fino dal Connecticut per vedermi a Enola, Pennsylvania.

Kari March Designs, per aver ancora una volta disegnato una copertina che rappresenta l'atmosfera del libro.

Korrie's Korner, per il vostro straordinario feedback e i vostri servizi di editing diversificato.

Kennedy Ryan, per essere sempre stato un faro di talento e per avermi fatto sapere se stavo facendo le cose nel modo giusto.

Tutti i lettori della mia pagina Facebook, che hanno suggerito che chiamassi la cagnolina Piper.

Il mio straordinario compagno di malefatte, Tim, che quest'anno ha festeggiato il suo cinquantesimo compleanno. Proprio come un buon scotch, diventi sempre meglio, tesoro!

Joyce e Tammy, per aver sostenuto Nash anche quando mi ci è voluta una vita per scriverlo.

La squadra Lucy, per aver tenuto a galla la barca mentre io scomparivo di nuovo a Knockemout.

I team di Bloom Books e Hodder, per aver portato questa serie a un pubblico più ampio.

Flavia della Bookcase Literary Agency, per avermi accompagnata nel mio Anno del Caos.

Ogni lettore che ha dato un'occasione a uno dei miei libri e non l'ha detestato.

E infine, ai miei amici autori, che hanno corso con me, mi hanno detto di smetterla di piagnucolare e mi hanno incitata. Voi trasformate un lavoro in solitaria in una stravagante, bellissima comunità di cui sono fiera di far parte!

Indice